UN LOUP EST UN LOUP

L'histoire se déroule au XVIIIe siècle, dans les années qui pré-
cèdent la grande Révolution. Charlemagne, le héros, est membre
d'une fratrie de quintuplés dont la naissance a déclenché maints
tapages et maintes controverses dans le village de Racleterre-
en-Rouergue. Nés d'un sabotier, ces cinq enfants grandissent
dans une relation fusionnelle et conversent dans une langue – le
lenou – qui n'appartient qu'à eux. Tous sont doués, l'un pour
peindre, l'autre pour écrire. Charlemagne, lui, a le don de la
parole. Un accident d'enfance le condamne à zozoter, mais il
sait, lorsqu'il le faut, faire bon visage de son infirmité.

Puis le malheur s'abat. Le père meurt de la rage, la fratrie
est dispersée et Charlemagne se retrouve dans la forêt, parmi
les loups. Il deviendra bientôt « meneur-garou ».

Ici, les bêtes sont des bêtes, avec leur comportement et leur
langage propres. En marge du *Roman de Renart* qu'il lit dans sa
tanière, Charlemagne a noté : « Un loup n'est pas cruel. Un loup
est un loup, c'est tout. »

Cet enfant hors du commun échappera-t-il à la battue des
hommes et retrouvera-t-il le cercle des quintuplés ? Finira-t-il
par épouser Bertille Pibrac, la fille de l'exécuteur ?

*Michel Folco, reporter photographe et écrivain, publie
ici son deuxième roman.*

Michel Folco

UN LOUP
EST UN LOUP

ROMAN

Éditions du Seuil

TEXTE INTÉGRAL

ISBN 2-02-029145-2
(ISBN 2-02-025286-4, 1ʳᵉ publication)

Première partie

Chapitre premier

Forêt de Saint-Leu, mars 1763.

Truffe à l'évent, oreilles aux écoutes, la louve cherchait pitance depuis le crépuscule, gênée par son ventre trop lourd qui pendait à frotter terre. Elle n'aurait pas dû sortir, mais cela faisait quatre jours maintenant que son compagnon n'avait pas réapparu à la lovière.

Elle entendit au-dessus d'elle une martre poursuivre un écureuil dans les ramures d'un charme. Plus loin, une portée de mulots décela son approche et disparut dans un trou. Toute cette nourriture à la fois proche et inaccessible attisa sa fringale. Son dernier carnage remontait à la veille et s'était limité à une vieille hulotte tombée d'un arbre et trop malade pour y remonter : or, il n'y avait presque rien à manger dans une chouette faite aux trois quarts de plumes.

La louve approcha d'un grand chêne au tronc balafré de frayures. Elle flaira les voies laissées par les cervidés et les jugea trop anciennes pour justifier une poursuite que son état lui interdisait de toute façon.

Elle s'éloignait dans l'herbe froide lorsqu'elle aperçut un hérisson tentant de se réfugier sous une cépée, entravé dans sa fuite par un lapereau à demi dévoré qu'il ne voulait pas abandonner. Elle bondit. L'animal lâcha sa proie pour se transformer en une pelote de cinq mille épines. La louve dévora ce qui restait du lapereau, avalant jusqu'à la queue touffue.

S'aidant de sa patte antérieure avec délicatesse, elle fit rouler la créature épineuse jusqu'à la rivière qu'on entendait couler non loin. Indifférente à la demi-lune qui s'y reflétait, elle la poussa dans l'eau et la maintint immergée.

La tête du hérisson en quête d'air apparut. La louve la happa et la broya sous ses mâchelières. Tirant alors l'animal hors de l'eau, elle le projeta en l'air d'un mouvement brusque, recommençant trois fois avant qu'il retombât sur le dos, le ventre offert.

Sortant d'hibernation le hérisson se révéla peu gras. En revanche, son estomac contenait l'autre moitié du lapereau.

L'appétit à peine entamé, la louve but longuement. Une salamandre qui chassait la limace passa imprudemment à proximité. Elle s'en empara et l'avala sans plaisir (l'amphibien avait un goût de caillou), mais elle avait si faim qu'elle aurait mangé une grenouille, pourtant en bas de liste dans ses préférences alimentaires, *ex aequo* avec les lombrics. Elle but à nouveau et reprit sa quête de viande fraîche.

Arrivée bientôt aux abords d'une clairière, elle approcha d'un chablis de hêtres rongés par les mousses et les capricornes. Sa truffe capta le fumet très salivant d'une charogne. L'odeur serpentait entre les buissons et les taillis comme l'eût fait celle d'une bête blessée. Elle la suivit jusqu'à la dépouille d'un chien pendue à la première branche d'un frêne. S'immobilisant à distance, elle flaira avec application les alentours, émue d'accrocher de faibles particules olfactives de son compagnon, qui révélaient qu'il était venu ici quelques jours plus tôt.

Suspendu par le cou, le chien était vieux et sa langue gonflée sortait de sa gueule aux crocs usés. La louve en fit le tour complet à pas circonspects avant de se décider à approcher, la truffe frémissante, l'estomac presque affolé par la proximité de toute cette chair délicieusement faisandée.

Les mâchoires du traquenard se refermèrent brutalement sur son pied droit, broyant radius et cubitus en deçà de l'articulation du coude.

— Apporte, commanda sèchement l'homme.

Le bâtard aux yeux tristes s'approcha à contrecœur et laissa son maître lui ôter de la gueule la patte velue qu'il s'apprêtait à dévorer.

10

L'homme reconnut l'antérieur dextre d'une grande-louve de quatre ans au moins. Sans doute la femelle du vieux-loup piégé quelques jours plus tôt au même endroit. Il rangea la patte dans la gibecière de toile contenant déjà deux bouquins étranglés. Les griffes de loup avaient pour réputation de dérouter sans pitié les cors aux pieds et les ongles incarnés ; aussi se vendaient-elles deux sols l'unité, le prix d'une demi-livre de pain blanc.

Il examina le traquenard enchaîné au tronc du frêne avec une moue déçue à la vue des nombreux éclats d'ivoire sur les mâchoires : la malebête s'était d'abord meulé les crocs sur le fer du piège, puis, comprenant qu'elle ne parviendrait pas à s'en dégager, elle s'était rongé la patte.

Le limier suivit facilement sa voie qui était chaude.

La bête s'était traînée dans un épais taillis de châtaigniers à une demi-lieue de là : elle avait mis bas six loupiots qui la tétaient lorsque le chien et l'homme la débusquèrent.

La louve se redressa sur trois pattes et fit bravement face. L'un des loupiots resta suspendu un instant à son allaite avant de lâcher prise et de tomber sur l'herbe en couinant.

Visant le thorax où il savait trouver le cœur l'homme plongea son épieu qui s'enfonça jusqu'aux oreilles.

— Crève maudite !

La louve s'abattit sur le flanc en poussant un jappement rauque qui se perdit dans la mort. L'homme tourna le fer dans la plaie.

— Derrière ! intima-t-il au chien avant que celui-ci ne s'en prît aux appétissants louveteaux.

Le chevalier Virgile-Amédée les utilisait pour dresser ses chiens au loup et les payait deux livres pièce. Encore les fallait-il vifs.

L'homme les fourra dans sa gibecière.

Deux manquaient.

Il regarda le limier qui détourna la tête en signe d'innocence.

— Mordiou, j'sais bien qu'y en avait plus.

Nouveau-nés, aveugles, sourds, ils ne pouvaient être loin. Il les découvrit en soulevant la louve morte, écrasés dessous par son poids.

L'homme dégaina son couteau de chasse et extrait les

11

yeux des orbites de la malebête. Il les mangea tels quels afin d'acquérir leur excellente vision nocturne.

Il suspendit la louve par les pattes arrière à une branche, il l'éventra et la vida de ses entrailles qu'il offrit au chien en curée chaude.

Il la déshabilla de sa peau (pour la fourrure), leva les trois pattes restantes (pour leurs ongles), détacha la tête (pour les dents) et conclut en tranchant la langue qu'il jeta en dessert à son chien.

L'examen des mâchoires fut décevant. Sur les quarante-deux dents, cinq seulement étaient intactes, les autres s'étaient moulues sur le métal du piège.

L'homme revint près du frêne, arma à nouveau le traquenard et le replaça sous celui qui avait été son fidèle limier onze ans durant : quand l'âge et les rhumatismes en avaient fait une bouche inutile, l'homme l'avait abattu et utilisé une dernière fois comme appât.

Le relevé des autres collets ajouta deux nouveaux lièvres étranglés. Le sac jeté sur l'épaule, son chien repu marchant respectueusement derrière lui, l'homme retourna vers le sentier où il avait laissé son mulet.

La matinée était avancée quand il franchit sans s'arrêter l'octroi de la porte des Croisades de Racleterre, comme l'y autorisait son baudrier de garde-chasse aux armes des Armogaste.

A peine s'engageait-il dans la populeuse rue Jéhan-du-Haut qu'il devina qu'un événement exceptionnel venait de se produire.

Chapitre 2

Saboterie Tricotin, Racleterre-en-Rouergue.

Plongé dans une nuit tiède et opaque où rien n'était bon, où rien n'était mauvais, où tout était pareil, Charlemagne flottait benoîtement la tête en bas. Il ignorait la faim comme la soif, et, n'ayant rien à voir, ses yeux ne s'étaient jamais ouverts. Il n'éprouvait aucun besoin, pas même celui de respirer ; il percevait toutefois les battements du cœur d'Apolline et distinguait sans équivoque les siens de ceux des autres.

Un tel état végétatif de bonheur accompli ne l'ayant point prédisposé à la méfiance, la surprise fut totale quand les parois qui le contenaient se refermèrent sur lui en le compressant de toute part. Quelque chose d'extraordinaire et de fort désagréable se tramait.

Tout proche, au chaud sous sa lourde couverture en sauvagine, Clovis cauchemardait à nouveau. Il rêvait cette fois qu'il s'était endormi la bouche ouverte sous un arbre et qu'un gros rat noir en avait profité pour s'introduire à l'intérieur. Il le sentait glisser dans son pharynx en gigotant.

Un cri pointu perça bien heureusement son sommeil. Il ouvrit les yeux sur l'obscurité de la chambre.

– Vite, Clovis, va quérir la mère Bienvenu, gémit Apolline d'une voix mourante.

Il hésita. Il manquait trois bonnes semaines et ce n'était pas la première fausse alerte. Et puis il gelait dehors, et la sage-femme logeait loin.

– Tu es certaine ?

– Pour sûr que je le suis !

A son ton sec, il comprit qu'il l'avait hérissonnée. Il se glissa hors du lit et tâtonna dans l'obscurité pour retrouver ses chausses et ses bas, l'esprit encore remué par son cauchemar. Qui donc gouvernait ses rêves ? C'était la première fois qu'ils lui faisaient avaler un rat. D'habitude, il gobait des grenouilles, des mouches, parfois des anguilles, souvent des araignées. Le but avoué de ces bêtes était d'atteindre son estomac et de pondre dedans.

Clovis battit le briquet et alluma la mèche de la lampe à huile. La vue de sa femme étreignant son ventre exagérément distendu lui serra la gorge. La douleur et l'inquiétude déformaient son visage crotté par la variole.

Il se hâta d'enfiler sa veste et d'entrer dans ses sabots.

– Veux-tu que je ranime le feu ? Il fait si frisquet.

– Petit-Jacquot le fera. Presse-toi pour l'amour du ciel et préviens ma bonne mère au passage.

– Hardi, ma mie, j'y cours.

Il décrocha sa pesante houppelande en peau de mouton. Couché dans l'échoppe, sous l'escalier menant aux combles, le jeune apprenti dormait comme une bûche sur sa paillasse en dépouille de maïs. Clovis l'éveilla sans ménagement.

– Va vite faire du feu pour la maîtresse, et après cours à la maréchalerie prévenir les miens que c'est la délivrance.

Il aurait aimé avertir les Camboulives, ses grands-parents tanneurs, mais ils vivaient à l'extérieur des murailles, en amont du Dourdou, et les trois portes du bourg étaient forcloses jusqu'au lever du jour.

Déjà, il sortait de l'échoppe, oubliant son tricorne et sa lanterne. Quand il s'en aperçut, il était trop avancé dans la rue des Afitos pour faire demi-tour.

Éclairée par une demi-lune, la rue non pavée était recouverte d'une épaisse couche de cagadou, une mixture composée de paille, de feuilles, d'immondices végétaux, de résidus organiques expulsés des cuisines, de crottins de plusieurs espèces animales, de déjections de pot de chambre, le tout pétri gracieusement par les roues des voitures et le piétinement des passants en une fange nauséabonde qui faisait la fortune de Baptiste Floutard, le maître gadouyeur-vidangeur de Racleterre.

Clovis arriva au pas de course place de l'Arbalète, dépassa la Poste aux chevaux Durif et contourna la fontaine Sainte-Cécile. Il s'arrêta devant la porte ferrée des entrepôts Floutard et cogna dessus jusqu'à ce que son beau-père apparaisse en chemise et bonnet de nuit sur le balcon, un bougeoir à la main. Ils ne s'aimaient plus et se battaient froid. Clovis n'était pas le gendre docile que Floutard s'était imaginé.

– Apolline a les douleurs et réclame sa mère. Moi, je cours chez l'engendreuse.

Sans attendre de réponse, Clovis détala vers la rue des Deux-Places, l'artère commerçante qui reliait la place de l'Arbalète à la place Royale. Ses sabots ferrés résonnèrent sur les pavés de la grande rue bordée de belles maisons à encorbellements. Il dépassa celle des Lamberton et fit les cornes du mauvais sort vers les fenêtres du maître juré de la corporation des Bons Sabotiers, lui souhaitant d'attraper les oreillons avant Pâques.

Il apercevait le clocher de l'église Saint-Benoît quand un grand sergent à pertuisane et trois archers surgirent de sous le porche de monsieur l'exacteur Bompaing où ils se protégeaient du froid. L'un d'eux dévoila un falot à huile.

– Halte au guet ! commanda le sergent avec un gros accent berrichon.

Les archers entourèrent Clovis sans conviction. L'un d'eux braqua sa pique, les autres la gardèrent sur l'épaule. Le sergent était le seul à porter une livrée complète aux couleurs communales (vert sombre à rabat rouge), ses hommes ne portaient que le tricorne, le baudrier et la pique.

– Que fais-tu sans loupiote à une heure pareille ? Tu n'as pourtant point les allures d'un demeurant-partout, dit-il en regardant l'anneau d'argent qui pendait à l'oreille droite du jeune sabotier.

– Je n'en suis point un, monsieur le sergent. Ma femme est en travail d'enfant et je m'en vais chercher la mère Bienvenu.

Il désigna la masse sombre de l'ancien séminaire des

Vigilants du Saint-Prépuce derrière lequel filait la venelle du Suif où logeait la sage-femme.

— Je vous supplie de me laisser m'y rendre sans retard.

Sa respiration rendue haletante par sa course soufflait des nuages blancs.

— Pas avant d'avoir acquitté ton amende pour défaut de lumière passé complies.

Afin de dissuader les éventuels friponneurs noctambulaires, la Maison avait décrété qu'une amende de cinq livres sanctionnerait quiconque circulerait sans une lanterne le signalant de loin. Rémunérés selon le montant des amendes infligées, les gens du guet étaient tenus pour intraitables. Ils se composaient en majorité de mercenaires étrangers au Rouergue, la plupart d'anciens militaires qui n'avaient aucun état d'âme à exercer une si impopulaire fonction.

— Macarel de caramba ! C'est que je n'ai point pareille somme sur moi, et le temps me fait défaut pour m'en retourner vous la quérir.

L'archer portant le falot vint l'examiner sous le nez.

— Je le remets, monsieur mon sergent. C'est le Tricotin sabotier de la rue des Afitos, et c'est vrai que sa femme elle est grosse. Même qu'elle est très très grosse.

Clovis reconnut sous le tricorne l'air déluré de Bizotte, le fils d'un briquetier de petite réputation dont la famille trop nombreuse avait dû s'éparpiller pour survivre.

Le sergent berrichon releva sa pertuisane.

— Je te laisse partir puisque tu es reconnu, mais au matin il te faudra venir à la Maison payer ton amende, sinon gare à tes portes.

Clovis le remercia d'un bref geste de la main et reprit sa course. Il traversa la place Royale et se signa à l'intention de la statue de saint Benoît nichée dans le clocher. Il l'implora de faire en sorte qu'Apolline n'ait point de mauvais labeur.

Que la jeune femme soit d'une stature gaillarde n'expliquait en rien l'énormité de son ventre. Dès le troisième mois, elle ne pouvait se déplacer qu'en le soutenant avec une large serviette nouée sur sa nuque.

Il longea le pilori du XVIᵉ siècle aux armes des Armogaste

(une tête de loup fichée sur un épieu timbré du cri *Tuons-les tous*), laissa le séminaire désaffecté des Vigilants à main gauche et s'engouffra dans l'étroite venelle du Suif. La maison occupée par l'engendreuse s'élevait entre deux ateliers de chandeliers-cireurs. Le blason de pierre ornant son fronton signalait qu'elle était la propriété du bourg.

— Holà ! Mère Bienvenu ! C'est maître Tricotin, le sabotier des Afitos. Ma mie va enfanter et vous réclame d'urgence !

Sa voix forte résonna dans l'étroit passage. Comme rien ne bougeait, il ébranla le battant de son poing fermé.

— Faites Seigneur qu'elle soit céans. Faites qu'elle ne soit pas délivrant ailleurs.

Unique sage-femme de Racleterre, Alphonsine Bienvenu était une espèce rare et recherchée. Même Roumégoux, même Bellerocaille n'en possédaient pas et on en dénombrait à peine six dans l'entière province. Pour la conserver, la Maison lui baillait cent livres annuelles et lui offrait le logis.

Clovis redoubla son vacarme.

— Mère Bienvenu ! Mère Bienvenu !

— Dieu-Jésus ! J'entends ! J'entends ! Cessez ce fracas, rognonna une voix épaisse.

Au même instant, une fenêtre s'ouvrit dans la façade de la maison opposée. Une main prolongée d'un vase de nuit apparut et projeta le contenu sur le crâne non chapeauté du sabotier qui en fut instantanément recouvert et dégoulinant.

— AH ! CAROGNE ! s'écria-t-il au contact de l'infect déluge qui s'infiltrait froidement entre col et peau.

Il cherchait une riposte quand l'huis de la sage-femme s'ouvrit sur une matrone au visage rond et aplati qui sentait la suette et l'eau-de-vie. Ses narines souillées de taches brunes indiquaient qu'elle aimait priser son pétun. Ses yeux pochés de sommeil se dilatèrent devant le spectacle offert par Clovis aux longs cheveux s'égouttant en cercles jaunes sur la peau de mouton. Elle l'invita à entrer et lui offrit un chiffon pour s'essuyer.

— Qui vous a ainsi compissé ?

Il se sécha sans lui répondre ; puis il la houspilla parce qu'elle regroupait trop lentement à son goût les ustensiles de sa pratique.

— Pressez-vous, la mère, pressez-vous.

La vue du tire-tête aux crochets métalliques qui avait la réputation de défacier quand on l'utilisait lui tira une grimace.

— Souhaitons que vous n'en ayez point l'usage.

L'engendreuse le foudroya du regard. Ce jeune godichon ignorait donc qu'évoquer le malheur l'attirait aussi sûrement que la mouche attire l'aragne ? Elle conjura ce mauvais sort en baisant sa médaille de sainte Anne, la mère de Marie, patronne de toutes les mères. Elle reprit ses préparatifs et emplit d'eau bénite le clystère servant à ondoyer *in utero* les enfants mort-nés.

— Je suis prête, finit-elle par marmonner en suspendant à son cou la paire de ciseaux coupeurs de cordons ombilicaux.

— Où est votre lanterne ?

— Je l'ai oubliée.

— Vous êtes chanceux de ne point avoir croisé le guet.

Clovis haussa les épaules en sortant. Le froid coupant comme une lame neuve glaça sa tête humide et le fit éternuer.

Ramassant un caillou de la taille d'une pomme, il le précipita contre la fenêtre d'où avait jailli l'abominable cascade. La vitre vola en éclats. Il y eut un cri étouffé. Un chien aboya.

La sage-femme qui refermait ses verrous hocha la tête avec désapprobation.

— Vous n'auriez pas dû. Ce sont les appartements du sieur Crandalle. Il est sournois comme une truie malade. De plus il est…

— Hâtons-nous, la mère, on n'a que trop lambiné, la coupa impatiemment Clovis.

Prime carillonnait au beffroi lorsqu'ils arrivèrent rue des Afitos. L'échoppe se signalait de loin par une enseigne représentant un sabot d'une demi-toise peint en vert laitue. On lisait dessus :

AU BEAU SABOT TRICOTIN
ICI, ON CHAUSSE DE BOIS.

18

De la lumière filtrait sous la porte. Clovis entra. Il vit son père Louis-Charlemagne et son frère aîné Caribert debout près de l'établi qui fumaient leur bouffarde devant un flacon de casse-poitrine et deux godets.

Clovis embrassa son père qui le repoussa énergiquement.

– Jésus de macarel ! Tu emboucanes la pisse !

La mère Bienvenu entra à son tour dans l'échoppe bien tenue où chaque outil avait sa place et s'y trouvait. Une centaine de livres à couverture bleue, soigneusement rangés sur une double étagère partant d'un mur à l'autre, attestait qu'ici on savait lire.

Tout en louchant sur le flacon d'eau-de-vie de contrebande, elle salua la compagnie. Le père Tricotin et ses fils partageaient la même grande taille (cinq pieds, quatre pouces), le même front bombé, les mêmes joues hautes, le même menton volontaire (en galoche). Seul, Clovis avait hérité du regard légèrement fendu de Jeanne, sa mère, qui lui donnait, quand il plissait les yeux, un air de guetteur de taupes.

Il se débarrassa de sa houppelande et allait pour expliquer ce qui lui était arrivé quand des vagissements retentirent en provenance de la chambre. La mère Bienvenu eut une mimique de dépit.

– Il semblerait que vous m'ayez réveillée pour des figues, dit-elle en louchant plus que jamais sur le flacon.

Un cri déchirant les pétrifia tous. L'engendreuse fut la première à réagir en entrant dans la chambre. Ils la suivirent.

Clovis vit sa mère Jeanne qui nettoyait un enfançon tout fripé, tout maigriot, pas plus haut qu'un carafon. Adèle Floutard, la mère d'Apolline, était à son chevet et lui murmurait des propos apaisants. Immaculée, dans la ruelle, entrait un polochon dans une taie. Il la salua d'un mouvement du menton mais évita de croiser son regard.

Clovis subissait son désir pour sa belle-sœur comme on endure le gel au printemps, la grêle en août, la chute des cheveux passé la quarantaine. Il attendait que ça passe, mais « ça » passait d'autant moins que depuis huit mois l'état d'Apolline le contraignait à une abstinence chaque nuit plus contraignante.

– Oh ! Mon Clovis, je n'en peux plus tant la douleur m'étreint, s'écria Apolline en l'apercevant.

– Hardi, ma mie, hardi ! lui lança-t-il gauchement.

– Vous voilà enfin ! bougonna Adèle à l'engendreuse. Hâtez-vous, il en vient un autre !

Sans se presser pour autant, la mère Bienvenu sortit de son sac un portrait à l'huile de sainte Anne qu'elle déposa au pied du lit, elle alluma deux cierges à dix sols devant et récita à mi-voix une prière connue d'elle seule. C'était la troisième fois en vingt ans de pratique qu'elle rencontrait le cas de jumeaux. La première fois, Dieu en avait fait des anges le lendemain de leur apparition, la deuxième fois, Il avait attendu une semaine.

Elle sortit un morceau de beurre rance enveloppé dans un chiffon gris.

La suite étant une affaire strictement féminine, les hommes furent chassés de la chambre. Avant d'obéir, Clovis interrogea sa mère du regard. Jeanne venait de baigner l'enfant dans de l'eau tiède et le lavait maintenant avec du vin rouge.

– Rassure-toi, tu l'as ton cap d'oustal, c'est bien un couillu.

Elle tourna l'enfant pour le lui montrer. Elle ajouta en plissant les narines :

– C'est toi qui empestes le pissou comme ça ?

Clovis ouvrit son coffre à vêtements et prit de quoi se changer. Avant de sortir, il vit la mère Bienvenu qui s'enduisait les mains jusqu'aux coudes de beurre.

De retour dans l'échoppe, il se versa un godet de casse-poitrine et le leva en direction du berceau qu'il avait taillé le mois dernier dans un fût de chêne. Il allait devoir en façonner un second.

– A la fière santé des jumeaux Tricotin !

L'alcool presque pur embrasa son estomac vide. Il fit tinter le verre contre son anneau d'oreille.

– Moi au moins, quand je sème, ça pousse.

C'est en voyant les joues de Caribert s'entuliper qu'il réalisa sa bévue.

– Fais excuse, frérot. Tu penses bien que c'est point par malice que je trompette ainsi.

Il étreignit son frère qui se laissa faire malgré l'odeur.

Marié depuis quatre ans avec Immaculée Trognon, la fille d'un compagnon tanneur de la tannerie Camboulives, Caribert n'avait toujours pas de descendance. Ce qui était mal vu dans un pays où la stérilité était assimilée à la sécheresse du sol.

– Allons manger, proposa leur père en guise de diversion.

Ils se rendirent dans l'étroite cuisine touchant l'échoppe. De la cochonnaille, des tresses d'ail, des bottes d'oignons tombaient du plafond noirci par la suie. Une lucarne et une porte basse donnaient sur une cour intérieure percée d'un puits à sec depuis un siècle.

Petit-Jacquot avait allumé le feu et cuisait des châtaignes dans une poêle percée.

Louis-Charlemagne prit un tourto dans la panetière, Caribert ouvrit le garde-manger creusé dans le mur et trouva du fromage de chèvre, un bocal de cèpes au vinaigre et à l'huile, une terrine de pâté de lièvre de braconne, ainsi qu'un demi-cuissot fumé de sanglier de même origine.

Clovis changea de vêtements puis sortit dans la cour se rincer les cheveux à l'eau tiède pour repousser la tenace odeur pissatoire.

Caribert tira un pichet de vin de Routaboul du tonnelet suspendu au mur, son père déplia la lame de son couteau et débita des tranches de pain. Clovis sécha ses cheveux avec le pan de sa chemise puis fit signe à son apprenti de les rejoindre avec les châtaignes. Bientôt ils mastiquaient avec un bel entrain.

On était fier chez les Tricotin de pouvoir remonter le nom sur cinq générations.

Les origines du premier de la descendance demeuraient cependant inconnues. On savait à peine qu'il était apparu un jour de marché au hameau La Valette et qu'il était resté. On savait qu'il taillait et vendait des bâtons (on disait des tricotes) et qu'il baragouinait un patois inconnu accompagné de grands gestes l'aidant à se faire comprendre.

Il existait trois traces de cet ancêtre. La première figurait sur le registre paroissial de l'église de La Valette et signalait son mariage.

Au dit an 1604, par moi soussigné curé de La Valette, j'ai donné la bénédiction nuptiale à Lou Tricoten issu d'un autre lieu, et à Magdeleine Jolyette de la paroisse de Louvoignac-sur-Dourdou, dans mon église de La Valette dans la châtellenie de Racleterre,

Tourrel, curé.

La deuxième trace de Lou Tricoten (le vendeur de tricotes, en patois) figurait sur le compoix de 1627 de la châtellenie. Il y était imposé comme laboureur-métayer du chevalier Armogaste mais il fabriquait toujours des tricotes puisque chaque modèle de sa production était mentionné et imposé. Il proposait trois gabarits. Le modèle *Freluquet* idéal pour mater les valets indociles ou arrogants, les servantes souillons et les maîtres queux maladroits. Le modèle *En forme* était recommandé pour éloigner les loups, les chiens sauvages, les mauvais payeurs et les créanciers trop pressants. Le modèle *Mahousse*, en vieux chêne noueux dur comme granit, presque une arme de guerre, servait à punir les adultères et à satisfaire les vengeances d'ordre privé.

La dernière trace figurait dans le registre paroissial des décès de l'an 1653.

Ce 10 mars de l'an de Grâce 1653, j'ai donné les derniers sacrements à Lou Tricautin de La Valette, âgé environ de soixante-dix ans et au-delà. A été inhumé en présence de Magdeleine son épouse et de leur fils Clodion.

Tourrel, curé.

Childéric Tricotin, fils du Clodion susnommé, quitta La Valette pour aller prospérer comme maréchal-ferrant à Racleterre qui n'en abritait qu'un seul à l'époque. Quand, deux générations plus tard, Louis-Charlemagne succéda à son père Mérovée, le bourg comptait six maréchaleries regroupées rue des Frappes-Devant.

Désormais cinquantenaire, Louis-Charlemagne terminait son existence l'âme moyennement en paix et plutôt satisfait de ses fils.

Caribert, l'aîné, était un habile compagnon et serait un bon maître de maréchalerie le moment venu. Quant à Clovis, son cadet, il s'était élevé dans la hiérarchie locale en devenant maître sabotier (un préjugé tenace considérait plus noble de chausser de bois ses concitoyens que de chausser de fer des quadrupèdes).

Clovis avait quatorze ans révolus quand il avait émis le souhait de devenir autre chose que l'apprenti à vie de son frère aîné. Il s'était présenté dans le grand atelier de maître Aristide Lamberton, un gros homme à la double bedaine et au triple menton qui cachait sous un sourire affable une âme dure et bornée.

– Un contrat d'apprenti, rien que ça ! N'es-tu point déjà teneur de sabot chez ton maréchal de père ?

– Si fait, monsieur le maître, mais le métier du fer ne me convient point, je lui préfère celui du bois.

– Je n'ai besoin de personne.

Clovis voulut plaider sa cause, mais autant essayer ferrer une oie. Lamberton ne voulut rien entendre. La tournée des maîtres sabotiers des autres quartiers se révéla tout aussi décevante. Il était revenu à la maréchalerie l'âme meurtrie et l'oreille basse.

Juste avant que ne sonnent les vêpres, un petit homme aux jambes arquées et à la chevelure brune et frisée comme celle d'un Italien s'était présenté à la maréchalerie.

– Je m'appelle Culat et je suis compagnon chez Lamberton. J'étais là quand le maître t'a éconduit. Si tu veux toujours devenir sabotier, je peux te bailler une recommandation auprès de mon ancien maître de Millau.

Louis-Charlemagne signa le billet d'émancipation sans lequel un enfant mineur ne pouvait voyager hors de la châtellenie et Clovis partit pour Millau, à vingt-cinq lieues de là.

Le maestro Miguel Antonio Arranda le débourra en quinze mois, le temps réglementaire pour ce métier (il était de cinq ans pour les architectes, trois pour les maréchaux-forgerons, deux pour les cordonniers, un seul pour les procureurs et les tanneurs). Le Catalan lui enseigna le séchage, le taillage, le creusage, le parage, le polissage. Il lui apprit à évaluer au coup d'œil la juste taille d'un pied et à tenir compte des oignons et des durillons.

Clovis resta trois ans second compagnon et deux ans premier compagnon avant de revenir à Racleterre. On s'accorda à le trouver changé, et on ne sut que penser de ses « Caramba ! » ni de l'anneau d'argent qui pendait désormais au lobe de son oreille droite.

Dépourvu des finances pour affermer un local, le jeune sabotier emprunta un mulet de douze ans à son grand-père le tanneur Camboulives et une carriole du même âge à son père maréchal. Il badigeonna les ridelles en bleu ciel et suspendit dessus ses outils par taille décroissante. Il peignit sur chaque côté de la bâche en épaisses lettres noires SABOTERIE ITINÉRANTE TRICOTIN et dessina dessous une paire d'énormes sabots qu'il coloria en vermillon pour qu'ils se voient de loin.

Il entreprit la tournée des villages, des hameaux, des fermes isolées, des burons au fond de leurs combes oubliées de tous, n'hésitant pas à franchir les frontières de la châtellenie et à pousser jusqu'à Roumégoux à l'est, jusqu'à Bellerocaille et Rodez à l'ouest, jusqu'à Réquista au sud, jusqu'aux contreforts de l'Aubrac au nord. Il proposait trois sortes de feuillus : du bouleau, du hêtre et de l'aulne, des essences à la fois tendres et résistantes qu'il braconnait à grands risques dans les bois et les forêts longeant son chemin.

– Je vous les fais à quinze sols la paire, cinq en moins que chez Lamberton, caramba ! En plus je donne le contrefort, en plus je décore si on le veut et, encore en plus, je vous épargne le voyage jusqu'au bourg.

Les mesures des pieds prises, il lui fallait trois quarts d'heure par sabot.

Clovis visitait aussi les foires et les marchés où il faisait de nombreuses rencontres. Certaines l'amenèrent à contrebander des allumettes du Quercy et du sel du Poitou qu'il revendit avec un joli bénéfice rondement réinvesti dans l'achat d'un mulet plus jeune et d'une carriole plus grande et plus robuste.

C'est dans l'un des bordeaux ambulants qui sillonnaient le pays à la bonne saison en charrettes bâchées que le sabotier fit la connaissance de Baptiste Floutard, le maître vidangeur-gadouyeur de la place de l'Arbalète, un goûteur de ribaudes lui aussi.

Quelques mois plus tard, Clovis épousait sa fille unique, la très peu convoitée Apolline, épousant du même coup une dot de trois cents livres et un droit de coupe dans le bois Bonnefons récemment acquis par Floutard. Ce dernier avait généreusement ajouté au contrat la jouissance sans rente d'une maisonnette avec cour rue des Afitos dans le quartier de l'Arbalète. Le lendemain, Racleterre comptait une saboterie de plus.

Et ce matin du 31 mars 1763, jour de la Saint-Benjamin, Clovis était père d'un enfant mâle, peut-être de deux.

Chapitre 3

— Puisque l'homme a deux génitoires, il est normal que de temps à autre celles-ci agissent de concert et fassent coup double, fanfaronnait Clovis la bouche pleine, quand un hurlement l'interrompit.

D'autres suivirent. La deuxième naissance se déroulait mal.

L'appétit coupé, il quitta la cuisine et alla entrebâiller la porte de la chambre : le spectacle l'éberlua.

La mère Bienvenu avait retroussé sa robe jusqu'aux hanches et chevauchait à cru le ventre également dénudé d'Apolline, gigotant dessus comme si elle eût été au trot. Jeanne et Immaculée la maintenaient tandis qu'Adèle, penchée entre ses cuisses, présentait un écu de cinq livres à la tête à demi engagée du poupard, promettant de les lui bailler dès qu'il se déciderait à tomber au monde.

Clovis referma le battant sans bruit et s'en revint dans la cuisine. Son père et son frère l'interrogèrent du regard. Il leur répondit d'une mimique incertaine.

Il vidait son gobelet de vin quand d'autres cris perçants le firent avaler de travers. Il toussa. Caribert lui tapota le dos.

Des pas approchèrent. Clovis reconnut ceux de sa mère. Elle souriait.

— C'est un autre garçon. Tu n'oublieras pas d'acheter un cierge d'une livre à sainte Anne, elle le mérite.

Radieux, il promit tout ce qu'on lui demanda.

Des jumeaux ! Voilà qui allait faire grand carillon dans le voisinage. Il se donna une claque sur la cuisse en riant nerveusement.

La voix forte de la mère Bienvenu traversa les cloisons.

— Marie-Saintes-Entrailles, en v'là un autre !

Jeanne retourna en courant dans la chambre, suivi des Tricotin et de Petit-Jacquot.

– Ranimez le feu, refaites chauffer de l'eau et allumez deux cierges de plus sinon je ne réponds plus de rien, lança l'engendreuse d'une voix tendue.

– J'ai besoin d'eau, et le broc est vide.

Clovis sortit dans la rue où se levait un jour incertain et courut jusqu'à la fontaine de la place de l'Arbalète. Les premières servantes qui bravaient la froidure pour s'approvisionner avant la cohue matinale s'étonnèrent en le reconnaissant. Jamais les hommes ne venaient à la fontaine.

– Je suis père de trois enfants à la fois, leur lança-t-il avec un sourire niais.

– Trois ! Boudiou, boudiou !

De mémoire de Racleterroise, on n'avait souvenir d'un tel haut fait. Elles lui remplirent son seau tout en le pressant de questions sur l'état de la maman, sur le poids des moutards, sur la couleur de leurs yeux…

Des joyeux abois venant de la place Royale annoncèrent que les meutes du château étaient en route pour leurs ébats quotidiens près de la rivière. Bientôt, quelque huit dizaines de chiens débouchèrent à bonne allure de la rue des Deux-Places encadrés des valets de chenil et du très antipathique premier piqueur Quentin Onrazac brandissant son grand fouet. Chaque bête était tonsurée au flanc du A majuscule des Armogaste.

Son seau plein, Clovis rentra à grandes enjambées. Il vit sa mère qui le guettait sur le pas de l'échoppe. Elle ne souriait plus.

– Le troisième venait à peine de sortir qu'un quatrième s'est présenté par les pieds. La mère Bienvenu veut qu'on aille chercher le père Gisclard.

– L'exorciste ! Macarel de caramba, ma mère, comme elle y va !

Il entra dans la chambre et crut défaillir de chagrin à la vue d'Apolline, dos arqué, yeux écarquillés vers le plafond et qui ouvrait et fermait la bouche comme un poisson pêché. L'engendreuse avait la main droite enfoncée jusqu'au poignet dans son conet et, l'air inspiré, s'efforçait d'inciter l'enfant à se présenter tête première. Chaque mouvement faisait hurler Apolline qui griffait le drap avec un bruit terrible pour les dents d'autrui.

La situation était si extraordinaire que personne ne songea cette fois à l'expulser.

Clovis jugea le spectacle particulièrement répugnant. Il entendait mieux désormais les raisons motivant les femmes à vouloir rester entre elles pour ce genre d'événement. Il eut une pensée pour son grand-père Mérovée qui serinait : « Dès qu'on soulève la roue du paon, on ne trouve guère d'autre spectacle que le trou de son croupion. »

– C'est une garce, et elle revient de loin ! s'écria la mère Bienvenu.

La nouvelle fit le tour de Racleterre à la vitesse du lait qui bout. Des jumeaux auraient été regardés comme un fait digne d'intérêt, des triplés comme un événement exceptionnel, mais des quadruplés ! On en restait aphone. Aucune mémoire, même les plus antiques, n'avait gardé la remembrance d'un tel précédent.

En dépit de l'heure matinale et du froid pointu, l'échoppe s'emplit de voisins, de voisines, d'amis, de curieux, venus admirer les étonnants quadruplés exposés sur la table.

Et chacun de pousser des « Ahi », des « Aoï », des « Doux Jésus » et des « Ébé, ébé, ébé » devant une telle fricassée de marmots.

On coulait des regards mi-admiratifs, mi-perplexes vers le géniteur. On cherchait chez lui un signe expliquant une telle prouesse. On n'en trouvait point. Bientôt, la presse fut telle qu'il fallut prier l'assistance d'évacuer les lieux.

Louis-Charlemagne et Caribert se postèrent à l'entrée et filtrèrent les visites, laissant passer les familiers, éloignant les curieux et les fâcheux.

Bien qu'ébaudi par la tournure des événements, Clovis conservait une parcelle d'esprit lucide qui lui faisait dresser mentalement la liste des dépenses à venir, les multipliant par quatre.

L'arrivée du consul Dussac fit sensation. Il commença à pateliner le couple pour son extraordinaire fertilité qui, assura-t-il, faisait grand honneur au bourg et à la châtellenie.

Prospère négociant en grains, maître Jacques Dussac était un homme pragmatique. Élu pour deux ans, le consul avait pour charge d'assurer le ravitaillement normal du bourg, de garantir sa paix et sa sécurité et de veiller aux bonnes mœurs. Il devait faire réparer les murailles chaque fois qu'il y avait lieu, il devait faire éteindre les incendies, percer de nouveaux puits, édifier de nouvelles fontaines, assurer le pavage, l'éclairage et le nettoiement des rues. Le consul organisait les foires, les fêtes populaires et les banquets qui s'ensuivaient. Enfin, il avait la responsabilité de payer et loger le guet (un lieutenant, quatre sergents, vingt archers), le régent de l'école, la sage-femme, le carillonneur du beffroi, le crieur public et même son cheval. Pour couvrir ces dépenses, le consul et son assemblée de dix quarteniers étaient autorisés à lever des impôts comme à augmenter ceux existants.

— En accord avec notre assemblée, nous vous exemptons de corvées de route durant quatre ans, et, en accord avec monsieur le chevalier, nous vous exemptons de tape-grenouille pour une même écoulée de temps.

Clovis remercia avec chaleur. Il le pouvait : deux fois par an, le tambour réunissait une partie de la population mâle pour la corvée royale de route. Il fallait tout laisser en plan et partir trois, quatre, parfois cinq jours réparer telle ou telle portion de grand-route ou de grand chemin. Quant au tape-grenouille, c'était un antique droit féodal qui contraignait la population à se relayer les nuits d'été autour des douves du château pour silencer les myriades de grenouilles qui incommodaient par leurs chants primitifs le sommeil du seigneur et de sa mesnie.

Le consul s'intéressa aux poupards couchés dans deux tiroirs tirés du bahut. Étroitement emmaillotés jusqu'au cou, ils gigotaient, semblables à de grosses larves à tête humaine.

— Il faut les avoir sous les yeux pour y croire, répéta-t-il en prenant l'assistance à témoin. Comment allez-vous les prénommer ?

— C'est que ne pouvant prédire une telle ribambelle, je n'ai que le nom de l'aîné, qui est Clodomir.

Soudain, Clovis blêmit affreusement. Son regard courut d'un enfant à l'autre sans savoir sur lequel se poser. Cherchant la mère Bienvenu, il l'aperçut dans l'échoppe, un godet d'eau-de-vie à la main, conférant doctement devant un aréopage de commères.

— Lequel est l'aîné ? lui demanda-t-il d'une voix serrée.

Le visage mafflu de l'engendreuse se décolora. Sa bouche épaisse s'entrouvrit sans que le moindre son en sortît. Dans le feu de l'action, elle avait oublié de distinguer les enfants selon leur ordre d'arrivée. Elle baissa la tête. Un silence consterné s'abattit dans la chambre, gagna l'échoppe, puis la rue.

— L'aîné, c'est lui, déclara Jeanne en touchant du doigt le troisième à partir de la gauche. Je le sais parce que c'est le seul que j'ai emmailloté, et c'était le tout premier. Les trois autres, c'est Adèle.

— Comment pouvez-vous être aussi catégorique ? demanda le consul.

— Chez nous, on épingle la pointe du troisième lange, tandis qu'Adèle préfère la laisser flotter.

L'épouse du maître gadoueur-vidangeur confirma.

L'enfant désigné fut extrait du tiroir. Jeanne le démaillota, libéra son poignet droit et noua autour un fil de laine rouge.

La pratique successorale rouergate étant fondée sur le droit d'aînesse, c'est lui qui tétera le premier et aussi longtemps qu'il le désirera. C'est lui qu'on langera en priorité et c'est lui qui sera le premier partout. Il héritera de l'échoppe, et son fils aîné en héritera à son tour, car telle était la coutume depuis toujours, et tant pis pour les cadets.

L'aîné identifié, la fille étant la quatrième, il restait à découvrir l'ordre des deux autres.

Le consul prit sur lui de désigner qui, devant la loi, serait le deuxième, qui serait le troisième.

— Le Seigneur qui sait tout me pardonnera si je m'équivoque.

Touchant le plus proche du bout des doigts, il le décréta cadet. On noua deux fils rouges à son poignet.

— Il s'appellera Pépin, dit son père.

Le consul toucha le dernier qui fut aussitôt prénommé

Dagobert. Clovis crut voir de la déception dans le regard de son père.

Un homme à l'air effaré fit irruption dans l'échoppe. C'était un tonnelier de la rue Pinardière. Il réclama la mère Bienvenu pour sa femme qui allait mettre bas et qui la mandait d'urgence.

Avant de le suivre, l'engendreuse réunit les placentas et les cordons ombilicaux dans un chiffon mouillé qu'elle fourra dans son sac. Pareils aux vêtements des condamnés qui sont la propriété du maître exécuteur, les dépouilles des nouveau-nés appartenaient de droit à la sage-femme. Elle confectionnait avec des phylactères de fertilité. Compte tenu des circonstances, ceux-ci auraient leur prix quadruplé.

Chapitre 4

Emballé dans une élégante robe de chambre couleur feuille morte, Baptiste Floutard recevait les rapports de ses gadouyeurs et de ses vidangeurs. Chaque matin à la pointe du jour, ceux-ci visitaient les rues des dix quartiers et évaluaient le mûrissement du cagadou.

– A part la Jéhan-du-Haut et la Jéhan-du-Bas qui seront mûres dans trois jours, y manque une pleine semaine au quartier des Croisades, dit le chef d'équipe à l'accent rocailleux de l'Aubrac.

– C'est pire chez moi, mon oncle, c'est même à croire qui font exprès de point marcher dessus. Y posent des pierres plates partout. Sans compter ce froid qui ralentit le mûrissement, dit Duganel, le chef d'équipe des quartiers nord, originaire de Brameloup-en-Aubrac, le berceau des Floutard depuis cinq siècles.

Le maître gadouyeur-vidangeur considéra attentivement le plan de Racleterre qu'il avait fait peindre à l'huile et à grands frais. Le tracé clair et précis des rues, des ruelles, des venelles, des pantarelles et des culs-de-sac lui permettait d'organiser au mieux l'itinéraire quotidien du ramassage du cagadou et celui des vidanges.

Coloriées en vert, les voies louées recouvraient les trois quarts du bourg ; la contemplation de leurs réseaux procurait un agréable sentiment de puissance à celui qui, trois décennies plus tôt, était un petit pâtre sans avenir, benjamin de surcroît d'une famille nombreuse de modestes éleveurs des monts Aubrac.

– Où est Filobard ?

Ses gens lui répondirent par des mimiques signifiant qu'ils l'ignoraient. Le chef des quartiers du centre aurait dû être là depuis longtemps.

Baptiste se tourna vers son chef vidangeur et le convia à parler. L'homme et son équipe, tous naturels de Pradès d'Aubrac, un hameau voisin de Brameloup, circulaient dans le bourg en agitant une clochette et en relevant les adresses de ceux qui désiraient faire appel à leurs services.

— J'ai commandé pour cinquante-quatre barils d'aisance et six fosses à vider.

Baptiste grimaça. Pour une population de trois mille et quelque estomacs, c'était peu. Surtout en période hivernale où les gens mangeaient plus. Il rêvait souvent de stimuler la production en déversant du purgatif pour mulet dans tous les puits et fontaines du bourg. Seule la peur d'être pris l'empêchait de passer à l'acte.

Debout autour de lui, le chapeau à la main et la mine bien soumise, ses gens respectaient sa réflexion. Il donna ses directives en commençant par le chef vidangeur, lui aussi originaire de Brameloup.

— Tu emboutilleras la Jéhan-du-Haut à la hauteur de la rue Bouton.

Tous comprirent que le quartier des Croisades allait mûrir plus vite que ne l'avait prédit son responsable.

Une cavalcade dans l'escalier annonça l'arrivée tardive de Filobard. Baptiste l'ignora et poursuivit l'exposé de son plan.

— Tu barreras la rue avec un tombereau plein, comme ça personne n'aura cœur de t'aider à le dégager.

En créant ici et là des embarras de circulation, le maître vidangeur-gadouyeur divertissait judicieusement le trafic vers des rues peu fréquentées, moins piétinées, accélérant ainsi leur mûrissement.

Hors d'haleine, Filobard surgit dans la grande salle aux murs boisés. Tous le regardèrent avec commisération. Le retardataire ouvrit des yeux ronds en les dévisageant à son tour, s'arrêtant sur le visage fermé de son employeur. Comme les autres, il était né cadet dans un hameau de l'Aubrac et avait accepté avec gratitude de servir le maître gadouyeur.

— Ah ça, bah, monsieur Floutard ! Ne me dites point que vous ne savez rien ?

— Et que suis-je supposé savoir ?

– Mais… Ah ça, bah, vot' fille ! Un miracle unique !
Que dis-je, un quadruple !

Floutard remua sur sa chaise, l'air de plus en plus grimaud.

– Ma fille vient de pondre son marmouset ? C'est ça que
tu veux m'enseigner ? Si c'est ton excuse pour arriver si
tard au rapport, sache que je te pénalise de trois sols.

Peu impressionné, Filobard regarda son maître avec un
plaisir évident.

– C'est que c'est point un, mais quatre qu'elle a pondus
votre Apolline ! Et en une seule ventrée, s'il vous plaît !
Ah ça, bah ! je les ai vus comme je vous vois sur votre
chaise. Et je les ai comptés et recomptés.

Il agita ses doigts devant lui.

– La rue des Afitos est pleine et ça bouchonne jusqu'à
la place du Château. Pensez donc, tout le monde veut les
œiller. Ça fait monter l'imagination à l'esprit une telle
réussite !

– Maudit âne rouge ! Tu es ivre.

– Que non pas, monsieur Floutard, et que je sois saper-
lipopété à l'instant si je déparle. D'ailleurs, jugez par
vous-même.

Filobard ouvrit la fenêtre donnant sur la place de l'Arbalète. Un air glacial s'engouffra, accompagné d'une rumeur
de jour de marché.

– Ferme, il gèle, dit Floutard en cachant mal sa surprise.

Il donna ses ultimes directives à ses chefs d'équipe.
Ceux-ci se recoiffèrent et s'en furent à leurs besognes res-
pectives. La pénalité de Filobard fut levée.

Floutard se rendit dans sa chambre pour s'habiller.
Conscient que sa double qualité de gadoueur-vidangeur
évoquait fatalement des mauvaises odeurs, il se montrait
soucieux de sa vêture et du choix de ses parfums : il aimait
ces derniers capiteux à faire éternuer les fleurs.

Il passa un habit de coupe anglaise ventre-de-biche et se
chaussa de bottes à l'écuyère couleur ivoire, véritable défi
aux taches. Il conclut en coiffant ses cheveux grisonnants
d'une perruque à marteaux qu'il poudra trop par peur de ne
pas en mettre assez et de passer pour pingre. Il ressentait
d'autant plus aigrement d'être morgué pour la façon dont il

gagnait ses louis qu'il était l'un des plus importants contribuables de la châtellenie, pour ne pas dire le plus important (il payait cent vingt livres de capitation). N'était-ce point sur du fumier que poussaient les fleurs les plus belles ?

– Rue des Afitos, lança-t-il en se laissant tomber sur la banquette capitonnée de sa chaise.

A l'instar de la châtelaine, de l'abbé du Bartonnet et du juge Puigouzon, Baptiste Floutard circulait en chaise à porteurs. Certes, les déplacements étaient moins rapides que ceux en attelage et les porteurs fatiguaient plus vite que leurs homologues chevalins, en revanche, la chaise était plus maniable et se faufilait là où une voiture achoppait. Le maître gadouyeur-vidangeur était ainsi en mesure de visiter n'importe quelle pantarelle, aussi étroite fût-elle, sans jamais poser le pied dans son cagadou.

– C'est comme si on y était, not' bon monsieur, chanta Arsène, le porteur frontal en crachant dans ses larges paumes calleuses, imité par Véron, le porteur dorsal.

Tous deux étaient natifs de Brameloup. Floutard les avait formés à porter en marchant d'un pas égal, à craindre les cahots tout en cherchant de l'œil les endroits agréables au pied et surtout à ne pas secouer leur passager comme salade en panier.

– Hop ! lança Arsène à Véron en saisissant les bâtons.

La chaise quitta le sol harmonieusement.

Au cri de « Gare devant » elle déboucha sur la place de l'Arbalète. Un haquet de maraîcher attelé à un gros chien lui barra le passage. Arsène poussa un double cri aigu qui avertit Véron qu'un obstacle le contraignait à modifier sa route. Ils avaient ainsi toute une gamme d'interjections pouvant signifier : « Gare, je tourne à dextre », « Gare, j'accélère à fond », « Gare, j'en peux plus, j' demande la pause », ou, plus nuancé, « Œille-moi la jolie baiselette sur ta dextre ».

Comme l'avait allégué Filobard, la rue des Afitos grouillait de monde. A une telle cadence, le ramassage du cagadou s'y ferait deux jours en avance.

Floutard s'étonna de voir la voiture rouge et verte de la

Maison garée devant l'échoppe de son gendre. Il se fraya un chemin parmi les épaisseurs de curieux ramassés autour de la porte et salua brièvement Louis-Charlemagne et Caribert. Les deux hommes lui répondirent avec tiédeur en s'écartant pour le laisser entrer.

Dans la chambre, il s'étonna derechef que le consul soit emperruqué et revêtu de sa robe et de sa toque d'apparat mi-partie rouge et verte.

– Bigrelou-bigreli, que d'honneur, maugréa-t-il en le saluant plus courtement encore que les Tricotin.

Dussac s'opposait à son projet d'affermage des anciennes douves pour en faire des potagers. Leurs fonds limoneux asséchés auraient pourtant fait des merveilles. Floutard soupçonnait le consul de trouver son idée bonne au point de vouloir se l'approprier.

Pour être consul, il fallait être élu par une assemblée de dix quarteniers, eux-mêmes élus par leurs chefs de feu respectifs. Était chef de feu toute personne domiciliée dans le bourg et payant une capitation minimale annuelle de cinq livres. Baptiste Floutard s'était présenté deux fois à l'élection de quartenier du quartier de l'Arbalète et avait échoué deux fois.

Floutard n'approcha pas du lit où reposait sa fille et se contenta de lui faire un signe de tête. Il lui tenait encore rigueur de ne pas être un fils ; comme il ne lui pardonnait pas la variole qui avait troué ses joues dans sa petite enfance et doublé le montant de sa dot.

Il alla contempler les quadruplés dans leurs tiroirs et les jaugea bien freluquets d'apparence. Il coula un mauvais regard vers Adèle, son épouse, qui l'avait dépité à vie en ne retombant plus jamais grosse.

– Tu me vends lequel ? demanda-t-il à son gendre sur un ton mi-amusé mi-sérieux.

– Si je vous en vends un, beau-papa, ce sera la garce évidemment, répliqua Clovis sur le même ton.

Il donna une chiquenaude à son anneau d'argent qui tinta.

Durant un instant, Baptiste Floutard le détesta.

Chapitre 5

La rue des Afitos ne désemplissait plus. Tout ce que les dix quartiers dénombraient de ventre-sec et de foutre-mort assiégeait les autours de l'échoppe, exigeant sur tous les tons que leur soit livré le philtre, la recette, ou même l'imprécation, responsable d'une aussi éclatante fertilité. Clovis vint en personne leur déclarer qu'aucune préméditation ne présidait à l'événement, et que seul Dieu en avait décidé ainsi.

– Je n'ai donc rien à vous offrir, braves gens, et je vous serais gré de libérer mon pas de porte.

Rien n'y fit, personne ne voulut en démordre.

– Taintain la riflette, sabotier ! Dis plutôt ton prix !

Clovis haussa les épaules et retourna auprès d'Apolline.

Des bruits d'attelage, le hennissement d'un cheval et des exclamations de surprise le ramenèrent sur le seuil. Deux voitures aux couleurs et aux armes des Armogaste s'immobilisèrent au milieu de la rue, embarrassant la circulation déjà ralentie par l'affluence.

Le sabotier s'étonna de reconnaître la châtelaine Jacinthe d'Entrevallée-la-Verte, en grand panier et joliment coiffée. Elle tenait dans ses bras anguleux un gros chat angora baptisé Monsieur Hubert, le chat le plus décrié de Racleterre depuis qu'une rumeur affirmait que son collier coûtait le prix de trois vaches et de leurs veaux. Pour l'instant, ses longs poils le dissimulaient et interdisaient toute vérification.

Avec de l'embarras dans le maintien, Clovis se porta à la rencontre de la châtelaine et lui désigna les pierres plates qui, tel un gué, surnageaient dans la couche de cagadou jusqu'à l'échoppe. Derrière descendit Blaise Onrazac, le fils du premier piqueur des Armogaste, un gamin de douze ans qu'elle aimait déguiser en page : il avait le gouvernement de sa robe à paniers et veillait qu'elle ne traînât à terre et ne s'y salît. Clovis l'avait surpris l'été dernier en lisière du bois Floutard, alors qu'il liait un pinson et une mésange ensemble par une ficelle. Le gamin les avait relâchés et avait suivi avec intérêt leur envol. Ne pouvant s'accorder, la mésange avait attaqué et tué le pinson. L'oiseau vaincu avait tout naturellement emporté le vainqueur dans sa chute.

Les suspensions en cuir de la voiture crissèrent à nouveau quand le père Gisclard, le chapelain des Armogaste, sortit à son tour. Il portait une modeste soutane de cadis râpé, mal reprisée, tachée sur le devant. Malgré le froid, ses pieds étaient nus dans des sandales à lanières. Le chapelain faisait aussi fonction d'exorciste auprès de l'officialité.

Sa présence déplut à Clovis qui s'en dissimula en le priant d'entrer.

L'autre voiture déversa l'habituelle petite cour de la dame, composée de trois adolescents perruqués, finement vêtus et portant l'épée. Alix de Bompaing, le fils de l'exacteur royal et seigneurial, accompagné d'un couple de chiots enrubannés et aboyeurs, Jacques-Antoine de Puigouzon, fardé comme une courtisane et déclaré honte vivante par son juge et procureur de père, et Armand Hugonec de Pégayrol, fils cadet du vieil Alcide de Pégayrol, réputé si pingre qu'en faisant son testament le vieillard s'était tout légué.

Tous trois appartenaient aux quinze familles nobles de la châtellenie et semblaient consacrer leur existence à exhiber leur oisiveté. Ils étaient suivis de la chambrière de dame Jacinthe, Élodie Clochette, vêtue d'un caraco ajusté et largement décolleté : on la disait d'un caractère plus sournois qu'une vesse.

Il fallut ouvrir les deux battants de la porte pour que la robe à paniers de dame Jacinthe puisse passer. Elle entra dans l'échoppe du sabotier en regardant autour d'elle avec curiosité. Louis-Charlemagne et Caribert la saluèrent en ôtant leur tricorne. Elle s'étonna de la bibliothèque bleue sur les étagères.

— J'ignorais que les sabotiers vendaient aussi des livres.

— Sauf votre respect, madame, je ne les vends point, je les lis.

— Comme c'est amusant.

38

Quand elle voulut entrer dans la chambre, sa robe trop large la contraignit cette fois à forcer son passage. Plusieurs cerceaux rompirent avec un bruit sec. Les femmes présentes la saluèrent d'une révérence tandis qu'Apolline, toujours alitée, lui sourit faiblement en guise de bienvenue.

Bien que contrariée par les dégâts occasionnés à sa robe (les cerceaux en fanon de baleine étaient coûteux à remplacer), dame Jacinthe fut tout sourire pour lui souhaiter de promptes relevailles et pour la féliciter de sa fantasmagorique fécondité. Puis elle en vint au but réel de sa visite qui était de faire anatomiser la conformité des quadruplés par le père Gisclard.

A cet instant, sa « cour » fit irruption dans la chambre en poursuivant une conversation amorcée durant le trajet (l'homme n'ayant à sa disposition que deux bourses, il ne pouvait concevoir trois enfants, encore moins quatre. Il y avait donc forcément un amant sous roche dans ces multiples naissances). La vue des poupons que Jeanne et Adèle démaillotaient à nouveau les silença.

Clovis crut entendre la chambrière justifier sa méchante réputation en soufflant à son voisin : « Rendez-vous compte, monsieur Armand, quatre petits en une seule ventrée, comme une lice de chenil. »

Les chiens reniflaient partout en agitant leur queue dans les airs. L'un d'eux voulut monter sur le lit, mais Clovis l'en dissuada d'une claque sur l'arrière-train qui lui tira un jappement de douleur. Il ignora le propriétaire qui le foudroyait du regard.

Quand les enfants furent nus, le père Gisclard s'approcha et, contre toute attente, se montra habile à les manipuler : aucun ne protesta. Il les trouva peu épais certes, mais compte tenu de leur nombre et de l'exiguïté de leur logis, le fait n'était point surprenant.

– Ils sont fort honnêtement constitués, et il ne leur manque que de se faire de la graisse.

Il termina son examen par la preuve par l'eau bénite. Chacun dans la chambre retint son souffle quand il versa quelques gouttes sur chaque front. Comme aucun trou ne se creusait, ni aucune fumée verte ne s'en échappait, il les décréta conformes et aptes à recevoir le saint sacrement du baptême. La cour applaudit. Les chiots aboyèrent, Monsieur Hubert s'agita dans les bras de sa maîtresse.

Le père Gisclard fit signe qu'on pouvait remmailloter les enfants. Les deux belles-mères s'y activèrent. Chaque maillot ne comptant pas moins de vingt et une pièces différentes (quatre-vingt-quatre pour les quadruplés), cela prit du temps.

La fonction première du maillot était d'empêcher que le corps aux os si mollets du nouveau-né ne se torde ni se déforme. Pour ce faire, on l'enfermait dans un écheveau de langes et de bandes de toile que l'on tendait et serrait comme on l'eût fait pour un récidiviste de l'évasion. Autre aspect du maillot, il interdisait à l'enfançon de prendre l'habitude de se déplacer à quatre pattes comme une bête.

– Ça fera quatre livres, mon fils, déclara le père Gisclard.

Clovis protesta en grimaçant.

– Fi donc, monsieur le chapelain ! Voilà qui est fort épicé pour un modeste maître sabotier déjà accablé par les circonstances et qui n'a rien demandé.

La physionomie du religieux s'assombrit. Les mauvais payeurs avaient le don de susciter chez lui des pensées indignes du serviteur accompli de Dieu qu'il se voulait. Il allait se déclarer prêt à en rabattre d'une demi-livre, quand Apolline poussa à nouveau un grand cri.

Toutes les têtes se tournèrent vers elle. Clovis fut embarrassé de la voir oublier toute modestie en retroussant haut sa chemise et en gémissant d'une voix blanche :

– Mère, mère, œillez vite et dites-moi que c'est seulement l'arrière-faix du dernier.

Adèle se penchait vers les larges cuisses blanches de sa fille, quand la tête d'un cinquième Tricotin se présenta à l'existence.

Contrairement aux précédents qui s'étaient fait plus ou moins prier, le retardataire jaillit hors de sa mère à la vitesse d'un noyau de cerise pressé entre deux doigts.

En l'absence de la mère Bienvenu, c'est Jeanne qui trancha son cordon ombilical et qui ôta avec l'index les mucosités encombrant sa bouche et ses narines.

Le placenta suivit juste après.

Enfin vidée, Apolline ferma les yeux et s'endormit sur-le-champ.

Chapitre 6

Charlemagne était fort mécontent.

Rien de ce qu'il touchait, rien de ce qui le touchait, rien de ce qu'il entendait, rien de ce qu'il voyait (mal) ou de ce qu'il reniflait, n'avait de nom et encore moins de sens.

Il était tombé – à son corps défendant – dans un univers inconnu, entièrement fait de premières fois successives et contradictoires, souvent douloureuses, parfois terrifiantes ; telle cette extravagante expulsion durant laquelle sa tête, bloquée par les os pelviens, avait dû se compresser, se déformer, et même s'allonger horriblement pour s'ouvrir un chemin. Les yeux toujours clos, le visage chiffonné par la dureté de l'épreuve, il avait dû respirer (une sensation inédite), et recommencer de suite après sous peine d'étouffement (une autre sensation inédite). L'air, en pénétrant dans ses poumons fraîchement débarrassés de leur liquide amniotique, l'avait comme brûlé : il avait alors poussé un grand cri de protestation, le premier d'une longue série.

Le cri perça portes et cloisons et atteignit la rue.

– En voilà un autre !

Le brouillamini devint indescriptible. Un escalier surgi du ciel et des anges chantant des cantiques et jouant du luth en le descendant auraient bien moins éberlué l'assistance.

L'enfant brailla à nouveau. Jeanne le lava à l'eau puis au vin tiède, et comme il n'y avait plus de maillot disponible, elle l'enveloppa dans la nappe.

Pour le père Gisclard, il ne faisait plus de doute qu'une pareille fécondité excédait de loin les limites de la nature.

41

Si Dieu avait voulu que cette femme portât cinq poupards, Il lui aurait donné cinq mamelles.

Il eut beau le tourner, le retourner, le renifler, il ne décela aucune bosse, aucune corne, aucun sabot, aucune écaille, pas le moindre remugle de soufre. Non seulement le bambin était normal, mais il était le plus gros des quatre.

– C'est à croire qu'il attendait votre venue pour apparaître, ma noble dame, broda Alix de Bompaing en saluant le dernier-né de son tricorne galonné, imité par les autres jeunes gens.

Émue par le spectacle, dame Jacinthe rosit de plaisir. L'image lui seyait à l'esprit.

– Quel va être son prénom ? s'enquit-elle auprès de Clovis que cette ultime naissance plongeait dans un état de sidération avancée.

Croisant le regard de son père, il dit :

– Il s'appelle Charlemagne.

La châtelaine effleura du bout des doigts le front de Charlemagne et dégoisa d'une voix théâtrale :

– De toi, Charlemagne, je serai la marraine.

Clovis la vit dégrafer le collier de Monsieur Hubert et l'agrafer au cou de l'enfant.

– Désormais ce collier suffira à le distinguer, déclarat-elle dans un silence de communion solennelle en ôtant les cinq fils rouges que Jeanne venait de nouer au poignet de l'enfançon.

Conforme à la rumeur, le collier était en vermeil serti de pierres précieuses et de perles nacrées d'une taille à renverser la cervelle.

Le visage de dame Jacinthe, que l'âge commençait à outrager, se ferma comme si elle regrettait déjà son geste, ce qui était le cas. Chaque fois qu'il lui arrivait de se montrer bonne et généreuse, elle le regrettait l'instant d'après. Ne pouvant se dédire sans embarras, elle en voulait au bénéficiaire, qu'elle rendait responsable de sa fâcheuse situation, et recherchait par la suite toute occasion de lui nuire.

Jacinthe d'Entrevallée-la-Verte avait neuf ans lorsque ses parents la conduisirent au couvent Sainte-Cécile d'Albi, et seize quand ils l'en retirèrent pour la marier au chevalier Virgile-Amédée Armogaste, seigneur de Racle-terre, et d'Autres Lieux, de quatorze ans son aîné.

Les sœurs du couvent lui avaient enseigné à danser, à chanter, à pianoter sur un clavecin, à broder sans se piquer, à lire dans la vie des saints, à faire la révérence, à commander à un laquais, à un valet, à un domestique et à un cuisinier. Aussi, sa connaissance des hommes se limitait à pouvoir distinguer un pourpoint d'un haut-de-chausses, fallait-il encore qu'il fasse jour.

L'aspect barbon décati de son futur époux jeta la jeune fille dans les abattements. Le jour de ses noces, quand il fallut se laisser approcher, elle éclata en sanglots. La nuit fut bien pire. Ce que proposait le chevalier paraissait telle-ment contre nature qu'elle s'enfuit. On dut la pourchasser à travers le château, de pièces en couloirs, de couloirs en escaliers, pour finalement l'acculer aux abois dans la tour du ponant et la ramener pantelante dans la chambre.

Deux valets de chien la maintinrent écartelée sur le lit pendant que le chevalier l'« aligna ».

Une lune plus tard Jacinthe était grosse.

Loin de l'amollir, les premiers mouvements de l'enfant qui poussait dans ses entrailles la révulsèrent. S'assurant qu'elle était seule, elle grimpa sur la table et sauta à pieds joints sur le carrelage en criant :

– Va-t'en, vieille chose !

En vain.

Plus tard, elle rampa sur des cailloux pointus pour lui rendre l'existence misérable, elle se malaxa l'hypogastre avec un rouleau à pâtisserie pour l'inciter à lâcher prise, elle s'immergea des heures dans le Dourdou dans l'espoir de le noyer de froid, rien n'y fit. Son ventre grossit et la « vieille chose » à l'intérieur se fit chaque jour plus remueuse.

A court d'idées personnelles, Jacinthe visita une com-mère du quartier du Loupiac qui lui vendit cher un philtre composé, d'après elle, d'urine de poules dans laquelle avait été noyé un lézard attrapé la nuit. Jacinthe en avala un bol plein. A part un goût désastreux qui fut suivi d'ai-greurs stomacales, le philtre n'eut aucun effet sur le petit tenace.

Jacinthe s'en fut alors chez Lacroque, une ancienne recluse devenue maîtresse sorcière qui vivait dans une cabane construite autour d'un châtaignier plusieurs fois centenaire, en amont du Dourdou. Elle était secondée d'un âne rouquin, d'un bouc, de deux chèvres et de quelques crapauds, grands dévoreurs de mouches et de moustiques.

Lacroque rognonna longuement avant de concéder à lui vendre trois racines d'herbe-aux-amants ainsi que la recette pour les accommoder en bouillon.

— Avalez-le avant de vous coucher de préférence. Et s'il remue encore deux jours et deux nuits après, revenez.

Jacinthe prit le bouillon d'herbe-aux-amants le soir même. Le temps de réciter un *Deo Gratias* et un *Ave Maria* et elle se précipitait sur sa chaise percée où elle demeurait la nuit entière, victime de terribles coliques contorsionnantes.

La jeune femme retourna chez Lacroque qui constata de sa propre main que l'enfant était toujours vivace.

— Fort bien, il l'aura voulu, revenez dans une semaine.

— Une semaine, c'est long.

— C'est le temps qu'il me faut pour accommoder de la poudre-de-matrice.

Comme il existait de la mort-aux-rats, il existait de la mort-aux-enfants préparée à partir de farine d'ergot de seigle humectée d'eau ayant servi à laver un mort, le tout mêlé à de la purée de puces afin d'atténuer la saveur rébarbative. Le délai d'une semaine exigé par Lacroque était justifié par le temps nécessaire pour réunir une telle quantité de ces insectes très sauteurs.

Après deux jours et deux nuits de douleurs pilonnantes et d'inexplicables hallucinations (on eût dit que des hérissons se querellaient à l'intérieur de son ventre), la « vieille chose » se décrocha de l'utérus et tomba avec son délivre.

Sitôt la jeune femme rétablie, le chevalier Virgile-Amédée l'engrossait derechef.

Jacinthe cette fois se résigna et accoucha l'été suivant d'un beau poupard de six livres que son père prénomma Anselme.

Quand la châtelaine apparut sur le pas de l'échoppe Tricotin, une femme lança d'une voix émue :

– Vive notre Seigneuresse !

Le cri fut repris. Des chapeaux s'agitèrent.

Qu'une noble dame, la châtelaine de surcroît, s'offrît pour marraine d'un fils de sabotier avait touché droit au cœur.

Toujours contrarié de ne pas avoir été payé pour sa prestation, le père Gisclard s'enquit perfidement :

– Quelle est ta paroisse, mon fils ?

– Saint-Benoît, répondit Clovis sur la défensive.

– Lorsque le vicaire de monsieur l'abbé inscrira les naissances sur son registre, n'oublie pas de préciser que c'est désormais lui l'aîné.

Il montra Charlemagne qui, en attendant mieux, tétait le petit doigt de Jeanne.

– L'aîné c'est lui, puisqu'il est apparu le premier, dit Clovis en désignant Clodomir en retrait sur la table.

Le père Gisclard mima la surprise.

– A Millau et à Rodez où on se flatte de posséder quelques lumières, l'aîné est toujours le dernier sorti.

– Possible ! Mais ce n'est point ici notre coutume, répliqua Clovis qui devinait où le chapelain voulait l'entraîner.

Le cocher en livrée gris et jaune vint lui rappeler que dame Jacinthe frôlait l'impatience en l'attendant. Tel l'empoisonneur qui se faufile après avoir déversé son funeste venin, le chapelain s'en alla en lâchant :

– A Millau comme à Rodez, à part les sourds et les avares, tout le monde sait que le dernier sorti est toujours le premier conçu.

Dans la chambre, on se dévisageait en silence. C'est Adèle Floutard qui prit l'initiative de dégrafer le collier pour l'examiner de près. Tous l'entourèrent.

– Voilà un collier qui vaut cinq cents livres au moins, dit Caribert.

La somme était formidable. Avec cinq cents livres, une famille vivait une année durant. Lui-même, compagnon maréchal, n'en gagnait que trois cents par an, et le régent de l'école, cent cinquante à peine.

Réveillée pour la circonstance, Apolline murmura quelques

mots inintelligibles et se rendormit. On la laissa en paix.

Un brouhaha venant de la rue annonça une nouvelle visite, celle de Mathieu Izarn, l'unique médecin du bourg, considéré comme si exécrable qu'il était comptabilisé parmi les fléaux locaux, entre les poux et la grêle de mai.

Clovis lui fit mince accueil, et ce n'est qu'après de pressantes sollicitations qu'il le laissa contempler les désormais quintuplés. Quand Izarn prétendit les démailloter pour les inspecter scientifiquement, Clovis lui montra la porte en lui faisant les gros yeux. Dans la rue, la foule se dauba et il connut quelques difficultés à retrouver sa monture que des facétieux avaient détachée et qui broutait du cagadou dans une venelle voisine.

Chapitre 7

L'échoppe Tricotin était sens dessus dessous. Bien qu'aucun mot d'ordre n'ait été lancé, les dons affluaient des dix quartiers. Jeanne et Immaculée s'activaient autour d'une quantité grandissante de langes de toute taille qu'elles triaient en piles de camisoles, têtières, béguins, calottes, cornettes. Les épingles s'accumulaient dans un fait-tout et une dizaine de biberons et cornets s'alignaient sur l'établi. Clovis et Petit-Jacquot réceptionnaient les dons comestibles : jambons, boudins, œufs frais, fromages, seaux de noix, sacs de châtaignes, pots de confiture, jarres de miel, etc.

Veillée par Adèle, Apolline dormait profondément, les traits détendus pour la première fois depuis des semaines.

Quand Culat se présenta, il tirait une chèvre par le licol et portait sous le bras un ballot contenant les maillots de ses trois enfants aujourd'hui adultes. Clovis l'embrassa.

La chèvre – une poitevine qui donnait une pinte et demie de lait par jour – fut lâchée dans la cour en attendant qu'on lui construise un enclos. Après un instant d'hésitation, elle alla brouter l'écorce des bûches empilées sous l'auvent.

Clovis présenta à son ami les quintuplés qui se remettaient lentement de leurs émotions. L'aîné occupait le berceau en forme de sabot de sept lieues, les autres étaient rangés dans les deux tiroirs.

Culat se pencha pour mieux admirer le collier : il hocha la tête avec incrédulité.

– Il vaut au moins six cents livres.

Il fallait vendre trois cents paires de sabots du dimanche pour amasser une telle somme.

Caribert les rejoignit pour annoncer d'une voix préoccupée qu'un dragon demandait Clovis.

– Un dragon ? Que veut-il ? Fais-le entrer.

– C'est toi qu'il veut voir, pas les marmots, et il est avec Brasc l'aîné, dit Caribert.

Fermiers généraux des domaines et châteaux des Armogaste depuis quatre générations, les Brasc vivaient noblement et avaient la réputation d'être les bourgeois de la châtellenie les mieux assortis du côté de la fortune. Aucun Brasc ne figurait dans les relations de Clovis.

Il suivit son frère dans la rue et découvrit un dragon en tenue de travail, bonnet de police crânement incliné sur l'oreille, enveloppé dans un manteau de drap vert garni de brandebourgs aux couleurs de son régiment. D'une main, il retenait un alezan par son licol, de l'autre il empêchait le dard de son sabre de traîner dans le cagadou.

Loin du froid dans un chaud *riding coat*, Paul Brasc l'aîné n'avait pas cru bon de démonter. Tout dans son visage médiocre au regard fuyant laissait deviner un esprit difficile et pointu comme une boule. Il cultivait une barbiche effilée qui le gratifiait d'un air faunesque réussi.

Clovis les salua d'un haussement de sourcils interrogateur.

– Êtes-vous le dénommé Clovis Tricotin ? dit le dragon d'une voix brève.

– Je le suis.

Déjà, un attroupement se rassemblait autour d'eux, rendant les chevaux nerveux.

– Je me présente, Joseph-Antoine Mondidier, brigadier à la 2e compagnie du premier escadron du Royal-Languedoc, et voici monsieur Paul Brasc ici présent en qualité de second. Nous sommes mandatés par monsieur René-Auguste Crandalle.

Second ? Mandaté ? Crandalle ? Le cœur du sabotier eut le hoquet. Le nom ne lui était pas étranger, mais il n'évoquait aucun visage. Il se tourna vers son frère qui eut une mimique d'ignorance.

– Monsieur René-Auguste Crandalle a l'honneur de vous demander réparation par l'épée de l'offense avec voie de fait perpétrée nuitamment sur sa personne.

– Moi ? Sauf votre respect, monsieur le dragon, mais vous vous équivoquez jusque-là. (Il montra son coude.) Je ne connais point de monsieur Crandalle.

– Vous le connaissez suffisamment pour l'avoir défacié durant son sommeil, et cela pas plus tard que la nuit dernière.

Clovis allait répliquer quand le brigadier l'en empêcha.

– La législation du Point d'Honneur nous interdit de conférer plus avant avec l'offenseur que vous êtes. Aussi, veuillez choisir au plus vite vos seconds. Faites-leur savoir que nous les attendons rue de la Banque au domicile de monsieur Brasc pour y rédiger en commun les termes du procès-verbal de rencontre. Serviteur, maître Tricotin.

– Dites-moi au moins qui est ce monsieur qui veut m'embrocher.

Le dragon monta en selle sans un mot. Il allait pour s'éloigner quand il se ravisa et dit par-dessus son épaule :

– Monsieur Crandalle est maître d'armes et il tient salle rue des Maoures.

Il s'éloigna vers la place de l'Arbalète, suivi de Brasc l'aîné qui n'avait pas décloué la langue.

Un murmure agité secoua l'assistance. Déjà des commères s'égaillaient, soucieuses d'être les premières à colporter ce nouvel épisode d'une journée particulièrement riche.

Clovis se mit à l'abri de la curiosité générale en rentrant dans l'échoppe, fermant la porte derrière lui.

– Que te reproche ce Crandalle ? Tu dois bien avoir une idée ? demanda Culat.

Clovis narra l'incident de la nuit.

– C'est lui qui m'a délugé sans crier gare. Tout ce que j'ai fait, moi, c'est de lancer une pierre dans sa croisée pour l'en remercier.

Culat secoua la tête avec affliction.

– Si la pierre l'a touché, c'est effectivement une voie de fait, et tu sais comme moi que c'est grave.

– C'est surtout grotesque, s'écria Caribert. Mon petit frère n'a jamais tenu l'épée, et cet homme est un maître d'armes !

L'honneur en province était tout aussi chatouilleux et intraitable qu'à Paris ou Versailles. Moins nombreux certes, les duels n'étaient point des raretés. Le récit des plus

49

célèbres était régulièrement publié dans les livres de colportage aux couvertures bleues que Clovis appréciait tant.

Le dernier en date remontait à l'an passé et avait opposé deux militaires du régiment d'infanterie de la Tour-du-Pin. Le motif était des plus prosaïques : un capitaine désireux de séduire l'épouse de son sergent-major lui avait donné un ordre de service l'éloignant de Racleterre pour une semaine.

Mis en garde dès son retour de son infortune, le bas-officier avait appelé son capitaine qui avait refusé le cartel en le dénonçant comme une outrageante insubordination méritant châtiment.

Le bas-officier contre-attaqua en choisissant le colonel comme arbitre de Point d'Honneur. Quand les faits furent portés à sa connaissance et qu'il eut contrôlé leur exactitude, le colonel décréta le cartel recevable et recommanda le combat. Il justifia sa décision en démontrant qu'il y avait attentat contre l'honneur conjugal, et que cet attentat avait été froidement perpétré par le capitaine en dehors de toute hiérarchie militaire.

Le duel eut lieu à l'extérieur du bourg, dans les douves asséchées et transformées en promenade. Clovis, Caribert et bien d'autres y assistèrent du haut des créneaux. L'affrontement fut long, pénible à voir, et se solda par le trépas du bas-officier, touché au cœur d'un coup de pointe. Clovis qui avait parié sur la rancœur du mari trompé perdit trois sols.

— Qui vas-tu choisir comme témoins ? demanda Culat.

Jeanne l'apostropha durement :

— Mais taisez-vous donc, mauvais compère ! Clovis ne peut pas se battre. Ce serait de l'assassinat.

L'intéressé partageait cet avis, mais comment se dérober sans perdre l'estime de tous ? D'un autre côté, comment affronter un maître d'armes sans se faire occire dans les secondes suivant le « Allez » ?

Des coups violents résonnèrent contre la porte.

— Quoi, encore ? aboya Clovis.

— Ouvrez, maître Tricotin, v'là monsieur l'avocat Pagès-Fortin avec une vache si grosse que ses trayons touchent terre.

Chapitre 8

Les traits congestionnés par l'émotion, le laboureur Cassagne exposait son affaire à Alexandre Pagès-Fortin qui n'entendait qu'un mot sur dix de son patois. Le fils, ému lui aussi, traduisait en serrant et desserrant ses grosses mains calleuses. Natifs du hameau de La Valette, ils possédaient une modeste ferme à deux charrues. Ils étaient fagotés dans leurs meilleurs vêtements de drap et avaient chaussé leurs sabots du dimanche.

Leur affaire de mauvais voisinage et d'empiétement de champs était des plus courantes (avec les héritages litigieux et les contrats de mariage non respectés). Elle durait depuis des années et c'était bien moins l'amour de la chicane qui dominait les Cassagne que la haine de céder à l'adversaire.

Il existait ainsi des actions en justice que les aînés trouvaient dans la succession de leurs pères et léguaient ensuite à leurs héritiers. Ces procès, où chaque pourvoi en cassation se traduisait en années supplémentaires d'onéreuses procédures, étaient baptisés « immortels » dans le jargon de la chicane et constituaient le fonds de commerce des cinq études d'avocats de Racleterre.

– Que dit-il ?

– Y dit que pour passer maintenant avec la charrette y nous faut descendre dans le fossé.

– Pourquoi n'êtes-vous pas intervenus au moment où ils bâtissaient ?

– Parce qu'ils l'ont élevé dans la nuit.

– On n'élève pas un muret sur cent pieds en une nuit !

– Et pourtant, ils l'ont fait. Y étaient au moins trente. Ah ça, ils l'ont bien ourdi leur mauvaiseté.

L'avocat quitta son fauteuil pour aller tisonner lui-même

le feu dans la cheminée. Les deux paysans hochèrent la tête avec approbation devant tant de simplicité.

Fils d'un procureur royal de Millau, Pagès-Fortin se définissait comme un honnête homme frotté aux Lumières. Agé d'une quarantaine d'années, voltairien pratiquant, son ambition déclarée était d'être élu consul. Il précisait qu'il souhaitait cette dignité uniquement pour le bien qu'il pourrait y faire. Ses ennemis, en revanche, lui prêtaient une âme froide et animée par une convoitise doublée d'une tartuferie qu'ils qualifiaient de phénoménale.

L'avocat avait créé une société savante baptisée Académie des Lumières où tous les participants étaient déclarés égaux, quelle que soit leur condition. Il y prenait régulièrement la parole pour dénoncer les innombrables injustices d'une société « dangereusement archaïque ». Il y recommandait la suppression des privilèges de la naissance et l'ouverture des carrières à tous les talents. Il souhaitait aussi que le roi soumette le clergé et la noblesse aux mêmes impôts et aux mêmes tribunaux que le tiers. Des propos qui faisaient fumer les oreilles du chevalier Virgile-Amédée et de bien d'autres.

Dernièrement, il s'était attaqué au monopole de la Petite École payante en louant de ses propres deniers un ancien local rue des Serre-Ceintures qu'il avait aménagé en école gratuite. Baptisée Temple du Savoir, elle était ouverte aux enfants déshérités du bourg et des alentours.

– Quand on est pauvre et sans futur comme vous l'êtes, le savoir vaut une épée, serinait-il régulièrement aux élèves.

Il prônait aussi de ne jamais rien croire sur parole, ni rien accepter pour vrai qu'ils ne puissent démontrer, ce qui mettait en combustion la patience de l'abbé du Bartonnet.

L'avocat comptait s'en prendre prochainement au monopole des fours à pain détenu par le chevalier.

Pagès-Fortin ajouta une bûche dans la cheminée puis retourna vers son fauteuil en disant aux plaignants :

– Nous allons d'abord faire constater l'existence illicite de ce muret par l'huissier, et ensuite nous saisirons la justice.

Il prit une clochette de cuivre sur son bureau et la secoua. La porte du cagibi jouxtant l'étude s'ouvrit sur un jeune commis d'écriture aux doigts tachés d'encre.

— Va chez maître Jovial et demande-lui s'il peut se rendre demain à La Valette pour un constat.

Avant d'obéir, le commis dit avec un sourire :

— Au fait, monsieur, savez-vous que des triplés sont nés cette nuit dans une famille de sabotier ? C'est Joliette qui me l'a dit. Elle le tient du père lui-même qui était à la fontaine Sainte-Cécile.

L'avocat souleva ses sourcils en signe d'étonnement modéré.

— Des triplés, tiens tiens.

Le fils du laboureur traduisit à son père qui haussa les épaules avec agacement. Seule son affaire lui importait et il avait hâte d'en finir.

Le commis revint un peu plus tard, la mine réjouie.

— Ce ne sont plus des triplés, mais des quadruplés. Je le tiens de Filobard, le gadouyeur de Floutard. Il les a vus, de ses yeux vus.

Des quadruplés ! Décidément, la Nature avait une capacité infinie à surprendre ses observateurs.

— Ils sont vivants au moins ?

— Le gadouyeur les dit maigriots mais bien vifs. Le consul vient de les visiter : il aurait exempté le père de corvée de route et de tape-grenouille pour quatre ans. Une année par moutard.

Le père Cassagne bougonna quelque chose en patois.

— Que dit-il ?

— Il dit qu'il faut être un peu truie pour faire autant de petits.

La consultation terminée, l'avocat les escorta jusqu'à la porte en leur parlant de son Temple du Savoir et en s'étonnant de ne jamais y voir leurs enfants.

Le père Cassagne eut une grimace dépréciative. L'école lui paraissait d'autant plus inutile que le savoir qu'on y dispensait n'avait généralement aucune application pratique dans leur vie quotidienne. De plus, n'y ayant jamais été, il ne s'en trouvait point stupide pour autant.

— Que dit votre père ?

– Il dit qu'il vous les enverra sitôt que nous aurons gagné notre affaire.

Le visage de l'avocat s'épanouit d'un large sourire confiant.

– Dans ce cas, cela ne saurait tarder, dit-il, persuadé du contraire.

Il monta dans ses appartements du premier étage pour réfléchir à proximité du buste de Voltaire jeune qu'il avait disposé près de la fenêtre afin qu'il soit reconnaissable de la rue. *Osez penser par vous-même* était gravé en lettres d'or sur le piédestal.

Comme chaque fois, l'idée lui vint par surprise. Il la jugea excellente.

Il s'asseyait dans son cabriolet quand le cocher lui apprit que tout le bourg acclamait dame Jacinthe qui venait de se déclarer marraine du cinquième.

– Jésus-Christ en redingote !

C'était précisément ça, son excellente idée : s'offrir comme le parrain de l'un d'eux. La châtelaine lui coupait l'herbe sous les souliers.

– Un cinquième, dis-tu ?

– Oui, y en a cinq maintenant.

Pagès-Fortin retourna s'alambiquer l'esprit près du buste de François-Marie jusqu'à ce qu'une nouvelle et excellente idée voulût bien se faire connaître. Il se fit alors voiturer hors du bourg et négocia cent cinquante livres l'achat d'une laitière de l'Aubrac. Il savait le lait de chèvre plus riche en graisse et plus approprié pour des nourrissons, mais une vache de six cents kilos était un présent plus impressionnant qu'une biquette de trente.

La vache attachée à l'arrière, le cabriolet cahotait lentement sur les pavés de la rue Haute-Neuve quand Pagès-Fortin croisa Brasc l'aîné en compagnie d'un militaire aux traits enflés de suffisance. Il salua froidement le premier et ignora le second qui fit de même.

Il n'aimait guère ce fils Brasc. La vanité qu'il tirait de la fortune familiale l'avait grisé au point de lui faire singer les gestes et les contenances de la noblesse. Ils étaient plusieurs fils de la haute bourgeoisie racleterroise à se perruquer, à se parer tels des reliquaires, à porter l'épée, à jouer aux cartes, à fréquenter les salles d'armes, à développer des susceptibilités de raffiné d'honneur.

La voiture ralentit aux abords de la rue Jéhan-du-Haut et finit par s'immobiliser. L'avocat se pencha par la portière :

– Pourquoi t'arrêtes-tu ?

– C'est un tombereau à vidange qui bouchonne, mon maître. Je vais me dérouter par la rue Traversière.

Personne n'était dupe des finasseries du maître gadouyeur-vidangeur Floutard, et Pagès-Fortin aimait répéter que, le jour où il serait élu consul, il résilierait son contrat d'épandage et nettoierait le bourg de ce très méphitique cagadou. Il ferait paver toutes les rues et mettrait à bas les vieilles murailles afin que Racleterre devienne enfin un bourg digne des Lumières.

Des petits groupes de compères et de commères, la plupart étrangers au quartier, stationnaient devant l'échoppe du sabotier rue des Afitos. La vue de la vache suscita une vive approbation qui le confirma dans la justesse de son choix.

– Jarnidiou ! C'est une Aubrac à six trayons, apprécia un connaisseur.

Pagès-Fortin entra dans la saboterie où régnait une étrange atmosphère de veillée funèbre.

L'échoppe était bien gouvernée et sentait bon les copeaux. La bibliothèque bleue sur les étagères ne l'étonna pas. Il savait les artisans grands amateurs de lecture.

– Par ici, monsieur l'avocat, je vais vous les montrer.

Pagès-Fortin suivit Clovis dans une pièce au plafond bas. Il y faisait chaud. La fumée de l'âtre, mêlée à celle des chandelles, aux relents de sudation, de sang, de vin chaud, de beurre rance et de poudre à perruque rendait l'atmosphère épaisse à respirer. Prétendre ouvrir les fenêtres aurait été considéré comme un acte de malveillance caractérisée.

La vue des cinq nouveau-nés quasiment momifiés dans leur maillot lui tira un chapelet de banalités qu'il déplorait au fur et à mesure qu'il s'entendait les débiter.

– Mais quelle merveille ! Il faut le voir pour le croire…

C'est digne de l'Antique ! Les mots me manquent pour exprimer ma...

Il voulut les différencier mais renonça. Ils étaient aussi semblables que des assiettes d'un même service. Se tournant vers la couche, il vit la mère qui dormait d'une respiration régulière. Comment une telle quantité de têtes, de bras, de jambes avait-elle pu s'accommoder d'un seul ventre ?

Son esprit oscillait entre l'émerveillement et un étrange sentiment de malaise lorsqu'il remarqua le collier du cinquième. Se penchant au-dessus, il s'étonna en reconnaissant un saphir, une émeraude, deux topazes, six perles, trois diamants et un rubis de la grosseur d'un petit pois, le tout serti sur du vermeil doublé de cuir.

Clovis le navra jusqu'à l'os en lui narrant les circonstances du cadeau. La munificence de la châtelaine éclipsait celle de sa vache, fût-elle à six trayons.

— Conte-lui plutôt que tu te cherches deux témoins pour t'assister, l'interrompit Culat, ajoutant à l'intention de l'avocat : Aidez-le, monsieur, car son affaire est bien mauvaise.

Pagès-Fortin se rasséréna. Il aimait qu'on ait besoin de lui et n'oubliait jamais de le rappeler à ceux qu'il avait obligés. Déboutonnant son manteau, il s'assit sur un banc et prit un air grave pour écouter, puis pour dire :

— J'ai entendu parler de ce sieur Crandalle. C'est un ancien officier de fortune qui tient salle d'armes. N'était-il pas imprudent de s'y frotter ?

La remarque agaça Clovis.

— Comment j'aurais pu deviner, moi ? Et puis qu'importe, il n'avait qu'à pas me déluger ainsi.

— Il dira qu'il ne vous a point vu et que ce n'était donc pas dirigé contre vous.

— Alors, il aurait dû semoncer.

Un édit communal exigeait qu'on crie « Gare dessous » avant de déverser quoi que ce soit dans la rue. Une amende de trois livres, assortie de l'obligation de faire décrotter chapeau et vêture de la victime s'il y avait lieu, frappait les contrevenants.

— Il ne l'a point fait ?

— Aucunement. Sinon je me serais garé, pardi ! C'est donc moi l'offensé et point lui, macarel de caramba !

Pagès-Fortin le vit produire un tintement en chiquenaudant son anneau avec son ongle.

– Comment expliquez-vous cette agression ?

– La mère Bienvenu dormait fort et il y avait urgence, aussi j'ai un peu tintamarré l'huis.

– Acceptera-t-elle de témoigner que Crandalle n'a pas semoncé ?

– Je l'ignore.

– Et cette pierre, de quelle grosseur était-elle ?

Le sabotier montra son poing fermé. Pagès-Fortin hocha la tête.

– Eh ! Tout de même.

Il eut une moue ironique en apprenant l'identité des témoins du maître d'armes. Il revit les deux cavaliers croisés tout à l'heure et comprit mieux leur allure altière.

– J'accepte volontiers l'honneur que vous me faites en me choisissant pour témoin, maître Tricotin, mais la juridiction du Point d'Honneur en impose deux par partie, aussi vous en manque-t-il un.

– J'ai fait mander mon père par mon apprenti. Il sera céans sous peu. Il est maître maréchal, rue des Frappes-Devant et il a été quartenier six années durant.

– Cela ne se peut. Vos liens de sang sont censés lui ôter sa liberté d'appréciation et fausser son esprit de justice, esprit qui constitue le principal devoir d'un témoin de qualité.

– A quoi bon chercher des seconds puisque ce duel ne peut pas avoir lieu ! s'indigna Caribert. Mon frère n'a jamais tenu une épée. (Il saisit le bras de son frère et le secoua.) Dis-lui que tu ne veux pas te battre contre ce ferrailleur !

Clovis baissa la tête en se gardant bien de répondre.

– Il a peur d'être tenu pour frileux. Ça vaut pourtant mieux que de se faire assassiner ! s'exclama Jeanne, les traits congestionnés par le chagrin.

Tous, même l'avocat, lui lancèrent un regard désapprobateur. Quand les hommes parlent, les femmes se taisent.

– C'est ma mère, dit Clovis pour l'excuser.

On tenta de faire comme si rien ne s'était passé, mais Caribert insista :

– Mère a raison. Si tu te bats avec ce maître d'armes, c'est pareil à un suicide.

Si son frère était tué, Caribert se sentirait obligé de le venger en appelant Crandalle et en se faisant occire lui aussi.

Clovis n'avait aucun goût à se battre, mais il pressentait confusément que, s'il refusait ce cartel, il n'oserait plus jamais faire tinter son anneau et proférer ses carambas. Ce n'était pas la première fois qu'il découvrait que l'opinion d'autrui était plus importante que la sienne.

Évitant le regard insistant de son frère aîné, il proposa Culat comme deuxième témoin. Flatté, celui-ci accepta. Mais, après quelques questions, l'avocat le récusa pour défaut d'impartialité, additionné à une trop grande méconnaissance du Point d'Honneur et de l'escrime.

Le Point d'Honneur était le degré exact de susceptibilité qui pouvait varier de caractère et d'intensité selon le tempérament et la qualité de l'offensé. L'une des spécificités du Point d'Honneur était qu'il ne pouvait en aucun cas se satisfaire d'une compensation matérielle. Seul le sang.

— Un bon témoin, mes amis, est un témoin de respectabilité indiscutable, qui maîtrise la connaissance des règles du duel, l'expérience des affaires d'honneur, l'habitude des armes, et enfin, qui possède le coup d'œil et le sang-froid nécessaires pour intervenir avec autorité en cas d'irrégularité pendant le combat.

Clovis haussa les épaules. Il ne connaissait personne répondant à une telle description.

— Moi si, dit l'avocat. Il s'agit de maître Laszlo Horvath, le débourreur des écuries du château. C'est un ancien housard fâché avec l'armée, me semble-t-il, et, qui plus est, a été raffiné du Point d'Honneur à Paris. Raffiné ou pointilleux, je ne sais plus.

— Je le connais de loin, dit Culat dépité, il n'entend rien à notre langue.

— Certes, maître Horvath est un grand écornifleur de syntaxe, mais au cas où nous ne pourrions point obtenir le choix de l'arme en qualité d'offensé, il est le seul à ma connaissance capable d'inculquer à notre ami quelques rudiments d'épée.

Il ajouta à l'intention de la mère et du frère, mais aussi de l'intéressé :

– Je vous assure que tous les duels ne sont point fatals, loin s'en faut. De plus, telle que se présente notre affaire, nous avons le droit de refuser l'épée et d'imposer une autre arme plus favorable. Ou même d'arrêter le combat au premier sang. A propos, maître Tricotin, êtes-vous versé en un quelconque art belliqueux ?

Clovis hocha la tête négativement. A part lancer son couteau contre une souche lorsqu'il était enfant ou jeter des pierres sur les chiens errants…

– Savez-vous au moins tirer au fusil ?

Clovis plissa les yeux comme pour voir derrière la question. Il lui arrivait de guerroyer secrètement contre les lapins et les perdrix, mais la possession de fusils était sévèrement réprimandée dans la châtellenie des Armogaste.

– Ça se pourrait, comme ça se pourrait point d'ailleurs.

Pagès-Fortin entreprit de reboutonner son manteau.

– Je vais sans plus tarder m'occuper de notre second témoin. Je me rendrai ensuite en sa compagnie au domicile de Brasc l'aîné pour y négocier le procès-verbal de rencontre. Naturellement, ils refuseront nos conditions, aussi nous choisirons un arbitre d'honneur pour nous départager. Il va sans dire qu'avant d'en arriver là je m'efforcerai de les persuader à convertir ce cartel en simple plainte judiciaire. Ce qui commuerait ce duel en procès, mais…

Au ton de ce mais, Clovis comprit qu'il ne fallait guère entretenir d'espoir sur cette expectative. Avant de quitter la chambre, Pagès-Fortin eut une mimique admirative vers les quintuplés.

– On pourrait croire qu'à l'instant de grâce vous avez eu le hoquet.

Clovis ne sourit ni ne répondit. Ce trait à vocation humoristique lui avait déjà été servi à plusieurs reprises ce matin. Il accompagna l'avocat jusqu'à son cabriolet qui attendait devant l'échoppe. Le cocher ôta le plaid protégeant le cheval du froid et se tint prêt.

Une fois installé sur la banquette, Pagès-Fortin passa la tête par la portière et lança :

– Je vous saurais gré de ne pas vous éloigner et d'attendre mon retour. Je ne saurais être long. Le temps joue en notre défaveur, aussi ne faut-il point en perdre.

— Je vous entends mal.

— La juridiction du Point d'Honneur prescrit **qu'**une rencontre se doit d'avoir lieu dans les deux jours précédant la remise du cartel.

— Caramba ! s'exclama sans conviction Clovis, trop ému pour songer à faire tinter son anneau.

Il était tout à coup convaincu qu'il ne survivrait pas à ce duel, qu'il ne verrait pas ses enfants grandir, qu'il ne polissonnerait jamais avec Immaculée…

Dans la cour, la chèvre bêla ; la vache lui répondit en meuglant.

Chapitre 9

Depuis près de trois siècles, le beffroi, fierté de la Maison, réglait le sommeil, l'appétit et les activités des Racleterrois. On se levait quand sonnait prime, on croustillait à tierce, on déjeunait à sexte, on dînait à vêpres, on soufflait les chandelles à complies, on friponnait à matines. Aussi, quand retentirent les douze coups de sexte, chacun sut qu'il était l'heure de se sustenter. La rue des Afitos se désengorgea, la circulation reprit.

Chez les Tricotin, la dominance des soins utilitaires multipliés par cinq posait déjà des problèmes d'intendance, insolubles sans une entraide familiale et une organisation des tâches.

Adèle était retournée place de l'Arbalète superviser le repas de son mari. Seule dans la chambre, Immaculée faisait un travail d'aiguille au chevet d'Apolline toujours endormie. De temps en temps, elle s'interrompait pour ajouter une bûche dans la cheminée. Les quintuplés dormaient.

Dans la cuisine, Jeanne Tricotin terminait une requinquante soupe à l'ail, sa mère, Marie Camboulives, faisait revenir des oignons. Dans l'échoppe, les Tricotin et le maître tanneur Félix Camboulives buvaient du casse-poitrine en tenant un conseil de famille. Clovis, une plume à la main, additionnait des chiffres apparemment décourageants.

— D'autant plus qu'Apolline ne pourra plus exploiter ses fourmilières, et ça veut dire dix livres en moins par mois.

Sa femme visitait les nombreuses fourmilières du bois Floutard pour les vider de leurs œufs et les vendre au faisandier du château (les faisans en raffolaient), ainsi qu'aux apothicaires qui les utilisaient dans la composition de leurs aphrodisiaques.

– Si seulement je pouvais me défaire de ce collier. J'aurais de quoi assoldayer une servante à l'année, je pourrais même affermer une maison plus vaste rue des Deux-Places.

– Si tu es encore de ce monde, lui rappela lugubrement Caribert qui avait l'intention d'en appeler au consul pour qu'il prohibe cette rencontre trop inégale.

Il comptait lui démontrer que les duels usurpaient le pouvoir de rendre la justice et donc empiétaient d'autant sur l'autorité.

La porte s'ouvrit sur Petit-Jacquot.

– J'ai trouvé le loubier, mon maître, y vient pour les crocs.

Coiffé d'une toque en livrée de loup, la poitrine barrée d'une bandoulière de garde-chasse aux armes des Armogaste, Achille Javertit apparut derrière l'apprenti. Son front bas creusé de rides et sa bouche tombante aux commissures lui conféraient un air vaguement mélancolique. Il portait sur l'épaule un sac de toile dans lequel remuait quelque chose.

Clovis regarda sa liste des dépenses en soupirant :

– J'avais oublié ces frais-là.

Offrir une dent de loup à sucer à un nouveau-né était la coutume la plus infaillible pour garantir l'excellence de sa future dentition.

Le garde-chasse entra dans l'échoppe nimbé de son habituel relent de bran lupin. Il le récoltait dans la forêt et le revendait aux bergers et aux pâtres qui en frottaient leur bétail pour tromper les malebêtes.

On savait peu de chose sur lui si ce n'était que son père, un bûcheron des Armogaste, avait été pendu pour braconnage par le vieux chevalier Évariste. Il habitait une cahute de sa fabrication près des grottes de la Loubière, à la frontière de la Sauvagerie, le cœur inconnu de la forêt de Saint-Leu. Comme il y vivait seul, on le disait un peu sorcier, un peu meneur de loups, un peu assassin. Il était crédité de la disparition inexpliquée de plusieurs braconniers.

Chaque veille de laisser-courre, il venait à Racleterre faire son rapport de vénerie au chevalier Virgile-Amédée. Il en profitait pour se montrer dans les rues et vendre ses produits à base de bêtes fauves. Avec l'argent, il s'achetait du vin, du tabac, du sel, de la poudre à fusil.

Le garde-chasse déposa son sac à terre et l'entrouvrit pour donner de l'air à quatre louveteaux mal en point. Un seul bougeait faiblement. Petit-Jacquot s'accroupit au-dessus d'eux pour les étudier.

L'homme tira de sa veste grise une bourse de cuir contenant un assortiment de dents de loup qu'il étala sur l'établi en énumérant leur prix d'une voix morne.

– Une livre et demie la canine, dix sols l'incisive, six la mâchelière. J'ai moins cher, mais c'est du renard.

Ses lèvres étaient si minces qu'on ne les voyait que lorsqu'il parlait.

Clovis choisit une belle et longue canine pour l'aîné Clodomir, trois incisives pour les cadets Pépin, Dagobert, Charlemagne, et une mâchelière de louvart pour la garce Clotilde. Le marchandage fut bref. Le garde-chasse accepta d'en rabattre de quelques sols. L'achat payé, il ramassa son sac et s'en alla sans un mot.

Un cavalier monté sur un navarrais gris pommelé trottait à côté du cabriolet de Pagès-Fortin.

L'avocat avait les traits préoccupés. Clovis devina son affaire mal engagée.

– Maître Tricotin, voici maître Laszlo Horvath qui nous honore d'accepter d'être votre second.

Le Hongrois démonta. Gras comme un clou, la quarantaine, serré dans une redingote fendue dans le dos, les jambes arquées aux fortes cuisses moulées dans une culotte jadis bleu céleste, il faisait plus grand qu'il ne l'était. Ses yeux tirés vers les tempes, ses pommettes saillantes et ses longues moustaches en croc rappelaient à Clovis les illustrations des Voyages de Marco Polo (il possédait les six volumes). Il était coiffé d'un bonnet militaire à pointe bordé d'une fourrure en léopard pelée par endroits : ses cadenettes relevées sur les tempes dégageaient une nuque barrée d'une large cicatrice, sans doute la souvenance d'un coup de sabre. Il lui manquait un morceau d'oreille et son nez brisé et aplati lui dessinait un bien étrange profil. Curieusement, il plaisait aux femmes, et tout dans son attitude montrait qu'il le savait.

Clovis le remercia civilement. Le Hongrois se borna à le toiser de haut en bas, puis de bas en haut, avant de lâcher un bref et énigmatique :

– Ça galope !

– Vous êtes-vous entretenu avec les autres ? demanda Clovis à Pagès-Fortin.

– Jusqu'à l'extinction de voix. Mais ces butors sont restés intraitables et maintiennent leur position d'offensé.

– Ne l'aviez-vous point prédit tantôt ?

– Si fait, maître Tricotin, mais j'ignorais alors que votre pierre avait blessé le sieur Crandalle au visage. Comme il était chez Brasc quand nous sommes arrivés, j'ai pu constater *de visu* la gravité de sa blessure. Ce qui, vous en conviendrez, affaiblit notre position. Le plus préoccupant reste que le sieur Crandalle refuse obstinément l'arrêt au premier sang et exige une rencontre « à outrance ».

Clovis baissa les yeux pour cacher son trouble. L'avocat poursuivit :

– Après nous être opposés à de pareilles prétentions, nous avons exigé qu'un arbitre d'honneur nous départage et désigne l'offensé.

– Qui a été choisi ?

– Le chevalier Virgile-Amédée Armogaste a fait l'unanimité. Aussi, mon ami, passez votre manteau car nous allons de ce pas au château.

Emmitouflé jusqu'aux oreilles dans sa houppelande qui puait encore l'urine, Clovis écoutait à demi l'avocat qui tentait de le rassurer sur l'impartialité de l'arbitre d'honneur. Le cabriolet roulait bon train, précédé par Laszlo Horvath qui semblait ne faire qu'un avec sa monture. Clovis l'avait vu tout à l'heure sauter en selle sans toucher aux étriers.

– Le chevalier a servi vingt-cinq ans au Royal-Guyenne. D'après notre ami hongrois, il aurait une centaine d'arbitrages de Point d'Honneur à son actif. Nous ne pourrions souhaiter mieux.

– Je pensais que l'offensé était toujours le premier insulté, or, c'est moi qu'il a compissé d'abord.

– Je vous entends, mon ami, mais notre adversaire se réfère à l'ouvrage de Frontbonne qui professe que, en cas de voie de fait respective, l'offensé est celui qui a reçu la plus grave. Le baron Ocloff, auquel, nous, nous nous référons, dit exactement le contraire. L'un des premiers soins de l'arbitre d'honneur sera donc de choisir un auteur qui servira une fois pour toutes de code.

Le Point d'Honneur était à l'origine d'une importante littérature qui avait pour vocation de définir la valeur de chaque offense afin de permettre la désignation exacte de la personne offensée. Chaque auteur, désireux de se démarquer des précédents, avait apporté ses propres nuances interprétatives.

Le cabriolet brinquebala sur les pavés de la place Royale balayée par une bise qui venait de se lever. Le cocher dépassa l'édifice du pilori et se dirigea vers trois cavaliers postés sous l'un des vieux chênes encadrant l'entrée de l'ancien séminaire des Vigilants.

– Il a été décidé que nous nous présenterions ensemble au château, expliqua l'avocat avec un geste vers les cavaliers.

Clovis reconnut Brasc l'aîné et le dragon Mondidier.

Un pansement enturbannait le crâne et recouvrait l'oreille, l'œil et la joue gauche du troisième cavalier qui ne pouvait être que Crandalle. Il montait une jument limousine qu'il dirigea vers eux.

– S'il vous parle, ne lui répliquez en aucun cas, chuchota vivement l'avocat.

Ce qui n'était pas caché par les bandages montrait un visage long, sec, buriné, une bouche gourmande soulignée d'une épaisse moustache brune. Quoique ses jeunes ans eussent disparu – il devait compter une cinquantaine d'hivers –, ses cheveux étaient encore d'un châtain ardent. Il portait en bandoulière une besace de cuir gonfléc et d'allure pesante. Tout dans son maintien rappelait le militaire. Il exsudait l'énergie.

Clovis tenta de soutenir son regard, un œil rond et bleu qui saillait à fleur de tête. Il s'en voulut de le baisser vers l'épée qui pendait à sa hanche et qui allait, sans aucun doute maintenant, le priver de la vie. Le maître d'armes eut un rire sec en faisant faire demi-tour à sa monture.

Au printemps 1735, le notaire Félicien Crandalle de Réquista eut la méfortune de voir son fils aîné tirer le billet noir le condamnant à six ans de milice. Trop démuni de finance pour lui acheter un remplaçant, le tabellion offrit son fils cadet en échange, une pratique courante qui fut entérinée après une inspection médicale de celui-ci.

C'est ainsi que René-Auguste Crandalle et trois autres « tombés-au-sort » furent transférés dans une compagnie de la milice provinciale stationnée à Rodez.

Après un an d'entraînement durant lequel il apprit surtout à jouer au pharaon et au lansquenet, il fut versé d'autorité dans le régiment de Guyenne qui manquait chroniquement d'effectifs.

Sachant lire, écrire et compter, Crandalle fut promu brigadier et survécut à deux duels occasionnés par le jeu, avant de participer à la guerre de Succession d'Autriche qu'il termina maréchal des logis.

Promu adjudant au début de la guerre de Sept Ans, il reçut ses épaulettes de lieutenant en troisième un an avant l'humiliante défaite.

Frustré de ne pas être admis lieutenant en premier, un grade réservé aux nobles à quatre quartiers minimum, Crandalle abandonna l'armée à contrecœur et rentra au pays avec l'intention d'y tenir une salle d'armes, faute d'une meilleure idée. Comme ses supérieurs l'avaient si souvent spécifié dans leurs rapports, Crandalle était plus militaire qu'intelligent.

Ses retrouvailles avec Réquista furent brèves et fort aigres. N'étant pas revenu depuis trente ans, personne ne l'attendait. Ses générateurs logeaient au cimetière, et son frère aîné, peu impressionné par ses épaulettes d'officier, poussa l'outrecuidance jusqu'à prétendre ne point le reconnaître et lui refuser l'hospitalité.

– Qui que tu sois, mauvais drille, passe ton chemin, sinon gare au guet.

Crandalle enfourcha sa monture, força son passage à

l'intérieur de l'étude familiale et entreprit de la dragonner sans poser le pied à terre, défonçant les fenêtres à coups de botte, éventrant les meubles en faisant ruer sa jument, fauchant la vaisselle avec son sabre. Ces actions soulageantes accomplies, il sortit du bourg avant la fermeture des portes et s'enfuit sur le grand chemin de Rodez qu'il atteignit le surlendemain.

La capitale provinciale recelant déjà une bonne trentaine de salles d'armes, Crandalle s'essaya au métier de massip, des mercenaires civils qu'on rencontrait aux portes des bourgs ou dans la cour des Postes-aux-chevaux à la recherche de voyageurs désirant louer une protection armée pour la durée de leur déplacement.

Le hasard voulut qu'il escorte pour la Saint-Éloi un maître orfèvre et sa famille jusqu'à Racleterre. Le bourg l'enchanta à plus d'un titre. D'abord il était dépourvu de salle d'armes, ensuite il comptait de nombreux militaires en garnison, la société idéale pour garantir une fréquentation minimale.

Après en avoir demandé l'autorisation à la Maison et payé les droits afférents, Crandalle loua rue des Maoures un ancien entrepôt à grains tout en longueur. Il l'aménagea, fit gratter le plancher, repeindre les murs et inscrire dessus des phrases telles que *L'honneur est au-dessus des lois*, ou encore, *Le sang lave les outrages, purge les injures, efface les taches de l'honneur*, propres à séduire les futurs ferrailleurs.

Les cavaliers et le cabriolet du maître chicaneur traversèrent la place en direction du château neuf abrité derrière ses murailles d'où dépassait le vieux donjon féodal.

Bien qu'en temps de paix le pont-levis fût abaissé en permanence (sauf la nuit), il aurait été inconvenant de le franchir sans s'annoncer à Martial, le gouverneur des clefs qui logeait au-dessus de la porte où étaient les treuils commandant le pont-levis et la double herse.

Le Hongrois franchit le tablier et se pencha sur sa selle pour sonner la cloche. Aucun des corbeaux freux perchés sur les merlons ne s'envola en croassant.

Martial se montra, le visage solennel. Un clavier circulaire d'une quarantaine de clefs pendait à sa ceinture.

– En voilà t'y pas une heure mal choisie ! Sa seigneurie mangeaille comme tout le monde. Revenez à la mi-relevée ! lança-t-il avant même d'entendre les motifs de leur visite.

– Les affaires d'honneur ne souffrent point de délai. Courez prévenir votre maître et hâtez-vous car on gèle dans ce courant d'air, lui répliqua Pagès-Fortin, pas mécontent de contrarier le repas du châtelain.

L'idée de rencontrer le chevalier Virgile-Amédée n'enchantait guère Clovis, encore moins celle de lui parler. Il se sentait intimidé et détestait ça.

Le cabriolet franchit le pont-levis et s'engouffra sous la voûte d'où tombaient les chaînes luisantes de graisse qui retenaient le tablier.

Le mulet du garde-chasse était attaché devant le grand chenil aux doubles portes décorées de nombreux pieds de loup et de sanglier cloués dessus. Dedans, quelqu'un s'entraînait à sonner le *Bien allé*.

Le cabriolet fit halte près du perron. Martial ouvrit la porte du hall et leur fit signe de le suivre.

C'était la première fois que Clovis pénétrait à l'intérieur du château des Armogaste.

Chapitre 10

Même le roi, qui faisait et défaisait des nobles à volonté, ne pouvait créer un gentilhomme. On naissait gentilhomme, ou on ne l'était pas.

Exaspéré par la quantité invraisemblable de familles échappant aux redevances en se prétendant nobles, le roi Louis le quatorzième fit dresser un catalogue général de la noblesse et ordonna à ses intendants de vérifier les titres de chaque privilégié du royaume.

Quand vint le tour des Armogaste de Racleterre de prouver leur qualité, ceux-ci produisirent avec morgue trois documents qui laissèrent coi d'admiration M. Nicolas Chérin, le généalogiste royal.

Le premier était un parchemin en velin daté de l'an 813 qui déclarait en latin que le chevalier Hugon Armogaste était promu *Luparii Imperium* de la vicairie de Ruténie. Un impressionnant sceau de cire brune représentant l'empereur Carolus Magnus en majesté était inséré dans la peau de veau mort-né.

Le deuxième parchemin, en couenne de mouton épilée à la chaux, attestait en langue d'oc que le *moult leal et moult gentil chevalier et grand louvetier Arthur Armogaste* avait reçu pour mission *d'extirper à jamais de la forêt des Belanos la détestable race lupine qui l'infestait*. Il était daté de l'an 1067 et portait le sceau de cire de son suzerain le banneret Runulf Fendard, seigneur de Roumégoux. Suivait une liste détaillée des privilèges concédés à sa charge de grand louvetier : droit de gîte, droit de percevoir une mesure de grains sur les levées, exemption aux péages, remboursement des dépenses des chevaux, des piqueurs, des valets de limiers et des meutes, droit de prélever une prime de trois deniers sur les habitants pour chaque loup présenté, de six pour une louve, de dix pour une louve pleine, droit de réquisition absolu pour les battues.

Le *moult gentil* chevalier Arthur quitta Roumégoux au printemps. Les Chroniques familiales des Armogaste (le premier volume date du XIᵉ siècle) narraient que son équipage de vénerie se composait d'un quadrige de piqueurs coiffés de tête de loup, d'un traquenardeur, d'une meute de griffons fauves au poil aussi rude et bourru que leur sale caractère, d'un chariot tiré par des roncins transportant les tentes, la literie, les traquenards, les épieux à oreilles, les arcs et les traits de rechange, les ustensiles de cuisine, de pelleterie, de bûcheronnage. Deux valets de chiennerie le guidaient.

Le chevalier Arthur était à cheval, ses gens trottinaient à pied avec les chiens. Ils voyagèrent quatre jours durant sur l'ancienne voie romaine délabrée avant d'atteindre le causse de Racleterre. Ils découvrirent un paysage chagrin peuplé de ronces et recouvert d'un si grand nombre de cailloux qu'on ne voyait plus la terre. Les vents du sud y soufflaient si fort que les arbres avaient leurs branches tendues vers le nord, comme pour s'enfuir.

Ils suivirent la rivière et virent des lopins de terre semés de blé sarrasin, des enclos à gallines, des huttes vides. Leurs occupants avaient apparemment fui à leur approche.

Une demi-lieue plus loin, ils arrivèrent en vue d'une immense forêt primaire adossée à l'abri des vents aux contreforts de l'Aubrac. Son amplitude, la touffeur du sous-bois, la circonférence de certains troncs les ébaudirent.

Les chiens relevèrent très vite de nombreuses voies lupines et le firent savoir en roidissant leurs poils et en tirant violemment sur leur laisse.

Arthur leva la tête vers le ciel, mit ses mains en porte-voix et hurla à la façon des loups.

Les vrais, tout proches, ne résistèrent pas à lui répondre, vite imités par d'autres congénères dispersés aux quatre points cardinaux. Arthur put ainsi dénombrer une quinzaine de clans. La forêt des Belanos portait bien son nom : *belanos*, en gaulois, signifiait *croque-mouton* et désignait les loups en général.

Les Chroniques des Armogaste contaient qu'il tenait cette ruse de son père, qui la tenait lui-même de son père, qui la tenait de son père, qui la tenait de son père, qui la tenait de Hugon, le louvetier impérial de Charlemagne.

– C'en est fini de votre quiétude, leur lança-t-il d'une voix que l'on devinait accoutumée à tenir ses promesses.

Dans un monde chrétien qui prônait l'ordre domestique et se consacrait à l'élevage et à l'agriculture, le loup, ce fléau de la propriété, était l'ennemi à exterminer.

Arthur installa son campement provisoire près de la rivière. Les piqueurs dressèrent les tentes en peau de cerf, les valets bâtirent un enclos de branchages pour les chiens, le traquenardeur s'en alla reconnaître le sous-bois et tendre quelques lacets.

Les jours qui suivirent furent consacrés au dénombrement des serfs occupant les alentours. Ils étaient quarante-huit, dont seize femmes et neuf moutards à la mamelle : ils se disaient vilains (serfs affranchis), natifs des monts Lozère et chassés par la cruelle famine qui y sévissait chroniquement. C'était leur troisième hiver sur le causse et ils prétendaient ignorer que leurs terres appartenaient au très haut et très puissant banneret de Roumégoux.

Ce n'était pas la qualité d'un chevalier qui déterminait son titre mais celle de son fief. Se faisait appeler comte qui possédait un comté, baron une baronnie, châtelain une châtellenie, chevalier un cheval, une broigne et une épée. Si Runulf Fendard se glorifiait du titre de banneret, c'était parce qu'il était seigneur de trois châtellenies et qu'il pouvait réunir plus de dix vassaux sous sa bannière. Runulf était lui-même fidèle vassal de messire le comte de Toulouse, Raymond de Rouergue, leur suzerain à tous.

Arthur regroupa les vilains autour de lui et les fit mettre à genoux. Il leur présenta le sceau de cire où apparaissait la silhouette du banneret monté sur son palefroi.

– Voici votre seigneur Runulf Fendard de Roumégoux. Dorénavant, vous lui appartenez de droit.

Il dégaina posément son épée à double tranchant et la brandit dans leur direction.

– Voici son pouvoir exécutif.

Un de leurs chiens eut l'outrecuidance d'aboyer dans

sa direction. Arthur lui trancha l'échine en deux parties inégales.

Après avoir évalué la superficie des terres qu'ils avaient défrichées et semées, il les réunit à nouveau et les éclaira sur les redevances et les devoirs qui leur incombaient. Désignant ensuite les plus robustes d'entre eux, il leur montra l'endroit précis où il voulait que s'élève son camp de louveterie. Il choisit un emplacement dégagé dans la boucle de la rivière.

– Je veux une chaumine de douze pieds de long sur six de haut. Là, vous m'édifierez la cuisine, là un puits, là une grande chiennerie couverte, là une écurie et là un gallinier.

Il peupla ce dernier en prélevant l'exacte moitié de leurs gallines.

Arthur savait que l'éradication des meutes de la forêt allait prendre du temps. Il n'avait pas connaissance d'animal montrant plus de sang-froid qu'un loup chassé. Sitôt débuché, celui-ci filait droit devant lui, dédaignant les ruses, se fiant à ses jarrets et à son endurance de fer. Il se tenait proche des chiens, il réglait le train de la poursuite sans jamais prendre de vitesse au-dessus de ses moyens, il ne s'affolait jamais. C'était précisément pour tout cela que le courre au loup était si passionnant et si pénible.

Le lendemain, le chevalier forçait un jeune-loup de deux ans débusqué alors qu'il terminait de carnager la moitié d'une bréhaigne, une vieille biche qui ne faisait plus de petit.

Alourdi par son estomac trop plein, le loup courut mal et mourut quatre heures plus tard d'une flèche dans la nuque alors qu'il tentait de traverser à la nage une mouille au milieu des arbres. Les piqueurs se jetèrent à l'eau pour ramener son corps à terre. Ils le déshabillèrent de sa fourrure, conservèrent la tête accrochée après et donnèrent les entrailles et les chairs aux chiens qui s'en régalèrent. Ils présentèrent les yeux fichés à la pointe de leur poignard à Arthur qui mordit dedans sans plaisir particulier.

Les vilains huèrent la peau du loup. Ils haïssaient ces très carnassiers quadrupèdes qui leur avaient dévoré tant de chèvres et de poules. L'hiver passé, ils avaient emporté un ânon de six lunes.

Pourtant, Arthur et ses piqueurs ne furent pas dupes de ce premier succès. Si l'animal n'avait pas été gavé de viande, jamais ils n'auraient pu le forcer à travers les enchevêtrements de ronces, de fougères, d'arbres morts, de taillis impénétrables.

Les vilains qui ne travaillaient pas à l'édification du camp furent réquisitionnés au débroussaillage du sousbois et aux traçages de plusieurs sentiers. L'un mena à la mouille aux eaux vives de carpes et d'anguilles. Un autre conduisit jusqu'aux contreforts de l'Aubrac, percés de nombreuses grottes.

De l'aube au crépuscule, Arthur, son limier et son traquenardeur brossaient la forêt, tendant çà et là leurs redoutables traquenards en maxillaires d'ours. Le ressort était un simple arc de bois mis en tension par des crins torsadés d'étalon (les crins de la queue d'un cheval étaient plus solides que ceux d'une jument qui pissait sur les siens). Chaque partie du piège était soigneusement parfumée à la charogne.

Ils prirent un grand-vieux-loup, âgé de dix ans d'après ses crocs moulus. Ils prirent un loup de trois ans mourant de faim depuis qu'une blessure pourrissait son pied arrière et l'empêchait de chasser. Ils prirent un louvart qui mordit bravement la lame qui l'égorgeait. Leurs dépouilles rejoignirent celle du jeune-loup.

Au début de l'été, Arthur tua une laie et attrapa sept de ses marcassins. Il indiqua aux vilains l'endroit où il voulait voir construire sa porcherie et se montra équitable en leur donnant le plus rachitique de la portée.

Au début du mois des feuilles mortes, le leal et gentil chevalier retourna à la ferté de Roumégoux.

Après s'être prosterné devant son suzerain et lui avoir baisé la main avec moult bruits de succion comme le voulait l'étiquette, il lui présenta dix-sept peaux de loup. Au dos de l'une d'elles, il avait enregistré le recensement des vilains lozérois, la superficie des terres semées, le décompte des boisseaux produits et prélevés. Arthur montra son chariot contenant dix boisseaux de blé noir, l'exacte moitié de leur moisson.

Quand il quitta Roumégoux, il était accompagné d'une

épouse, d'un maître d'œuvre prêté par son seigneur et de cinq familles de serfs libres, originaires des Grandes Causses. Il rayonnait en serrant sur son cœur un parchemin attestant la cession en viager à son bénéfice du causse de Racleterre.

Les Chroniques narraient que, en retrouvant le lugubre paysage caillouteux qui était désormais le sien, l'eau du cœur lui monta aux yeux de bonheur : ici, il planterait ses racines, ici, il fonderait sa lignée.

Rassemblant ses vilains, il exhiba le précieux document comme il avait exhibé précédemment le sceau des Fendard.

– Ce causse est désormais mien, et vous aussi vous êtes miens.

Arthur dégaina son épée et lança des œillades de foudre autour de lui, comme s'il cherchait quelque chose ou quelqu'un à séparer en deux. Aucune objection ne se faisant ouïr, il traça sur le sol les contours de la forêt, il la divisa en quatre cercles et il donna leur signification.

Le premier cercle, la *silva communis*, commençait aux lisières et s'enfonçait de cinquante pas dans le sous-bois. Ils étaient autorisés à s'approvisionner dedans en bois mort, en champignons, en glands pour les marcassins. Gare aux contrevenants qui briseraient du bois vif ou qui s'aventureraient au-delà de ces cinquante pas.

Mentant sans effort, il ajouta d'un ton menaçant :

– J'ai ramené de la tourmentine et j'en ai semé partout à partir du cinquante et unième pas.

Une vive inquiétude se peignit sur les visages. La tourmentine était une herbe mystérieuse qui égarait à jamais ceux qui marchaient dessus. Des polémiques séculaires existaient sur la taille de la plante, sur sa forme, sur sa couleur et même sur son existence.

Le deuxième cercle, la *silva concida*, fournirait les épieux, les piquets pour les plesses, les manches d'outil, les arcs, les flèches, et surtout les madriers de construction de son futur donjon.

Le troisième cercle, la *silva forestis*, où se trouvait la mouille, était décrété territoire de chasse et de pêche, réservé à son usage exclusif. Les contrevenants seraient sévèrement châtiés.

Au plus profond de ce troisième cercle se nichait la Sauvagerie, le cœur de la forêt, le quatrième cercle. De la cime d'un grand hêtre, Arthur l'avait évalué à une centaine d'hectares sans chemins ni sentiers, juste des coulées animales, striés de ravines disparaissant sous les ronciers, barrés de fourrés inextricables, d'arbres géants enchevêtrés de grands ajoncs d'épines, et où personne encore n'avait osé s'aventurer.

En l'absence d'un neck volcanique comme à Bellerocaille, ou d'une colline de schiste comme à Roumégoux, le chevalier Arthur fit élever une motte artificielle de terre et de cailloux sur laquelle il percha son donjon.

Pendant que ses gens travaillaient, il délimita les alentours en manses de cinq hectares et les remit en viager aux serfs libres qui l'avaient suivi.

Après avoir pris longuement la mesure du terrain, le maître d'œuvre proposa un donjon de plan carré, haut de sept toises et large de quatre, divisé en deux étages coiffés d'une terrasse ouverte d'où l'on dominerait le causse à perte de vue. La construction coûta l'existence à cinquante-cinq chênes centenaires, tous coupés dans le deuxième cercle.

De nature soupçonneuse, Arthur s'octroya un vaste espace autour de sa motte qu'il nomma sa grand-cour et l'enferma derrière une plesse de pieux qu'il cerna d'un fossé inondé grâce à un canal creusé jusqu'au Dourdou. Un pont de bois, facile à détruire à la moindre alerte, fut jeté par-dessus.

Posséder un fief était une chose, le conserver en était une autre. Quand le nombre des vassaux à la charge d'un seigneur excédait ses capacités, celui-ci leur offrait des terres qui leur permettaient de s'entretenir eux-mêmes tout en s'acquittant de diverses charges et services. Pour séduire de nouveaux vassaux, il fallait de nouvelles terres à offrir. De ce besoin constant de nouveaux territoires étaient nées les guerres privées, moyen expéditif de s'en procurer.

Les vilains abandonnèrent leurs huttes en bordure de

rivière pour s'installer au pied de la palissade du fortin, sous la protection immédiate de leur seigneur et maître. Durant le percement du canal, Jéhan, l'un des vilains ramenés de Roumégoux, remarqua sous la rebutante épaisseur de pierraille que la terre ressemblait à celle des meilleurs fromentaux des Grandes Causses, une terre calcaire réputée si fertile qu'on disait d'elle fort sérieusement que Dieu avait choisi la même pour façonner messire Adam.

Jéhan s'ouvrit de sa découverte à son seigneur, qui, peu connaisseur, répondit :

– Foi de Dieu, si tu ne débagoules point, bonhomme, je te baillerai une manse de plus.

Le vilain fut exempté de corvées. Il épierra le champ de cailloux, le laboura et le sema de blé.

Au printemps, la vivacité des premières pousses à percer la terre fut telle que chacun admit que Jéhan avait eu raison. La récolte fut étonnante. Le boisseau de grains produisit le double, et le froment qu'il en tira donna un pain blanc et onctueux, à l'odeur si forte qu'elle affolait les narines à une lieue de distance.

Les Chroniques rapportaient que Jéhan le vilain reçut la deuxième manse promise, et que, bien plus tard, une rue du bourg perpétua son nom.

Arthur remplit un coffre plein de terre, le chargea dans le chariot à côté d'un setier de froment et s'en alla les montrer aux serfs d'un fief limitrophe appartenant à un petit vassal du comte Raymond. Il débaucha ainsi onze familles qui fuirent nuitamment et se placèrent sous sa protection. Chacune reçut une manse aux conditions décrites plus haut.

Les activités des mois suivants se concentrèrent sur le désempierrage systématique du causse, modifiant peu à peu son apparence. Les quantités de cailloux retirées furent telles qu'on put borner avec les manses d'empilements pyramidaux, à la grande satisfaction des colonies de lézards et des busards qui mangeaient ces lézards.

Plus tard, Arthur construisit un moulin en aval de la rivière, un four à pain dans sa grand-cour et les décréta d'usages obligatoires et payants.

Les saisons succédèrent aux saisons, les moissons aux semailles.

Le petit fief de Racleterre prospérait autour du donjon à motte de son seigneur, quand, par un frais matin du mois des bourgeons, à l'heure du départ pour la chasse, Azémard Boutefeux, seigneur de la sauveté de Bellerocaille et vassal du comte Raymond, attaqua.

Tout ce qu'il ne put emporter, il le brûla. Pire, il convainquit sans mal les vilains d'Arthur d'abandonner un seigneur incapable d'assurer leur sécurité et de le suivre dans sa sauveté où il leur offrit une manse.

Transporté enchaîné à Bellerocaille, Arthur resta encaché huit mois avant de retrouver sa liberté en échange d'une rançon épicée réunie par sa famille et son suzerain de Roumégoux.

Revenu sur son causse, il n'eut de cesse de reconstruire son donjon, ce symbole parfait de son état de chevalier fieffé.

Tenant compte de l'outrancière aisance avec laquelle les Boutefeux l'avaient vaincu, il opta cette fois pour un donjon de dix toises qui coûta quatre-vingts chênes et fit percer à l'intérieur de la motte un souterrain secret qui fila jusqu'aux abords du Dourdou.

Il encercla sa motte d'une chemise de pieux aux pointes durcies au feu et profita de la destruction du village pour agrandir son périmètre seigneurial. Il claustra le tout derrière une triple épaisseur de plesses. L'ancien fossé fut comblé et un nouveau, plus large et plus profond, fut percé. On le garantit d'un remblai de pierres au lieu de terre, d'une haie vive et d'une autre double plesse.

Pendant que le chevalier et sa nouvelle meute chassaient, ses nouveaux vilains reconstruisirent leurs chaumières. Les terres des morts furent redistribuées. On laboura, on sema, on moissonna, on recommença à engranger, à troquer les excédents avec Roumégoux, bref, on prospéra de nouveau.

Alors, les Boutefeux de Bellerocaille réapparurent.

Grimés en innocents marchands, ils surprirent totalement

et désentripaillèrent tous ceux qui leur résistèrent. Ils emportèrent ce qui pouvait l'être et ardèrent ce qui ne le pouvait, car telles étaient leurs traditions et qu'ils auraient cru y contrevenir en laissant quelque chose d'intact.

Arthur Armogaste et sa mesnie échappèrent de justesse à un nouveau rançonnage en empruntant le souterrain qui les conduisit près de la rivière d'où il assista le cœur serré au nouveau saccage de son fief.

Une longue période de marasme suivit cette nouvelle dévastation.

Les Armogaste s'installèrent dans une masure à peine plus grande que celles de leurs manants et parurent se résigner à y végéter jusqu'à leur trépas, lorsqu'il fut partout question d'aller bouter les Infidèles de Terre Sainte et de délivrer le tombeau du Christ.

Trop chenu, Arthur ne se croisa point, mais son fils Roland se joignit à Gauthier Fendard de Roumégoux, l'aîné du banneret Runulf, qui s'apprêtait à retrouver l'ost de leur suzerain à tous, Raymond de Saint-Gilles, comte de Toulouse et du Rouergue.

Le jeune Roland Armogaste était à Toulouse depuis peu et visitait l'imposant système défensif de la cité comtale (en prenant des notes), quand il assista à l'entrée de Béranger Boutefeux de Bellerocaille, croisé lui aussi. Il chevauchait en tête de ses friponneurs armés de neuf, encadré par ses boutefeux qui brandissaient leurs torches enflammées et scandaient tous les trente pas des retentissants « Ça arde ! ».

Roland grinça des dents et déglutit difficilement sa bile lorsqu'il reconnut au passage plusieurs de ses chevaux, dont le superbe palefroi monté par Béranger qui appartenait à son père avant que l'exécrable famille ne le leur briconnât.

L'ost de Raymond de Saint-Gilles quitta Toulouse au mois des glands et atteignit Constantinople au printemps.

La citadelle de Nicée fut aisément conquise au cri de « Dieu le veut ». En juillet, par une chaleur qui stupéfia Roland pourtant coutumier des étés caniculaires de son causse, on entreprit sans intendance la traversée de l'inhospitalière et désertique Anatolie.

Plutôt que d'avancer sur une seule ligne, les barons de l'Ost-Nostre-Seigneur (comme se nommait le corps expéditionnaire chrétien) se scindèrent afin de trouver plus de ressources en couvrant un plus vaste territoire.

Bohémond, Courteheuse, Robert de Flandre et Étienne de Blois partirent les premiers, tandis que Raymond Saint-Gilles, Godefroi de Bouillon et Hughes le Maisné les suivirent le lendemain, empruntant la piste des monts.

Ils progressaient depuis deux jours à travers un paysage désolé de rochers ruiniformes brûlants comme feu si on les touchait lorsqu'un croisé cavalant à étripe-cheval les rattrapa. Roland reconnut les couleurs des Normands de Bohémond. L'homme annonça d'une voix altérée que des milliards de chiens d'infidèles avaient profité d'une halte à l'oasis de Dorylée pour les attaquer.

En assaillant Bohémond, le sultan Kildj Arslan, l'ancien maître de Nicée, se croyait en présence de la totalité de l'armée des envahisseurs, aussi prit-il son temps pour exterminer ceux qui lui avaient briconné sa ville, sa femme et ses fils.

Il était proche d'y parvenir à coups de vagues d'archers successives et de rapides charges de cavalerie, lorsque s'éleva à l'horizon un nuage de poussière accompagné d'un grondement qui fit vibrer le sol. Puis très vite, déformés par les brumes de chaleur dansantes, apparurent plusieurs rangs serrés de cavaliers bardés de fer, d'où émergeaient çà et là les bannières de guerre multicolores de Toulouse, du Rhin et du Vermandois. Le grondement sourd devint roulement de tonnerre ininterrompu ponctué de cris de batailledéterminés.

– DEOS LE VELT !
– TOULOUSE ! TOULOUSE !
– ÇA VA ARDER !
– TUONS-LES TOUS !

Composée de Turcs, de Persans, de Pauliciens, de Sarrasins, d'Angulans et d'innombrables Arabes, l'armée du sultan se dérouta à une vitesse extraordinaire dans toutes les directions de la rose des vents, abandonnant derrière elle son entière smalah.

Le chevalier Roland eut l'heureuse fortune de pourfendre

un Seldjoukide de haut rang et de s'emparer de droit de sa tente, de son oriflamme, de ses besants d'or, de ses bijoux (un coffre plein), de ses chevaux (une cinquantaine), de ses femmes (quatre, dont deux jouvencelles), de sa marmaille (innombrable), de ses esclaves et d'un troupeau d'étranges créatures bossues, nauséabondes, aux faciès immondes, nommées *chamel*.

Roland ne voulut point pousser sa bonne fortune plus loin et quitta l'Ost-Nostre-Seigneur, vendit son excédent de butin à un prix raisonnable, affréta un vaisseau grec à Nicomédie, et s'en retourna chez lui, l'âme en paix.

En sus de l'or, de l'étendard et du coffre à bijoux, il emportait la tente, les deux jouvencelles, cinq esclaves dont deux femelles, quatre juments et le plus bossu des chamels. Hélas, ce dernier périt durant la traversée. Roland fit bouillir sa dépouille et ramena le squelette avec l'intention de l'exposer dans la grand-salle du futur nouveau castel des Armogaste.

Ce retour, pour le moins triomphateur, correspondit au renouveau du fief. Les besants permirent de renforcer la motte et d'édifier au-dessus un nouveau donjon, de plan rectangulaire cette fois, haut de quinze toises, long de cinq, large de trois, aux murs de sept pieds d'épaisseur, entièrement faits d'énormes moellons de grès. Le fossé et les plesses furent remplacés par une coûteuse chemise de granit large de douze pieds.

Pendant que se reconstruisait un corps de logis comprenant des écuries, un chenil, des magasins, un four à pain, un pressoir et une maréchalerie, le chevalier Roland profita de l'absence de Béranger Boutefeux, toujours guerroyant en Terre Sainte, pour assoldayer une compagnie de routiers Brabançon et la lâcher sur Bellerocaille. Il n'accepta de les en retirer qu'en échange d'une rançon de dix mille gros tournois.

Une partie de cet or servit à secrètement allonger, agrandir et empierrer le souterrain, mais aussi à remplacer l'ancienne enceinte de bois par une muraille crénelée de huit toises d'élévation que le maître architecte jalonna de quatre tours d'angle et d'une porte flanquée de deux tourelles, où il adapta un pont-levis identique à celui remarqué à Toulouse.

De nouvelles douves furent creusées, des tanches, des carpes, des brochets, des anguilles furent lâchés dedans. Personne n'y lâcha de grenouilles, pourtant elles furent bientôt des mille et des cents à vacarmer chaque nuit d'été.

Le village se reforma au pied des murailles protectrices : on se remit à labourer, à semer, à récolter, à engranger, à prospérer. Des colons affluèrent. Roland leur distribua des champs à décaillouter, incitant certains à favoriser l'élevage des vaches et des moutons, grands dispensateurs de lait, de viande, de cuir et de laine. Une petite tannerie se construisit en aval.

Racleterre s'agrandit, augmentant d'autant la fortune de son seigneur qui instaura une taxe permanente sur chacun, en échange de la protection de ses hauts murs flambant neufs.

A la Sainte-Catherine, Roland planta des châtaigniers dans sa grand-cour et, bien plus tard, des familles de corbeaux freux bâtirent leur corbeautière dessus et s'y plurent au point de s'y trouver encore à ce jour d'hui.

Les scabreuses drailles du causse transformant chaque déplacement en une expédition lente, coûteuse et trop souvent dangereuse, le village prit l'habitude de fabriquer sur place tout ce qui lui était nécessaire, transformant certains laboureurs en artisans, desquels émergea peu à peu une nouvelle couche sociale.

Lorsque les seigneurs de Bellerocaille attaquèrent de nouveau, leurs belliqueuses ambitions se brisèrent contre les murailles, d'où on leur projeta sur le heaume toutes sortes de projectiles fort pesants.

Riboulant des yeux, les Boutefeux battirent en retraite, s'éloignant tel un orage, se retournant parfois pour se pilonner les pectoraux en beuglant qu'ils reviendraient et qu'on pouvait y compter.

Le causse de Racleterre connut alors une longue accalmie que les Racleterrois et leur seigneur mirent à profit pour prospérer de plus belle.

Un jour la poudre et les bombardes furent inventées, un autre jour, les prédateurs de Bellerocaille l'apprirent.

Leur siège dura un printemps et un été. Quand ils réussirent enfin à décombrer la porte à force de boulets de pierre et à envahir la grand-cour, leur exaspération était telle qu'ils trucidèrent tout ce qui ne put pas s'enfuir. Puis ils démantelèrent rageusement le donjon, nivelèrent au niveau du sol sa chemise de granit, laminèrent les murailles crénelées et leurs tours d'angle, comblèrent les douves et les deux puits, puis transportèrent les milliers de moellons à Bellerocaille où ils furent réutilisés à la consolidation de leur castel.

Comme la fois précédente, les Armogaste empruntèrent leur souterrain secret et s'enfuirent en emportant leur sceau et sa matrice, leurs terriers, les compoix, les cadastres, leur or, leurs bijoux, l'oriflamme seldjoukide, l'écu aux armes ayant appartenu au chevalier Roland ainsi que le squelette de dromadaire – le crâne seulement – transmuté par les ans en relique familiale contre les maux de dos.

Sommet de l'infortune, la calamiteuse visite des Boutefeux fut suivie par celle de la Grande Peste Noire, celle-là même qui occit plus d'un tiers des habitants du royaume.

Le causse se dépeupla, et seules quelques familles, abandonnées par leur seigneur et trop misérables pour s'installer ailleurs, occupèrent les grottes des contreforts du massif de l'Aubrac. Quant aux Armogaste, ils vécurent désormais remparés derrière leur suzerain de Roumégoux. Un Roumégoux devenu un haut lieu de pèlerinage depuis que le banneret Gauthier Fendard avait rapporté de Jérusalem le saint prépuce de Jésus et avait édifié une chapelle autour.

Toujours selon les Chroniques, il fallut attendre cinq générations pour voir les Armogaste réapparaître sur leur causse de Racleterre, où une mauvaise surprise les attendait.

Le chevalier Hubert Armogaste, douzième chef de nom et d'armes de la branche aînée, découvrit un village fortifié de quelque trois cents âmes, construit autour d'une église également fortifiée et outrageusement juchée sur l'ancienne motte, là même où s'élevait jadis le donjon familial. Un vicaire se réclamant du comte-évêque de Rodez la gouvernait.

Accoutumés à se passer de protection et à se diriger eux-mêmes par le biais d'un consul élu, les villageois se rebéquèrent et massacrèrent à coups de fourche et de fléau à blé la petite suite du chevalier. Ce dernier réussit toutefois à s'échapper et à gagner Paris où il fit valoir ses droits auprès du roi, l'arbitre suprême après Dieu. Hélas, Philippe de Valois se débattait lui-même dans des soucis tels qu'ils lui avaient ôté toute envie de s'intéresser à ceux des autres.

Ulcéré jusqu'à l'âme, humilié jusqu'à la fine moelle, le chevalier Hubert se déclara délié de son serment de fidélité et se mit en quête d'un nouveau suzerain. Il opta pour le roi d'Angleterre, prétendant à la couronne de France. Le fait que les Anglais occupassent déjà la Guyenne et une partie du Rouergue facilita sa démarche. Le chevalier Arthur se présenta à Saint-Antonin, occupé de fraîche date par le Prince Noir, et lui offrit sa loyale vassalité en échange des troupes nécessaires à la reconquête de son fief.

Apprenant son retour à la tête d'une troupe d'Anglais aux intentions ouvertement belliqueuses, les villageois et leur vicaire désertèrent prudemment les lieux. Le chevalier Hubert reprit possession de sa motte sans combat.

Comme rien ne pouvait se faire sans les villageois, il décréta une amnistie générale à tous ceux qui se placeraient sous sa juste protection. Ceux qui n'obtempérèrent point virent leurs masures et leurs champs redistribués en viager à de nouveaux colons.

Le chevalier Hubert fit détruire l'église, amplifia la motte et construisit un donjon de plan rectangulaire, haut de quinze toises, épais de sept, qu'il aménagea en quatre étages. Il occupa le deuxième et le troisième et réserva le premier et le quatrième à sa garde d'Anglois aux cheveux roux.

Plus tard, les Anglais édifièrent au centre du village un bel édifice administratif et militaire qu'ils décorèrent de léopards de pierre et où le Prince Noir dormit plusieurs nuits.

L'ordre anglais fut propice à un regain de prospérité. Racleterre compta bientôt quelque huit cents feux et une dizaine d'enfants rouquins. Tout allait donc au mieux jusqu'à ce que la guerre s'achève à la déconfiture des Anglais et de leurs alliés.

Pourchassés par une population subitement révoltée, les Armogaste durent une fois de plus leur salut au souterrain secret qui leur permit de fuir très vite et très loin (en Angleterre).

Les Racleterrois s'empressèrent de prêter hommage à Charles VII le Victorieux qui se montra reconnaissant en leur vendant fort cher une charte d'affranchissement. Tout en les faisant passer sous l'autorité royale, elle leur octroyait le droit de se gouverner et de rendre basse justice. Les terres du chevalier décrété félon furent annexées à la couronne, et son castel décrété bastide royale. Un capitaine exacteur et trente hommes dépendant de l'intendant de Montauban l'occupèrent en permanence.

Rebaptisé Maison communale, agrémenté d'un beffroi de huit toises, le bel édifice administratif et militaire anglais accueillit désormais le consul élu et son assemblée de quarteniers. Une église fut édifiée face au château et dédiée à saint Benoît. Plus tard, l'administration royale morcela les terres des Armogaste et les vendit au plus offrant.

Plusieurs décennies s'écoulèrent et trois rois régnèrent avant que les Armogaste quittent Londres et soient à nouveau en odeur de cour pour oser réclamer, et obtenir, la restitution de leur motte ancestrale.

Le chevalier Walter, seizième du nom, arriva à Racleterre le jour de la Saint-Crépin 1524, accompagné d'une cinquantaine de gens armés, d'une meute de chiens gris de Saint-Louis, d'une théorie de chariots bâchés tirés par des bœufs et d'un troupeau de vaches, de chèvres et de moutons maraudés en chemin.

La petite troupe entra par la porte des Croisades et traversa le bourg sans une œillade pour les Racleterrois qui les regardaient passer dans un silence de mauvais augure.

Sitôt démonté de son cheval, le chevalier Walter grimpa au sommet du donjon et y déploya le pennon triangulaire vert et rouge frappé de la tête de loup et de l'ambitieux *Tuons-les tous*. Comme il n'y avait point de vent, l'étamine resta pendante le long de sa hampe.

Walter ordonna la forge de nouvelles serrures pour chaque porte du castel et expulsa la famille occupant l'ancienne charpenterie pour y installer provisoirement sa meute. On vit réapparaître au mur de la grand-salle l'écu de l'ancêtre Roland, l'étendard seldjoukide et la tête de dromadaire enchâssée dans son reliquaire de vermeil. D'autres souvenirs essentiels reprirent leur fonction : le sceau et sa précieuse matrice, le plan du souterrain secret, ou encore les anciens terriers et compoix attestant les droits d'antan de la famille sur la quasi-totalité du causse.

Le lendemain à l'aube, le chevalier Walter parcourait les alentours, un cadastre vieux de trois siècles ostensiblement déroulé sur l'encolure de sa monture. Il constata que la presque totalité du premier cercle de la forêt de Saint-Leu avait été déboisée puis défrichée afin d'agrandir les champs adjacents. La trace de nombreux faux-fuyants pénétrant le sous-bois signalait une grande circulation jusque dans les deuxième et troisième cercles.

La confrontation avec le consul élu et son assemblée se déroula dans une atmosphère hostile. La réaffirmation de ses droits héréditaires sur la forêt de Saint-Leu ainsi que sur son contenu végétal et animal déplut considérablement. La forêt fournissait au bourg une réserve quasi inépuisable de viande sur pied, de bois de construction, de bois de chauffe : on y menait les cochons à la glandée, on y cueillait les châtaignes, on y récoltait truffes et champignons.

Avant l'ordonnance royale de 1396, les bêtes sauvages n'appartenaient à personne, et le droit de chasse était un droit naturel et distinct du droit de propriété. Après l'ordonnance et sa stricte application, ce droit était devenu inhérent à la possession de fief et rigoureusement réservé au roi, aux princes et aux gentilshommes. Les braconniers pris en flagrant délit étaient pendus sans procès. Les paysans, les éleveurs ou les bergers attaqués par les loups ne pouvaient que les repousser en prenant soin de ne point les occire sous peine de dispendieuses sanctions.

Il va de soi que n'ayant plus ses seigneurs veneurs pour réguler la propagation des malebêtes, et compte tenu de l'arrogance et la cherté de messieurs les lieutenants de louveterie, la Maison communale de Racleterre organisait de grandes huées annuelles. De nombreux louveteaux, parfois quelques louvarts, y étaient détruits. On les exposait au pilori, car il n'existait point de bête carnassière plus fourbe, plus haïe et plus redoutée. Le loup n'était-il pas l'ennemi mortel de l'agneau en la forme de laquelle était figuré notre seigneur Jésus ?

Si les Racleterrois concédèrent la forêt de Saint-Leu, pour laquelle il n'existait aucun document, ils refusèrent de restituer les terres. Le consul opposa à l'ancien cadastre des Armogaste les contrats notariés des propriétés cédées par la couronne durant leur exil londonien.

Commença alors une interminable série de procès dont les épices allaient faire vivre nombre de cabinets de chicaneurs durant plusieurs générations.

Chapitre 11

Château neuf des Armogaste, mars 1763.

Virgile-Amédée Armogaste, vingt-septième du nom, déjeunait entouré de ses vieux limiers allongés à ses pieds, de l'abbé du Bartonnet sur sa droite – surnommé l'abbé Harloup tant était fort son goût pour le courre au loup – et du vicomte Renaud du Poitrail sur sa gauche, capitaine au Royal-Languedoc. Il avait été convié au laisser-courre du lendemain et s'efforçait de s'intéresser aux propos du chevalier.

– Les premières armes de chasse, cela va de soi, sont le bâton et le caillou. Puis le bâton s'améliore en massue, et le caillou, taillé et emmanché, devient hache, sagaie ou harpon. La chasse, monsieur le vicomte, consiste alors à s'approcher de vingt pieds minimum d'une bête farouche, dont la survie, je vous le rappelle, tient à ses facultés de détecter ses ennemis dans un cercle de six cents pieds par l'odorat, cinq cents par la vue, trois cents par l'ouïe.

Au centre de la longue table, assis sur son fauteuil percé à roues, le chevalier Évariste, à l'esprit effaré depuis son désolant accident, mangeait salement avec ses doigts en laissant traîner ses manchettes dans son assiette. Par instants, il soulevait vivement ses mollets sans pieds comme si quelque chose tentait de les lui saisir. Cécile de Montenbasset, sa fille, veuve douairière du vicomte de Montenbasset décédé quelques années plus tôt d'un brutal découragement d'entrailles, lui faisait face et le surveillait. C'était elle qui poussait son fauteuil et qui enmoignonnait chaque jour ses mollets dans des sacs de cuir rembourrés de laine de mérinos.

En bout de table, à l'antipode de son mari, dame Jacinthe picorait d'un air maussade dans un plat de friture de petites lottes (elle ruminait à propos du collier et de son coût exorbitant). A sa main droite mangeait le père Gisclard qui semblait ignorer combien sa présence irritait l'abbé du Bartonnet. Près de la cheminée, pelotonné sur un pouf de velours vert, Monsieur Hubert se chauffait en tournant le dos à l'assemblée. Malgré le tronc d'arbre qui flamboyait, il faisait froid dans la grand-salle, et chaque convive avait les pieds posés sur une chaufferette remplie de braises.

Le chevalier Virgile-Amédée fixa le capitaine du Poitrail de ses yeux ronds presque sans paupières. Ils ne cillaient jamais et le faisaient ressembler à une poule vous observant (lui pensait à un aigle).

— Pour avoir une chance de tuer son gibier, le chasseur doit pénétrer ces trois cercles défensifs. Cela implique des années dédiées à l'entendement des us et coutumes de la gent sauvage.

Le vicomte opina du chef en se servant une large portion de pâté d'anguille aux morilles que lui proposait Francol, le maître d'hôtel. Elles abondaient dans les douves, avec les tanches, les carpes et les perches.

La cloche du pont-levis retentit au loin, annonçant une visite. Personne n'y prit garde.

— Le premier authentique chef-d'œuvre de l'homme n'est-il pas d'avoir su mettre à son service le chien, le cheval et le faucon ? Car vous me l'accorderez, monsieur le vicomte, mais sans le nez du premier, les jambes du deuxième et les ailes du dernier, nous n'aurions jamais pu nous assurer la domination des animaux de la Création.

Le vicomte opina en se servant cette fois une belle tranche de pâté de faisan bardé de lard que lui proposait un Francol au maintien raidi de la nuque aux talons par le sens du devoir. Le pâté était agrémenté d'un petit drôlet de vin de Routaboul qui chantait dans la tête dès qu'on en buvait.

On avait mis l'officier en garde : « La table du château est excellente, mais si vous voulez la déguster, mon cher, amorcez donc la conversation sur la vénerie, puis mangez benoîtement en approuvant du chef par-ci par-là. »

Dans le fond, près de la porte donnant sur l'office et les cuisines, autrement dit en plein courant d'air, déjeunait le docteur feudiste Éloi Larzac face au jeune Gabriel Pille-homme, qui cumulait sa fonction de secrétaire du chevalier avec celle de greffier au tribunal communal. Ils logeaient tous deux au château et, bien que leur rang les autorisât à déjeuner en même temps que les maîtres, ils étaient en butte aux mille misères d'une domesticité qui ressentait d'avoir à servir de si petites gens et s'ingéniait à trouver une infinité de prétextes pour les chagriner.

Le temps que le chevalier ne consacrait pas à ses déduits favoris (le laisser-courre, le chenil et la rédaction de son ouvrage fondamental sur le dressage du chien et du cheval de grande vénerie), il le passait en compagnie d'Éloi Larzac, à réviser les vieux grimoires dans l'espoir d'élaborer de nouvelles impositions ou de remettre en usage des droits féodaux oubliés. Son but avoué était de retrouver la jouissance de tout ce que la Maison désignait comme « biens communaux » et qui avait forcément appartenu aux Armogaste puisque, dès l'an mil, sa lignée possédait la totalité du causse.

La double porte de la grand-salle s'entrouvrit sur Martial, le concierge. Sa mine grave signalait qu'il était conscient de l'inopportunité de son irruption.

— Faites mille excuses, votre seigneurie, mais y sont une demi-douzaine à vouloir être reçus malgré l'heure. Y disent pour sûr que c'est hautement d'importance.

— Qui sont ces fâcheux ?

— Y a monsieur le chicaneur Pagès-Fortin, y a monsieur Brasc l'aîné, y a aussi ce maître d'armes qui tient salle rue des Maoures, et puis y a un dragon, et puis y a aussi votre débourreur. Je ne connais point le dernier mais il est en sabots et il est venu dans le cabriolet de monsieur le chicaneur.

Le nom de l'avocat déplut énormément. Les traits du chevalier s'altérèrent. Il détestait ce suppôt des Lumières et jugeait sévèrement qu'on débitât régulièrement dans son académie des propos à faire tomber cent fois la foudre sur le toit.

Sans aller jusqu'à pleurer l'époque où les seigneurs avaient droit de vie et de mort sur leurs sujets, Virgile-Amédée déplorait ne plus pouvoir écraser un pareil gêneur sans aussitôt encourir d'humiliantes représailles judiciaires. Il était clair dans son esprit que tous ces arrogants bourgeois outrageusement enrichis rêvaient d'instaurer une nouvelle aristocratie où leur or remplacerait les quartiers de noblesse qu'ils ne pouvaient, et ne pourraient jamais, s'offrir.

– Que me veulent-ils qui ne puisse attendre la fin de mon repas ?

– Paraît que c'est rapport à une affaire d'honneur, votre seigneurie.

La physionomie du chevalier se modifia à nouveau.

– Fais-les entrer sans plus attendre.

La dimension des pièces, la hauteur des plafonds, le luxueux mobilier, les rampes de marbre s'élançant vers les étages, les lustres de cuivre chargés de bougies à une livre, les tapisseries sur les murs, la morgue du gouverneur des clefs, tout aigrissait l'estomac de Clovis. Certains avaient tant quand d'autres si peu : sa famille, par exemple, qui vivait entassée dans une maisonnette que ce vestibule aurait contenue plusieurs fois.

Martial les guida le long d'un couloir obscur ornementé de massacres de cerfs, de chevreuils, de daims, jusqu'à une antichambre sans sièges d'où il leur demanda de ne point bouger avant son retour : il disparut par une porte décorée d'une énorme hure de quartanier.

Crandalle et ses témoins se retirèrent près d'une fenêtre donnant sur le grand chenil comme pour comploter à voix basse. Le Hongrois se posta face à l'autre fenêtre et leur tourna le dos. Clovis resta près de l'avocat qui faisait mine de s'intéresser à une huile montrant le chevalier Évariste, trente ans plus jeune, en tenue vert foncé à parements rouges, gilet de drap noir, culotte de velours gris, bottes à chaudron, s'apprêtant à servir à l'épée de vénerie un loup acculé par une meute aboyante. Ce qui devait être l'antérieur droit du loup était fixé au mur sur un panneau en noyer où on pouvait lire :

Grand-vieux-loup attaqué à tierce le 8 novembre 1737 près de la mouille Saint-Leu.
Servi dans les Palanges le 9 novembre à soleil faillant.
Honneurs à Monsieur le chevalier Évariste Armogaste.
Laisser-courre par Sans-Chagrin et Lasylve.

– J'ai ouï dire qu'il avait été un veneur exceptionnel, commenta Pagès-Fortin en désignant le tableau.

Le silence le mettait toujours mal à l'aise. Il ne pouvait s'empêcher de l'interpréter contre lui et cherchait alors quelque chose à dire.

– Ça lui a coûté la raison et les deux pieds, et à nous une journée de travail, dit Clovis qui avait participé aux recherches lorsque Évariste s'était perdu dans la forêt.

Parti un dimanche traquer à la billebaude un loup moutonnier responsable de la mort de plusieurs brebis, le chevalier Évariste avait empaumé sa voie qui courait droit vers la forêt de Saint-Leu et s'était élancé avec fougue à travers la haute futaie.

C'est en évitant une branche basse qu'Évariste perdit son chapeau et que ses longs cheveux s'emmêlèrent aux feuillages de la branche suivante, l'éjectant tel un ressort de sa selle mais pas des étriers qui se tendirent brutalement lorsque le cheval poursuivit sa course. Il aurait été écartelé si ses bottes à chaudron n'avaient eu la bonté de libérer ses pieds. On le retrouva tard dans la matinée du lendemain, sans connaissance, suspendu par la chevelure à une toise du sol, la taille élonguée d'un pan, les chevilles rompues, les pieds et tous les orteils dévorés.

Qu'il ait survécu malgré le sang perdu fut considéré comme un miracle attribuable à saint Hubert, le patron des veneurs, mais qu'il ait perdu l'esprit fut imputé au fait qu'il était parti chasser le jour du Seigneur.

Le nouveau chef de nom et d'armes des Armogaste, Virgile-Amédée, capitaine au Royal-Guyenne au moment des faits, avait organisé en accord avec monsieur l'intendant royal et la Maison, une grande huée vengeresse qui avait réuni près de deux cents personnes, et durant laquelle furent occises quantité de garennes et de perdrix, mais aucune malebête.

– Monsieur le chevalier veut bien vous recevoir, annonça le concierge de retour dans l'antichambre.

Ils le suivirent dans un couloir percé de baies vitrées s'ouvrant sur la basse-cour, les écuries et une partie du donjon aux moellons gris envahis par la misère. Martial poussa une double porte capitonnée et leur fit signe d'entrer.

Clovis découvrit une grande salle mal chauffée malgré une cheminée assez vaste pour rôtir un cheval et son cavalier. Quelques personnes de qualité déjeunaient autour d'une longue table de chêne au plateau fait d'un seul tenant. Des portraits d'ancêtres illustraient les murs et chaque angle de la salle était occupé par une armure complète. Le cri des Armogaste, peint en trompe-l'œil sur l'un des murs, était cerné d'une quantité impressionnante de têtes de loup naturalisées.

Un trio de vieux chiens aboya à leur entrée. L'un d'eux s'approcha et vint renifler de son mufle couturé de cicatrices la houppelande de Clovis. Celui-ci se demanda s'il oserait le saboter au cas où il serait d'humeur mordeuse. L'amour du chevalier pour ses chiens était fameux.

Son devoir d'inspection accompli, le vieux limier retourna se poster près de son maître. Clovis leva la tête et vit la châtelaine qui le dévisageait avec insistance, le front plissé, la bouche tombante.

La présence de dame Jacinthe, comme celle de la veuve douairière, confirmait la rumeur qui voulait que, chez les nobles, les femmes mangent à la table des hommes. Ce n'était certes pas la coutume chez les bourgeois, et c'était impensable chez un artisan ou chez un paysan. Décidément, rien de ce qu'il entrevoyait de la vie du chevalier ne ressemblait à la sienne.

– Tiens donc, voici notre si prolifique et si généreux sabotier, persifla le père Gisclard.

Clovis évita l'attention générale en s'intéressant au vieil Évariste qui continuait à bâfrer, l'œil plus éteint que jamais. On ne le voyait plus dans le bourg depuis sa méfortune, mais on le savait encore vif chaque fois qu'on l'entendait revivre ses courres d'antan en haut de son donjon. Il sonnait le *Bien allé* (les chiens sont sur la bonne voie), le *Débuché* (la bête sort du bois), le *Rembuché* (la bête fuit dans un taillis), le *Relancé* (les chiens l'en font sortir), l'*Hallali sur pied* (la bête est sur ses fins et s'est arrêtée pour faire face), l'*Hallali à terre* (la bête vient d'être servie et est morte) et la *Curée chaude* (on fait jouir les chiens en leur donnant une partie de la bête prise). Il terminait à bout de souffle par la *Rentrée au chenil* et quelquefois le *Bonsoir de la Vénerie*. Quand soufflaient les vents du sud, on l'entendait jusqu'à la rue des Afitos.

Pagès-Fortin égrena d'une voix ampoulée quelques politesses conventionnelles. Le brigadier Mondidier se présenta d'une voix forte. Crandalle fixa intensément le chevalier de son œil valide, comme pour attirer son attention.

Le châtelain les écouta en mordillant sa lèvre inférieure. Il avait posé son couvert et repoussé son fauteuil afin de leur faire face. Ses convives continuaient de manger mais on les devinait attentifs. En retrait près de la porte, Brasc l'aîné et le débourreur hongrois affectaient de se canuler prodigieusement.

Clovis, qui cherchait une contenance, se tint d'abord bien droit les mains dans le dos, puis toujours bien droit mais les bras croisés sur la poitrine.

– Un duel de roture ! s'exclama tout à coup Virgile-Amédée. Vous n'y songez pas, monsieur le chicaneur ? Passe encore pour maître Crandalle qui a été officier de fortune, mais un sabotier !

On appelait officier de fortune celui qui n'ayant ni naissance ni biens était parvenu par les grades à sa charge.

Croyant que le duel ne pourrait avoir lieu, Clovis connut un grand soulagement, nuancé toutefois d'une pointe de regret. Déjà Pagès-Fortin forçait la voix pour protester véhémentement.

– L'honneur n'est point un privilège, monsieur Armogaste, l'honneur est à TOUS, souffrez que je vous le remémore !

Développant le thème avec chaleur, l'avocat prit l'assistance à témoin, s'adressant même aux vieux chiens, lançant des phrases aussi définitives que :

– Si l'honneur est le patrimoine de la conscience, si

c'est LE sentiment qui nous donne l'estime de nous-même, que reste-t-il de ce sentiment lorsqu'on vient de réceptionner sur le chef la valeur de trois pintes d'urine, monsieur Armogaste ? Je vous le demande.

Tout en lui donnant raison, Clovis aurait aimé qu'il se taise. On voit que ce n'est pas lui qui doit se battre, ruminait-il en notant simultanément qu'il était le seul parmi les treize personnes présentes à porter des sabots.

Afin d'étayer sa démonstration, Pagès-Fortin se référa au duel ayant opposé David à Goliath, un duel revendiqué comme fondateur par la plupart des duellomanes du royaume, du modeste Dégaineur au terrible raffiné professionnel du Point d'Honneur. Seuls les pointilleux leur préféraient Abel et Caïn, au grand dam des puristes qui considéraient ce premier affrontement comme un sinistre assassinat motivé par la jalousie et certainement pas un acte d'honneur.

— David n'était point gentilhomme, que je sache ! C'était un simple pâtre, roturier de la tête aux deux pieds.

Le chevalier Virgile-Amédée quitta son fauteuil et fit quelques pas en triturant sa lèvre inférieure. Joignotte, la femme du maître coq, arriva de l'office, porteuse d'un faisan rôti joliment apprêté. Cette vision en fit saliver plus d'un, Clovis en tête qui mangeait chaque jour à la même heure et n'avait jamais raté un repas.

Pendant que Francol découpait le volatile avec deux grands couteaux aux manches d'ivoire, l'abbé du Bartonnet jugea le moment venu de rappeler à chacun que c'était un double crime contre les lois divines que de vouloir tuer et se suicider.

— Se battre en duel, mes enfants, est aussi grave que de se donner au diable ! C'est en outre une grave rébellion au roi et à ses ordonnances.

Le duel n'était-il pas la pire des préparations à une bonne mort, cet instant capital, s'il en existait un, de la vie chrétienne ? Que pouvait-il exister de plus effroyable que d'expirer en ayant l'âme encore toute bandée et tendue à se venger et à trucider. Sans oublier les jurons et les blasphèmes qu'on lâchait dans le feu de l'action et qui vous faisaient mourir en reniant Dieu.

Personne ne lui prêtant attention, l'abbé accepta la portion de faisan présentée par le maître d'hôtel et se servit lui-même de la sauce poivrée qui l'accompagnait.

Le père Gisclard prit la relève de l'abbé en s'adressant directement à Clovis :

— Monsieur l'abbé a oublié de te dire, mon fils, que Dieu excommunie les duellistes et si pour ton malheur tu n'en réchappais pas, tu dois savoir que tu ne pourrais recevoir ni les derniers sacrements, ni reposer en terre consacrée. Tu ne veux pas devenir l'un de ces pitoyables martyrs du diable ? Pense à tes enfants.

— C'est parce que je ne vous ai point baillé vos quatre livres que vous me sermonnez moi et pas lui, objecta Clovis en montrant Crandalle du doigt. C'est lui qui veut se battre, c'est lui qui m'appelle.

Il retint de peu le « pas moi » qui suivait.

Le père Gisclard voulut le réfuter mais le chevalier l'interrompit :

— Amortissez votre courroux, monsieur le chapelain, et faites plutôt danser vos mandibules sans cela votre faisan va refroidir. Quant à vous, messieurs les querellants, et vous, messieurs les seconds, veuillez me suivre. Vous aussi Pillehomme, mais terminez d'abord votre mangeaille, puis rejoignez-nous dans mon cabinet, ajouta-t-il en direction du secrétaire qui avait interrompu son repas et suivait le débat avec grand intérêt.

Les protagonistes emboîtèrent le pas du chevalier dans le couloir, dans l'escalier menant à l'étage, enfin dans une belle pièce spacieuse qui prenait son jour par deux fenêtres jumelées d'où l'on apercevait le chemin de ronde crénelé, les toits de lauzes du bourg et un bout du clocher de Saint-Benoît. Le cabinet aux murs lambrissés se terminait par une petite salle ronde renfermant les armes et les collections du chevalier. Les poutres et solives des plafonds étaient hérissées de trophées de chevreuils d'une telle prodigalité qu'elle relevait de la monomanie. Plus un espace n'était disponible.

L'arbre généalogique des seigneurs de Racleterre faisait l'important, accroché au-dessus de la cheminée. Il était peint à l'huile sur un grand panneau de cèdre et dénombrait les vingt-cinq chefs d'armes et de noms qui s'étaient succédé à la tête de la lignée. On devait avoir rendu l'âme pour y figurer, mais la branche du chevalier Évariste et celle de Virgile-Amédée s'y trouvaient déjà peintes, seuls les noms manquaient.

Entre deux bibliothèques grillagées contenant plus de livres que le sabotier n'en avait jamais vu en une seule fois était suspendu un portrait en pied du chevalier Walter, dit l'Anglois, seizième du nom. Botté, vêtu de cuir, épieu à croisilles dans une main, fouet de chenil dans l'autre, couteau et olifant à la bandoulière. Le peintre lui avait donné un regard noir instruisant qu'il n'avait peur de rien ni de personne, pas même de lui. Il était entouré d'une meute où se mêlaient gris de Saint-Louis, grand bleu de Gascogne, fauves de Bretagne. Un lourd bijou de chasse, fait de dents de loup, de griffes d'aigle, de griffes d'ours, de crochets de cerf et de défenses de sanglier, pendait sur sa poitrine. Chaque maillon de la chaîne d'argent qui les retenait avait la forme du A des Armogaste.

Clovis le dévisagea avec une franche curiosité. Il possédait plusieurs livrets consacrés à ses aventures.

Parti chasser en compagnie de son cheval et de son limier préféré le jour de la Saint-Hubert 1545, le chevalier Walter n'était jamais réapparu au château. La battue organisée pour le retrouver avait mené aux abords de la Sauvagerie, le cœur secret de la forêt, là où personne ne se risquait jamais, même pas les braconniers. Son cheval attaché à un arbre et les traces au sol incitèrent à penser qu'il avait abandonné sa monture pour continuer sa quête à pied. Les innombrables tentatives pour expliquer sa disparition donnèrent naissance à des légendes qui mûrirent à la chaleur des veillées et demeuraient toujours vivaces.

Même l'identité de l'animal chassé faisait l'objet de controverses. Certains contes mentionnaient un cerf géant de trente cors, d'autres un monstrueux sanglier, d'autres un ours gigantesque. Une version, très populaire chez les nourrices et les mères-grands, faisait du chevalier disparu l'ancêtre des meneurs de loups : l'histoire décrivait comment le fantôme du chevalier, monté à cru sur l'échine d'une louve de la taille d'un mulet de Rodez, surgissait de la Sauvagerie précédé d'une horde de malebêtes aux yeux rouges qu'il ne découplait que sur les enfants insoumis.

Clovis considérait le crâne d'une étrange bestiole posé sur une commode et qui n'était ni celui d'un cheval, ni celui d'une vache, lorsque le chevalier trôna sur l'un des fauteuils entourant une table de travail aux pieds torsadés. Comme il n'invitait personne à l'imiter, chacun resta debout.

— Avant d'arrêter une décision, je me dois d'ouïr la totalité des faits, dit le chevalier en faisant un signe de la main vers Clovis pour qu'il s'approche. D'abord, que faisais-tu à noctambuler si tard dans la nuit ?

Clovis déglutit. C'était la première fois qu'un Armogaste lui adressait la parole. Il croisa brièvement son regard qui rappelait celui d'une poule qui va pondre.

— J'allais quérir l'engendreuse pour ma mie qui allait donner vie, monsieur le chevalier.

— Narre-moi ce qui est advenu.

Clovis contait le passage où le pot de chambre se vidait sournoisement sur sa tête lorsque Crandalle l'interrompit.

— J'ignorais qu'il était dessous, monsieur le chevalier, je pensais la venelle déserte.

Le maître d'armes avait l'accent du Ségala, patrie des faminos mangeurs de châtaignes.

— Taisez-vous, maître Crandalle, votre tour viendra.

Clovis releva que le chevalier le tutoyait, alors qu'il vouvoyait le maître d'armes. Il poursuivit cependant son récit, et quand il fut question du caillou lancé, le châtelain se tourna vers le blessé pour savoir ce qu'il était advenu du projectile.

Crandalle ouvrit sa besace pour en ramener un monstrueux rocher, gros comme une citrouille, qui mit instantanément le sabotier hors de lui. Son anneau d'argent s'agita au bout de son lobe.

— Bernique ! Ce n'est point mon caillou ! Ce maudit compisseur ment par toutes ses dents, monsieur le chevalier ! Le mien était bien moindre.

Le maître d'armes tressauta comme si quelque acide l'eût atteint au visage.

– Me traiter de menteur ! Ah, faquin ! Ah, fils de rien ! Tu me rendras raison pour ça aussi !

Ce disant, il porta la main à son épée. Le brigadier Mondidier s'interposa avec autorité, tandis que Clovis trépignait dans ses sabots. Porté par sa colère, il aurait voulu combattre sur-le-champ cet énergumène qui venait de trahir sa fourberie en produisant ce rocher mystificateur.

– Monsieur le chevalier, s'il avait vraiment réceptionné une telle montagne sur le visage, croyez-vous qu'il serait aussi dispos et pérorant qu'il l'est présentement ?

– J'allais vous poser la même question, s'exclama Pagès-Fortin qui aurait apprécié qu'on lui offre un siège.

L'argument parut intéresser le chevalier. Il soupesa le projectile et le trouva fort pesant.

– Maître Crandalle, ayez, je vous prie, l'obligeance d'ôter votre bandage, afin que j'évalue l'importance de la voie de fait.

L'homme hésita, mais le regard gallinacéen de l'Armogaste l'incita à obéir. Il finit par dévoiler une pommette tuméfiée à la peau écorchée, ainsi qu'un œil sévèrement poché aux alentours en pleine mutation de couleurs.

Ce que voyait le chevalier aurait pu être provoqué par un coup de poing ou par l'arête d'une porte qu'on n'a pas vue, éventuellement par une pierre, mais certes pas du volume de celle-ci. Une telle pierre aurait défacié sa cible à jamais.

Toujours soutenu par sa colère, Clovis manifesta bruyamment son exaspération :

– Ma femme me donne cinq enfants et au lieu de me réjouir en leur douce compagnie, me voici appelé par un coquin qui veut m'assassiner pour un œil fricassé ! C'est aussi exagéré que si je l'accusais, moi, d'avoir voulu me noyer avec sa pisse.

Crandalle, qui s'évertuait à replacer son bandage sans y parvenir, renonça et le fourra en vrac dans sa besace, l'air mauvais comme un croc-en-jambe.

Après une intense trituration de la lèvre inférieure, le chevalier écouta sa version. Celle-ci fut brève : le maître d'armes disait avoir vidé comme chaque nuit son pot dans la venelle, non pas pour se revancher d'avoir été éveillé par le vacarme, mais parce qu'il était plein.

– Je m'étais bien rendormi, lorsque ma fenêtre a volé en éclats, et ce rocher m'a percuté au visage et m'a assommé pour un temps indéterminé. Ce sont les abois de mon chien qui m'ont fait reprendre conscience.

L'avocat se rapprocha de Clovis et lui glissa dans le pertuis de l'oreille :

– Si vous ne vous connaissez point, comment sait-il qui vous êtes ?

– Je me suis nommé en appelant la mère Bienvenu.

Crandalle conclut sa version par la démonstration que seule une réparation par l'épée pouvait satisfaire son honneur, ô combien meurtri. Pagès-Fortin intervint :

– Maître Crandalle, est-il possible que vous n'ayez jamais vu ni connu de nom maître Tricotin auparavant ?

Le maître d'armes considéra l'avocat comme un chien considère un réverbère.

– Jamais avant ce jour d'hui.

– Joli ! Veuillez forcer maintenant votre affabilité jusqu'à nous dire comment il vous a été connu. Il n'est point inscrit sur la pierre que je sache ?

La question s'adressait à Crandalle mais c'est le chevalier que l'avocat regardait. Le maître d'armes perdit contenance.

– Eh bien, ma foi, ça m'est sorti de l'esprit que diable, mais je peux vous…

Pagès-Fortin ne lui laissa pas le loisir d'élucubrer un tortillage.

– Vous voilà dûment atteint et convaincu par deux fois de mensonge. En truquant grossièrement cette pierre et en niant avoir entendu maître Tricotin se nommer à voix forte. Vous ne pouviez donc ignorer que la venelle n'était point vide et que quelqu'un se trouvait sur la trajectoire de votre averse urinaire. Maître Tricotin est donc bien l'offensé. A ce titre, nous exigeons le choix de l'arme, du lieu, du jour et de l'heure.

– Tout beau, tout beau, monsieur l'avocat, c'est à moi d'en décider, tempéra Virgile-Amédée en se levant pour retirer trois livres dans l'une des bibliothèques et les déposer sur la table. Voici *Le Code du duel* d'Alciade, le *Discours sur le duel* de Rivaut de Florence et *La Science du Point d'Honneur* d'Ocloff du Cap. Je laisse le destin désigner celui qui sera notre ouvrage de référence.

Il tira de son gousset un écu d'argent de cinq livres, lança dans les airs, le rattrapa au vol, le regarda et le rempocha sans le montrer.

— Ce sera donc le baron Ocloff du Cap.

Bien que le procédé parût un peu louche, personne n'osa protester.

Virgile-Amédée chaussa son nez d'une paire de besicles, ouvrit le gros livre à la reliure patinée par l'usage et entreprit de le feuilleter sans tenir compte des mouvements impatients de Pagès-Fortin qui soupirait en rôdant autour des nombreux fauteuils, sans toutefois oser s'asseoir d'autorité.

Gabriel Pillehomme entra dans le cabinet. Virgile-Amédée leva la tête de son livre pour lui désigner le siège proche de l'avocat.

— Asseyez-vous et tenez-vous prêt.

Pillehomme ouvrit un tiroir dans la table où étaient rangés un nécessaire à écriture et une liasse de feuilles vierges de divers formats. Issu d'une lignée d'huissiers, le jeune secrétaire-greffier était prénommé Gabriel en hommage à l'archange, saint patron de la profession pour avoir pratiqué la première expulsion de l'humanité, celle d'Adam et Ève du Paradis.

— Pour quel genre d'acte, monsieur le chevalier ?

— Pour un procès-verbal de rencontre. Des feuilles à un sol suffiront bien.

Pagès-Fortin adressa à Clovis une mimique triomphale. Le chevalier consentait à être leur arbitre d'honneur.

Virgile-Amédée reprit sa lecture. Son secrétaire forma sa plume avec un canif effilé. Après un moment qui parut infiniment long, le chevalier interrompit sa lecture pour annoncer :

— A l'origine, je trouve un tapage nocturne troublant la sérénité publique. Compte tenu des circonstances motivant ledit tapage, le compissage de maître Crandalle devient une voie de fait grave qui désigne *de facto* la victime comme offensé. Toutefois, celui-ci ayant répondu par une autre voie de fait, supérieure à la précédente, perd l'avantage de sa situation première.

Pagès-Fortin leva la main pour réclamer la parole, disposé à argumenter cette dernière assertion jusqu'à l'obscur si nécessaire. Le chevalier l'ignora.

– Compte tenu qu'il s'est montré perfide et fieffé menteur, nous pénalisons maître Crandalle et redésignons derechef le compère Tricotin comme offensé avec le choix de l'arme à l'exclusion des armes à feu et de jet.

L'avocat resta coi. Il s'apprêtait à demander le fusil de chasse et n'avait pas prévu d'alternative.

Clovis vit qu'on le dévisageait.

– Je dois choisir maintenant ?

La réponse était oui.

Il se dandinait dans ses sabots en signe d'incertitude, quand Laszlo Horvath lui malaxa vigoureusement l'épaule en grognant d'une voix à forte tonalité tudesque.

– Tu prends sabre.

Ignorant l'usage de l'un comme de l'autre, Clovis doutait que le privilège de choisir entre un sabre ou une épée lui soit d'un avantage quelconque. Le mécontentement visible de Crandalle à la suggestion du Hongrois le décida.

– Je choisis le sabre, monsieur le chevalier, même si je n'en ai jamais tenu un avant, crut-il bon d'ajouter pour se faire plaindre.

Il n'osait souligner lui-même combien ce combat était inégal, et il déplorait que le chicaneur n'insistât pas plus longuement sur ce détail capital.

Le secrétaire inscrivit sa réponse.

– Ça galope ! affirma le Hongrois.

Le chevalier suçota sa lèvre inférieure avant de continuer son énoncé.

– La rencontre aura lieu demain, une heure après l'aube, et le champ du combat sera les douves de la porte des Croisades.

Les témoins approuvèrent. Le fond des anciennes douves était à l'abri du soleil, du vent et de la poussière. Le sol était plan, large d'une dizaine de toises, et l'arbitre d'honneur comme les témoins disposeraient d'un espace suffisant pour observer le combat sans le gêner.

— L'officier de santé sera le barbier-chirurgien Perceval, et le combat devra cesser au premier sang.

Crandalle serra les dents et les poings. Clovis l'entendit menacer d'une voix sifflante :

— Le premier sang peut aussi être le dernier.

Clovis donna une pichenette à son anneau qui tinta.

La rédaction du procès-verbal se poursuivit. Rien ne devait être omis. Chaque modalité du combat devait être consignée, afin que, une fois paraphé, chaque article prenne valeur de loi et supprime les contestations de dernière minute, sur le terrain ou après le duel. Le choix et la taille des sabres, la superficie exacte du champ de combat, le temps exact des reprises, la toilette des combattants se négocièrent point par point entre les témoins. Le chevalier tranchait les contestations en cherchant et trouvant les réponses dans l'Ocloff.

Tenaillé par la faim, fatiguant des jambes à rester ainsi debout, Clovis se contraignait à prêter attention en se répétant sans trop y croire qu'il s'agissait de sa vie.

De l'autre côté de la table, Brasc l'aîné faisait mine de suivre, hochant parfois de la perruque pour signifier qu'il comprenait ce qui venait d'être dit. Il mouillait de temps à autre son index de salive et lissait ses sourcils en prenant un air important. Brasc tirait presque chaque jour dans la salle du maître d'armes et rêvait de se battre en duel. Bien qu'il ne se jugeât pas encore prêt, il ne pouvait s'empêcher de faire le rodomont et de vivre dans l'anxiété d'être un jour pris au mot. Le Hongrois s'était approché d'une fenêtre et regardait au-dehors. Crandalle, près de la cheminée éteinte, tamponnait sa joue aux écorchures suintantes avec un mouchoir bleu outremer. Son sabre sous le bras afin qu'il ne raye pas le beau parquet ciré, le dragon Mondidier se tenait aux côtés de Pagès-Fortin et surveillait la composition du texte.

— « Il n'est point licite de lancer son sabre tel un Basque son poignard, pas plus qu'il n'est autorisé de feinter en simulant une chute, de parler, de crier, de jurer durant la rencontre », lisait le chevalier tandis que la plume de cygne de son secrétaire crissait sur le papier à un sol. « Se mettre subitement à genoux, ou s'aplatir une main posée à terre est déloyal. »

Le feuillet comblé, le scribe prit un deuxième qu'il numérota et data.

– « Il est prohibé de parer le sabre avec la main ou le bras. Seul le sabre s'oppose au sabre. »

Clovis eut tout d'un coup la conviction absolue de s'être trompé. Il n'aurait pas dû exaucer le débourreur. Caramba ! Il aurait dû choisir l'épée, moins lourde et assurément plus aisée à manier pour un débutant.

– « Parce qu'il ressemble trop à une vulgaire rixe, le corps à corps est absolument interdit. »

Les seconds approuvèrent.

– « Il ne sera point permis de porter une chemise très ample et très large capable de détromper le jugement de l'adversaire qui frapperait alors dans le vide », reprit la voix autoritaire du chevalier.

Une fois terminé, le procès-verbal de rencontre fut relu à voix haute par Pillehomme ; chaque témoin le signa. Le chevalier contresigna puis s'en retourna l'âme en paix à son déjeuner en leur lançant un sec :

– A demain. Soyez ponctuels.

Le chevalier venait à peine de sortir que Pagès-Fortin se laissa tomber sur le fauteuil encore tiède qu'il venait de quitter et y demeura jusqu'à ce que le secrétaire achève la copie conforme du procès-verbal, chaque partie devant posséder la sienne.

Martial réapparut pour les reconduire jusqu'au perron où les attendaient leurs montures. Crandalle et ses seconds partirent les premiers, sans un signe ni un regard. Pagès-Fortin invita Clovis à le suivre dans son cabriolet. Avant, il montra Laszlo qui se dirigeait vers les écuries.

– Nous allons attendre le retour de maître Horvath qui va vous quérir un sabre afin que vous puissiez commencer votre entraînement au plus tôt. Vous verrez, il a été grand ferrailleur en son temps et connaît moult bottes. Il saura pertinemment vous en enseigner quelques-unes d'ici à demain.

– Pourquoi il m'a fait choisir le sabre ? L'épée aurait été mieux, je crois

103

— Détrompez-vous, l'escrime au sabre est plus aisée que celle à l'épée. La science du sabre laisse une plus large part aux moyens purement physiques, ce qui égalise en partie vos chances face à ce bretteur patenté. Il est expérimenté, soit, mais il n'est plus dans sa première jeunesse comme vous avez pu le constater et… ah ! voici notre débourreur qui revient.

L'ancien housard approchait au petit trot, deux sabres dans leurs fourreaux en travers de la selle.

— J'aurais préféré manger avant. J'ai une faim canine, moi.

L'avocat fit le sourd.

— Avez-vous remarqué son mode de sauter à cheval plutôt que d'y monter ? Notre homme est un authentique centaure.

Pagès-Fortin ne cessa de penser à voix haute jusqu'à la rue des Afitos, revivant les meilleurs moments du procès-verbal.

— … j'aurais dû protester sur cette pratique étrange de choisir entre trois livres avec un écu à deux faces seulement… Il y a le listel me direz-vous, mais vous conviendrez que les chances de retomber dessus sont des plus menues.

Clovis se rencogna sur la banquette, tête enfoncée dans les épaules, l'œil vide, la bouche clouée.

Chapitre 12

Il y avait à nouveau affluence de curieux et de curieuses rue des Afitos. Certains, le visage collé contre les volets clos, tentaient d'œiller l'intérieur de l'échoppe. L'arrivée de Laszlo et du cabriolet les divertit.

– Je vous laisse en bonne compagnie, dit Pagès-Fortin à Clovis en désignant le Hongrois qui démontait. Haut les cœurs, maître Tricotin ! A vous revoir sous peu. Et songez à David et à Goliath si le besoin de vous ravigoter se fait sentir.

Clovis se garda de hausser les épaules comme il en avait envie. Il fit signe au Hongrois d'entrer dans l'échoppe mais celui-ci refusa d'abandonner son navarrais dans la rue.

Clovis le guida en silence rue du Lop où se trouvait la porte charretière, embarrassé de ne savoir quoi lui dire.

– Je crois que ça conviendra pour notre leçon, finit-il par marmonner en montrant la cour.

Il en restait peu d'aussi vastes dans le centre du bourg. Avant, chaque maison avait la sienne, mais le manque de place et l'augmentation de la population *intra muros* les faisaient peu à peu disparaître.

La vache et la chèvre les regardèrent tout en continuant de brouter le foin et le son qu'on leur avait procurés.

Laszlo délaça la couverture roulée à l'arrière de sa selle et couvrit son cheval avec. Clovis le vit extraire deux grosses carottes de ses fontes et les lui offrir.

– Justement, monsieur le débourreur, moi aussi j'ai grand-faim et j'aurai certes plus de cœur à manier votre sabre après avoir repris mes forces.

Laszlo eut un curieux sourire qui rida le coin de ses yeux de Hun et dévoila l'absence de plusieurs dents.

– Ça galope ! dit-il en lui malaxant à nouveau l'épaule.

– Tu vas manger, moi attendre ici.

Clovis l'invita à se joindre à lui. L'ancien housard accepta. En cinq ans de séjour à Racleterre, c'était la première fois qu'un Rouergat le conviait à sa table.

La cuisine était déserte et sentait bon l'oignon frit. Clovis suspendit au crochet de la crémaillère la marmite contenant la soupe à l'ail, ranima les braises dessous et proposa au Hongrois de visiter les quintuplés en attendant qu'elle réchauffe.

Laszlo le suivit dans la chambre où Jeanne, Adèle et Immaculée s'affairaient à les alimenter d'eau tiède mélangée à du miel. Déjà servi, l'aîné dormait dans son berceau. Apolline faisait de même, invisible derrière la courtine du lit clos. Chaque moutard portait sa dent de loup suspendue à un lacet de cuir, seul Charlemagne portait la sienne au poignet, son cou étant déjà occupé.

– C'est mon deuxième témoin, et il va me débourrer un peu au sabre après qu'on aura croqué quelque chose, présenta Clovis en évitant de regarder sa belle-sœur aux tétons bondissant sous le corsage.

Laszlo passa les enfants en revue, tenta d'élaborer une savante comparaison entre le poulain qui marchait le jour de sa naissance et ces marmots qui allaient devoir attendre un an, mais personne ne comprit son charabia.

Ils mangèrent dans la cuisine, servis par une Immaculée inhabituellement nerveuse et rougissante, maladroite même jusqu'à se brûler en prenant un plat trop chaud sans chiffon. C'est en surprenant un regard de la jeune femme sur les cuisses musclées du débourreur (trente ans de cheval les avaient transformées en pinces d'acier) que Clovis comprit et oublia un instant son duel.

– Pas trop manger, *bitte*. Bedaine pesante mauvais pour sabrer, avertit Laszlo en le voyant avaler mécaniquement ses cuillerées.

Après le fromage et un dernier verre de vin qui fit claquer de satisfaction la langue du Hongrois, il fut temps pour Clovis de prendre sa première leçon d'escrime.

Malgré le froid, le Hongrois ôta son justaucorps et sa chemise, apparaissant torse nu. D'autres cicatrices se détachaient sur sa peau blanche : il se retourna pour poser ses vêtements sur la margelle du puits et Clovis vit que son dos était strié d'anciennes marques brunes rappelant celles laissées par un chat à neuf queues.

Laszlo l'invita à l'imiter. Il obéit, peu convaincu qu'il soit nécessaire d'attraper aussi un froid de poitrine.

Le Hongrois voulut d'abord évaluer sa force en palpant avec des gestes de maquignon ses muscles du dos, des épaules et des bras. Clovis le laissa faire, décidé à ne protester que s'il prétendait aussi lui inspecter les dents. L'examen des mains et des cals qui s'y trouvaient sembla lui convenir.

– Ça galope, dit-il en dégainant l'un des sabres : la lame glissa hors du fourreau avec un chuintement caractéristique.

Le ciel étant couvert, aucun rayon de soleil ne scintilla dessus.

Laszlo tendit l'arme, pommeau en premier. Clovis l'empoigna. La fusée gainée de peau de requin très rêche tenait bien dans la paume. La lame était large, courbe, la pointe portait des traces de redressements.

Le Hongrois examina sa prise de main et lui demanda de rectifier la position du pouce qu'il tenait droit et non fermé, ce qui affaiblissait sa prise.

Clovis allait pour obéir lorsqu'il aperçut Immaculée qui les observait par la lucarne de la cuisine.

– Et moi, je préfère comme ça, ronchonna-t-il en conservant sa mauvaise position.

Laszlo resta impassible. Il dégaina l'autre sabre et dit :
– En garde.

Clovis se positionna, Laszlo se fendit. Clovis para. Une violente douleur au poignet ouvrit sa main, son sabre tournoya dans l'air avant de retomber devant la chèvre qui recula en poussant un bêlement apeuré.

Le Hongrois n'eut aucune mimique de victoire lorsque Clovis ramassa son sabre et l'empoigna en fermant cette fois son pouce autour de la fusée.

La leçon reprit. Laszlo lui enseigna sommairement comment parer, comment rompre, comment se fendre, comment armer son coup, comment pousser une botte, bref, comment en découdre. Au bout d'un petit quart d'heure, Clovis avait le souffle bref, le bras gourd, le front et la poitrine mouillés de transpiration.

Le débourreur offrit une pause. Ils rentrèrent dans la cuisine pour s'épargner un refroidissement. Immaculée n'y était plus et les quintuplés braillaient en chœur dans l'autre pièce, l'un d'eux plus fort que les quatre autres réunis.

Clovis remplit deux godets de casse-poitrine. Laszlo but le sien cul sec et sans tousser. Clovis bourra sa bouffarde et posa entre eux sa poche à pétun pour qu'il puise dedans si le cœur lui en disait. Le Hongrois retourna son bonnet et y prit sa pipe.

Ce n'est qu'après le troisième verre que Clovis osa le questionner sur la longue cicatrice barrant sa nuque. Laszlo désigna le sabre qu'il lui avait prêté.

– C'est lui qui fait ça.

Malgré son baragouin parfois tortillé, Clovis crut comprendre qu'un cavalier pandour l'avait sabré durant la guerre de Succession d'Autriche. Ce même coup lui avait emporté une portion d'oreille et lui aurait sans doute tranché le col jusqu'à l'os du dos si la lame n'avait été amortie et déviée par ses cadenettes. En dépit de sa blessure, le housard avait pu occire et dépouiller le pandour de son cheval et de ses armes.

Né à Pest durant le printemps 1730, fils d'Ignace Horvath, un maître écuyer, et d'une gardienne d'oies, Laszlo avait dix ans quand son père s'enrôla dans un régiment de housards afin d'échapper à une dette de jeu. Il perçut la prime et déserta dans la nuit, volant sept chevaux d'officiers, abandonnant son épouse, emportant son fils en qualité d'ordonnance.

Réfugié à Strasbourg, le maître écuyer croisa le comte Ladislas d'Esterhazy, un magnat magyar qui vivait en France et venait d'obtenir du roi l'autorisation de lever un régiment de cavalerie légère. Ignace entra comme écuyer au Housard-Esterhazy, puis comme débourreur après avoir démontré ses capacités à « casser » un cheval rétif.

C'est lui qui introduisit la méthode consistant à accoutumer les chevaux au vacarme des batailles en déchargeant des salves de mousquet pendant qu'on les nourrissait. Il reçut pour ça une prime de dix livres qui s'ajouta à une promotion au grade de maréchal des logis.

Laszlo avait quatorze ans quand il entra dans Paris pour la première fois, en compagnie de son père chargé d'acheter de la remonte au marché aux chevaux qui se tenait derrière l'hôtel de Vendôme. Pour leur malheur, l'endroit était aussi l'un des hauts lieux fréquentés par les pointilleux et les raffinés, des professionnels du duel qui vivaient des paris sur leurs combats.

Son père commit la maladresse d'effleurer l'un d'eux de sa cape sans s'excuser promptement. Aussitôt appelé, il était occis en moins d'une demi-heure (le temps nécessaire à la foule des amateurs d'établir une cote et de parier) d'une feinte au cœur suivie d'une attaque en octave qu'il ne sut parer. Ignace Horvath expira dans les bras de son fils, couché parmi les innombrables crottins rejetés par les chevaux du dernier marché.

Laszlo fit joliment enterrer son père dans un cimetière parisien et s'acquitta du mémoire de frais en puisant dans la bourse destinée à l'achat des chevaux de remonte. Il ne retourna pas à Strasbourg et demeura dans la capitale. Il débuta comme goujat dans une salle d'armes du Faubourg, avant de devenir raffiné et de le rester ; au début, parce que c'était la meilleure façon de retrouver le trucideur de son père et de le venger, ensuite parce que le mode de vie le séduisait.

Laszlo prit pour coutume de boire après chaque combat, puis un matin il but avant et conserva cette nouvelle habitude. Ce qui devait arriver arriva. Ivre d'absinthe, il accusa un pointilleux breton de l'avoir regardé de travers et l'appela, choisissant comme champ de combat le parapet du pont Neuf.

L'originalité du lieu et son étroitesse suscitèrent un record d'enjeux. Non seulement Laszlo reçut le fer de son adversaire à travers le corps, mais il chuta du mauvais côté du parapet et se serait noyé sans des passeurs qui précisément passaient. Ces passeurs le repêchèrent, le dépouillèrent et l'abandonnèrent charitablement dans son habit de naissance devant l'Hôtel-Dieu.

Laszlo se rétablit de sa méchante avanie, et, quand il put à nouveau monter à cheval, il se rendit auprès du comte Ladislas de Bercheny, un autre magnat magyar qui possédait également son régiment de housards, et s'enrôla comme simple cavalier.

Doué avec les chevaux comme l'était son père, il élabora au fil des ans une technique basée sur le postulat contraire à celui de l'époque qui voulait qu'un cheval, semblable à une machine vivante, soit totalement dénué de sensibilité et d'affectivité. Il démontra qu'on obtenait plus d'un animal qui vous aimait que d'un animal qui vous craignait. Entre-temps, il apprit à lire et à écrire, en allemand car telle était la langue qui avait cours dans les régiments housards. Il put ainsi être nommé brigadier, puis maréchal des logis comme son défunt géniteur.

Après vingt et quelques années d'un rude et fidèle service, Laszlo s'était brouillé avec l'armée pour un grade de maréchal des logis en premier promis mais non tenu.

Il quitta son régiment et, après quelques moments bien amers surmontés en polissonnant au *Point d'Honneur*, l'hôtel près des Tuileries qu'affectionnaient les raffinés (les pointilleux logeaient en face, à l'auberge des *Trois Cartels*), Laszlo forma le vague projet de s'enrôler en Espagne. Il prit un matin la direction du sud, et le hasard fit passer son chemin par Racleterre où il apprit que le seigneur local cherchait un débourreur pour ses chevaux de grande vénerie.

Le sabotier et l'ancien raffiné fumaient paisiblement quand l'étroite cuisine s'emplit de gens armés et bruyants. Clovis reconnut le lieutenant Rondon accompagné de quatre hommes du guet et d'un huissier à perruque. Il ne vit point le crocheteur qui ne pouvait entrer faute de place. Il crut avec grand soulagement qu'on venait l'interdire de duel. Il se força à rester assis et prit à tout hasard un air fâché.

L'officier du guet, qui était aussi le gendre du consul

Dussac, s'assura d'abord de son identité, puis déclara que, pour n'être point venu acquitter dans les temps son amende de cinq livres pour défaut de lanterne de nuit, celle-ci venait d'être doublée et devait être payée séance tenante.

– Faute de quoi, notre maître crocheteur aura autorité pour démonter et emporter toutes vos portes à la Maison.

Clovis eut beau évoquer les circonstances particulières de son oubli, autant essayer de faire pousser de la musique, le lieutenant resta intraitable. Il voulut l'amadouer en lui montrant les quintuplés. L'officier les observa avec intérêt, surtout celui porteur du collier, puis il réitéra son injonction à payer. Clovis paya. Le guet, l'huissier et le crocheteur se retirèrent.

Apolline se réveilla tard dans la soirée. Elle avala un bol de bouillon de poule et se rendormit immédiatement après. Clovis interdit qu'on l'instruisît du duel.

Chapitre 13

Premier jour du mois d'avril 1763.

Il faisait encore obscur quand Laszlo Horvath se présenta rue des Afitos. Clovis n'avait pas fermé l'œil. L'aurait-il fait qu'il aurait été éveillé par les clameurs des cinq mâche-dru que rien ne semblait rassasier. Il s'était rasé, il avait tiré sa queue en arrière, il portait ses plus beaux vêtements qui le serraient un peu.

– Jolis habits, *natürlisch*, mais on va pas à messe.

Le Hongrois fouilla lui-même dans le coffre à vêtements et sélectionna des vieilles chausses aux coutures relâchées et une ample chemise tout aussi antique et reprisée cent fois.

Pour les pieds, Clovis possédait une paire de souliers à boucle de cuivre pour les occasions civiles ou religieuses, une paire de bottes éculées pour les déplacements en forêt, et, bien sûr, autant de sabots qu'il désirait. Laszlo choisit les bottes. Clovis eut une mimique navrée.

– On va me prendre pour un gueux.

L'impassibilité du Hongrois lui remémora la leçon d'hier : il revit son sabre lui échapper et voler dans les airs. Il se changea, mais tenta d'atténuer son aspect haillonneux en se coiffant d'un tricorne en feutre noir à galon doré acheté à Rodez.

Louis-Charlemagne et Caribert arrivèrent de la rue des Frappes-Devant montés sur la carriole. Culat les accompagnait.

Le beffroi annonça l'ouverture des portes du bourg en sonnant les six coups de prime. Clovis refusa d'éveiller Apolline.

— A quoi bon gâcher son repos? Il sera toujours assez tôt.

Il embrassa les quintuplés, en commençant par l'aîné. Mécontents d'être réveillés, ceux-ci braillèrent à l'unisson, ce qui parut amuser le Hongrois.

Clovis étreignit sa mère Jeanne et sa belle-mère Adèle, qui s'étaient relayées toute la nuit auprès des enfants, et embarrassa Petit-Jacquot en lui flattant gentiment la tête. Il monta sur la carriole et s'assit entre son père et son frère. Culat passa derrière. Laszlo sauta sur son cheval et leur ouvrit le passage jusqu'aux fossés.

Il n'y eut qu'une seule halte, rue du Purgatoire, où Clovis entra seul dans la chapelle des Pénitents gris afin d'expliquer à Dieu qu'il n'était point responsable de ce duel (Tu le sais bien puisque Tu sais tout!) et qu'à ce titre il implorait son intervention divine.

Le sergent de faction à la porte des Croisades interrompit le contrôle d'un groupe de maraîchers pour suivre la carriole du regard. Depuis hier, la nouvelle du duel avait eu le temps de faire plusieurs fois le tour du bourg.

Ils franchirent l'ancien pont-levis qu'on ne relevait plus depuis vingt ans. Laszlo s'engagea sur le sentier caillouteux courant en pente douce vers les anciennes douves. L'aurore commençait à rosir les murailles.

Le lieu convenu pour la rencontre était désert.

— Je suis le premier, dit Clovis avec bravache.

Caribert haussa les épaules. Toutes ses tentatives auprès du consul pour faire interdire le duel ayant échoué, il avait décidé, sitôt son petit frère enferré, d'assassiner son assassin sans préavis et avec l'aide du frappe-devant qu'il avait glissé plus tôt sous le siège de la carriole.

Le brigadier Mondidier, porteur de quatre sabres, et Brasc l'aîné, qui avait changé de perruque mais point d'habit, arrivèrent ensemble. Puis le cabriolet de Pagès-Fortin précéda de peu celui du chevalier Virgile-Amédée accompagné du barbier-chirurgien Achille Perceval et de Gabriel Pillehomme porteur d'une écritoire de voyage.

L'aube se déployait lentement. Il ne manquait plus que Crandalle.

Contractés, le front plissé de perplexité, ses seconds

tendaient constamment le cou vers la porte des Croisades, désespérant de le voir apparaître.

Si Clovis n'osait trop croire à une défection, il la souhaitait ardemment, et son espoir grandissait avec le soleil levant. Non loin, Laszlo passait le sabre à la pierre à huile. Près de lui, son cheval mangeait une grosse carotte orange.

Clovis se demandait où le Hongrois trouvait des carottes en cette saison quand des voix lui firent lever la tête. Les premiers spectateurs apparaissaient entre les merlons de la muraille. Le vent avait chassé les nuages plombés de la veille et le ciel était bleu candide.

L'avis des querellants n'étant pas requis pour la délimitation du champ du combat, le chevalier réunit les seconds et leur lut le passage dans l'Ocloff concernant la superficie idéale. Puis il compta les pas à voix haute et borna le terrain avec les cabriolets disposés par le travers afin qu'ils forment un champ clos. S'il était utile que chaque adversaire ait dans son dos un espace suffisant pour rompre largement, il ne fallait pas non plus qu'il puisse le faire indéfiniment pour éterniser la rencontre, comme cela se produisait lors des duels entre néophytes ou entre frileux.

Un bon duel, selon le baron Ocloff, devait être bref et mortel. C'était aussi l'avis du chevalier.

Clovis s'interdit de trop scruter la porte des Croisades d'où n'apparaissait toujours pas Crandalle (Dieu m'exauce. Il ne viendra pas et le combat n'aura pas lieu).

Le tirage au sort des places ne pouvant se faire sans les deux combattants, il fallut patienter.

Là-haut sur le chemin de ronde, les créneaux se remplissaient. Soucieux de mieux voir, des passionnés sortirent du bourg et s'attroupèrent le long du fossé, un œil sur les duellistes, l'autre sur les alentours, prêts à détaler au moindre signe du guet.

Les premiers rayons de soleil rasaient l'herbe quand la voix du chevalier retentit, s'adressant aux seconds du maître d'armes.

– Messieurs, attendu qu'il est d'une suprême inconvenance à se faire espérer au champ d'honneur, si dans cinq minutes le sieur Crandalle n'est point là, son quart d'heure de grâce sera écoulé et un procès-verbal de carence sera dressé.

Clovis croisa les bras pour cacher les battements désordonnés de son cœur, visibles sous la chemise. Il fallait dix *Pater Noster* pour faire cinq minutes (deux par minute). Il baissa le front, ferma les yeux et commença à compter.

– Notre Père qui est Là-Haut, que ton nom soit sanctifié, que ton règne arrive...

Il récitait un septième *Pater*, quand il entendit le chevalier déclarer d'une voix froide :

– Le sursis étant écoulé, je déclare caduque la rencontre, et cela au plus grand déshonneur du sieur Crandalle qui a failli à son rendez-vous.

Clovis trouva difficile de masquer son intense soulagement (Grand merci, mon Dieu, je vous le revaudrai dès que possible).

Le brigadier Mondidier sollicita une prolongation qui lui fut refusée. Alors il plaida pour un report du compte rendu de carence.

– Il ne peut s'agir que d'un obstacle de force majeure. Attendez pour vous décider de connaître les motifs de son retard, monsieur le chevalier.

– Le voilà ! s'exclama Brasc l'aîné en tendant le bras en direction d'un cavalier qui caracolait vers les douves.

C'était effectivement Crandalle, le chapeau de travers, furieux comme dix ouragans.

Tout ce qui était sanguin chez Clovis se réfugia dans ses bottes. Il sentit ses pieds enfler jusqu'aux chevilles.

– Messieurs, j'implore votre mansuétude, lança le maître d'armes en démontant de sa jument.

Il n'avait pas remis son bandage, sa joue avait désenflé, ses écorchures s'encroûtaient normalement. Son œil, quoique poché et larmoyant, demeurait fonctionnel.

– Vous êtes au moins là pour contresigner votre procès-verbal de carence, persifla Virgile-Amédée en guise d'accueil.

Crandalle ouvrit les bras, comme pour offrir sa poitrine :

– Cela ne se peut, monsieur le chevalier, c'est un cas de force majeure. Il y avait une vidangeuse qui bouchait la rue Jéhan-du-Haut. J'ai voulu me détourner par la rue

Serpente mais j'étais point le seul à y avoir pensé, et je l'ai trouvée plus encombrée encore. Alors je suis retourné jusqu'à la Bon-Roy-Henry, et là, sans jactance, il y avait un autre embarras causé cette fois par une gadouyeuse. J'ai dû remonter jusqu'à la place de la Maison et faire le grand tour.

Personne ne douta de sa bonne foi, pas même Clovis qui ne connaissait que trop bien le responsable de ces embouteillages à répétition.

Le chevalier brandit l'Ocloff.

— Voilà qui est fâcheux car j'ai déjà déclaré la carence et ne peux revenir sur ma décision.

Il rechaussa ses besicles pour chercher le passage justificatif.

Crandalle jeta rageusement son chapeau par terre. Il donna à croire un instant qu'il allait aussi le piétiner, mais il se contenta de le ramasser et de l'épousseter sur sa cuisse en lançant des regards de basilic vers Clovis, toujours adossé à la carriole, les bras croisés sur la poitrine.

Pagès-Fortin, curieusement, ne disait mot et se contentait d'observer le chevalier qui s'irritait de ne pas trouver la bonne page.

— Que se passe-t-il ? Pourquoi ça commence pas ? criaient certains spectateurs des créneaux à ceux disposés sur les bords des douves.

L'absence du guet incitait leur nombre à grossir.

Clovis s'interrogea sur sa cote. Était-il seulement coté ?

Son écritoire appuyée sur les cuisses, Gabriel Pillehomme tenait sa plume en suspens au-dessus d'un feuillet vierge et attendait des instructions. Il n'avait jamais assisté à un duel et il aurait été fort déçu que celui-ci n'eût pas lieu.

— Ah ! Tout de même, dit le chevalier en posant son index sur le passage concernant le quart d'heure de grâce.

— « Lorsqu'un combattant en retard se présente au champ du combat une fois la carence déclarée, celle-ci n'est révocable que sous les deux conditions suivantes : premièrement le cas de force majeure du retardataire est parfaitement constaté par l'arbitre d'honneur et les témoins. Deuxièmement, l'adversaire accepte l'annulation de la carence. S'il la refuse, la rencontre ne peut avoir lieu et on ne peut l'en réputer responsable, la carence restant au déshonneur du retardataire. »

Le chevalier se tourna vers le sabotier.

– Acceptez-vous l'annulation ?

– Nenni ! Je refuse ! répondit spontanément Clovis avec beaucoup de conviction.

Il n'était plus question de prétendre. Il avait trop eu peur. Il nota au passage que le chevalier l'avait voussoyé.

Caribert embrassa son frère avec chaleur.

– Bien dit, frérot. Il n'avait qu'à être à l'heure, ce sanguinaire.

Crandalle marcha sur eux. Clovis se raidit. Le dragon Mondidier retint le maître d'armes par une manche.

– Flaquedouille ! Rabouin mille fois chiasseux ! Poltronneur ! hurla-t-il en brandissant son poing vers le sabotier.

– Le poltronneur, c'est celui qui n'est pas là quand il faut l'être, riposta Clovis, piqué au vif.

Même si les intentions de son adversaire ne trompaient personne, il était impensable de se laisser agonir ainsi sans réagir, notamment devant un public aussi nombreux qu'attentif. Il vit Brasc s'approcher et souffler quelque chose dans l'oreille de Crandalle.

Contrarié par la tournure des plus triviales prise par les événements, le chevalier jugea préférable de se retirer. Il n'en eut pas le temps. Crandalle venait de ramasser une poignée de terre et la lançait sur Clovis en poussant un formidable « POLTRONNEUR ET CINQ FOIS COCU ! » qui s'entendit jusqu'à la place de la Maison.

L'invective pénétra Clovis jusqu'au ressort de l'âme. Il interpella le chevalier et, d'une voix pressée d'en finir, déclara qu'il avait changé d'avis et qu'il acceptait l'annulation de la carence.

Le processus reprit là où il avait été interrompu, pour le plus grand soulagement du public.

Les places furent tirées au sort. Le chevalier utilisa l'écu de cinq livres, mais cette fois il le laissa tomber à terre afin que chacun puisse voir.

Le sabotier reçut le levant, le maître d'armes le couchant.

Vint le choix des sabres.

Le brigadier Mondidier et Laszlo les présentèrent au chevalier. Une paire minimale avait été exigée. En cas de bris de lame ou de mise hors service d'un sabre, la rencontre ne devait pas être reportée faute d'arme de rechange.

Le chevalier-arbitre confronta leur poids, leur longueur et leur pointe : il récusa l'un des sabres du dragon pour sa lame droite et sa taille trop importante.

– Messieurs, en chemise.

L'ordre provoqua un murmure approbateur de l'assistance. Le spectacle allait commencer.

Selon l'Ocloff, l'idéal aurait été que les adversaires combattent dépoitraillés, car une chemise ou un gilet pouvaient empêcher de voir une première blessure et donc d'arrêter le combat. Si la saison ne s'y prêtait pas, le très méticuleux baron tolérait la chemise mais à la condition qu'elle soit filée dans un matériau ne pouvant faire obstacle à la lame, tel que la soie, le coton ou la flanelle.

Clovis plia son justaucorps et le rangea sur le siège de la carriole. Son esprit accaparé par l'imminence du danger n'était plus capable d'un raisonnement cohérent.

Crandalle apparut dans une chemise largement échancrée sur une poitrine musclée couverte de nombreux poils grisonnants.

Le chevalier les invita à se laisser palper par les seconds qui auraient manqué au devoir même de leur charge en ne mettant point dans cette vérification un soin pointilleux. Ainsi, Laszlo fouilla le maître d'armes, et Mondidier fouilla Clovis. Les médailles, les médaillons, les ceintures à boucle, les clefs, les pièces de monnaie, les bandages herniaires, les corsets, les images pieuses, bref tout ce qui pouvait entraver peu ou prou la pointe ou le tranchant d'un sabre était interdit.

Cette formalité accomplie, le chevalier fit signe aux combattants de se diriger vers la place que l'écu de cinq livres leur avait échue. Il prit les sabres retenus pour le combat par la lame et approcha des deux hommes pour leur faire part des suprêmes recommandations.

– Messieurs, le moment est venu. Vous connaissez les conventions de cette rencontre que vous avez approuvées et signées. Je vous rappelle qu'une fois ces sabres en main l'honneur vous commandera de ne point faire de mouvement avant mon « Allez ! ». De même que vous devrez vous arrêter immédiatement au signal de « Halte ! » que je suis le seul à pouvoir lancer. Je vous rappelle itou que le silence sous les armes est exigé pour la durée du combat, et cela vaut pour tous ceux ici présents, ajouta-t-il en haussant le ton.

Son laïus prononcé avec énergie, il leur tendit les sabres et sentit le bras du sabotier trembler en l'empoignant.

Les talons en équerre, le bras gauche rejeté en arrière comme le lui avait enseigné Laszlo, Clovis n'en menait pas large. La colère qui le soutenait depuis qu'il s'était fait traiter haut et fort de cocu avait hélas disparu pour laisser place à une venette tordeuse d'entrailles. Ses pensées défilaient à une telle vélocité qu'elles s'entrechoquaient, se chevauchaient, s'entremêlaient, provoquant une grande confusion qui voilait son esprit d'une taie opaque. Sans mentionner Dieu qui s'était montré en dessous de tout dans cette triste affaire.

Comme dans un cauchemar, il vit le chevalier Virgile-Amédée faire deux pas en arrière et lancer :

– Allez !

Sans préméditation, Clovis bondit le sabre haut et l'abattit de toutes ses forces sur Crandalle en poussant un vigoureux « Ahan ! ».

Ahuri par une pareille conduite, le maître d'armes voulut ébaucher une parade, mais déjà la lame d'acier fraîchement aiguisée frappait son cou et tranchait tout sur son passage.

Le poignet de Clovis perçut la secousse de la lame séparant la deuxième vertèbre cervicale de la troisième.

Dans un silence général troublé seulement par le piaillement des oiseaux du matin, la tête de Crandalle aux yeux écarquillés bascula de ses épaules et tomba sur le nez dans la poussière. Une fontaine de sang jaillit du corps décapité qui fit trois petits pas avant de s'écrouler sur le dos, la main crispée sur son sabre. Il y eut un bruit de gargouillis et une tache humide apparut sous la culotte, suivie d'une mauvaise odeur qui plissa les narines des plus proches.

– Tonnerre de mille milliasses de sacré nom de Dieu ! jura quelqu'un.

Ce fut comme un signal. Tout le monde bougea et parla en même temps.

– Un Pibrac n'aurait pas fait mieux, macarel !

Malgré le nombre important de spectateurs attentifs, l'engagement avait été si soudain, si sursauteur, si terriblement inattendu, que personne, à quelques exceptions près, n'avait compris ce qui venait d'arriver.

Entouré, serré, embrassé par les siens, Clovis se sentit comme ivre : ivre de soulagement. Il entendit vaguement Pagès-Fortin improviser un parallèle exalté avec David et Goliath. Il restitua son sabre à Laszlo qu'il vit se pencher au-dessus du mort et essuyer la lame sur la chemise avant de la remettre dans son fourreau.

Une réclamation de Brasc l'aîné auprès du chevalier fut froidement repoussée.

– J'admets ne pas avoir connaissance de cette « botte secrète », je doute même qu'elle soit répertoriée dans les traités d'épée, mais aussi déconcertante soit-elle, elle n'était nullement déloyale, ni contraire à l'honneur.

Il avait esquissé un sourire indulgent en prononçant « botte secrète ».

– En fait, ce duel est un exemple édifiant sur les fâcheuses conséquences d'un excès de confiance, additionné d'une grave sous-estimation des capacités à nuire de l'adversaire. Je vous invite à le méditer en longueur, monsieur Brasc.

Assurés de sa victoire, les seconds de Crandalle n'avaient rien prévu pour le transport de son cadavre. Le chevalier, comme l'avocat, refusant d'ensanglanter les banquettes de leur cabriolet, ils s'adressèrent aux Tricotin.

– Utiliser notre carriole ? Et puis quoi encore ? ironisa Caribert. Vous n'avez qu'à le jeter en travers de son cheval et le ramener ainsi.

L'idée parut bonne à Brasc qui alla détacher la jument. Laszlo lui barra le chemin en déclarant d'une voix forte :

– Droit de prise.

Ce droit remontait au temps des tournois où le vainqueur s'appropriait le destrier, l'armure et les armes du vaincu, souvent pour les revendre. Bon nombre de ces vainqueurs, les « tornéadors », vivaient professionnellement de leurs victoires. Le droit de prise avait été réactivé au siècle dernier par les raffinés et les pointilleux, qui, à l'instar de leurs prédécesseurs moyenâgeux, subsistaient exclusivement du produit de leurs duels. L'ouvrage du célèbre raffiné d'honneur aux deux cents engagements consacrait un chapitre entier à ce sujet.

La belle jument limousine de cinq ans, la selle et le contenu de ses fontes, le sabre et son baudrier, le justaucorps, le chapeau, les bottes du maître d'armes appartenaient désormais au maître sabotier.

Clovis refusa le justaucorps et le chapeau qui lui déplaisaient, ainsi que les bottes au cuir trop avachi et de toute façon trop petites, mais il accepta avec un large sourire la monture qui le hissait inopinément dans la catégorie des gens montés et le sabre que Laszlo ôta des doigts crispés de Crandalle.

Le corps fut placé en travers de l'alezan de Mondidier et c'est Brasc l'aîné qui se chargea de la tête. Attentif à ne pas souiller ses mains, il la saisit par les cheveux et facilita son transport en l'enfonçant à l'intérieur du chapeau décliné par le sabotier.

Son laisser-courre ne pouvant plus attendre, le chevalier fut le premier à quitter les douves, suivi bientôt de Pagès-Fortin, des Tricotin et de Clovis, monté sur la jument du défunt, et qui caracola fièrement au côté du Hongrois jusqu'à la rue des Afitos.

Escorté d'un public d'enfants fascinés par le corps sans tête qui s'égouttait le long du flanc de l'alezan, Mondidier et Brasc coltinèrent Crandalle à la venelle du Suif, argumentant chemin faisant sur qui allait devoir payer les frais d'inhumation.

Les acquéreuses de phylactères attroupées devant la maison de la mère Bienvenu se signèrent en poussant des cris horrifiés à la vue du corps étêté.

Les témoins trouvèrent la porte close et personne, sauf un chien, pour répondre à leurs appels.

– Lui savez-vous des proches ? s'enquit le brigadier qui connaissait le maître d'armes de fraîche date.

– Pas que je sache.

La fouille du mort ne livrant aucune clef, ils rebroussèrent chemin et le déposèrent dans sa salle d'armes de la rue des Maoures. Faute de lit, ils l'allongèrent sur deux bancs rapprochés au centre de la longue salle qui reniflait la sueur et le tabac froid. La tête fut sortie du chapeau et placée sur la poitrine. Brasc s'appliqua à lui fermer les yeux, mais les paupières se relevaient à chaque fois. Il finit par les maintenir baissées en coinçant un écu de dix sols sur l'œil gauche et un liard de six deniers sur le droit déjà poché.

– On ne peut pas le mettre en terre tout marinant dans son bran, dit le dragon. Il faut louer des femmes pour le laver et le changer. Ensuite l'un de nous, vous de préférence qui êtes un natif, devra déclarer son décès à l'église de sa paroisse. De mon côté, je me charge de faire crocheter sa porte afin de lui rapporter des vêtements propres. Peut-être trouverai-je aussi de quoi acquitter les frais à venir.

– J'en suis déjà de dix sols et demi, moi, fit remarquer Brasc l'aîné en désignant l'écu et le liard fermant les yeux du décapité.

Le crocheteur refusant d'opérer sans la caution d'un officier communal, Mondidier se rendit place de la Maison et narra la situation au lieutenant Rondon qui la connaissait fort bien. Compte tenu de la présence du chevalier parmi les protagonistes, le consul l'avait instruit dès la veille de ne pas interdire le duel. L'officier du guet autorisa l'ouverture du domicile du maître d'armes, mais il refusa d'être présent sur les lieux.

Le chien déjà entendu aboya furieusement durant le crochetage, puis se tut lorsque la porte s'ouvrit sur Mondidier sabre au clair. Flairant l'odeur de son maître sur le brigadier, il agita courtoisement sa queue. C'était un chien d'Artois au regard droit et confiant qui s'attacha gaiement aux pas du dragon pendant que celui-ci fouillait la maison à la recherche de vêtements et d'argent.

L'animal le suivit lorsqu'il retourna à la salle d'armes et il montra sa joie en y découvrant son maître allongé sur les bancs. Après avoir tourné autour en battant l'air de son fouet, il s'allongea tout près et attendit sans impatience que celui-ci s'éveille et le nourrisse comme il l'avait toujours fait.

Plus tard, des veuves dévêtirent le cadavre pour le laver et le changer. La tête les gênant, elles la posèrent sur le plancher. Le chien se leva pour la renifler puis revint se coucher. Si quelque chose lui parut anormal, il le garda par-devers lui.

Mondidier ayant recueilli trois livres seulement de sa fouille, Crandalle fut privé de cercueil et enveloppé avec sa tête dans un linceul prélevé sur son lit et cousu par l'une des femmes qui réclama pour ce travail d'aiguille un supplément de cinq sols.

Le vicaire de l'église Saint-Benoît autorisa l'inhumation du duelliste en terre consacrée, mais lui dénia la cérémonie religieuse.

Trépassé à prime, René-Auguste Crandalle fut enterré à none en présence de son compagnon canin dont il emportait le nom avec lui dans la tombe, du brigadier Mondidier, de Brasc l'aîné et du fossoyeur qui était aussi le bedeau.

L'animal aboya vilainement lorsque ce dernier couvrit son maître de terre. Un coup de pelle le tint à distance.

Les seconds filèrent dès la dernière pelletée, sans un mot, sans une prière, pressés d'en finir. Le bedeau voulut chasser le chien mais celui-ci refusa obstinément de quitter le cimetière et fuit parmi les tombes, l'échine basse, la queue entre les jambes, jappant chaque fois qu'une pierre l'atteignait.

A bout de souffle, dérouté par tant d'obstination, le bedeau renonça.

Une fois seul, le chien inspecta les lieux en les reniflant. Il pissa contre la barrière d'entrée, il pissa au pied de la grande croix de pierre et aussi devant la tombe de son maître. Puis il s'allongea dessus et attendit que celui dont il flairait toujours l'odeur sous la terre meuble apparaisse et s'occupe de lui comme avant.

Menton relevé, nez au vent, bras balancés, Clovis foulait le cagadou d'un pas assuré. Tout dans sa physionomie signalait qu'il était content de lui et qu'il voulait que ça se sache. Les œillades, les chuchotements, les coups de coude sur son passage lui plaisaient.

Il remonta la rue des Deux-Places et allait pour traverser la place Royale quand il remarqua un attroupement le long du cimetière accolé à l'église Saint-Benoît. Ils observaient un chien allongé sur l'une des tombes anonymes du canton des pauvres. L'animal était couché sur le flanc et haletait. Point besoin d'être valet de chenil pour comprendre qu'il mourait de soif et de faim.

– Il est là depuis combien de temps ? demanda Clovis à qui voudrait bien lui répondre.

– Depuis que vous avez trucidé son maître, dit d'un ton railleur un compagnon savetier de la rue du Lop.

Parce qu'ils fabriquaient de vulgaires savates en chiffon sans pied droit ni pied gauche, les savetiers étaient en bas dans la hiérarchie des chausseurs.

Pris au dépourvu, Clovis ne sut que répliquer. Il haussa les épaules pour se donner une contenance et reprit son chemin en se souvenant des abois entendus lorsque sa pierre avait brisé la fenêtre du maître d'armes.

Il frappa à la porte de l'engendreuse. Il n'était pas revenu venelle du Suif depuis l'autre nuit. Il vit que la vitre cassée avait été remplacée par de la toile huilée.

La mère Bienvenu ouvrit. Le sabotier entra. La sage-femme n'était pas seule. Une demi-douzaine de mégères, vêtues de noir pour la plupart, caquetaient près de la cheminée en buvant du jus de treille et en chiquant du mauvais pétun. Elles se turent pour le regarder.

– Bien le bonjour, mes commères.

Clovis venait négocier de l'eau de myrte qu'il comptait offrir à Apolline pour la fin de ses relevailles. En échange de deux livres et trois sols la mère Bienvenu lui remit une fiole de verre soufflé rempli d'un liquide rougeâtre.

– Enseignez-lui qu'elle ne doit pas en mettre avant le retour de ses nouvelles fleurs.

– Vous allez lui en faire combien cette fois, maître Tricotin ? s'enquit l'une des commères d'une voix goguenarde.

Il rougit et détourna la tête pour le cacher. L'eau de myrte avait l'heureuse réputation de redonner un conet de baiselette aux parturientes. Il paya et sortit sans refermer la porte derrière lui. Il rentra droit chez lui, sans un regard

124

vers le cimetière où des enfants juchés sur le mur d'enceinte lançaient des cailloux.

Moins d'une heure plus tard, Clovis posa subitement ses outils, ôta son tablier de cuir et retourna au cimetière. Il remplit au passage un seau d'eau à la fontaine Sainte-Cécile et acheta pour cinq sols de bas morceaux rue de la Boucherie.

Les enfants et les curieux avaient disparu. Le chien était toujours couché au même endroit. Clovis poussa la barrière. Le chien remua faiblement la queue. Une pierre l'avait atteint au-dessus de l'œil droit et du sang perlait entre ses poils ternes et sales. En dépit des misères subies, son regard demeura doux et confiant à l'approche du sabotier.

Faute d'écuelle, Clovis joignit ses mains et les plongea dans le seau. Le chien lapa l'eau avec un bonheur évident. Bientôt il retrouva suffisamment d'énergie pour se relever et boire sans aide.

Tout en prenant plaisir à le désaltérer, Clovis ne pouvait s'empêcher de songer à Crandalle, si proche sous ses quelques pieds de terre caillouteuse ; il se demanda comment avait été disposée sa tête.

Le chien accepta les bas morceaux et les goba sans les renifler, sans même les mâcher. Après, il rebut longuement.

Clovis s'en alla, le chien retourna s'allonger sur la tombe. Clovis revint le nourrir le lendemain et les jours suivants.

Il fallut dix-neuf jours au cadavre de Crandalle pour entrer dans une déliquescence telle que son odeur s'en trouva altérée au point d'être méconnaissable. Sa fidélité reposant exclusivement sur les perceptions sensorielles qu'il avait de son maître, le chien quitta le cimetière dès que celles-ci eurent disparu.

Depuis le jour du duel, Clovis commençait chaque matin par soigner Favorite qui logeait dans un box construit face à la vacherie de Clarabelle et à l'enclos de Biquette. Vaste de dix pieds sur dix, sa superficie mangeait un tiers de la cour. La jument flairait fort bien l'amour que lui portait son nouveau maître et se laissait faire obligeamment.

C'est Laszlo qui lui avait enseigné comment lui laver les naseaux et les yeux avec une éponge fraîche sans la faire saboter ; c'est Laszlo également qui lui avait offert une étrille servant à décoller le poil et faire ressortir la poussière. Un autre jour, il lui avait offert une brosse douce pour le lustrage, et un autre jour encore un peigne pour démêler la crinière et la queue. Il apportait un cure-pieds lorsque Clovis finit par remarquer que chacune de ses visites coïncidait avec les jours où Immaculée venait rue des Afitos assister Apolline dans sa quintuple tâche.

Clovis retournait la litière quand Petit-Jacquot apparut dans la cour, la mine chagrine, deux seaux vides dans chaque main.

— Y a un gros cabot dans la rue, mon maître, et j'sais point si y veut rentrer, ou si y veut pas que j'sorte.

Clovis suivit son apprenti à travers la cuisine et l'échoppe.

— Macarel de caramba !

Le chien de Crandalle était assis devant l'entrée. L'animal avait su le pister jusqu'ici : une telle prouesse sur une voie aussi piétinée était digne des limiers de haut nez du chevalier.

A la vue du sabotier, le chien se leva et approcha en tortillant du bassin et en battant l'air de sa queue. Clovis lui caressa rudement le haut du crâne. C'était la première fois qu'il le touchait. Le chien scella le pacte en lui léchant la main. Puis il entra dans l'échoppe et en fit le tour.

Crandalle semblait l'avoir correctement éduqué car il ne pissa que dans la cour.

Deuxième partie

Chapitre 14

La nouvelle existence de Charlemagne était des plus
étranges. Quand il ne dormait pas, il tétait, et quand il ne
dormait ni ne tétait, il reposait sur le dos dans un monde
partagé entre ce qu'il pouvait atteindre avec ses doigts –
pour l'instant les bords de son berceau – et le reste au-
delà, encore flou et inaccessible.

S'il distinguait le chaud du froid et la nuit du jour, la différence entre le dedans et le dehors restait confuse. Il ne
pouvait pas encore se concentrer sur plus d'une chose à la
fois, et quand son attention se portait sur une deuxième, il
oubliait la première. Il entrevoyait chaque jour un peu
mieux qu'il était capable de provoquer des événements,
comme lorsqu'il fermait les yeux et que tout s'obscurcissait, ou quand il étendait le bras et flanquait son biberon
par terre. Il établissait lentement la différence entre « je
veux » et « je peux ».

A l'instant où la faim s'éveilla, Charlemagne gazouillait
en regardant sa main s'agiter devant ses yeux sans être
certain qu'elle pût lui appartenir. La sensation désagréable
lui vint du centre et s'imposa rapidement dans son être
en augmentant son malaise, en altérant ses mouvements, en
désorganisant sa respiration. Ne connaissant qu'une solution à ce malaise, Charlemagne se mit à vocaliser sur un
mode perçant, peu mélodieux certes, mais portant fort loin.

— Ahi ! Déjà ! C'est lequel ? demanda une voix lasse.
— Charlemagne, bien sûr, répondit une voix tout aussi
lasse.
— Que veut-il encore ?

– Téter, pardi.

– Mais qu'il attende son tour, ce fringaleur.

Comme s'il les avait compris, le nourrisson augmenta la stridence de ses cris, éveillant les quatre autres qui se joignirent à lui. Goliath accourut de la cour où il lézardait au soleil et se posta devant le berceau de Charlemagne, aboyant avec reproche vers Apolline et Prune.

Accablée, Apolline soupira. La maisonnée était devenue un véritable élevage de moutards, et il arrivait que son esprit soit visité par de honteuses pulsions assassines qui lui mettaient la conscience au court-bouillon. En se multi-pliant par cinq, ce qui aurait dû être un bonheur de chaque instant était devenu un labeur répétitif, acharné, harassant. Huit biberons par jour et par enfant faisaient quarante biberons. Idem pour les maillots qu'il fallait continuelle-ment changer, laver, repasser. Et quand leurs ongles étaient trop longs, c'était cent qu'il fallait couper, pas un de moins.

Son père Baptiste lui avait ramené de Brameloup Prune Déhaut, une gaillarde cousine de quinze printemps, qui la déchargeait des gros travaux domestiques. En dépit de cette assistance, Apolline avait dû renoncer à la collecte des œufs de fourmi et rester à demeure, sauf le jour du Seigneur où sa mère, parfois Jeanne sa belle-mère, la rem-plaçait le temps d'une grand-messe. Elle gardait la secrète conviction d'avoir rompu quelque part l'ordre naturel voulu par Dieu, et le sentiment d'anormalité et de culpabi-lité qui avait gâché sa grossesse perdurait.

C'était vers le troisième mois qu'elle avait deviné que l'enfant attendu n'était pas seul, ou que, s'il l'était, ce serait un géant. Semaine après semaine, son ventre avait enflé de façon si démesurée que la peur de mourir s'était ajoutée à la liste de ses préoccupations et avait transformé son existence en cauchemar. Bonne dormeuse, elle était devenue insomniaque, et quand elle s'endormait enfin, c'était pour rêver de piétinements intérieurs et de grouille-ments confus qui la réveillaient, le souffle oppressé, le corps pelliculé d'une sueur visqueuse et froide comme de la méchanceté. Ne pas oser se confier à qui que ce soit avait accentué son sentiment de catastrophe imminente.

N'ayant jamais imaginé au-delà de jumeaux, l'apparition

de quintuplés avait confirmé avec éclat ses craintes les plus extravagantes. Les rumeurs circulant sur le nombre (et l'identité) des amants qu'elle avait forcément mis à contribution pour accomplir un tel exploit n'arrangeaient rien. Si le nom de Crandalle était parfois mentionné, c'est qu'avec le temps on ne voulait plus croire que le duel ait pu avoir lieu pour un prétexte aussi mince qu'un arrosage urinaire.

Autre effet secondaire fâcheux, la jeune femme ne supportait plus d'être approchée par son époux. La seule pensée d'être grosse à nouveau la terrorisait. Aussi, quand les quarante jours de ses relevailles furent écoulés et que Clovis se manifesta en lui offrant son eau de myrte, Apolline le repoussa, prétextant de terribles douleurs malaxantes à la racine des cheveux. Le lendemain, elle se plaignit d'un estomac dépravé et le surlendemain d'inexplicables oppressions de poitrine.

Quand un soir, à court de faux-fuyants, elle le laissa enfin s'allonger sur elle, sa peau se révulsa et tous les muscles courant dessous se nouèrent, transformant son corps habituellement douillet comme un édredon en une planche aussi roide que l'écorce d'un vieux chêne.

Clovis, qui n'entendait rien à ces états d'âme femelle, se contristait chaque jour davantage. Il devenait irascible et maladroit jusqu'à rater des sabots qui finissaient tristement en bois de chauffage. De surcroît, dormir avec la société de cinq nouveau-nés se révélait exténuant. A peine tombait-il les paupières que l'un des marmots, Charlemagne onze fois sur dix, s'égosillait pour réclamer son cornet, vite imité par ses frères et sœur et même par Goliath.

Et quand Clovis dormait enfin, il rêvait qu'il avalait l'un d'eux et qu'il souffrait ensuite les mille morts à l'idée d'être dûment atteint et convaincu d'ogrerie. Tous ces inconvénients, additionnés à l'incompréhensible conduite de sa femme, le poussèrent un jour à déblayer les combles et à s'y installer.

A la notoriété d'être le père des « cinq épateurs de Racleterre » – comme on désignait la fratrie – s'était ajouté le renom particulier consacré par son duel et qui allait de pair avec le respect qu'inspiraient les duellistes (« Des gens qui osent regarder la mort en face »). On le saluait quand on le voyait passer sur sa belle jument, et on y aurait regardé à deux fois avant de le traiter de cocu.

Le sabre du maître d'armes était accroché au mur de l'échoppe, bien en évidence sous la bibliothèque bleue, et s'il arrivait à Clovis de le sortir de son fourreau, c'était pour en contempler la lame d'un air rêveur.

Sa victoire sur Crandalle avait eu une incidence non négligeable sur son chiffre d'affaires : en témoignait la pile des bûches destinées à devenir des sabots, dont la hauteur atteignait les poutres du plafond. Si les commandes se maintenaient à cette fréquence, il pourrait bientôt embaucher un second apprenti et être autorisé à se parer du titre d'atelier de saboterie, plus prestigieux que celui d'échoppe.

L'apparition inopinée de monsieur l'intendant royal Alexis de Gourge alluma un émoi considérable parmi les Racleterrois et leur administration. Le roi en personne le mandait vérifier l'authenticité de ces extraordinaires naissances. La nouvelle avait donc voyagé jusqu'aux oreilles du monarque, et le nom de Racleterre avait été prononcé par sa royale bouche.

Cet émoi considérable se mua en béate incrédulité lorsque l'intendant, satisfait de son examen, remit à la Maison une lettre de louanges en blanc, déjà signée du roi, et où il n'eut qu'à inscrire le nom de la famille Tricotin et celui de Racleterre.

Un addenda à ce prestigieux document assurait la gratuité de l'éducation de la fratrie dès son âge de raison, l'âge où l'enfant était estimé capable de discerner le Bien du Mal.

Clovis aurait préféré conserver le document et l'exposer au mur de sa saboterie, entre sa bibliothèque et le sabre, mais le consul en jugea autrement et le suspendit au mur de la salle de délibération, sous la charte d'affranchissement de Racleterre signée du roi Charles VI.

Comme il n'était pas un mois que fit Dieu sans visiteurs venant du lointain pour contempler sa progéniture, Clovis imposa une donation obligatoire d'une livre par personne, deux si l'on voulait faire un dessin, cinq pour une peinture à l'huile nécessitant plusieurs jours de pose. Il institua également un tarif forfaitaire de dix livres réservé aux visiteurs scientifiques désirant anatomiser les quintuplés dans leur état de nature et pratiquer diverses mensurations. Ces inspections se faisaient en présence de Goliath qui montrait les crocs et grondait vers tous ceux qui les faisaient geindre en les manipulant.

A sa naissance, Charlemagne, le plus fort, pesait quatre livres six cents, tandis que Dagobert, le plus gringalet avec Clotilde, n'en pesait que trois livres huit cents. Clodomir et Pépin pesaient chacun quatre livres deux cents. Des poids dérisoires quand celui d'un nouveau-né normal était de sept livres.

Pour la plupart de ces médecins, il était clair que la survie de quintuplés nés un mois avant terme relevait du pur miracle, ou, plus prosaïquement, de la pure supercherie.

Certains sceptiques ne se satisfirent pas des assertions de la famille. Ils consultèrent le registre paroissial et interrogèrent en longueur la mère Bienvenu, prenant des airs entendus quand elle admettait n'en avoir délivré avec certitude que trois sur cinq.

Un médecin-accoucheur venu de Vendée atténua le sentiment d'anormalité d'Apolline en lui montrant un vieil exemplaire du *Journal des Savants* qui rapportait dans le détail l'histoire d'une femme de Saintonge, primipare elle aussi, et qui avait mis bas pas moins de neuf enfants en trois jours.

Un autre praticien, le doktor Rudolf Thaler, de race teutonne, acheva de la rasséréner en lui traduisant le texte d'une brochure relatant la naissance de quintuplés à Augsbourg. Ainsi, tout en restant exceptionnel, son cas n'était pas monstrueusement unique.

Ce même médecin l'instruisit contre le risque d'être enceinte à nouveau.

– D'apord, le sperme gâte le lait, Frau Trikotin, ensuite cela signifierait l'arrêt prutal de sa montée et exposerait dancheureusement la ponne santé de fotre portée.

C'est encore lui qui mit en évidence la ressemblance presque parfaite de l'aîné Clodomir et du cadet Pépin.

Dagobert, plus chétif, se distinguait par des cheveux plantés différemment et des oreilles décollées et Clotilde, la seule garce du lot, n'intéressait personne.

Charlemagne, par contre, ne ressemblait à aucun des autres. Il était le plus potelé, le plus gazouilleur, le plus éveillé, le plus glouton, le plus rebéqueur. Des différences que les traitements de faveur dont il jouissait comme filleul de la châtelaine accentuèrent avec le temps.

Une semaine après sa naissance, dame Jacinthe lui avait offert un trousseau complet en coton anglais, qui avait certainement coûté fort cher.

Des porteuses de ragots lui ayant répété que les langes servaient en fait à l'aîné Clodomir et non à son filleul, dame Jacinthe s'était fâchée jusqu'à se déplacer rue des Afitos pour gourmander les responsables. Bien que chaque enfant ait son berceau, elle exigea que Charlemagne couche dans un cheval rouge à bascule déniché dans le grenier du château et qui avait appartenu à elle ne savait quel Armogaste.

Elle prit sur elle d'envoyer chaque soir une remueuse qui avait pour consigne de bercer Charlemagne jusqu'à ce qu'il s'endorme. Quelquefois c'était Alberte, la fille de l'intendant-maître d'hôtel Francol, quelquefois Élodie Clochette sa pimpante chambrière, parfois son page, le jeune Blaise Onrazac qui abominait la corvée, la jugeant dégradante et très en dessous de sa condition. Il lui arrivait de se venger discrètement sur Charlemagne en le soulevant à bout de bras et en l'agitant dans tous les sens, telle une outre de lait quand on fait du beurre. Il le reposait ensuite dans le berceau et s'éclipsait avant que l'enfant ne proteste à grandes hurlées et attire les adultes, ou, pire, le chien Goliath : ce dernier le haïssait depuis qu'il lui avait soufflé du poivre dans les narines.

Bien qu'elle s'en défendît, Apolline préférait à l'aîné Clodomir le fragile Dagobert qui avait le plus besoin d'elle. Venait ensuite Clotilde que tout le monde semblait oublier. Pépin, le cadet, l'avait tant fait souffrir en naissant qu'elle lui en voulait encore. Et puis il y avait Charlemagne dont elle ne savait que penser tant la personnalité de sa marraine emberlificotait son jugement.

Les préférences d'Apolline se manifestaient surtout durant l'allaitement. Si elle commençait par l'aîné en lui offrant le sein droit, elle réservait le gauche, non pas à Pépin comme elle aurait dû, mais à Dagobert qu'elle laissait téter un *Ave* de plus que les autres. Venaient ensuite Clotilde et Pépin, et en dernier Charlemagne qui s'accrochait au tétin comme un loup à la gorge d'un agneau : il n'en avait jamais assez et le faisait savoir.

La santé d'un enfant se mesurant à son embonpoint, les tétées étaient allongées de panades, de bouillies et de lait de chèvre dilué.

Pour Clovis, seul Clodomir comptait vraiment, et si Pépin venait deuxième dans l'ordre de ses préférences, c'était pour sa ressemblance quasi parfaite avec l'aîné. Dagobert et Clotilde l'indifféraient, aussi montrait-il à leur égard une sollicitude sans chaleur. Quant à Charlemagne, il supportait mal que les visiteurs le confondent avec l'aîné, trompé par son linge fin, son berceau de chevalier et son si dispendieux collier.

Ce collier persécutait son entendement. Avec l'argent de sa vente, il aurait pu accomplir bon nombre de projets, comme celui de s'installer dans une maison plus grande.

Cela devait se voir, car, à chacune de ses visites, dame Jacinthe ne manquait jamais de s'assurer de sa présence. Quand l'encolure de son filleul grandit, elle fit déplacer le maître orfèvre de la rue du Château pour qu'il pratique sur place l'agrandissement du fermoir. Il lui arrivait aussi de compter à voix haute le nombre des joyaux en lançant des regards pleins de suspicion autour d'elle. Regards jugés désobligeants par les Tricotin qui se targuaient d'une honnêteté héréditaire.

En mai, le mois où l'on châtre les veaux et où l'on tond les moutons, Caribert déclara triomphalement qu'Immaculée était grosse et personne n'eut cœur à lui demander de qui.

Charlemagne mit six mois pour coordonner sa main et son œil, puis sa main et son autre main, et encore un mois pour pouvoir attraper, agripper, manipuler maladroitement des objets inanimés, découvrant subséquemment que les animés ne se laissaient pas faire. Il dut admettre aussi qu'il ne suffisait pas de fermer les yeux pour que les autres ne vous voient plus.

A l'automne, il fut découvert que la mère Bienvenu continuait de vendre du produit Tricotin (réputé cinq fois plus puissant que les autres et vendu cinq fois plus cher). La Maison la condamna pour tromperie manifeste à être exposée au pilori de la place Royale trois jours durant, à raison de cinq heures par jour. Dieu en personne alourdit la sentence en faisant geler chaque jour de la punition.

Arrivés au huitième mois de leur existence, les cinq Tricotin furent délivrés de leur maillot et revêtirent leur première robe d'enfance : en droguet brun pour l'aîné, en revêche écru pour les autres. Dame Jacinthe profita de cette tradition pour offrir à son filleul une robe carrée de satin bleu rayé d'argent, assortie d'une paire de bas de soie qu'il s'empressa de catastropher en se roulant par terre dès que l'occasion lui fut donnée.

Deux jours avant Noël, Charlemagne surprit toute la maisonnée en se mettant debout sans aide et en marchant d'une traite à travers la chambre, l'atelier, la cuisine, la cour, pour finalement vaciller sur ses jambes et tomber assis dans une bouse de Clarabelle, ce qui parut le ravir.

La station debout lui offrait des perspectives d'autant plus étonnantes qu'elles étaient insoupçonnées. A ce jour, chacun de ses déplacements dépendait du bon vouloir d'autrui, désormais, il pourrait s'en passer et aller voir ce qu'il y avait derrière les meubles ou de l'autre côté des murs.

Rechercher Charlemagne s'ajouta à la liste des corvées

quotidiennes. On le retrouva coincé tête première au fond d'un seau – vide par bonheur. On le récupéra dans l'évier de la souillarde pourtant fixé à quatre pieds du sol (on le soupçonna d'être monté sur le chien). On le débusqua dans la cheminée, plus noir que nègre et babillant avec la famille de grillons qui y grillonnait.

Il ramenait de ses explorations toutes sortes de bestions, vifs de préférence. Aucune espèce ne le rebutait, et il paraissait entretenir spontanément d'excellentes relations avec le monde animal, insectes compris. La façon dont Goliath l'avait distingué parmi les autres et lui était entièrement dévoué était une bonne illustration de ces relations privilégiées.

Le jour des Rois mages 1764, Immaculée Tricotin fit tomber au monde un enfant mâle de huit livres aux yeux bleus quelque peu bridés. Souriant de toutes ses dents, Caribert le baptisa Mérovée.

Le surlendemain, jour de la Saint-Lucien, Laszlo Horvath giflait publiquement Paul Brasc l'aîné.

Gifler était plus grave que frapper du poing fermé. Gifler était un geste conscient et volontaire fait pour humilier l'adversaire plus que pour lui faire physiquement mal. La salle de l'auberge Durif était pleine de clients dont une tablée de militaires de sa connaissance. Brasc ne put faire autrement que d'appeler le Hongrois qui lui désigna la grande cour de la Poste aux chevaux en disant :

– Ça galope !

Le duel dura le temps de cuire un œuf dur. Après quelques enchaînements d'actions offensives et défensives, Laszlo embrocha son adversaire d'un coup de pointe très développé dans la poitrine. Brasc s'écroula. Il n'avait pas encore touché terre que Laszlo armait un nouveau coup et le frappait au poignet, le désolidarisant entièrement du bras. Le sabre tomba avec bruit sur les pavés de la cour, la main toujours crispée sur la fusée en galuchat.

Paul Brasc l'aîné survécut à ses blessures, mais jamais plus il ne toucha à une épée et jamais plus il ne se gaussa à voix haute sur l'identité du vrai père de Mérovée Tricotin.

Le premier anniversaire des cinq épateurs de Racleterre donna prétexte à une belle fête organisée par la Maison.

Le bourg et ses murailles se pavoisèrent, les cloches des églises et celle du beffroi firent chorus. Il y eut un banquet, des discours, un concours de tir à l'arbalète doté d'un prix de cinquante livres et trois mâts de cocagne (un sur chaque place) abondamment garnis et copieusement savonnés.

Le clou de cette mémorable journée fut incontestablement le défilé dans les rues de la fratrie présentée par ses parents et par dame Jacinthe qui s'était imposée au dernier moment.

Juché sur la plate-forme d'un char fleuri tiré par quatre bœufs rouquins aux robes peignées, Clovis dans son meilleur habit (l'air renfrogné parce qu'on lui avait déconseillé de porter son sabre) soutenait Clodomir l'aîné. Jeanne Tricotin tenait Pépin, Apolline avait pris Dagobert et Adèle Floutard, qui aurait préféré Pépin, se contentait de Clotilde.

Assise sur un canapé attaché à la plate-forme, dame Jacinthe, revêtue d'une robe bleu de Prusse parée de manches en falbalas écarlates, souriait à la foule en s'efforçant de maintenir quiet son filleul (en robe de satin mauve et bas rose tyrien) qui ne cessait de gigoter tel un cent d'asticots.

A la longue, excédée par tant de discourtoisie, dame Jacinthe lui pinça la cuisse pour le faire taire, déclenchant instantanément une formidable clameur qui porta la confusion sur le char, dans la foule, et même chez les bœufs de l'attelage qui s'immobilisèrent en secouant des cornes. Comme chaque fois, les quatre autres se solidarisèrent en donnant du poumon, ajoutant quatre fois plus à l'embarras général. Le maître bouvier avertit que les oreilles de ses bovins n'en supporteraient guère plus.

Il fallut ôter Charlemagne des bras de sa marraine – qui ne faisait qu'aggraver sa colère en le manipulant avec agacement – pour qu'il se calme. Lui coi, les autres se turent. Les bœufs acceptèrent de repartir, la procession s'ébranla de nouveau, la foule applaudit.

– Vive nos épateurs !

A ce jour, le nauséabond produit des vidanges de maître Baptiste Floutard était transporté par ses équipes à l'extérieur du bourg pour être déversé dans des fosses creusées à cet effet dans trois terrains communaux loués à la Maison. Année après année, ces fosses étaient devenues de vastes mares excrémentielles où régnaient des milliards de mouches vertes le jour et des milliards de cancrelats coprophages la nuit.

Floutard alimenta à nouveau les rumeurs à ses dépens en offrant à la Maison de racheter les trois parcelles communales pourtant privées de toute valeur marchande. Trop heureux de l'aubaine, le consul et son assemblée acceptèrent la vente.

Peu de temps après, Floutard quitta Racleterre pour se rendre à Brameloup-sur-Aubrac, son village natal. Il en revint accompagné d'une procession de neuf familles, soit au total cinquante-huit personnes. Il les installa dans des chaumines qu'il leur fit construire auprès des mares. On comprit alors que le maître gadouyeur-vidangeur venait de créer une fabrique d'extraction de poudrette, un engrais très apprécié des connaisseurs.

Bientôt, les familles de l'Aubrac puisaient leur matière première dans les mares, la faisaient sécher sur des bâches, la réduisaient ensuite en fine poudre puis l'ensachaient. Maître Floutard en prenait alors livraison à raison d'un sol le sac de dix livres qu'il revendait trente.

Au début, quand on les lâchait ensemble, chacun agissait individuellement, chacun jouait de son côté, aucun ne partageait rien. Quand un conflit les opposait, le plus souvent la possession d'un objet, c'était le plus déterminé qui l'emportait. Charlemagne douze fois sur onze.

La fratrie s'organisa vers sa troisième année. L'aîné Clodomir et le cadet Pépin devinrent inséparables, telles deux moitiés complémentaires. Le premier prit l'habitude de porter son sourire à droite tandis que le second le porta à gauche. Les témoins d'un tel spectacle ne pouvaient s'empêcher d'osciller entre l'amusement, l'émerveillement et un certain malaise.

Dagobert les imitait avec moins de succès. En cas d'affrontement, il lui arrivait de se dérober pour courir se réfugier auprès de sa mère. Clotilde servit de souffre-douleur jusqu'au jour où Charlemagne prit sa défense et la conserva à jamais.

Il n'était pas rare que ses trois frères se liguent contre lui, le plus souvent pour s'emparer de son collier. Il ne se laissait jamais faire et se défendait avec une opiniâtreté qui forçait l'admiration, rendant trois coups pour chacun qu'il recevait. Il attendait loyalement l'instant où il allait être submergé par le nombre pour pousser l'un de ses puissants braillements qui faisait accourir Goliath à la rescousse.

Mais qu'un élément extérieur s'en prenne à l'un d'eux et ils faisaient aussitôt front commun, telles cinq abeilles d'une ruche renversée.

Le premier mot intelligible de l'aîné fut « moi ». Celui de Pépin, prononcé le lendemain, fut « badaboum ». Quelque temps plus tard, Dagobert dit « mamie-mamie », et personne ne se souvint de celui de Clotilde. Charlemagne, lui, se contentait d'imiter le cri des bêtes. Il entendait un son – n'importe quel son – et il le reproduisait à l'identique avec une déroutante facilité.

Ce fut un an après les autres qu'il s'exclama à la vue d'une brigade de la maréchaussée royale caracolant rue des Afitos :

– Il est beau le dada, caramba !

Plus tard, la fratrie développa un étrange babil fait d'onomatopées, de cris divers, de gesticulations, de bruits de chats, de couinements de souris, de trilles d'oiseaux, de grognements de chiens qui s'élabora peu à peu en un patois qu'ils appelèrent « lenou », sans jamais daigner en révéler plus.

Ils avaient quatre ans et quelques semaines quand ils se présentèrent en délégation devant leurs parents pour réclamer des explications sur le fait indiscutable que Clotilde n'avait pas un « dard » comme eux.

– Parce que c'est une garce, pardi.

L'argument leur parut peu convaincant, surtout pour Clotilde qui pensait très confusément qu'elle en avait eu un, elle aussi, mais qu'elle l'avait perdu par mégarde, sans doute en faisant ses eaux.

La première confrontation de la fratrie avec ses géniteurs survint le jour de leur cinquième anniversaire, jour traditionnel de la perte de leur robe d'enfance. L'aîné reçut un habit de drap bleu, ses frères de drap gris. Leur sœur hérita d'un jupon du dessus en coton, d'un cotillon de finette, d'une matelote de serge et d'un tablier de coutil qui la mortifièrent.

La coutume voulait que jusqu'à l'âge nubile les enfants des deux sexes n'aient rien dans leur vêture ou dans leur éducation qui les distingue. Cette époque venait de prendre fin et Clotilde tombait sous la coupe de sa mère et de ses mères-grands, tandis que ses frères passaient sous l'autorité exclusivement paternelle.

L'affrontement eut lieu quand leur père prit les garçons avec lui dans l'échoppe et que leur mère emporta Clotilde en cuisine.

Refusant l'amputation, la fillette courut rejoindre ses frères qui l'entourèrent, déterminés à faire front. Et quand leur père les menaça de son sabre (il utilisait le plat du fourreau pour les fesser chaque fois qu'ils le méritaient), Charlemagne héla Goliath à la rescousse.

– Vous voulez donc qu'on vous baille au chevalier Walter ? Ou vous préférez peut-être qu'on mande le Pibrac pour qu'il vous enseigne l'obéissance ? les menaça gravement Apolline, les poings sur les hanches en signe de courroux.

La réponse fit regretter la question :

– Si on reste ensemble, on veut bien être baillés à qui vous voudrez.

Tant d'ingratitude scella leur victoire. Les parents capitulèrent avec un peu d'aigreur. Clotilde demeura avec ses frères mais dut conserver sa vêture féminine et ne plus jamais pisser debout comme eux.

Le lendemain, dame Jacinthe réapparaissait rue des Afitos, accompagnée de sa cour de petits flagorneurs et d'un maître tailleur contrarié de s'être encagadouillé les souliers.

La châtelaine sacrifia son après-midi à jouer avec son filleul comme avec un petit animal, l'habillant, le déshabillant, lui essayant trente-six vêtures, retenant la plus outrageusement luxueuse qui faisait paraître celles de ses frères pour de vilains haillons.

Sa marraine repartie, Charlemagne poussa un long cri libérateur et courut rejoindre les autres qui jouaient dans la cour à sauter par-dessus leur ombre (ils réussissaient deux fois sur dix seulement). Avant qu'on puisse l'en empêcher, il se roulait par terre en gigotant des quatre membres, riant aux éclats, se crottant de la pointe des cheveux à celle des orteils, exprimant tous les signes de la plus vive satisfaction.

Laszlo, que les enfants appelaient « tonton », proposa un début d'explication à une telle conduite :

– On dirait poulain heureux.

On se souvint alors que « dada » figurait dans ses premiers mots, mais on ne sut qu'en déduire.

Ce passage initiatique de la robe d'enfance à l'habit d'adulte miniature fut accompagné d'un autre changement radical. Clovis les installa dans les combles, retrouvant ainsi sa chambre et surtout son épouse. Là encore, il fut exclu de les séparer de Clotilde.

Clodomir occupa son lit d'aîné en noyer, les trois autres une grande paillasse unique jetée sur un sommier de bois. Charlemagne conserva le lit en merisier offert par sa marraine après que son berceau se fut révélé trop étroit. Il comprenait un sommier de crin, un matelas de laine de mouton et un édredon en duvet d'oie. Des montants torsadés soutenaient le ciel de lit azurin constellé d'étoiles dorées et orné en son centre d'un visage souriant en forme de croissant de lune.

Ce nouvel arrangement leur convint tout à fait et eut pour effet immédiat de porter leur fraternité un cran plus haut. On les retrouvait parfois endormis tous les cinq sur la paillasse, emboîtés comme des petites cuillères dans leur ordre de naissance.

Un jour d'été 1769, dame Jacinthe provoqua un grand émoi au sein de la fratrie en emportant Charlemagne au château sous prétexte de lui essayer un nouvel habit. Ses frères et sa sœur le cherchèrent dans la maison, dans la cour, dans le box de Favorite, dans l'étable de Clarabelle, dans l'enclos de Biquette, dans le poulailler, appelant « Charlemagne, Charlemagne », ne comprenant pas pourquoi il ne leur répondait pas.

Élodie Clochette le rapporta en fin de relevée. Il était vêtu d'un superbe frac à la polonaise vert et gris. Il embaumait le musc et dormait profondément, ce qui, vu l'heure, n'était pas dans ses habitudes. L'empressement de la chambrière à repartir intrigua Apolline qui entreprit de dévêtir l'enfant pour le coucher. Soudain, elle tressaillit :

– Clovis, viens vite !

Occupé dans l'atelier à creuser un quartier de hêtre, le sabotier obéit sans poser de questions. La voix de sa femme était explicite.

– Regarde, ce n'est plus le même, dit-elle en montrant le collier.

Clovis plissa les yeux en se penchant au-dessus de Charlemagne. Il n'était pas nécessaire d'être alchimiste pour comprendre que ce qui avait été de l'or s'était transmuté en cuivre, ce qui avait été des pierreries était devenu de grossiers éclats de verre de couleur.

Lorsque l'enfant s'éveilla dans la matinée du lendemain et que ses parents l'interrogèrent sur les événements de la veille, il ne sut que leur chanter à tue-tête : « J'ai bien ripaillé, j'ai bien buvaillé, merci petit Jésus. »

– Elle l'a endormi pour qu'il ne se rende compte de rien, murmura Clovis.

Apolline hocha la tête.

– Elle a même dû l'enivrer. C'est pour ça qu'il était si fortement parfumé de musc.

A peine Charlemagne avait-il passé ses nouveaux habits qu'il détalait avec ses frères et sœur dans la rue en poussant des cris de sauvages des Amériques.

L'affaire du faux collier fut bientôt supplantée dans la hiérarchie des cancans par l'affaire du « four à pain pour tous », construit par l'avocat Alexandre Pagès-Fortin, et qui mettait à mal le monopole du château. Un procès était en cours.

Puis les très onéreux tourments de cette chicane furent bientôt relégués par le grand émoi que suscita l'incendie du quartier de l'Arbalète. Un tiers des maisons furent détruites. Maître Floutard racheta les ruines aux propriétaires sinistrés et reconstruisit dessus des habitations de petite qualité dans lesquelles il logea ses familles d'extracteurs de poudrette, augmentant d'autant le nombre des chefs de feu susceptible de voter pour lui lors des prochaines élections de quartenier.

Malgré une enquête approfondie, les origines du sinistre demeurèrent inconnues.

Chapitre 15

Le jour de la Saint-Benjamin 1770, septième anniversaire de la fratrie, Clovis se présenta à l'audience publique de la Maison pour remettre à l'esprit de l'assemblée l'addenda royal concernant l'éducation des enfants.

Le lendemain matin, il escortait la fratrie à la Petite École Saint-Benoît pour une première journée de débourrage spirituel.

Créée cent ans plus tôt dans le but désigné de faire triompher la vraie foi et de tenir en échec l'hérésie protestante, l'école occupait le rez-de-chaussée d'une belle maison à encorbellements ayant appartenu à une famille de drapiers parpaillots chassée par la révocation de l'édit de Nantes.

Le régent Joseph Vessodes, fils d'un goujat de ferme qui s'était enfui peu de temps avant sa naissance et d'une trieuse de lentilles, était né cinquante ans auparavant par le siège, ce qui avait occis sa mère. Cette méfortune lui avait valu l'inimitié opiniâtre de ses huit sœurs qui l'avaient élevé avec mille tourments quotidiens. A douze ans, il avait trouvé refuge derrière les murailles du séminaire des Vigilants du Saint-Prépuce, encore en activité à cette époque.

Nommé diacre puis régent par l'abbé du Bartonnet, Joseph Vessodes compensait son ignorance par une piété et une misogynie sans faille. Il enseignait depuis trois décennies l'abécédaire, le syllabaire, les dix commandements et comment servir la messe à la cinquantaine d'enfants du bourg en mesure d'acquitter leurs frais de scolarité. Parce que la conception augustinienne du péché originel faisait de la femme une créature infiniment sournoise et dangereuse, les garces n'étaient pas admises. Pas d'étoupe près des tisons.

– En vérité je vous l'affirme, mes enfants, la femme est plus amère que la mort, car si c'est le démon qui a conduit Ève au péché, c'est Ève qui a séduit Adam, professait-il d'une voix empreinte d'une grande sincérité.

La vue de Clotilde parmi la fratrie provoqua un rejet immédiat.

– Laissez les garçons mais éloignez cette allumette du vice, ordonna-t-il avec un geste balayeur de la main.

Clovis lui sourit aimablement. Il avait revêtu pour la circonstance son bel habit en drap de Saint-Geniez et chaussé des sabots en noyer fraîchement repeints couleur chair. Il avait aussi passé au vinaigre salé son anneau afin qu'il scintillât au bout de son lobe.

– Comme on a toujours un mal fou à les séparer, on les laisse tout faire ensemble, c'est plus simple. Et pour Clotilde, monsieur le régent, vous verrez, c'est une gentille garce bien apprise qui sait déjà un peu lire, un peu écrire, et même un peu dessiner, ma foi.

Il l'avait vue l'été dernier dessiner Charlemagne en s'aidant d'un bâton pour tracer les contours de son ombre sur le sol. A l'automne, elle dessinait toujours l'ombre de Charlemagne mais sur le mur de la cour et avec un morceau de charbon de bois prélevé dans la cheminée. Son modèle exclusif se montrait enthousiasmé par les résultats et l'exprimait en poussant des cris de joie capables de tympaniser quiconque n'y était pas aguerri.

– N'insistez pas, maître Tricotin, les femelles ne sont point admises dans les Petites Écoles.

Clovis regroupa sa progéniture et se rendit place de la Maison pour protester haut et fort. Le consul n'ayant pas autorité sur le régent, il se déchargea sur l'abbé du Bartonnet, qui, par extraordinaire, n'était pas trucidant envers la gent sauvage. Malgré sa goutte, l'abbé eut bonne grâce de se faire transporter en chaise jusqu'à la Petite École où il s'accorda avec le régent d'un compromis que n'aurait pas désavoué un général jésuite : Clotilde pourrait suivre la classe mais du dehors, assise près de la fenêtre qui resterait ouverte pour qu'elle puisse ouïr. Il lui était interdit de se manifester et, bien sûr, de pénétrer dans la salle.

Le régent avait prudemment réparti sa cinquantaine d'écoliers, non pas selon leurs mérites, mais selon une préséance calquée sur celle régissant les places à l'église : les nobles et les nantis devant sur des pupitres proches de son bureau, les autres échelonnés derrière sur des bancs de sapin sans dossier. Au fond, rangé entre deux courants d'air, le banc d'infamie servant de pilori scolaire et, près de la fenêtre, un autre banc réservé aux commençants. C'est lui que Vessodes désigna aux quatre frères. Mais avant il leur montra son martinet à six cordes.

– Embrassez votre meilleur ami, car c'est lui qui vous permettra un jour de faire bonne figure dans le monde.

A l'instar du fouet et de la férule, le martinet était plus un instrument de piété que de torture. Frapper l'écolier fautif non seulement déracinait le mal implanté en lui, mais facilitait la pénétration des connaissances dans son esprit. Cette méthode dite « contondante » était en usage dans la majorité des Petites et Grandes Écoles du royaume. Pour les punitions à caractère religieux, on cognait sur le crâne avec une bible.

Vessodes nota sans plaisir qu'avant de lui obéir les frères s'entretinrent dans un patois aussi volubile qu'incompréhensible contenant des SSSSSSSH rappelant ceux des vipères.

Accoutumés depuis toujours à être lorgnés, admirés, voire applaudis, les Tricotin furent tout sauf impressionnés d'être assis face à la classe entière qui les reluquait. Croisant les bras, ils adoptèrent le même air fendard conforme à leur surnom mérité d'épateur et attendirent la suite.

D'emblée, Charlemagne déplut au régent. D'abord parce qu'il ne ressemblait pas aux autres et attestait ainsi les rumeurs d'adultère, ensuite, bien que richement vêtu par sa noble marraine, il était d'une saleté inouïe qui signait un esprit forcément rebêqueur.

Il leur montra la table abécédaire recouverte d'une épaisse couche de sable sur laquelle les commençants s'entraînaient avec le doigt à écrire l'alphabet.

– Montrez-moi ce que vous savez faire.

La fratrie se leva. Vessodes protesta.

– Pas tous à la fois, l'aîné d'abord.

Pépin et Dagobert se rassirent, Clodomir et Charlemagne approchèrent, irritant le régent d'un cran supplémentaire.

– J'ai dit l'aîné !

– L'aîné c'est moi ! déclarèrent-ils d'une seule voix, prêts à se sauter dessus.

Pépin et Dagobert rirent de bon cœur, ravis à l'idée d'assister à une distrayante échauffourée. La tête de Clotilde apparut par la fenêtre, elle aussi riait.

Croyant à une pantalonnade le régent abattit sa main à plat sur le bureau avec un bruit de tonnerre.

– Allez vous rasseoir et restez-y !

Les ignorant alors ostensiblement, il commença son enseignement en interrogeant Louis Dussac, le petit-fils de l'ancien consul. Bientôt, le jeune garçon ânonna :

– Obtenez-moi le don de cette grâce divine qu'est la foi et qui sera la protectrice et la maîtresse de mes cinq sens, qui me fera travailler aux huit œuvres de la miséricorde, croire aux douze articles de la foi et pratiquer les dix commandements de la Loi, et qui enfin me délivrera des sept péchés capitaux jusqu'au dernier jour de ma vie. Amen.

La fratrie se lassa rapidement de cet immobilisme si peu naturel et commença à chuchoter en lenou. Charlemagne fut le premier à quitter le banc pour se lancer à la poursuite d'un cancrelat adulte qui avait entrepris la périlleuse traversée de la salle.

La condition première et indispensable à toute éducation étant d'abord une obéissance sans faille, le régent happa l'enfant par les cheveux à l'instant où il passait devant lui en imitant les zigzags de l'insecte paniqué et le frappa avec son martinet. Charlemagne poussa un cri outragé qui précipita la cascade des regrettables événements qui suivirent.

Clotilde sauta par la fenêtre dans la classe, tandis que Clodomir et Pépin se jetaient tête baissée et de tout leur poids sur le vieux régent. Pris de court, celui-ci tomba à la renverse les bras en croix, lâchant Charlemagne qui en profita pour s'ôter un sabot et lui rendre avec largesse le mauvais traitement qu'il venait de subir, visant la tête, cognant aussi fort qu'il pouvait, les traits congestionnés par l'effort.

Ces représailles provoquèrent une bruyante débandade générale. Les écoliers se précipitèrent vers la sortie en courant chez eux rendre compte de l'outrageuse agression des épateurs sur monsieur le régent.

La fratrie abandonna sa victime gémissante et meurtrie et s'en retourna bras dessus, bras dessous rue des Afitos, chantant la version rouergate de Saint-Nicolas que leur avaient enseignée leurs mères-grands.

> *Ils étaient cinq petits enfants*
> *Qui s'en allaient glaner aux champs.*
> *Ils sont allés et tant venus*
> *Que sur le soir se sont perdus.*
> *Ils sont allés chez le Pibrac.*
> *– Bourrel voudrais-tu nous loger ?*
> *– Entrez, entrez, petits enfants,*
> *Y'a de la place assurément.*
> *Ils n'étaient pas sitôt entrés*
> *Que le Pibrac les a tués,*
> *Les a coupés en p'tits morceaux*
> *Et puis salés dans un tonneau.*

Victimes de la varicelle, les quintuplés firent leurs Pâques au lit, attachés comme des saucisses afin qu'ils ne puissent se gratter et se défigurer comme l'avait été leur mère en son temps.

Ils étaient parfaitement rétablis quand Clarabelle mordit Clovis et plongea les Tricotin et l'ensemble des Racleterrois dans un très affligeant et très odieux dilemme.

Chapitre 16

Racleterre, le mercredi 14 mai 1774.

Mi-écuries, mi-auberge, la Poste aux chevaux de maître Arsène Durif était l'un des rares endroits de Racleterre animé du matin au soir. On y accédait par un large portail flanqué de bouteroues en granit donnant sur une cour percée d'un grand puits. La trentaine de seaux qui pendait autour servait à alimenter en eau les chambres des voyageurs, la cuisine, les écuries et les abreuvoirs.

Le bâtiment de l'auberge se trouvait à main gauche. On achetait à l'intérieur son billet et on réservait sa place à un guichet ouvert sous un avis piqueté de chiures de mouches qui avertissait charitablement : PART QUAND ÇA PEUT.

On pouvait manger, boire, et éventuellement faire sa nuit, mais sans possibilité de crédit. Un autre avis, placardé sur le mur luisant de crasse, accusait explicitement les mauvais payeurs de l'avoir trucidé.

Séparés par la cour à main droite s'alignaient le hangar abritant la sellerie, la maréchalerie et les grandes écuries d'où l'on entendait piaffer et hennir les chevaux.

Propriétaire d'une flotte de cinq patachas, trois malles-de-poste et trois accélérées, maître Durif régnait sans partage sur quatre-vingts chevaux, vingt-sept conducteurs, cochers et postillons, douze goujats d'écurie, cinq baillasses de salle, une épouse, trois fils, quatre garces, plusieurs chats et un couple d'alans qu'il lâchait chaque nuit dans la cour. On pouvait ajouter à cet inventaire un bon milliard de puces et de punaises, si nombreuses qu'elles tombaient parfois du plafond, au pire sur votre chevelure, au mieux dans votre assiette.

Parce qu'il tenait sa commission du roi, le maître de poste était exempté de taille, de milice pour son aîné, du logement des gens de guerre et de la contribution aux frais de guet : ce dernier privilège lui était chroniquement contesté par la Maison qui voyait là une ingérence royale dans les affaires du bourg, doublée d'un sérieux manque à gagner.

On venait à la Poste aux chevaux attendre l'arrivée ou le départ du coche, on venait aussi écouter les dernières nouvelles de l'extérieur que colportaient sans avarice les conducteurs, les cochers et les postillons. Avec le cabaret *A la dalle en pente* de la rue Trousse-Vache, c'était l'établissement de prédilection de la soldatesque désœuvrée qui venait boire, pétuner, parler haut, jouer aux cartes : c'était aussi le lieu de rendez-vous des colporteurs d'almanachs et des vendeurs d'images et de papiers-qui-parlent.

Clovis démonta et attacha Favorite à l'un des poteaux réservés à cet effet. Le goujat qui se curait le nez en surveillant les chevaux du Royal-Navarre fit signe qu'il s'occuperait aussi du sien.

Il poussa la porte de l'auberge et entra dans la vaste salle enfumée et bruyante. Toutes les tables étaient occupées. Quelques voyageurs entourés de leurs sacs et ballots attendaient nerveusement l'arrivée de la patache. Cinq bas-officiers en habit du Royal-Navarre jouaient au trictrac près de la fenêtre ouverte sur la place de l'Arbalète. Ils avaient commandé des poulets qui rôtissaient sur le tourne-broche actionné par un chien noir enfermé dans une cage tambour et qui trottinait à la façon d'un écureuil. La baillasse surveillant la cuisson stimulait régulièrement son ardeur en lui montrant son tisonnier rougi. L'an passé, maître Durif avait acheté un loupiot au garde-chasse Javertit et l'avait mis à la place du chien, mais le louveteau s'était laissé brûler à mort plutôt que d'obéir.

Clovis regarda vers le coin qu'affectionnaient les pieds poudreux et en vit trois occupés à bâfrer, bien imprudemment à son avis, du ragoût maison. Un grand bâton-enseigne après lequel pendaient par la queue six races différentes de rats empaillés annonçait que l'un d'eux était un tueur de rats. Les deux autres vendaient des almanachs de l'année, des romans de chevalerie à deux sols et même quelques vieux numéros du *Mercure de France*. La lecture était exposée dans leurs malles à dos qu'ils avaient ouvertes à côté d'eux. Tous trois portaient sur la poitrine la plaque de cuivre établissant leur état. La profession, et principalement la marchandise qu'elle colportait, était sous étroite surveillance : depuis 1757, un édit royal punissait de mort le commerce des livres clandestins. Étaient prohibés les écrits diaboliques et les modes d'emploi de sorcellerie, les ouvrages libertins, les diatribes s'attaquant à Dieu, les pamphlets et les libelles diffamatoires s'en prenant au roi ou à sa cour.

Clovis s'accroupit pour fouiller dans la première des malles au dossier de cuir puant la sueur de son propriétaire, le papier étant un produit pesant. Il trouva ce qu'il cherchait entre un exemplaire illustré de *La Bête du Gévaudan* et de *L'Attentat de Damiens*.

– Je prends celui-là.

Il montra *L'Histoire du bonhomme Misère*, vivement recommandée par Culat qui lui avait dévoilé l'intrigue (le héros réussit à prendre la Mort au piège). Il empochait la monnaie de son liard, quand un grand vacarme de roues ferrées sur les pavés agita les voyageurs qui se hâtèrent dans la cour où la patache de Rodez venait d'entrer.

– Le roi est mort, s'écria le conducteur avant même d'avoir immobilisé son attelage de six (il disait le « roué »).

Avec des mines et des intonations de circonstance, les passagers confirmèrent l'extraordinaire nouvelle, précisant que le funeste événement s'était produit trois jours auparavant et que sa cause en était la vérole.

Clovis monta sur sa jument et rentra rue des Afitos.

– Le roi est mort voilà trois jours déjà, lança-t-il sans ralentir à tous ceux qu'il croisait, prenant plaisir à leur grande surprise.

Toute activité professionnelle cessa. Le régent Vessodes interrompit sa classe et renvoya ses élèves, les églises se remplirent. Le beffroi sonna le glas. Le chevalier annula son laisser-courre. La châtellenie prit le deuil.

Bouleversée dans sa routine, Prune Déhaut en oublia Clarabelle dans son pré, et lorsqu'elle reprit sa mémoire, les portes du bourg étaient closes jusqu'au lendemain.

Apolline la réprimanda en lui faisant les gros yeux.

— Tête de linotte, va ! Les loups vont la dévorer.

— Pauv' Clarabelle ! Pauv' Clarabelle, gémit en chœur
la fratrie.

Dès l'ouverture des portes, Clovis, les quintuplés portant un sac à luzerne vide, Prune chargée de son broc et de
son tabouret à traire et Goliath se rendirent au pré situé à
une demi-lieue sur le chemin de Roumégoux, en bordure
du bois Floutard.

— Nous la voyons ! s'exclamèrent d'une seule voix Charlemagne et Clodomir en jouant des jarrets vers la vache,
suivis avec un temps de retard par les autres, Dagobert
bon dernier.

Clotilde avait retroussé sa robe et coincé le bas dans son
tablier pour courir aussi vite que Pépin, n'ayant cure de
montrer ses jambettes jusqu'aux cuisses.

Attachée sous un cerisier en fleur, Clarabelle ruminait
en attendant qu'on s'occupe d'elle. Ses volumineuses
mamelles pendaient douloureusement dans l'herbe encore
mouillée de rosée. Traite matin et soir, son excédent de
lait était transformé en beurre et en fromage qu'Apolline
revendait (Biquette, morte de vieillesse l'hiver dernier,
n'avait pas été remplacée).

Prune joignit ses mains vers le ciel bleu en remerciant
sainte Prune, patronne des étourdies. Une laitière de l'Aubrac coûtait cher et il lui aurait fallu dédommager le maître
des années durant.

Clovis vérifia l'humidité du mufle et la vivacité de l'œil
de la vache qui meugla tristement.

— Toute douce, ma belle. C'est moi.

Il la flatta du garrot à la croupe, s'intéressa au lustrage
du poil, à la souplesse de la peau, à la régularité de sa respiration, autant d'indices de bonne santé que l'expérience
lui avait inculqués.

Tout paraissait normal lorsqu'il vit des traces de morsures au jarret, puis du sang séché sur la pointe de la corne
gauche. Quelques longs poils brun fauve restés collés
après indiquaient que la vache avait repoussé les assauts
d'un renard et qu'elle l'avait blessé.

Le sabotier s'étonna : ce n'était point mœurs de goupil de s'attaquer à si grosse proie.

Prune s'assit sur son tabouret et glissa le seau sous les mamelles. Clarabelle meugla de nouveau puis se remit à ruminer avec un curieux acharnement.

Rassurés sur leur sort, les quintuplés s'étaient dispersés dans le pré. Dagobert cueillait des primevères avec l'intention de les offrir à sa mère, Pépin cherchait des grillons, ou des mantes religieuses, ou des sauterelles, ou n'importe quoi de vivant qu'il pourrait chasser, capturer, torturer, mettre à mort. Bras croisés sous le noisetier, Clodomir, Clotilde et Charlemagne jargonnaient à grande vitesse en observant la servante. Le chien avait disparu dans le sous-bois ronceux.

– Que dites-vous ? demanda leur père qui avait pourtant renoncé depuis longtemps à les comprendre.

Charlemagne décroisa les bras pour mieux hausser les épaules.

– C'est lui qui se demande comment l'herbe verte que mange Clarabelle peut devenir du lolo si blanc, traduisit Clodomir en riant.

Furieux d'être trahi, Charlemagne se jeta sur lui. Ils roulèrent dans l'herbe en essayant de se faire mal. Clovis les empoigna au col et les sépara avec rudesse. Au même instant, Clarabelle rua dans le vide et s'élança en avant, comme piquée par un taon. Sa longe l'arrêta et se tendit en secouant le tronc du cerisier, provoquant une ondée de pétales et d'étamines.

Prune tomba du tabouret en poussant un furieux « Maca-niche ! », dévoilant des mollets poilus et des cuisses rose bébé. Clovis détourna vivement les yeux.

– Qu'est-ce qui lui prend ? On dirait-y pas qu'elle me tient rancune de l'avoir oubliée hier, gémit-elle piteuse-ment en se relevant.

Clarabelle s'était remise à brouter avec une voracité insolite, raflant indifféremment la luzerne, les feuilles mortes, les brindilles, les fleurs, et même l'une de ses vieilles bouses sur laquelle poussaient des champignons.

Des clameurs guerrières détournèrent l'attention de Clovis. Encadrés par leurs frères qui se tenaient les mains croisées dans le dos en signe de neutralité, Clodomir et Charlemagne se battaient en duel, armés de branches défeuillées à la hâte. Les poings fermés et l'air farouche, Clotilde était prête à intervenir, en faveur de Charlemagne naturellement.

Il allait interrompre l'engagement lorsque Clodomir esquiva trop lentement une attaque en tierce et reçut la branche sur le crâne. Clovis l'entendit crier sur un ton d'excuse quelque chose comme « *Crafouillot ma minade tapour* », qui arrêta le combat.

Goliath se fit entendre dans le sous-bois. Ses abois signalaient que l'un des collets tendus hier avait donné.

– Rendez-vous utiles et allez plutôt arracher de la luzerne pour Favorite, leur ordonna-t-il d'un ton sévère.

Les duellistes jetèrent leur bâton et détalèrent en se défiant d'arriver le premier au cerisier où était le sac. Charlemagne gagna d'une épaule.

Pépin n'obéit pas et préféra ramasser l'une des branches-épée et fouailler avec dans un trou de taupe en s'efforçant d'atteindre son occupant. Clovis entra dans le sous-bois au sol parsemé de jonquilles et de violettes qui sentaient bon quand on les écrasait.

Le chien se tortillait d'envie au-dessus d'une lapine de huit livres étranglée à l'entrée de la coulée menant à sa rabouillère.

Clovis la libéra du nœud coulant, l'éventra avec son couteau et la vida des entrailles qu'il donna au chien. Il retendit le collet. Silencieux, dépourvu de mécanisme, tressé à partir de crins pris sur la crinière de Favorite, le piège était conçu pour que la bête se débattît et participât à sa propre assassination.

Un chuchotement le fit se retourner vivement. La fratrie au complet l'observait avec attention. A aucun moment, il ne les avait entendus approcher.

– Macarel de caramba ! Je vous ai pourtant commandé de luzerner ! Faut-il vous fouetter pour que vous daigniez m'obéir ?

– Surtout pas, not' bon père, c'est juste qu'on voulait vous voir braconner, expliqua l'aîné.

Clovis en resta sans voix. Le braconnage était sévèrement châtié dans la châtellenie. Le chevalier Évariste avait fait pendre l'un de ses bûcherons surpris de nuit avec une biche étranglée. Que le bois Floutard appartienne à son beau-père ne changeait rien. Même son propriétaire n'avait pas le droit de toucher aux bêtes sauvages qui s'y trouvaient. Chasser était un privilège exclusivement réservé au roi et aux gentilshommes possesseurs de fiefs.

— Qui vous a dit que je braconnais ?

Ils échangèrent entre eux des mimiques faussement ahuries en se gardant de lui répondre. Plus les ans passaient et plus ils semblaient n'appartenir qu'à eux-mêmes. Ce n'était pas qu'ils étaient vraiment indociles, c'était qu'ils avaient pris l'habitude de ne jamais obéir sans en débattre avant entre eux (et dans leur lenou).

Les premières manifestations de fraternité absolue auxquelles il lui avait été donné d'assister dataient de leur robe d'enfance, quand on appelait Clodomir et que tous les autres réagissaient, ou quand l'un commençait une phrase et que le plus proche la terminait. L'an dernier, Pépin avait trébuché en poursuivant une poule qui l'avait regardé de travers et s'était écorché le genou droit. Bien qu'à aucun moment Clovis ne l'ait entendu crier ou pleurer, les quatre autres avaient surgi dans la cour.

— Je cousais et ils étaient autour de moi à bavardiner quand l'aîné s'est mis à pleurer en se frottant le genou, conta plus tard Apolline, incertaine d'être crue.

Avant de replier la lame dans le manche de corne de son couteau, Clovis l'essuya sur la fourrure de la lapine.

— Savez-vous au moins celer un secret ?

Ils hochèrent la tête à l'unisson.

— Eh bien, il ne faudra jamais rapporter ce que vous m'avez vu faire, sinon on risque de pendre votre pauvre père. Et vous ne voudriez point me voir pendu, j'imagine ?

Ils en débattirent rapidement et décidèrent que non.

— Encore heureux, grommela Clovis.

Ils arrivaient en vue de la porte des Croisades et s'apprêtaient à entrer dans le bourg, lorsque la fratrie se donna le bras et forma une ligne unie comme les cinq orteils d'un pied. Ils prirent alors le petit trot en poussant des « huff, huff, huff » saccadés et bien rythmés.

C'était un spectacle curieux, fantasque même, mais il plaisait aux gens qui s'écartaient en riant pour leur faire place.

– Ahi ! Les voilà, nos épateurs Tricotin ! s'exclamait-on en prenant des mines épatées.

Clovis soupçonnait Charlemagne d'être l'instigateur du numéro. Et pas seulement parce qu'il se plaçait au centre et entraînait les autres, mais plutôt pour le côté chevalin du jeu, pour le petit trot, les huff-huff, et puis cette façon de rejeter la tête en arrière tous les vingt pas et de hennir aux nuages.

Arrivés rue Jéhan-du-Bas, encombrée comme à l'accoutumée, ils modifièrent leur alignement (sans qu'aucun ordre n'ait été donné) et se transformèrent en une chaîne à cinq maillons qui continua de huff-huffer en cadence, tout en se faufilant adroitement entre les charrettes, les tombereaux, les carrioles, les fardiers, les voitures à bras, les portefaix.

Clovis dut allonger le pas pour ne pas être distancé.

Chapitre 17

Apolline s'impatientait. Les vêpres étaient proches et Prune et Clarabelle n'étaient toujours pas revenues du pré. Pour tromper l'attente, elle croquait des échaudés qu'elle amollissait dans du vin de gentiane.

Quand la servante apparut enfin, elle courait en pleurant, à bout de souffle, les cheveux défaits, un signe de grand trouble depuis qu'elle était devenue coquette. Apolline vit avec agacement qu'elle n'avait ni son broc ni son tabouret de traite.

– Ah, là, làlà, ma bonne maîtresse ! C'est la Clarabelle qui veut rien entendre pour rentrer. Elle m'a chargée et sans la longe qui l'a arrêtée, elle m'encornait. Sur l'auréole de sainte Prune, que c'est droite vérité c' que j' vous conte là.

Apolline la prit dans ses bras et la consola : elle la sentit trembler comme un noyer qu'on secoue pour décrocher ses noix.

– Vas-y voir, mon ami, on ne peut pas la laisser faire une deuxième nuit dehors, dit-elle à Clovis qui hocha la tête avec mauvaise grâce.

Sa journée de sabotier s'achevait et il se faisait une joie d'allumer une pipe de Vrai Pongibon et de continuer la lecture de l'histoire du bonhomme Misère, débutée la veille au soir à la plus grande satisfaction des quintuplés.

L'histoire commençait par les mésaventures de deux voyageurs, Pierre et Paul, surpris par l'orage, qui trouvaient asile chez un vilain baptisé Misère, le bien nommé puisqu'il était si pauvre qu'il possédait pour tout bien un unique poirier dont on lui volait régulièrement les fruits. A ce stade du récit, une polémique avait éclaté sur ce que chacun aurait fait à la place de Misère pour ne plus être briconné.

L'aîné Clodomir aurait érigé une forte barrière autour de l'arbre et disposé un grand nombre de grippe-loups.

Pépin trouvait plus expéditif de se poster sur une branche avec le sabre de son père et d'y attendre les nuisibles pour leur sauter dessus et leur trancher la tête.

— Moi, j'aime pas les poires, avait lâché Dagobert en haussant les épaules.

— Moi, je peindrais en rouge les poires vertes, avait dit Clotilde en forçant sa voix pour imiter celle de Charlemagne.

— Et alors ?

— Alors comme ça, ça encoliquerait les bricons et y reviendraient plus, pardi.

Quant à Charlemagne, il avait pris son air malandrin pour lâcher d'une voix toujours trop forte :

— Moi, je serai jamais miséreux.

Quand Clovis et Prune arrivèrent à proximité du pré, des nuages compacts d'étourneaux virevoltaient dans un ciel gris-rose prometteur de pluie.

La servante s'arrêta au bord du chemin en refusant de faire un pas de plus. Du doigt elle désigna l'endroit où elle avait abandonné le broc à traire et le tabouret à trois pieds.

La vache ruminait sous le cerisier et semblait ne pas avoir bougé depuis le matin.

Clovis dénoua la longe et tira dessus. Clarabelle ne bougea pas, se contentant de le regarder d'un air attristé. Il tira plus fort. La vache eut un meuglement navré mais s'ébranla et le suivit sur le chemin. Il caressa son mufle au passage et le trouva anormalement chaud et sec. Prune récupéra broc et tabouret et se tint à distance.

Des métayers rentrant chez eux après avoir vendu leurs racines à la halle les saluèrent. Clovis nota avec satisfaction que deux d'entre eux marchaient dans ses sabots.

Ils passèrent l'octroi de la porte des Croisades et pénétrèrent dans le bourg par la promenade du Chevalier, à peine moins encombrée que la Jéhan-du-Bas à cette heure de la relevée.

Pressé de retrouver sa routine, le sabotier accéléra le pas

en tirant sur la longe de Clarabelle pour qu'elle l'imite. Soudain la vache chargea et le heurta violemment dans le dos, le projetant tête première à terre. Abasourdi, il se retourna au moment où l'énorme mufle descendait vers lui, ouvert béantement sur d'énormes canines et incisives jaunes mouchetées de débris de luzerne verte. Clovis se protégea avec sa main droite, et c'est elle que Clarabelle mordit cruellement, manquant de peu de sectionner l'artère radiale. Son forfait commis, la laitière fonça cornes baissées dans la circulation, bottéculant tout ce qui s'interposait.

Prune s'enfuit droit devant elle, abandonnant seau et tabouret pour courir plus vite.

Hébété, la main saignante et douloureuse, Clovis se releva, aidé par un portefaix qui revenait à vide d'une livraison.

Soudain il y eut ce cri terrible, repris par d'autres, et qui provoqua une débandade générale :

– La vache est enragée !

Clovis entendit mais son esprit refusa de comprendre. Il en fut autrement du portefaix qui le lâcha, comme ébouillanté, et disparut sans se retourner.

Glacé d'effroi, oubliant Clarabelle qui semait une franche panique sur la promenade, Clovis s'engouffra dans le passage Testa-Verde donnant dans la rue des Frappes-Devant.

– Ça se peut point, ça se peut point, ça se peut point, répétait-il en tenant sa main blessée devant lui, courant aussi vite que ses jambes le lui permettaient.

Le travail s'achevait à la maréchalerie Tricotin. L'un des teneurs de sabot balayait le sol, l'autre le regardait faire. Louis-Charlemagne comme Caribert étaient absents.

– Où est le maître ?

– Au jardin, dit l'apprenti en montrant la porte ouverte donnant sur la cour.

Un tiers de la superficie était réservé à un potager. Son père profitait des derniers instants de jour pour lisser la terre avec le dos du râteau en bois.

– Père, brûle-moi vite !

Il brandit sa main d'où s'égouttait toujours du sang.

Louis-Charlemagne lâcha son râteau et accourut d'une démarche raidie par les rhumatismes.

– Comment c'est arrivé ?

– Clarabelle m'a mordu.

Le maréchal blêmit. Il ordonna aux teneurs de sabot de ranimer le feu à la hâte et plongea dans les braises la longue lame plate qui lui servait à cautériser les plaies vives chez les quadrupèdes. En attendant qu'elle chauffe, il se servit de la pointe de son couteau pour faire saigner la morsure en la débridant par des petites scarifications.

– Maintenez-le ferme, commanda-t-il aux deux apprentis qui saisirent Clovis avec une mimique d'excuse et l'immobilisèrent comme ils auraient fait pour un mulet rétif.

D'une main qui ne tremblait pas, Louis-Charlemagne appliqua la lame rougie sur les plaies qui fumèrent en grésillant, dégageant une odeur identique à s'y méprendre à celle du cochon lorsqu'on lui grille la couenne pour le dépouiller de ses soies.

Clovis se déchira la lèvre à force de la mordre pour ne pas crier. Ses yeux se brouillèrent de larmes et lui firent l'effet de regarder sous l'eau. Il osa demander :

– Vous pensez que j'ai le fléau ?

Louis-Charlemagne évita de mentir en répondant par une question :

– Où est Clarabelle maintenant ?

– Je ne sais. Après m'avoir mordu, cette carogne s'en est allée semer la déroute sur la promenade du Chevalier. J'ai grand-peur que le guet me la trucide.

– Prions qu'il n'en soit rien, marmonna son père en appliquant sur les chairs calcinées un onguent à base d'ail et de sel pilé pétris longuement avec du miel.

– Il faut la retrouver, ajouta-t-il en refermant le pot médicinal.

Clarabelle gisait morte au croisement de la promenade du Chevalier et de la rue des Maoures. Elle avait été tuée d'un coup de pistolet dans l'oreille administré par un sergent-major du Royal-Navarre qui passait par là et semblait fort aise d'avoir fait mouche sans même démonter.

– Justement, le voilà, dit quelqu'un en voyant Clovis et son père arriver.

Louis-Charlemagne s'agenouilla près de la vache et se servit de son couteau pour retrousser les babines et dévoiler les mâchoires. Il vit de la bave, mais en quantité normale.

L'examen des morsures au jarret ne lui apprit rien de plus. Même si les renards et les loups étaient les principaux propagateurs du fléau, rien ne permettait d'affirmer que celui qui avait mordu Clarabelle était contaminé.

Un piétinement martial et un remous de voix piqué de dauberies annoncèrent l'arrivée tardive du guet.

Le premier acte du sergent fut d'identifier le propriétaire du bovin et de lui dresser un procès-verbal pour entrave à la circulation. Il s'inquiéta ensuite de l'identité du tueur dudit bovin. Toujours perché sur son cheval, le bas-officier se désigna d'une voix bâillante.

Les consignes étant d'éviter toute complication avec les militaires en garnison, le sergent du guet s'en tint là.

Incapable de juger si l'animal était ou non enragé, il manda un archer quérir le médecin Mathieu Izarn ou, à défaut, le chirurgien Perceval, puis il entreprit de dégager le croisement embouchonné. Clarabelle pesant quelque mille livres, la tâche fut rude.

Gêné par sa main blessée, Clovis se contenta de regarder son père et les hommes du guet la repousser avec peine contre un mur.

– C'est elle qui vous a fait cette dentée ? s'enquit le sergent.

– Oui.

– Si elle est enragée, c'est critique pour vous.

A sa voix, Clovis comprit qu'il n'était pas seulement question de sa santé.

Quelques rires accueillirent l'arrivée du médecin qui, à quarante ans, en paraissait vingt de mieux. Mathieu Izarn portait perruque et son crâne résolument hydrocéphale était fiché sur un corps mesquin que prolongeaient des membres grêles lui donnant un air souffreteux de mauvais augure.

Il se pencha sur Clarabelle lorsqu'une voix railleuse s'éleva :

– Un bonheur pour elle qu'elle soit déjà morte, y pourra point la trucider deux fois.

Les Racleterrois, qui préféraient la médecine surnaturelle à la médecine officielle, jugée moins efficace et trop dispendieuse, faisaient appel à ses services en ultime recours, généralement trop tard, d'où cette vilaine réputation d'occire ses patients.

Reçu docteur en médecine à Toulouse après sept années d'études durant lesquelles il avait acquis un respect tyrannique pour la Tradition, Mathieu Izarn pratiquait avec la foi d'un chrétien de l'époque des catacombes le dogme de l'infaillibilité des trois Anciens, Aristote, Hippocrate et Galien, postulant que la source des maladies était le péché, chaque maladie étant un avertissement de Dieu. Un malade se devait donc d'endurer son mal avec joie et patience, tel un signe d'élection divine.

Izarn examina la vache morte à une distance prudente sans rien noter de remarquable. Il étudia pareillement la main du sabotier et déclara que les plaies n'étaient point profondes et qu'elles avaient été adroitement débridées et cautérisées, ce qui fit plaisir au maréchal.

Montrant la laitière du doigt, le médecin ajouta :

— Il est fâcheux qu'elle ait été tuée, car maintenant nous allons devoir espérer les cent un jours.

L'assistance frémit, des femmes se signèrent en secouant la tête, d'autres baisèrent leur médaille en fermant les yeux.

Quand un animal soupçonné de rage avait mordu quelqu'un, on devait le capturer et le placer en observation six jours durant. Au bout de cette période, si l'animal ne succombait pas, on était assuré qu'il ne portait point le fléau, et on épargnait au mordu et à ses proches les affres d'une bien cruelle incertitude. Si par malheur la bête échappait à ses poursuivants, ou si elle était abattue comme ce venait d'être le cas, le mordu devait alors attendre cent un jours avant d'être totalement pacifié sur son état.

Clovis rentra chez lui après avoir délégué son père chez l'équarrisseur Touvier afin qu'il dispose de Clarabelle et la brûle en dehors des murailles.

La mauvaise nouvelle avait déjà atteint la rue des Afitos où un attroupement de voisins battait la semelle devant l'échoppe Tricotin en commentant la situation avec ani-

163

mation. L'arrivée de Clovis suscita un silence contraint. On s'écarta, et si d'aucuns lui adressèrent quelques mots de circonstance, personne ne s'approcha. Tous les regards fixaient sa main aux chairs déjà tuméfiées.

– Oui, c'est Clarabelle, et j'ignore ce qui l'a piquée, admit-il avec une mimique d'incompréhension.

– Une vache qui mord est forcément enragée, lança Boissonade, le maître sabotier qui tenait échoppe quelques maisons plus bas.

Clovis ne releva pas, c'était aussi son avis.

Apolline ajustait sa coiffe du dehors en se mirant dans le reflet d'une casserole de cuivre. Jeanne pilait des noix d'un air accablé, aidée par Prune aux yeux et au nez rouge vif d'avoir trop pleuré.

Assis à l'écart dans la ruelle du lit, les quintuplés jacassaient en lenou autour de Clotilde.

– Merci bien, Seigneur ! s'écria Apolline voyant Clovis entrer, je me faisais un souci d'encre et j'allais à ta rencontre.

Prune éclata en sanglots, se leva et quitta la salle en faisant un grand détour pour l'éviter.

Il s'assit en soutenant sa main de plus en plus douloureuse. Pendant qu'il narrait les circonstances de la mort de Clarabelle et l'incertitude qui en découlait, Jeanne interrompit son pilage de noix pour examiner la morsure.

Les quintuplés sortirent de la ruelle et s'efforcèrent d'attirer l'attention de leur père sur *L'Histoire du bonhomme Misère* que tenait Clotilde. La blessure parut les intéresser plus que les apitoyer.

– Lisez-nous la suite, not' bon père, Clotilde, elle, elle fait semblant.

– Laissez-le en paix. Vous voyez bien qu'il est en douleur, s'interposa leur mère-grand Tricotin en remplaçant l'onguent de Louis-Charlemagne par une couche de noix pilées qu'elle saupoudra sur la morsure en récitant la prière antirage.

– Toi, le Fléau si mortel, cours ton chemin car je vois Dieu et ses saints, et la sainte croix, et la sainte bannière, et surtout saint Leu et sa tricote avec laquelle il te donnera des coups sur la tête si tu t'en vas pas.

Demain, elle récupérerait la noix pilée et la donnerait à picorer à ses poules. Si l'une d'elles en crevait, la preuve de la rage serait établie.

— Fléau ou pas, ce qu'est sûr c'est qu'on n'a plus de vache, plus de lait, plus de beurre, plus de fromage... Ah oui, caramba, j'ai aussi une amende pour avoir entravé la circulation et je dois payer les frais d'équarrisseur. Ah ! parlez-moi d'un jour de guignon !

N'ayant plus de raison de sortir, Apolline troqua sa coiffe du dehors pour celle du dedans et retourna dans la cuisine achever la préparation du dîner. Jeanne promit de revenir le lendemain avec de la cendre d'écrevisse et s'en alla.

Clovis demeura seul avec la fratrie. Clotilde lui tendit le *Bonhomme Misère*, ouvert à la bonne page, celle où les deux voyageurs, Pierre et Paul, prennent congé de leur hôte et lui offrent, en remerciement de son hospitalité, de prier Dieu afin qu'il intercède et le tire de ce fâcheux état dans lequel il était réduit.

— « Messieurs, dans la colère où je me trouve contre les fripons qui volent mes poires, je ne demanderais rien d'autre au Seigneur, sinon que tous ceux qui monteront sur mon poirier, y restassent tant qu'il me plaira, et n'en pussent jamais descendre que par ma volonté », lut Clovis à un auditoire attentif et grand poseur de questions.

Le passage où Misère découvrait le voleur de poires perché sur son poirier et se donnant tous les tourments du monde pour en descendre sans pouvoir y parvenir les enthousiasma.

— « Ah ! drôle, je te tiens, dit Misère d'un ton tout à fait joyeux, tu vas payer bien cher tes briconnages par les tourments que je vais te faire souffrir. En premier lieu je veux que toute la ville te voie en cet état, ensuite je ferai un bon feu sous mon poirier et je t'enfumerai comme un jambon de Mayence. »

Pépin applaudit des deux mains. Charlemagne désapprouva :

— Le poirier va brûler avec, et comme il n'en a qu'un, c'est point finaud.

Clotilde demanda où se trouvait Mayence.

Clodomir et Dagobert se turent.

La suite déçut. Misère se faisait embabouiner par le dénicheur et le délivrait du poirier enchanté en lui faisant seulement prêter serment qu'il ne reviendrait de sa vie dessus.

— « Ah ! que cent diables m'emportent, s'écria le bricon, si jamais j'en approche d'une lieue. »

Loin d'être impressionnés, les quintuplés confondirent la mansuétude du bonhomme avec une faiblesse inconcevable et firent savoir qu'ils auraient préféré que Misère brûlât et transformât le voleur en jambon fumé, comme promis.

Apolline les interpella de la cuisine en les traitant de petits feignassons. Pépin, Dagobert et Clotilde la rejoignirent avec regret.

Sa qualité d'aîné l'exemptant de toute corvée domestique, Clodomir resta à sa place. Charlemagne aussi, et il aurait été plus aisé d'enseigner le patois à un gentilhomme que de l'y déloger.

— L'aîné, c'est moi ! répétait-il chaque fois que l'occasion se présentait, croisant les bras comme pour se retenir de cogner.

Clovis avait beau le mettre en garde contre le chapelain du château qui lui entrait de pareilles faussetés dans le cabochon, rien n'y faisait.

Depuis le contestable échange de collier, dame Jacinthe s'était faite très rare rue des Afitos ; aussi, lorsqu'elle voulait s'amuser de son filleul, elle envoyait sa chambrière dans une voiture qui l'emportait paisible et haillonneux le matin et le rapportait accommodé en guêpe de cour l'après-midi et l'humeur en fagot d'épines.

— Sauf le respect que je dois peut-être au père Gisclard, je te serine derechef que l'aîné dans notre châtellenie de droit romain est le premier sorti. Comme c'est Clodomir et point toi, c'est Clodomir l'aîné.

— Alors pourquoi c'était moi le plus gros et pas lui ? Et puis pourquoi alors monsieur le chapelain dit que l'aîné c'est toujours le premier entré, et que le premier entré c'est toujours le dernier sorti ?

166

– Parce que j'ai point voulu lui bailler les quatre livres qu'il me réclamait à tort. Pour un homme de Dieu je le trouve merveilleusement rancunier, caramba.

Charlemagne s'en prenait alors directement à son frère :
– Et toi, c'est même pas sûr que t'es le premier sorti. Monsieur le chapelain dit qu'on t'a tiré au sort parce que vous étiez tous brouillés comme une omelette sur la table.

Il décroisait invariablement les bras pour montrer la table en question, et, invariablement, Clodomir lui sautait dessus. Ils roulaient alors à terre en poussant des grognements de marcassins et Clovis n'avait plus qu'à décrocher le sabre pour accabler leur fondement d'autant de coups qu'il était nécessaire.

La douleur allait et venait le long du bras, enfiévrant son sang qui paraissait bouillonner sous la peau tel du vin chaud. Apolline ne dormait pas non plus. Clovis le devinait à sa respiration courte et à la raideur de son corps sur le matelas. Craignait-elle qu'il s'enrage subitement, qu'il la morde et l'enrage à son tour ?

Les lumières du sabotier sur le fléau se limitaient aux histoires contées aux veillées d'hiver, comme celle de ce valet de charrue du hameau de La Valette qu'un loup enragé avait contaminé. Il avait fallu l'étouffer entre deux matelas après qu'il eut mordu ses enfants, son épouse, et même la mère de son épouse, qu'il fallut étouffer à leur tour.

Ayant soif, il se glissa hors du lit, déclenchant la voix d'Apolline :
– Ça ne va pas ?
– J'ai juste soif, ne te chaille point.

Il se rendait à la cuisine quand il perçut des chuchotements assourdis en provenance des combles. Montant quelques marches, il prêta l'oreille et entendit la fratrie baragouiner en lenou : la lueur d'une bougie dansait sous la porte. Clodomir et Charlemagne faisaient les frais de la conversation. Entendant prononcer le nom de Misère, il crut deviner qu'ils racontaient aux trois autres ce que les corvées de cuisine leur avaient fait rater. Mais comment en être sûr avec ces extravagants « *Poul ra mir canipalit ot marma crasssso manira lézorou* » ?

Il s'éleva d'une marche de trop qui craqua. Le silence tomba comme un rideau, la lueur disparut sous la porte. Clovis n'avait plus qu'à redescendre. Il but dans la cuisine deux gobelets d'eau fraîche qui étanchèrent sa soif et le rassurèrent provisoirement. Avec la production surabondante de bave, la phobie de l'eau était l'un des symptômes les plus spectaculaires du fléau.

Il sortit dans la cour, en évitant de regarder vers l'étable vide, et fit quelques pas sous la lune et les étoiles. Favorite qui dormait debout dans sa stalle s'éveilla. Il l'apaisa en lui murmurant des mots doux. Il revenait dans la cuisine lorsque des bruits de piétinements fourbus, de cliquetis métalliques et de respirations lasses allumèrent sa curiosité. Il ouvrit la fenêtre de l'échoppe et se pencha au-dehors. Une trentaine de chiens prenant toute la largeur de la rue défilèrent devant lui, l'échine basse et la langue pendante. Certains boitaient bas et deux d'entre eux, gravement blessés, étaient portés par des valets au visage marqué par l'effort. Après les meutes, après les valets, Clovis vit passer les piqueurs Onrazac, le père à cheval, et Blaise, son fils, à pied. Ils étaient suivis du chevalier Virgile-Amédée et de ses invités, dont l'abbé du Bartonnet qui avait perdu son tricorne et paraissait connaître des difficultés à rester en selle. Leurs montures étaient boueuses jusqu'au poitrail et portaient aux flancs de nombreuses écorchures. Quelle que soit la bête chassée, celle-ci n'avait point été prise.

Clovis ferma la fenêtre et retourna se coucher. Il souffla la chandelle, ferma les yeux et attendit le sommeil comme on attend la malle-poste quand le temps est mauvais et qu'elle a du retard.

Chapitre 18

Clovis dormit peu et rêva qu'il avalait des limaces. Lorsqu'il s'éveilla, sa main avait doublé de volume, la plaie suintait sous la noix pilée et un bubon de la taille d'un œuf de cane gonflait son aisselle.

Le bras en écharpe lui interdisant toute activité sabotière, il renonça à se rendre au bois Floutard s'approvisionner en quartiers et se contenta de distribuer le travail à Petit-Jacquot (qui avait grandi et était passé compagnon) et d'accueillir les clients, simples curieux pour la plupart, venus s'informer sur l'évolution de sa morsure comme on consulte un ciel orageux en se demandant quand il va percer.

Leur soupe matinale avalée, les quintuplés s'activèrent à leurs corvées quotidiennes. L'aîné et Pépin restèrent près de leur père qui avait commencé l'année précédente leur apprentissage. Dagobert s'en fut avec sa mère trier des lentilles dans la cuisine. Charlemagne sortit Favorite de sa stalle et la bouchonna en s'installant près du puits pour monter sur la margelle et atteindre l'échine. Il prenait plaisir à ce qu'il faisait, la jument aussi.

Munie d'une fourche deux fois plus grande qu'elle, Clotilde changeait la litière en lançant régulièrement quelques mots en lenou à son frère qui lui répondait sur le même ton.

Le vieux Goliath faisait son tour d'inspection de la cour, qui se limitait à renifler les voies laissées par les rats durant la nuit et à laisser tomber dessus quelques gouttes d'urine.

Dans l'échoppe, Clovis avait bandé les yeux de l'aîné et

169

du cadet et avait disposé devant eux quatre sortes de feuillus qu'ils devaient identifier à l'odeur et au toucher.

— C'est du bouleau, dit Clodomir après avoir reniflé et tripoté sans conviction un quartier de noyer.

Clovis soupira. Chaque bois avait son odeur. Le bouleau sentait le nid de fourmis, le noyer exhalait une fine odeur de violette, le peuplier dégageait une épaisse senteur marécageuse et le hêtre sentait la pierre à fusil. Les distinguer était l'alphabet du métier, pourtant, après un an d'apprentissage, ses fils ne savaient toujours pas reconnaître une rénette pour sculpter d'une cuillère pour creuser, et encore moins se servir d'un paroir. Clodomir avait manqué y laisser un pouce, et, plus récemment, Pépin avait gravement ébréché le tranchant en voulant sectionner avec la tête d'un clou. Bien que remplis de bonne volonté, ils étaient hélas totalement dépourvus de disposition pour la saboterie et le travail du bois en général.

Clovis les sentait présentement distraits et plus attentifs à ce que Charlemagne et Clotilde baragouinaient dans la cour qu'à ce qu'il leur enseignait.

— Je me demande ce que Dieu va vous bailler comme vie si vous ne changez pas ! dit-il sincèrement préoccupé, oubliant un instant sa morsure.

Il dénouait leur bandeau quand le médecin Mathieu Izarn entra et le salua en exprimant le souhait de l'ausculter. Clovis accepta à la condition qu'aucun honoraire ne lui soit réclamé après.

— Rassurez-vous, seule la curiosité médicale m'anime, maître Tricotin, assura l'homme de l'art en sortant d'un écrin maroquiné une loupe de grande dimension qu'il promena longuement au-dessus de la morsure.

— Que recherchez-vous ainsi qui prenne autant de temps ? finit par demander Clovis.

— Je m'assure qu'aucun ver à tête de chiot n'est en train de croître dans votre plaie.

Avant de venir, le médecin avait rafraîchi sa mémoire en consultant les ouvrages d'Avicenne et d'Ambroise Paré. Tous deux étaient formels sur l'existence de tels vers et affirmaient avoir constaté leur apparition quelques heures après une contamination.

– Mais veuillez rester serein. Ces vers ont pour coutume de se nicher au préalable sous la langue, puis dans les dents des animaux atteints. Or l'examen auquel je me suis livré sur votre vache n'a rien donné. Il y a donc tout lieu d'être optimiste. Ne manquez point cependant d'être vigilant et de me prévenir avec diligence si, malgré tout, l'un d'eux se manifestait.

Clovis regarda sa main avec inquiétude.

– Vous dites que ces vers ont des têtes de chiot ?

Le médecin opina gravement du chef, précisant toutefois :

– De chien lorsqu'ils seront plus vieux.

– Pourquoi de chien ? C'est une vache qui m'a mordu, pas un chien.

Pris au dépourvu, le docteur Izarn gagna du temps en faisant répéter la question et en fronçant les sourcils d'un air intéressé, marmonnant quelques « hum, hum » spéculatifs.

– J'allais précisément attirer votre sagacité sur ce détail. Il va sans dire que, dans votre cas, ce sera, bien sûr, des vers à tête de veau qu'il vous faut guetter, maître Tricotin.

Le médecin rangeait sa loupe et allait pour prendre congé quand la cloche du beffroi retentit selon un code connu de tous et intimant aux dix quarteniers de se réunir toutes affaires cessantes à la Maison communale.

Clovis ne douta pas d'en être la cause.

L'abominable particularité de la rage – unique en cela parmi les calamités répertoriées – était de transformer en bête féroce et écumante toute créature de Dieu qu'elle atteignait, fût-elle la plus douce (on connaissait des cas d'agneau enragé, de colombe enragée, de coccinelle enragée). Sa simple évocation avait le pouvoir d'affoler les esprits les plus forts, qui la considéraient comme un authentique fléau commandité par Dieu dans le seul but de châtier ceux qui méconnaissaient sa Toute-Puissance.

Grâce aux contrôles draconiens exercés aux trois portes, grâce aux fermetures de ces dernières à l'obscur, grâce encore à la stricte application de l'édit communal sur l'errance des animaux, la rage à ce jour était restée cantonnée hors des murs de Racleterre. Aussi, lorsque le consul Arnold de Puigouzon prit connaissance du rapport concernant l'abattage d'une vache soupçonnée d'être enragée parce qu'elle avait mordu son propriétaire, donna-t-il l'ordre au carillonneur de sonner la convocation immédiate de l'assemblée.

Sur les dix quarteniers, deux manquaient à l'appel. Le greffier Pillehomme nota leur nom ; une amende de dix livres leur serait imposée au cas où ils ne pourraient justifier leur absence.

Le sergent du guet refit oralement son rapport. On lui posa quelques questions auxquelles il répondit au mieux.

— Nenni, maître Durif, à ma connaissance, personne d'autre n'a été mordu… Oui da, monsieur l'exacteur, la vache a été inspectée à ma demande par monsieur le médecin reçu Izarn qui n'a rien remarqué. Oui da, maître Lamberton, j'ai interdit au propriétaire de la vendre en boucherie, et c'est l'équarrisseur qui s'en est chargé.

Le consul ordonna au lieutenant du guet d'amener le médecin séance tenante. Les archers le trouvèrent revenant de la saboterie. Il les suivit sans se faire prier, les narines battantes dans son avidité de plaire. Il répondit aux questions de l'assemblée, et même à celles dont il ignorait les réponses.

— Le système de l'hydrophobie, ou si vous préférez de la rage, monsieur le consul, messieurs les quarteniers, nous est, à nous médecins reçus, tout à fait familier. Il s'agit de vers minuscules nés des eaux dormantes et putrides, ou encore des charognes en déliquescence, qu'avalent imprudemment les loups, les renards, les fouines, mais aussi les chiens. Ces vers perfides se glissent aussitôt sous la langue et dans les dents de l'animal où ils prospèrent avec célérité. De là, ils se propagent dans l'organisme jusqu'aux ventricules du cerveau, à qui ils donnent bientôt l'ordre de mordre n'importe qui dans le but de se répandre dans un nouvel organisme, mélangé à la bave toujours abondante chez une bête enragée.

Maître Floutard l'interrompit.

— Tout ceci est fort instructif, monsieur le savant, mais

ce qui nous importe c'est de savoir si ce sabotier représente un danger pour la sécurité de notre bourg.

Tous savaient que « ce sabotier » était aussi son beau-fils : soucieux de ne pas être suspecté de partialité, Floutard se croyait tenu à une intransigeance sans défaut.

– Il est encore trop tôt pour le dire. Je viens d'ausculter sa blessure et je n'y ai trouvé aucun de ces vers morbifiques. Mais cela ne veut pas dire qu'ils n'y soient point. Il se peut qu'ils attendent leur heure et surgissent à l'improviste dans un mois, ou dans deux, voire dans trois. Si maître Tricotin n'est point décédé au bout de cent et un jours, nous pourrons conclure que la vache n'était pas enragée. J'ajoute que nous ne serions point dans une si cruelle expectative si l'animal n'avait point été abattu inconsidérément.

– Vertudiou ! C'est ma foi vrai. Quel est l'imbécile ?

Le sergent du guet eut une grimace.

– Comme c'est un sergent du Royal-Navarre, monsieur le consul, j'ai suivi les consignes de discrétion, et je m'en suis tenu à sa relation des faits : il a vu la vache folle, il a entendu quelqu'un crier qu'elle avait la rage, il a sorti son pistolet et il a fait mouche.

Il y eut des soupirs excédés et quelques jurons bougonnés. Les relations du bourg avec les troupes en garnison étaient toujours mauvaises.

Prétextant ne point disposer des finances nécessaires à la construction de casernes, l'administration royale avait pour habitude de répartir les troupes de sa Majesté à travers le royaume. Comme tous les bourgs et cités du Rouergue, Racleterre était régulièrement mis à contribution. Cette fois, le bourg avait écopé d'une compagnie du régiment Royal-Navarre qu'il fallait loger et nourrir. Grands suceurs d'eau-de-vie, étrangers au Rouergue pour la plupart, ravageurs de jupons, ces soldats cohabitaient mal avec une population fière et dépourvue d'humour dès qu'il était question d'honneur familial.

Le consul remercia le docteur Izarn qui sortit fort marri de ne pas être convié aux délibérations finales.

Seule sa qualité de père des célèbres épateurs valut à Clovis le privilège de ne pas être expulsé sur-le-champ du bourg. En contrepartie, l'édit suivant fut voté à l'unanimité :

DE PAR LE CONSUL ET SON ASSEMBLÉE
Il est convenu qu'à ce jour d'hui et pour une période de cent et un jours, le maître sabotier Clovis Tricotin, tenant échoppe rue des Afitos, devra une fois par jour, qu'il arde, vente ou neige, se présenter à la Maison communale afin que son état d'enragé potentiel soit dûment contrôlé.
Fait à Racleterre ce seize mai de l'an de grâce mil sept cent soixante-quatorze.

SIGNÉ : De Puigouzon et son Assemblée.

A la demande du quartenier Floutard, une nouvelle délibération eut lieu durant laquelle le « une fois par jour » fut amendé en « deux fois par jour ».

Racleterre ne possédant pas d'imprimerie (le chevalier Virgile-Amédée y veillait), plusieurs copies furent manuscrites. Maffre, le crieur public, s'en fut les placarder sur la façade de la Maison, aux trois places, aux trois portes, et, pour conclure, sur celle de l'intéressé.

A raison de trois quarts d'heure par sabot – une heure et demie par paire –, Clovis fabriquait une moyenne de seize paires par jour qu'il vendait vingt sols la paire (le salaire quotidien d'un journalier était de dix sols en hiver – douze en été –, et la plus vilaine des perruques du chevalier en coûtait trois cents). Ces quelques jours sans travail allaient lui purger la bourse.

Réjoui par la seule bonne nouvelle de la journée transmise par sa mère (les poules nourries à la noix pilée avaient survécu), Clovis céda aux instances des quintuplés et leur lut la suite des mésaventures de Misère.

– « Un certain jour qu'il était tranquille dans sa maison, le bonhomme entendit frapper à sa porte et fut bien étonné de recevoir une visite qu'il ne croyait pas si proche : c'était la Mort qui faisait sa ronde dans le monde. »

174

Avec beaucoup d'à-propos, des coups résonnèrent contre la porte de l'échoppe. La fratrie sursauta. Clovis eut un sourire crispé.

– C'est Maffre, le crieur, dit Apolline.

Clovis reposa son livre et sortit, suivi des quintuplés qui s'accrochaient à ses chausses en le pétitionnant pour connaître la suite de l'histoire.

De sa belle voix de clairon qui portait loin, le crieur public lut l'édit et le placarda sur le battant. Clovis blêmit. Qui voudrait désormais faire commerce avec un « enragé potentiel » ?

Les heures qui suivirent confirmèrent ses craintes. Plus un seul client ne franchit le seuil de l'échoppe, et, ce soir-là, personne n'ignorait à Racleterre que le fléau était « potentiellement » *intra muros*.

Après le souper, qu'il avait croustillé du bout des dents, il dut se plier aux exigences de plus en plus bruyantes des quintuplés pour qu'il poursuive la lecture.

– « Soyez la bienvenue, dit Misère sans s'émouvoir, en regardant la Mort comme un homme qui ne la craignait point.

« Quoi ! lui dit-elle, tu ne me crains donc point, moi qui fais trembler d'un seul regard tout ce qu'il y a de puissant sur la terre, depuis le berger jusqu'au monarque !

« Non, lui dit-il, vous ne me faites aucune peur. Je n'ai ni femme ni enfant, je n'ai pas un pouce de terre ayant quelque valeur, excepté cette petite chaumière et mon poirier. A vrai dire, si quelque chose dans ce monde était capable de me faire de la peine, ce serait l'attache que j'éprouve pour cet arbre qui depuis tant d'années me nourrit. Mais comme la réplique n'est point de saison quand Vous voulez qu'on Vous suive, tout ce que je désire et que je Vous prie de m'accorder avant que je meure, c'est que je mange encore une de mes poires. »

Clovis s'interrompit, incapable de se concentrer plus avant. Sa main irradiait de douleur et la fièvre qui cuisait sous son front lui brouillait sa vue. Il referma le livre. Les quintuplés s'agitèrent.

– Dites-nous au moins ce qu'a répondu la Mort ? l'implora Clodomir en rouvrant le livre à la bonne page.

Clovis lut d'une voix terne :

— « La demande est trop raisonnable, pour te la refuser, dit la Mort ; va toi-même choisir la poire que tu veux manger, j'y consens. »

Chapitre 19

Le samedi 17 mai 1774.

Un peu avant tierce, Clovis, dans son meilleur habit, prit le chemin de la Maison.

Ignorer le contrôle médical aurait provoqué son expulsion du bourg, déchirer l'affiche aurait coûté trente livres d'amende, plus une livre pour payer la nouvelle copie au greffier.

Apolline et les quintuplés l'accompagnaient, vêtus eux aussi de leurs plus beaux atours. Clotilde portait un corsage et un jupon du dehors brodés de fleurs des champs semblables à ceux de sa mère. Clodomir était en habit du même drap bleu de Saint-Geniez que celui de son père, Pépin et Dagobert étaient en habit de drap gris. Charlemagne portait un justaucorps épinard aux revers moutarde, enfilé sur un gilet jaune poussin mal boutonné et une culotte trop ajustée jadis vert céladon, aujourd'hui brun cagadou. Il n'était point chapeauté, ses cheveux longs étaient serrés en queue sur sa nuque, ses bas plissaient sur ses mollets et, seul accroc au bon goût, il chaussait des sabots identiques à ceux de ses frères, ne souffrant pas les souliers à talons hauts imposés par sa marraine.

Tierce sonnait lorsqu'ils arrivèrent devant la Maison communale surmontée de son beffroi haut de huit toises (une de plus que le clocher de Saint-Benoît) et fierté des bourgeois de Racleterre. Le léopard de pierre ornant le porche rappelait que le Rouergue avait été anglais. Le hall d'entrée se trouvait agrémenté d'un vaste tableau décrivant la première assemblée recevant des mains du roi Charles VII la charte d'affranchissement du bourg.

L'appariteur et sa table étaient installés face à une statue fort laide du premier consul élu. A sa gauche, s'ouvrait la salle de garde du guet donnant accès à la cave, et sur sa dextre, la salle de justice communale prolongée d'un réduit baptisé salle des archives judiciaires. Une petite porte voûtée menait au beffroi et au logement du carillonneur.

L'examen médical de Clovis eut lieu dans la salle des délibérations située à l'étage, en présence du consul, d'une partie du conseil et d'un public clairsemé et sur ses gardes. Un sergent et six archers se tenaient prêts à intervenir au cas où, subitement, l'enragé potentiel deviendrait enragé tout court.

A défaut d'une autorité plus compétente, l'examen fut confié au docteur Izarn, et cela malgré son refus d'en rabattre sur ses honoraires (une livre par consultation à domicile, le double hors du bourg). Il convia Clovis à poser sa main sur le pupitre du greffier qu'éclairait abondamment l'une des fenêtres à meneaux, puis il imposa un silence expectatif dans la salle en sortant de son étui sa grande loupe médicinale.

Debout sous la charte d'affranchissement et la lettre de félicitations du défunt Louis le quinzième, Apolline psalmodiait silencieusement la prière antirage en tripatouillant la médaille neuve de Saint-Hubert achetée la veille. Main dans la main, sage comme cinq images, la fratrie suivait chaque mouvement du médecin.

L'inspection de la main achevée, Izarn ne rangea pas pour autant son instrument.

– Je souhaiterais examiner votre langue itou.

– Ma quoi ? ne sut que répliquer le sabotier, pris de court.

– Votre langue, maître Tricotin, ou si vous préférez cet organe charnu et mobile qui se trouve fixé par son extrémité postérieure à votre plancher buccal.

– C'est que je n'ai point été mordu là, que je sache.

Le médecin s'adressa au consul et à son entourage.

– Je tiens à m'assurer que ces vers morbifiques ne sont pas déjà remontés jusqu'à la langue, un endroit d'une importance stratégique capitale pour leur abominable disposition à contaminer. Là se trouve le siège des glandesfabriques à bave, bave par laquelle, souffrez messieurs que je vous le serine à nouveau, ils aiment voyager.

Le consul congratula le médecin pour sa conscience professionnelle et ordonna au sabotier de se soumettre.

Les joues échauffées par l'embarras, Clovis tira la langue. Ses fils se dévisagèrent avec circonspection. On leur donnait du plat de sabre, à eux, pour une pareille conduite.

Aucun ver n'ayant été repéré, Clovis put clore la bouche et rentrer chez lui, sous réserve de revenir en fin de relevée pour un nouvel examen.

Dans le hall, il se sépara d'Apolline et des enfants.

— Rentrez, je vous rejoindrai plus tard.

Élevant la voix pour être entendu, il ajouta d'une voix où perçait la menace :

— Tu as vu comment ils me traitent ! Je vais chez monsieur l'avocat Pagès-Fortin, et ça ne va point se passer ainsi, caramba !

Sa main blessée lui interdit de faire tinter son anneau.

L'idée de consulter l'avocat se révéla bénéfique. Ce dernier obtint du consul que les examens s'effectuent au domicile du sabotier de préférence à la Maison, et il le convainquit aussi de voter un dédommagement au bénéfice du sabotier, afin de compenser la grande déroute de son chiffre d'affaires depuis le placardage de l'édit sur sa porte.

En guise d'épices, Pagès-Fortin demanda que la fratrie assiste cinq fois par semaine aux leçons de son Temple du Savoir.

Fermée une première fois sur ordre de l'évêque de Millau sous prétexte que son enseignement y était scandaleusement mixte, l'école avait été rouverte après que l'avocat eut fait appel à l'arbitrage du grand chantre du chapitre de Notre-Dame de Paris, pas moins.

Elle fut fermée une seconde fois sur ordre de la Maison, après que des parents eurent exigé le renvoi du régent accusé de trop grandes lumières : nombreux étaient ceux qui croyaient sincèrement que les enfants intelligents vivaient moins longtemps que les autres, et plus nombreux encore ceux qui estimaient qu'un trop grand savoir était une menace pour leur autorité. Le régent fut remplacé, et l'école rouverte.

L'idée de mêler ses enfants avec ce qu'il y avait de plus gueusard, de plus malappris, de plus grouillant de vermines du bourg et des environs ne souriait guère à Clovis ; mais, après la contre-performance de l'an passé à la Petite École, il n'existait point d'alternative s'il voulait que ses enfants acquièrent quelques lumières.

Après quatre ans d'apprentissage chez un maître de Marseille et six autres comme compagnon chez son père, Paul Eustachette s'était présenté à sa maîtrise d'apothicaire devant un jury de maîtres qui lui avait demandé d'identifier diverses plantes médicinales, puis d'exécuter cinq préparations savantes.

Rendu aveugle par un coup de foudre tombé trop près, son père lui avait cédé prématurément le gouvernement de la vaste boutique aux murs couverts de bocaux en faïence, de boîtes en bois coloriées, de flacons en verre soufflés, de piluliers de toutes tailles, chacun portant le nom en latin du produit qu'il contenait. Son apprentissage à Marseille l'avait mis au contact de nombreux remèdes exotiques qu'il avait appris à doser et qui faisaient de lui l'apothicaire le plus réputé du bourg. Tous ces remèdes avaient en commun dans leur préparation le vin, le miel, la chair de vipère hachée et, surtout, une abondante quantité d'extraits de pavot et de cannabis.

Comme c'étaient aussi des médecines onéreuses, réservées à l'usage des nantis, maître Eustachette tiqua lorsque Louis-Charlemagne entra dans son officine et lui commanda trois scrupules de thériaque. Inventée par le premier médecin de Néron, la thériaque avait fait ses preuves dans la guérison des dépravations du tube à crottes, des flux de poitrine, des apoplexies bleues, de la petite vérole, des morsures venimeuses et de celles d'animaux enragés.

— Je te signale, bonhomme, que la thériaque de d'Aquin comporte soixante-dix-sept substances aussi rares qu'inaccoutumées. Toutes ont été ramenées de contrées lointaines renommées pour l'inhospitalité de leurs citoyens, aussi je te…

Il se tut. Le maréchal venait de déposer sur le marbre

du comptoir un louis qui tinta avec le bruit inimitable de l'or. Au manque d'éclat du métal, ainsi qu'au profil de Louis XIV enfant, il devina que la pièce voyait la lumière après un long séjour dans une cachette obscure.

L'apothicaire prépara la panacée et convainquit Louis-Charlemagne d'emporter, en sus des scrupules de thériaque et en échange de la monnaie de son louis, cinq grains d'or-viétan, excellent pour les convulsions de petite et longue durées, deux setiers d'eau d'arquebusade et une infusion de plantes vulnéraires, réputées pour leur action réparatrice sur les plaies béantes, ainsi qu'une once de baume Le Tranquille, un subtil mélange de trente-trois plantes, toutes narcotiques, capable d'apaiser n'importe quelle douleur.

Au même moment, Apolline, Jeanne Tricotin, sa mère, Blandine Camboulives, Adèle Floutard et les quintuplés se rendaient en carriole à la chapelle de Saint-Hubert, élevée dans une clairière de la forêt de Saint-Leu, à deux lieues du bourg. L'édifice remontait au temps des Anglais et du chevalier Hubert le Honni, douzième des Armo-gaste, son édificateur.

Égaré dans la forêt par une nuit de pleine lune couverte, celui-ci s'était adressé à son saint patron en faisant le vœu de lui bâtir une chapelle s'il l'aidait à se déperdre. On contait que les nuages s'étaient alors espacés, que la lune était apparue et que le chevalier Hubert avait retrouvé le chemin de son donjon : il avait tenu sa promesse dès le lendemain.

Deux cordes en lambeaux tombaient d'une branche du grand chêne faisant face à la chapelle : elles avaient servi à pendre un braconnier et son chien du temps du chevalier Évariste.

Les murs de la chapelle portaient de nombreux ex-voto de veneurs remerciant saint Hubert de leur avoir permis de survivre à tel ou tel accident de chasse. Certaines de ces actions de grâce étaient attribuées à des braconniers. L'un d'eux, qui s'était prudemment peint sans tête, remerciait saint Hubert d'avoir caché la lune avec de gros nuages au moment où il le lui demandait, lui permettant d'échapper au garde-chasse, reconnaissable sur l'ex-voto à son fusil et à son baudrier aux armes des Armogaste.

Afin de remettre les choses en leur place, on avait peint sur la porte l'intégralité de la grande ordonnance des Eaux et Forêts de Louis le quatorzième.

> Faisons défense avec risque d'y perdre la vie, aux Marchands, Artisans, Bourgeois et Habitants des Villes, Bourgs et Paroisses, Villages et Hameaux, Paysans et Roturiers, de quelque état et qualité qu'ils soient, non possédant fiefs, seigneuries, et Haute Justice, de chasser en quelque lieu, sorte et manière, et sur quelque gibier à poil ou de plume que ce puisse être.

C'est au XVe siècle qu'une partie de la chapelle fut dédiée à saint Leu, patron des bûcherons, des pâtres, des bergers et des bergères. Sculpté dans un tronc de noyer, le saint souriait sous sa mitre d'archevêque. Il tenait sa crosse dans une main, tandis que l'autre caressait la tête d'un grand loup noir qui le regardait en montrant ses crocs d'entre lesquels pendait une langue carmin.

Adèle et Blandine disposèrent huit cierges en cire autour de la statue et les allumèrent en récitant une première supplique.

Les qualités qu'on prêtait au saint depuis l'an mille venaient de l'homonymie de son nom avec celui de la malebête, « leu » étant la forme ancienne de loup. Par extension, saint Leu était invoqué contre les méchefs et les dégâts causés par les animaux, sauvages ou non.

Clotilde fut captivée par toutes ces saynètes. Trop courte pour voir les plus hautes, elle grimpa sur Charlemagne qui lui prêta ses épaules sans rechigner.

— Pourquoi on n'en met pas un nous aussi ? finit-elle par demander à sa mère.

— On en met seulement si on est exaucé.

— Alors quand notre bon père sera guéri, c'est moi qui fera le sien.

— Nous allons tous prier ensemble pour le salut de votre père bien affligé. Venez vous agenouiller, ordonna Apolline en désignant le dallage poussiéreux semé de crottes de rat que des fourmis avaient entrepris de ranger ailleurs.

– Si à neuf y nous entend pas, c'est qu'il est sourd des deux oreilles, dit Clodomir en dévisageant le saint aux couleurs défraîchies par l'humidité.

– Ou qu'il veut pas, dit Pépin.

– Ou qu'il est pas là, dit Dagobert.

– Ou qu'il peut pas, dit Clotilde.

– Ou qu'il s'en contrefiche, conclut Charlemagne.

Les effets de l'opium contenu dans la thériaque, conjugués à ceux du cannabis composant les trois quarts de l'infusion d'arquebusade, prirent effet une heure environ après leur ingestion. L'humeur porc-épic de Clovis s'atténua au fur et à mesure que les pointes de douleur s'émoussaient. C'était magique. Même l'anxiété disparaissait.

Il mangea peu mais prit un vif plaisir à observer les quintuplés bâfrer avec entrain. Charlemagne était le seul à manger aussi salement. Il s'en mettait partout, même sur les cheveux, mais une pareille appétence faisait plaisir à voir. Clotilde, à ses côtés, mangeait lentement et souriait entre chaque bouchée. Dagobert, le plus aimable et le plus pacifique (au point d'avoir fait ses premières dents un an après les autres), aimait piocher dans l'assiette des autres qui le laissaient faire. En face, côte à côte, et dans un synchronisme parfait, Clodomir et Pépin vidaient leur écuelle avec un même nombre de cuillerées. Celle-ci vide, ils la présentèrent en un ensemble déroutant pour un supplément. Apolline, debout derrière eux, les servit.

– Moi aussi ! clama aussitôt Charlemagne de sa voix ample et qui portait si loin.

– Moins fort, lui rappela Clovis pour la millionième fois.

Le gamin semblait refuser d'admettre qu'il n'était point nécessaire de tonner pour avoir du pain, ou de réciter à tue-tête le bénédicité pour être entendu de Dieu.

Clovis se sentait si bienheureux qu'il se bourra une bouffarde de Vrai Pongibon et ne se fit pas prier lorsque son aîné déposa sous ses yeux le livre du bonhomme Misère ouvert sur l'illustration montrant le miséreux, le poirier aux belles poires et la Mort encapuchonnée dans une ample cape noire. Elle tenait une faux dans une main squelettique et un sablier dans l'autre.

— « Misère tourna longtemps autour du poirier, regardant dans les branches la poire qui lui plaisait le plus. Ayant jeté sa vue sur une qui lui paraissait très belle, il dit : "Voilà celle que je choisis, prêtez-moi, je vous prie, votre faux pour un instant que je l'abatte."

« Cet instrument ne se prête à personne, répondit la Mort, et jamais bon soldat ne se laisse désarmer. Il vaut mieux que tu montes sur ton arbre et cueilles à la main cette poire qui se gâterait si elle tombait.

« C'est bien dit si j'en avais seulement la force, répondit Misère, ne voyez-vous pas que je ne saurai presque me soutenir ?

« Hé bien, je veux bien te rendre ce service, lui répliqua la Mort. »

Assises près de la cheminée, leur écuelle posée sur leurs cuisses, Apolline et Prune mangeaient à leur tour sans perdre un mot du récit. Le vieux Goliath s'était roulé en boule près de Charlemagne et dormait.

— « La Mort ayant grimpé sur l'arbre, cueillit la poire que Misère désirait avec tant d'ardeur ; mais elle fut bien étonnée lorsque, voulant redescendre, cela se trouva tout à fait impossible.

« Bonhomme, lui dit-elle, dis-moi ce que c'est que cet arbre-ci ?

« Comment ? Ne voyez-vous pas que c'est un poirier ?

« Sans doute, mais que veut dire que je ne saurais pas en descendre ?

« Ma foi, reprit Misère, ce sont là vos affaires.

« Oh ! Bonhomme, quoi ! Vous osez vous jouer de Moi qui fais trembler toute la terre ! A quoi vous exposez-vous ?

« A quoi vous exposez-vous vous-même de venir ainsi troubler le repos d'un malheureux qui ne vous a fait aucun tort ? Quelle pensée fantasque vous a pris aujourd'hui de songer à moi ?

« La Mort éleva le ton :

« Enfin bonhomme, j'ai des affaires aux quatre coins du monde et dois les terminer avant soleil faillant. Consens que je descende de cet arbre sinon je le fais mourir sur l'instant.

« Si vous le faites, je vous proteste sur tout ce qu'il y a de plus sacré, que tout mort que soit mon poirier vous n'en descendrez point sans un miracle de Dieu lui-même.

« Je m'aperçois, dit la Mort, que je suis aujourd'hui entrée dans une fâcheuse maison. Tu peux te vanter bonhomme d'être le premier de la vie qui ait vaincu la Mort. Je te jure que jamais tu ne me verras qu'après le Jugement dernier et que ce sera toi qui recevras le dernier coup de ma faux.

« Dois-je ajouter foi à votre discours, et n'est-ce point pour mieux me tromper que vous me parlez ainsi ?

« Les arrêts de la Mort sont irrévocables, entends-tu, bonhomme ?

« Oui, dit Misère, je consens donc que vous vous retiriez quand il vous plaira.

« A ces mots, la Mort fendit les airs et s'enfuit à la vue de Misère sans qu'il en entende parler depuis, et quoique très souvent elle voyage dans le pays, même dans ce petit bourg de Racleterre, elle passe toujours devant sa porte sans jamais y frapper de nouveau. C'est ce qui fait que depuis ce temps-là et suivant les promesses de la Mort, Misère restera sur la terre tant que le monde sera monde. »

La fièvre chuta dans la nuit du quatrième jour et disparut au matin du cinquième. L'enflure sous l'aisselle fondit et, à défaut de petits vers à physionomie bovine, ce furent des signes de cicatrisation qui apparurent çà et là sous la loupe du médecin.

Clovis dormit mieux. Apolline et les voisins également.

Au dixième jour, les plaies s'étaient recouvertes d'une épaisse croûte sous laquelle il sentait les chairs déchirées se reconstituer.

Certains clients qui avaient passé des commandes avant la morsure et n'avaient pas réapparu depuis se présentèrent, arborant l'air de ceux qui n'ont jamais douté.

Chaque jour à tierce et à vêpres, le docteur Izarn se présentait dans l'échoppe aux volets clos, accompagné du greffier Gabriel Pillehomme chargé d'enregistrer son diagnostic, d'un sergent et de quatre archers, toujours au cas où.

Au quinzième jour, Clovis ouvrait et fermait sa main, bougeait les doigts avec aisance, mais pas assez encore pour tenir l'essette ou le paroir. Il se sentait bien et le manifestait en chantonnant, en faisant des projets, comme un voyage à Rodez et une visite au bordel du *Bon Oustal*, signes certains d'une vitalité retrouvée.

Au vingtième jour après la morsure de Clarabelle, les croûtes se craquelèrent, des morceaux se détachèrent et dévoilèrent une fine peau lisse et rose.

L'édit était toujours placardé sur la porte mais une averse avait délavé le texte et décollé les coins qui pendaient tristement.

Au vingt et unième jour, Apolline et les quintuplés retournèrent à la chapelle Saint-Hubert offrir à saint Leu un ex-voto peint par Clotilde sur une planche de chêne longue de deux pieds et large d'un.

S'inspirant du chemin de croix en douze stations de l'église Saint-Benoît, la fillette avait divisé la planche en quatre tableautins. Sur le premier, son père se faisait mordre par une Clarabelle dotée d'une mâchoire disproportionnée meublée d'une centaine de dents.

Sur le deuxième, Clovis, la mine triste, montrait sa main blessée. De grosses larmes bleues coulaient de ses yeux bleus : Clotilde n'avait pas oublié son anneau d'oreille.

Le troisième tableautin avait été le plus long à exécuter. On y reconnaissait les quintuplés, leur mère, leurs deux mères-grands et leur aïeule Camboulives. A la demande de Charlemagne, Goliath avait été ajouté. Tous priaient à genoux, le chien aussi, autour de la statue de saint Leu et de son loup souriant. Privilège de l'artiste, Clotilde s'était peinte plus grande que ses quatre frères.

La quatrième scène se profilait sur un fond de ciel bleu. On y voyait son père, le sabre à la ceinture, accompagné de saint Leu avec sa crosse et de Clarabelle dressée sur ses pattes arrière. Ils étaient unis familièrement par la main et dansaient une joyeuse bourrée.

La fillette avait calligraphié sur le bas de la planche en hautes majuscules : FAI PAR MOI CLOTIDE.

Ce dernier tableautin ne faisait pas l'unanimité. Apolline et Adèle le jugeaient trop irrévérencieux.

– On ne danse pas avec un saint.

– Encore moins avec une vache, surenchérit Jeanne.

Après avoir manifesté une surprise admirative, Clovis avait froncé les sourcils en découvrant le support sur lequel était peinte l'œuvre.

– D'où vient cette latte de si beau chêne ?

La fillette avait baissé le nez en regardant Charlemagne par en dessous. Clovis avait examiné la planche plus attentivement, puis il avait sursauté, d'indignation cette fois.

– Malandrins que vous êtes ! Vous n'auriez pas osé tout de même ?

Le visage fermé, il avait ouvert la porte de l'armoire dotale d'Apolline, le seul meuble en chêne de la maison, et l'avait inspectée sans rien noter d'insolite. Une bonne odeur de lavande se dégageait du linge plié et repassé, et aucune étagère ne manquait. Surprenant le regard de connivence qu'ils s'étaient lancé, Clovis avait poussé son inspection jusqu'à décoller avec peine l'armoire du mur, découvrant qu'une des lattes transversales était absente.

– Ça doit être un rat qui a fait ça, avait proposé Charlemagne.

Devant son air dubitatif, il avait ajouté en prenant la fratrie à témoin :

– Un gros rat qui serait très fort.

Au matin du vingt-troisième jour, Clovis sut avec certitude qu'il avait la rage.

Chapitre 20

Vendredi 6 juin 1774.

Clovis noua son tablier de cuir autour de la taille, choisit un quartier d'aulne vieux d'un lustre et le plaça sur le billot du paroir. Il était seul dans l'échoppe silencieuse. Apolline, la fratrie et Goliath étaient partis à la pique du jour collecter des œufs de fourmi. Prune lessivait au lavoir communal, et Petit-Jacquot, désœuvré, se baguenaudait il ne savait où.

Empoignant le manche du paroir, Clovis donna le premier coup, prenant plaisir à entendre à nouveau la lame crisser en tranchant le bois. L'effort déclencha une courte douleur dans sa paume. Il lâcha aussitôt le manche et s'examina la main. La fine peau rose recouvrant les cicatrices était curieusement indolore alors que les pourtours étaient sensibles.

Il dénoua son tablier, rangea le quartier d'aulne, balaya l'unique copeau, et s'en alla pétuner dans la cour ensoleillée en s'efforçant de penser à tout sauf à sa main. Quand les pourtours le picotèrent, il les gratta et ne fit que les enflammer en accentuant le prurit. Clovis s'inquiéta. Qu'allait penser le docteur Izarn ?

Il se rendit dans la cuisine, emplit une casserole et plongea sa main au fond. Pendant que l'eau froide l'apaisait quelques instants, une sensation grandissante de brûlure remonta le long du bras et s'ajouta aux démangeaisons. Il eut peur et reconnut l'émotion paralysante éprouvée onze ans plus tôt, avant son duel. Il se pencha par la fenêtre, scruta le ciel et lut que tierce approchait : le médecin n'allait plus tarder. Le bon sens soudain rétréci par l'anxiété, Clovis sortit sans trop savoir où aller.

Il marcha au hasard un long moment, la tête basse, l'air affairé. Lorsqu'il leva les yeux, il était rue du Purgatoire. Il entra dans la chapelle des Pénitents gris et s'assura qu'elle était vide avant d'immerger sa main dans le bénitier. On eût dit maintenant qu'un escadron de moustiques s'acharnait autour des cicatrices. Il se gratta en s'adressant au Christ cloué sur sa croix au-dessus de l'autel.

– Je vous ai fait quoi pour que vous me colloquiez une telle abomination ?

Écartant d'emblée son duel (Dieu était mieux placé que quiconque pour savoir qu'il n'en était pas l'instigateur et qu'il n'avait fait que se défendre), Clovis songea à ses visites au Bon Oustal de Rodez. S'il s'avérait être porteur du fléau, allait-il devoir se retirer la vie avant qu'il ne morde Apolline et les enfants, ou avant qu'on ne l'étouffe entre deux matelas pendant son sommeil ? Pourtant, l'hydrophobie, fréquemment évoquée par le docteur Izarn comme symptôme infaillible, manquait à l'appel. Toujours d'après Izarn, la seule vue du liquide faisait horreur à l'enragé qui s'en détournait en montrant des signes de violent dégoût. Il se rassura en regardant sa main enfoncée jusqu'au poignet dans l'eau bénite.

– C'est-y qu' vous comptez y prendre aussi un bain de pied ! railla une pauvresse qu'il n'avait pas entendue entrer.

– Faites excuse, la vieille, j'étais distrait.

Il libéra le bénitier et sortit. Remarquant un sac d'orties posé dans l'entrée, il retourna dans la chapelle.

Apolline haussa le ton.

– Ah, baste, maintenant, monsieur le médecin ! Puisque je vous rabâche que j'arrive du bois et que j'ignore où il s'en est allé.

– Voilà qui est fâcheux, se plaignit Izarn en tournicotant sur ses jambes grêles.

– Très fâcheux, confirma le greffier Pillehomme, impatient d'en finir.

Apolline écrasa avec son doigt une fourmi qui courait sur son avant-bras.

– Si ça vous canule trop d'attendre, et ben revenez demain, ou plus tard. Il est guéri après tout.

– Assurément pas, mère Tricotin. Il manque soixante-seize jours avant d'en être sûr et certain. C'est bien pour cela que je dois l'examiner chaque jour.

– Taratata, c'est surtout pour point perdre votre épice. Moi aussi je sais tripoter une main en prenant l'air d'une poule qui couve et après réclamer une livre.

Piqué au vif, le médecin allait répliquer quand Clovis entra dans l'échoppe. Il portait un sac contenant des bottes d'orties.

– Tiens, dit-il à sa femme, voilà de quoi faire de la soupe pour le mois. Mais prends garde, elles brûlent.

Il montra ses deux mains grattées au vif dessus comme dessous.

Si la finauderie illusionna le docteur Izarn, il n'en fut pas de même pour Apolline qui savait que personne ici ne goûtait la soupe d'orties, une soupe de serre-ceinture s'il en était.

– Vas-tu me dire pourquoi tu as acheté ce sac ? Tu veux qu'on dise que nous sommes devenus gueusards ?

Il tenta de lui échapper en filant dans la cuisine, mais elle le suivit.

– Qu'est-ce que tout ceci, caramba ? s'exclama-t-il à la vue des deux lièvres et de la perdrix que Charlemagne et Clotilde écorchaient proprement sous l'œil intéressé des trois autres.

Goliath mangeait la tripaille près de la cheminée éteinte.

– J'ai relevé vos collets, dit l'aîné avec un large sourire satisfait.

– Moi, je les ai retendus, et c'est bien plus difficile, dit Charlemagne sans interrompre son dépiautage.

Clovis se servit un gobelet d'eau qu'il regarda d'un air sinistre avant de l'avaler d'un grand trait. Il sortit dans la cour. Apolline l'y rejoignit.

– Pourquoi ne te sers-tu point de ta main droite ?

Il soutint son regard, puis dit d'une voix déformée par l'effort qu'il faisait pour la maîtriser :

– Je crois que j'ai le fléau. Je crois que je vais tous vous quitter bientôt, et dans de bien grandes misères.

Son visage s'était soudainement flétri comme si dix ans venaient de s'écouler entre ces deux phrases. Il bougea sa main mordue et grimaça. Il lui narra alors les démangeaisons incendiaires, l'escadron de moustiques et la migraine qui se levait maintenant entre les tempes.

Apolline se signa, pleura, gémit de compassion en se tordant les mains, mais se garda de l'approcher, encore moins de le serrer dans ses bras. Fallait-il qu'il ait commis un bien terrible péché pour que Dieu l'afflige d'un tel châtiment. Elle n'osa le questionner.

— C'est horrible, finit-elle par dire.

— A qui le dis-tu.

Elle le quitta abruptement pour aller regrouper la fratrie dans la cuisine.

— Laissez tout ça, Prune terminera. Suivez-moi, j'ai de l'ouvrage pour vous.

Se retournant sur le seuil, elle lui dit sans le regarder :

— Attends-moi. Je les expédie et je reviens. Il nous faut converser plus.

Il approuva. Des décisions s'imposaient. Son pouls s'accéléra, sa migraine aussi. Il entendit Apolline parler aux enfants qui sortirent de l'échoppe en piaillant : il s'interrogea sur ce qu'elle avait pu inventer pour les convaincre. Il gratta sa main en cherchant un endroit qui ne soit pas à vif. Il se sentait oppressé, comme si quelque chose de pesant s'était assis sur sa poitrine et rendait difficile chaque respiration.

Allumant un petit feu dans la cheminée, il fit chauffer une casserole remplie d'eau dans laquelle il jeta ce qui lui restait d'arquebusade plus une poignée d'herbe à caboche contre les maux de crâne. Comme il avait très mal, il ajouta une seconde poignée.

Il buvait lentement l'amer breuvage jaune sombre lorsque son épouse l'interpella de l'échoppe.

— Mon ami ? Tu es là ?

Son ton était celui de la prudence.

— Je le suis et point encore enragé si c'est ce que tu veux connaître. Tu peux venir, dit-il d'une voix désabusée.

Apolline entra dans la cuisine. Son père la suivait. La crosse d'un chenapan dépassait de son habit : il tenait la lourde canne ferrée qui lui servait habituellement de jauge à cagadou.

– Apolline me dit que tu te crois enragé ? Pourtant j'ai vu le rapport de ce matin et il te déclarait exempt.

Clovis avoua sa ruse à base d'orties. Floutard s'alluma.

– Bran de vipère ! J'ai toujours dit que cet incapable en était vraiment un.

Le médecin Izarn était aussi à l'origine d'une pétition visant à interdire l'épandage du cagadou dans les rues. La pétition n'avait pas eu de suite, sauf dans l'esprit rancunier du maître gadouyeur-vidangeur.

– Comment es-tu certain d'être contaminé ?

– C'est que je n'en suis point tout à fait certain, et je ne voulais rien dire avant de l'être.

Il accompagna ces derniers mots d'un regard accusateur vers Apolline qui l'ignora.

– Elle a bien fait ! décréta Floutard avec autorité. Tu es devenu un danger public de première grandeur dont il faut nous protéger au plus vite.

Clovis termina l'arquebusade et se gratta la main d'un air absent.

– Dans combien de temps crois-tu t'enrager ?

– Comment voulez-vous que je le sache ? C'est la première fois que ça m'arrive, figurez-vous !

Floutard se donna un air sévère en fronçant ses sourcils.

– Je te conseille de ne pas mettre un pied dehors. C'est plus prudent, pour nous mais aussi pour toi, car, quand on va savoir…

Chapitre 21

Jean-Baptiste ordonna à sa fille de rentrer directement place de l'Arbalète afin d'organiser avec Adèle l'installation de la fratrie « jusqu'à ce qu'on sache avec certitude ce qu'il en est pour ton mari ».

– Que va-t-on lui faire ?

– S'il est réellement enragé, il faudra l'occire au plus vite, répondit-il avec la franchise d'un fer de hache.

– Il n'y a donc pas d'autre issue ?

– Si. Il peut grandement nous aider en choisissant de s'homicider lui-même.

– Mais s'il se défait lui-même vous savez bien qu'il sera interdit de cimetière. Regardez ce qu'ils ont fait au Simon.

Le carillonneur du beffroi était le dernier suicidé en date du bourg. Son cadavre avait été jugé et condamné par l'officialité à subir divers sévices par le bourreau avant de finir exposé au pilori la tête en bas.

– Où est le chien ? demanda-t-il avec impatience.

– Avec les enfants, comme d'habitude.

– Tu diras à Duganel de s'en débarrasser. On ne peut pas prendre de risques.

Refusant d'en entendre plus, Apolline empoigna le bas de sa robe et courut tête baissée vers la place de l'Arbalète tandis que son père se rendait place de la Maison.

Le consul Arnold de Puigouzon était dans son bureau en compagnie de l'exacteur Amans de Bompaing et du greffier Pillehomme. Ils préparaient le recouvrement annuel des tailles royales et seigneuriales. L'exacteur recevait un pourcentage de onze pour cent sur chaque livre collectée. Assisté de son équipe de grippe-sols, il lui fallait environ deux semaines pour recouvrir de gré ou de force les impôts de la châtellenie.

Floutard les interrompit pour leur narrer le triste état dans lequel il venait de quitter son gendre Tricotin, et déclara qu'il n'y avait pas une respiration à perdre pour réagir.

Le beffroi carillonna, le conseil se réunit, le débat fut houleux. Si tous étaient unanimes pour se débarrasser de Clovis, pas un ne l'était sur la façon de s'y prendre.

Flavien Doignac, maître juré de la corporation des Aimables Pinardiers, préconisa l'expulsion immédiate du bourg et se fit traiter de « Ponce-Pilate irresponsable » par maître Durif, partisan, lui, d'enfermer Clovis dans une alcôve et de l'y nourrir par une trappe jusqu'à sa mort.

L'exacteur Bompaing et maître Greffuel, le drapier qui possédait plusieurs familles de tisserands et avait des contrats avec l'armée, étaient d'accord pour qu'on agisse comme envers n'importe quel animal convaincu de rage : il fallait l'abattre avant qu'il ne morde quelqu'un.

Lucien Brasc, le fils cadet du fermier général des Armogaste, le benjamin des conseillers (il n'avait que vingt-sept ans), protesta mais sans rien proposer.

– Je vous accorde que le caractère imprévisible du fléau exige que l'infortuné soit isolé, mais en quoi nous est-il profitable d'ajouter à sa détresse en le traitant d'un cœur aussi sec ?

Louis Laplisse, maître juré de la corporation des Tanneurs, proposa de raisonner l'enragé à se suicider.

– Il serait bien venu que ce soit ses proches, son épouse ou ses géniteurs par exemple, qui l'en persuadent, et cela pour notre salut à tous.

Le tollé fut presque général.

– Vous trouvez sans doute que la rage ne lui suffit point ! Vous voulez aussi qu'il se consume en Enfer ?

– Il ira de toute façon puisqu'il n'a pas craint en son temps de braver l'excommunication avec son duel.

Soucieux d'objectivité, Floutard protesta :

– C'était lui l'offensé. Il n'a fait que se défendre.

– Ce ne serait point vraiment un suicide, mais plutôt un acte d'abnégation. A travers la destruction de son corps, ce serait d'abord le fléau qu'il détruirait.

Une décision tardant à se prendre, le consul déclara ne pas pouvoir différer la mise en garde à la population.

– Où se trouve présentement votre gendre ?

– Lui est à la saboterie, et ma fille est chez moi avec les enfants. J'ai fait prévenir Petit-Jacquot, son compagnon, et aussi Prune sa baillasse, de ne plus y retourner. J'ai fait aussi trucider son chien.

– Votre gendre est-il sous clef ?

– Ma foi, non.

L'exacteur Bompaing s'indigna.

– Alors qui vous dit qu'il s'y trouve encore ? Peut-être est-il déjà dans la rue, à mordre à tort et à travers !

– C'est qu'on aime mieux chez nous, notre bonne mère, protesta Clodomir en suivant les efforts d'Arsène et Véron à descendre des paillasses du grenier pour les installer dans l'ancienne chambre qu'occupait Apolline lorsqu'elle était pucelle.

– Ce ne sera point pour un long temps, et puis vous serez bien ici, leur promit-elle sans conviction.

Les quintuplés chuchotèrent rapidement dans leur patois.

– Puisqu'on dort ici, on doit retourner prendre nos affaires, dit Charlemagne.

– Non ! Il ne faut plus aller là-bas pour le moment.

– Mais pourquoi ? s'exclamèrent-ils tous à la fois.

– Parce que je vous le dis. Allez-vous enfin apprendre à obéir ?

– Mais pourquoi ?

– Obéir, c'est jamais demander pourquoi. Allez, ouste, et toi, Clotilde, rends-toi utile et aide-moi avec ces linceuls.

La fillette préféra s'enfuir dans l'escalier derrière ses frères qui se répandirent dans la grande cour des établissements Floutard.

Apolline les vit pénétrer au pas de course dans les écuries, Charlemagne en tête. Ils allaient encore revenir en empestant le crottin. Elle songea à Clovis, seul dans la saboterie avec sa rage, et fondit en larmes en couvrant son visage avec ses mains, ce qui l'empêcha de les voir resurgir des écuries, traverser la cour encombrée de tombereaux de cagadou et franchir en file indienne le porche donnant sur la place de l'Arbalète.

Se tenant par la taille dans l'ordre de sa naissance, la fratrie prit la direction de la rue des Afitos en serpentant d'une même foulée, pareille à un reptile à cinq vertèbres.

Sa peur et ses maux de crâne provisoirement assoupis par l'infusion d'arquebusade et de caboche, Clovis avait empilé sa collection d'almanachs devant lui et cherchait l'exemplaire contenant *La méthode honnête, avantageuse et solitaire de rédiger son testament, selon si on est du Clergé, de la Noblesse ou du Tiers*.

Durant cette recherche, il remarqua dans le numéro de l'année 1769 une *Dissertation sur la Rage et où il est parlé de la morsure de chiens enragés et autres bêtes venimeuses*, qu'il lut attentivement. L'auteur, un médecin d'Angers, rapportait les nombreux cas d'enragés qu'il avait observés.

— « Nous sentons dans la tête, m'ont-ils dit tous unani-mement, des bruits semblables à ceux des torrents débor-dés qui se précipitent en se bouleversant les uns dans les autres et viennent se briser contre nos oreilles. »

Clovis reconnut ses propres maux. Plus loin, le médecin expliquait comment un animal enragé mordait et commu-niquait non seulement le venin du fléau, mais aussi une partie de cette substance très subtile de sa nature.

— « C'est pour cette raison que l'homme, ou l'animal, aboiera, hurlera, miaulera, bramera selon qu'il aura été mordu par un chien, un loup, un chat, un âne. »

L'homme de l'art préconisait de s'observer fréquemment dans un miroir, et de s'isoler d'autrui dès les premiers signes de transformation.

La pensée qu'il allait sous peu se mettre à meugler consterna Clovis à l'extrême. Il se gratta la main sans y prendre garde et tressaillit vivement à la soudaine irrup-tion des quintuplés dans l'échoppe. Ils le regardèrent en souriant. La vue de la pile d'almanachs les surexcita. Ils en oublièrent le motif premier de leur venue et s'installèrent autour de lui.

— Ahi, not' bon père ! On peut les mirer nous aussi ?

Il y consentit mais à la condition qu'ils manipulent les pages avec respect.

Au lieu de prendre un almanach chacun, ils n'en ouvrirent qu'un seul et laissèrent Clotilde déchiffrer approximativement les légendes des illustrations. Clodomir et Charlemagne tournaient les pages à tour de rôle, Pépin et Dagobert se contentaient de regarder et de s'étonner, en lenou la plupart du temps.

Un moment paisible s'écoula avant que Clovis ne leur demande :

— Votre mère sait-elle que vous êtes céans ?

Ils prirent leur air malandrin pour répondre par une autre question :

— Où est Goliath ?

— Je le pensais avec vous.

— Il n'y est plus. On croyait qu'il était revenu ici, dit Charlemagne.

— Non, il n'est pas ici.

— Et pourquoi on doit dormir chez grand-père Baptiste ? demanda l'aîné en fronçant les sourcils pour signaler que ce déménagement ne lui convenait pas.

— Vous avez la remembrance de votre rougeole ?

Ils rirent en bourrant de faux coups Dagobert qui avait été le premier des cinq à l'attraper.

— Vous avez la remembrance alors que Dagobert est resté ici tandis que vous avez été dormir place de l'Arbalète pour point l'attraper ? Eh bien, aujourd'hui c'est pareil.

— Pourtant, on l'a tous eue quand même la rougeole, releva Clotilde avec pertinence.

— A qui la faute ? Vous n'avez point obéi et vous avez quand même été le voir.

— Mais aujourd'hui, on n'est point malades.

— Vous, non, mais moi, si.

— Vous avez la rougeole ?

— Non… j'ai autre chose.

— Père a la rage, déclara Charlemagne, content de savoir quelque chose que ses frères ignoraient. J'ai ouï grand-père Baptiste le narrer à notre bonne mère tout à l'heure.

Ils dévisagèrent leur père sans crainte et avec intérêt.

Clovis allait répondre lorsque le brouhaha de la rue s'éteignit subitement. Il se leva et ouvrit la porte. Des archers détournaient le trafic en amont et en aval vers la rue Jéhan-du-Haut et la rue des Deux-Places. La boutique du chapelier faisant face à l'échoppe était anormalement close, de même que les autres boutiques. Il distingua des silhouettes qui le guettaient derrière les fenêtres.

Maffre le crieur et maître Pons approchèrent de quelques pas. Le menuisier de la rue Saint-Joseph était accompagné de ses compagnons chargés de planches.

– Croyez-moi, maître Tricotin, je suis fort marri de ce qui vous augure et je vous regretterai. Ceci étant dit, la Maison vous fait défense, en quelque manière que ce soit, d'aller et venir par les rues, marchés, places, églises et autres lieux publics pour quelque cause que ce soit, et de vous approcher à plus de trois toises de qui que ce soit, qu'il soit homme, femme, enfant ou animal. La Maison vous enjoint donc de demeurer céans, portes et croisées bien closes afin que nul miasme ne s'en évade, et ceci jusqu'à nouvel ordre.

Maintenus aisément à distance par les archers, les habitants de la rue ne perdaient pas un mot de ce qui se disait.

– Et maintenant, par ordre du consul, maître Pons va procéder à la condamnation des ouvertures.

Sans le quitter de l'œil, prêts à détaler à la moindre alerte, les compagnons menuisiers déchargèrent leurs planches.

– Pourquoi tu t'en vas pas, Clovis ? Ça serait mieux pour tout le monde ! lança Marcellin, le tailleur d'habit occupant la maison voisine à l'échoppe.

Les quintuplés apparurent derrière leur père.

– Les épateurs sont encore là ! s'étonna le crieur public.

– Oui, mais ils ne vont point demeurer. Croyez-vous que j'ai cœur à les mordre ?

– Il faut qu'ils s'en aillent, sinon ils seront décrétés de quarantaine eux aussi. Y a-t-il des animaux chez vous ?

– Ma jument. Prenez-la et menez-la à la maréchalerie Tricotin. Mon père a de la place dans son écurie. Y a aussi un chien, mais il n'est plus là et j'ignore où il se trouve.

Pendant que les quintuplés se précipitaient dans les combles pour récupérer leurs biens, les compagnons de maître Pons condamnaient les deux premiers volets de la saboterie en clouant dessus de larges planches d'un pouce d'épaisseur.

– Même la porte ? s'enquit Clovis qui sentait ses maux de crâne revenir.

– Même la porte.

– Comment je vais me confesser le moment venu ? Et mes derniers sacrements alors ?

On savait que se présenter aux portes du Paradis sans extrême-onction risquait d'être fort mal interprété par saint Pierre, un saint peu réputé pour sa clémence.

– Pour vot' porte, maître Tricotin, nous allons fixer une barre qui pourra se coulisser à volonté, mais de l'extérieur bien sûr, expliqua le menuisier.

Les quintuplés l'embrassèrent l'un après l'autre, Clodomir le premier, Charlemagne le dernier. Il répondit à leur « à demain » par un grognement étranglé, certain tout à coup de ne plus jamais les revoir. Il rentra dans l'échoppe et referma la porte : il lui sembla entendre la rue soupirer de soulagement.

– Y a une autre porte, rue du Lop, avertit la voix de Victorine, une courtaude de boutique qui mansardait au-dessus du chapelier et qui, depuis un an, lui devait le coût d'une paire de sabots.

– Je sais, lui répondit sèchement le maître menuisier.

Un peu plus tard, assoupi par les effets de l'arquebusade, Clovis songeait à s'allonger quand des éclats de voix le ranimèrent. Il traîna ses sabots vers la porte pour écouter. Son père et son frère se harpaillaient avec le guet : ils voulaient entrer mais les archers en faction devant l'échoppe le leur interdisaient.

– En tout cas, vous ne m'empêcherez point de lui parler ! lança Louis-Charlemagne d'une voix forte. Clovis ! C'est moi, réponds, veux-tu !

– Je vous entends, père. Favorite va bien ?

– Ces butors me refusent l'entrée, mais sache que moi, ton frère et nos frappes-devant, nous ne bougerons point de la nuit. Si tu as besoin de quoi que ce soit, fais-le savoir.

Dans l'expectative où son fils serait convaincu d'abriter

le fléau, Louis-Charlemagne voulait être le premier averti afin d'agir en conséquence. Il se défiait de ses concitoyens et avait en référence le souvenir de ce marchand espagnol à la joue mangée par un ulcère et que le populaire avait trucidé à coups de sabot et de tricote, un jour de marché, après que quelqu'un, on ne savait toujours pas qui, l'eut accusé d'être un lépreux sans crécelle.

— Favorite va bien ? redemanda Clovis.

— Oui, elle va bien.

— Je manque d'arquebusade, ajouta-t-il après un silence.

— Je vais t'en procurer de ce pas, promit Caribert en joignant le geste à la parole.

L'ambiance était orageuse dans la cour des établissements Floutard. Les quintuplés venaient de découvrir le sort de Goliath. C'est Clotilde la première qui avait aperçu sa patte gauche dépasser d'un tombereau de cagadou. Duganel l'y avait dissimulé (mal), en attendant de le sortir du bourg et de s'en débarrasser dans le Dourdou, s'épargnant ainsi les frais de l'équarrisseur, le seul légalement habilité à disposer des animaux morts.

A l'exception de Clotilde qui goûtait de moins en moins de se crotter, les quatre frères grimpèrent sur le tombereau et entreprirent d'exhumer le vieux chien en expulsant le cagadou par brassées entières. Goliath avait encore la tête dans le sac ayant servi à l'étouffer. Charlemagne le lui enleva et pleura. Les autres se collèrent contre lui, comme pour le réchauffer. Clotilde pleura parce que Charlemagne pleurait.

Le personnel avait interrompu son va-et-vient dans la cour et contemplait la scène sans savoir encore quelle attitude adopter tant elle leur paraissait insolite.

Charlemagne souleva le chien, mais comme il était lourd Clodomir et Pépin l'aidèrent pour le transporter jusqu'au cabinet de travail de leur grand-père où ils pénétrèrent sans frapper ni se faire annoncer. Celui-ci était assis en réunion avec ses douze chefs d'équipe debout autour de lui, leur chapeau à la main.

— Qui vous autorise à importuner ainsi ? Dehors, petits insolents !

Charlemagne déposa le cadavre souillé de cagadou sur le tapis à mille cinq cents livres et brandit le sac de toile en déclarant de sa voix trop puissante :

— Œillez vous-même, notre bon père-grand, on a occis Goliath.

Les larmes avaient strié verticalement ses joues sales.

— Où l'avez-vous trouvé ?

— Dans un tombereau plein. Y avait sa patte qui dépassait.

Floutard foudroya son cousin des yeux et des sourcils. Duganel comprit qu'il était à l'amende. Il baissa la tête avec humilité. Quand il la redressa, il croisa le regard de Charlemagne, un regard où se lisait une détermination bien froide et prématurée chez un garçonnet de onze ans. Il la rabaissa aussitôt.

— J'ai fait occire ce chien parce qu'il aurait pu avoir la rage. Aussi, je vous saurai gré de le remettre là où vous l'avez trouvé, leur dit Floutard avec impatience. Et maintenant disparaissez, nous travaillons, nous, ici.

— Goliath n'avait pas la rage. Il avait juste un peu de rhumatismes en automne et seulement quand il pleuvait.

— Je n'ai point dit qu'il l'avait, j'ai dit qu'il aurait pu l'avoir, et si on l'avait pas supprimé il aurait fallu lui aussi le faire surveiller cent un jours. Et puis c'était un vieux chien, qui ne servait plus à rien et qui mangeait pourtant. Vous savez bien qu'on tue toujours les vieux chiens qui ne servent plus à rien.

La fratrie échangea quelques courtes phrases en lenou, puis Clodomir, Pépin et Dagobert soulevèrent le chien et sortirent. Clotilde resta près de Charlemagne qui se tourna vers son grand-père pour lui montrer à nouveau le sac de toile et lui dire d'une voix anormalement mesurée :

— Je le garde pour quand vous serez vieux et que vous ne servirez plus à rien.

Chapitre 22

Samedi 7 juin 1774.

Adossé au mur de l'échoppe, la bouche et la gorge brûlantes d'avoir trop bouffardé, Louis-Charlemagne luttait
contre le sommeil en s'efforçant de suivre la partie de
lansquenet que disputaient les archers à la lueur d'une
chandelle de suif.

Minuit venait de sonner. Caribert devait venir le relever à
laudes, et Clovis, qu'il n'entendait plus arpenter l'échoppe,
la chambre, la cuisine et la cour, avait dû enfin trouver le
sommeil. Il bâilla, les archers l'imitèrent.

Il s'assoupissait irrésistiblement lorsqu'un bruyant remue-
ménage retentit et fut suivi de grognements bestiaux.
Collant son oreille contre le volet de la chambre, il entendit Clovis gronder sur un ton à la fois implorant et excédé :

— Assez, Seigneur, faites que ça cesse !

Des coups résonnèrent contre les murs. Les archers
suspendirent leur jeu pour s'emparer de leur pique ; l'un
d'eux vint écouter à côté de Louis-Charlemagne.

— Clovis, que t'arrive-t-il ? appela ce dernier.

— J'ai MAL ! Voilà ce qui m'arrive. J'AI MAL, MAL,
MAL !

Il y eut un grand vacarme qui fit trembler porte et
fenêtre. On eût dit qu'il s'était jeté contre le mur. Des
bruits d'assiettes se brisant sur le carrelage indiquèrent
qu'il s'était jeté maintenant contre le vaisselier.

— Ouvrez-moi que j'aille le voir, ordonna Louis-Charlemagne au sergent du guet qui refusa net.

— Nenni et berluette ! Après ce brouillamini, c'est monsieur le lieutenant que j'en vas réveiller.

— J'ÉTOUFFE ! brailla Clovis d'une voix suraiguë.

Des chandelles s'allumèrent dans les maisons avoisinantes. Des portes s'ouvrirent, des gens en bonnet et chemise de nuit apparurent, certains armés de faucille, de fourche, de couteau de cuisine. Des coups violents retentirent contre la fenêtre de gauche.

– Calme-toi, Clovis ! cria Louis-Charlemagne qui craignait le pire.

Avec un bruit assourdissant, les volets se fendirent, les planches de maître Pons se déclouèrent à demi. Un autre coup plus violent fracassa la fenêtre. Le lourd coffre à sel que Clovis venait d'utiliser comme projectile s'écrasa dans la rue. Des cris de terreur retentirent lorsque Clovis jaillit à son tour par la fenêtre béante pour hurler de douleur en se foulant la cheville sur un caillou. Ce hurlement fut interprété différemment par les voisins qui détalèrent chacun pour soi, jetant leur chandelle pour courir plus vite ; certaines enflammèrent le cagadou qui fuma en dégageant une odeur bien vile.

Passé un bref instant de frayeur tétanisante, les archers se ressaisirent et baissèrent leur pique.

Louis-Charlemagne brandit à deux mains son frappe-devant.

– Arrière ! ordonna-t-il d'un ton bourru aux archers. Il va rentrer et il n'en sortira plus. Je le jure sur Dieu qui nous œille en ce moment, mais ne le touchez point.

Tout à sa nouvelle douleur, Clovis gémissait et grimaçait en sautillant à cloche-pied. Les archers maintinrent leurs piques pointées sur lui mais ne bougèrent pas.

Louis-Charlemagne ouvrit la porte, enlaça son fils par la taille et l'aida à rentrer dans la saboterie.

– Mon pauvre Clovis, chuchota-t-il en découvrant les bancs renversés, les assiettes du vaisselier en morceaux sur le sol, les almanachs éparpillés partout.

– Ah ça, vous pouvez le dire ! ironisa sauvagement l'infortuné en se dégageant et en clopinant jusqu'au lit pour s'y asseoir.

Ses traits étaient tirés, de larges cernes mauves soulignaient ses yeux, une bosse de première catégorie gondolait son front graissé de sueur.

– C'est étrange car ça s'était pourtant bien cicatrisé,

s'étonna Louis-Charlemagne en examinant sa main grattée au vif. C'est peut-être point le fléau.

– Je ne me suis jamais senti aussi égrotant, et puis y a ces maux de crâne qui me concassent l'entendement.

Il lui épargna les crampes dans le dos, les difficultés respiratoires qui allaient et venaient à leur guise, et puis toutes ces images haineuses qui s'imposaient dans son esprit par effraction, tels des cauchemars éveillés.

– Tu as soif ?

– Non, murmura-t-il en peinant pour déglutir.

Pourtant la fièvre qui mettait la sédition dans son esprit lui desséchait la bouche et la gargante.

– Il faut savoir. Je vais t'en chercher.

Les archers les observaient par la fenêtre béante.

Son père revint de la cuisine avec un gobelet d'eau. Clovis but une gorgée en fermant les yeux. De violents spasmes contractèrent sa langue, remontèrent le long de son pharynx, butèrent contre l'épiglotte et l'étouffèrent en obturant l'œsophage.

Il recracha l'eau et toussa longuement avec le sentiment que sa tête allait se fendre comme du bois trop sec. Son œil hagard et surtout sa bouche convulsée d'où moussait un début d'écume blanche épouvantèrent Louis-Charlemagne qui recula.

Quelques instants plus tard, l'officier de garde, l'épée au clair, et quatre archers qui n'en menaient pas large accouraient en renfort, suivis à distance des voisins et des voisines qui les avaient alertés.

Louis-Charlemagne rapatria le coffre à sel dans la maison et rafistola tant bien que mal les volets défoncés.

Le sergent fit un rapport laconique. L'officier rengaina et dressa un procès-verbal pour « bris de quiétude nocturne », en utilisant le dos courbé de l'un de ses archers pour écritoire.

Le consul Puigouzon était encore dans ses vêtements de nuit lorsque le lieutenant du guet vint lui répéter le récit des événements de la nuit. Sa réaction fut immédiate.

– Vous auriez dû me réveiller aussitôt ! Faites doubler

la garde rue des Afitos. Convoquez l'assemblée, mais sans carillon cette fois, et puis allez-vous-en quérir maître Gastounet sur-le-champ.

Gastounet était le maître juré de la corporation des Charmants Maçons-Bousilleurs.

– Je n'ose songer à ce que nous aurions eu à décider si cet enragé avait mordu d'autres gens.

Comme tous, le juge avait en mémoire une histoire de rage. Il tenait la sienne de son père qui la garantissait authentique. Un demi-siècle plus tôt, un grand-vieux-loup était entré dans les faubourgs de Rodez et, avant d'être abattu, avait mordu de nombreux chiens, de nombreux bestiaux, mais aussi de nombreuses personnes, une soixantaine environ. Sur ordre du bourg et de l'évêché, ces mordus sans exception avaient été enfermés dans l'une des tours désaffectées de la muraille nord, où ils étaient morts dans d'infernales conditions, s'entre-déchiquetant comme des cannibales empiffreurs tout en clabaudant telle une meute de chiens courant à l'hallali.

Maître Gastounet arriva rue des Afitos précédé de huit compagnons et apprentis qui poussaient et tiraient une charrette pleine de briques « double épaisseur ». Il était le meilleur briquetier de Racleterre et son secret était connu de tous : alors que les autres maîtres maçons faisaient pétrir leur argile par des chevaux, maître Gastounet utilisait des hommes, capables, eux, de retirer les pierres qu'ils sentaient sous leurs pieds nus et d'épurer d'autant la pâte.

Le déchargement se fit sous la protection du guet qui, pour une fois, n'avait aucune difficulté à maintenir les curieux à distance.

– Ahi, maître Gastounet, que faites-vous donc? questionna tout à coup la voix de Clovis à travers les fentes des volets brisés.

– Ordre de la Maison, maître Tricotin, je dois vous emmurer, et vous m'en trouvez fort chagriné.

Déjà les compagnons gâchaient du mortier dans une grande auge de bois.

– Vive le consul! lança une voix.

– Fermez les volets et apportez-moi une chandelle, ordonna Achille Perceval en ouvrant sa mallette.

Une saignée se pratiquait de préférence dans une chambre obscurcie.

Prune courut chercher la chandelle, tandis qu'Adèle les plongeait dans la pénombre en fermant les volets. Son front plissé et l'absence de souplesse dans chacun de ses gestes signalaient son inquiétude. Apolline était allongée sur le lit et se plaignait d'étouffements intempestifs ponctués de tremblements et de maux de tête persistants qui, disait-elle, finissaient par lui brouiller la vue et l'entendement.

Des symptômes qui s'étaient manifestés peu de temps après que Petit-Jacquot, les joues baignées de larmes, lui eut appris qu'on était en train d'emmurer Clovis dans la saboterie sur ordre de la Maison. Des symptômes qui justifiaient à ses yeux qu'elle ne soit point présentement auprès de son si infortuné époux. En fait, Apolline était terrorisée.

Prune revint avec un bougeoir allumé. Adèle l'interrogea du regard. Elle lui répondit par un signe de la tête négatif : le maître des lieux n'était pas annoncé.

Comme tous les paysans, Baptiste Floutard se précipitait chez le maréchal-vétérinaire au moindre signe de maladie de ses mulets ; mais qu'un membre de son personnel, ou de sa famille, se déclare malade, et il attendait la dernière extrémité pour quérir, au pire, le rebouteux, au mieux, la sorcière Lacroque.

Faire usage du médecin reçu Izarn, ou du chirurgien également reçu Perceval, était strictement proscrit. Baptiste n'avait que des mots durs à leur encontre.

– Ce sont de parfaits incapables. Quels que soient vos maux, le premier vous administrera un lavement à trois livres la pinte, et le second vous saignera pour deux livres trois sols. Autant mettre un pansement à une béquille.

Reçu chirurgien après quatre années d'apprentissage à l'Hôtel-Dieu de Millau où il avait appris à saigner, panser les plaies, inciser les abcès et réduire les factures, Perceval avait exercé quinze années au Royal-Guyenne où le chevalier Virgile-Amédée était capitaine. Lorsque ce dernier avait pris congé de la vie militaire et lui avait offert de le suivre à Racleterre, dépourvu alors de chirurgien, Perceval n'avait pas hésité à renoncer à une existence qu'il exécrait.

Parce que le service de santé était interdit de champ de bataille et ne pouvait intervenir qu'à la fin de l'engagement, les chirurgiens, les brancardiers et autres valets de pansements étaient considérés par les combattants comme autant de vils poltronneurs, voire d'abjects détrousseurs, pour qui ils ne professaient que morgue et méchantes craques.

Maître Perceval posa sa lancette près de sa cuvette en cuivre cabossée et mal lavée.

En général, la veine à perforer devait se situer à proximité de la source du mal. Se plaignant à la fois de maux de crâne et d'étouffements, la patiente serait donc saignée deux fois aux veines faciales du front et deux fois aux cubitales de l'avant-bras.

– Une seule ne pourrait point suffire ?

– Plus on tire l'eau d'un puits plus elle revient bonne, mère Floutard, ou si vous préférez, plus la nourrice est tétée plus elle a du lait. Il en est de même avec le sang et la saignée.

– Alors hâtez-vous, car il ne ferait pas bon que mon époux vous trouve céans.

Prune s'était postée à la fenêtre donnant sur la place et guettait entre les volets l'éventuelle venue de Baptiste.

Apolline tendit son bras dénudé jusqu'à l'épaule et laissa Perceval le garrotter avec un lacet de cuir qu'un trop fréquent usage avait rendu mou et graisseux. Il plaça sous le coude la cuvette noircie de vieux sang incrusté dans les plis et les bosses.

Perceval promena le bout de son majeur le long du bras d'Apolline, trouva la veine cubitale superficielle et l'incisa avec la pointe de sa lancette tandis que derrière lui Adèle murmurait entre ses dents :

– Feu de la fièvre perd ta chaleur comme Judas perdit sa couleur quand il trahit Notre Seigneur.

Le sang s'égoutta en résonnant au fond du récipient. Soudain la porte s'ouvrit avec fracas et les quintuplés s'engouffrèrent tous en même temps dans la chambre en jacassant tous à la fois. Ils pilèrent des deux talons, surpris par la pénombre et par ce qui s'y passait.

— Ahi, notre bonne mère ! s'écrièrent Dagobert et Clotilde en se précipitant sur Apolline, bousculant dans leur hâte Perceval qui tomba sur un genou en laissant échapper sa lancette sur le plancher poussiéreux.

— Mère ! On nous interdit de sortir voir notre bon père, et nous on veut, déclara fermement l'aîné, immédiatement approuvé du menton par les autres.

Charlemagne croisa les bras sur la poitrine et afficha le tranquille demi-sourire de celui que rien ne fera changer d'avis.

Suite à leur disparition de la veille, l'ensemble du personnel Floutard avait reçu l'ordre de ne plus leur ouvrir les portes.

— Votre mère est souffreteuse. Prenez-la en pitié et épargnez-lui vos jérémiades, intervint Adèle en éloignant Dagobert et Clotilde du lit.

— Ce n'est rien, mes petits, j'irai mieux bientôt, et nous irons alors voir votre père, promit Apolline, tandis que Perceval ramassait sa lancette et faisait signe à sa patiente de présenter son autre bras.

Puigouzon était d'humeur pointue. L'assemblée était réunie depuis deux sabliers maintenant, et il y avait autant de propositions que de conseillers.

De plus, le guet venait de verbaliser Frey, le garde-champêtre, qui, au nom de tous et muni de son fusil, était monté sur l'un des toits surplombant la saboterie, s'était posté à l'affût derrière une cheminée et avait déchargé son arme sur Clovis alors qu'il apparaissait dans la cour, le ratant d'un poil de carotte.

— Ce n'était point pour l'occire, pardi, mais plutôt pour le décourager de rester, sinon, pensez bien que j' l'aurais point raté. Foi de Frey, j' touche l'œil d'une perdrix en plein vol ! déclara-t-il avant d'être relaxé.

Et maintenant, des délégations d'habitants de la rue des Afitos et de la rue du Lop avaient envahi le rez-de-chaussée et réclamaient l'exécution sanitaire de l'enragé, ou, à défaut, son expulsion immédiate du bourg.

C'est alors que Louis-Charlemagne se présenta devant l'assemblée et proposa une solution qui fut aussitôt adoptée à l'unanimité.

Chapitre 23

— Si vous partez avec la patache, vous n'arriverez point à Bellerocaille avant après-demain. Prenez plutôt une accélérée et vous y serez demain en fin de matinée, avait conseillé le consul à Louis-Charlemagne.

Menée par un seul conducteur, attelée à cinq chevaux en arbalète et n'emportant jamais plus de deux passagers, la chaise accélérée était le moyen le plus rapide existant pour voyager. Elle abattait quinze lieues par jour tandis que la malle-de-poste en parcourait neuf et la patache six (deux de plus par temps gribouille). Comme c'était aussi le transport le plus onéreux avec un tarif d'une livre et demie la lieue, la place du maréchal était payée par la Maison qui ne faisait pas foin de son impatience à le voir revenir.

Alignés dans la cour, Jeanne Tricotin, Caribert, Immaculée serrant de près Mérovée, Baptiste et Adèle Floutard ainsi que la fratrie assistaient au départ de Louis-Charlemagne pour sa lugubre mission.

De l'autre côté de la place, derrière les volets fermés de sa chambre de jeune fille, Apolline sommeillait dans une demi-torpeur presque agréable. Profitant d'une nouvelle absence de son père, sa mère avait fait revenir le maître chirurgien qui l'avait saignée d'une nouvelle pinte et demie de sang rouge.

La présence des épateurs avait drainé dans la cour la plupart des clients de l'auberge qui les reluquaient avec l'habituel demi-sourire étonné que leur spectacle provoquait.

Pour l'instant, ils se donnaient le bras et observaient deux valets d'écurie attelant cinq chevaux à l'accélérée. Un conducteur en redingote grise les malmenait verbalement en agitant son fouet.

– Hardi ! Limaces ! Hardi !

Son ton indiquait qu'il lui en faudrait peu pour qu'il s'en serve. De même que les valets de bourreau et les huissiers de justice, les conducteurs d'accélérée étaient renommés pour leur arrogance, leur caractère vindicatif et leur goût à les manifester en public.

L'homme surveillait le bridage du cheval de flèche, un comtois plutôt nerveux, lorsque Charlemagne se dénoua de la fratrie et s'approcha. Il avait remarqué la nervosité de l'animal et venait d'en comprendre les raisons : la muserolle traversant son chanfrein était montée à l'envers et le blessait.

– Écarte-toi, merdaillon, c'est point son jour, l'avertit le conducteur.

Loin d'obéir, le gamin s'avança et tendit les mains vers la muserolle pour la retourner lorsque le cheval redressa la tête et le heurta violemment au menton. Les mâchoires de Charlemagne claquèrent brutalement l'une contre l'autre, ébranlant toutes ses dents, tranchant net l'apex de sa langue qu'il avala en même temps qu'un flot de sang tiède et salé.

Les bras écartés, le garçon tituba en arrière et entendit avant de se pâmer le conducteur s'exclamer :

– J' l'avions pourtant averti !

Aucun de ceux présents ce jour-là dans la cour de la Poste aux chevaux du maître Durif n'oublia le déchaînement qui s'ensuivit.

Poussant des cris aigus, ramassant les innombrables cailloux jonchant le sol, la fratrie entreprit de lapider le comtois qui hennit en se cabrant sous les projectiles, bousculant les valets, effrayant les autres chevaux qui secouèrent la voiture, malmenèrent le timon, défoncèrent de plusieurs ruades la portière avant. Et quand le conducteur voulut s'interposer en saisissant au corps Dagobert, le plus proche, Clodomir l'atteignit d'une grosse pierre à la poitrine qui lui fit si mal qu'il en perdit le souffle pour un temps.

Maître Durif donna des ordres et des contrordres que personne n'entendit, tandis que les pierres continuaient de pleuvoir sur le comtois qui tentait désespérément de se dégager des brancards.

Jeanne et Adèle réussirent à s'emparer de Clotilde, mais elle se débattit si violemment qu'elle leur échappa et rejoignit les autres en poussant un cri libérateur.

Pépin, que personne n'avait vu disparaître, surgit subitement de l'écurie armé d'une fourche à purin qu'il courut planter jusqu'à la garde dans le ventre du comtois en poussant un long cri incompréhensible ressemblant à quelque chose comme : *GARATI LO CHAVODA*. Le cheval s'effondra sur le flanc en hennissant lamentablement. Il battit l'air de ses sabots et, après quelques soubresauts, cessa de bouger.

Clotilde enleva un de ses sabots et s'efforça de lui crever les yeux avec la pointe. La fratrie glapit sa joie avec une férocité qui en laissa plus d'un perplexe sur leur avenir.

Se désintéressant de leur victime agonisante, ils s'empressèrent autour de Charlemagne que leur grand-père Tricotin et leur oncle Caribert avaient transporté près du puits. Ils l'avaient ranimé en aspergeant son visage d'eau, et Louis-Charlemagne s'assurait qu'il n'avait rien de plus sérieux qu'un bout de langue en moins.

— Ah ça, mon garçon, tu n'as à t'en prendre qu'à toi-même. Et vous autres, petits sauvages, vous avez eu bien tort d'assassiner ce cheval, car nous voilà maintenant débiteurs de maître Durif.

— C'est qu'on a cru qu'il nous avait occis Charlemagne ! protestèrent-ils d'une seule voix indignée, prêts à récidiver s'il le fallait.

Clotilde, hirsute, les joues rouges, tenait encore à la main son sabot taché de sang.

Maître Floutard, qui s'était mis à l'écart dès le début, avait pu constater leur détermination durant l'attaque, comme il avait remarqué la méchanceté de leurs coups dirigés aux yeux, aux nasaux, aux fanons, aux pointes des jarrets, les parties les plus sensibles chez les équidés.

— Il est temps de les séparer si on veut en faire quelque chose un jour, songea-t-il dans son particulier.

L'un des valets d'écurie acheva le cheval d'un coup de masse sur la tempe, tandis que l'autre récupérait la fourche toujours enfoncée dans le poitrail. Les mouches arrivèrent.

Avisant maître Durif enfuribondé par l'étendue des dégâts, Floutard lui ordonna de choisir un nouveau conducteur et d'atteler au plus vite une autre accélérée.

– Et hâtez-vous, car il y va du salut public.

Menée grand train par Léon Tricouillare, un Millavois en état de ronchonnement chronique qui aimait faire claquer son fouet dans les airs avec un bruit d'arquebuse, l'accélérée parcourut les quinze lieues du trajet en moins d'un jour plein. Seul incident, une meute de sept à huit loups traversa le grand chemin à la hauteur de la forêt de Saint-Leu et effraya les chevaux qui se seraient emballés sans la grande autorité du conducteur.

Parti à none, roulant toute la nuit, ne s'arrêtant que pour abreuver les coursiers, le véhicule rapide arriva le lendemain matin en vue du dolmen de la croisée du Jugement-Dernier où se dressaient depuis quatre-vingt-onze ans les fourches patibulaires à quatre piliers de la baronnie de Bellerocaille. Les tours écarlates et le toit en lauzes noires de l'oustal de Justinien Pibrac, troisième du nom, maître exécuteur à plein temps des hautes et basses œuvres du baron Ferdinand Boutefeux, apparaissaient derrière le grand mur de grès rose. A une demi-lieue de là, la forteresse des seigneurs de Bellerocaille se profilait à contre-soleil dressée sur son neck volcanique, paraissant plus jaillie de l'Enfer que tombée du Ciel.

La croisée était déserte à l'exception d'un lézard réchauffant au soleil son sang froid sur l'énorme dalle dolménique et d'un couple de mésanges à longues queues qui trillaient dans les charmes. Trois corbeaux freux se reposaient sur l'une des poutres transversales des fourches, indifférents à la dépouille dénudée, racornie, émasculée, énucléée d'un domestique pendu le mois dernier pour avoir briconné et démarqué deux mouchoirs brodés à son maître : il se charognait depuis, au rythme des intempéries et des vers gros comme des auriculaires qui parfois s'en détachaient.

Tricouillare immobilisa l'accélérée et attendit que le passager ouvre lui-même l'unique portière. Les reins moulus fin par un million de cahots, Louis-Charlemagne grimaça en se décoffrant de l'étroit véhicule. A peine touchait-il terre que le conducteur claquait son fouet et faisait le tour du dolmen avant d'engager son véhicule sur la draille de Bellerocaille.

Louis-Charlemagne s'empressa de vider ses eaux sur les pâquerettes et les pissenlits poussant autour du mégalithe. L'accélérée possédait un pot d'aisance, mais l'utiliser en marche sans s'inonder relevait de la saltimbanquerie, et demander au conducteur de s'arrêter était s'offrir à une rebuffade.

Il se rajusta et avança sur le sentier frangé de bleuets et de coquelicots qui serpentait jusqu'au porche. Il regarda avec une dégoûtation fascinée le haut fronton timbré d'un blason de pierre en se demandant une fois de plus si tout ce qui se colportait sur les mœurs des Pibrac était vrai. Jamais auparavant il n'avait imaginé qu'il puisse un jour sonner chez eux, et, surtout, attendre qu'on lui ouvre.

Le tintement de la cloche silença les mésanges qui s'envolèrent à tire-d'aile. Le trio de freux se contenta de hocher du bec en signe d'agacement. Et le lézard, sur la dalle de dix-sept tonnes, ne bougea pas d'une ligne.

Reculant de quelques pas, Louis-Charlemagne leva la tête pour lire la devise gravée sur le blason, sans parvenir à la déchiffrer car sa vue baissait un peu plus chaque année.

L'un des vantaux s'ouvrit sans un grincement. Un jeune homme au nez en trompette et aux joues encore duvetées le toisa en prenant l'air dégoûté. Il était vêtu d'un vieil habit tomate aux revers anthracite et chaussait des sabots auvergnats à la pointe rebiquante vers le haut.

– C'est quoi qui veut, le vieux bonhomme ?

Son air butor et son accent basque au ton discourtois cachaient mal qu'il n'était pas encore très à l'aise dans son personnage de valet de bourreau forcément insolent. D'autant moins à l'aise qu'il n'avait pas vingt ans et s'adressait à un quinquagénaire le dépassant de trois têtes.

– Je viens voir maître Pibrac.

– Y lui veut quoi au maître, le vieux décati ?

– Je veux le louer.

Le jeune valet se crut obligé de ricaner en posant ses

214

mains calleuses sur ses hanches. Louis-Charlemagne lui trouva la dégaine de quelqu'un capable de manger ses poux en secret.

— Le maître est cher.

— Crénom de macarel ! J'ai de quoi !

— Alors y faut espérer, car le maître il est à la grand-messe comme tous les dimanches.

Sur ce, il referma le battant de chêne et on entendit le bruit de ses pas s'éloigner vers l'oustal.

Louis-Charlemagne consulta le soleil qui lui apprit que la grand-messe venait seulement de commencer et qu'il allait devoir prendre patience. Il retourna vers le dolmen et le lézard demeura impassible lorsqu'il se glissa sous la dalle posée à une toise du sol, on ne savait ni comment, ni pourquoi, ni par qui. Dix bœufs ne l'auraient pas bougée.

Il délaça sa besace, sortit son coupe-chou et se rasa sans eau en se mirant dans la plaque de cuivre fixée à cet effet sur l'étui. Il croustilla ensuite ce qui lui restait de provisions de bouche et souffrit de n'avoir plus rien à boire.

Comme il ne supportait l'immobilité que couché et dans le seul but de s'endormir, il abandonna l'ombre du dolmen et marcha quelques pas indécis avant de se diriger vers les fourches en essayant de deviner le crime du pendu qui y faisandait.

Élevées sur une vaste plate-forme dallée de huit pieds, les fourches patibulaires se signalaient de loin, d'abord par l'odeur, ensuite par la vue. Les exécutions ayant toujours lieu place du Trou, elles servaient à l'exposition exemplaire des condamnés, déjà morts lorsque le Pibrac les y suspendait (par la cheville ou sous les aisselles en cas de décapitation).

Les piliers en chêne de Provence entretenus à la cire d'abeille brillaient de santé en dépit de leur siècle d'existence, et les armoiries des Boutefeux qui ornaient le madrier central venaient d'être repeintes.

L'approche de l'homme déplut à l'un des freux qui s'envola lourdement. Ses compagnons ne le suivant pas, il fit un grand cercle dans le ciel et allait reprendre sa place lorsqu'il fondit sur le dolmen, saisit dans son bec le lézard et l'avala vif.

Le maréchal examina le chaudron de cuivre placé sous le pendu mais il n'osa pas monter l'escalier menant sur la plate-forme pour voir si de la mandragore poussait dedans.

Comme tout un chacun, Louis-Charlemagne avait eu maintes occasions, durant son demi-siècle d'existence, d'assister à des spectacles de haute justice, aussi la physionomie des Pibrac lui était familière : il se souvenait même du tout premier de la lignée, surnommé Nez-en-moins et qui arborait un nez différent à chaque exécution.

Louis-Charlemagne avait huit ans en 1726. C'était la première fois qu'il accompagnait son père Mérovée à la foire aux mulets de Rodez. Ils s'étaient joints à des petits groupes qui convergeaient vers le village de Montrozier où, leur avait-on dit, le bourrel de Bellerocaille allait fricasser un métayer dûment atteint et convaincu d'avoir « socratisé » sa jument. Son épouse, jalouse, les avait dénoncés aux autorités religieuses qui les avaient arrêtés, questionnés, jugés et condamnés à être brûlés avec du bois vert afin que le supplice dure plus longtemps.

La place en étoile du village était déjà bondée lorsqu'ils y arrivèrent. Le supplice allait avoir lieu sur le parvis en terre battue de l'église, maintenu dégagé par une douzaine de miliciens.

Trop court pour voir, l'enfant grimpa sur les épaules de son père. Il émergea au-dessus d'une grande quantité ondulante de têtes chapeautées, bonnetées, coiffées, toutes tournées vers le condamné qui était nu sous une chemise soufrée, ligoté à la gorge, aux poignets et aux chevilles à un poteau de frêne, un bois solide doublé d'une excellente combustibilité.

Il vit un vieil homme tout de vermillon vêtu qui supervisait la construction d'un bûcher par un quadrille de valets d'échafaud : soucieux de bien faire, ceux-ci alternaient savamment les bottes de paille, les fagots à un liard et les grosses bûches de charme selon un plan en carré.

Debout au centre d'un second bûcher, une pouliche baie d'un an était enchaînée à un poteau semblable à celui de son suborneur et mangeait de la paille qu'elle avait arrachée à l'une des bottes la cernant.

Louis-Charlemagne s'était étonné du nez porté ce jour-là par le vieil exécuteur : un nez aussi pointu qu'une paire de ciseaux, en argent sans doute, et qui renvoyait par instants des reflets lumineux sur les spectateurs. Les femmes s'en protégeaient de l'avant-bras en poussant des couinements ambigus.

— Pourquoi y le cache ? demanda-t-il à son père.

— Parce qu'il n'en a plus. On dit que c'est un jeune valet qui le lui a tranché un jour en manipulant une épée de justice.

Cette réponse provoqua un début de polémique parmi ceux qui l'avaient entendue.

— Ce n'est point un valet mais lui-même qui se l'est coupé alors qu'il affûtait sa grande hache, affirma un meunier.

Une voix de femme le contredit :

— Il se l'est taillé lui-même, c'est vrai, mais c'est parce qu'il y avait la lèpre après.

— Moi, j'ai toujours ouï dire que c'était son loup qui le lui avait croqué.

— Et moi, qu'il l'avait troqué au diable contre sa fortune.

— Fadaises de tréteaux ! Il avait déjà un nez de bois avant d'être bourrel. Et ça, j'le sais pour sûr, puisque j'suis apprenti charpentier à Bellerocaille.

Il baissa la voix d'un ton pour ajouter :

— On dit aussi qu'il aurait été le bâtard du vieux baron Raoul.

— Œillez, œillez, ça va commencer, les avertit Louis-Charlemagne.

L'un des valets venait de tendre au vieil homme en rouge une torche résineuse. Le bourdonnement de la foule cessa et le silence fut tel qu'on put entendre pousser les arbres de la place.

L'exécuteur battit son briquet, la torche s'enflamma. Il la brandit au-dessus de lui afin que chacun puisse la voir, et, selon un rituel qu'il avait lui-même instauré, il lança d'une voix menaçante :

— ET N'OUBLIEZ JAMAIS QUE SEULS DIEU ET NOUS POUVONS !

217

Ces mots dits, il enfouit la torche dans le bûcher abondamment badigeonné de soufre qui s'embrasa aussitôt en dégageant une épaisse fumée qui asphyxia charitablement le condamné avant même que les premières flammes ne le lèchent. La jument n'eut pas ce bonheur et périt en hennissant et en ruant dans le vide.

Chapitre 24

Ce fut d'abord un lointain bruit grelottant ; puis un nuage de poussière apparut avec, au centre, un point rouge et noir qui grossit rapidement jusqu'à devenir un carrosse écarlate tiré par quatre chevaux au poitrail surchargé de grelots. La voiture déboula avec fracas sur le carrefour en broyant les cailloux sous ses roues cerclées de fer.

Les vantaux du porche s'ouvrirent. Le valet conducteur en livrée tomate à parements noirs mit les chevaux au pas. Il portait des moustaches relevées en corne à la façon hidalgo et dissimulait son menton carré qui lui donnait un air lourdaud sous une épaisse barbiche grisonnante. Louis-Charlemagne lui fit signe. L'homme l'ignora. Le carrosse franchit le porche. Il reconnut au passage le maître exécuteur en compagnie de trois femmes aux vêtures de deuil que rehaussait le velours cramoisi drapant l'intérieur du caisson.

Le jeune insolent au nez en trompette allait pour refermer les vantaux lorsque Louis-Charlemagne saisit la poignée de la cloche et l'agita au rythme répété du tocsin.

Le carrosse s'immobilisa. La portière blasonnée comme celle d'un marquis s'ouvrit. Le valet déplia le marchepied. Justinien le troisième descendit. Le valet lui souffla quelque chose à l'oreille en désignant le maréchal qui s'approchait. Une voix menaçante venant de la tour sud lui fit relever la tête. Un homme en livrée posté entre deux créneaux l'ajustait avec un fusil à double canon.

– Ce n'est rien, Honoré, lui lança le Troisième en s'accompagnant d'un geste apaisant.

Également rameuté par le tocsin, un couple de molosses aux poils du dos hérissés déboucha du passage voûté reliant la tour sud à l'aile gauche de l'oustal. Les suivaient de près deux adolescents, l'un armé d'un taille-pré, l'autre d'une fourche. Le Troisième calma les premiers de la voix, les seconds du regard.

Une louve, une vieille louve certes, mais une louve tout de même, apparut en clopinant, retardée par un pied antérieur gauche manquant. Elle délogea d'un retroussis de babines les molosses et se posta près de son maître.

C'est donc vrai, s'étonna Louis-Charlemagne qui n'avait jamais vraiment donné foi à ces histoires d'alliance sulfureuse des Pibrac avec la race des loups. On leur prêtait aussi des affinités avec les chauves-souris, les scorpions, les vipères et plusieurs sortes d'araignées.

– Salutations, monsieur. Mon valet dit que vous voulez louer mes services.

– Hélas oui, maître Pibrac.

Le maréchal qui hésitait à se décoiffer pour un bourrel le fit pour quelqu'un qui lui donnait du monsieur.

De bonne taille, âgé d'une quarantaine d'années, se tenant bien droit, l'exécuteur avait le visage carré et le nez fort et convexe de ceux confiants en leurs capacités. Ses yeux vifs et bleus étaient surmontés de sourcils rapprochés qui lui conféraient un air réfléchi. Sa bouche ample avait des lèvres pleines un peu lasses. Il portait un habit où s'énuméraient pas moins de onze nuances de rouge. Son justaucorps à manches avec parements en ailes et pans formant jupe était vermeil, sa veste munie de poches qu'il boutonnait seulement à la taille comme on l'affectionnait sous la Régence était cinabre, tandis que sa culotte garance prise dans des bas de soie ponceau était retenue par une jarretière corail incrustée de rubis ; ses souliers cerise à bouts fins et carrés avaient de hauts talons incarnats et leurs boucles étaient recouvertes de porphyre. La dentelle de son jabot était pourpre et, si sa perruque à bourse restait brune, le sac contenant les cheveux était bordeaux.

La dernière fois que Louis-Charlemagne l'avait vu remontait à l'automne dernier. Le Troisième était venu à Racleterre officier – aux frais du tribunal religieux – sur Simon, le carillonneur de la Maison qui s'était défait lui-même. L'homme s'était précipité du haut du beffroi pour s'écraser quarante-cinq pieds plus bas sur les pavés en grès de la cour. Comme explication à son geste, il avait peint en rouge sur la grande cloche de bronze : BRAN À JÉSUS QUY PEU TOU MAY QUY FAYT JAMAY RYEN. Son cadavre avait été présenté à l'officialité qui l'avait jugé et condamné à être exposé la tête en bas au pilori. Son inhumation en terre consacrée étant prohibée, l'exécuteur l'avait brûlé *extra muros* et avait dispersé ses cendres au-dessus de la rivière afin que ne subsiste aucune trace de son passage sur terre et qu'il ne puisse pas être là au jour du Jugement dernier.

— C'est pour un enragé qu'il faut guérir si c'est encore possible, ou délivrer pour toujours si ça ne l'est plus, expliqua Louis-Charlemagne.

— Par quel animal a-t-il été denté ?

— Par une vache.

Le maître exécuteur chassa d'un revers de main une abeille, qui, le confondant sans doute avec un coquelicot géant, cherchait à butiner sa perruque. Louis-Charlemagne regarda cette main aux doigts longs et fins, aux ongles luisants et propres, coupés court : une main qu'on imaginait mal maniant la barre de rompage ou l'épée de justice.

— Où l'a-t-elle mordu ?

— A la main.

— Il y a longtemps ?

— Presque une lune.

Les valets les écoutaient, les bras croisés, l'air plus godelureaux que jamais.

— A-t-il déjà montré des signes d'hydrophobie ?

En signe d'ignorance, Louis-Charlemagne gratta son front qui ne le démangeait pas.

— Je n'entends point ce mot.

— L'eau lui fait-elle dégoût ?

— Depuis hier. C'est ce qui m'a décidé à venir vous louer.

— Votre homme est donc enragé et il est trop tard pour le sauver. Avez-vous une préférence sur la manière dont vous voulez qu'il soit délivré ?

Bon an mal an, le Troisième traitait une douzaine d'enragés. Ses services étaient généralement affermés par des petits seigneurs sans fourche, des consuls de Maison dans l'embarras, des associations de Voisins-Très-Inquiets, des familles éplorées. Certains, au nom de la tradition, réclamaient le classique étouffement entre deux matelas, d'autres favorisaient la crémation, l'empoisonnement, la noyade, la chaux vive.

– Je veux la plus charitable.

Les valets gloussèrent. Comme c'était la plus délicate à performer, c'était la plus onéreuse. Elle consistait à occire l'enragé d'un seul coup et par grande surprise afin qu'il ne se sache point mourir. Mais surprendre un individu continuellement sur ses gardes était le contraire d'une mission facile et réclamait un talent confirmé d'organisateur et d'improvisateur.

– Fort bien. Où demeurez-vous ?

– A Racleterre.

Les traits de l'exécuteur se plissèrent de contrariété.

– Navré, monsieur, mais ce bourg est trop loin et je ne puis m'éloigner de mon oustal en ce moment. Mille regrets.

Plongeant la main dans la poche intérieure de sa veste, Louis-Charlemagne exhiba une bourse aimablement gonflée.

– J'ai de quoi, maître Pibrac ! Quel que soit votre prix, je peux payer.

– Vous m'entendez mal, monsieur, mon épouse est proche de la délivrance et il ne me sied point de m'écarter d'elle pour autant de jours.

– Par Marie et son petit Jésus, je vous conjure, maître Pibrac, de vous occuper de mon fils avant qu'ils ne lui fassent le pire.

A bout d'arguments, il ajouta :

– Il se nomme Clovis Tricotin et c'est le père des épateurs de Racleterre.

L'exécuteur hocha la tête en prenant un air songeur. Il allait pour lui répondre lorsqu'il se ravisa et fit demi-tour, suivi de la louve, des molosses et des valets.

– Il s'en va maintenant, le vieux bonhomme, dit le valet au nez en trompette en refermant les vantaux qui tournèrent sans bruit sur leurs gonds.

Chapitre 25

Louis-Charlemagne marcha jusqu'au Dourdou et suivit la haie de peupliers et d'aulnes qui escortait la rivière jusqu'à Bellerocaille tout en empêchant les rives de s'éroder.

Comme il ne transportait aucune marchandise, il n'acquitta que le droit de péage du Vieux-Pont et passa librement l'octroi de la porte ouest. On ne pouvait être de Racleterre et se sentir à son aise à Bellerocaille où était née l'expression reprise depuis par tout le Rouergue : « 99 ânes et un Racleterrois font 100 bêtes. » La haine unissant les chevaliers Armogaste aux barons Boutefeux datait d'avant la première croisade et s'était fidèlement perpétuée à travers les contes et légendes narrés par les vieilles, les soirs d'hiver.

Place du Trou, Louis-Charlemagne trouva la Poste aux chevaux Calmejane, et, dans la cour, l'accélérée dételée. Le conducteur était à l'auberge *Au bien nourri*, dit le valet d'écurie.

Tricouillare était attablé devant une pinte de clairet et parlait haut. Il se tut en le voyant entrer : Louis-Charlemagne en déduisit qu'il faisait l'objet de la conversation – lui ou Clovis.

Certain d'être mal accueilli, il força sa voix pour déclarer d'une traite :

– Soiffer au plus vite votre flacon, car il nous faut partir pour Rodez sans délai.

Autant marcher sur la queue d'un chat qui dort.

– Sache qu'on ne m'ordonne point à moi, bougre d'ébahi ! Et puis maître Durif m'a dit jusqu'à Bellerocaille et pas jusqu'à Rodez. Et puis c'est le jour du Seigneur, alors moi maintenant, je bamboche et quand j'en aurai terminé, je repars pour Racleterre.

Le nom du bourg fit cracher quelques clients par terre.

Tricouillare était d'autant plus déterminé à suivre ce programme qu'il avait encore soif. De plus, il avait commandé un repas et il s'était trouvé un lapin, comme on désignait les voyageurs que les conducteurs indélicats n'inscrivaient pas sur leur registre. En payant moitié tarif, le fraudeur acceptait de voyager dans n'importe quelles conditions, de pousser dans les côtes et de quitter le véhicule avant l'entrée à Racleterre.

— Je vais de ce pas à la Poste, et si vous lézardez à m'y rejoindre, je partirai sans vous.

Pareils aux capitaines de navire, les conducteurs étaient seuls maîtres de leur véhicule. S'en prendre à cette prérogative était s'en prendre à l'essence même de leur fonction. S'asseoir sur leur siège, toucher aux rênes, faire avancer la voiture étaient aussi hasardeux que de piétiner un orteil de raffiné.

— Morbleu ! Touche à mon accélérée et je te donne le fouet jusqu'à l'os ! Aussi vrai que mon ancêtre en avait trois !

— Je suis ici avec l'aval de la Maison, insista Louis-Charlemagne, et c'est avec la sérénité de tout notre bourg que vous en prenez à vos aises. Si par votre faute je n'ai point de bourrel à temps, le Consul sera éclairé sur votre responsabilité, et nous verrons alors si vous n'en rabattez pas d'une toise.

Tricouillare répondit par un bruit pétaradant qui ne sortait pas de sa bouche.

— *Atrapa-lo ! Te lo dône !* s'exclama-t-il en patois.

Il y eut de nombreux rires.

— Ce Tricouillare, quelle heureuse nature ! dit quelqu'un.

Le conducteur vida son gobelet et lança à la cantonade :

— Oh éh ! Baille-moi une autre pinte et un jeu de trictrac. Qui veut jouer avec moi... et perdre ?

Le cœur saignant d'impuissance, Louis-Charlemagne cherchait un argument qui contraindrait ce mal embouché à lui obéir, lorsqu'un valet de la Poste aux chevaux Calmejane fit irruption dans la salle et avertit l'assistance d'une voix serrée :

— V'là l'Pibrac !

224

Ceux qui ne se figèrent pas tressaillirent. Les Pibrac ne venaient jamais *Au bien nourri*.

Justinien le troisième entra. Il était en habit de voyage lie-de-vin, il avait quitté sa perruque et portait sur ses cheveux ramenés en queue un tricorne rose rubéole. Une paire de pistolets d'arçon anglais à double canon tournant était glissée dans un baudrier couperosé auquel pendait déjà une rouillarde de Tolède à la coquille décorée d'une scène de duel entre hidalgos.

Le maître exécuteur était flanqué de Basile Plagnes, valet en premier depuis trente ans, et Honoré Plagnes son fils aîné, valet en second. Tous deux étaient en livrée tomate à parements noirs. Basile portait dans le creux de son coude un tromblon au canon évasé capable d'arroser les alentours de plombs de la taille d'un noyau de cerise sur un rayon de dix toises. Honoré tenait un fouet de conducteur en cuir tressé avec lequel il pouvait trancher une oreille, un doigt, voire un nez.

Les servantes se signèrent.

— Maître Calmejane m'a obligeamment prévenu que je vous trouverais ici, expliqua le Troisième à Louis-Charlemagne, ajoutant sans autre préambule : Seriez-vous affilié à la lignée de Childéric Tricotin qui fut maréchal à Racleterre il y a de ça quatre-vingt-onze ans ?

C'était si totalement inattendu que Louis-Charlemagne lui demanda de répéter. Le Troisième répéta. Derrière lui, ses valets jouaient à celui qui prendrait l'air le plus désagréable et ferait baisser le plus grand nombre de regards. Comme leur arrogance s'étoffait d'une réelle puissance physique, soutenue d'une non moins réelle puissance de feu, on se borna à les ignorer.

C'étaient eux qui, trois fois par semaine plus les jours fériés et les jours de marché, percevaient la havée, cet impôt si unique et si extraordinaire que seuls les bourreaux pouvaient le lever.

— Mon arrière-grand-aïeul paternel se nommait bien Childéric, et il a été maréchal place de l'Arbalète puis rue des Frappes-Devant, là même où se trouve présentement ma maréchalerie. Mais comment se fait-il que vous le connaissiez ?

L'exécuteur ébaucha un début de sourire qui provoqua un brouhaha médusé. Personne à ce jour ne pouvait se vanter de l'avoir vu se départir de son expression impavide et lisse comme du savon mouillé. Plus formidable encore il ôta son tricorne pour dire d'une voix affable :

— Je suis votre obligé, maître Tricotin, et si vous le voulez encore, nous partons pour Racleterre. J'aurai tout loisir de vous éclairer durant le trajet.

Comme dans un rêve (un cauchemar ?), Louis-Charlemagne le suivit jusqu'à une berline grenat à deux portes qui attendait sur la place, gardée par Arthur, valet en second, fils de Basile Plagnes et frère d'Honoré. Il était assisté de Gaspard Latudes, apprenti valet au nez en trompette, placé comme « nourri » par son père, le maître exécuteur du Vieux-Boucaux. Plus aucune trace d'insolence ne subsistait chez lui quand il sauta de la malle arrière pour déplier le marchepied et ouvrir la portière. Louis-Charlemagne monta à l'intérieur, consterné soudainement à la perspective d'être confiné plus d'un jour entier en tête à tête avec le bourreau de Bellerocaille.

Il choisit le sens de la marche et s'installa sur une banquette de cuir rembourrée et assez spacieuse pour accommoder deux autres voyageurs. Contrairement au velours capitonnant le carrosse aperçu plus tôt, l'intérieur était lambrissé d'acajou exhalant une odeur suave de cire d'abeille identique à celle émanant des fourches patibulaires. Justinien le troisième s'assit sur la banquette opposée et se débarrassa de son tricorne, de son baudrier, de la rapière et de ses pistolets, rangeant ces derniers dans des fontes fixées à la portière gauche. Celle de droite était munie d'une sacoche de cuir contenant plusieurs livres reliés, une nouvelle surprise pour Louis-Charlemagne qui imaginait mal le bourreau lisant après une journée consacrée à encarcaner, à pendre, à rompre, à brûler, à ébouillanter, à tourmenter...

Le Troisième ôta son justaucorps et le suspendit à une barre de bois fixée au plafond. Chaque fois que son regard croisait celui de Louis-Charlemagne, il grimaçait un petit sourire intimidé. Trop perturbé par ses propres émotions, le maréchal ne pouvait concevoir que le plus gêné des deux puisse être l'autre.

Les clients de l'auberge, le maître aubergiste, les filles de salle étaient sortis et regardaient les valets d'échafaud se répartir à leur poste sur la berline.

Arthur et Gaspard se postèrent dans la malle arrière, tandis que Basile s'asseyait sur le banc du conducteur et qu'Honoré sautait en postillon sur le cheval de tête. Le Troisième n'eut qu'à montrer sa main par la portière pour que la voiture s'ébranle pesamment sur les pavés bombés de la place du Trou. Le fouet d'Honoré retentit, les chevaux hennirent, Basile apostropha crûment tous ceux qui ne se garaient pas assez vite :

– Arrière, les fils de rien ! Arrière les traîne-sabots !

On se rangeait promptement, on tempêtait vertement, mais on ne s'émouvait pas outre mesure. Depuis un siècle que ça durait, « on » avait fini par s'habituer.

La voiture dévala la rue Paparel et franchit sans ralentir la porte ouest à une vitesse que seuls s'autorisaient les cochers du baron Ferdinand, et seulement lorsqu'il était à bord.

Le fouet cingla l'air chaud et lança les chevaux à l'assaut du Vieux-Pont qui enjambait déjà le Dourdou mille ans plus tôt.

– Arrière, crapauds ! Arrière, vermines racailleuses ! Hue ! Hue ! Hue ! beugla Basile d'une voix de tonnerre en engouffrant la voiture sur l'étroit passage en dos d'âne.

Maître Fraysse, le meunier du moulin de la Belle-Onde, n'eut que le temps de grimper précipitamment sur le parapet. Son chapeau à dix livres chut dans la rivière où le courant l'emporta pour toujours.

– VA AU DIABLE, PIBRAC, C'EST LE SEUL QUI VEUT D' TOI ! hurla-t-il, le poing tendu vers la berline qui dévalait avec fracas l'autre côté du pont.

Les rires satisfaits des valets lui répondirent.

Le Troisième décrocha une corne acoustique reliée à un tuyau qui disparaissait par un trou percé dans la cloison et dit dedans :

– Tu peux ralentir. Plus personne ne nous voit.

L'effet fut immédiat. La voiture adopta une petite vitesse et ne s'en départit plus jusqu'à l'oustal où un groupe de femmes et d'enfants attendait devant le portail ouvert. Ils étaient réunis autour d'une jeune femme au ventre gonflé, la seule assise dans un fauteuil. Le couple de molosses et la vieille louve à trois pattes étaient également présents.

La berline s'immobilisa à leur hauteur. Gaspard sauta à terre et ouvrit la portière. Louis-Charlemagne croisa le regard de l'exécuteur qui hésita avant de dire d'une voix neutre :

— Je n'ose point vous convier à me suivre, maître Tricotin. Je sais trop la puissance du préjugé qui nous sépare et je ne désire en aucune façon vous placer dans l'embarras… mais si cela vous chaut, ce sera un grand honneur de vous présenter mes gens.

— Tout l'honneur sera pour moi, s'entendit déclarer le maréchal en le suivant hors du véhicule.

Bientôt, il se décoiffait devant Adeline Pibrac, la mère du Troisième et veuve du Deuxième, puis devant Pauline, née Plagnes, son épouse grosse de plus de huit mois. Elle était parée de ses trois enfants, Bertille dix ans, Marion sept ans, Justinien deux ans, dauphin et futur Quatrième. Ils le dévisagèrent avec l'intérêt fasciné de ceux qui voient peu d'étrangers vivants.

Vint le tour des tantes Berthe et Lucette, les sœurs du Deuxième. La première était veuve de Guiseppe Amperla, l'exécuteur italien de Bardino-Vecchio dans les Pouilles, assassiné durant son sommeil par la mère d'un exécuté. La seconde était veuve de Horst Hackmesser, l'exécuteur en chef de Cologne qui, la nuit de ses noces, s'était brisé la nuque contre le montant du lit.

Puis ce fut le tour de Clarisse Plagnes, l'épouse de Basile, le valet en premier, et la mère de Pauline et d'Honoré et Arthur, les valets en second. Elle était flanquée de ses jeunes brus, Rose et Amélie, qui lui obéissaient au doigt, à la voix et à l'œil.

C'est avec la même fierté de propriétaire heureux que le Troisième conclut en lui présentant les molosses, Dante et Virgile, qui aboyèrent en entendant leur nom, et la vieille louve, Papatte, qui regarda désobligeamment ailleurs.

Basile et ses fils descendirent de la berline pour faire eux aussi leurs adieux. Louis-Charlemagne les vit s'embrasser et s'étreindre avec chaleur, s'étonnant derechef que de tels gens puissent aimer, et, plus surprenant encore, soient payés de retour : ce que leurs regards et l'émotion qui s'y lisait attestaient sans équivoque.

De garde à l'oustal, Eustache et Roques, valets de troisième classe et novices au même titre que Gaspard, étaient montés à la tour sud et regardaient avec envie ce dernier faire l'important dans la malle arrière, fou de joie d'être du voyage.

Le Troisième mit un genou à terre devant sa mère qui le bénit pour la route et lui remit ensuite une tarte aux pommes large comme une pleine lune. Quatre paniers en osier remplis de victuailles furent répartis dans la berline. Le fouet claqua, les chevaux s'ébranlèrent, les grelots grelottèrent.

La tarte chaude embauma la caisse et fit saliver Louis-Charlemagne malgré lui. Il s'émut en voyant l'attelage s'engager directement sur le grand chemin de Racleterre en faillant à la traditionnelle circonvolution du dolmen, sans laquelle tout déplacement devenait incertain. L'origine de la coutume se perdait dans les siècles et l'on s'y pliait depuis toujours, que l'on voyage à pied, à cheval, en carriole ou en berline à deux portes. Il crut à un oubli dû à l'émotion du départ.

— Faites excuse, maître Pibrac, mais votre conducteur a manqué de faire le tour.

Le Troisième, qui avait tiré du coffrage sous la banquette un plateau en noyer muni d'un pied, glissa ce dernier dans une rainure appliquée au plancher. Grâce à trois ingénieuses chevilles métalliques, le plateau se fixa sur le pied et une table parfaitement stable apparut entre eux.

— Il n'a point oublié. A part ralentir, Basile n'oublie rien. Souffrez d'apprendre que notre coutume est de ne pas faire de tour.

Il posa la tarte sur la table, puis il décrocha la corne acoustique et ordonna dedans :

— Retourne au dolmen.

Une fois revenu, l'exécuteur ouvrit la portière et dit aimablement :

— Je vous en prie, maître Tricotin. Je ne voudrais point que vous vous échauffiez la bile de ne pas l'avoir fait.

229

Louis-Charlemagne se dépêcha de faire le tour du monument, certain que les valets se faisaient violence pour ne pas ricaner. Quand il remonta dans la berline, l'exécuteur tenait un couteau à lame repliable dans la main droite et divisait la tarte en deux portions égales. Quelque chose était écrit sur le manche, mais encore une fois sa vue baissante lui interdit de le lire.

Oubliant la dramatique finalité de ce voyage, l'endroit où il se trouvait, et surtout avec qui, Louis-Charlemagne poussa un huuummm de plaisir dès la première bouchée. Sa conscience outragée lui expédia aussitôt la vision de Clovis dévasté par le fléau mais ne parvint pas à lui couper l'appétit. Il accepta même le gobelet d'argent plein de vin de Cahors que lui tendit son hôte et le but d'un trait tant il avait soif. Il ne dit point non à un deuxième gobelet qu'il vida d'un autre trait tandis que la voix orageuse de Basile retentissait.

— Disparaissez avant qu'on vous écrabouille, soliveaux de l'Aubrac !

La bouche pleine de tarte, Louis-Charlemagne vit par la portière un groupe de scieurs en long qui s'étaient jetés dans le fossé pour ne pas être bottéculés et qui pataugeaient maintenant en blasphémant horriblement.

Ils traversaient le bois Azémard quand le Troisième se décida à lui narrer comment, quatre-vingt-onze ans plus tôt, son grand-père Justinien premier avait été agressé, dépouillé et laissé pour mort en habit d'Adam et comment Childéric Tricotin l'avait découvert, recueilli, nourri et même vêtu.

Une expression de surprise illimitée embua le regard du maréchal-ferrant. Il revit le vieil homme au nez d'argent brandissant sa torche enflammée.

— Vous me dites que mon aïeul Childéric a reçu *chez lui* Pibrac Nez-en-moins ?

L'exécuteur esquissa un sourire triste à l'écoute du surnom.

— Si cela peut vous requinquer, sachez qu'il n'était pas encore commissionné. J'ajoute que mon grand-père estimait avoir contracté une dette envers votre ancêtre, et que cette dette, à ce jour, n'a toujours pas été acquittée.

– Pourquoi ne l'a-t-il point acquittée de son vivant ?

Le Troisième mima l'ignorance.

– Je ne sais. En revanche, il a dûment consigné cette dette dans son livre de raison et c'est en le consultant après votre passage ce matin que j'ai fait le rapprochement entre *notre* Tricotin forgeron et votre Tricotin sabotier et père des quintuplés.

Découvrir soudainement que son patronyme figurait depuis quatre-vingt-onze ans dans les archives des Pibrac de Bellerocaille à la rubrique « dette à rembourser » méritait une autre lampée de Cahors.

Chapitre 26

Le jour s'éteignait paisiblement quand la berline grenat ralentit non loin du monastère cistercien de Maneval et s'immobilisa sous un grand érable épanoui. Les chevaux s'abreuvèrent à la rivière et furent nourris d'un mélange d'avoine et de carottes qu'ils parurent apprécier. Gaspard trouva du bois, Arthur construisit un feu, Honoré cuisina le dîner dessus.

Désœuvré, Louis-Charlemagne s'approcha de Basile qui inspectait les paturons de la jument de tête et nota avec intérêt qu'elle était ferrée à l'espagnole. La tradition rouergate exigeait que l'on ferrât à la lyonnaise et seulement à la lyonnaise : pourtant ce fer était long, relevé, avec la branche du dehors forte et large qui le rendait lourd et embarrassant sur des routes aussi rudes que l'étaient celles du Rouergue.

Dans sa jeunesse, alors qu'il était encore tout feu tout flamme, Louis-Charlemagne avait tenté de convaincre les Racleterrois d'essayer le fer ibérique, tout aussi résistant que le lyonnais, mais plus léger et bien mieux adapté aux terrains raboteux. Il avait dû promptement renoncer, et il lui avait fallu plusieurs saisons d'efforts répétés avant de pouvoir regagner la confiance de la clientèle que sa lubie moderniste lui avait coûtée.

Il se pencha près de la jument et, après en avoir demandé la permission, il souleva le sabot qu'il trouva habilement raboté, avec son fer bien cloué d'aplomb et sans débordement.

– C'est certes point un maréchal de chez nous qui a pu vous faire un tel ouvrage.

Basile devait avoir reçu des consignes, car en lieu d'une insolence bien sentie il répondit courtoisement :

– C'est le maître.

Louis-Charlemagne ne cacha pas son appréciation.

— Ma foi, il ferre à point.

— Le maître sait TOUT faire, déclara sobrement Basile en se redressant d'une détente tandis que Louis-Charlemagne dut ménager ses reins en prenant appui sur ses cuisses.

Pourtant, ils étaient du même âge.

En veine de confidence, le valet lui désigna la berline :

— Il y a apporté onze modifications et il travaille à l'heure qu'il est à une douzième.

A l'intérieur du véhicule, le Troisième, besicles sur le nez et pipe au bec, gâchait de la feuille à un sol en dessinant et redessinant un nouveau système de suspension qui autoriserait deux ressorts de cuir supplémentaires aux quatre existants.

— Déjà tout pitchounet, on l'a vu quitter son berceau pour réparer la bascule.

Louis-Charlemagne hocha la tête.

— En effet.

Gaspard déploya sur l'herbe un épais tapis, Arthur le recouvrit d'une nappe blanche brodée d'un grand JP et disposa dessus deux assiettes et deux verres en vermeil. Honoré déclara le dîner prêt.

Debout devant la nappe abondamment garnie, mains jointes et nuque soumise, le maître exécuteur récitait le bénédicité lorsque l'accélérée Durif déboula au grand galop sur le chemin.

Louis-Charlemagne aperçut deux silhouettes à l'intérieur. Tricouillare qui chevauchait sur le cheval de pointe fit claquer insolemment son fouet dans leur direction. Déjà l'accélérée était passée, laissant un nuage de poussière qui retomba sans hâte. Basile eut un regard de regret vers son tromblon resté sur le siège, tandis que le Troisième terminait la prière et s'asseyait en tailleur sur l'un des coussins, faisant signe à son invité de l'imiter.

— Soupons, je meurs de faim.

Une main légère l'éveilla.

Louis-Charlemagne ouvrit les yeux. Le maître exécuteur de Bellerocaille lui souriait affablement. Il faisait jour et la berline roulait bon train. Au paysage de ronces et de genêts défilant par la portière, il sut qu'ils avaient dépassé Tras-la-Carrigue et qu'ils approchaient des terres de l'abbé du Bartonnet. Si la berline conservait cette allure, ils atteindraient Racleterre avant tierce. Il songea à Clovis et sa gorge se serra. Comment avait été sa nuit ?

Le Troisième lui montra le plateau de victuailles et la corbeille de fruits en l'invitant à se servir. Louis-Charlemagne se contraignit sans mal à y faire honneur, trouvant particulièrement goûteux le pâté de cailles farcies aux langues de rossignol qu'il mangea avec une forte envie de pleurer. Comment pouvait-il se montrer si mâche-dru alors que ce soir, au plus tard demain, cet homme si attentionné et courtois allait trucider son fils ? D'ailleurs, le maître exécuteur consacra les heures suivantes à le questionner sur Clovis, sur les traitements de sa blessure (il approuva les cautérisations et haussa les épaules aux noix pilées comme aux autres onguents, à l'exception de l'eau d'arquebusade qui, si elle ne guérissait pas, avait le mérite d'endormir un temps les douleurs), sur la fréquence des accès, sur son attitude pendant qu'il les subissait. Demeurait-il conscient ? Perdait-il la raison ?

Suivant ses indications, il traça d'une main décidée un plan de l'échoppe, une perspective de la maison, de la cour, des rues parallèles, et aussi des toits. Louis-Charlemagne évita de le questionner sur la façon dont il comptait s'y prendre.

Le Troisième l'interrogea ensuite sur les quintuplés et sur les circonstances exactes de leur naissance (il existait de nombreuses versions, certaines fort désobligeantes), et sur cette histoire de collier de chat. Il était curieux de tout et semblait déguster chacune des réponses en prenant une mimique intéressée qui flattait son interlocuteur et l'incitait à en dire plus.

Mis en confiance, Louis-Charlemagne trouva l'audace de poser lui aussi quelques questions, sur les fers à l'espagnole entre autres.

– C'est mon grand-père qui m'a enseigné à ferrer. Voyez-vous, maître Tricotin, quand on est ce que nous sommes, il est souhaitable de ne jamais dépendre du bon vouloir d'autrui.

Il osa même s'informer sur le nez de Nez-en-moins. Le Troisième parut amusé.

– Il disait que c'était un accident survenu dans sa prime enfance et dont il n'avait conservé aucun souvenir. Il n'en a jamais fait un secret… Je vous sens sceptique, maître Tricotin.

– Si c'était le cas, pourquoi tant de versions ?

L'amusement de l'exécuteur fit place à de l'amertume.

– Mais parce que personne n'est jamais venu le lui demander ! Personne ne vient jamais nous demander quoi que ce soit. Vous-même, sans ces circonstances extraordinaires, m'auriez-vous seulement adressé la parole ?

Louis-Charlemagne regarda le plancher. Rien n'était plus vrai.

– C'est à cause de votre fonction, c'est à cause que vous donnez la mort, et qu'il est dans la nature de tout homme honnête de fuir la vue de celui qui occit.

– Mais je ne tue que pour vous, maître Tricotin ! s'exclama le maître exécuteur en montrant la paume de ses mains. Je ne tue que pour votre sécurité ! Pourquoi ne vous en prenez-vous donc pas aux juges ? Ce sont eux qui donnent vraiment la mort, moi, je ne fais qu'obéir, je ne fais qu'EXÉCUTER leurs sentences.

Sa voix avait perdu de son amabilité, ses yeux s'étaient embués de larmes.

– Tout le monde est pour l'exécution et contre l'exécuteur. Voilà qui n'est guère équitable, vous en conviendrez.

Il soulignait ses phrases d'un hochement de tête convaincu.

– Pourtant notre importance est capitale, et je pèse mes mots.

Louis-Charlemagne se donna une contenance en fouillant dans sa besace à la recherche de sa bouffarde.

– Vous en voulez ? C'est du Vrai Pongibon.

Le Troisième accepta, sortit une pipe en os et fournit les allumettes, précisant qu'elles n'étaient pas de contrebande mais fabriquées à l'oustal.

Tressautant sur le chemin défoncé par les ornières, la berline arriva en vue de la vaste et très profonde forêt de Saint-Leu.

Chapitre 27

L'attelage peina pour arriver en haut de la côte du Bossu d'où se découvraient le causse, le Dourdou, le pont Saint-Benoît qui l'enjambait, et, dans une boucle, Racleterre tapie derrière son épaisse chemise de granit et dominée par le donjon des Armogaste.

Basile laissa les chevaux souffler un moment. Gaspard en profita pour défaire leurs grelots et les ranger dans le caisson sous le marchepied. Le Troisième passa son justaucorps et son baudrier. Avant de coiffer son tricorne, il vérifia la bonne ordonnance de ses cheveux châtains liés en queue par un catogan de soie pourpre.

Tricouillare avait dû claironner leur arrivée car les créneaux et les fossés grouillaient de populaire. Louis-Charlemagne s'éloigna de la portière et s'adossa profondément dans la banquette, les joues brûlantes tout à coup.

Les maîtres exécuteurs étant exemptés de la taxe sur les voitures étrangères à la châtellenie, les archers de la porte des Croisades laissèrent s'engouffrer la berline dans Racleterre.

– Arrière, vieilles biques à bouc ! tonna Basile à une douzaine de femmes du Ségala qui, le chapeau à la main, allaient se louer place de la Maison.

Ils avaient remonté une partie de la rue Jéhan-du-Bas et allaient s'engager dans la Jéhan-du-Haut quand Louis-Charlemagne comprit enfin ce qui n'allait pas. Le trafic était anormalement fluide, et cela n'aurait pas dû être si la rue des Afitos était barrée par le guet. Et si la rue des Afitos n'était plus barrée…

– Dites à votre valet de prendre à main gauche et de passer rue des Afitos.

– Je ne le peux. Je dois d'abord me présenter à la Maison. De plus, il n'est point conseillé d'alerter votre fils avec notre berline, c'est pour ça que j'ai fait ôter les grelots.

– Hélas, j'ai tout lieu de croire que nous arrivons trop tard.

Il lui fit part de ses craintes, et la présence dans la cour de la Maison de plusieurs chevaux d'officiers du Royal-Navarre gardés par leurs ordonnances accentua ses pressentiments.

Vêtu de poussière, Honoré démonta de la jument de tête et s'épousseta à grandes claques. Tout aussi empoussiérés, Arthur et Gaspard l'imitèrent. Seul Basile demeura sur son siège de conducteur à tripoter son tromblon en lançant des rictus édifiants vers les ordonnances, un sergent et deux caporaux moustachus, qui avaient interrompu leur bavardinage pour afficher cet air suffisant et inhérent à tout militaire en présence de civils.

Basile prit dans sa bourse à balles un plomb de la taille d'un gros petit pois et le lança vers eux d'un geste désinvolte mais très étudié. Le plomb rebondit sur le pavé et roula jusqu'aux bottes de l'un des caporaux.

– Si vous vous demandiez quel calibre affectionne mon tromblon, vous voilà édifiés, faces de bran à moustaches !

Entre-temps, Louis-Charlemagne et l'exécuteur de Belle-rocaille entraient dans le hall. Ce dernier arborait de nouveau sa rapière, ses deux pistolets d'arçon anglais, et surtout son air de bien connaître leurs usages.

L'appariteur contourna sa table avec précipitation pour venir à leur rencontre.

Le consul les reçut sans attente dans la grande salle. Louis-Charlemagne devina que son entrevue avec les officiers du Royal-Navarre était difficile à en juger aux yeux trop brillants et aux visages congestionnés par le mécontentement de chacun.

Sans présenter son monde, le consul Puigouzon marcha sur le maréchal la main droite sur le cœur et lui déclara d'une voix vibrante :

– Sachez d'abord, maître Tricotin, que la Maison comme son assemblée ne sont en rien responsables de l'odieuse trucidation de votre fils.

C'est ainsi que Louis-Charlemagne apprit la mort de Clovis, survenue la veille et dans des circonstances à maudire Dieu pour avoir laissé faire une chose pareille.

Des bas-officiers de la 4ᵉ compagnie du Royal-Navarre, cantonnés à Roumégoux, avaient profité d'un congé pour visiter leurs camarades de la 6ᵉ compagnie, cantonnés, eux, à Racleterre. Il s'était ensuivi une formidable et prévisible beuverie qui s'était déplacée de tavernes en auberges, laissant derrière elle à chaque transfert les éléments trop ivres. Bientôt il n'en resta qu'une poignée, six exactement, sur qui le vin semblait n'avoir aucune influence. Ils échouèrent au coucher du soleil à l'auberge de la Poste aux chevaux Durif et commandèrent de l'eau-de-vie. Parmi eux se trouvait le sergent-major Lentier, ce même bas-officier qui avait pistolé Clarabelle sans descendre de son cheval.

Qui eut l'idée, lequel des six prit l'initiative et entraîna les autres, qui jeta la première pelletée, ne fut point établi lors de l'enquête menée ultérieurement par le procureur royal de Millau. Il n'en demeura pas moins qu'après avoir neutralisé les gardes de la rue du Lop, les bas-officiers s'introduisirent dans la cour du sabotier et l'occirent atrocement. Non sans résistance de Clovis puisque deux militaires périrent : le sergent-major Lentier, d'un coup de sabre à l'entrecuisse qui l'avait saigné à blanc en quelques instants, et un sergent alsacien de la 4ᵉ compagnie qui, apparemment, s'était brisé la nuque en tombant de l'escalier menant aux combles.

Le point de vue des capitaines de compagnie sur cette détestable affaire était « clair et net ». Leurs hommes méritaient des louanges pour avoir pris l'initiative de débarrasser bénévolement le bourg de la terrible menace que faisait peser cet enragé. Des louanges, mais aussi une prime, calculée à l'aune du danger encouru durant l'opération et du préjudice subi.

Le consul était d'un tout autre avis et disposait d'une autre version. Clovis aurait été encore vif lorsque les bas-officiers avaient comblé le puits dans lequel ils l'avaient jeté.

– A ma connaissance, il n'existe point de mort plus

angoisseuse que celle d'être enterré vif, commenta le Troisième, ouvrant la bouche pour la première fois.

Si personne ne lui répondit, personne ne le contredit. C'est seulement lorsqu'il ajouta d'une voix égale que les coupables d'une telle rudesse méritaient un châtiment identique que les capitaines explosèrent telles des saintes barbes surchauffées.

– Taisez-vous donc, monsieur ! On ne vous a point carillonné et nous n'avons que faire de votre avis ! Crénom de biscaillon !

Sans se formaliser, le maître exécuteur opina du menton et sortit de la salle sans hâte et sans refermer la porte derrière lui.

– Qui est donc ce vilain oiseau rouge ? s'enquit le capitaine.

– C'est maître Pibrac, le bourrel des Boutefeux, répondit sèchement le consul.

Le visage de l'officier s'empourpra en entendant qu'il venait de donner du monsieur à un infâme boucher d'hommes. Il s'était laissé abuser par son épée, par la coupe anglaise de son habit de voyage, mais surtout par son maintien et sa manière posée de s'exprimer. Pourtant, la rougeur généralisée du vêtement aurait dû l'alerter, mais à Paris, d'où il était originaire, le bourreau n'était plus astreint à la monochromie et se présentait sur l'échafaud en habit de bourgeois prospère.

– Où est mon fils ? finit par marmonner Louis-Charlemagne, encore sous le choc.

Le consul détourna la tête pour répondre qu'il était là où on l'avait jeté.

– Je subodore cependant que les vôtres s'en occupent présentement.

Quand il quitta la salle, sans refermer la porte lui non plus, il entendit le même capitaine demander de sa voix rogue :

– Et qui est ce croquant ?

Il descendit l'escalier en imaginant Clovis se défendant seul contre la soldatesque. Personne n'était donc venu à son secours ?

Le Troisième l'attendait dans la cour où Gaspard replaçait les grelots au poitrail des chevaux.

– Si un jour vous pensez que nous pouvons vous être utiles, n'hésitez point, maître Tricotin, car nous sommes toujours votre obligé. Et ceci reste vrai pour qui que ce soit de votre lignée.

– Alors, berlinez-moi jusqu'à la rue des Afitos. J'ai trop mal au cœur pour m'y rendre à pied.

Le visage de l'exécuteur s'anima, ravi de pouvoir se rendre utile.

– Enseignez la direction à Basile et montez, je vous prie.

Les valets reprirent leur poste sans jamais tourner le dos aux ordonnances qui les foudroyaient du regard et n'osaient faire plus. La berline leur passa devant à les frôler, les obligeant à reculer. Alors Basile déchargea son tromblon vers le ciel. Les chevaux des officiers tressaillirent en tirant vigoureusement sur leur longe, renversant l'une des ordonnances qui cria en tombant sur le coude.

L'attelage franchissait le porche de la Maison quand les plombs retombèrent en grêle métallique sur les pavés. Au bruit, on sut que l'un d'eux venait de traverser un toit et briser une lauze au passage.

– Faites excuse, c'est parti tout seul, lança-t-il à la cantonade sur un ton proclamant le contraire.

L'arrivée rue des Afitos et la descente de Louis-Charlemagne de la berline des Pibrac firent sensation : toute la rue ouït avec stupeur le bourreau lui dire d'une voix affable :

– Je vous enjoins vivement de vous en aller plaindre auprès du procureur royal. Aucun de ces butors qui ont occis votre fils ne sont commissionnés exécuteurs, aussi s'agit-il d'un assassinat avec préméditation, pas moins.

– Arrière, cruels déchets ! Arrière, ordures sans os ! tonna Basile.

Son fouet cingla l'air. Les chevaux hennirent. Les gens s'écartèrent vivement.

Les fenêtres et la porte de l'échoppe étaient murées : l'enseigne montrait des traces de balles. Les cinq paires de sabots miniatures qui pendaient dessous avaient disparu.

Louis-Charlemagne s'en fut rue du Lop où le mur de

briques bouchant la porte de la cour était percé d'une brèche crûment ouverte à la pioche. Il s'y faufila en accrochant son justaucorps aux esquilles hérissant le trou dans la porte.

L'épaisseur du mur, comme celle du battant, indiquait qu'il avait fallu aux agresseurs plus qu'un long moment pour en arriver à bout. Et que penser du vacarme ? Pourquoi le guet posté rue des Afitos n'était-il point intervenu ?

La cour était animée. Caribert, aidé de Félix Camboulives son père-grand tanneur, de Petit-Jacquot et de Culat, fixait un treuil et une poulie à la margelle du puits. Non loin, un grand trou signalait par sa taille la quantité de terre pelletée dans le puits par les malfaisants.

Caribert étreignit son père.

— Ils l'ont tué comme on ne tuerait pas un loup enragé.

Il renifla pour refouler les larmes qui coulaient dans son nez.

— Je sais, le consul vient de me le dire.

— Ah oui ! s'exclama Caribert d'une voix très forte. Il vous a dit aussi que toute la rue est complice ? Il vous l'a dit, ça, le consul ?

— Il ne m'a point conté une chose pareille. Mais pourquoi tu brailles autant ? Je ne suis pas devenu sourd en deux jours.

— C'est pour qu'ils m'entendent.

Il eut un geste englobant les habitations entourant l'échoppe.

— C'est pour qu'ils sachent TOUS qu'il va y avoir une enquête et qu'ils seront TOUS punis !

Caribert hurla ses derniers mots, attirant hors de la cuisine Jeanne, Adèle et Marie Camboulives en robes de grand nettoyage. Elles récuraient l'entière maison comme si la peste y avait habité.

Louis-Charlemagne embrassa son épouse sans un mot, le regard fixé sur le puits. Un peu plus tard, il songea à prendre des nouvelles de Charlemagne.

— Il va bien, mais y peut plus jaser, vu qu'il a la langue toute gonflée dans la bouche.

— Et Apolline ?

– Elle est toujours alitée. Pourtant maître Perceval la saigne deux fois par jour, mais rien n'y fait.

– Que dit maître Floutard de tout ça ?

Caribert répondit à la place d'Adèle.

– Il est si fort marri de ce qui s'est passé qu'il est parti au lever du jour pour Millau dire sa plainte à monsieur le procureur du roi.

Louis-Charlemagne approuva. Son regard se posa sur la cuisine qu'il apercevait par la porte ouverte. Il s'approcha pour être certain que ses yeux vieillissants ne le trahissaient pas.

– Crénom de macarel !

Tout ce qui avait pu être brisé, déchiqueté, fracassé, égrugé, pulvérisé, l'avait été avec un acharnement évoquant les Huns, les Vandales, les Wisigoths, le quatrième cercle de l'Enfer.

– Crénom de macarel ! répéta-t-il en enjambant ce qui avait été le garde-manger.

La porte donnant sur l'atelier était arrachée de ses gonds et réduite à l'état de petit bois pour le feu. Il entra dans l'atelier entièrement saccagé.

– Faut-il qu'ils soient devenus fous furieux pour se livrer à… à… à ça !

Une flaque de sang séché brunissait le bas de l'escalier, là où le sergent de la 4e compagnie s'était rompu le cou. Un seau, une brosse et une serpillière témoignaient qu'une tentative pour la faire disparaître était en cours, mais le bois du plancher, en buvant la liqueur vitale, s'en était imprégné sur un pouce de profondeur.

La mare de sang laissée par le sergent-major Lentier souillait, elle, le devant de la cheminée de la salle commune. Les pieds de la table comme les montants du lit étaient brisés, le matelas éventré, les rideaux en charpie, le mobilier était émietté. Le vaisselier n'existait plus, l'armoire itou, son contenu était en lambeaux épars sur le sol.

– Arrêtez-vous, malheureuses ! s'écria-t-il soudain. Ne touchez plus à rien. Que tout demeure en l'état jusqu'à la venue de la justice royale. Qu'elle apprécie la fureur bestiale de ces militaires carnageurs.

Il fallut lui dire que seul Clovis était responsable des ravages. Adèle s'en chargea.

— Il a commencé à tout casser le soir de votre départ. On l'entendait s'agiter en poussant des cris qui me donnent encore la chair de poule rien que de vous les redire.

Elle montra ses avant-bras aux poils dressés.

— Le pire c'est qu'il est mort sans les derniers sacrements, geignit Jeanne en cherchant quelque chose pour s'asseoir.

Tout étant broyé, elle demeura debout.

— Qui sait maintenant où peut errer son âme ?

— Je prie et je continuerai jusqu'à ce que les damnés qui lui ont fait ça soient roués comme ils le méritent.

— Maître Pibrac dit qu'on devrait les enterrer vifs eux aussi.

Le nom de l'exécuteur altéra la physionomie des trois femmes.

— Sachez qu'on raconte partout qu'au lieu de vous hâter vous pique-niquiez au bord de la draille en sa compagnie.

— C'est Tricouillare qui venime ainsi. Il nous a dépassés pendant que les chevaux se reposaient.

— Oui da, mais pourquoi ne pas être rentré avec lui dans l'accélérée ?

— Parce que maître Pibrac m'a convié à partager sa berline.

— Doux petit Jésus ! Tu n'étais point tenu d'accepter, s'émut sa femme d'une voix plaintive.

Reluctant à dévoiler devant Adèle Floutard les conditions particulières qui l'avaient amené à voyager en compagnie du Troisième, il ne répondit pas. Il rejoignit les autres dans la cour et les aida à assujettir le treuil.

Profond de trente pieds, à sec depuis un siècle, le puits était comblé sur une dizaine de pieds, peut-être plus. Décidément, les assassins n'avaient pas lésiné sur les pelletées.

— Pourquoi tu as traité la rue de complice ? demanda-t-il à Caribert qui enfla aussitôt la voix.

— Où pensez-vous que ces militaires ont trouvé leurs pioches pour briser le mur et la porte ? Et les pelles pour creuser ce trou ?

— Moi, j'ai ouï dire au *Lapin qui rote* que des compères

et des commères de la rue étaient si travaillés par la peur d'être mordus qu'ils ont payé les militaires pour faire ce qu'ils ont fait, surenchérit Petit-Jacquot, qui avait aimé Clovis comme le père qu'il n'avait point connu.

Il savait aussi que désormais l'avenir de l'échoppe reposait sur lui, et cela jusqu'au jour où l'aîné Clodomir aurait obtenu sa maîtrise. Une éventualité d'autant plus éloignée que le gamin montrait de très petites dispositions au travail du bois.

— Et malgré tout ce chahut, personne n'est venu le secourir, poursuivit Caribert. On dit qu'il les suppliait de l'épargner et que sa voix résonnait si fort qu'on l'entendait de partout.

Chapitre 28

Il fallut cinq heures d'un travail épuisant pour retrouver Clovis. Ses yeux étaient ouverts, sa bouche pleine de terre. Les cheveux, la peau, les vêtements portaient des traces de suie donnant à croire qu'il s'était réfugié un temps dans la cheminée. Ils retrouvèrent également son sabre, brisé en deux endroits. En revanche, son anneau d'oreille ainsi que le lobe auquel il était suspendu manquaient et ne furent pas retrouvés.

Une dérogation de la Maison fut nécessaire pour que la dépouille ne soit pas crématisée hors les murs et ses cendres dispersées dans le Dourdou. Le consul et son assemblée exigèrent toutefois que le corps soit serré à l'intérieur d'un cercueil aux interstices colmatés à la cire de façon que rien ne puisse jamais s'en évader.

Clovis fut enterré dans le carré familial du cimetière Saint-Benoît où reposaient déjà quatre générations de Tricotin. Caribert ayant claironné partout que la présence des voisins de la rue des Afitos serait considérée comme un outrage supplémentaire et traité comme tel, l'assistance se limita à la famille (minus Baptiste Floutard voyageant, et Apolline toujours au fond de son lit), aux Culat et à Laszlo Horvath qui avait ciré ses bottes pour l'occasion.

Après la conclusion du vicaire (« Car celui qui a souffert dans sa chair sera lavé du péché »), les quintuplés firent la ronde et se mirent à danser, marquant lourdement la mesure en retombant sur leurs sabots ferrés, levant tantôt la jambe, tantôt l'autre en claquant des mains au-dessous du jarret, poussant d'étranges petits cris pointus, pour finalement entonner d'une seule voix cristalline dépourvue de toute joyeuseté :

Remuons bien, remuons bien
Pendant notre jeunesse
Remuons bien
Cependant qu'il est temps
Car plus tard en notre vieillesse
Regretterions les plaisirs que perdrions
Remuons bien, remuons bien.

Danser et chanter à un enterrement fut mal perçu. On se souvint des violences commises sur le régent Vessodes, et, plus récemment, sur le comtois de maître Durif. D'aucuns les soupçonnèrent à haute voix de porter la guigne. D'autres rappelèrent qu'ils étaient nés sous les mauvais augures d'un très sanguinaire duel.

La longue enquête du procureur royal se conclut par un bref procès. Les accusés déclarèrent avoir bien agi et entendaient mal qu'on leur cherchât des poux pour une si petite affaire.

Le verdict qui les décréta vierges de toute méchanceté ne surprit que ceux qui ignoraient encore que le colonel propriétaire du Royal-Navarre, le marquis Ventavon de Lespluchet, avait un entregent remontant jusqu'à l'Œil-de-bœuf.

Le tribunal condamna Baptiste Floutard, l'instigateur de la plainte, à débourser les épices de la chicane et à verser à la caisse du régiment une amende de mille livres tournois à compter en une seule fois.

Au nom du bourg, de la Maison et de la réconciliation avec les militaires, le consul Puigouzon se désolidarisa du maître vidangeur-gadouyeur.

– Entendez-nous, maître Floutard, il n'y a rien de personnel dans notre attitude, mais monsieur le ministre de la Guerre a été lumineusement clair dans ses exigences : ou bien nous nous soumettions au jugement, ou bien il nous expédiait deux compagnies de cavalerie en lieu d'une et pour un cantonnement à la durée ILLIMITÉE.

Floutard fit appel auprès du parlement de Toulouse, perdit son appel et fut condamné à débourser mille livres supplémentaires. Il paya. Mais comme il fallait vingt sols pour une livre, douze deniers pour un sol, et un demi-denier pour une obole, il paya avec neuf cent soixante mille de ces dernières, toutes en cuivre, et d'un poids total d'une tonne et demie qu'il entassa dans ses cuves d'aisance – sans juger nécessaire de les laver avant – et qu'il déversa un matin sur le seuil du cantonnement de monsieur le trésorier-payeur du Royal-Navarre. Celui-ci se plaignit à son colonel-marquis, qui protesta auprès de ses hautes protections versaillaises, qui, à leur tour, et *via* les services de monsieur l'intendant royal, réprimandèrent l'autorité consulaire de Racleterre.

L'effet de ces démarches fut immédiat. La révocation du mandat de quartenier et l'exclusion de l'assemblée de maître Floutard furent votées à l'unanimité.

Durant les semaines qui précédèrent ces événements, des bas-officiers du Royal-Navarre vinrent régulièrement place de l'Arbalète aiguiser leur sabre contre la pierre de la fontaine tout en lançant des regards ferrailleurs vers les établissements Floutard.

Ce dernier se le tint pour dit et fit le dos rond. Mais il entretint par-devers lui un nombre considérable d'arrière-pensées vengeresses qui ne disparurent que plusieurs années plus tard, lorsque, devenu président du Comité de Salut public de Racleterre, il put enfin les assouvir sans exception.

Montée sur son âne rouquin, Lacroque entra dans le bourg par la porte des Croisades et ignora l'octroi qui la laissa faire. Ceux qui n'avaient jamais vu de maîtresse sorcière en furent pour leurs frais, car rien dans sa matelote, dans son cotillon, dans son tablier du dessus ou dans ses sabots ne la distinguait d'une autre paysanne. Sauf peut-être qu'elle ne portait pas de coiffe et qu'elle allait chevelure au vent. Et puis il y avait aussi cette chose à longues pattes qui gigotait sur la poitrine. Ceux qui s'approchèrent suffisamment découvrirent une épeire noir et jaune retenue à la serge du corsage par une fine épingle d'argent traversant de part en part son abdomen rebondi. Lacroque portait toujours quelque chose de mourant lorsqu'elle venait au bourg.

L'étonnement surmonté, chacun voulut connaître sa destination, car il devait y avoir grande nécessité pour qu'elle osât se déplacer ainsi en pleine lumière, sans son bouc, ni même son balai.

On la suivit à distance et en silence (un mauvais sort était vite jeté), et quand on la vit traverser la place de l'Arbalète et franchir le porche des Floutard, on en déduisit que l'état d'Apolline avait empiré.

Lacroque et son âne rouge réapparurent moins d'une heure plus tard. L'araignée ne bougeait plus que par instants. Quelques femmes osèrent questionner la maîtresse sorcière, mais elle fit la sourde oreille.

A peine était-elle hors du bourg que percèrent les soupçons qui couvaient, pareils à une furonculose. La peur était de retour, et, à l'instar de la rage, elle était hautement contagieuse.

La Maison reçut la visite d'une importante délégation de citoyens exigeant – la plupart en patois – que la « femme de l'enragé Tricotin » soit médicalement examinée afin qu'on tirât au clair la nature exacte du mal qui lui faisait garder la chambre depuis si longtemps.

Le consul manda le docteur reçu Izarn chez les Floutard, assisté de quatre hommes du guet et du greffier Gabriel Pillehomme, que tout le monde plaignait depuis qu'il avait marié Élodie Clochette, la chambrière de la châtelaine.

Floutard sermonnait les quintuplés sur leur oisiveté inouïe lorsqu'on l'avertit de l'arrivée du médecin et de son escorte. Il se porta à leur rencontre et les accueillit sans étonnement, les guidant lui-même dans la chambre enténébrée où se mourait sa fille. La mauvaise odeur sucrée qui empuantissait l'air confiné informa Izarn avant même qu'il se soit approché du lit : la vue du bras droit d'Apolline, gangrené jusqu'à l'épaule, fortifia son diagnostic olfactif.

– Il est trop tard maintenant, même pour lui ablationner le bras, certifia-t-il avec une grimace qui plia les ailes de son petit nez. Vous avez trop attendu, maître Floutard.

Floutard resta muet. C'était à quelques nuances près ce

que Lacroque lui avait annoncé ce matin. Elle, en supplément, lui avait pointé du doigt l'une des incisions de saignée pratiquée par la lancette de maître Perceval et l'avait dénoncée comme source originelle du pourrissement généralisé.

Le docteur Izarn proposa tout de même d'administrer à Apolline un lavement qui, admit-il honnêtement, ne la ressusciterait pas mais aurait la bonté de lui débarrasser fort convenablement la tripe maîtresse, un agrément que même une agonisante était en mesure d'apprécier.

Floutard perdit une partie de son calme froid.

– Merci bien ! Veuillez vider cette chambre, monsieur le limonadier de postérieur, votre présence n'y est plus indispensable.

Mortifié de s'entendre ainsi brocardé, Izarn se rebiffa :

– Souffrez que je fasse litière de vos vils outrages, et souffrez aussi d'apprendre que je resterai ici le temps qu'il me chantera d'y rester. Et puisque vous le prenez de si haut, monsieur le marquis de Cagadou, je m'en vais vous examiner itou, ainsi que les enfants. Après tout, comme eux, vous avez été en contact avec leur père le jour où son fléau s'est déclaré.

L'allusion à ses perruques poudrées et à sa chaise à porteurs de marquis déclencha une ondée sanguine qui empourpra ses joues et son front. Pourtant, il prit sur lui-même de se laisser examiner sans plus broncher. Il tira la langue quand on le lui demanda et se laissa abaisser les paupières et scruter le blanc de l'œil. Il en fut autrement quand Arsène et Véron rapportèrent les quintuplés trouvés dans la grange où ils jouaient à Roland à Roncevaux. Charlemagne était tout naturellement Charlemagne, Clodomir était Roland, Pépin jouait Durandal, tandis que Clotilde et Dagobert réunis personnifiaient la perfide armée sarrasine.

Quand ils comprirent ce que voulait d'eux le médecin, ils échangèrent quelques mots en lenou, puis l'aîné dit « non ». Ils tournèrent alors les talons tous les cinq en même temps et détalèrent dans la grange où il fut impossible de les déloger avant l'heure du souper.

Apolline expira au matin de la Saint-Laurent et fut inhumée le lendemain dans le carré Tricotin, à côté de Clovis.

Cette fois, les quintuplés restèrent immobiles et silencieux, se contentant de suivre du regard la bière que le bedeau-fossoyeur et ses aides descendaient dans la fosse à l'aide de cordes. Présents lors des derniers instants de leur mère, ils avaient assisté au spectacle de la Mort dans ses œuvres et en gardaient un souvenir malaisé.

Apolline disparue et Petit-Jacquot ne disposant pas des fonds nécessaires pour s'établir, Floutard vendit la maison de la rue des Afitos, et la vendit mal compte tenu de ce qui s'y était passé. Le nouveau propriétaire, un maître sabotier neveu d'Aristide Lamberton, colmata le puits et rasa la margelle afin que nulle trace visible n'en subsiste. Possédant déjà ses compagnons et apprentis, il convia Petit-Jacquot à déguerpir sans autre formalité.

On vit alors l'infortuné traîner dans les auberges, jouer au brelan et au lansquenet, s'enivrer, s'endormir n'importe où, se réveiller pareil. Un jour il disparut, et personne ne se soucia de savoir dans quelle direction.

S'autoproclamant tuteur des cinq orphelins, Baptiste Floutard réunit un conseil des familles Tricotin et Camboulives durant lequel il exprima son intention de les séparer.

— Ensemble, ils sont bons à rien et mauvais à tout. Ils se rebèquent sans pudeur et n'en font qu'à leur caboche. En outre, il y a maintenant ces rumeurs qui les accusent de porter le guignon.

Louis-Charlemagne fut seul à contester cette séparation qu'il jugeait prématurée.

— C'est trop tôt. Ils vont être misérables de ne plus être ensemble.

— Au contraire, plus nous attendrons et plus ce sera difficile. L'eau qui croupit se corrompt vite. Et puis, faites excuse, maître Tricotin, mais vous trouvez convénient qu'à leur âge ils ne veulent rien faire et mangent pour dix ? Vous trouvez admissible leur baringouin de sauvage ?

Et qu'ils dansent et chantent à l'enterrement de leur père ?
Sans parler du reste.

Il fut décidé que Floutard conserverait l'aîné Clodomir
et le préparerait à sa succession. Pépin et Charlemagne
iraient chez les Tricotin apprendre le dur mais fier métier
du fer et du feu, tandis que Dagobert et Clotilde seraient
accueillis chez Félix Camboulives, leur oncle tanneur qui
habitait en aval du Dourdou, loin des narines délicates du
bourg.

Afin d'atténuer la brutalité de ce démembrement, on
convint de les réunir pour leur anniversaire, pour les
Pâques, pour celui de la Toussaint, pour la Noël, et aussi
chaque dimanche pour la grand-messe.

Restait à prévenir les intéressés, et d'abord à les localiser, car ils s'étaient une nouvelle fois évaporés. Lorsqu'ils
réapparurent, à l'heure du repas, hirsutes, réjouis, puant le
chien mouillé, ils répondirent par des sourires niais quand
on leur demanda d'où ils revenaient. Comme leur grand-
père insistait avec autorité, Clodomir répondit :

– On était avec tonton Laszlo. Il nous enseigne l'épée. Il
dit qu'on est doués.

– Zurtout moi, précisa Charlemagne.

Depuis qu'un bout de langue lui faisait défaut, il zozotait et il ne faisait pas bon s'en gausser.

L'annonce de leur future séparation les laissa indifférents. Ils bâfrèrent avec appétit, reprenant de tous les
plats, puis, comme chaque soir avant de s'endormir, ils
firent cercle autour de Clotilde qui lut un chapitre de *La
Véridique Histoire de Walter l'Anglois, Seigneur des
Malebêtes et Véridique Terreur de la Forêt de Saint-
Leu-en-Rouergue*, l'un des livres de leur père qui avait
échappé à la destruction.

Chapitre 29

Les premiers à partir furent Dagobert et Clotilde.

Leur grand-oncle Félix Camboulives vint les chercher dans sa charrette où ils rangèrent leurs maigres possessions. Les bras croisés, les trois autres observaient ces préparatifs en silence.

Comme ils demeuraient bouche cousue au moment du départ, leur grand-père Baptiste s'étonna :

– Vous ne vous dites point au revoir ?

Ils le dévisagèrent brièvement, puis Clodomir lança à Dagobert et Clotilde un « *Figachon toc perette amaradac* » qui leur tira un large sourire. Floutard demanda la traduction et reçut l'habituelle réponse en forme de haussements d'épaules.

Puis ce fut au tour de Pépin et Charlemagne à suivre Caribert rue des Frappes-Devant et à s'installer au-dessus de la maréchalerie.

Seul avec l'aîné Clodomir, Floutard entreprit de lui expliquer sommairement l'étendue de ses richesses. Il lui fit admirer le plan à l'huile de Racleterre, il énuméra le nombre de ses entreprises et lui révéla quelques-uns de ses projets, insistant particulièrement sur celui dans lequel il devenait son héritier.

– Mais pour ce faire, il va de soi qu'il faut te débourrer l'esprit quelque peu. Aussi, et malgré le coût, je m'en vais te louer à l'année un Briançonnais à trois plumes.

Les maîtres d'école itinérants avaient pour coutume de ficher dans leur coiffe une à trois plumes d'oie selon leurs lumières. Une plume indiquait qu'ils enseignaient l'écrit, deux plumes, l'écrit et le calcul, trois plumes, l'écrit, le calcul et la lecture. De tous les enseignants mercenaires qui parcouraient la province, les Briançonnais étaient réputés pour la bonté de leur enseignement.

Floutard l'emmena ensuite aux écuries puis dans la remise aux tombereaux. Il s'arrêta devant un véhicule auquel il manquait une roue.

— Tu vois, Clodomir, c'est avec lui que j'ai débuté. J'étais seul à cette époque et j'avais juste une corde, un seau, une perche pour déboucher, et comme bac à vidange j'avais un vieux tonneau qui fuyait.

Il montra la vaste remise et la flotte de vingt tombereaux.

— Réalises-tu seulement l'occasion admirable que le destin te manifeste ?

— J'ai un peu faim, répondit Clodomir en lui souriant aimablement.

Le gamin s'éclipsa juste après vêpres. Comme il n'était pas revenu au coucher du soleil, ni même à l'heure du souper, Floutard ordonna l'attelage du cabriolet, passa une redingote couleur péché mortel (vert pomme) et partit à sa recherche. Il arrivait rue des Deux-Places lorsqu'il reconnut le maréchal et Caribert sur leur vieille carriole.

— On venait voir si Charlemagne et Pépin étaient avec l'aîné, dit Louis-Charlemagne, devinant la réponse du maître vidangeur-gadouyeur avant qu'il ne l'ait formulée.

— Et moi, je venais chez vous en pensant l'inverse.

— Alors c'est qu'ils se sont enfuis, crénom de macarel !

— Mais pour aller où ?

— D'abord retrouver les autres à la tannerie. Après, ma foi, Dieu seul sait ce qu'ils ont pu décider.

— Ils ont donc déjà quitté le bourg, admit Floutard.

Ils s'en assurèrent en se véhiculant jusqu'à l'octroi de la porte des Croisades.

— Oui da, à l'heure de la fermeture des huis, j'en avions vu passer deux, peut-être trois, j'savions plus, répondit le sergent avant de refuser catégoriquement d'ouvrir les portes sans un laissez-passer de la Maison.

— Ils n'iront pas loin, pronostiqua Floutard. Ce ne sont que des moutards, après tout. Demain matin, j'organise une battue et je les ramène avant le couchant.

Il tint parole et réunit huit de ses gens qu'il monta sur des chevaux loués à la Poste Durif. Accompagnés de Caribert sur Favorite, ils sortirent du bourg dès l'ouverture des portes et retrouvèrent la fratrie à deux lieues sur le grand chemin de Rodez, progressant à la queue leu leu, telle une meute de louvarts en déplacement. Charlemagne, armé d'un bâton long comme un épieu, avançait en tête, Clodomir fermait la marche. Pépin, des cailloux plein les poches, portait le baluchon de Dagobert. Clotilde avait revêtu de vieux habits à son frère qui lui seyaient bien.

C'est elle la première qui aperçut les poursuivants et donna l'alarme. Ils tentèrent de fuir à travers champs, mais les haies bordant le chemin étaient trop touffues pour être traversées.

Ils rentrèrent en croupe et leur grand-père n'eut point l'heur d'ajouter à leur déconfiture en les ligotant.

La fratrie comparut devant un tribunal familial constitué des membres représentatifs des familles Floutard, Tricotin et Camboulives.

– Et vous alliez où ainsi, petits malandrins ?

– A Paris.

Même Floutard ne put s'empêcher de sourire.

– Et y fabriquer quoi à Paris ?

Il fallut agiter dans leur direction un fouet à mulet pour que Charlemagne daignât répondre.

– Nous enrôler dans les housards.

Les sourires devinrent rires.

– Rien que ça ! Bigreli bigrelou. Et en quel honneur, je vous prie ?

– Pour rezter enzemble.

Leur choix était la conclusion d'un débat collégial qui les avait agités. Deux communautés seulement étaient susceptibles de les accueillir sans les séparer. Dagobert préférait la religieuse, Clodomir et Pépin la militaire. Charlemagne aussi, mais à la condition que ce soit dans la cavalerie.

– Et elle, qu'en auriez-vous fait ? ironisa Floutard en montrant Clotilde à nouveau dans les vêtements de son sexe.

La question les étonna. Ils ne la comprenaient pas.

– Maître Laszlo ne vous a donc jamais dit, petits innocents, qu'il n'y a point de garce chez les militaires ? Pas plus d'ailleurs qu'il y a des housards de onze ans hauts comme trois pommes sans queue.

Ces obstacles, en apparence insurmontables, ne leur avaient pas échappé, aussi avaient-ils prévu une parade.

– On aurait été implorer notre bon roi qui peut tout et qui nous connaît puisqu'il a dit notre nom.

Clodomir faisait allusion à la lettre de félicitations exposée au mur de la Maison. Leur père la leur avait souvent montrée, les soulevant les uns après les autres dans ses bras pour qu'ils puissent admirer de plus près leur nom en compagnie du royal paraphe.

– Il ne vous aurait point audiencés puisqu'il est mort au printemps et que c'est un nouveau roi que nous avons à Versailles, rappela Floutard qui cachait mal son amusement.

– Ce nouveau roi nous aurait audiencés, car nous avons de quoi, répliqua Clodomir en tapant du talon sur le plancher pour montrer son assurance.

– Et qu'est donc ce « de quoi » ?

L'aîné sortit de son baluchon la lettre de félicitations royales, dévoilant ce faisant que, sous les dehors de la naïveté la moins suspecte, ils étaient capables de la préméditation la plus réfléchie. Le cadre avait disparu, le parchemin avait été roulé pour faciliter son transport.

– C'est Clotilde qui y a pensé, expliqua-t-il à l'assistance éberluée, point pour la dénoncer, mais au contraire pour la créditer d'une fière idée.

– Il ne manquait plus que ça ! Des bricons maintenant ! s'écria Floutard, chez qui toute trace d'amusement s'était effacée.

Il avait eu son compte d'anicroches avec les autorités consulaires et n'en voulait point d'autre (il regrettait son procès et trouvait que son honnête indignation lui avait coûté cher).

– Il faut la restituer à la Maison au plus vite, sinon cet assuré lunatique Puigouzon est capable de vous déclarer tous les cinq dûment atteints et convaincus de vol.

Le tribunal familial décida de conserver les mêmes dispositions, mais ils seraient désormais tenus sous haute surveillance, et ils perdaient le privilège de disparaître et réapparaître à leur guise.

– Nous, on veut rester ensemble, c'est tout ! plaidèrent-ils d'une seule voix.

– Vous vous retrouverez tous les dimanches, et durant les fêtes, ce qui est bien suffisant. La vie n'est point une amusette, il est temps que vous vous rendiez utiles !

Les poussant devant eux, Floutard, Louis-Charlemagne, Caribert et l'oncle Félix les conduisirent jusqu'à la Maison. L'accueil fut hivernal.

Suivant les ordres reçus en chemin, l'aîné remit le parchemin au consul en courbant humblement le dos. Puigouzon le refusa d'un geste désobligeant de la main.

La disparition du cadre avait été remarquée la veille, leur dit-il en regardant ailleurs, et si rien n'avait été entrepris pour le retrouver, c'était que son retour sur le mur de la salle de délibération n'était plus souhaité par l'assemblée. Le nom de Tricotin, fût-il accolé à celui du roi, n'était plus en bonne odeur à Racleterre. Il n'y avait plus qu'à se retirer, ce qu'ils firent en silence.

Soulagée de s'en tirer à si bon compte, la fratrie se précipita hors de la salle et descendit l'escalier en glissant sur la rampe.

Un cabriolet aux armes des Armogaste attendait devant le porche au léopard de pierre. Élodie Pillehomme (née Clochette) se pencha par la portière et déclara de sa voix haut perchée que dame Jacinthe, fort contristée de ne pas avoir été consultée lors de la distribution des quintuplés, exigeait le sien sur l'heure.

– Vive Dieu ! Et pour en faire quoi ? s'exclama le maréchal en pâlissant.

Charlemagne était son préféré.

– Dans sa grande charité, ma bonne maîtresse désire l'installer au château afin qu'il bénéficie d'une éducation digne d'un filleul de noble dame. Vous ne voudriez point le priver d'une telle gratification ?

Le soir même, dame Jacinthe baignait Charlemagne, le vêtissait en petit page et l'installait sur un matelas, dans un cagibi jouxtant sa chambre. Le réduit était déjà occupé par sa chaise d'affaire, son pot de chambre et son bassin à cracher.

Le garçon, qui n'avait jamais dormi seul et ignorait la solitude, se morfondit un long moment sur sa paillasse avant de se calmer. Attendant que sa marraine se soit endormie, il quitta la chambre sur la pointe des pieds pour tenter de sortir du château. Mais le pont-levis était levé et la poterne verrouillée à triple tour.

Le lendemain matin, dame Jacinthe reporta sa disparition et ordonna une fouille générale pour le retrouver. Ce fut le premier piqueur Quentin Onrazac qui le découvrit. Il était endormi en boule dans le grand chenil, parmi la meute des redoutables hybrides, des fauves issus de croisements hautement instables entre louves et mastifs de haute lignée : pire n'était disponible qu'en Enfer.

Sans éveiller Charlemagne, le piqueur fit appeler le chevalier qui s'étonna du spectacle. Le garçon dormait quasiment collé contre Quinteux, le chef de meute, le plus irascible.

— Tu ne les as donc point entendus aboyer ? C'est donc vrai ce qu'on dit que tu deviens sourd !

Les traits du piqueur prirent une expression aussi peinée qu'indignée. Certes son ouïe déclinait mais pas au point de ne pas entendre un aboi.

— Que nenni, monsieur le chevalier, que nenni. Sur la truffe de Sans-Pareil qu'aucun n'a donné de la voix.

Sans-Pareil était son meilleur limier, un Saint-Hubert blanc et noir de l'abbaye d'Andain qui n'avait pas son égal pour chasser à vent comme à terre, par temps de pluie comme par temps de neige.

— Ils sont près de cent chiens ici. Un inconnu entre et tu veux me faire accroire qu'aucun n'a aboyé ?

— Il a le don, monsieur le chevalier, et si l'on en croit votre débourreur, il l'a avec les chevaux itou, répondit Onrazac à contrecœur, songeant à son fils Blaise qui en était si totalement dépourvu.

Pour sûr qu'en l'utilisant comme page quatre années durant, dame Jacinthe l'avait gâché aussi sûrement qu'on gâche une pêche à trop la tripoter.

Il fallait prendre un plaisir passionné à chasser pour être un bon piqueur, sans cela, il n'y avait pire métier. Or Blaise préférait se lever aux hautes heures et bâcler les soins aux chiens pour courir plus vite faire le beau rue Trousse-Vache, dans le très crapoteux *A la dalle en pente*, un cabaret à putasses où l'on jouait gros au lansquenet, à la bassette et au pharaon.

Bien qu'il ait vingt ans sonnés, il était toujours incapable d'apprendre par cœur les noms de chaque chien et encore moins de les reconnaître de poil. Comme il ne savait toujours pas distinguer un « plateau » (excrément du cerf) d'une « maquette » (excrément du chevreuil), une « laissée » de loup d'une « laisse » de sanglier, il avait cessé de faire le bois avec son père et se contentait de s'entraîner à souffler dans sa trompe.

Le premier piqueur n'ignorait pas que si le chevalier continuait d'emmener son fils à ses laisser-courre c'était uniquement parce qu'il flattait son équipage en sonnant admirablement les fanfares.

— Réveille-le et baille-le à ma dame avant qu'elle ne nous en fasse une colique cornue. Elle le veut pour je ne sais quelle fadaise.

Onrazac déplia son fouet qu'il portait coincé sous le bras et le détendit d'un geste net et précis. La flotte de cuir claqua. La mèche cingla la main du garçon endormi qui se redressa vivement en poussant un retentissant AHOUILLE !

Les meutes s'agitèrent dans leur enclos.

— Qui t'a mandaté pour entrer ici ?

Le chevalier se mit à mordiller sa lèvre inférieure, signe de perplexité.

Charlemagne ne lui répondit pas. Il préféra frotter le dos de sa main où la lanière de cuir tressé avait laissé une marque qui rougissait à vue d'œil.

Le fouet claqua. La mèche cingla cette fois l'hélix de son oreille gauche. Quentin Onrazac aurait pu aisément la trancher au ras. Il avait sept ans quand son père lui avait offert son premier fouet en lui serinant que les chiens de meute n'obéissaient qu'au fouet et rien qu'au fouet. Il disait aussi qu'un piqueur était devant une meute comme devant un orchestre. Le fouet était sa baguette.

La douleur à l'oreille fut comme si un tison embrasé l'avait atteint. Il poussa un tel cri rageur que les hybrides se couchèrent sur le ventre au fond de l'enclos, l'échine frémissante, les oreilles aplaties, la queue rabattue. Le chevalier n'avait jamais vu pareille chose.

— Tu réponds quand sa seigneurie te parle, gronda le piqueur en faisant claquer son fouet dans l'air en guise de point d'exclamation.

Charlemagne s'empressa d'obéir, les yeux emplis de larmes.

— Ze zuis entré, z'est tout.

S'il n'avait pas eu si mal à l'oreille et à la main il aurait croisé les bras sur la poitrine et aurait pris son air malandrin.

— Les chiens ont-ils donné de la voix ? vérifia le chevalier.

Le premier piqueur fit la figue. Sa parole aurait dû suffire.

— Et pourquoi ils auraient aboyé ?

— Ils ne te connaissent point.

Charlemagne haussa les épaules.

— Moi, les siens me connaizent touzours.

Il énonçait un fait, rien d'autre.

— Tu t'es brûlé la langue pour causer pareillement ? se gaussa Onrazac.

Charlemagne saisit une poignée de paille de la litière, cracha dessus et la lança sur le piqueur qui l'évita. Le fouet de vénerie claqua derechef. Une vive douleur brûla l'oreille droite de Charlemagne. Il ne cria pas mais l'effort qu'il fit pour s'en empêcher empourpra son visage. Il palpa son oreille et ramena ses doigts tachés de sang. Il les tendit à Quinteux qui s'approcha et les renifla avant de les lécher bien proprement.

Le chevalier et son premier piqueur échangèrent un regard incrédule.

— Ma dame te demande. Rejoins-la et sois-lui désormais soumis et docile, sinon ce sera le cachot, avertit le chevalier avec un geste vers le donjon.

Charlemagne sortit du grand chenil le dos raide, les poings serrés, l'oreille comme en feu.

Chapitre 30

Comme il était hors de question que le filleul de la châtelaine continue à fréquenter le Temple du Savoir, on confia la charge de son éducation au père Gisclard. Le chapelain n'eut guère de succès. Les « Osez penser par vous-même » du mécréant chicaneur Pagès-Fortin semblaient en avoir fait une désolante mécanique à questions, les unes plus fallacieuses que les autres : « Et que faizait donc Mezire Dieu avant la créazion ? Et comment la zainte famille pouvait-elle être auzi pauvre puizque les Rois mazes leur avaient baillé tous zes cadeaux bien coûteux ? Et où étaient donc les nobles à l'époque d'Adam et Ève ? »

Quelques semaines suffirent pour que dame Jacinthe se désintéresse de son mauvais page et renonce à lui apprendre à la servir à table, à faire la révérence sans gaucherie, à porter sa traîne avec aisance – même dans les escaliers –, à l'éventer avec modération, à présenter élégamment le vase de nuit ou le crachoir.

Dame Jacinthe l'aurait volontiers restitué aux siens si elle n'avait craint la réprobation publique.

Le petit personnel n'aimait pas Charlemagne, qui le leur rendait sans avarice, en piquant des colères inouïes si on se morguait de son défaut de langue, ou si on lui refusait un rabiot de soupe. On s'accordait à le trouver fort grognon pour ses onze ans. Toujours sale, même quand il était propre, il était fringaleur comme cinq et affligé de la détestable manie de disparaître sans préavis.

On le débuchait dans l'écurie avec les chevaux, ou sur la terrasse du donjon à nourrir les choucas des mâchicoulis, ou sur le chemin de ronde en grand bavardage avec les freux dont il imitait les croassements à s'y tromper. Les jours de laisser-courre, il se postait dans l'échauguette de la tour sud et attendait le retour des chiens en observant les allées et venues sur la place Royale. Il s'adonnait à la rêverie en songeant aux siens tout proches. Il les imaginait faisant ceci ou cela, il se voyait le faire avec eux, comme avant quand il leur suffisait de se laisser vivre, quand tout ce dont ils avaient besoin leur était baillé. La fratrie formait alors un cocon protecteur, avec les parents en second cocon, tel un fruit à double écorce, telle une muraille à double manteau.

Les raisons données à leur séparation continuaient à lui échapper et à le révolter tout rouge. Grand-père Baptiste figurait désormais sur la liste de ses « ennemis mortels », en bonne place au côté des piqueurs père et fils, de Martial et de monsieur Anselme qui l'avait récemment traité de graine de Pibrac pour avoir rechigné à lui céder le pas dans l'escalier.

Chaque soir avant de s'endormir, il se donnait du bon temps en échafaudant différentes manières de se revancher. Comment sortir du château, rejoindre la fratrie, partir pour Versailles rencontrer le roi, devenir housard comme tonton Laszlo, ou peut-être riche et puissant comme le chevalier Virgile-Amédée ?

Dès que la meute et l'équipage débouchaient de la rue des Deux-Places et se dirigeaient vers le château, Charlemagne pouvait dire à leur allure si la chasse avait été fructueuse ou pas. Les chiens rentraient toujours harassés, souvent mouillés jusqu'aux oreilles, parfois blessés. Il fallait les inspecter un à un, les sécher, leur servir une mouée chaude. La besogne était telle que piqueurs et valets, harassés eux aussi, ne trouvaient rien à redire lorsque le garçon les rejoignait dans le grand chenil et offrait son assistance. Il n'avait pas son pareil pour approcher les plus grognards et dénicher les tiques, les puces, les sangsues ramenées du bois. Cette facilité forçait l'admiration du chevalier qui, pourtant, en était parcimonieux.

Charlemagne excellait à reconnaître l'humeur de presque tous les animaux en se mettant spontanément à leur place : seuls les reptiles et les insectes lui résistaient parfois.

Dame Jacinthe l'expulsa de son cagibi le jour où elle découvrit avec horreur qu'il y élevait une portée de *rattus rattus* (des noirs aux grandes oreilles roses presque translucides et à la longue queue écailleuse et blanche). Les ratons furent livrés à Martial qui les brûla vifs.

Charlemagne dormit quelque temps chez Laszlo jusqu'au jour où le chevalier Virgile-Amédée lui ordonna d'installer sa paillasse dans la soupente de la chiennerie et d'y débuter son apprentissage de petit valet de chiens au salaire de douze livres annuelles (un grand valet en gagnait vingt-cinq, un premier piqueur quatre-vingt-trois, tandis que le vicaire de Saint-Benoît n'en recevait que cinquante, et le régent du Temple du Savoir quarante).

Avant de se décider, Virgile-Amédée avait consulté son piqueur.

— Tu m'accorderas, mon bon Quentin, qu'il serait insensé de ne point en profiter. Je n'ai pas souvenir d'avoir rencontré quelqu'un d'aussi naturellement doué. Je doute que même Hector aurait pu se faire admettre aussi vite chez les hybrides.

Hector était le célèbre premier piqueur du baron de Guibonnet de Salmiech, un grand veneur des environs de Réquista qui possédait pas moins de huit meutes, dont une composée exclusivement de lévriers, la race canine la plus sauvage, la plus égoïste, la moins caressante de toutes.

Quentin Onrazac se tenait toujours sur ses gardes quand le chevalier lui donnait du « mon bon ».

— Ne dirait-on pas qu'il a conclu un pacte avec toute la gent animale ? L'as-tu déjà entendu converser avec les freux des châtaigniers ? Ou avec les choucas du donjon ? Ils viennent lui manger dans la main. Et Dieu sait pourtant qu'ils ne sont point liants.

La rumeur actuelle dans la mesnie l'accusait d'avoir fait alliance avec les rats du château, au grand dam du concierge qui, dans ses attributions, avait celle de les exterminer jusqu'au dernier.

— Adécertes, monsieur le chevalier, adécertes, mais c'est son caractère qui pose problème. Il est aussi souple qu'un verre à lampe. C'est le contraire d'un obéissant. En plus, il *joue* avec les chiens.

L'une des premières leçons de chenil recommandait de ne jamais s'amuser avec les animaux, *sinon, ils se diront vos cousins*.

Virgile-Amédée montra du doigt le fouet que le piqueur ne quittait jamais.

– A toi de l'amollir, mon bon, il est encore assez jouvenceau pour ça. Enseigne-lui à développer son don et fais-nous-en le meilleur grand valet de chenil du Rouergue.

Le visage aux traits marqués d'Onrazac se rembrunit. Il entrait dans sa cinquante-quatrième année, son ouïe baissait, et, depuis peu, sa vue aussi. Sans oublier ses reins qui, les jours pluvieux, lui tiraient mille grimaces. Bientôt il devrait céder sa fonction. Or les premiers piqueurs étaient toujours choisis parmi les meilleurs grands valets, ce que Blaise n'était et ne serait jamais.

Le chevalier songerait-il à faire de ce petit merdaillon, de ce fils de sabotier de rien du tout, le futur premier piqueur des Armogaste?

– Je compatis avec ton désarroi, mon bon Quentin, mais tu sais bien que ton Blaise n'est qu'un bon à rien qui ne sait que sonner, déclara le chevalier en montrant qu'il lisait clair dans l'esprit de son domestique. Tandis que lui, c'est autre chose.

Il refusait d'appeler Charlemagne par son prénom. Il disait « il », « lui » ou « l'autre » et trouvait fort déplacé qu'on ait pu donner un nom d'empereur à si petite roture.

En grand habit de veneur vert à parements rouges galonnés d'argent, en bottes à chaudron et tricorne galonné comme l'habit, le chevalier Virgile-Amédée assistait à la bénédiction de ses meutes par l'abbé du Bartonnet à l'œil attendri par le tableau.

La messe célébrée le jour de la Saint-Hubert était l'unique de l'année où l'on autorisait les bêtes à pénétrer dans l'église. Les Onrazac père et fils les avaient alignées couplées devant l'autel et les maintenaient en paix à coups de fouet qui résonnaient sous la voûte. Les chiens frémissaient d'abois retenus. Les piqueurs veillaient à ce qu'aucun ne divague dans la nef. Bien qu'ils aient fait leurs ébats plus tôt, il y avait toujours le risque que l'un d'eux se vide aux pieds d'un saint, d'une colonnade ou d'un bénitier.

L'office touchait à sa fin quand Martial arriva du château pour annoncer au chevalier le trépas de son père.

— Dame Cécile dit qu'il s'est éteint comme on souffle une chandelle. Paix à son âme.

Que le vieil Armogaste ait choisi le jour de la Saint-Hubert pour passer n'étonna personne.

Ses obsèques eurent lieu cinq jours plus tard. A l'instar de ses ancêtres veneurs, il fut cousu dans la nappe d'un grand dix-cors, un linceul très distingué réputé de surcroît imputrescible. Tous les seigneurs des environs assistèrent à ses obsèques, du petit hobereau trop pauvre pour entretenir un chenil et qui se contentait d'un unique faucon au maître d'équipage propriétaire de deux cents chiens du même « pied ».

L'inhumation eut lieu dans l'église Saint-Benoît, sous une dalle du transept réservée aux seigneurs de Racleterre depuis deux siècles et demi. Une fanfare composée des meilleurs sonneurs et formée en haie sur le parvis sonna au passage de la dépouille mortelle. Blaise se tailla un franc succès en donnant une version enlevée de *La Mort du veneur le soir au fond des bois* suivie d'un magistral *Saint-Pierre, ouvre ta porte* qui tira quantité de larmes à l'assistance.

Chapitre 31

Avril 1775.

Le grand chenil abritait quatre meutes séparées les unes des autres par des barrières de bois peintes en vert et rouge. Deux étaient créancées au loup et seulement au loup, une au sanglier et seulement au sanglier, une au cerf et au tout-venant. Les chiens dormaient sur des bat-flanc de planches couverts de paille, le sol pavé de tomettes était fait en pente, avec une rigole au milieu pour l'écoulement des eaux et des urines.

Un équipage de vénerie était d'abord un élevage de chiens. Un chien courant chassait environ cinq années consécutives, il fallait ainsi renouveler les meutes d'un cinquième de leur effectif tous les ans. Le chevalier possédait pour cela huit lices portières dont il tirait race. Il leur avait construit une chiennerie accolée au grand chenil et où chacune disposait de son propre caisson pour y faire ses petits. Elles ne chassaient pas et étaient libres de leurs mouvements dans le château.

Il existait deux autres petits chenils : un pour les limiers et les chiens d'arrêt, l'autre pour les meutes de passage. Le gouvernement de ces quatre chenils, des cent trois chiens et des cinq grands et petits valets qui en avaient l'entretien, relevait du seul premier piqueur Quentin Onrazac, seul maître après le chevalier et Dieu.

Charlemagne partageait la petite soupente de la chiennerie avec le robuste La Fouine. Agé de quinze ans environ, il était le fils d'un piqueur de l'ancien seigneur Évariste tué d'un coup d'andouiller de grand-vieux-cerf reçu au moment de l'hallali sur pied.

Avant d'accompagner les meutes à leurs ébats près du Dourdou, avant de faire le bois avec un limier, avant de pouvoir suivre un laisser-courre, un petit valet devait apprendre à laver à grandes eaux le sol des chenils, à changer les litières, à remplir les abreuvoirs, à débarrasser le promenoir des laissées, à cuisiner la mouée, à laver les mangeoires, à supporter sans broncher les houspillages de chacun.

Charlemagne bronchait. Il voulait bien courir avec les chiens, il voulait bien les soigner quand ils étaient malades, les réconforter (en lenou) quand ils étaient tristes ou les apaiser quand ils étaient d'humeur pillarde, mais il n'avait cure de récolter leurs ordures, d'éponger leur pisse ou de récurer leurs auges. Il aimait les chiens parce qu'ils lui rendaient son amour sans avarice et que se trouver au milieu d'une meute lui procurait un sentiment réconfortant qu'il n'avait connu que dans la fratrie.

– Ze ne zuis point leur zerviteur, moi, z'est tout.

Ce « moi » lui valut une gifle du premier piqueur qui l'étourdit et lui fit apercevoir des lucioles bien que ce ne fût point leur saison.

Le lendemain à l'aube, jour de laisser-courre, Charlemagne s'évadait du château en se mêlant à la meute des hybrides, courant à quatre pattes parmi eux. Il parvint à franchir le pont-levis et à déboucher sur la place Royale avant d'être aperçu.

Le chevalier Virgile-Amédée mortifia son piqueur en le brocardant devant son fils et les valets.

– Mordieu, Quentin, tu deviens bigle ! Tu as un chien de trop dans ta meute et tu ne t'en rends même pas compte !

Se sachant découvert, Charlemagne se redressa et courut tel un dératé jusqu'à l'église Saint-Benoît dans laquelle il fit irruption en criant à pleins poumons :

– Ze demande le droit d'asile !

Il savait la chose possible pour l'avoir entendu lire dans un roman de chevalerie par leur bon père Clovis. Il oubliait seulement que le récit se déroulait au Moyen Age.

Quand le vicaire et le bedeau prétendirent le saisir aux

épaules, Charlemagne se dégagea en les traitant de félons, puis il fonça vers la première issue en vue – une petite porte voûtée donnant sur l'escalier du clocher – et s'engouffra à l'intérieur. Il grimpa les marches quatre à quatre jusqu'à une échelle posée contre une trappe ouverte. Il l'escalada et atteignit le sommet du clocher, là où étaient les trois cloches. Le plancher branlant était jonché de vieilles plumes de chouette, de diverses chiures d'oiseau, de crottes de trotte-menue.

Il tira avec effort la lourde échelle à lui, rabattit violemment la trappe et coinça l'échelle dessus. Se penchant par l'ouverture en arcade donnant sur la place Royale, il cria fort :

– Ze veux mes frères !

Son goût pour la précision lui fit rajouter tout aussi fort :

– Ze veux ma zœur auzi !

C'était la première fois qu'il découvrait le bourg dans son ensemble. Le point de vue l'épata. Racleterre était rond comme une citrouille, bien clos derrière son épaisse ceinture de granit.

– Clodomir, Pépin, ze zuis là, caramba ! hurla-t-il en direction de la place de l'Arbalète, puis de la rue des Frappes-Devant.

Les porteuses de seaux et les livreurs de fagots qui traversaient la place s'immobilisèrent. Plusieurs têtes se levèrent vers le clocher.

– Ze veux mes frères ! leur hurla-t-il en agitant son poing fermé.

Il était vraiment très mécontent.

Le vicaire, le bedeau et le premier piqueur, qui étaient arrivés au niveau inférieur et ne pouvaient aller plus loin, tempêtaient sur tous les tons pour exiger le retour immédiat et sans condition de l'échelle.

– Pour me faire encore fouetter ou ziffler en pleine figure, merzi bien !

Il mit ses mains en porte-voix et hurla :

– Clodomir ! Pépin ! *YACOTIN FIGAPON VITOU VITOU*.

Puis, il fit ce qu'il aurait dû faire depuis le début : il sonna les cloches.

Il tira sur la demi-roue actionnant le bourdon, la plus

grosse des trois. Le lourd battant oscilla, prit de l'élan et heurta le métal. Dès le premier coup, Charlemagne se retrouva totalement assourdi et bientôt le vacarme fut tel qu'il couvrit les protestations outragées du vicaire et du bedeau.

Ce matin-là, l'aîné Clodomir assistait en bâillant au rapport des chefs d'équipe réunis autour de son grand-père et du plan de Racleterre. La journée commençait à peine et déjà il s'ennuyait comme un quignon de pain oublié derrière un meuble. Il n'entendait rien à ce qui se racontait et n'avait cure d'essayer. Il préférait réfléchir à une occasion de s'éclipser et de rejoindre Pépin rue des Frappes-Devant. Peut-être iraient-ils encore rôder aux alentours du château pour apercevoir leur frère.

Clodomir vivait mal lui aussi cette quadruple amputation et ne comprenait pas pourquoi on s'obstinait à être si contrariant envers eux. A l'exception des trois heures quotidiennes qu'il passait avec le maître briançonnais, il devait se tenir auprès de son grand-père et être attentif à recevoir son précieux enseignement. Un enseignement basé sur une multitude d'anecdotes illustrant les principes appliqués au développement de sa prospère entreprise de vidange, mais aussi à l'organisation et à l'écoulement de sa production mixte de cagadou et de poudrette.

– En ce qui concerne cette dernière, retiens bien, Clodomir, que, d'un point de vue strictement économique, il n'existe aucune autre industrie où tu es payé pour te procurer ta matière première.

Quelquefois, Floutard l'emmenait sur le balcon surplombant la place de l'Arbalète et lui montrait la foule qui allait et venait.

– Dis-toi bien que, chaque fois qu'un habitant de ce bourg se soulage, il nous enrichit. Tous, sans exception, même les constipés qui nous morguent tant.

Quand les premiers sons de cloche retentirent, Clodomir se curait le nez d'un air inspiré, ignorant son grand-père qui montrait sur la carte à ses chefs d'équipe les rues à emboutiller.

Floutard s'interrompit en fronçant les sourcils.

– C'est la Saint-Benoît, dit Filobard, l'oreille tendue tel un chien d'arrêt.

Ces carillons désordonnés ne correspondaient à rien de connu. Ce n'était pas les mâtines, ni le tocsin, ni le glas, ce n'était pas non plus les vêpres, ni un mariage, ni un baptême. C'était n'importe quoi et ça allait en empirant.

– On dirait que le bedeau a trop bu de vin de messe, proposa Duganel, le chef d'équipe du quartier nord.

Le pouvoir des cloches était tel que l'entière population apparut aux fenêtres en fronçant les sourcils. Faire donner les cloches était strictement réglementé. De la grande volée au court tintement, chaque sonnerie répondait à un code auditif répertorié et connu de tous depuis des siècles. Un bourg sans cloche aurait été considéré comme un aveugle sans bâton.

Sans s'expliquer pourquoi il pouvait en être aussi certain, Clodomir sut que c'était Charlemagne. Bondissant vers la porte, il s'élança dans le couloir et dévala les escaliers la tête baissée façon taureau, tout dans son attitude prévenant que rien ne l'arrêterait.

Au même instant, rue des Frappes-Devant, Pépin surgissait de la maréchalerie Tricotin et courait ventre à terre vers la place Royale, un ferretier dans les mains. Lui aussi avait spontanément identifié l'auteur de ce fantastique boucan, et il accourait.

Au même instant, à la tannerie Camboulives, Dagobert et Clotilde s'exclamaient d'une seule voix :

– C'est Charlemagne !

Avant que l'oncle Félix ait pu s'interposer, ils trottaient sur le grand chemin de Racleterre, telles deux souris poursuivies par un chat. Comme à son habitude, Clotilde avait retroussé sa robe haut sur les cuisses pour courir plus vite.

– Revenez, mes enfants, quelle mouche vous pique ? cria en vain l'oncle Félix qui pressentait des ennuis compliqués.

Les compagnons tanneurs interrompirent leur besogne pour tendre l'oreille vers le bourg.

– C'est le carillon du beffroi, dit l'un d'eux.

– Nenni, c'est celui de la Saint-Benoît, dit un autre.

Quand Dagobert et Clotilde arrivèrent porte des Croisades, le sergent de l'octroi toupillait nerveusement d'un battant à l'autre en guettant le retour de l'archer parti aux nouvelles. Il s'inquiétait de ne rien comprendre à ces sonneries désordonnées. Fallait-il fermer les portes ? Fallait-il interdire d'entrer ou fallait-il empêcher de sortir ?

Dagobert et Clotilde montèrent la rue Jéhan-du-Bas puis s'engagèrent dans la rue des Afitos. Ils passèrent devant l'ancienne saboterie Tricotin sans un regard pour la façade repeinte, la nouvelle enseigne et le nouveau propriétaire, qui, comme tout le monde, était sur le pas de l'échoppe à s'interroger sur ce qui pouvait occasionner un pareil chahut. Il reconnut les deux Tricotin et se demanda où ils s'en allaient d'un si bon pas.

Le premier à apparaître sur la place fut Clodomir.

Charlemagne sourit en le voyant débouler de la rue des Deux-Places, poursuivi par tous les chefs d'équipe de grand-père Baptiste.

Clodomir vit son frère au sommet du clocher. Il poussa un cri joyeux qui se noya dans le vacarme des cloches. Toujours tête baissée et poings serrés, il fonça en zigzaguant entre les gens attroupés sur le parvis et réussit à s'introduire dans l'église malgré les bruyants « Empêchez-le, bon sang de bonsoir » des gadouyeurs-vidangeurs.

Pour le garçon, la situation était limpide : il rejoignait son frère, et gare à qui s'interposerait.

Ses poursuivants s'arrêtèrent à l'entrée de la nef, hésitant à courir à l'intérieur d'une église.

Apparemment dépourvu de ce genre de scrupule, Clodomir franchit sans ralentir la petite porte voûtée et grimpa précipitamment l'escalier menant au clocher où la situation devenait critique pour Charlemagne.

Le bedeau et le vicaire en étaient partis. Le premier en quête d'une autre échelle, le second prévenir l'abbé des raisons de ce désordre campanaire.

Restait Quentin Onrazac qui avait été rejoint par son fils Blaise. Ils avaient réquisitionné un long banc de prière et s'en servaient de bélier contre la trappe. Tenant chacun un côté du banc, ils harmonisaient leur action en poussant des OH, HÉ, OH ! sonores. Chaque coup faisait violemment tressauter le plateau de la trappe sans l'ouvrir.

– Sors de là, canaille, ou, sur Dieu, je t'enfume comme un blaireau ! menaçait Blaise d'une voix effrénée.

Clodomir fit irruption dans l'étroit local et lui sauta dessus en gueulant un confondant :

– *Garati tapec.*

Totalement sourd, Charlemagne n'entendit pas.

S'agrippant à deux mains au bras du piqueur, Clodomir le mordit à pleines dents au poignet.

Blaise cria en lâchant le banc. Son père fit un écart pour éviter de le recevoir dessus, ce faisant, il heurta du dos l'un des quatre piliers soutenant le plafond. Celui-ci craqua sans se rompre, ébranlant ce qui était aussi le plancher où se tenait Charlemagne. Il eut un glapissement de surprise. Les cloches s'interrompirent. Pendant un instant, le silence fut tel qu'on l'entendit.

Hors de lui, les traits congestionnés par la fureur, Blaise se rua sur Clodomir et se mit à le battre comme on bat un tapis très poussiéreux.

Braillant de douleur, le garçon se débattit en agitant frénétiquement les mains et les pieds.

Visiblement excédé, Quentin Onrazac écarta brutalement son fils, saisit Clodomir par les cheveux et par le fondement et le jeta le plus loin possible dans l'escalier.

Le bedeau qui revenait avec une échelle trouvée dans la sacristie le reçut dans les jambes. Fauché comme une quille, il lâcha l'échelle, bascula en arrière, rebondit contre le mur, tomba lourdement sur les marches avec un grand cri. Il dut se mordre la langue pour s'empêcher de blasphémer.

Clodomir se releva bravement. Il avait mal au genou, à la hanche, au cou, à l'épaule, il saignait de l'arcade sourcilière et il s'en contrefichait complètement. L'état de surexcitation dans lequel il était anesthésiait toutes les douleurs qui pourtant croissaient en plusieurs endroits de son corps.

Le bedeau le saisit par la cheville.

– Pas si vite. Je te remets, toi, tu es frère avec ce gredin.

Clodomir se débattit. Le bedeau lui administra un coup de poing qui l'atteignit à la tempe et l'étourdit.

– Ça m'a fait autant de mal qu'à toi, petit, mais tu m'y as contraint, mildiou, dit le bedeau en le saisissant sous les aisselles pour le soulever et le descendre.

Ils étaient à mi-chemin lorsque parut Pépin. Le visage congestionné par l'effort, le souffle haletant, il tenait à deux mains l'un de ces marteaux qu'utilisaient les maréchaux pour forger leurs fers.

La vue de son frère au visage ensanglanté lui tira un cri outragé.

– *Garati tapec malouc.*

Son ferretier s'abattit sur le pied du bedeau et lui écrasa trois orteils dont le gros.

– Ah, mon Dieu ! s'écria l'homme en ouvrant une bouche démesurée.

Déjà Pépin abattait le ferretier sur son autre pied, broyant cette fois quatre orteils.

– Ah, mon Dieu, répéta le bedeau en s'écroulant sur les marches, les yeux pleins de larmes tant la douleur était pointue.

– Non, Pépin, laisse-le, dit Clodomir à son frère qui s'apprêtait à frapper en visant cette fois le genou.

Pépin obéit, mais en grimaçant de déception pour montrer qu'il lui en coûtait. Chacun savait combien il avait à cœur de cogner, de briser, de démantibuler, d'aplatir, de cabosser, de pulvériser, d'égruger même. Il était le seul de la fratrie à s'adapter à sa nouvelle existence d'apprenti maréchal et s'était même découvert un goût prononcé pour le travail du feu.

En haut des marches, les Onrazac martelaient de nouveau la trappe avec le banc. OH ! HÉ ! OH !

Les cloches recommencèrent à sonner furieusement et à toute volée.

– Allons-y, dit Clodomir.

Quelques marches plus haut, ils trouvèrent l'échelle abandonnée par le bedeau. Clodomir regarda Pépin qui comprit et brisa chaque barreau avec son ferretier. Clodomir ramassa l'un des montants et reprit la montée en le tenant droit devant lui, comme un chevalier tient sa lance de tournoi.

A force de coups répétés, les planches de la trappe s'étaient fendues en longueur. A chaque fissure, les Onrazac poussaient un cri sauvage d'encouragement.

Blaise tournait le dos à l'escalier quand le montant de l'échelle frappa l'os de sa hanche. Il lâcha le banc et, comme la fois précédente, son père fit de même en faisant un écart pour l'éviter, et, comme la fois précédente, son dos heurta le même pilier qui se brisa. Le plafond fait de longues solives et de planches de trois pouces s'écroula avec un grand craquement, écrasant les autres piliers, recouvrant les Onrazac et Clodomir, libérant des nuages de fines poussières séculaires qui prirent un long moment pour redescendre.

Sentant le sol se dérober sous lui, Charlemagne sauta sur le bourdon et s'agrippa au mouton, enserrant ses cuisses autour de la panse évasée. L'empoutrerie des cloches étant solidement cimentée dans le mur, la disparition du plancher ne les concernait pas.

Il regarda en bas et n'aperçut qu'un nuage de poussière recouvrant tout. Il vit par contre Pépin, indemne, qui se tenait à l'entrée de l'escalier et le regardait en lui criant quelque chose qu'il n'entendait pas, trop assourdi. Ses oreilles étaient pleines de bourdonnements intenses et continus qui ne laissaient rien filtrer.

Il sourit à son frère et dit :

– Où est Clodomir ?

Pépin eut une mimique impuissante vers l'enchevêtrement de poutres et de planches hérissées de clous. Soudain, quelque chose le projeta en avant. Le lieutenant Rondon, deux archers et le vicaire apparurent. Les yeux du dernier s'exorbitèrent devant l'étendue des dégâts. Des gémissements et des grognements s'élevaient de sous les décombres qui remuaient par endroits.

– Dégazez vite notre frère qui est dezous, ordonna une voix forte au-dessus d'eux.

Ils levèrent la tête et virent Charlemagne agrippé à la cloche et qui les regardait d'un air dégoûté.

– On peut dire que votre affaire est bien mauvaise, lui dit rudement l'exempt.

Clodomir fut retrouvé allongé contre le mur. Il était

intact à part de nombreuses bosses, quelques écorchures et plusieurs échardes plantées çà et là.

L'échelle utilisée par Charlemagne pour coincer la trappe servit à le dépercher du bourdon.

Les trois frères descendirent du clocher sous étroite surveillance. Les archers leur avaient lié les mains dans le dos. Clodomir boitait. Ses cheveux et ses vêtements étaient gris de poussière, l'un de ses bas déchiré jusqu'au talon traînait derrière lui. Son arcade sourcilière ne saignait plus mais sa joue était couverte de sang mêlé à de la poussière et à des escarbilles. Charlemagne, toujours sourd, était maculé de vert-de-gris ramassé sur la cloche. Pépin n'avait rien.

Malgré les circonstances, ils semblaient heureux d'être réunis et se faisaient mille sourires en jargonnant avec volubilité. Pépin se retournait parfois et lançait un regard d'assassin vers l'archer qui lui avait séquestré son ferretier.

La place Royale grouillait de monde. Une foule hostile se pressait autour de l'église. L'apparition des trois petits Tricotin provoqua des remous. Il y eut des huées.

– C'est bien assez avec eux !

– Bannissez ces trublions, macarel !

– J'ai perdu ma matinée, moi, avec tout ce raffut pour rien !

Le bedeau était adossé au porche d'entrée. Il pleurait en geignant plaintivement. Ses pieds avaient gonflé démesurément dans ses souliers. Une bonne âme les lui libérait en découpant le cuir à l'aide d'un couteau de poche. On était parti quérir le médecin juré et le chirurgien.

Les garçons rirent à la vue du grand-père Baptiste, du grand-père Louis-Charlemagne et de l'oncle Caribert qui jouaient des coudes pour s'extraire de la foule.

– Ils sont arrêtés à la clameur publique, les avertit le lieutenant.

– Où les emmenez-vous ? demanda Louis-Charlemagne.

– Au tribunal, évidemment. Monsieur le juge les veut sur-le-champ. A propos, lequel est le vôtre ?

Le maréchal désigna Pépin qui lui sourit aimablement.

Le lieutenant eut une moue dégoûtée.

– Vous feriez bien de nous accompagner. C'est justement celui-là qui a escagassé les petons du bedeau.

Il montra le grand marteau tenu par l'un des archers.

– Ce ferretier est mien, dit Caribert.

– Possible, mais c'est maintenant une pièce à conviction.

Floutard ne dit mot. Il se contenta de regarder fixement
Clodomir qui parlait dans l'oreille de Charlemagne.

Les gens s'écartaient pour les laisser passer. Certains
suggéraient des choses désagréables.

– Livrez-les à l'officialité.

Attenter aux cloches de l'église – des cloches baptisées
en leur temps par l'évêque – était perçu comme un acte
proche du blasphème.

Le petit cortège s'engageait dans la rue des Deux-Places
quand Dagobert et Clotilde apparurent, venant de la rue
des Afitos. Ils trottinaient côte à côte au milieu de la
chaussée : ils étaient à bout de souffle.

Charlemagne leur cria d'une voix enjouée :

– *Ravantopec mezami !*

Leur visage s'éclaira. Clotilde courut droit vers ses
frères, visant Charlemagne. Dagobert suivit derrière.

– Emparez-vous de l'autre, ordonna le lieutenant en
crochetant la fillette au passage.

Elle perdit son bonnet en se débattant.

Un archer se saisit de Dagobert.

– Arrêtez donc. Ils n'ont rien fait, eux. Ils viennent juste
d'arriver, protesta l'oncle Caribert.

– Précisément, maître Tricotin. Et c'est bien la preuve
qu'ils ont comploté leur affaire depuis longtemps.

C'est donc une fratrie au grand complet qui fut enfer-
mée dans la Chambre de sûreté située dans la cave de la
Maison.

Creusée sous la salle du guet, on y entreposait le bois
et le charbon nécessaires au chauffage du bâtiment, les
réserves de froment entourées de ratières, les fûts de vin
nécessaires au bien-être du consul et de son conseil. On
y rangeait également les portes des mauvais payeurs et
le cent de piques que l'on distribuait à la population en cas
de danger.

L'espace réservé à la prison se trouvait au fond, délimité

par un mur aux moellons perlés d'humidité. Le jour venait d'une lucarne à barreaux. La porte de bois était à claire-voie, le sol était nu, le mobilier se limitait à un seau pour se vider.

Les quintuplés s'installèrent en cercle et se mirent à bavardiner en faisant des grands gestes, en riant à ventre déboutonné.

– Quoi ? Parlez plus fort, caramba, répétait Charlemagne en tapotant sur ses oreilles pour les déboucher.

Dehors, sous le porche au léopard, Floutard et les Tricotin argumentaient sombrement sur ce qu'ils allaient faire. Les propos du premier étaient désabusés.

– Tourne et retourne, quelle que soit la sentence du juge, il faudra payer. Et pas qu'un peu cette fois, vu l'importance des préjudices.

Louis-Charlemagne et Caribert s'abstinrent de répondre. Ils n'avaient pas encore terminé de payer le comtois de maître Durif.

Pendant que le lieutenant entreprenait la rédaction de son procès-verbal de « prise par corps à la clameur publique », l'appariteur mettait son tricorne aux couleurs du bourg et courait prévenir le juge Puigouzon qui habitait de l'autre côté de la place, dans une grande bâtisse à encorbellements et à tourelles d'angle.

Pendant ce temps-là, en haut du clocher, coincé sous une solive de châtaignier de trois cents livres, le premier piqueur Onrazac attendait impatiemment que le maître charpentier Pons improvise un palan capable de la soulever.

– J'ai laissé échapper mon fouet. Retrouvez-le, grognait-il entre deux jurons.

Son fils Blaise fut retiré des décombres sans vie, couvert de sang, les narines pleines de poussière. Le médecin reçu Izarn le déclara trépassé jusqu'à ce qu'il se ranime, éternue plusieurs fois et demande d'une voix chevrotante qu'on veuille bien lui narrer ce qui était arrivé.

Arnold de Puigouzon cumulait les charges de juge consulaire, de procureur fiscal, de magistrat instructeur et, depuis son élection l'an passé, de consul de Racleterre. Il mena les interrogatoires dans l'enceinte du tribunal en présence de l'abbé du Bartonnet, du vicaire de Saint-Benoît, et du greffier Pillehomme qui transcrivit chaque mot sur du papier à deux sols (comme celui du pain, le prix du papier avait doublé en une décennie).

Selon la loi, les cinq accusés durent d'abord faire le serment de dire la vérité. Ils jurèrent, mais seulement après s'être consultés en lenou. Le juge interdit aussitôt l'utilisation de « ce désolant patois » dans l'enceinte de justice et ne voulut jamais admettre qu'ils n'avaient pas prémédité leur coup de longue date.

– Comment auriez-vous pu deviner qu'il s'agissait de votre frère qui était en train de sonner ? Alors qu'on ne voit pas le clocher de la place de l'Arbalète, ni de la rue des Frappes-Devant, et encore moins de la tannerie Camboulives.

Cinq haussements d'épaules lui répondirent.

A la question : quel était le mobile de ce carillonnage intempestif, Charlemagne ajouta sans remords le péché de parjure à la liste de ses méfaits en répondant :

– Z'était pour attirer l'attention de Notre Zeigneur zur notre malheur. Comme z'était tôt le matin et que peut-être Il dormait encore z'ait zonné fort pour qu'Il entende ma requête.

Les quatre autres confirmèrent cette version en hochant la tête. Ils en avaient longuement délibéré dans la prison.

L'abbé du Bartonnet s'autorisa une intervention.

– Dieu ne dort jamais, petits ignorants ! Ensuite, quand on veut lui parler, c'est par la prière qu'on s'y prend, et pas en rameutant aux petites heures le bourg et tous ses faubourgs.

La délibération et la sentence furent expéditives et délivrées le jour même dans la salle du tribunal du rez-de-chaussée.

Les quintuplés Tricotin furent dûment atteints et convaincus de quatre chefs d'accusation : usage illicite des cloches, atteinte majeure à la quiétude publique, bris de plancher appartenant à la paroisse Saint-Benoît, voie de fait sur la personne du bedeau de ladite paroisse.

Ils furent condamnés à payer une amende de vingt livres

chacun, à rembourser l'intégralité des dégâts occasionnés au clocher, à verser la somme de trente-cinq livres tournois (cinq livres par orteil écrasé) à l'infortuné bedeau.

Ayant pris connaissance de l'insolvabilité des accusés, le juge somma les familles tutélaires de débourser pour eux. A aucun moment le nom du chevalier ou celui de ses piqueurs ne furent prononcés.

Puigouzon aggrava son verdict en les condamnant aussi à un jour entier de pilori, de soleil levant à soleil faillant.

Cette infamante condamnation outra les Tricotin et les Camboulives qui la jugèrent cruellement disproportionnée en rapport aux délits commis.

Floutard s'abstint de tout commentaire. Il avait récemment rouvert des négociations avec la Maison afin de louer la totalité des fossés extérieurs et il ne voulait rien compromettre (il comptait y cultiver des pommes de terre, un nouveau légume qui ne craignait ni les gelées, ni les grêles, ni les orages, ni les vents, ni la pluie).

La sentence étant exécutoire le lendemain de sa prononciation, les quintuplés furent ramenés dans la prison communale. Leurs mères-grands Adèle et Jeanne et leur tante Immaculée vinrent remettre au sergent chargé de leur surveillance cinq couvertures et un panier de victuailles.

Une fois seuls, ils se remirent en cercle, épaules contre épaules et passèrent la soirée à festoyer, à se chamailler joyeusement, à être heureux comme ils ne l'avaient plus été depuis leur séparation. Après tout, n'avaient-ils pas obtenu ce qu'ils désiraient ?

Chapitre 32

Dès l'aurore, un sergent gascon et quatre archers ensommeillés descendirent dans la cave et les réveillèrent. Ils obéirent et les suivirent jusqu'à la salle du guet où on les enchaîna les uns aux autres par la taille. Le sergent se munit de cinq gros cadenas dépareillés.

– On ne manze rien avant ? demanda Charlemagne.

– Non.

Ils se rendirent au pilori en file indienne, encadrés par les gens du guet et le sergent qui tenait sa pertuisane d'une main et leur chaîne de l'autre. L'aîné Clodomir avançait en tête, Charlemagne fermait la marche. On aurait dit cinq chiens de meute tenus en laisse.

L'air était doux, le ciel pacifique, la journée promettait d'être sereine.

Les matinaux qu'ils croisèrent les regardèrent passer sans faire de commentaires. Un chien couché devant l'échoppe d'un vinaigrier se leva et aboya à leur approche. Charlemagne imita le grognement d'un hybride irrité. Le chien jappa de surprise et retraita dans l'échoppe. Tout le monde rit, même les archers.

Le pilori de la place Royale datait du chevalier Walter et se présentait comme un édifice en forme de kiosque hexagonal, ouvert de tous les côtés et juché sur une plate-forme de cinq pieds. On y accédait par un escalier en pierre. Les six carcans étaient façonnés dans de fortes planches de châtaignier percées de trous : deux petits pour les mains, un plus grand pour la tête.

Le fronton portait les armes des Armogaste et on lisait en patois le long de sa frise :

GUARA QUE FARAS ENANT QUE COMMENCET
(fais attention à ce que tu vas faire avant de commencer).

La peine du pilori étant l'un des rares châtiments à ne pas exiger la présence d'un exécuteur pour son application, ce fut le sergent gascon qui se chargea de l'encarcanage.

Il souleva le premier carcan et contraignit Charlemagne à passer son cou et ses mains dans les trois ouvertures. Ce dernier sentit l'abattant de bois se refermer sur sa nuque et ses poignets. Le sergent rabattit le moraillon d'un coup sec et fixa dessus l'un des cadenas. Il souleva le carcan suivant et poussa Clotilde en répétant les mêmes gestes.

– On manzera quand ? s'enquit Charlemagne.

Il ne reçut pas de réponse.

Quand chacun fut cadenassé, le sergent reprit sa pertuisane et s'en alla en laissant l'un de ses hommes en faction.

Sa pique sur l'épaule, l'archer fit quelques pas incertains en cherchant un endroit où s'asseoir. Il choisit les marches du pilori. Il avait pour consigne d'interdire qu'on monte dans le kiosque, qu'on s'en prenne physiquement aux condamnés ou qu'on veuille les délivrer. On pouvait cependant les huer, les dauber, on pouvait même leur jeter des ordures, mais on ne pouvait les faire saigner d'aucune façon sans empiéter sur les privilèges de l'exécuteur.

Après un instant de silence, les quintuplés entrèrent en grande conversation, se racontant en lenou leur rêve de la nuit.

L'archer tendit l'oreille avec curiosité. Comme tout le monde, il avait entendu dire qu'ils s'étaient inventé un patois secret, mais il n'avait à ce jour jamais eu l'occasion de l'entendre. Après un moment, il eut du mal à croire que ce ragoût de mots biscornus lancés à toute vitesse puisse signifier réellement quelque chose. Pourtant, ils semblaient se comprendre et même se répondre. Ils paraissaient surtout heureux d'être ensemble.

Le carcan de Charlemagne était orienté côté château. Clotilde voyait un bout du château, la rue Haute-Neuve et une grande partie de l'ancien séminaire des Vigilants. Dagobert était face aux deux chênes séculaires qui encadraient la grande porte aux ferrures rouillées. Clodomir avait vue sur la venelle du Suif, l'église Saint-Benoît et le cimetière où reposaient leurs bons parents, tandis que Pépin faisait face à la porte cochère de la demeure de l'exacteur Bompaing et à la rue des Deux-Places. Le sixième carcan, vide, donnait sur le four banal, l'enceinte du verger et un bout du château.

C'est Pépin qui vit le mulet tirant la charrette de leur grand-père Louis-Charlemagne. Il était accompagné du cousin Mérovée porteur d'un panier à anse. Pépin prévint les autres qui s'écrièrent aussitôt d'une seule voix :

– BONJOUR NOTRE BON GRAND-PÈRE ! BONJOUR MÉROVÉE ! BONJOUR FANFAN.

Fanfan était le mulet.

L'archer se leva et regarda le maître maréchal approcher. Il répondit à son salut par un hochement de la tête.

– Bonjour mes enfants, dit Louis-Charlemagne en arrêtant Fanfan devant le pilori.

– Z'ai faim ! déclara Charlemagne qui se tordait le cou dans son carcan pour le voir.

– Nous aussi ! clamèrent les quatre autres.

– On s'en doutait, figurez-vous, dit le maréchal en descendant avec peine de la charrette.

Son bras droit le faisait souffrir ces derniers temps.

Le jeune Mérovée – il avait eu onze ans aux Rois mages – montra le panier en souriant. Il contenait cinq tranches de pain couvertes de pâté de lièvre, une omelette de dix œufs aux champignons découpée en cinq parts et cinq cabecous bien durs enroulés dans des feuilles de vigne. Pour boisson, une outre pleine d'eau mêlée à du vin était suspendue à la ridelle.

Comme ils ne pouvaient se servir de leurs mains, il fallut les nourrir bouchée par bouchée, ce qui prit du temps.

L'archer ne s'interposa pas. Aucune consigne n'interdisait le ravitaillement des encarcanés. De plus, il trouvait bien naturelle la solidarité du vieux maréchal envers ses petits-enfants.

Charlemagne mâchait une grosse portion d'omelette quand Saint-Benoît sonna l'office de prime. Comme chaque matin après le dernier coup de cloche, le pont-levis du château s'abaissa lentement. Il vit Martial au-dessus de l'entrée, actionnant le treuil des chaînes.

La place Royale commençait à s'animer. Des places du bourg, elle était la plus fréquentée, aussi y avait-on édifié le pilori.

Les équipes de Filobard et de Duganel passèrent avec leurs tombereaux. Ils saluèrent l'aîné sans s'arrêter. Clodomir ne leur répondit pas. Il leur en voulait encore de l'avoir poursuivi la veille.

Louis-Charlemagne allait de l'un à l'autre en prenant plaisir à les voir mastiquer de si bon appétit. Il devinait que ce châtiment n'en était pas vraiment un dès l'instant où, pour eux, l'important était d'être réunis. Il était plus que jamais opposé à leur séparation et trouvait injuste ce qui leur arrivait. La veille, au conseil de famille qui avait suivi leur condamnation, il avait proposé leur réunification, mais Floutard l'avait refusée. Le maître gadouyeur-vidangeur avait encore espoir de voir Clodomir lui succéder un jour.

Avant de repartir, Louis-Charlemagne posa discrètement un liard de trois sols sur la marche voisine de celle où était assis le garde.

— Soyez assez bon de les désencarcaner quand ils auront envie de faire leurs eaux.

L'archer se souleva et s'assit sur la pièce de cuivre qui disparut.

— Ce serait bien volontiers, maître Tricotin, mais c'est mon sergent qui a les clefs des cadenas.

— C'est qu'ils ne tiendront jamais jusqu'au couchant. Il va bien falloir qu'ils se vident. D'autant plus qu'ils viennent de manger et de boire. Et pas qu'un peu.

L'archer prit un air fataliste. Louis-Charlemagne eut un regard appuyé vers le liard invisible sous son fessier.

— Soyez alors assez bon pour les gratter si quelque chose les démange.

L'archer opina du chef. Le maréchal-ferrant remonta sur sa charrette. Mérovée le rejoignit.

Avec l'avancée du jour et l'ouverture des trois portes, la circulation sur la place allait croissant.

— A plus tard, mes enfants, et surtout, ne répliquez point

si certains viennent se gausser, ça ne ferait que les encourager à continuer.

L'archer attendit qu'ils aient disparu dans la rue des Deux-Places pour se soulever et empocher le liard.

Des « Hay hay », des « Tout coi, tout coi », des claquements de fouet, des aboiements signalèrent que les piqueurs et les valets sortaient les meutes dans la basse-cour pour les conduire à leurs ébats.

Charlemagne, qui reconnaissait par instants la voix de ses préférés, les présentait à la fratrie.

— Lui, z'est Tapazaud, le chef de meute des Zaint-Hubert, et lui z'est Sicanaud, zon fils qu'est zamais content comme grand-père Baptiste.

— Et Quinteux ? Je voudrais bien le voir, moi, dit Pépin.

La veille au soir, Charlemagne leur avait longuement parlé de sa fuite parmi les hybrides et de leur très lunatique chef de meute.

La première à franchir le pont-levis fut celle des braques, avec, bien sûr, Laissez-Passer en tête, un grand chien bien gigoté au regard franc et à l'air aussi sérieux que décidé. Encadrés par les valets et par le piqueur, les Saint-Hubert et les chiens fauves de Bretagne suivaient derrière, les hybrides en dernier. Blaise faisait grise mine. Il portait un pansement au poignet, un autre autour du front et de multiples égratignures zébraient son visage. Son père était absent.

— J'espère que c'est parce qu'il a quelque chose de bien cassé, se dit Charlemagne en le voyant se dérouter vers le pilori et venir le regarder sous le nez.

— Ahi. On dirait qu'un plafond vous est tombé sur le lampion, dit Clotilde d'une voix qu'elle forcissait pour imiter celle de ses frères.

La fratrie éclata d'un seul rire méchant d'où émergeait celui de Charlemagne, supérieur de trente décibels bien comptés à celui des autres.

L'archer se leva et contourna le pilori pour assister à l'échange. Il vit le piqueur ramasser une poignée de crottin et la projeter sur la garce qui la reçut en plein visage, coupant son rire net.

— V'là pour t'embellir, laideronne.

Ramassant une plus grosse poignée, il visa Charlemagne qui baissa la tête et la reçut sur le crâne.

– Et toi l'animal, tu feras moins le faraud quand tu sauras ce que te réserve notre seigneurie.

Il récolta une autre poignée et la lança de nouveau sur Clotilde qui cria. Clodomir, Pépin et Dagobert se tortillèrent dans leur carcan. Ils entendaient mais ne voyaient rien.

Le piqueur se penchait pour ramasser une autre poignée quand l'archer le prévint d'une voix neutre :

– Attention, maître Onrazac, comme y faut nullement les faire saigner, assurez-vous qu'aucune caillasse ne soit mêlée à votre crottin.

Blaise allait rabrouer l'homme du guet quand Charlemagne se mit à aboyer sur un mode provocateur. Les meutes qui dépassaient le four banal et allaient s'engager dans la rue des Deux-Places s'immobilisèrent, oreilles dressées, truffe frémissante. Le piqueur pâlit en écarquillant les yeux. Avant qu'il ne réagisse, Charlemagne imitait les abois d'un chien en défiant un autre.

– Attention ! hurla Blaise aux valets.

Ne comprenant pas ce qui arrivait, ceux-ci restèrent plantés là à regarder les chiens s'agiter fébrilement.

Blaise leva son fouet pour frapper Charlemagne, mais l'archer s'interposa en le menaçant du manche de sa pique.

– C'est prohibé. Ne m'obligez point à verbaliser.

Charlemagne en profita pour conclure ses imitations par une perfide série de miaulements de chat adulte en difficulté qui hérissèrent toutes les échines et déclenchèrent le chaos. Les quatre meutes se dispersèrent dans toutes les directions, courant, jappant, bahulant, tous y allant à pleine gorge.

Quand on sait que l'autorité d'un piqueur se reconnaissait avant tout à sa capacité à maintenir ses chiens en formation, il ne pouvait guère arriver pire.

Les valets paniqués lançaient ordre et contrordre, aggravant la pagaille. Blaise se précipita à leur rescousse, gueulant sans se retourner :

– Le Pibrac te brûlera, Tricotin maraud !

– Et moi, ze te cazerai toutes tes dents avant ! hurla Charlemagne hors de lui, atteignant cette fois les ultrasons.

Sans dents on ne pouvait sonner, faute de support où appuyer l'embout de la trompe. Et le jour où Blaise ne pourrait plus sonner serait aussi son dernier jour de piqueur de grand chenil.

— Les hybrides ! Mordiou ! Rattrapez d'abord les hybrides, cria-t-il aux valets en montrant Quinteux et sa meute qui filaient vers la venelle du Suif, semant l'effroi parmi les passants.

Le chevalier Virgile-Amédée petit déjeunait en compagnie de son fils Anselme quand les premiers abois retentirent. Leur puissance les surprit. Le chien qui les avait poussés devait être d'une taille peu commune pour donner ainsi de la voix. Puis ce furent de très insolites miaulements de chat. Là encore, leur intensité dénonçait un matou de la taille d'un âne, ce qui n'était point dans l'ordre de la nature. Par contre, ils reconnurent sur-le-champ la nature du hourvari qui suivit ces miaulements.

— Vive Dieu, les meutes se débandent ! s'exclama le chevalier en se dressant sur son fauteuil, le visage empourpré d'indignation.

— C'est ce triple jean-foutre de Blaise qui est d'ébats ce matin, dit son fils en se levant à son tour.

Ils coururent dans le couloir et croisèrent Francol qui venait de la cuisine portant la suite du petit déjeuner (des filets mignons de cerf marinés et cuits à point). L'intendant-maître d'hôtel les regarda filer sans comprendre, notant au passage la démarche raidie de son maître qui allait sur ses soixante-deux hivers.

Quand ils débouchèrent dans la basse-cour, ils virent Quentin Onrazac sortir du grand chenil en boitant bas.

Le premier piqueur était alité et se remettait avec aigreur de ses contusions (au moins trois côtes fêlées, un genou comme gonflé d'eau et de nombreuses bosses sur le crâne), lorsque les premiers abois avaient retenti.

— Si la faute en est à Blaise, je lui retire les ébats à jamais, lança le chevalier en courant vers le pont-levis où l'on voyait se profiler Martial, les mains sur les hanches.

La vision de la place Royale grouillante de plus de cent

chiens livrés à eux-mêmes provoqua un nouveau juron du chevalier.

— Vérole de putasse !

— C'est encore ce vilain épateur, votre seigneurie, dit le concierge avec un geste vers le pilori. C'est point chrétien qui puisse ainsi commander aux bêtes.

De son carcan, Charlemagne vit le chevalier et monsieur Anselme accourir sur le pont-levis où était déjà Martial.

— Œille-les ma Clotilde, y zont point fiers.

Sa sœur ne répondit pas. Il se tordit le cou pour la regarder et vit ses yeux brillants de larmes.

Devinant les raisons de sa peine, Charlemagne chercha la comparaison la plus flatteuse qu'il pût imaginer.

— Tu n'es point une laideronne. T'es même bien plus belle que Sarmeuse ou Polizonne.

Charmeuse et Polissonne étaient les lices portières les plus réussies de la chiennerie.

— Si je ne suis point laideronne, pourquoi il l'a dit alors ?

— Parze qu'il est méçant.

Ses autres frères qui écoutaient intervinrent.

— Parce qu'il est bigle, dit Dagobert.

— Parce qu'il est très laid lui-même, proposa Pépin.

— Parce qu'il a les méninges embrenées, conclut Clodomir qui tenait l'expression de grand-père Floutard.

Quentin Onrazac apparut sur le pont-levis. Charlemagne vit avec plaisir que son torse était bandé et qu'il traînait la jambe : il se contint de lui crier « Z'est bien fait ».

Il fallut la matinée entière pour reformer les quatre meutes. Les hybrides furent les plus difficiles à regrouper. Adorant pourchasser tout ce qui fuyait devant eux, ils égorgèrent cinq chiens, une chèvre et son bouc, une douzaine de poules, trois canards et deux oies dont un jars. S'ils ne mordirent personne, c'est que personne ne leur en donna l'occasion.

Le chevalier les retrouva près de la porte Basse et les rameuta au fouet et à la voix, cinglant l'arrière-train de Quinteux qui n'obtempérait pas assez vite. Il les ramena au château.

Voyant la meute passer, Charlemagne salua Quinteux qui vint lui rendre sa politesse. Le fouet du chevalier cingla à nouveau son arrière-train. L'hybride jappa de douleur et rebroussa chemin.

A l'exception de dame Jacinthe et de Baptiste Floutard, tout Racleterre défila ce jour-là place Royale. Personne n'aurait voulu manquer un spectacle d'encarcanés. Le dernier remontait à la Saint-Martin : deux mystificateurs de cartes, pris sur le fait à *La dalle en pente*, avaient été exposés trois jours et trois nuits durant afin que chacun ait loisir de mémoriser leurs traits.

Grand-père Tricotin, accompagné cette fois de grand-mère Jeanne, revint au pilori.

– J'ai été voir votre sergent, dit-il à l'archer, et comme il ne veut rien savoir pour leurs besoins, nous emmenons un seau. L'un de vous a-t-il envie de pisser ?

– Oh oui ! répondirent les cinq en même temps.

Vers les neuf heures Clotilde annonça qu'elle voyait monsieur le maître chicaneur Alexandre Pagès-Fortin remonter à pied la rue Haute-Neuve. Un gros livre déformait la poche de son justaucorps gris souris. Des gens qu'il croisait, certains le saluaient, d'autres détournaient la tête.

– Y a aussi son domestique qui tient un panier sous le bras.

– Z'espère que z'est du manzer.

L'avocat apportait du poulet rôti, du pain blanc encore chaud qui sortait de son « four à pain pour tous » et cinq chopines de clairet. Il en offrit une à l'archer et calma ainsi sa méchante humeur croissante (tierce était passée d'une heure et il n'avait toujours pas été relevé).

Là encore, il fallut les nourrir morceau par morceau.

– Ah mes petits amis, vous voilà bien mal accommodés.

Il versa le vin dans une timbale et les abreuva l'un après l'autre en les encourageant.

– Buvez, buvez, ça vous aidera à prendre patience, et ce soir sera plus vite là.

Il eut un large sourire en tirant le gros livre de sa poche.

— Je vais vous faire la lecture, ainsi vous n'aurez point entièrement perdu votre journée.

Il montra *Le Dictionnaire philosophique portatif*. La reliure portait des traces attestant un usage intensif : de nombreuses pages étaient cochées.

— Contez-nous plutôt le duel de notre bon père, réclama Dagobert.

— Mais je vous l'ai déjà conté un bon millier de fois !

— Ça fait rien ! s'exclamèrent-ils d'une même voix.

Pagès-Fortin prit un air perplexe. Chaque manifestation de leur étonnante syntonie le déconcertait toujours autant. Si ce n'avait été pure chimère, il aurait pu croire qu'ils communiquaient entre eux par la pensée. Le gros livre retourna à regret dans la poche.

— Fort bien, puisque c'est ce que vous souhaitez.

Les curieux qui tournaient autour du pilori en faisant des commentaires s'approchèrent, de même que les portefaix qui attendaient le client adossés au mur du cimetière et les demeurants-partout qui mendiaient çà et là. Tous aimaient les histoires, même aussi connue que celle du duel Tricotin-Crandalle.

— Tout commence donc le jour même de votre naissance. Je vous ai vus ce jour-là et vous n'étiez pas plus hauts que ça.

Il montra la chopine que venait de vider l'archer.

— Zauf moi qui étais le plus gros de tous, rappela Charlemagne.

Clodomir soupira avec agacement. Les autres rirent haut. Le vin commençait à faire son effet.

— Lors d'un duel, voyez-vous, mes petits amis, ce n'est pas forcément celui qui a raison qui l'emporte, mais le plus souvent celui qui est le plus adroit. Or votre père avait devant lui un adversaire particulièrement adroit puisqu'il était maître d'épée.

L'avocat décrivait avec des gestes explicites la mise en place du duel et l'instant crucial du choix des sabres quand Pépin annonça la venue de Joseph Vessodes en tête de ses élèves de la Petite École. Le diacre-régent tenait sa bible à la main. Sa classe avançait en rang par trois en chantant :

Où il y a paille
Il y a rat
Où il y a rat
Il y a chat
Où il y a chat
Il y a femme
Où il y a femme
Il y a diable.

Le carillonnage de l'autre matin l'avait outré autant que la condamnation des quintuplés l'avait réjoui. Partisan inconditionnel de l'exemplarité, le régent avait modifié son emploi du temps afin de conduire ses élèves (il disait ses ouailles) place Royale pour qu'ils constatent de leurs propres yeux le sort qui frapperait tôt ou tard tous les malappris fréquentant le soi-disant Temple du Savoir. La vue du maître chicaneur pérorant devant un public captivé lui échauffa le sang une fois de plus. Il le honnissait de toute son âme et entendait mal que l'officialité ne l'ait point encore fait saisir par corps, jugé, condamné et brûlé sur cette même place, en compagnie du buste de l'impie qu'il exhibait avec tant d'impudence à sa fenêtre. Ce n'était pourtant point les motifs qui faisaient défaut.

— Éloignez-vous, faites-nous place, ordonna le régent à l'assistance avec des gestes d'écarteur de rideaux.

On lui obéit, sauf Pagès-Fortin qui s'était interrompu pour le regarder venir avec un air mi-amusé, mi-excédé.

Le régent fit faire le tour complet du pilori aux élèves qui avaient cessé de chanter et observaient les encarcanés avec un grand intérêt. Vessodes faisait une pause devant chacun d'eux.

— Regardez, regardez, regardez, et prenez-en de la graine car voilà ce qui menace tous ceux qui deviennent d'assurés sacripants.

La frimousse souriante de Clotilde dépassant du carcan lui tira une expression dégoûtée. Il hésitait entre deux citations latines (*Mulieres non sunt homines* ou *Mulier est organum diaboli* / les femmes ne font pas partie du genre humain ou la femme est l'organe du diable), quand Pagès-

Fortin reprit son récit là où il l'avait interrompu, haussant la voix pour couvrir celle du régent.

– J'ai alors vivement conseillé à votre père de choisir le sabre et non l'épée.

– Notre bon père nous a toujours dit que c'était tonton Laszlo, protesta Clodomir.

– Tiens, c'est curieux, j'aurais pourtant juré que c'était moi.

– *Perette amarada lamila lézorou*, lança Clotilde.

La fratrie éclata d'un seul rire.

Persuadé d'être l'objet de leur hilarité, Vessodes eut le réflexe habituel de châtier sans délai : il frappa la fillette sur le crâne avec sa bible, déplaçant son bonnet de guingois.

Clotilde cria, déclenchant la fureur impuissante de ses frères. Charlemagne, le plus proche, cracha sur le régent mais le manqua.

– Monzieur le rézent vient de la frapper, dénonça-t-il bruyamment.

L'archer et l'avocat accoururent à l'instant où Vessodes récidivait son coup de bible sur le crâne de Charlemagne. Ce dernier poussa un cri qui surmonta tous les bruits de la place.

Quel coffre, songea Pagès-Fortin, quel remarquable chanteur d'opéra il ferait.

– Il est prohibé de toucher aux encarcanés, déclara gravement l'archer, aussi, sauf votre respect, monsieur le régent, je dois vous verbaliser de cinq livres.

Le visage de Vessodes devint aussi pâle qu'une hostie.

– Cela ne se peut, car ce n'est jamais moi qui châtie mais Dieu par le truchement de son fidèle intermédiaire, expliqua-t-il très sincèrement en brandissant sa bible.

Qu'il ait à justifier une telle évidence lui paraissait presque inconvenant.

L'irrésolution plissa le front de l'archer. Allait-il devoir verbaliser Dieu ?

– Pourtant c'est bien votre main qui tient cette bible, et c'est bien votre bras qui actionne cette main, tout comme c'est bien votre esprit qui leur commande à tous deux, intervint Pagès-Fortin, la voix moqueuse.

– Taisez-vous, monsieur le sans-Dieu, votre place n'est pas ici mais aux Enfers.

De blafard, Vessodes virait cramoisi.

L'avocat prit son gros livre et l'abattit sans avertissement sur la toque carrée du régent, l'aplatissant.

L'outrage écarquilla les yeux de Vessodes.

– Quoi ? Vous avez osé porter la main sur moi ?

– Ce n'est point moi, monsieur l'obscurantiste, c'est monsieur Arouet par le truchement de son fidèle porte-parole.

L'avocat agita l'exemplaire du *Dictionnaire philosophique*. Appréhendant une nouvelle attaque, Vessodes se retira à grands pas. Sa classe le suivit après un instant de flottement.

– Vous vous en mordrez les dents, je vous le certifie, maudit suppôt luciférien, explosa-t-il dès qu'il fut à une distance suffisante.

– Pas si vite, monsieur le régent ! lança l'archer en le rejoignant.

Pagès-Fortin rangea son livre et s'approcha de Clotilde pour lui remettre son bonnet droit.

– Narrez-nous la suite, demanda un jeune courtaud de boutique qui s'était résigné à arriver en retard.

L'avocat ne se fit pas prier.

Le trafic sur la place s'amplifiait. De nombreux véhicules la traversaient bruyamment. Un colporteur qui arrivait de la porte Basse déchargea sa lourde malle à dos au pied du pilori et l'ouvrit largement sur les multiples ouvrages de littérature de gibet dans laquelle il était spécialisé.

Un groupe de paysannes aux joues rouges venant des hameaux circonvoisins vint grossir l'assistance. L'une d'elles portait un grand panier en osier d'où sortaient les têtes au long cou blanc d'une paire d'oies. Elles firent le tour complet du pilori en se gaussant en patois, s'attardant devant Clotilde, la montrant du doigt en gloussant.

– Laizez-la en paix, mauvaizes commères ! s'écria Charlemagne.

– Comment qui parle c'lui-là ? C'est l' Pibrac qui t'a ébouillanté ainsi la langue ?

Comme elles connaissaient leur droit, elles ramassèrent ce qui restait de crottin et en bombardèrent les quintuplés en gloussant de plus belle. Une poignée atteignit Charlemagne alors qu'il ouvrait tout grand la bouche pour pousser l'un de ses cris terriblement sonores. Il toussa et racla sa gorge jusqu'à ce qu'il ait recraché tous les débris pailleux collés partout dans son gosier.

Leurs brimades achevées, il les vit s'éloigner bras dessus bras dessous, le dos encore secoué de joyeuseté. Elles atteignaient la rue Haute-Neuve quand il se mit à glatir comme un aigle, provoquant un début de panique chez les oies qui se débattirent pour s'extraire du panier, faisant jurer leur propriétaire. Une bien mince vengeance en comparaison de celle qu'il aurait aimé leur faire subir.

Poussiéreux, non rasé, le dos bien droit malgré la fatigue et les courbatures, Laszlo Horvath apparut place Royale à la mi-relevée. Son navarrais qui sentait l'écurie avait tendance à forcer l'allure.

Parti quatre jours auparavant, il revenait de la foire de Roumégoux où il avait acheté pour le compte du chevalier six jeunes et beaux chevaux payés trois cents livres pièce. Crespin, le valet d'écurie qui l'accompagnait, semblait à peine tenir sur sa selle. On eût dit qu'il avait dormi la tête en bas. Il s'était assoupi plusieurs fois en chemin et était même tombé de cheval. Son front tuméfié portait la trace de sa chute. Il ne comprenait pas comment le maître débourreur, pourtant son aîné de trente ans, pouvait chevaucher aussi crânement après une telle nuit de débauche ininterrompue. Crespin avait pu vérifier que la réputation du Hongrois n'était pas usurpée. Le maître débourreur connaissait bien par leur nom les mères maquerelles et leurs pensionnaires des quatre bordels de la rue Haut-de-Chausse.

Laszlo remarqua le public rassemblé autour du pilori indiquant qu'il était occupé. Indifférent, il le dépassait quand soudain un chœur de cinq voix déclama :

– BIEN LE BONJOUR TONTON LASZLO !

– Hé ! s'exclama-t-il de surprise.

Il dirigea sa monture sur le pilori, sans se soucier des gens qui s'écartèrent rapidement pour ne pas être bousculés. Un cavalier avait toujours la priorité, *a fortiori* s'il portait le sabre.

Sans démonter et sans un mot, Laszlo fit le tour de l'édifice, reconnaissant tour à tour Clodomir, Pépin, Dagobert et Clotilde qui lui fit un large sourire séducteur. Il s'arrêta à la hauteur de Charlemagne. Celui-ci se dévissa le cou vers le haut pour le voir. Il poussa un petit hennissement amical à l'intention du cheval qui palpita des larges naseaux en reconnaissant son odeur.

– Combien de temps ici encore ?

Les années passaient, ses solécismes demeuraient.

– Zusqu'au coucer du zoleil.

Sans un mot de plus, Laszlo fit demi-tour et reprit son chemin vers le pont-levis, suivi de Crespin qui tirait derrière lui les six chevaux reliés entre eux par leur licou.

Moins d'une heure plus tard, Laszlo revenait, à pied cette fois, portant lui aussi un panier dans lequel étaient réunis les copieux reliquats du dernier repas des Armogaste : pâté de perdreau, semelles de faisan à l'espagnole, cailles à l'estouffade, plus quelques filets mignons de sanglier sauce poivrade. Le maître coq Larouzaude qui tirait bénéfices de ces restes en les revendant aux pauvres n'avait osé protester. La position hiérarchique du débourreur ainsi que son tempérament réputé court et brutal ne s'y prêtaient guère.

– Ça galope, expliqua le Hongrois en commençant la distribution.

Les vêpres allaient sonner d'un moment à l'autre quand l'oncle Félix Camboulives se voitura un passage dans le bruyant va-et-vient animant la place.

L'oncle Félix immobilisa sa charrette le long du pilori et tira de sous la banquette un panier contenant une tarte au miel et aux amandes qui en fit loucher plus d'un.

– C'est tante Blandine qui vous l'a faite, dit-il en la posant sur une marche du kiosque pour la découper en cinq parts égales.

Les vêpres sonnèrent. La plupart des femmes se trouvant autour du pilori et sur la place prirent la direction de l'église.

La tarte achevée, l'oncle Félix sortit du panier dix beignets au sucre et fit apparaître, toujours de sous la banquette, une dame-jeanne de vin de La Valette.

Il faisait boire Pépin, quand Louis-Charlemagne et Jeanne Tricotin arrivèrent. L'heure de la libération des encarcanés étant proche, chaque famille venait récupérer les siens.

Jugeant qu'il était du plus mauvais effet électoral d'être associé de près comme de loin au pilori, Baptiste Floutard envoya Arsène et Véron avec la vieille chaise. Une fois leur fardeau rangé près de l'escalier, les deux porteurs acceptèrent de bon cœur le gobelet de vin offert par l'oncle Félix.

Puis ce fut Culat qui se présenta avec un panier débordant de cochonnailles.

– Je voulais venir plus tôt mais ça ne m'a point été possible, s'excusa-t-il en distribuant des tranches de jambon de Najac, s'étonnant de leur petit appétit.

– C'est qu'on n'a plus trop faim, tonton Jean, admit Dagobert.

– Mangez, mangez, vous ne voudriez tout de même pas me faire l'affront. Ça se mange sans faim du si bon jambon. Tiens, goûte aussi ce cornichon, tu m'en diras des nouvelles.

Le lieutenant Rondon, le sergent basque et trois archers arrivèrent alors que le soleil se couchait derrière le donjon.

L'officier monta sur la marche palière du pilori et déclara d'une voix monocorde l'expiration du châtiment.

Le sergent entra dans le kiosque et décadenassa Clodomir qui alla aussitôt faire ses eaux à gros bouillons dans le seau. Pépin, Dagobert, Clotilde et enfin Charlemagne furent délivrés. Ils étaient silencieux et semblaient peu assurés sur leurs jambes. Dagobert tenait son ventre rebondi à deux mains. Charlemagne rota si fort qu'on aurait pu croire à un éternuement.

Ils se séparèrent sans un mot, presque sans un regard.

L'aîné disparut à l'intérieur de la chaise qu'Arsène et Véron emportèrent d'une bonne foulée. Clotilde et Dagobert montèrent à côté de l'oncle Félix sur la banquette, tandis que Pépin s'asseyait entre son grand-père et sa mère-grand.

Fermement retenu au bras par l'exempt, Charlemagne fut conduit au château et remis en main propre au chevalier Virgile-Amédée.

Le châtelain était dans les écuries et admirait une fois de plus les achats de son débourreur. Les chevaux étaient beaux et ils avaient été acquis un prix raisonnable. Dans un an, Laszlo les aurait débourrés et ils se revendraient alors aisément six cents livres et plus.

Rien n'était plus risqué que de chevaucher à grande vitesse dans un sous-bois de haute futaie barré d'obstacles aussi variés qu'inattendus. Le Hongrois excellait à dresser les chevaux à ralentir, à changer subitement de direction, à franchir des accidents de terrain incontournables ou encore à s'arrêter brusquement. Le débourrage d'un cheval de vénerie ressemblait en bien des points à celui d'un cheval de combat.

– Celui-là, pas joli, mais meilleur de tous, dit Laszlo en flattant la croupe d'un auvergnat à la robe gris louvet, une couleur qui « faisait » sale. Lui, bien près du sang. Pas vendre. Prendra bonne relève de Tonnerre.

Tonnerre était l'alezan de huit ans du chevalier, une bête plutôt têtue, mais ayant du train, du fond et passant partout.

Martial apparut dans l'écurie. Il se composa un air dégoûté pour dire :

– Faites mille excuses, votre seigneurie, mais c'est monsieur le lieutenant Rondon qui ramène le Tricotin.

L'expression de satisfaction du chevalier disparut.

L'officier du guet entra, poussant devant lui Charlemagne qui affichait un air maussade. Le garçon s'adoucit en reniflant la bonne odeur de fourrage qui embaumait l'écurie et à la vue de Laszlo près des nouveaux chevaux.

Le chevalier remercia brièvement le lieutenant qui sortit à reculons, saluant bien bas et bien plus qu'il n'était nécessaire (il briguait pour sa fille cadette un emploi dans la mesnie et ne savait comment aborder le sujet).

Charlemagne croisa les bras sur sa poitrine mais garda la tête baissée sur ses sabots, atténuant l'air fendard que lui prêtait cette posture.

— Hier, par tes excentricités, j'ai compté à la Maison pas moins de quarante-trois livres.

Le chevalier sortit de sa poche le mémoire communiqué par le secrétaire Pillehomme et chaussa son nez de besicles pour lire.

— Vingt livres pour l'amende, seize sur les quatre-vingts que va coûter le nouveau plancher du clocher et sept sur les trente-cinq allouées au bedeau.

Charlemagne hocha la tête. Lui qui n'avait jamais possédé plus de dix sols était flatté d'être à l'origine d'une dépense aussi coquette.

— Cette somme représente exactement trois ans et huit mois de ton salaire de petit valet de chiens. Il est donc juste que tu ne perçoives plus rien avant le jour de la Saint-Sylvestre 1778.

Charlemagne garda la tête baissée et les bras croisés. Le ton du chevalier se fit plus conciliant.

— J'entends mal ton entêtement à vouloir t'enfuir. Un sans-avenir comme toi devrait louer Dieu chaque jour de vivre en notre château. Devenir piqueur n'est-il pas un sort plus noble et plus enviable que porte-sabot de maréchalerie ou compagnon tanneur ?

— Ze veux mes frères et ma zœur auzi, z'est tout.

Un cheval dans l'une des stalles du fond souffla en sabotant le sol.

— Z'est Zauterelle qui a soif, prévint-il sans lever les yeux.

Le chevalier eut une mimique trahissant sa perplexité.

— Comment le sais-tu, on ne la voit même pas d'où nous sommes ?

Charlemagne haussa les épaules. La question lui paraissait stupide.

— Z'est elle qui le dit.

– La jument *dit* qu'elle a soif ?

– Oui, et zi elle avait faim elle aurait dit comme za.

Il poussa une série de soufflements chevalins tout en raclant le sol avec ses deux sabots.

– Ça galope ! lâcha admirativement Laszlo.

Le Hongrois savait depuis longtemps que les chevaux communiquaient entre eux par toutes sortes de bruits et de postures. Apparemment, Charlemagne le savait aussi, mais lui était capable de les comprendre. Il possédait de surcroît la rare faculté de pouvoir reproduire à l'identique pratiquement n'importe quel son.

– Les bêtes ne parlent pas, objecta sans trop de conviction le chevalier.

Un demi-siècle de laisser-courre et de contacts quotidiens avec ses chiens et ses chevaux avait secrètement ébranlé certaines de ses plus profondes certitudes sur le sujet. Il lui était de plus en plus difficile de considérer les animaux comme des machines sans âme, ignorant la souffrance et dont chaque action relevait de la simple mécanique naturelle instituée par Dieu. Pourtant, prêter à des animaux des pensées, des désirs, voire même un langage, équivalait à leur octroyer une âme, ce qui était très impie, très blasphématoire et très dérangeant.

Charlemagne bâilla.

– Z'ai sommeil, moi.

– C'est bien naturel après pareille journée, ironisa le chevalier. Martial, mène-le donc au cachot pour trois jours pleins, dit-il en s'adressant au concierge qui attendait près de la porte.

Charlemagne releva la tête, décroisa les bras et serra les poings.

– Z'ai rien fait, z'est point zuste.

– Tu oublies un peu vite la matinée que nous avons perdue par ta faute à regrouper les meutes. C'est pur miracle que personne n'ait été denté.

– La faute n'est point mienne. Quand on zait point tenir les meutes, on les zort point, z'est tout.

Le chevalier n'apprécia pas les poings serrés et le ton regimbeur du gamin. Sa voix se durcit pour dire :

– La prochaine fois que tu nous donnes motif à mécontentement, tu recevras le fouet. Te voilà mis en garde.

Charlemagne recroisa les bras, rebaissa la tête et se retint de soulever les épaules. Le chevalier venait de grimper de plusieurs places sur sa liste d'ennemis mortels.

Serrant dans ses bras sa paillasse, sa couverture et £un seau d'aisance, Charlemagne montait les marches du donjon creusées en leur milieu par quatre siècles d'usage. Martial suivait derrière, lui donnant des bourrades chaque fois qu'il faisait mine de s'arrêter pour souffler.

Depuis la mort du chevalier Évariste, le vieil édifice féodal était inoccupé. Seuls le cellier et la cave continuaient d'être en service. Le chevalier Virgile-Amédée s'était depuis longtemps installé dans le spacieux et confortable corps de logis accolé au donjon deux siècles plus tôt et qu'on appelait le château neuf.

L'ancienne salle des gardes du quatrième étage faisait office de prison du château. Elle était vide de mobilier. Des torchères en fer rouillaient aux murs. Le jour rentrait chichement par quatre étroites archères percées dans des murs épais de sept pieds qui suintaient d'humidité. Le plancher était recouvert d'une couche de poussière sillonnée par de multiples traces de rats et de cancrelats.

Charlemagne déroula sa paillasse devant la grande cheminée désaffectée. La plaque en fonte posée debout devant le contrecœur représentait une Diane chasseresse armée d'un arc.

– Dors mal, mauvaise graine, lui souhaita sincèrement le concierge en fermant les verrous à triple tour.

Le premier réflexe de Charlemagne fut de chercher une échappatoire.

L'examen de la porte révéla un battant en chêne infranchissable sans une hache et plusieurs heures de grands ahans. Quant aux archères, elles surplombaient un à-pic de douze toises impraticable sans une corde longue et solide. Restait la cheminée.

Il entra dans le foyer, leva la tête et fut déçu de ne trouver qu'une chambre de fumée totalement obscure. Le sommet du conduit était bouché ; depuis longtemps à en juger par l'air vicié qu'il y respira.

Il revint vers sa paillasse, s'enroula dans la couverture et ferma les yeux pour mieux réfléchir à ce qu'il ferait subir au chevalier le jour où l'occasion se présenterait.

Chapitre 33

Un jour gris pluvieux s'était levé depuis peu quand les sabots de Martial résonnèrent dans l'escalier.

La porte s'ouvrit. Les clefs de son clavier cliquetèrent lorsqu'il se pencha pour déposer sur le plancher un pichet d'eau du puits et un quignon de pain de la taille d'une main.

Avant de repartir, le vieux grincheux marmonna quelque chose de désobligeant à propos des rats que Charlemagne ne comprit pas.

Le pain était si dur qu'il dut le détremper dans l'eau avant de pouvoir mordre dedans. Il vit que de nombreuses crottes de rat y flottaient. Il les ôta avec ses doigts et se désaltéra sans répugnance.

Il savait que Martial s'était vivement indigné en apprenant qu'il avait adopté une portée de ratons. Pour quelqu'un qui se consacrait quotidiennement à leur abolition, un tel acte dénonçait forcément une nature exécrable. Les rats n'étaient-ils pas les ennemis jurés du genre humain? Qu'arriverait-il, Seigneur, si un jour il trouvait une vipère cornue, ou un scorpion des murailles, ou une tarentule poilue?

A peine Charlemagne avait-il avalé la dernière bouchée qu'il se penchait par l'archère donnant sur la basse-cour et tonnait d'une voix à se rayer l'émail dentaire.

– HÉ! Z'AI ENCORE FAIM, MOI, CARAMBA!

Les familles de choucas qui nidifiaient sous les mâchicoulis s'éparpillèrent dans les airs. Plusieurs chiens aboyèrent dans les chenils, une jument hennit, des poules caquetèrent. Même les freux en haut des châtaigniers agitèrent leurs ailes en signe de mécontentement.

Bientôt des bruits de bottes montant l'escalier de pierre

lui confirmèrent qu'on avait entendu sa protestation et qu'on y remédiait. La clef tourna dans la serrure. Charlemagne s'approcha. La porte s'ouvrit. Blaise Onrazac apparut, éclata de rire et lui vida dessus un seau rempli d'eau de cuisine. La porte se referma en claquant.

Rouge de colère, Charlemagne s'essuya les cheveux et le visage avec la couverture en fulminant contre son impuissance. L'eau graisseuse avait transformé la poussière du plancher en boue grisâtre.

Il inspecta à nouveau la porte en s'attardant sur les imposantes fermetures. Il tenta de desceller une torchère avec l'intention de l'utiliser pour les détruire, mais il échoua, même en se pendant après. Les autres torchères résistèrent pareillement.

Il envisagea alors de découper en lanières ses vêtements, sa couverture, la toile de sa paillasse et de tresser avec une corde. La difficulté à trancher du tissu sans ciseaux, plus le temps que l'opération demandait, ajoutés à l'incertitude d'obtenir une longueur et une résistance suffisantes, l'incitèrent à renoncer.

Dehors, il se mit à pleuvoir.

Charlemagne remuait toutes sortes de méchantes pensées vengeresses quand des flop-flop-flop retinrent son attention. De l'eau s'égouttait par la cheminée. Intrigué, il entra dans le foyer. Des gouttes de pluie s'écrasèrent sur son visage. La chambre de fumée toujours aussi obscure l'empêchait d'estimer la hauteur du conduit. La salle de garde se trouvant sous la terrasse du donjon, il ne pouvait être très long.

Charlemagne se souvint des petits Savoyards que la fin de chaque été ramenait à Racleterre : ils se couvraient la tête d'un sac avant de grimper dans l'étroite cheminée de la saboterie.

Se dressant sur la pointe des pieds, il tâta les parois noires de suie. Ses doigts effleurèrent la tablette servant à fixer un protège-courant d'air. Il enleva sa veste détrempée et se couvrit la tête avec. Il roula sa paillasse et la tira dans le foyer pour monter dessus et gagner deux pieds. Là, il dut faire la sauterelle pour atteindre la plaquette et prendre appui dessus. Ses sabots le gênant, il les ôta. Il se hissa alors péniblement dans l'étroit conduit, s'aidant

des genoux et du dos, grimaçant sous la veste qui le protégeait des nuages de suie qu'il détachait au passage. Il fut
vite à bout de souffle et dut faire une pause en plaquant son
dos et en se bloquant de ses jambes tendues contre la paroi.
Au carré de jour du foyer en bas, il estima à six pieds la
distance parcourue. Il reprit sa progression en serrant les
dents, incertain sur ce qu'il allait trouver. Les muscles de
ses cuisses tremblaient sous l'effort.

– Ouille !

Sa tête venait de heurter quelque chose de métallique
qui avait bougé.

Il ôta sa veste et vit la grille qui condamnait le conduit.
Le choc avait ébranlé un vieux nid construit dix ans plus
tôt par les choucas et abandonné depuis : l'enchevêtrement savant des branchages qui le composaient s'était
déplacé et du jour apparaissait par les interstices.

Charlemagne agrippa la grille d'une main pour la secouer.
Son cœur battit plus vite dans sa poitrine. Elle n'était pas
soudée. Il suffisait de la soulever pour sortir du conduit.
Il disloqua le nid et jeta les morceaux pour pouvoir la
rabattre entièrement et passer.

Sa tête dégoulinante de pluie émergea lentement de la
cheminée. Il vit la terrasse crénelée du donjon, et, au-delà,
la muraille du château, la tour d'angle du levant, les
douves et les canards qui les sillonnaient en file indienne.
Il pleuvait toujours et les nuages gris qui traversaient le
ciel volaient si bas qu'en tendant le bras il aurait presque
pu en arracher un morceau.

Il se tournait vers le couchant quand il découvrit la seconde
cheminée accolée à la sienne. Tombait-elle dans la chambre
du chevalier Évariste ou dans l'ancienne grand-salle du
deuxième étage ? Aucune grille n'en barrait le passage.

Vérifiant que personne ne pouvait le voir, Charlemagne
sortit du conduit, sauta sur la terrasse et courut plié en
deux dans les flaques d'eau jusqu'à la tourelle de pierre
qui coiffait la porte d'entrée. Elle était fermée à triple tour.
Il maudit Martial qui n'oubliait jamais rien.

Il restait deux possibilités : retourner dans son cachot ou
tenter sa chance par l'autre cheminée.

Replaçant sa veste sur sa tête, il s'introduisit aussi vite

qu'il put dans le second conduit. Les parois en briques étaient recouvertes d'une couche de suie fraîche indiquant une utilisation récente. Il s'inquiéta de ne pas voir le fond et commença la descente en la souhaitant aussi courte que possible. Il s'incitait à la prudence en se murmurant à voix haute :

– Zi tu glizes, tu te tues.

Malgré la veste, de la suie s'introduisait dans ses yeux et ses narines.

Après un moment qui lui parut infiniment long, Charlemagne distingua le foyer de la cheminée, les chenets et les braises mortes de l'ultime flambée. Il se laissa tomber à pieds joints dessus et souleva un nuage de cendres qui s'ajouta à celui de suie. Il se trouvait dans la chambre de feu le chevalier Évariste Armogaste.

L'endroit sentait encore la mauvaise transpiration et les médecines. Le grand lit à trois matelas n'avait plus sa literie. De nombreuses petites fioles traînaient en désordre sur une table carrée à dessus de marbre. Les murs étaient tendus d'antiques tapisseries montant jusqu'au plafond : elles représentaient une chasse à l'ours des montagnes, un laisser-courre au loup en forêt, un embarquement pour la Croisade. Les tissus dégageaient des relents de moisi. Des rats s'étaient attaqués au cuir du fauteuil à roulettes poussé dans la ruelle.

La gorge étreinte, Charlemagne traversa la chambre jusqu'à la porte. Passant devant un grand miroir doré et sculpté, il se vit noir comme nègre. La porte était fermée à triple tour. Il s'y attendait, mais ce fut quand même un vrai crève-cœur. Il songea au chemin à parcourir pour revenir dans le cachot et connut un instant de grand découragement. Il vit aussi que ses mains et ses pieds couverts de suie laissaient des traces.

Il reprit cœur en se livrant à une fouille approfondie des lieux, prenant même un vif plaisir à tout retourner, à tout tripoter, à tout ouvrir, soulever, regarder dessus et dessous. Sans le savoir, il expérimentait pour la première fois ce bonheur tout simple qu'éprouve chaque pillard contemplant son butin : un mélange enivrant d'exaltation victorieuse et de toute-puissance jubilatoire.

303

– Si je veux, je prends tout, se disait-il avec délice et sans zozoter : il ne zozotait jamais en pensée.

Les clefs du château étaient dans un lourd étui de cuir fort rangé (caché ?) au fond d'un coffre à souliers, sous plusieurs paires aux formes rappelant celles en usage sous le Bien-Aimé.

Charlemagne ne comprit pas de suite l'importance de la découverte. Il sortit le clavier de son étui au rabat armorié et dénombra quarante et une clefs rouillées.

Il ne connaissait que deux claviers semblables : celui du chevalier Virgile-Amédée et celui de Martial. Était-il possible qu'il en existât un troisième ? Était-il possible que ce fût précisément celui-ci ? Cette perspective l'agita tellement qu'il dut respirer plus vite.

Retournant à la porte, il examina la mortaise de la serrure et essaya quelques clefs prises au hasard, sans succès. Il décida alors d'être méthodique en les essayant une à une. Il engageait la seizième clef quand il entendit la porte d'entrée du donjon s'ouvrir. Son cœur oublia de battre quelques secondes. Ses mains tremblèrent. Il connut un début de panique. Jamais il n'aurait le temps de retourner dans son cachot.

Collant son oreille contre le battant, il reconnut la voix du maître coq Larouzaude et celle de Coco, son galopin de cuisine. Il les entendit ouvrir la porte du cellier du rez-de-chaussée. Ils ne venaient pas pour lui.

Malgré une trépignante impatience, il attendit qu'ils repartent avec ce qu'ils étaient venus chercher (une pesante jarre d'huile d'olive) pour reprendre ses essais.

La clef ouvrant la chambre du chevalier Évariste était la vingt-neuvième du clavier. Le panneton accrocha le pêne et le fit glisser sans à-coups dans la gâche.

Comme dans un rêve, Charlemagne poussa la porte qui s'ouvrit docilement. Il fit quelques pas sur le palier en se mordant l'intérieur des joues pour ne pas pousser quelques victorieux « Ahiiiiiiii ! Caramba ! ».

Il se força à rentrer dans la chambre, à refermer la porte et à s'asseoir sur le bord du lit jusqu'à ce qu'il ait retrouvé son calme et puisse réfléchir à ce qu'il allait faire. Au bout d'un instant, il décida qu'il avait faim et soif.

Sortant à nouveau sur le palier, il remarqua les empreintes de ses pieds noirs sur la pierre. Il retourna dans la chambre et trouva dans une commode en noyer de vieilles chemises aux cols et manchettes de dentelle qu'il utilisa comme serpillière pour effacer les traces de son passage. Mais sans eau ni savon, la suie partait mal et s'étalait comme de la graisse, s'infiltrant dans la moindre fissure. Il enroula alors chacun de ses pieds dans une chemise, noua les manches autour des chevilles et descendit l'escalier ainsi chaussé. Il dépassa le palier du deuxième étage où se trouvait l'ancienne grand-salle en se promettant de la visiter une autre fois.

La clef du cellier était la vingt-septième. Le pêne glissa sans bruit dans la serrure bien huilée. Charlemagne entra dans une salle mal éclairée par deux lucarnes qui ne laissaient passer qu'une maigre lumière. Sur sa dextre, à côté d'un empilement de madriers servant à rouler les tonneaux, un large escalier s'enfonçait dans l'épaisseur de la motte et, à en juger par l'odeur, menait à la cave à vins.

Le cellier servait d'entrepôt à des barriques d'huile, des sacs de châtaignes et d'oignons, des barils de pommes, des sacs de blé et d'orge. Hors d'atteinte des rongeurs, une enfilade de gros jambons tombaient du plafond. Des étagères supportaient des alignements de bocaux de toutes tailles garnis de cornichons, d'olives, de confitures, de foies gras, de pâtés de toutes sortes.

– Zi ze veux, ze manze tout, prévint-il à mi-voix avec satisfaction.

Martial avait disposé çà et là plusieurs pièges à rats appâtés au lard. Il en utilisait de deux modèles : des pièges à ressort et des nasses. Il marquait une nette préférence pour ces dernières qui restituaient la victime vivante et permettaient ainsi de la tuer soi-même. Martial aimait immerger la nasse dans un seau et reluquer les efforts désespérés de la bestiole. Il se sentait alors très proche des exécuteurs de haute justice qui nettoient la société des mauvais éléments. Chaque rat trucidé était une victoire sur le Mal. Le concierge procédait à ces « exécutions » près du puits, au vu et au su de tous, invitant chacun à venir observer l'agonie de l'un des ennemis déclarés et prouvés du genre humain.

Tout en croquant dans une pomme, Charlemagne les désarma, ôta les lardons, les déposa à côté et réarma les pièges.

Il déplaça ensuite un tonneau de mélasse et grimpa dessus pour atteindre l'un des jambons de Najac et mordre dedans à pleine bouche. Leur bon père disait qu'on reconnaissait un bon jambon à sa chair bien rouge et à son lard translucide : il aurait aimé celui-ci.

Quand il eut soif, il descendit l'escalier menant à la cave plongée dans le noir et tâtonna à l'aveuglette jusqu'à ce que ses mains trouvent un tonneau en perce muni d'un robinet de bois. Il emboucha ce dernier, l'ouvrit et but avec un vif plaisir trois longues rasades qui l'enivrèrent rapidement. Alors, il remonta dans le cellier goûter aux confitures.

Rassasié, il quitta le cellier sans oublier de refermer à triple tour et remonta dans la chambre du chevalier pour y récupérer l'étui du clavier.

Le plus délicat fut de se débarrasser de toute cette suie qui l'endeuillait. Faute de mieux, il remonta sur la terrasse du donjon, ouvrit la porte avec la trente et unième clef et se débarbouilla tant bien que mal le visage, les mains et les pieds dans les flaques de pluie qui inondaient la terrasse. Il ôta ses vêtements et tenta de les nettoyer en les frottant sans succès sur les dalles. Il aurait fallu une brosse, du savon, beaucoup d'eau courante et autant d'huile de coude.

Il regagna son cachot – qui s'ouvrait avec la trentième clef – et décousit avec les dents un bout de sa paillasse pour cacher le clavier dedans.

Tous ces efforts l'ayant assoiffé, il ressortit le clavier de sa cachette, ramassa le pichet et redescendit jusque dans la cave le remplir à ras bord.

Martial grognait en montant l'escalier. Ses clefs s'entrechoquaient sur son ventre à chaque pas. Le père Gisclard suivait derrière lui, soufflant comme un bœuf. Lui aussi se faisait vieux.

Ils firent une pause sur le palier du troisième étage.

– Vous en aurez pour combien de temps, mon père ?

– Assez pour que tu n'aies point à m'attendre. J'ai ma clochette. Je sonnerai quand j'aurai fini.

Martial eut une grimace dégoûtée à l'idée d'avoir à remonter quatre étages.

– C'est tout mauvais ce que vous avez là, mon père. Cette engeance c'est comme du cheval rétif, il faut le bien rosser d'abord et après on en fait ce qu'on veut. C'est point le cachot qu'il mérite, c'est le fouet. On verra ensuite s'il a toujours le goût pour l'escapade et l'insolence.

Ils reprirent leur montée.

Ils étaient sur le palier de la salle des gardes quand ils entendirent chantonner derrière la porte.

> *Ah que z'est bon, ah que z'est bon*
> *De tailler en pièzes un zambon*
> *De fendre juzqu'aux dents un sapon*
> *Ah que za m'aille, ah que za m'aille*
> *De rompre d'un pâté les murailles*
> *De fondre dans un gros de volaille.*

Le concierge ouvrit la porte et s'effaça pour laisser passer le chapelain.

Le père Gisclard vit de l'insolite chez le garçon. D'abord, il semblait aux anges de les voir, ensuite il portait sa chemise et sa culotte mouillées à l'envers. Sa veste, également retournée, séchait suspendue à une torchère.

– Bien le bonzour, mon père, et merzi encore à vous, maître Marzial, pour votre bonté, dit le garçon en désignant le pichet.

Ses yeux brillaient d'un éclat inhabituel.

L'incompréhension abaissa la bouche du concierge et plissa son front. Le père Gisclard s'approcha. Ses narines frémirent. Il appréciait trop le bon vin pour ne pas reconnaître son bouquet.

– Ouvre la bouche, ordonna-t-il sévèrement.

Charlemagne obéit. Le chapelain se pencha, renifla son haleine et se redressa vivement, l'index accusateur.

– Mais tu as bu, petit maraud ! Tu es ivre comme un bénédictin !

– Z'ai bu parze que z'avais soif et que z'avais rien d'autre, expliqua Charlemagne en désignant à nouveau le pichet.

Le père Gisclard ramassa le récipient et le porta à son nez.

– C'est bien du vin.

Il retourna le pichet au-dessus de sa paume et lécha les quelques gouttes qui en tombèrent.

– Et du bon en plus, du Routaboul.

Le concierge assistait à la scène en ouvrant et fermant la bouche. Son esprit n'admettait pas ce que ses yeux et ses oreilles lui rapportaient.

Le père Gisclard brandit le pichet dans sa direction :

– Enseigne-moi, veux-tu, la façon dont ce garçon a pu se procurer ce jus de treille ?

Martial renifla à son tour l'intérieur du pichet et ne put qu'admettre l'inadmissible. Il y avait bien eu du vin, là où pourtant il n'avait mis que de l'eau (et quelques crottes de rat).

– C'est diablerie, mon père. Je suis le seul, avec notre seigneurie, à gouverner les clefs du donjon.

– Où trouve-t-on ce vin dans le château ?

– A la cuisine, et ici, dans la cave, sous le cellier.

– Maître Larouzaude a-t-il une clef du cellier ?

– Du cellier seulement. Il n'a point celle d'ici.

– Tu admets donc que cet enfant n'a pu se procurer ce vin par lui-même. Quelqu'un le lui a forcément apporté.

Martial secoua la tête avec humeur. Il n'admettait rien du tout. Soudain, son visage s'éclaira. Ses mains s'agitèrent devant lui.

– J'y suis, mon père ! Ce sont les rats ! Je ne sais point par quelle escobarderie ils s'y sont pris, mais c'est sûr que ce sont les rats.

– Quels rats ?

– Ceux du château, tiens pardi. Vous savez comme nous tous qu'il a convenu un pacte avec eux. Vous savez bien qu'il a même voulu en élever. Doux Jésus, quand j'y repense !

308

– Tu me contes que ce sont des rats qui se sont introduits dans la cave, que ce sont des rats qui ont tiré du vin de Routaboul, et que ce sont des rats qui ont monté quatre étages pour lui porter ce pichet ?

Le concierge prit un air têtu. Une telle éventualité ne lui paraissait pas improbable.

Charlemagne rit en faisant une galipette sur la paillasse. Il s'attira un regard réprobateur du chapelain.

Sérieux tout à coup, il se redressa et dit :

– Z'aimerais me confezer, mon père.

– Voilà qui est à point, j'allais justement t'en prier, dit le chapelain d'un ton coupant. Toi, laisse-nous, dit-il au concierge. Mais espère-moi sur le palier car je n'en ai pas fini avec toi.

Martial obéit en traînant les sabots. Sa physionomie reflétait une perplexité tourmentée.

Le père Gisclard se posta près de l'archère. Charlemagne s'agenouilla devant lui. Baissant la tête, il dit d'une voix monocorde :

– Pardonnez-moi, mon père, car z'ai beaucoup pêcé.

Brûlant les préliminaires, il ajouta presque sans respirer :

– Z'est maître Marzial qui m'a apporté le vin ze matin. Il a dit auzi que z'était bien normal que ze veuille retrouver les miens. Il a dit auzi qu'il trouvait ma punition bien inzuste et il a dit auzi que notre zeigneurie avait bien eu tort de m'encaçoter.

Charlemagne n'ignorait pas que mentir était un péché grave, il savait aussi que mentir en confession l'était bien plus, mais son désir de vengeance était plus que bien plus.

Le père Gisclard perdit son air de neutralité attentive.

– Martial a dit tout ça ?

– Oui, oui, oui. Il a dit auzi qu'il fallait touzours ze méfier du devant d'une femme, du derrière d'une mule, et d'un sapelain de tous les côtés.

Il tenait cette forte maxime de leur bon père Clovis et elle lui plaisait bien, même si sur les trois mises en garde il ne comprenait que les deux dernières.

La confession terminée, la peine infligée (vingt *Pater Noster* et autant d'*Ave Maria*), le père Gisclard retrouva le concierge sur le palier.

Charlemagne attendit que la clef ait tourné trois fois dans la serrure pour bondir jusqu'à la porte et coller son oreille contre. La voix outragée du concierge résonnait dans l'étroit escalier.

– Il ment par toutes ses dents ! Y vous faut point prêter crédit à toutes ces craques ? C'est un baragouineux, un enjôleur. Il rendrait une colombe belliqueuse.

– Fort bien, mais qui d'autre possède la clef du cellier *et* celle du cachot ?

– Par pitié, mon père, pourquoi j'aurais baillé du vin à cette graine de Pibrac ? Surtout du bon !

– A mon avis, c'est certainement ce que voudra connaître en priorité monsieur le chevalier.

Derrière la porte de l'ancienne salle des gardes, Charlemagne était aux anges.

– Hé ! Caramba, heureusement que je m'ai, se dit-il en se livrant à une nouvelle galipette de joie sur la paillasse.

La minuit sonnait au beffroi de la Maison quand une clef (la vingt-sixième) tourna trois fois dans la serrure de la porte du donjon. Le battant s'entrouvrit, Charlemagne se glissa pieds nus dans la basse-cour où tombait une pluie fine et très opiniâtre.

Il longea sans bruit la façade du château neuf. Toutes les fenêtres des étages étaient closes et obscures.

Le bâtiment de la cuisine se détachait du corps de logis afin d'éviter la propagation du feu en cas de sinistre. Le maître coq Larouzaude, sa femme Joignotte et leur fils Coco dormaient dans le grenier au-dessus de la réserve.

Charlemagne essaya sept clefs en retenant sa respiration. La huitième fut la bonne. Il entra dans la cuisine obscure et se dirigea de mémoire vers la cheminée où était le coffre-banc qui conservait au sec le précieux sel et les coûteuses allumettes. Il en briconna un fagot de trente qu'il glissa dans sa culotte, puis il en prit une de plus et la gratta sur la dalle de grès. Le bruit du soufre en s'enflammant résonna dans la vaste salle et lui fit rentrer la tête dans les épaules. Rien ne bougeant dans le grenier, il alluma l'un des bougeoirs de cuivre alignés sur le linteau, il prit un tranche-lard et coupa avec la ficelle d'un gros saucisson qui pendait à une poutre. Il prit aussi un tourto frais de deux livres et une demi-lune de roquefort enveloppée dans son linge. Il glissa le saucisson et le fromage dans sa chemise et garda le volumineux pain rond sous le bras. Replaçant le tranche-lard et le bougeoir là où il les avait trouvés, il quitta la cuisine sur la pointe des pieds en laissant la porte grande ouverte.

Il retourna au donjon cacher ses briconnages et ne conserva que le saucisson. Il traversa la basse-cour à toute vitesse et entra dans le grand chenil qui n'était jamais verrouillé. Une lanterne veillait toute la nuit afin que l'on puisse voir et séparer les bêtes qui se battent ou remarquer celles qui seraient malades. Il s'annonça aux meutes par quelques grognements discrets et leva les bras pour dégager ses aisselles, les parties du corps les plus odorantes juste après le trou du fondement. Son étroite cohabitation avec Goliath lui avait enseigné combien les chiens sentaient, entendaient et reconnaissaient longtemps avant de voir.

Charlemagne pénétra à tâtons dans l'enclos des hybrides : il appela doucement Quinteux qui approcha en battant l'air de sa queue, preuve qu'il ne lui en voulait pas d'avoir été fouetté par sa faute. Charlemagne lui offrit le saucisson en s'excusant à voix basse. Il n'était pas entièrement convaincu que Quinteux le comprenait, mais il savait pour sûr qu'il apprécierait le saucisson. Il tenait beaucoup à ce que le demi-loup garde une bonne opinion de lui.

— Manze, z'est du bon, y a point meilleur.

Avant de sortir du grand chenil, Charlemagne ouvrit toutes les portes à loquet des meutes en les invitant à aller se promener. Il courut ensuite ouvrir celle du poulailler.

Rentrant au donjon, il verrouilla derrière lui, récupéra son butin au pied de l'escalier et monta se renfermer dans son cachot du quatrième étage.

Il rangea soigneusement le clavier dans l'étui et cacha l'étui dans la paillasse. La possession de ces clefs lui conférait un pouvoir digne d'une baguette magique. Il avait désormais la possibilité d'aller et venir sans restriction, d'entrer et sortir à sa guise, ou, mieux encore, de nuire outrancièrement et en toute impunité.

— Demain soir, je t'emmène dans le château neuf, se

promit-il en se souvenant de leur bon père Clovis qui leur avait souvent décrit la bibliothèque du chevalier comme un endroit exceptionnel par le nombre de livres qu'elle contenait.

En attendant, il se posta devant l'archère donnant sur les chenils et attendit la suite des événements en mangeant du pain avec du roquefort, son fromage préféré.

Les premiers à sortir prudemment dans la basse-cour furent les braques qui hésitaient à profiter de cette liberté inattendue à une heure aussi inusitée.

Bien que la nuit fût pluvieuse et sans lune, Charlemagne reconnut Laissez-Passer. Il le vit se ressaisir, lever la truffe, tirer au vent et se diriger sans dévier droit sur le poulailler où les locataires gloussaient entre elles sur le mode inquiet.

Les griffons vendéens sortirent à leur tour du grand chenil, puis apparurent les Saint-Hubert mené par Tapajaud, et enfin les très méfiants hybrides.

L'hécatombe volaillère se déclencha dès les premiers caquètements de terreur : elle fut brève mais bruyante. En moins de temps qu'il n'en fallait pour plumer et cuire l'une d'entre elles, les six douzaines de leghorns et leurs deux coqs furent pourchassés, assassinés et partiellement dévorés sur place.

Des cris, des jurons et plusieurs blasphèmes retentirent. Des lumières s'allumèrent dans les chenils, dans les écuries, dans la cuisine, mais aussi dans le château neuf. Des portes claquèrent. Martial apparut en bonnet de nuit, une lanterne à la main. Bientôt, toute la mesnie fut éveillée et en grande ébullition.

Pieds nus, en bonnet et chemise de nuit, fouet à la main, Quentin et Blaise gueulaient des « haye haye haye » et des « tout coi, tout coi » qu'aucun chien n'écoutait.

Des vociférations rauques se firent entendre du côté de la cuisine : Charlemagne trépigna d'excitation en reconnaissant la voix de Larouzaude qui venait de découvrir la porte ouverte et s'en prenait au gouverneur des clefs, l'accusant vertement d'être un assuré coquin. Martial protestait à grandes hurlées.

– Sur l'auréole de saint Pierre que j'y ai point touché à ton jambon, moi !

312

Les oreilles de ce dernier résonnaient encore de la forte mercuriale du chevalier à propos du vin fourni à l'encachoté. Et accuser les rats n'avait fait qu'accroître la colère de son seigneur qui l'avait sanctionné d'une retenue d'une livre et demie sur sa solde.

– Bœuf de ta vache !

– Dragon d'estomac !

– Vieil éventé !

– Bran sur toi, pet-de-zouille !

– T'es le seul avec notre seigneurie à la posséder, la clef de ma cuisine ! gueulait le coq avec force en brandissant son poing, prenant le silence atterré de Martial pour un aveu.

– Au voleur ! Au bricon !

Les cris suraigus de la femme Joignotte marquèrent la découverte du vide laissé par le pain, le saucisson et le roquefort.

– Ah mais ça ne va point se passer comme ça, certes non !

Des chiens aboyèrent férocement. Les fouets claquèrent.

– Haye haye haye !

Le chevalier Virgile-Amédée apparut en petite tenue, l'air mauvais, presque méconnaissable sans sa perruque (l'âge lui avait pelé les cheveux du crâne).

– Que veut dire cette pagaille ? Pourquoi les meutes sont-elles de sortie ?

– Je l'ignore, monsieur le chevalier, mais toutes les portes des enclos ont été ouvertes, répondit le premier piqueur qui ramenait en boitant des griffons au chenil.

Plusieurs avaient la gueule décorée de sang, de plumes et de touffes de duvet de poule.

– On a peut-être oublié de les fermer.

– Elles étaient closes quand j'ai été me coucher, répliqua Onrazac d'un ton sec signalant qu'il n'admettrait pas qu'on en doute, fût-ce sa seigneurie.

Ses côtes fêlées et son genou le tourmentaient à chaque mouvement. La station debout lui était particulièrement pénible.

– Pourtant, elles ont été ouvertes, et je doute que les chiens soient capables d'un tel exploit.

Le chevalier s'écarta pour que passent les grands valets Artauban et Compère qui ramenaient la meute des braques, Laissez-Passer en tête.

— C'est la deuxième fois que les meutes se débandent depuis que Blaise te remplace. Je t'accorde que la première fois n'était point de sa faute, mais cette fois-ci…

— Votre seigneurie, votre seigneurie !

— Quoi encore, morbleu !

— On a ouvert notre porte qu'était pourtant fermée à clef, et pire, on a briconné dans notre cuisine.

Virgile-Amédée inspecta la serrure de la cuisine sans y trouver de marque d'effraction. Il se rendit ensuite au poulailler où la femme Joignotte, qui en avait le gouvernement, pleurait à chaudes larmes devant l'ampleur du gallinacide.

— Je jure sur ma vie que j'ai barré la porte comme chaque soir, votre seigneurie. Que je tombe dans le puits si je mens.

— Qui a pu faire une chose pareille ?

Ce « qui » fit lever plusieurs têtes, dont celle du chevalier, vers le donjon. Ils virent tous la silhouette de Charlemagne se profilant dans l'embrasure de l'archère. Il faisait cependant trop sombre pour qu'ils puissent distinguer son visage et l'expression satisfaite qui l'animait.

— Monsieur le concierge, vérifiez que la porte du donjon est verrouillée.

— Elle l'est, votre seigneurie, je l'assure.

— J'ai dit : vérifiez.

Martial s'exécuta, mortifié. La serrure était fermée à triple tour.

— Allons maintenant vérifier sa porte, ordonna le chevalier.

Ils montèrent les quatre étages en soufflant dès le deuxième. Arrivant au troisième palier, Virgile-Amédée eut une pensée pour son défunt père, et une deuxième pour les tapisseries qui ornaient les murs de la chambre et qu'il serait bon de déménager avant qu'elles ne moisissent.

Tout en se plaçant de côté afin que le chevalier puisse voir son geste, Martial tourna trois fois la clef dans la serrure de la porte de la salle des gardes, démontrant qu'elle était parfaitement fermée.

– Ouvrez !

Le cachot était dans l'obscurité. Martial tendit sa lanterne devant lui. Charlemagne apparut. Il avait croisé les bras et il les regardait entrer d'un air fendard.

Prenant la lanterne des mains du concierge, le chevalier inspecta chaque recoin de la salle, regardant à l'intérieur du foyer de la cheminée, sous la paillasse du puni et même jusque dans le seau d'aisance.

Virgile-Amédée cherchait une corde, ou son équivalent, qui aurait permis au garçon de descendre dans la basse-cour, d'ouvrir les portes des meutes et celle du gallinier, puis de remonter dans son cachot ni vu ni connu. Il s'approcha de Charlemagne et vérifia qu'il n'avait rien enroulé autour de la taille. Il remarqua les vêtements humides et portés à l'envers.

– Pourquoi es-tu ainsi fagoté ?

– Z'est votre piqueur qui m'a déluzé ze matin d'un plein zeau d'eau. Avec ze temps de pluie, z'est touzours pas zec.

Le chevalier quitta le cachot plus perplexe qu'il ne l'était en entrant.

Charlemagne se détendit. Il avait failli se pâmer de peur lorsque le chevalier avait inspecté la cheminée, puis lorsqu'il avait soulevé du pied la paillasse pour regarder dessous. Mais sa plus grosse frayeur fut rétrospective et eut lieu le lendemain, au petit matin, quand il découvrit toutes ces miettes de pain et de fromage jonchant le plancher. Il s'empressa de les faire disparaître.

Au soir du troisième jour de sa punition, le concierge vint libérer Charlemagne. Celui-ci réunit sa paillasse et sa couverture et descendit les quatre étages en chantonnant.

– Ploum ploum tralala, caramba.

Martial ne fit aucun commentaire et se donna beaucoup de mal pour éviter de croiser son regard.

Charlemagne retrouva son coin de soupente dans la chiennerie. Le valet La Fouine lui souhaita la bienvenue avec chaleur. Sa joue était enflée et portait des traces de dentée. Trois des lices allaient mettre bas sous peu. L'une d'elles, Circé, l'avait traîtreusement mordu à la joue alors qu'il rafraîchissait sa litière.

Une lice pleine ressemblait à un avare transportant son or sur son ventre. Comme lui, elle était inquiète pour son trésor, comme lui elle se montrait méfiante et était prête à mordre au moindre soupçon.

Sans prendre le temps de dérouler son couchage, Charlemagne leur rendit visite. Le chevalier entra dans la chiennerie au moment où il installait sa paillasse dans un caisson vide voisin de celui de Circé.

– Qu'est-ce à dire, je te prie ?

– Z'est la première fois qu'elle va mettre bas. Elle est inquiète, auzi ze dors près d'elle.

Virgile-Amédée resta songeur un long moment avant de dire d'une voix posée :

– C'est fort bien, continue ainsi.

Bientôt, à l'exception peut-être de trois ou quatre très vieux rats noirs, personne ne connut mieux le château que Charlemagne Tricotin.

Grâce à son clavier magique, il entra strictement partout, la nuit de préférence, à l'heure du premier sommeil. Aucun recoin, même le plus étroit, ne lui fut inconnu.

Une fois, il s'introduisit chez le chevalier Virgile-Amédée qui ronflait sur le dos en compagnie de ses vieux limiers. Se postant à son chevet, il le regarda fixement et songea très fort : « Si je veux je t'occis, si je veux je te perce le cœur, si je veux je te tranche la gargante. »

Une autre nuit, il se glissa chez monsieur Anselme muni de deux piluliers contenant l'un vingt-deux poux, l'autre treize grosses tiques. Tous affamés, tous récupérés sur les chiens revenant de la forêt. Il vida le premier pilulier sur la perruque et le second sur l'oreiller, tout près de la nuque du dormeur.

Un soir, il trouva au pied de l'un des châtaigniers un oisillon de freux tombé du nid. Se recouvrant d'une couverture pour ne pas être reconnu de ses géniteurs qu'il savait de caractère rancunier, il le ramassa et attendit le milieu de la nuit pour entrer dans le château neuf. Il le déposa dans la chambre de sa marraine, sur un coussin qu'il mit devant la croisée, ouvrant celle-ci avant de s'en aller. L'oisillon ne tarda pas à piailler. Ceux de son nid accoururent à tire-d'aile, croassant sur un mode particulier pour lui signaler qu'ils l'avaient entendu et venaient le chercher.

Dame Jacinthe s'éveilla en sursaut. Une dizaine de corbeaux tournoyaient dans sa chambre en criaillant comme autant de diables emplumés. Pétrifiée de terreur, elle vit l'un d'eux saisir quelque chose entre ses pattes près de la fenêtre et disparaître dans la nuit en poussant plusieurs « croâ-croâ-croâ » qui lui glacèrent le sang et lui débondèrent la vessie. En un instant la chambre se vida de ses noirs emplumés. A part une ou deux petites plumes et quelques fientes laissées çà et là sur les meubles et les tapis, elle eût pu croire à un cauchemar.

Dame Jacinthe ne comprit jamais ce qui s'était passé réellement cette nuit-là.

Depuis, chaque fois qu'elle apparaissait dans la cour, les freux s'envolaient de leur corbeautière et venaient tournoyer autour d'elle en lui croassant toutes sortes d'injures bien senties.

Exaspérée, elle avait exigé du chevalier qu'il exilât pour toujours ces volatiles si malappris et si incommodants. Le refus fut net et sans appel.

– C'est exclu, ma dame. Ces corbeaux nidifient sur nos châtaigniers depuis tant de générations qu'ils figurent dans le Grand Inventaire du château.

Les freux, en outre, étaient d'excellents dévoreurs de charogne reconnus d'utilité publique. Une amende de dix livres condamnait ceux qui leur portaient préjudice.

Chapitre 34

Le premier jour de novembre 1775, le maître maréchal Louis-Charlemagne Tricotin et le maître tanneur Félix Camboulives se présentèrent au château pour une audience au chevalier. Ils venaient demander que Charlemagne soit autorisé à retrouver les siens pour le lendemain, jour des Trépassés, à l'occasion de la grand-messe de requiem.

Virgile-Amédée accepta de bonne grâce. Il avait tout lieu d'être satisfait de Charlemagne. La chiennerie était bien tenue, les lices avaient mis bas sans complication, et aucune n'avait perdu de petiot. Circé, la plus juvénile, en avait même donné sept, une ventrée exceptionnelle pour une primipare. Cette fécondité inattendue avait été évidemment attribuée au don de son nouveau petit valet. N'était-il pas lui-même issu d'une famille si admirablement fertile ?

La rumeur se répandit parmi les veneurs que le chevalier Virgile-Amédée avait découvert une perle rare pour son chenil. L'intéressé fit ce qu'il fallait pour entretenir et développer cette rumeur. Tout ce qui valorisait son équipage le valorisait, et l'autorisait à vendre plus cher ses excédents de chiens courants.

Le lendemain matin, trépignant d'impatience, Charlemagne dut jurer la main sur le cœur qu'il ne chercherait pas à s'enfuir et qu'il reviendrait à la sombre reprendre son service.

Franchissant le pont-levis d'un pas rapide, Charlemagne aperçut ses frères et sa sœur déjà sur le parvis de l'église Saint-Benoît, accompagnés des Floutard, des Tricotin et des Camboulives. Il courut à toutes jambes vers eux en poussant un joyeux et assourdissant *« Ravantopec mami-*

nade » qui mit en fuite la chouette logeant dans le clocher. Il embrassa tout le monde sauf son grand-père Baptiste qu'il ignora ostensiblement.

Jamais encore ils n'avaient été séparés aussi longtemps. Ils s'étreignirent en jargonnant en lenou, trépignant de bonheur, poussant des couinements suraigus, qui, étrangement, rassurèrent la chouette et la ramenèrent au nid. Il fallut l'intervention des Tricotin pour qu'ils écourtent un début de huff-huffage initié par Charlemagne.

Ils consacrèrent la grand-messe à se chuchoter dans les oreilles, à échanger leur place, à étouffer des rires énervés, à gigoter sur leur banc de prière.

Ils se conduisirent plus civilement durant la prière en commun délivrée dans le cimetière, face aux tombes de leurs parents, Clovis et Apolline. Il y eut ensuite un grand repas servi chez les Floutard et durant lequel ils ne cessèrent de jaser entre eux, utilisant indifféremment leur lenou, le français et même le patois. Ils étaient si manifestement heureux de se retrouver que personne n'eut cœur de les sermonner.

Grand-père Baptiste tenta de questionner Charlemagne sur son existence au château, mais autant chercher un galet sec au fond de la rivière. Le garçon l'ignora à l'exception d'une fois où il lui répondit en lenou, provoquant un grand éclat de rire méchant chez les quatre autres.

Comme par le passé, dès que l'un d'eux demanda l'autorisation de quitter la table pour aller faire ses eaux, les quatre autres se dressèrent pareillement pour annoncer en chœur :

– Nous aussi, on a envie !

La sombre vient tôt en novembre. Charlemagne dut regagner le château. Comme les autres fois, il quitta la fratrie sans une embrassade, sans un mot de plus, sans un dernier regard.

Louis-Charlemagne s'étant porté garant auprès du chevalier de son bon retour, c'est lui qui le raccompagna dans sa charrette.

– J'entends dire que tu t'accordes avec les lices et que monsieur le chevalier en est bien aise.

– Oui, grand-père. Ze les aime bien et elles auzi.

Le maréchal ne s'enquit point sur sa santé. Il n'y avait qu'à le regarder pour voir qu'il mangeait à sa faim et se portait comme un charme.

Martial se tenait posté près de la poterne quand la charrette s'immobilisa devant le château. Il attendait comme chaque soir que le beffroi sonne la fermeture des trois portes pour hisser le pont-levis. Après, pour entrer, il fallait cogner à la poterne et lui souhaiter la bienvenue avec une pièce de deux sols. Le chevalier, ses proches, ainsi que le chapelain étaient naturellement exempts de ce droit de passage. Le reste de la mesnie devait débourser, même Francol l'intendant-maître d'hôtel, même l'ombrageux premier piqueur Onrazac, même l'irascible manieur de casseroles Larouzaude.

Laszlo aurait dû également payer, mais il avait su d'emblée trouver les mots (Ça galope !) et les gestes qui persuadèrent le concierge de lui octroyer la libre circulation, quelle que soit l'heure du jour ou de la nuit.

Charlemagne franchit le pont-levis en faisant résonner ses sabots sur le tablier. Passant devant le concierge, il couina comme un rat noir couine lorsqu'il se dispute avec un rival.

Un mulet plus très jeune attendait son maître devant le grand chenil. Il reconnut la monture du garde-chasse à son air triste et à son poil mal entretenu. Les mors étaient rouillés, les étriers aussi, le cuir des brides comme celui de la selle était sec et fendillé faute d'entretien. Le mulet était nerveux.

Charlemagne l'approcha prudemment par le flanc. La couverture sous la selle était sale : l'odeur douceâtre de charogne qui en émanait signalait que le dos de l'animal était blessé depuis longtemps. Laszlo lui avait enseigné qu'avant de seller on devait toujours s'assurer que le poil fût propre, couché dans le bon sens, afin que la couverture ne fasse aucune pliure. Une simple fronce du tissu suffisait à tailler une échine jusqu'au vif en moins d'une heure de chevauchée.

Charlemagne tira la porte et entra dans le chenil. Personne ne lui prêta attention.

Achille Javertit terminait son rapport au chevalier qui l'écoutait en triturant sa lèvre inférieure.

– Y sont au moins trois et ça fait bien une lune qu'y nous braconnent. Toujours dans l' canton de Montretout et aussi près du Grand-Foudroyé.

Le garde portait son tricorne à la main et se tenait campé sur ses jambes bottées : une carabine à silex barrait son dos et un long couteau de chasse pendait à sa bandoulière décorée aux armes des Armogaste.

– Trouve-les, et je leur ferai passer à jamais le goût de braconner dans mes bois, dit le chevalier.

– C'est pour ça que j' viens vous quémander d' la poudre et des balles. J'en manque.

Charlemagne s'approcha de Quentin Onrazac, accroupi dans l'enclos des chiens malades, et l'observa avec intérêt tremper dans une casserole remplie d'une médecine noirâtre les pattes d'Annibal, un griffon hirsute qui s'était dessolé lors du dernier laisser-courre sur le sol caillouteux du causse. Il s'était écorché au vif les dessous des pieds et ne pourrait chasser avant trois semaines.

– Va plutôt voir Charmeuse, elle paraît point dans sa meilleure forme, ordonna Onrazac, réticent à livrer ses secrets de soigneur à un autre que son fils.

Charlemagne obéit à contrecœur. Pour l'avoir lu clandestinement dans l'un des nombreux traités de vénerie de la bibliothèque du chevalier, il savait que le restraintif utilisé par le premier piqueur se composait de blanc d'œuf, de suie de cheminée, de vinaigre et de sel ; hélas, l'auteur, un certain monsieur d'Yauville, ne donnait pas les quantités utilisées ni la manière exacte de les appliquer.

Il quitta le chenil en contournant le garde-chasse qui remettait son tricorne près de la porte, l'air content de lui. Charlemagne aurait aimé le sermonner sur la façon déplorable dont il entretenait son mulet, mais il n'osa pas. L'homme l'effrayait et le fascinait aussi. On rapportait tant de mauvaises choses sur son compte. Martial allait jusqu'à le prétendre un peu loup-garou à certaines périodes lunaires. Ses deux grands-pères, et même monsieur le chicaneur Pagès-Fortin, le traitaient « d'assassin de louage » pour le compte du chevalier. On l'accusait de trucider et de faire disparaître les braconniers au lieu de les livrer à la justice.

La Fouine allumait la lanterne de veillée quand Charlemagne entra dans la chiennerie. Ils se souhaitèrent le bonsoir. Charlemagne se dirigea vers Charmeuse, une jeune lice de trois ans bien gigotée, aux cuisses rondes et aux hanches larges. Elle était couchée sur le flanc dans son caisson et se léchait la vulve avec application.

– Qu'est-ce que tu lui veux ? demanda le grand valet avec agressivité.

– Z'est monzieur le premier qui dit qu'elle n'est pas bien.

Il plaça ses mains sur les côtés vis-à-vis du cœur pour vérifier qu'elle n'était pas enfiévrée. La lice était seulement nerveuse, comme si quelque chose l'avait perturbée.

Cette nuit-là, Charlemagne s'introduisit dans le château neuf (quatrième clef du clavier), monta au premier étage où était le cabinet du chevalier (septième clef), ouvrit la porte grillagée de la bibliothèque réservée à la vénerie et prit *Le Livre de la chasse* du comte de Foix et seigneur du Béarn, Gaston Phoebus. L'ouvrage décrivait savamment les mœurs des gibiers et les divers procédés pour les capturer ou les forcer, ainsi que les méthodes de dressage des chiens et les soins qui devaient leur être donnés.

Il s'installa en tailleur sous la table de travail en noyer du chevalier et lut à la lumière d'une petite lanterne qu'il pouvait souffler à la moindre alerte. Au premier chant du coq, il replaça le livre sur son rayon, quitta le château neuf et rentra sans bruit dans la chiennerie.

L'événement qui devait modifier du tout au tout l'existence de Charlemagne prit son origine au matin du Noël 1776, quand il découvrit que Clodomir manquait à leurs retrouvailles.

– Où il est ?

Grand-père Louis-Charlemagne le lui dit.

Après avoir découragé la patience de trois maîtres briançonnais, l'aîné avait aussi découragé celle du grand-père Baptiste, qui l'avait fait enfermer à Rodez. Il se trouvait dans le collège-prison de La Rédemption salutaire, réservé aux rejetons difficiles de bourgeois nantis. L'établissement était onéreux et réputé pour sa pédagogie s'inspirant de celle ayant cours dans les armées prussiennes.

— Y faut l'en zortir, dit Charlemagne aux trois autres qui approuvèrent en lui faisant confiance.

Troisième partie

Chapitre 35

Forêt de Saint-Leu, avril 1777.

Malgré l'obscurité, Bien-Noir trottinait d'assurance sur la voie menant à la frontière nord du territoire. La nuit était sans lune, l'orage menaçait et il faisait grand-faim.

A l'instar de ceux des lynx, des hiboux ou des chats sauvages, ses yeux obliques bénéficiaient d'un tissu particulier, le *tapetum lucidum*, glissé entre rétine et sclérotique, qui, tout en les faisant briller comme un dos de luciole, l'autorisait à voir la nuit.

Derrière suivait sa meute, composée de ses deux fils, Mezire et Bon-Garçon, des jeunes-loups de deux ans débordant de vitalité, de sa fille Frisquette, une jeune-louve de la même portée, et de Qui-Vive, un loup de trois ans originaire de la forêt des Palanges, le seul à ne pas être de la lignée avec Bonace. Cette dernière, une vieille-louve de cinq ans chassée de sa grotte natale de l'Aubrac par une battue, s'était inféodée à Grondeuse qui, grosse d'une lune, avait préféré demeurer à la lovière. Quant au Vieux-Capitaine, le père de Bien-Noir, il restait comme à son habitude invisible dans le sous-bois.

La meute contourna silencieusement un massif rocheux couvert de ronces et se dirigea vers un chêne à l'énorme tronc noueux. Orientant sans cesse ses oreilles, différenciant les bruits, situant leur origine et leur éloignement, Bien-Noir entendit presque simultanément un campagnol s'enfuir à toutes pattes sur le sol feuillu, les griffes d'un écureuil remontant précipitamment en haut de son arbre, le chuintement d'une limace rampant non loin sur un champignon, les grattements d'un blaireau en train d'agrandir

327

son terrier à trente pas d'ici, le minuscule crissement des dents d'un loir adulte entamant la base du champignon sur lequel évoluait la limace. Bien-Noir fut sur le loir en un demi-bond et le croqua en deux claquements de mâchoires sous l'œil désolé des autres qui geignirent d'envie, la queue basse, les oreilles rabattues, n'osant s'approcher, certains d'essuyer une rebuffade.

Le loup noir renifla ensuite les entrelacs de racines du vieux chêne. Il allait pour conclure son inspection en déposant quelques gouttes d'urine lorsque Mezire le devança. Bien-Noir le renversa d'un violent coup d'épaule. Le jeune loup se soumit aussitôt en demeurant sur le dos, offrant sa gorge et son ventre, gémissant comme lorsqu'il était louvart. Son père le força à rester dans cette posture un temps égal à celui pris par une perdrix pour pondre un œuf. Les autres autour mimaient l'indifférence.

C'était la deuxième fois cette nuit qu'il contestait son père. La première s'était produite au départ de la lovière. Mezire avait proposé la voie du sud sous prétexte que la dernière bonne prise s'était faite dessus (cinq marcassins déhardés). Bien-Noir l'avait ignoré et emprunté la voie nord simplement parce qu'elle était à contrevent. La meute l'avait suivi sans hésiter, obligeant Mezire à courir pour les rattraper.

L'autorité du loup noir sur le clan reposait autant sur sa force physique que sur sa détermination et sur l'assurance qu'il affichait dans tout ce qu'il entreprenait, principalement à la chasse. Il était d'autant plus rigoureux envers son fils qu'il avait lui-même contesté son père, à l'époque où ils vivaient dans la forêt des Ribaudins, proche de Bellerocaille.

Ce fut lors des tournois du rut de l'automne 1775 que Bien-Noir avait défié son géniteur.

L'ordre lupin était tel que seul le seigneur du clan et sa louve pouvaient se reproduire. Tout autre mâle désirant faire de même n'avait d'autre alternative que celle de devenir seigneur à sa place ou de s'exiler.

Bien-Noir avait perdu la confrontation avec le Vieux-

Capitaine. Refusant pour autant de se soumettre, il avait abandonné la meute en compagnie de Grondeuse, sa promise de toujours, l'unique rescapée d'une portée de six détruite par le garde-chasse des Boutefeux que le clan avait adoptée.

Dormant le jour à tour de rôle, se déplaçant la nuit, le couple était parti en quête d'un territoire, traversant ceux déjà occupés en empruntant poliment les couloirs neutres, retenant leur urine tout du long et rabattant soigneusement leur queue sur leur glande ano-génitale afin d'en masquer l'odeur.

Bien que leur premier hiver de vie commune fût rude et enneigé, leur bonne entente en faisait de redoutables chasseurs qui n'hésitaient pas à sortir du bois.

Ils s'attaquèrent à une bergerie du seigneur de Racleterre en creusant la terre par-dessous la clôture et emportèrent un agneau chacun, après avoir dévoré sur place les meilleurs morceaux du chien et d'une brebis. Ils étaient loin quand le chevalier Virgile-Amédée avait organisé une huée générale qui avait eu pour victime un autre couple de loups et leurs trois loupiots.

Ce fut leur lovière et leur territoire que Bien-Noir et Grondeuse s'annexèrent deux lunes plus tard, après que les hasards de la chasse et le besoin d'un lieu pour s'accoupler les eurent ramenés dans la forêt de Saint-Leu.

Bien-Noir prit possession de son fief en le visitant et en gravant dans sa mémoire l'emplacement de chaque point stratégique. Il répertoria ainsi les points d'eau, les arbres principaux, les taillis, la Loubière et ses humains, les clairières à lapins, les lieux de brame et les lieux de prise, les principales soues à sangliers, les meilleurs postes d'observation et les passages à découvert. Il recouvrit de son urine chaque marquage de son prédécesseur sans en oublier un seul, et en ajouta de nouveaux qu'il déposa bien en évidence le long de ses nouvelles frontières.

Le printemps débutait joliment, et Grondeuse allait mettre bas d'un moment à l'autre, quand Bien-Noir découvrit près de l'un de ses marquages un louvart d'un an couché devant la dépouille d'un surmulot et qui apparemment l'attendait.

Bien-Noir hérissa son poil tout en dressant sa queue touffue à la verticale en signe d'assurance menaçante. Celle de l'intrus se porta pendante et s'anima d'un frétillement latéral indiquant la soumission et le respect.

Né dans la forêt de la Roquette, près de Villefranche, d'une portée de cinq, Qui-Vive s'était vu débuché un matin par un équipage de vingt Céris-Montembœuf qui l'avait pourchassé à mort. Il devait son salut à la traversée d'un champ fraîchement amendé de cagadou qui avait aussitôt dilué son sentiment.

Secoué par cette détestable expérience (il avait senti les chiens lui souffler au poil), Qui-Vive s'était terré un jour durant avant d'oser retourner dans sa forêt. Il avait trouvé la lovière familiale vide et ne sut jamais ce qu'étaient devenus ses parents et la portée.

Le louvart avait erré quelques jours avant de flairer les bornes olfactives du territoire de Bien-Noir et de s'y arrêter, comme on s'arrête aux portes d'un château. Il avait attrapé un surmulot et n'y avait pas touché, malgré sa faim, le réservant en signe de bonne volonté au seigneur local qui ne tarderait pas à venir réactiver ses marquages.

Soudain Bien-Noir sauta sans préavis à la gorge de Qui-Vive qui se laissa faire en geignant plaintivement. Ceci établi, Bien-Noir lâcha le louvart et accepta son cadeau de bienvenue en avalant le surmulot sans même le mâcher.

Quand le grand loup noir eut rafraîchi tous ses marquages et s'en alla chasser, il laissa Qui-Vive le suivre à petite distance, signalant ainsi qu'il était accepté dans son clan en formation. A l'instar des humains bipèdes, les loups étaient des animaux sociaux. Un loup seul était toujours un loup malheureux.

La meute déboucha sur une petite clairière née d'un incendie provoqué par la foudre. Des fourmis rousses, des colonies de capricornes, des mousses et des champignons s'étaient installés à l'intérieur des arbres brûlés et les avaient dévorés, créant une éclaircie dans l'épaisseur de la futaie. Profitant de cette aubaine de lumière, des ronces s'étaient multipliées jusqu'à étouffer les jeunes rejets d'arbres en passe de reconquérir le terrain perdu. Ce lieu marquait le début de la frontière nord. Au-delà coulait la rivière et commençait le territoire du clan de Grimaud.

Bien-Noir s'immobilisa, le poil hérissé de la nuque à la naissance de la queue. Parmi les encombrantes odeurs de muguet, d'ortie jaune et de violette, il distinguait quelques particules de sentiment d'humain mêlées à celles d'un couple de chiens qui avaient longé la clairière et pris la direction des contreforts.

Bien qu'il en ait mangé à plusieurs reprises et qu'il trouvât la chair goûteuse (elle rappelait celle du cochon), Bien-Noir se défiait de l'humain qu'il considérait comme un gibier à risques. Il courait lentement sur deux pattes seulement et perdait vite son souffle, il grimpait mal aux arbres, ses dents et ses griffes étaient inoffensives, en revanche, il était capable d'actions invraisemblables comme commander aux cailloux de s'envoler dans les airs pour venir vous frapper douloureusement. Bien-Noir en avait eu l'expérience après qu'un berger l'eut chassé de son pré à coups de pierre. Comment pouvait-on accomplir un pareil exploit ? A sa connaissance, aucun autre gibier n'était capable d'une telle prouesse.

La voie datait de la fin de relevée et n'offrait aucun danger. Il pissa dessus, imité par les autres, et reprit sa progression vers les berges de la rivière, là où les bouquins et les hases aimaient s'accoupler jusqu'aux aurores.

Bien-Noir humait et entendait la rivière depuis un moment déjà quand il trouva les premiers repaires de lièvres, petits tas de crottes rondes disséminés. Il s'aplatit à terre et prévint les autres de la manœuvre à suivre en utilisant un code basé sur des mouvements de tête, des inclinaisons d'oreilles et des orientations de la queue.

Mezire et Bon-Garçon se rasèrent dans les broussailles à patte droite, Qui-Vive et Frisquette firent de même à patte gauche, tous rampant silencieusement vers une hêtraie déployant des houppiers si feuillus que seuls les mauvaises herbes, les mousses et les champignons pouvaient pousser dessous.

Ce n'était pas la première fois que la meute chassait sur

ce gagnage. Après une attaque, les lièvres disparaissaient plusieurs nuits jusqu'à ce qu'un irrésistible atavisme casanier ne les pousse à revenir. D'un point de vue strictement lupin, cet atavisme, ajouté à l'efficacité du cycle reproductif, faisait de la gent lièvre une manne alimentaire non négligeable.

Sous les grands hêtres, une quinzaine de bouquins en livrée feuille morte tournicotaient fébrilement autour d'une unique femelle qui, bien sûr, faisait mine de les ignorer.

La gueule de Mezire s'emplit de bave. Oubliant les consignes, il bondit sur le plus proche des lièvres, faisant fuir tous les autres. Bien-Noir manqua ainsi la hase qu'il s'était choisie : celle-ci péta bruyamment de frayeur avant de se défausser dans les taillis. Frisquette happa l'échine d'un mâle de trois livres qui poussa un cri lamentable. Ayant raté le sien, Bon-Garçon vint le lui contester.

Mezire déchirait hâtivement le ventre blanc de sa proie et allait se repaître en priorité du foie et des poumons quand son père s'interposa. Affolé par la faim et par le goût du sang sur la langue, le jeune-loup osa se rebiffer. Bien-Noir le mordit à l'épaule. Mezire aboya de douleur en lâchant sa proie que Bien-Noir croqua en entier, se refaisant de la chair vive avec de la chair morte, recrachant seulement les ongles et les dents, trop indigestes.

Bien qu'il soit capable de jeûner plusieurs semaines, Bien-Noir ne devait jamais trop s'affaiblir sous peine de mal chasser, ou, plus grave, de ne plus pouvoir soutenir son rang de seigneur du clan.

La dernière bouchée déglutie, il bondit sur Frisquette qui défendait sa prise à Bon-Garçon. Arc-bouté sur ses pattes antérieures, celui-ci s'était emparé de la tête du rongeur et tirait dessus de toutes ses forces. Bien-Noir les sépara, s'empara du lièvre et le mangea avec un plaisir évident, leur abandonnant la tête et les pattes qu'ils se disputèrent. Aucun d'entre eux ne prêta attention à l'orage grondant au-dessus de la forêt, ni à Mezire qui léchait sa blessure à l'écart.

Qui-Vive réapparut des taillis, la mine satisfaite, les babines rougies, des touffes de poils encore coincées entre canines et incisives.

L'estomac empli aux trois quarts de sa contenance, Bien-Noir eut soif. Avant, il inspecta ses marquages disposés au pied des plus gros troncs et les réactiva par quelques gouttes d'urine destinées à rappeler aux éventuels intrus qu'ici commençait le territoire d'un grand-loup de cinq ans en pleine forme. Les autres l'imitèrent un par un, comme autant de post-scriptum à l'avertissement.

Issue d'un étroit torrent déferlant des contreforts de l'Aubrac, la Dourdounette se scindait à mi-parcours en deux bras : l'un s'élargissait en petite rivière et traversait la partie nord de la forêt de Saint-Leu pour se jeter dans le Dourdou, l'autre mourait au milieu des arbres et formait une grosse mouille que le chevalier Virgile-Amédée aimait appeler étang.

La meute se rafraîchit à la fourche des deux bras, au bord du haut fond grouillant d'écrevisses.

Dessoiffé, les moustaches perlées de gouttes d'eau, Bien-Noir fit quelques pas sur la berge. Heureux, il agita sa queue touffue, geignit doucement comme pour se mettre en voix, puis rejeta sa tête en arrière, tendit sa truffe vers le ciel, ferma les yeux à demi et lança un long cri repris par la meute. Chacun hurla de sa plus belle voix, Mezire aussi.

Dans le lointain, le clan de l'Autre-Côté répondit en hurlant à son tour.

Les loups entourèrent leur seigneur et lui rendirent les honneurs en ondulant gaiement de l'échine, en le léchant, en le mordillant familièrement aux babines tels des louve-teaux qui ont faim. Bien-Noir ne se fit pas prier et régurgita sans effort les jarrets arrière broyés que Frisquette et Bon-Garçon engloutirent en deux claquements de mâchoires. Handicapé par sa blessure et par la perte de prestige qui en découlait, Mezire n'eut rien.

La queue serrée entre les pattes, l'échine prosternée, les oreilles escamotées, il s'approcha en boitant et fit son humble soumission. Bien-Noir signala qu'elle était accep-tée en léchant la blessure de Mezire avec sollicitude, puis il régurgita une patte antérieure et une longue oreille gauche sérieusement mâchonnées que le repentant goba d'une seule bouchée.

La meute reprit la chasse, suivant la rivière en amont. Quelques instants plus tard, l'orage perçait la nuit et délugeait la forêt à grosses trombes. Exsudant une huile rendant les jarres de leur livrée imperméables, les loups poursuivirent au sec leur quête.

Après avoir longé la ligne des saules argentés centenaires qui escortaient les méandres de la Dourdounette, Bien-Noir bifurqua à patte gauche et s'enfonça à nouveau sous la haute futaie de chênes, de hêtres, de frênes et de châtaigniers. La frondaison ruisselait de toutes ses feuilles.

Quelques trottinements plus loin, le grand-loup capta vers l'est le sentiment ténu d'un canard. Il prévint les autres et s'avança silencieusement, la truffe frémissante. L'odeur du volatile s'accentua. Bien-Noir sut qu'il s'agissait d'un vieux mâle, qu'il était seul, qu'il était inquiet. Il s'aplatit et rampa à contrevent dans l'herbe détrempée.

Le canard se trouvait au fond d'un enclos semi-circulaire fait d'une haie de ronces dressée entre deux noisetiers. Bien-Noir avança encore. Le canard s'agita sans pour autant s'enfuir. Le loup en déduisit qu'il était blessé, ou malade, ou simplement trop vieux. Il cessa de se dissimuler et se dressa. Poussant un « couac » terrifié, le volatile voulut s'envoler mais quelque chose le retint à la patte, comme s'il était pris à un piège de l'humain.

Bien-Noir ne s'en étonna pas. Il leur arrivait parfois de découvrir çà et là du petit gibier, lapin, lièvre, renard, pintade, faisan, étranglé par un collet de braconnier. Ils avaient même trouvé une nuit un vieux-loup solitaire de sept ans à l'échine brisée par les mâchoires d'un traquenard. Bien qu'agonisant, le solitaire, qui n'était pas sur son territoire, avait salué poliment des oreilles. Bien-Noir lui avait répondu de même, puis il avait reniflé avec prudence le métal du piège, s'étonnant qu'il soit parfumé d'une salivante odeur de charogne. La meute avait léché le museau du moribond en geignant avec compassion, puis ils lui avaient tenu compagnie jusqu'à son dernier souffle. Après, ils l'avaient fraternellement dévoré.

Bien-Noir hésita. Le canard n'était pas un petit gris de

l'étang, mais un gros bec orange à cou vert, de ceux nichant chez les humains. Il agita les oreilles et la queue vers Qui-Vive qui obéit en contournant la haie à la recherche d'une quelconque menace.

Bien-Noir s'avança et s'immobilisa à une distance de deux bonds. Le bec orange cancana bruyamment en battant des ailes, parvenant à s'élever à trois pieds du sol, l'exacte longueur de la garcette de chanvre nouée à un piquet dissimulé parmi les ronces mortes. Bien-Noir recula vivement, le poil révulsé, et fit un large détour pour s'éloigner du piège.

Il glissait dans le sous-bois et reprenait la coulée quand les cris du canard mêlés à un aboiement de terreur et d'alarme poussé par Mezire le firent détaler droit devant lui et à grande vélocité, suivi de tous les autres.

Dès sa naissance, Mezire avait été le plus gros de la portée, et le plus fort dès sa première tétée. Ouvrant les yeux une demi-journée avant les autres, c'était lui qui avait décidé de sortir de la caverne et qui les avait entraînés derrière lui. Et quand un aigle de l'Aubrac avait emporté l'une de ses sœurs, c'était encore lui qui avait été le plus vif à regagner la lovière et à sauver sa couenne.

Piliers sacrés de l'ordre social lupin, la force et l'agressivité déterminaient depuis toujours la position de chacun dans le clan.

Comme c'était en se bataillant que les louveteaux testaient leur position future dans la hiérarchie, Mezire fut d'emblée le chef de sa portée. Ce fut lui qui attrapa le premier un mulot, et ce fut lui encore, louvart d'un an, qui égorgea un chat sauvage qui lui disputait la charogne d'une pie. Il y avait laissé un tiers de l'oreille droite. C'était lui aussi qui, dans sa fougue à poursuivre un crapaud, était tombé dans l'étang et s'y serait noyé si sa mère ne lui avait indiqué le côté abordable de la rive.

Mezire était puissant et déterminé, mais il était entravé par une hardiesse qui lui tenait lieu de stupidité et le faisait charger un cerf pendant le brame ou un marcassin en présence de sa laie.

Ce fut cette même impétuosité qui l'empêcha de tenir compte de l'attitude de Bien-Noir et qui le poussa à s'approcher du volatile. Le sol se déroba soudainement sous lui et l'engloutit tête première. Il poussa un bref aboi de panique et chuta brutalement dans une fosse inondée par l'orage où il s'embourba jusqu'à mi-pattes. Au-dessus, la trappe basculante reprit sa place et le plongea dans une obscurité totale que même le *tapetum lucidum* de ses yeux ne put percer.

Ancestralement claustrophobe, le jeune-loup demeura un long moment paralysé de terreur, l'odorat et l'ouïe désorganisés. Jamais il n'avait eu si peur, même la nuit où il était tombé truffe à groin avec un solitaire de trois cents livres.

Comme il ne se passait rien, il se calma et reprit le contrôle de ses oreilles qu'il orienta vers le haut en poussant un bref aboiement qui n'eut point d'écho. La meute l'avait abandonné.

Le ciel creva à nouveau, la pluie tomba en abondance. De l'eau ruissela le long des parois inclinées vers l'intérieur du piège, embourbant un peu plus son prisonnier. Tout à coup la trappe bascula et une nouvelle proie s'abattit lourdement au fond en soulevant une copieuse gerbe de gadoue qui le crotta jusqu'à la pointe des oreilles. Mezire éternua pour dégager sa truffe boueuse et capta avec horreur un très fort sentiment d'humain, à moins d'un bond.

– Hé, caramba ! Qui va là ? s'exclama une voix jeune et forte.

Mezire eut si peur qu'il se vida sous lui.

Chapitre 36

Allongé entre Quinteux et son frère Prends-Garde, tous deux couchés sur le dos les pattes en l'air, Charlemagne attendait que le château se soit endormi.

Par la porte ouverte, il entendait La Fougère, le nouveau grand valet, ronfler sur un rythme régulier dans la chiennerie. La Fougère remplaçait La Fouine après que celui-ci eut été renvoyé pour bougrerie caractérisée sur Charmeuse. Le chevalier avait eu des mots très forts pour flétrir son acte.

– C'est seulement en souvenir de ton brave père que je ne te fais pas brûler par le Pibrac. Sache cependant que si tu es revu dans notre châtellenie, je t'occirai de mes mains comme la bestiole malade que tu es.

Avant d'être banni, La Fouine reçut trente coups de fouet administré par un Quentin Onrazac qui ne ménagea pas sa peine et qui lui mirent le dos à vif. Charmeuse avait été exécutée d'une balle de pistolet dans la nuque tirée par son maître.

Charlemagne s'était indigné.

– Elle n'y est pour rien !

Le fait que le grand valet ait dû la ligoter et la museler prouvait qu'elle n'avait en rien participé au crime par sa libre volonté, et qu'elle ne pouvait être tenue pour responsable. Mais, en ce temps-là, on redoutait que d'un tel commerce contre nature naissent des monstres infâmes défiant l'ordre divin de la Création, aussi l'animal compromis devait périr.

Une heure avant la minuit, Charlemagne quitta l'enclos des hybrides pour aller dans la chiennerie passer la veste en cadis marron offerte l'an passé par grand-père Tricotin : elle l'oppressait déjà aux entournures tant il avait forci des épaules. Il roula sa couverture, enleva ses souliers qui avouaient un long usage et se glissa pieds nus dehors. Il y avait belle lurette que sa marraine avait cessé de le vêtir et qu'elle avait pris l'habitude de regarder ailleurs quand ils se croisaient.

La nuit sans lune était opaque. L'orage qui couvait depuis la veille ne se décidait pas à percer. Tout était silencieux.

Il traversa la basse-cour jusqu'au donjon, déverrouilla la porte et entra. Il ouvrit pareillement celle du cellier, battit son briquet, alluma sa lanterne et descendit l'escalier de pierre menant à la cave. La vue des foudres de mille litres alignés sur leur chantier de chêne accéléra son pouls. Il prit l'un des gros tire-bondes accrochés au mur et le planta dans la bonde du troisième foudre en partant de la dextre. Le vin de clairet de La Valette jaillit en éclaboussant le sol dallé, formant rapidement une mare.

Désormais, il n'était plus possible de reculer. L'évasion commençait.

Il laissa sa couverture et ses souliers, qui l'embarrassaient, dans le cellier et sortit du donjon pour entrer dans le château neuf par la porte des domestiques. Suivant le couloir jusqu'à l'escalier en boucle, il le monta en enjambant les marches qui craquaient. Il ouvrit le cabinet de travail et se glissa dedans. De tous les lieux qui lui étaient le plus formellement interdits, c'était celui qu'il connaissait le mieux.

Les cendres dans la cheminée étaient encore tièdes et la pièce au plafond couvert de trophées puait le Vrai Pongibon froid. Il alluma l'un des chandeliers posés sur la table et entra dans la petite salle circulaire où il choisit un couteau de vénerie au manche fait dans une patte de daguet, un pistolet anglais doté d'un silex neuf et d'un crochet de ceinture (Laszlo avait le même et lui avait enseigné le fonctionnement). Il briconna ensuite une lorgnette dans son étui de cuir, une poire à poudre de vingt coups, une poche en cuir contenant vingt plombs, *Le Livre de la chasse* de Gaston Phoebus, *Le Guide de tous les Chemins de France et de Navarre*, ainsi que l'une des nombreuses bibles anciennes qu'il aimait particulièrement pour ses magnifiques enluminures. Sa préférée montrait Adam et Ève se divertissant au Paradis en compagnie d'un couple de licornes. Le gros serpent enroulé autour du tronc de l'arbre de la Connaissance avait curieusement l'exacte figure d'Ève. Une autre enluminure dépeignait avec minutie la montée dans l'arche des animaux de la Création. La physionomie de sa majesté Lion, de messire Tigre, de dame Girafe, ou du haut et puissant seigneur Éléphant, le fascinait presque autant que la nudité de l'épouse d'Adam. Pour conclure son pillage, il vola une ample carnassière doublée en peau de louve dans laquelle il serra le tout.

Il referma le cabinet à clef et alla s'approvisionner dans la cuisine. Il y choisit deux bougies de deux heures, un pain d'une livre, trois fromages de brebis, cinq gousses d'ail, trois oignons et un jambon si volumineux qu'il dut le trancher en deux pour le forcer dans la carnassière déjà bien encombrée.

Avec une pensée amicale pour les onze familles de rats du château, il quitta la cuisine en laissant les volets du garde-manger ouverts. Il alla dans la lingerie, se dévêtit et passa l'une des belles chemises en lin de monsieur Anselme. Bien qu'un peu ample, elle lui convint parfaitement. Il enfila ensuite une culotte vert foncé qui bâilla aux genoux et une paire de bas noirs montants. Il remit sa veste trop étroite et se débarrassa de ses vieilles hardes en les cachant au fond de la hotte au linge sale.

Il revint au donjon, à peine visible dans la nuit noire. Un cheval battit du pied quand il passa devant l'écurie. Il reconnut Frelon un jeune rouan qu'il avait vu naître. Il résista au désir d'aller l'apaiser et continua son chemin en serrant la volumineuse carnassière contre lui afin que son contenu ne s'entrechoquât pas.

A nouveau dans le donjon, il ferma la porte à triple tour, posa la carnassière, ralluma sa lanterne, souleva l'un des madriers qui servaient à rouler les tonneaux et descendit dans la cave où le plus dur restait à accomplir.

Il posa sa lanterne sur un tonneau voisin et alluma en supplément les bougies prises dans la cuisine. Pataugeant jusqu'aux talons dans le clairet, il s'approcha du foudre qui avait cessé de se vider. Il vit de nombreux cafards qui tentaient d'échapper à la noyade en grimpant le long de ses mollets. Il les repoussa impitoyablement en songeant au déluge, à l'arche de Noé, et aussi aux poissons qui avaient, de par leur nature, totalement échappé au Châtiment divin. A quel titre cette espèce avait-elle donc bénéficié d'un pareil favoritisme ?

Fait en douves de châtaignier cerclées de fer, le foudre pesait à vide cent cinquante livres. Glissant le madrier sous le chantier, Charlemagne pressa dessus tel un levier et parvint à l'ébranler puis à renverser le foudre qui fit un grand vacarme éclabousseur en tombant sur le dallage inondé. Bien qu'en partie étouffé par l'épaisseur des murs, le bruit lui parut énorme. Il se figea et tendit l'oreille un long moment. Rien d'alarmant ne se faisant entendre, il déplaça le chantier, posa dessus la lanterne et plongea ses mains dans le vin pour tâtonner à la recherche de l'entrée du souterrain des Armogaste.

Charlemagne avait découvert l'existence du souterrain au début de l'été 1776. Il avait profité d'une absence de plusieurs jours du chevalier Virgile-Amédée et de son fils Anselme (ils s'étaient rendus chez le baron Jean Guibonnet, seigneur de Salmiech, qui prétendait avoir créancé un couple de guépards à la voie du loup) pour visiter sans crainte d'être dérangé la chambre du seigneur ainsi que le *trésor*, la petite pièce attenante qui renfermait tout ce que les Armogaste chérissaient le plus ici-bas. C'était dans le tiroir du secrétaire Renaissance qu'il avait trouvé et tripoté à satiété les terriers familiaux, ces recueils de parchemins attestant chaque degré de la noblesse de leur propriétaire, prouvant chacun de leurs droits ancestraux, justifiant chacun des innombrables privilèges qui leur étaient inhérents. Il s'était émerveillé de reconnaître sur le *Luparii Imperium* du tout premier des Armogaste la signature si particulière de l'empereur dont il portait le nom.

Il avait aussi manipulé de ses doigts sales la sacro-sainte matrice du sceau que seul le chef d'armes et de nom pouvait toucher. L'aîné des Armogaste étant toujours enterré avec son sceau au majeur, elle servait à en fondre un nouveau pour l'héritier. Elle datait du XIe siècle.

– Si je veux, je prends tout, si je veux je jette tout dans le puits, si je veux j'enterre tout dans le verger, s'était-il dit, la gorge desséchée par cette occasion d'infliger un très mauvais coup au chevalier et à sa lignée.

Dans le tiroir suivant, il avait déniché la dernière mise à jour du plan du souterrain datant du chevalier Walter, en 1531. Le document se présentait comme une fine épure coloriée du château, du bourg et du tunnel. L'entrée était relevée dans un encart orné de lierres fleuris. Bien que les légendes fussent rédigées en langue occitane, Charlemagne avait compris sans mal qu'il s'agissait de la cave du donjon. Il s'y était rendu la nuit suivante et avait découvert que l'endroit signalé sur le plan se trouvait juste sur l'emplacement d'un foudre de mille litres. Il s'était mis à plat ventre et avait rampé sous le chantier pour s'en assurer. En lieu de la trappe de bois qu'il avait imaginée, il avait trouvé sous les épaisseurs de poussières séculaires, de pailles pourries et d'anciennes toiles d'araignées, une lourde dalle munie en son centre d'un anneau en fer : une dalle inamovible tant que le foudre se trouverait au-dessus.

Charlemagne serra les mâchoires et s'arc-bouta pour tirer sur l'anneau. La dalle de grès se décolla avec un bruit de baiser. Le clairet qui inondait le sol se précipita à l'intérieur d'un trou noir profond comme un puits et doté d'un étroit escalier de pierre.

Il récupéra la couverture, entra dans ses souliers, passa la carnassière en bandoulière et descendit avec précaution les marches rendues glissantes par le vin. La dernière donnait sur un étroit tunnel voûté en berceau. Le sol était de terre battue, l'air croupi sentait le champignon, le moisi, l'araignée, le rat, et depuis peu le clairet de La Valette.

Sa lanterne à bout de bras, Charlemagne avança dans le

souterrain. Une centaine de pas plus loin le passage se rétrécissait. Ses cheveux frôlèrent le plafond et un début d'odeur musquée s'ajouta aux précédentes. Il identifia le sentiment d'un blaireau et continua d'avancer. Bientôt le tunnel emboucana.

Il sortit le couteau de vénerie de la carnassière. Pour avoir vu plus d'un chien rentrer sévèrement avarié d'une chasse au blaireau, il savait l'animal capable d'être dangereux. Hurtaud, un limier vendéen, s'était fait éventrer d'un coup de griffes, et Dardant, le braque courte-queue de monsieur Anselme, avait eu la truffe sectionnée en deux par un coup de dent et ne chassait plus depuis.

Il progressait à pas lents lorsque sa lanterne éclaira une grosse blairette effrayée par son arrivée et qui déménageait en catastrophe sa portée par un trou dans le mur. Cinq blairillots aux yeux encore clos couinaient en se tortillant sur une litière d'herbes et de feuilles sèches disposée au centre du tunnel. L'odeur était si forte qu'elle picotait le nez et les yeux telle une fumée de bois vert. La tête au long museau de la femelle réapparut par l'ouverture. Sans la quitter du regard, Charlemagne recula de trois pas et attendit.

Rassurée par la distance, la blairette sauta dans le tunnel, saisit un petit par la peau du cou et repartit dans le trou. Charlemagne en profita pour enjamber rapidement la litière et reprendre sa progression.

Le souterrain se rétrécit à nouveau et le contraignit à marcher courbé. L'air vicié l'essoufflait et la gibecière trop chargée le faisait piquer du nez. Il n'avait aucune notion de la distance parcourue ou du temps écoulé et avançait tête baissée, essayant parfois de deviner sous quelle partie du bourg il se trouvait. Soudain, il heurta violemment un mur de roc barrant le tunnel.

– Ahouille !

La lanterne lui échappa et s'éteignit, le plongeant dans le noir absolu. Il s'agenouilla pour la chercher à tâtons et la trouva renversée et vidée de son huile. Il prit une bougie dans la carnassière, l'alluma et vit avec soulagement qu'il ne s'était pas heurté à un cul-de-sac. Le souterrain contournait une veine rocheuse et obliquait à angle droit.

Il reprit sa marche, une bosse en formation sur le front, regardant devant lui cette fois. Les bruits de sa respiration saccadée et de ses souliers traînant sur la terre battue résonnaient dans l'étroit passage.

La lueur de la bougie ne portant qu'à trois pieds, il se trouva tout à coup devant une porte voûtée encastrée dans un solide chambranle de pierre. Il approcha la flamme et vit qu'elle était armée d'une serrure de la taille d'une brique.

Il essaya toutes les clefs du clavier sans résultat. Celle qui ouvrait cette porte n'y était pas.

Les jambes fauchées par l'émotion, il se laissa glisser à terre et ne bougea plus, l'esprit en déroute. Il était fait comme un rat au fond de sa nasse.

Il imagina avec désolation Martial découvrant tout à l'heure l'entrée béante du souterrain. Il l'imagina rendant compte au chevalier Virgile-Amédée. Il imagina celui-ci constatant les multiples disparitions dans son cabinet.

Cette fois, il serait jugé et pendu. Surtout pour le vol du pistolet qui signait de bien méchantes dispositions.

C'était le bon roi Saint Louis qui avait institué la peine de mort pour les vols domestiques. Attendu que la vie et les biens des maîtres étaient obligatoirement confiés à leurs serviteurs, attendu que la relation maître-serviteur reposait sur une base de confiance réciproque, tout vol commis par un domestique devait être puni de mort, quand même la chose briconnée serait peu considérable.

Le dernier voleur à être pendu à Racleterre l'avait été place Royale, le jour de la Saint-Louis.

Charlemagne avait assisté à l'exécution du haut de l'échauguette sud, en compagnie des corbeaux freux. Le condamné était un valet d'une quinzaine d'années qui avait estourbi sa maîtresse pour lui voler treize livres et deux mouchoirs brodés. La vision de la potence dressée sur l'échafaud aux planches luisantes d'encaustique avait tiré au condamné des hurlements et des gesticulations sauvages qui avaient déplu à l'assistance et mis à l'épreuve la patience du Pibrac et de ses valets. Ceux-ci avaient dû le ficeler telle une andouillette de Roumégoux et user d'une troisième échelle pour le hisser jusqu'au nœud coulant.

L'exécuteur lui avait alors sauté sur les épaules, emprisonné la tête entre ses cuisses et brisé les vertèbres cervicales en une seule secousse, raccourcissant charitablement son agonie.

Le cri outragé d'un lérot emporté par un hibou retentit de l'autre côté de la porte, et un grondement lointain lui rappela que l'orage n'allait plus tarder à percer. Collant son oreille contre le battant, il crut entendre le Dourdou couler non loin. Il inspecta une nouvelle fois la serrure, sans pour autant trouver de solution. La gâche était scellée dans le chambranle par des chevilles de fer et tenait ferme.

Il prit le pistolet et entreprit de le charger sans trop de maladresse. Il était résolu à tirer sur le premier qui se présenterait demain matin. Il consacra un long moment à imaginer ceux sur lesquels il aimerait le plus décharger son arme : Blaise Onrazac arrivait en premier, suivi de son père et de Martial. Venait ensuite le maître coq Larouzaude et n'importe lequel des Armogaste.

Soudain, faute d'une meilleure idée, Charlemagne recula d'un pas et tira sur le pêne, là où il entrait dans la gâche. Le résultat fut saisissant.

Apposée deux siècles plus tôt sur ordre du chevalier Walter, la porte avait subi les assauts conjugués du temps, de l'humidité et surtout des insectes xylophages. Confondant celle-ci avec un tronc de chêne mort, une femelle sirex avait insinué dedans le long tube qui terminait son abdomen et avait pondu ses œufs.

Une fois écloses, les larves s'étaient développées durant cinq ans avant de se métamorphoser, se nourrissant du bois, creusant de longs et tortillés réseaux de galeries. Des champignons avaient profité de l'aubaine pour déposer leurs spores et leurs filaments, accélérant la décomposition, facilitant l'arrivée des bactéries.

L'impact de la balle de plomb tirée presque à bout touchant fut tel que la serrure s'arracha aux trois quarts. L'importance des dégâts enchanta Charlemagne. Il défonça à coups de coude ce qui restait du battant pourri. Une coulée d'air frais entra et chassa l'odeur poivrée de la

poudre. Plusieurs décennies d'humus végétal et de ron-
cières s'étaient accumulées devant et autour de l'entrée. Il
rangea le pistolet et s'aida du couteau de vénerie pour se
frayer un chemin à travers une végétation armée de mille
piquants qui lui arrachèrent des cheveux et le griffèrent
aux joues et aux mains.

Dès qu'il put se tenir debout, il se guida à l'oreille et
marcha vers le Dourdou qu'il entendait couler en contrebas. Arrivé sur la berge, il s'agenouilla et but longuement
dans l'eau vive et fraîche. Il se sentit bien satisfait de lui
(« Ah là là, heureusement que je m'ai »). Suivant la rive
caillouteuse jusqu'au pont Saint-Benoît, il rejoignit le
grand chemin de Rodez qui longeait la tannerie Camboulives.

Les cuves et les fosses de l'oncle Félix étaient regroupées au bord de l'eau. La maison s'élevait en deçà derrière
un grand rideau d'arbres qui la protégeait des puanteurs
exhalées par les centaines de peaux traitées quotidiennement.

Charlemagne siffla entre ses dents. Trois molosses surgirent de la nuit en agitant amicalement leur fouet. L'iso-
lement de la tannerie justifiait de tels gardiens.

Ils dirigèrent bientôt leur attention sur la carnassière qui
embaumait le jambon cru.

— Z'ai point le temps de vous en bailler, leur chuchota-
t-il en grattant la grosse tête carrée du plus proche.

Les congratulations terminées, il contourna la bâtisse en
évitant l'enclos des oies, une espèce avec laquelle il n'entretenait pas de relation.

Son frère et sa sœur logeaient dans une chambre au-
dessus de l'atelier de corroyage des cuirs. On y accédait
par un escalier extérieur collé à la façade. Il gratta contre
la porte.

— Clotilde, Dagobert, z'est moi.

Il y eut de légers bruits puis l'huis s'ouvrit sur sa sœur
en chemise de nuit. Ils s'étreignirent en riant. Dagobert
apparut les yeux aggravés de sommeil, pieds nus sur le
carrelage. Charlemagne l'embrassa en le grondant.

– Tu zais que tu dois pas marcer pieds nus. Tu vas prendre froid.

Dagobert restait le plus fragile des cinq. En dépit de son bon vouloir évident, il ne se faisait toujours pas au métier de tanneur. Les odeurs lui mettaient l'estomac à l'envers et tout effort physique prolongé l'alitait. Aussi se rendait-il utile en gardant les chèvres avec sa sœur, et en aidant son oncle dans sa comptabilité car il était doué pour le calcul et pour l'étude en général. Il continuait à se rendre cinq fois par semaine avec Clotilde aux cours du Temple du Savoir, où il était considéré comme l'un des trois meilleurs élèves.

Pendant que Dagobert enfilait ses bas, Clotilde partit chercher un pichet d'eau à la cuisine. Ils s'assirent sur le carrelage. Charlemagne coupa avec des gestes de chef de famille des tranches de pain et de jambon de Najac, tout en leur narrant son évasion, les origines de la grosse bosse sur le front et celles des égratignures sur les mains. Il leur montra le clavier et le confia à sa sœur avec la consigne de le cacher.

– Et maintenant, qu'est-ce que tu vas faire ?

– Ze vais à Rodez délivrer Clodomir, pardi.

– Ahi, Jésus ! Et comment vas-tu t'y prendre ?

Il fanfaronna en dévoilant le pistolet, les invitant à renifler le canon qui sentait encore la poudre. Il aurait aimé qu'ils proposent de l'accompagner, pour le plaisir de leur répondre : « Non, j'y vais seul », mais ils ne dirent mot.

Clotilde alla prendre son cahier de dessin le plus récent et lui montra Pépin, torse nu sous le tablier de cuir des maréchaux, prêt à cogner avec son marteau sur un fer à cheval posé sur une enclume. L'oncle Caribert et le petit Mérovée l'observaient les bras croisés. Si le trait du dessin était fin, le décor de la maréchalerie était bâclé et les perspectives fantaisistes. En revanche, les trois personnages étaient parfaitement identifiables. Pépin à l'ardeur enthousiaste qu'il montrait chaque fois qu'il s'agissait de frapper sur quelque chose. Caribert à son grand front bombé et son air grave, presque triste. Mérovée à ses yeux bridés et ses pommettes saillantes de Chinois (de Hongrois, persiflaient les médisants).

Le dessin voisin montrait Dagobert lisant sous un arbre proche de la rivière. Il était coiffé de la couronne de laurier des meilleurs élèves du Temple du Savoir. Clotilde avait bien su reproduire toute la réserve de sa physionomie.

Charlemagne rit en se reconnaissant sur la page suivante, dessiné au sommet du donjon en compagnie de sept chiens, sept rats, sept corbeaux freux et sept choucas. Il avait l'air furibond et montrait le poing à de nombreuses petites silhouettes dispersées autour du donjon. « HÉ KARAMBA ! » était écrit dans un nuage joufflu.

Et puis il y avait l'aîné Clodomir, les yeux baignés de larmes, seul derrière des grilles à gros barreaux. Dans le fond, Clotilde avait esquissé la silhouette de la cathédrale de Rodez.

Venait ensuite un croquis montrant l'oncle Félix houspillé par tante Blandine le jour où il était si ivre qu'il avait pissé dans la marmite en croyant le faire dans la cheminée.

Le dernier dessin les montrait tous les cinq se donnant le bras comme au temps où ils huffe-huffaient fièrement dans les rues. Clotilde les avait dessinés sous un étrange et même visage, habile composite des cinq où cependant chacun reconnaissait sa part.

Dans le lointain, le carillon du beffroi égrena trois heures.

Coiffé du tricorne donné par son frère, Charlemagne avançait lentement au milieu du chemin qui accompagnait la rivière, invisible dans l'obscurité. La carnassière, la couverture et l'outre en peau de bouc retournée de l'oncle Félix remplie d'eau par Clotilde semblaient s'alourdir à chaque pas.

Le vent s'était levé et soulevait la poussière. Le tonnerre gronda, puis ce furent des loups qui hurlèrent dans le lointain, comme pour le prévenir qu'il approchait de leur royaume de la forêt de Saint-Leu. Il s'arrêta pour mieux les écouter. Certaines nuits d'hiver il les avait entendus hurler au pied même des murailles. Onrazac disait que c'était la faim et l'odeur de toute la chair fraîche émanant du bourg qui les rendaient si audacieux. Parfois, le guet

347

en arquebusait un du haut des remparts et l'exposait le lendemain au pilori de la place Royale.

Charlemagne hésita à poursuivre. Existait-il pire moment qu'une nuit sans lune pour traverser une forêt ? *A fortiori* celle de Saint-Leu, réputée pour sa profondeur et pour le nombre de ses malebêtes. Il préféra prudemment attendre la fin de la nuit à l'abri dans la chapelle Saint-Hubert qu'il savait trouver à main droite, après le vieux pont de bois sautant la Dourdounette.

Il écarquillait les yeux à la recherche du sentier bifurquant vers la clairière lorsque l'orage éclata dans toute sa violence. Les coups de tonnerre se succédèrent sans interruption. Des myriades de gouttes d'eau s'abattirent avec un bruit crépitant sur la forêt, emportant avec elles tous les insectes qui ne pouvaient se protéger, les jetant violemment au sol où les attendait une grande variété de prédateurs.

Charlemagne courut s'abriter sous le premier arbre venu. Accroupi contre le tronc, il attendit l'accalmie en méditant sur les loups-garous, ces mi-hommes, mi-bêtes, aux poils poussant sous la peau et qu'on ne pouvait occire qu'avec des balles fondues dans des médailles de Saint-Hubert en argent. D'après leur mère-grand Jeanne, il s'agissait de fils de prêtres, victimes innocentes payant injustement pour les péchés de leurs géniteurs. Pour leur mère-grand Adèle, les garous étaient issus de l'Enfer. Quand celui-ci était surpeuplé, Lucifer retournait son trop-plein d'âmes sur terre où elles devenaient garous pour une période de sept ans avant de pouvoir remonter.

Comme la pluie persistait, il songea alors au fantôme du chevalier Walter monté sur une louve géante de la taille d'un mulet et qui courait le braconnier comme on laisse-courre le cerf ou la bête noire.

La pluie s'apaisant, Charlemagne quitta son abri pour retourner sur le chemin. Ne le retrouvant pas, il voulut revenir au chêne afin de s'orienter à nouveau, mais il ne put le retrouver lui non plus. Il se sut perdu en même temps qu'il prit conscience qu'il n'entendait plus la rivière depuis un moment déjà.

Il décida de grimper dans un arbre et d'y attendre le

jour. Il en visita plusieurs avant d'en trouver un avec une première branche suffisamment basse pour l'atteindre. Ce faisant, il se rappela le récit de ce colporteur de Roumégoux poursuivi par une meute et qui disait s'être réfugié dans un châtaignier. Les loups avaient pris appui sur le tronc et s'étaient montés les uns sur les autres jusqu'à former une échelle que le plus gros d'entre eux avait alors gravie. L'arrivée inopinée d'une famille d'arracheurs d'écorce les avait mis en fuite.

Charlemagne crut entendre un canard cancaner de terreur non loin.

Empoignant à deux mains la branche d'un jeune châtaignier, il essaya de se hisser dessus sans y parvenir. Il allait s'alléger de ses charges lorsque plusieurs loups surgirent de nulle part et défilèrent devant lui à grande vélocité. Un seul d'entre eux le vit et poussa un aboiement rauque de mauvaise surprise qui accentua la vitesse des autres. Saisi d'une même frayeur, Charlemagne lâcha la branche et s'enfuit le plus vite possible dans la direction opposée. L'air se déchira dans un vacarme assourdissant, la pluie recommença à tomber. Une chouette hulotte protesta quelque part dans les ramures.

Contournant un large châtaignier, il sauta par-dessus les racines et bondit vers une éclaircie entre deux taillis quand tout à coup le sol disparut sous lui et un trou noir l'avala. Il tomba comme une pierre trois mètres plus bas sur une épaisse couche de boue.

Allongé sur le dos, le souffle coupé par le choc, empêtré par la couverture et la carnassière, il se décolla péniblement du bourbier quand quelqu'un éternua tout près.

– Hé, caramba ! Qui va là ?

Décrottant ses mains autant qu'il le pouvait, il se déharnacha de la couverture et de la carnassière, prit une bougie et battit le briquet en se protégeant des gouttes de pluie qui tombaient par les interstices de la trappe. La mèche s'enflamma, le fossé s'éclaira. Il eut un haut-le-corps en croisant le regard oblique et fendu d'un loup. Il recula et se fit mal au dos contre une racine saillant de la paroi. A l'exception des rares louvarts qu'utilisait le chevalier pour donner du mordant à ses jeunes chiens et mieux les créancer à la voie lupine, il n'avait encore jamais vu de loup adulte autrement que mort ou peint sur les enluminures des livres de vénerie.

– Tout beau, mezire le loup, dit-il, la voix étranglée par l'émotion.

L'animal se recroquevilla à l'autre extrémité : sa livrée était fangeuse, ses jarres roux emmêlés, sa queue piteuse était rabattue entre ses jambes. Il lui manquait un bout d'oreille droite.

La fosse était si exiguë qu'ils auraient pu se toucher en tendant qui le bras, qui la patte.

Son tricorne gisait entre eux. Des gouttes tombant de la trappe résonnaient dessus.

Avec des gestes lents, Charlemagne sortit le pistolet de la carnassière et le chargea en laissant échapper deux plombs dans la boue avant d'y parvenir.

– Si je tire et si je l'avarie seulement, je n'aurai pas le temps de recharger.

Il pointa l'arme dans la direction du loup et le prévint chevaleresquement du revirement de situation.

– Restez où vous êtes, mezire loup, zinon ze vous piztolérize.

Il le vouvoyait spontanément, alors qu'il aurait tutoyé un chien.

Là-haut, la pluie redoubla de violence.

Combien de temps allait-il rester en tête à tête avec ce grand amoureux de viande fraîche ?

Il songea à celui qui avait creusé la fosse. Qui était-il et quand viendrait-il relever son piège ? Était-ce l'œuvre du garde-chasse des Armogaste ou, pire, celle d'un braconnier ?

Passible de haute justice, un braconnier n'aurait aucun goût à laisser en vie un témoin capable de le reconnaître au visage.

Le cœur de Charlemagne s'emballa à cette pensée. Il se redressa vivement. Le loup gronda.

– Ze veux voir si ze peux nous zortir d'izi, z'est tout, lui dit-il pour se justifier.

Il savait bien sûr que la bête ne pouvait le comprendre, aussi comptait-il sur la douceur de la voix.

Le loup cessa de gronder.

Levant la bougie, il aperçut à dix pieds au-dessus la trappe et son système basculant. Il n'existait aucun appui pour l'atteindre et les parois inclinées de la fosse décourageaient toute tentative d'escalade. Il ne pourrait jamais sortir sans une intervention extérieure.

Là-haut, le canard cancana à nouveau de terreur, lui rappelant la meute croisée tout à l'heure. Peut-être s'étaient-ils aperçus qu'il leur en manquait un, peut-être allaient-ils revenir pour tenter de délivrer leur congénère ?

– Manquerait plus qu'il en tombe un autre !

Chapitre 37

Les plus lève-tôt furent comme chaque matin les alouettes. Puis l'aube rosit le ciel délavé par l'orage : ce fut le tour des merles, des grives musiciennes et des pouillots siffleurs.

L'apparition du soleil coïncida avec le réveil des coucous. L'un d'eux, occupant un nid de fauvettes tout proche, coucoula si fort qu'il éveilla Charlemagne en sursaut.

Il ouvrit les yeux et ne comprit pas où il se trouvait. Il vit le pistolet enfoncé dans la boue et la mémoire lui revint.

Il ne pleuvait plus, la bougie posée sur la carnassière était morte, mais des rais de lumière filtraient par la trappe et transformaient l'obscurité de la fosse en demi-pénombre.

Le loup était toujours plaqué contre la paroi et le regardait fixement de ses yeux fendus. Il tirait une grande langue rose qui n'inquiéta pas le garçon car c'était celle d'un animal plus assoiffé qu'affamé. Qu'il n'ait pas profité de son endormissement pour le croquer le confirmait.

Il se redressa en grimaçant. Son corps lui parut douloureux de toute part. Il tira de sa gangue boueuse le pistolet qu'il avait dû lâcher durant son sommeil et tendit le bras pour récupérer son tricorne. Le loup tressaillit, ses oreilles se plaquèrent en arrière, ses jarres roides de boue séchée se hérissèrent. Il gronda.

Charlemagne prit l'outre en peau de bouc, emplit d'eau le tricorne et le déposa sans brusquerie devant. L'animal accentua son grondement en retroussant ses babines sur des canines de trois pouces de long.

Charlemagne regagna son coin et but en gardant un œil sur la bête qui n'avait ni bougé ni même regardé l'eau.

La soif finit par l'emporter sur la peur. Bien que le tricorne empestât un très fort sentiment d'homme, Mezire

352

s'approcha et lapa l'eau bruyamment, lui trouvant un arrière-goût de chèvre. Il lécha le fond du chapeau jusqu'à la dernière trace d'humidité, puis, sans jamais perdre Charlemagne du regard, il entreprit de lécher sa blessure maculée de boue. Le garçon compatit.

— Ahi ! Mezire le loup, vous voilà bien meurtri.

Le temps passa. Charlemagne déchargea le pistolet, le nettoya de sa boue et le rechargea. Puis il eut faim. Il ouvrit la carnassière et en tira le pain, le jambon, les oignons et l'un des fromages qui s'était aplati au fond. Il trancha un épais morceau de jambon qu'il montra au loup avant de le lui jeter.

Mezire eut très peur. C'était la première fois qu'on lui lançait quelque chose. Jusqu'à cet instant, il ignorait qu'un tel exploit fût possible.

— Manzez, manzez, ze n'est point du caillou mais du bon zambon de Nazac.

La voix était douce et absente d'agressivité.

Des particules odorantes de jambon cru se déposèrent sur les fins rouleaux osseux tapissant les muqueuses de ses naseaux : ceux-ci transmirent en urgence l'information au cerveau, déclenchant au passage une intense salivation. Seule la forte odeur humaine qui les imprégnait le dérangeait. Mais l'eau aussi avait senti mauvais.

— Z'est bien, approuva Charlemagne en le voyant avaler le jambon.

Il lui expédia alors un gros morceau de pain que la bête huma prudemment avant de le gober à son tour.

Jamais auparavant Mezire n'avait goûté pareille nourriture, et jamais encore il n'avait vu une créature rester aussi longtemps dressée sur ses pattes arrière. Soudain, son poil se dressa, sa truffe et ses oreilles s'orientèrent vers la trappe. Quelque chose approchait.

Charlemagne entendit des bruits de roues écrasant brindilles et feuilles mortes. Il reconnut une voix humaine. Le cœur battant, il empocha dans sa veste la poire à poudre et la bourse à plombs. Il tira sa chemise hors de sa culotte et cacha dessous le pistolet en le fixant par le croche-ceinture.

La trappe s'ouvrit. Un flot de lumière envahit la fosse,

une silhouette se profila sur le bord. Des chiens aboyèrent furieusement. Charlemagne devina qu'ils étaient deux et qu'ils avaient flairé le loup. Quant à la silhouette, il remit celle de Javertit, le loubier-garde-chasse des Armogaste.

– Enfin vous voilà, monzieur le garde, tirez-moi d'izi, ze vous prie.

Les chiens redoublèrent leurs aboiements.

– Tu fais quoi là-d'dans, macarel ?

– Ze zuis tombé zette nuit. Lanzez-moi une corde, ze vous prie.

Javertit découvrit alors la malebête recroquevillée au point de sembler diminuer de volume.

– Y a aussi un grand louvart ! Vlà pourquoi les chiens bahulent tant, dit-il à quelqu'un derrière lui.

Il disparut tandis qu'une autre silhouette s'approchait de la fosse. Charlemagne mit sa main en visière et vit Janot, un adolescent au teint hâlé, au front bas et au nez trognonnant comme celui de son père : il tenait difficilement en laisse un couple de griffons nivernais qui s'égosillèrent de plus belle à la vue du loup.

– Où est parti monzieur le garde ?

Janot ne répondit pas, préférant fixer haineusement Mezire.

Javertit revint avec un échelier fait d'une branche maîtresse de huit pieds et le glissa dans la fosse. Charlemagne coiffa son tricorne, récupéra couverture et carnassière. Après un regard navré vers l'animal paralysé de terreur, il grimpa sur les rameaux à demi émondés servant d'échelons et sortit du piège. Le canon du pistolet heurtait l'aine à chaque mouvement. Il sentait si fort le loup que Janot avait du mal à retenir les chiens de lui sauter dessus.

Près de la trappe, le canard gisait parmi ses plumes. Un grand-duc, ou peut-être une chouette hulotte, l'avait dévoré sur place durant la nuit. Attelé à une carriole transportant une cage en bois vide, un vieux mulet broutait l'herbe et les fleurs autour de lui.

Le garde fouilla sous le siège du véhicule et en retira un gourdin en châtaignier et un long manche équipé d'une lanière de cuir tressée en nœud coulant. Il descendit l'échelier et disparut dans la fosse. Apparemment, il voulait l'animal vif. Des bâtons de capture semblables se trouvaient dans chaque chenil et servaient à emprisonner les éléments rebéqueurs.

Le temps de compter dix fois dix et il réapparaissait en haut de l'échelier, traînant sur le dos le jeune-loup à demi asphyxié par le nœud coulant. Il le jeta dans la cage, rabattit la porte et fixa le loquet. L'air hébété, l'animal se ratatina, le museau au ras du sol, la queue entre les jambes.

Javertit s'intéressa alors à Charlemagne. Ses petits yeux verts allèrent de la carnassière à la belle chemise de lin qui détonnait avec le cadis de la veste.

– Qui t'es ?

– Ze viens de Rodez et ze vais viziter mes frères à Roumégoux, mentit-il spontanément.

– C'est pourtant point la route par ici.

– Quand l'oraze a perzé, z'ai voulu m'abriter dans la sapelle Zaint-Hubert, mais ze l'ai point trouvée et ze me zuis fourvoyé.

– Si t'es d' Rodez, pourquoi t'as point l'accent ? Et pis comment tu peux savoir qu' c'est moi l' garde vu que j' suis point bandouliéré ?

Charlemagne se troubla et ça se vit.

– Montre c' que tu serres là-dedans.

Le garde désignait la carnassière de son gourdin. Charlemagne obéit. Le couteau de chasse au manche en corne de daguet et la longue-vue à l'étui de cuir ramolli par l'humidité l'intriguèrent ; ce furent la bible, le guide routier et le traité de vénerie marqués aux armes des Armogaste qui le convainquirent de la mauvaise foi du garçon.

– D'où t'as briconné tout ça ? Et pis qu'est-ce qu'un p'tit foutre fait avec des livres de gentilhomme ? Parle, ou j' te reflanque dans la fosse et j' t'y oublie !

– Attention ! glapit Janot tandis que Charlemagne retroussait sa chemise, saisissait son pistolet et le braquait.

– Vérole de moine ! jura Javertit, plus surpris qu'inquiet.

Il s'avança. Charlemagne recula en lançant d'une voix forte :

– Zur Dieu, ze tire !

Son ton, empreint d'une grande conviction, immobilisa le garde.

– Tout doux, petit, si tu veux filer, et ben file. Pour c' que ça m' chaut après tout.

Charlemagne reprit la carnassière et contourna Javertit qu'il sentait prêt à bondir. Le pistolet était lourd à tenir à bout de bras. Il s'approcha de la cage. Le loup s'était relevé. Janot fit mine de lâcher ses chiens.

– Zi tu les découples, ze tire, le prévint-il en continuant d'approcher de la carriole.

Il savait qu'une fois dans le sous-bois le garde lancerait les griffons qui le rattraperaient en moins de temps qu'il n'en fallait pour sonner un hallali.

Ouvrant la porte de la cage, il cria :

– Hé ! Mezire loup ! Hardi !

Encore trop choqué, ou craignant un piège, l'animal ne bougea pas.

– Ferme cette cage sinon, sur Dieu et tous ses anges, tu l'regretteras longtemps après ! gronda Javertit en avançant le gourdin haut.

Charlemagne secoua la cage sans pour autant convaincre le loup d'en sortir. Il semblait aussi terrorisé par les barreaux qu'il l'avait été par les parois de la fosse.

Javertit bondit. Charlemagne tira. Le coup fit long feu. La boue sans doute, ou la poudre humide.

Le gourdin du garde s'abattit. Charlemagne fit un écart de cabri pour l'éviter mais bascula contre le mulet qui sursauta et détala en entraînant la carriole. Une roue heurta une racine et provoqua un cahot d'une telle amplitude que la cage non arrimée fut projetée hors de la plate-forme. Mezire en jaillit à la vitesse d'un trait d'arbalète et s'enfonça dans les taillis. Les griffons bondirent, emportant Janot qui s'abattit sur le ventre et dut lâcher les traits pour ne pas être emporté. Les chiens disparurent sans aboyer derrière le jeune-loup.

– Ça, c'est pour ce louvart dont j'avais grand besoin, expliqua Javertit en assenant son gourdin.

Charlemagne vit le sol, les arbres, le ciel tourbillonner. Ses genoux plièrent. Il tomba.

– Ça c'est pour les chiens qui va falloir r'trouver.

Le garde cogna cette fois sur la clavicule et tira de sa victime un cri aigu.

— Et ça, c'est pour m'avoir tiré dessus.

Charlemagne sentit des mains le saisir aux chevilles et le traîner sur le sol. Sa veste et sa chemise se retroussèrent, son dos nu frissonna au contact de l'herbe mouillée de rosée. Il ouvrit les yeux à l'instant où Javertit le lâchait dans la fosse. Il cria en tombant. Il se reçut avec une telle violence sur le dos que l'air lui fut arraché des poumons et remplacé par un bloc de douleur. Sa nuque rebondit contre la paroi. Il eut vaguement conscience de l'échelier se retirant et sentit sur ses joues le souffle d'air brassé par la trappe lorsqu'elle se rabattit. La boue était glaciale. Pris de nausée, il se tourna sur le flanc et vomit pain, jambon, fromage. Cessant de bouger, il ferma les yeux et se livra à la douleur, ne tardant pas à s'endormir comme on s'enfonce dans un puits rempli de ronces.

Chapitre 38

Un coup de sabot dans la cuisse l'éveilla.

– Debout, ordonna Janot en l'accablant d'un nouveau coup, visant les reins.

Il s'était coiffé du tricorne de Dagobert et agitait le gourdin de son père en montrant qu'il mourait d'envie de s'en servir. Ses traits étaient tirés, ses joues et ses mains portaient des griffures faites durant sa course dans les taillis à la poursuite des chiens.

La trappe était ouverte, l'échelier replacé. Il faisait encore jour. Charlemagne sortit de la fosse, les chairs mâchées par ses deux chutes, la clavicule et la tête traversées d'élancements douloureux.

Le garde rafistolait la ridelle de la carriole endommagée par la folle cavalcade à travers le bois. La cage était vide. Abandonnant son ouvrage, il vint le frapper à la joue de son poing fermé.

– Ça, c'est pour les chiens qu'on a point r'trouvés.

Charlemagne tomba à genoux, ahuri par cette accumulation de brutalités. Javertit le tira par les cheveux jusqu'au véhicule, lia ses poignets avec une longue garcette de chanvre qu'il attacha ensuite à la ridelle. Charlemagne vit la carnassière et sa couverture à côté de la cage vide. Le loup avait échappé à ses poursuivants.

Tant que le mulet avança sur des layons à peine tracés la progression fut lente et Charlemagne put suivre. L'allure s'accéléra lorsqu'ils furent sur le sentier menant à la Loubière. Il dut courir jusqu'à perdre l'équilibre. Malgré ses cris le garde fit la sourde oreille et continua à le traîner par terre au risque de lui déboîter les épaules. Le garçon se mit à l'agonir d'injures.

– Zois damné, vilaine brute ! Croquant ! Fils de rien !

La carriole s'immobilisa. Javertit sauta du siège et vint lui distribuer plusieurs coups de pied. L'un d'eux lui écrasa un nerf de la cuisse et fit très mal. Il entendit son tourmenteur remonter sur le siège en disant à son fils d'une voix docte :

– Quand tu peux point mordre, tu grondes point.

Achille Javertit avait passé son enfance à courir les trois cercles de la forêt de Saint-Leu en compagnie de son père bûcheron et de Franc-Taupin, son chien, un bâtard de basset fauve doué d'un excellent nez.

– Tout c' qu'a pas d'âme se mange, et les bêtes n'en ont pas, c'est pourquoi elles souffrent point comme nous quand on les occit, lui enseignait son père qui disait aussi : De mémoire d'homme, les bêtes sauvages font partie des choses qui n'appartiennent à personne.

Chaque fois que les cris et les cors d'une chasse du chevalier Évariste se faisaient entendre, Achille se précipitait hors de la hutte familiale pour la suivre, ses sabots à la main pour être plus agile. Aussi loin et aussi long soit le courre, il était toujours présent à l'hallali et rarement hors d'haleine, ce que le chevalier avait remarqué.

Il entrait dans sa quinzième année quand son père, portant sur l'épaule une biche fraîchement étranglée, fut surpris par Sans-Chagrin, le premier piqueur des Armogaste qui faisait office de garde-chasse. Il eut beau nier et expliquer avoir découvert l'animal déjà mort, les collets en crin de cheval trouvés dans son carnier l'accablèrent. Bien qu'il ne possédât pas le titre de haut justicier, le chevalier Évariste le fit pendre sans procès avec son chien à la branche maîtresse du chêne qui faisait face à la chapelle Saint-Hubert.

La découverte de cette double exécution fit grand bruit dans le bourg. Tout le monde en devinait aisément l'auteur, mais aucune enquête ne fut ouverte.

Privée de son unique soutien, menacée par la famine, la mère d'Achille n'eut d'autre alternative que celle de retourner dans son village natal, quelque part en Lozère.

Achille refusa de la suivre. N'ayant guère plus de goût pour la société que les hiboux en ont pour la lumière, il s'installa dans l'une des grottes trouant les contreforts de l'Aubrac du troisième cercle et survécut de braconne, de pêche et de baies sauvages. Il défricha autour de la grotte et se construisit une cabane de rondins qu'il coiffa d'un toit de branchages. Seul inconvénient majeur, l'éloignement de la Dourdounette l'obligeait à d'épuisantes corvées d'eau.

La forêt de Saint-Leu était si vaste que des années s'écoulèrent avant que les hasards d'un laisser-courre conduisissent le chevalier Évariste aux abords de la clairière, découvrant du même coup la grotte aménagée, la cabane, l'enclos à biquette, le gallinier en construction, le potager en expansion. Il donna l'ordre de tout raser, puis il avisa le responsable.

– Maugrebleu ! Je te remets, fripon. Tu es le fils Javertit. Ainsi d'œiller ton bracon de père pendouillé haut et court ne t'a donc rien enseigné ?

– Adécertes, vot' seigneurie, aussi j'ai jamais braconné vot' p'tit gibier autrement que pour l' manger, j'en ai jamais vendu.

Les valets de chiens incendiaient la cabane quand le chevalier grommela.

– Baille-moi une bonne raison de ne pas te pendre toi aussi.

– J' connais une laie et ses marcassins dans les taillis du Cabestan, et j'ai la connaissance d'un grand solitaire qu'a fait sa nuit sous les chênes de Lespinasse.

– C'est tout ?

– J'ai reconnu c' matin dans l' canton de la Croix une troisième tête au pied court et gros, un peu usé en pince, mais qu' j'ai point pu suivre ben longtemps parc' qu'elle s'en est allée droit devant. J'ai aussi pris connaissance par le pied et les fumées d'un dix-cors jeunement à la lisière de la coupe qui joint la ferme du Grand-Puech.

– L'as-tu vu par corps ?

– Pardi, j' l'ai même fait bondir de sa chambre et j' l'ai suivi jusqu'à la queue d' la mouille.

– Il ment par toutes ses dents, votre seigneurie, l'étang

est à deux lieues du Grand-Puech ! Y serait point déjà de retour, objecta Sans-Chagrin.

— Mon piqueur a raison. C'est trop loin.

— Pas si on passe par la Sauvagerie.

La Sauvagerie était le canton le plus primitif de la forêt, le plus farouche, le plus inextricable, obstrué par des ronces et des fougères vers le sol et par des branches de toutes tailles à hauteur de cavalier. L'endroit était fendu de dénivellements, d'éboulis et de crevasses infiniment sournoises. C'était le domaine avéré des fées, des lupins, des ogres, des loups-garous, et la tourmentine y croissait comme nulle part ailleurs.

— C'est ce que nous allons voir. Rendons-nous à la queue de l'étang, nous par le sentier, toi par la Sauvagerie. Si tu dis vrai, tu nous y précéderas, déclara le chevalier.

— Mais il va s'atapiner et on le reverra plus, protesta le piqueur.

— C'est pour ça que tu vas l'accompagner.

Quand une heure plus tard le chevalier Évariste arriva en vue de la grosse mouille poissonneuse, Achille mangeait des fraises, installé sur la fourche d'un aulne.

— Où est Sans-Chagrin ?

— J' l'ai plus entendu derrière moi une fois passé la combe du Boucaud, vot' seigneurie. C'est qu'il est plus tout jeune vot' piqueur, mais y va point tarder, sans doute.

En l'attendant, le châtelain vérifia les traces de passage du dix-cors.

— Es-tu aussi créancé en loup ?

Pour le chevalier, comme pour la majorité des veneurs, le cerf n'était qu'un mauvais cheval cornu, et le sanglier un vulgaire cochon dentu. Seul le loup méritait d'être couru. Son sang-froid et son endurance faisaient de sa chasse l'une des plus difficiles, et, de ce fait, la plus prisée par la noblesse.

— Y a deux clans qui s' partagent la forêt. Leurs frontières, c'est la Dourdounette et l' grand chemin à partir d' la chapelle Saint-Hubert jusqu'aux terres des Brasc. Y a aussi deux à trois solitaires, dont une grande-vieille-louve, qui vont et viennent.

Sans-Chagrin ne réapparut jamais de la Sauvagerie.

– Il a dû s' fourvoyer à la sortie d' la combe Boucaud et prendre la coulée dextre vu qu' c'est la plus évidente. Si c'est ça, y se s'ra égaré dans les pires fourrés armés qui soient, supputa Achille en haussant les épaules. Il a aussi peut-être marché dans d' la tourmentine. Allez savoir ?

Personne n'eut cœur d'aller vérifier et c'est Quentin Onrazac, le plus compétent des grands valets de chien, qui remplaça Sans-Chagrin comme premier piqueur et comme maître des chenils.

Le chevalier autorisa Javertit à demeurer dans la clairière et à reconstruire sa cabane incendiée. En contrepartie, il fut tenu d'approvisionner la cuisine du château en garennes, en faisans, en perdrix et autre petit gibier. Il devait également se présenter chaque veille et matin de laisser-courre afin d'y faire son rapport de vénerie.

Au printemps 1755, Achille Javertit intercepta un charbonnier et ses deux fils pendant qu'ils dépeçaient une chevrette aux mamelles gonflées de lait. Il les brutalisa avec sa tricote avant de les livrer au chevalier. Ce « fait d'arme » lui valut d'être nommé garde-chasse. Sa vanité enfla comme une tique se gonfle de sang.

Pour une livre et huit sols le crieur cria officiellement son nom et sa fonction aux trois places et aux trois portes du bourg. Il perçut une bandoulière aux armes des Armogaste, un fusil à silex de calibre 26, un mulet et sa selle, ainsi que le droit de posséder un couple de chiens et de poser des pièges.

En sus de prévenir la braconnerie, le garde-chasse devait circonvenir dans les trois cercles les vols de bois, l'arrachage des écorces (revendues pour leur tannin aux tanneurs), les abattages clandestins d'arbres, la cueillette des baies, des champignons, des essaims sauvages. Il devait aussi proscrire tout enlèvement de fougères que les paysans utilisaient pour la litière de leurs bêtes.

L'année suivante, revenant de la foire de Rodez où il avait acheté un assortiment de traquenards, des bavardages entre un groupe de négociants en drap lui apprirent que quatre coquines et deux courtiers de fesses allaient être pendus le lendemain, jour de la Sainte-Marie-Madeleine, à Bellerocaille.

La curiosité le poussa à se rendre place du Trou où les condamnées étaient exposées sur l'échafaud de la potence. Des archers à pique interdisaient qu'on monte dessus pour tâter la marchandise.

Javertit fendit l'attroupement composé de nombreux bergers, de goujats, de pâtres et autres gagne-petit des alentours venus chercher une femme. La tradition voulait que toute condamnée à mort femelle n'ayant point commis de crime de sang pouvait être graciée par quiconque exprimerait publiquement le souhait de l'épouser. Sans être rares, de semblables occasions se présentaient deux à trois fois l'an et attiraient tout ce que les alentours comptaient de garçons sans terre ni avenir mais désireux néanmoins de se reproduire. De cette coutume était née l'expression « se mettre la corde au cou » en parlant de mariage.

C'est ainsi que Javertit acquit Valborge, une forte garce bien laide et noire de poil, âgée d'on ne savait combien de lustres. Parce qu'elle exhalait en permanence un fumet tenace rappelant celui du poisson oublié dans sa caque, personne n'en avait voulu. Javertit s'était décidé au dernier instant, celui où le Pibrac, avant de pendre, liait la robe de la condamnée autour de ses mollets, comme l'exigeait la pudeur.

Javertit eut à payer au maître exécuteur huit sols de dédommagement pour le manque à gagner, puis une livre et demie au curé qui bénit leur union sans délai comme l'exigeait la coutume. Ne possédant point la somme dans sa totalité, Javertit offrit l'un des grippe-loups en fer qu'il venait d'acheter. Le curé accepta.

Quoique déroutée les premiers temps par l'excessive rusticité de la vie au sein de la forêt, Valborge s'adapta rapidement à sa nouvelle existence et lui porta six enfants en sept ans dont deux seulement survécurent.

C'est elle qui le poussa à agrandir la clairière pour y ajouter une porcherie et creuser un puits. C'est elle également qui prit en charge l'exploitation des produits tirés des loups et qui la développa en un négoce lucratif exigeant sans cesse plus de matière première.

– On me réclame souvent des yeux dextres, lui confia-t-elle un soir. Y paraît qu'une fois séché, salé et attaché au bras gauche, c'est souverain contre toutes les fièvres.

Les yeux droits furent donc conservés et Javertit se contenta de gober les gauches.

Il fallut ensuite préserver le foie qui, une fois grillé, poivré, pulvérisé et combiné à de l'eau ayant vu la pleine lune, devenait un prodigieux baume contre les piqûres venimeuses, les tumeurs malignes et les plaies ulcéreuses. Idem pour les intestins mitonnés en tripoux qui se révélaient impitoyables contre les désordres du tube à crotte. Quant au cœur, mangé rôti, il rendait courageux mais belliqueux, tandis que, séché au soleil d'août et mélangé à du vin de dix ans, il guérissait les furoncles et ordonnait aux cheveux de repousser. En échange de la partie du loup qui sert à la reproduction de son espèce et qu'elle employait pour ses philtres d'impuissance, Lacroque lui avait enseigné pourquoi le fiel de malebête mêlé à de la graine de concombre sauvage et appliqué sur le nombril faisait revenir les menstrues aussi sûrement que le soleil faisait revenir le jour.

Il existait deux cas, la goutte et le haut mal, où l'animal devait être vif lors de la préparation du remède. Cette médecine, fort délicate à préparer on imagine, se vendait cher et rapportait gros. Le jeune-loup que Charlemagne avait contribué à libérer était destiné à l'ancien exacteur monsieur Amans de Bompaing : celui-ci était disposé à débourser cent livres pour soulager la goutte qui l'immobilisait des semaines entières dans son fauteuil, le pied gonflé au triple de son volume, incapable de bouger sans miauler de douleur.

Chapitre 39

La carriole s'immobilisa enfin. Le mulet hennit. Un autre lui répondit non loin. Charlemagne garda les yeux fermés. Traîné sur près d'un mille, son corps lui semblait brisé en plusieurs endroits, particulièrement aux épaules qu'il ne pouvait plus mouvoir. Ses mains liées avaient pris une teinte violette et ne répondaient plus. Il avait perdu ses souliers et les aspérités du chemin avaient réduit en lambeaux sa veste et sa culotte.

Il entendit dans son dos une voix de femme déçue.

– Toujours rien ?

– Y en avait un dans la fosse près du chemin, mais ce p'tit foutre l'a fait partir, répondit la voix aigre du garde qui ajouta : Les chiens sont là ?

– Nenni.

– C'est c'te couillon de Janot qu'a pas pu les retenir quand y z'ont filé après l' louvart. Vu sa taille au garrot il est capable d' les promener jusqu'à Millau.

Des pas traînants approchèrent.

– Il est mort ? dit une deuxième voix féminine, plus juvénile que la première et qui mâchait quelque chose.

Personne ne lui répondit.

Charlemagne entrouvrit les paupières et vit une femme aux cheveux grisonnants sous un bonnet graisseux qui l'examinait en caressant la fourrure lustrée d'une belette d'un pied de long : ses gestes rappelaient ceux de sa marraine caressant Monsieur Hubert. Sa forte poitrine était mal contenue dans un corsage reprisé et il émanait de sa robe de futaine de forts relents évoquant ceux d'un poisson abandonné au soleil. Une garcelette d'une quinzaine d'années était à ses côtés et le regardait par en dessous. Sa bouche avançante bordée de grosses lèvres carminées évoquait deux morceaux de viande. Elle terminait de manger une tartine de saindoux. Non loin, Janot dételait le vieux mulet en regardant dans leur direction.

– Qui c'est ? demanda la femme.

Javertit plissa le front.

– J' sais point, mais faudra ben qu'y nous l' dise. Y raconte qu'il est tombé cette nuit dans la fosse et qu'il est d' Rodez.

– Moi, je sais qui c'est. Je l'ai vu plusieurs fois au grand chenil, affirma la garce, c'est l'un des épateurs Tricotin, celui-là que dame Jacinthe a choisi comme filleul.

Javertit se pencha au-dessus du garçon pour mieux le scruter, mais son visage ne lui évoqua rien.

– C'est-y vrai c' que nous conte la Rose ? T'es un Tricotin ?

Avisant ses mains gonflées, il lui ôta les liens. Charlemagne voulut se frotter les poignets mais ses bras raides comme du bois mort refusèrent d'obéir.

– Si t'es c' que dit la Rose, pourquoi qu' t'as essayé de m' faire accroire que t'étais d' Rodez ?

Charlemagne ne dit mot. Il avait mal partout, il avait faim, il avait la pépie, il avait peur, et il aurait volontiers arraché la langue à cette Rose qui venait de le condamner. Le garde allait maintenant le ramener à Racleterre où il serait jugé et forcément pendu.

Javertit l'empoigna à nouveau par les cheveux et le remit sur pied. La tête bourdonnante, Charlemagne découvrit une ample clairière adossée à un massif verdoyant percé de grottes. Une chaumière prolongée d'une cabane était bâtie entre un poulailler et un potager bien tenu. Derrière un enclos, s'élevaient des grognements de cochons. Une chouette effraie aux ailes déployées était clouée sur la porte de la chaumière et conjurait le mauvais sort. Un hibou cloué dans une position identique sur la porte de la cabane conjurait le mauvais œil.

Le tirant par la chevelure, Javertit l'entraîna vers l'une des grottes fermée d'un battant en rondins et le précipita à l'intérieur. Charlemagne tomba sur une vieille litière de fougères en décomposition. Il entendit le garde fixer la traverse de bois et ordonner à son fils :

– Surveille-le mieux qu' t'as fait tantôt avec les chiens.

Charlemagne attendit qu'ils s'éloignent pour s'approcher de la porte et coller son œil entre les rondins. Il se sut perdu lorsqu'il vit le garde sortir de la cabane quelques instants plus tard avec un mulet de cinq ans plein de vigueur. Il avait changé de justaucorps, portait son fusil en travers du dos et arborait sa bandoulière aux armes des Armogaste. La femme à la belette lui remit deux lièvres et deux perdrix qu'il répartit dans les fontes. Avant de monter en selle, il ordonna d'une voix coupante :

– Ne lui donnez rien de rien, même pas à boire tant qu' Sergent et Ravaude sont point retournaillés. On va lui apprendre à ce p'tit foutre.

Deux lieues plus tard, Javertit se faisait reconnaître par le sergent de la porte des Croisades qui l'avertissait que le pavage en cours de la rue Jéhan-du-Haut détournait le trafic par la Promenade du Chevalier. Il fit donc le grand tour et prit la rue des Frappes-Devant. L'orage de la nuit l'avait transformé en cloaque qui collait comme du miel aux sabots de son mulet Clémentin.

Javertit passa sans ralentir devant la maréchalerie Tricotin en pleine activité et atteignit la place Royale, toujours très animée. Des Ségalis et des Montagnols attendaient le long des murailles de l'ancien séminaire qu'on leur fasse l'aumône d'un travail. Certains étaient avec leur famille et s'étaient construit des abris de fortune avec des bouts de tissu cousus entre eux. Leur nombre grossissait de saison en saison et commençait à poser des problèmes aux autorités communales.

Javertit contourna le pilori inoccupé et dirigea son mulet vers le château. La tour sud et son échauguette étaient en réfection et disparaissaient derrière les échafaudages. Perturbés par le vacarme, les freux volaient en cercle autour en croassant méchamment. Au début, les ouvriers avaient voulu riposter à coups de pierre mais le chevalier le leur avait formellement interdit.

Javertit engagea Clémentin sur le pont-levis. La physionomie particulièrement chagrine du concierge fut son premier indice.

– Te v'là d'humeur ben grimaude, vieux gringouin.

Il le haïssait et le savait à l'origine de la plupart des on-dit circulant sur son compte. Les plus anciens l'accusaient d'avoir « aidé » le premier piqueur Sans-Chagrin à se perdre dans la Sauvagerie. Les plus récents certifiaient qu'il trucidait les braconniers et les faisait disparaître dans cette même Sauvagerie plutôt que de les livrer à la justice. Le concierge avait même lancé une rumeur qui le soupçonnait de s'adonner à la bougrerie au détriment de ses chèvres. Maintenant qu'il était marié et père de famille, les rumeurs s'en prenaient à sa presque pendue d'épouse, la décrétant sorcière patentée, grande chevaucheuse de balai et porteuse, les jours de sabbat, de jarretelles faites dans la peau d'une louve en chaleur.

Javertit démonta devant la cuisine, prit le gibier dans les fontes et entra dans la salle qui fleurait l'ail et l'huile d'olive. Il n'eut pas de question à poser, le maître coq Larouzaude, porte-cancans officiel de la mesnie, était intarissable sur les événements de la matinée.

C'était lui qui, en se rendant au cellier, avait reniflé la forte odeur de vin et découvert l'ampleur des dégâts commis dans la cave. Il avait alors averti le chevalier qui finissait tout juste de se lever. Les soupçons s'étaient aussitôt portés sur le petit valet de chien, puis étaient devenus des certitudes après que toutes les recherches pour le retrouver eurent échoué.

– Comment a-t-il su que le souterrain se tenait sous ce foudre ? Et comment s'y est-il pris pour ouvrir toutes ces portes sans briser leur serrure ?

– Sauf votre respect, monsieur mon père, mais cela signifie tout bonnement que ce serpent en possède les clefs, répondit son fils sur un ton froid comme une chaîne de puits.

C'était lui et Blaise Onrazac qui étaient descendus dans le souterrain et qui l'avaient parcouru jusqu'à la porte pulvérisée. Il avait ramassé la serrure arrachée et l'avait rapportée au chevalier qui avait pâli devant le trou laissé par le plomb.

Il s'était rendu à la hâte dans son cabinet et avait constaté la disparition de son pistolet anglais, de sa carnassière favorite, de la poire à poudre, de la bourse à plombs, de la longue-vue et de la dague de chasse au manche fait avec l'antérieur dextre du premier chevreuil qu'il avait tué, à l'âge de onze ans. Il ne remarqua pas l'absence de la bible, du guide de voyage ni du traité de vénerie dans sa bibliothèque.

— Je jure par Dieu de lui frotter la couenne jusqu'au vif du lard, avait-il promis avec une grande sincérité dans la voix.

Le vol d'arme à feu étant un délit gravissime, il s'était amendé.

— Je jure par Dieu de le faire étrangler par le cou.

Anselme avait examiné la serrure intacte du cabinet.

— Souffrez d'apprendre, monsieur mon père, qu'avec la clef du château neuf, celle de la cuisine, celle du donjon et celle du cellier, il possède également celle de votre cabinet. Peut-être même détient-il celle de votre chambre et du trésor.

Là où était conservé le plan du souterrain.

Blaise Onrazac avait proposé de se lancer à sa poursuite.

— Laissez-moi prendre un limier, votre seigneurie, et je vous ramène ce vermineux avant vêpres.

— Tais-toi donc, bougre d'ébahi, tu n'as donc point relevé qu'il a plu gros toute la nuit, le rabroua le chevalier.

Si la pluie diffusait mieux les bruits, elle effaçait les empreintes et les odeurs.

Une plainte pour la perte de trois cents livres tournois d'excellent vin de Routaboul et pour les vols aggravés de pistolet, de balles et de poudre avait été déposée et enregistrée à la Maison. On avait averti le guet qui avait enquêté auprès des familles Floutard, Tricotin et Camboulives. Des avis de recherche avaient été expédiés aux brigades de Gendarmerie royale de Roumégoux et de Bellerocaille, afin de les prévenir contre un malandrin armé, âgé de quatorze ans révolus et nommé Charlemagne Tricotin. Une prime de vingt livres était promise.

Pendant ce temps, la mesnie se relayait pour descendre dans la cave et admirer l'entrée du légendaire souterrain des Armogaste, ce qui avait déplu fortement au chevalier lorsqu'il l'avait appris.

Sergent et Ravaude « retournaillèrent » à la Loubière en fin de nuit, l'air marri, les pattes gonflées et brûlantes au toucher, l'épiderme à vif d'avoir trop couru.

Chapitre 40

La Loubière, été 1777.

Valborge ôta la barre de bois fermant la porte de la chambre-aux-loups et l'utilisa pour secouer l'occupant sans avoir à entrer.

Charlemagne se leva lentement pour ne pas éveiller les louveteaux collés contre lui et se glissa hors de la grotte en se grattant. Il faisait encore nuit mais l'aube était proche et toute la forêt s'y préparait. Il suivit la femme en avançant aussi vite que le lui permettait la chaîne entravant ses chevilles.

Comme pour saluer son apparition dans la cour le coq du gallinier se mit en voix. Sergent et Ravaude quittèrent l'auvent leur servant de niche et s'approchèrent, hostiles, le poil ébouriffé par l'odeur de loup qui l'imprégnait. Interdits de Loubière, ils marquèrent le pas quand Charlemagne entra derrière Valborge en trottinant.

L'unique salle au sol en terre battue était chichement éclairée par une chandelle de suif. Un jambon, du lard, une vessie de porc gonflée de saindoux, des poissons fumés attachés par la queue pendaient du plafond fait de poutres grossièrement taillées que Javertit n'avait pas cru bon d'écorcer.

Le garde était couché sous une large couverture en peau de lièvre, dans un lit posé sur des rondins l'isolant de l'humidité. Une arbalète et son carquois étaient suspendus au mur, à côté du fusil à silex. Aux angles opposés, Janot et Rose dormaient sur des paillasses en dépouilles de maïs qui bruissaient chaque fois qu'ils remuaient. Le fond était réservé aux chèvres et communiquait avec l'écurie par une porte basse.

Éveillée depuis longtemps, Mabelle la belette allait et venait impatiemment dans sa cage.

Elle était née depuis peu quand Valborge l'avait sauvée des mâchoires d'un vieux goupil qui venait de dévorer sa mère, ses frères et ses sœurs. La femme l'avait élevée au biberon, puis dressée à la chasse aux lièvres et aux lapins.

Mabelle détestait Charlemagne qui le lui rendait bien. Au début de sa captivité – trois lunes plus tôt – alors qu'il couchait dans la Loubière avec les biquettes, Charlemagne avait voulu profiter du sommeil général pour s'emparer d'un morceau de truite séchée. La belette l'avait dénoncé en alertant la chaumière par ses cris stridents. Javertit l'avait fouetté puis traîné par les cheveux jusque dans la chambre-aux-loups.

Il s'accroupit près de la cheminée où Valborge lui servit une écuelle pleine de bouillie à la châtaigne et à l'oignon ; il l'avala en lançant des regards soucieux vers le lit où ronflait l'être qu'il aurait tant aimé assassiner. La dernière bouchée prise, il lécha l'intérieur de l'écuelle de bois puis trottina vers l'écurie en se grattant la nuque infestée de poux.

Javertit l'avait entravé avec une chaîne à six maillons prise sur un vieux piège à sanglier. Il avait adapté aux extrémités deux colliers qu'il avait fermés autour de ses chevilles par une manille entrée en force au marteau.

– Si t'essaies de les enlever, j' te coupe les pieds, avait-il promis.

Charlemagne avait déchiré le bas de sa culotte pour protéger la peau contre les frottements du métal. Il s'était aussi tressé une cordelette avec le pan de sa chemise et l'avait accrochée à la chaîne pour l'empêcher de traîner à terre : il la retenait entre ses dents lorsqu'il devait se servir des deux mains.

Il entra dans la petite écurie aux murs de rondins. Le vieux Parpaillot et le jeune Clémentin soufflèrent des naseaux et agitèrent leurs oreilles en signes de contentement. Il les soignait bien et ils lui en étaient reconnaissants. Il attela le premier à la carriole contenant cinq barils vides et sortit dans la cour. Les griffons se montrèrent. Tenant le mulet par son licol, il prit le sentier menant à la

Dourdounette qu'on entendait couler à quelque huit cents pas de là. Seul Sergent les suivit.

L'aurore coloriait les eaux basses de la rivière. Il fit boire le mulet et commença à remplir les barils. Il fallait six seaux pour en bonder un. Au-dessus des arbres, le soleil et les mouches se levaient, annonçant par la brillance du premier et le nombre des secondes une nouvelle journée caniculaire. Les libellules se lancèrent à la chasse aux mouches.

Coinçant la cordelette entre ses dents, il entra dans l'eau, plongea le seau dans le courant, le hissa avec effort sur la carriole, monta sur la plate-forme, vida le récipient dans le baril, redescendit du véhicule, retourna dans l'eau et répéta l'exténuante opération vingt-neuf fois.

Assis à un saut de distance sur une grande pierre plate, les yeux braqués sur le point de sa gorge où battait la jugulaire, Sergent le surveillait.

Javertit, qui se défiait de la relation particulière qu'il semblait entretenir avec la gent animale, avait plusieurs jours de suite attaché ses griffons à un pieu et avait servi la soupe de Charlemagne dans leur mangeoire. Il avait ensuite contraint son esclave à l'avaler devant eux.

Le chemin du retour fut pénible pour le vieux Parpaillot qui traînait la patte et avait chaque jour un peu plus de peine à tirer sa charge. Ses oreilles pendaient mollement : suite à un coup de fouet de Janot, l'un de ses yeux tristes portait une taie blanche mêlée à des fibrilles rouges. Son échine était marquée de larges cicatrices où le poil ne repoussait plus. Le jour où Parpaillot flancherait serait aussi son dernier. Son maître l'abattrait et Valborge en ferait de la salaison.

Soucieux d'alléger la carriole, Charlemagne ne montait plus dessus comme il le faisait les premiers temps. Il trottinait à côté et poussait dans les passages difficiles en encourageant l'animal d'une voix douce. Il lui octroyait des haltes qu'il mettait à profit pour inspecter les alentours à la recherche de quoi que ce soit de comestible. Aussi nourrissante fût-elle, la bouillie de châtaignes à l'oignon était insuffisante pour un adolescent en pleine croissance qui avait perpétuellement faim. Quand il ne songeait pas à manger, quand il ne se désolait pas sur ce que devaient songer les siens sur sa disparition (« ils vont me croire mort »), Charlemagne cherchait comment démaniller son entrave, comment ouvrir la porte de la grotte, comment neutraliser les chiens et, surtout, comment se revancher des Javertit. Il imaginait toutes sortes de tortures longues, fort douloureuses, létales à la longue.

Il savait déjà que sa tentative devrait se faire un dimanche, le seul jour de la semaine où les Javertit se rendaient à Racleterre, laissant la Loubière à la seule surveillance des chiens. C'était aussi le jour où, en plus de lui ligoter les mains dans le dos, de le bâillonner et de l'enfermer dans la grotte, Javertit l'enchaînait à une chaîne pitonnée dans la paroi.

Les premiers rayons de soleil lui permirent d'apercevoir des mûres dans les ronces du sous-bois. Il ramassa une pierre de belle taille et quitta le sentier pour les emboucher au fur et à mesure qu'il les cueillait. Sergent gronda en approchant, babines retroussées, fouet à l'horizontale. Charlemagne leva le bras en montrant sa pierre. Le chien interpréta correctement la menace et reprit ses distances, sauvant la face par quelques grognements de gorge sans conséquence.

De retour à la clairière, Charlemagne vit avec soulagement que Javertit avait sellé Clémentin et était parti relever les pièges. La chienne Ravaude l'avait suivi. Bon débarras. Il déharnacha le mulet et lui offrit une brassée d'herbe coupée la veille en murmurant :

– Z'est bientôt fini. Après, ze te panze et tu te repozes zusqu'au zoir.

Il sourit en entendant les louveteaux qui l'avaient flairé et grattaient contre la porte de la grotte en jappant pour attirer son attention. Il ramassa leur gamelle et entra dans la Loubière. Janot était invisible, Rose mastiquait du pain au miel en empilant dans un panier la vingtaine d'œufs récoltée dans le gallinier. Ses grosses lèvres avançantes lui donnaient l'air de toujours chercher quelque chose à téter.

Valborge nettoyait la cage de Mabelle. Celle-ci dégourdissait ses petites pattes en furetant dans la salle. Se dressant sur les postérieures, elle orienta sa tête plate vers

Charlemagne qui entrait et siffla en rampant vers lui tel un serpent velu, montrant des dents si fines qu'elles évoquaient plus des crochets à venin que des crocs de carnassier. Cette race savait d'instinct où trouver, trancher et sucer la carotide de chaque animal respirant dans la forêt.

Charlemagne l'arrêta net en imitant son cri sifflant. Sans la quitter des yeux, il déposa la gamelle devant la cheminée où mijotait en permanence la marmite de bouillie de châtaignes à l'oignon et attendit que Rose vienne la remplir.

La belette cessa de le suivre dès qu'il eut franchi le seuil de la chaumière. S'engager dans le territoire des griffons sans la protection de sa maîtresse aurait été suicidaire.

L'entretien des louveteaux fut comme chaque jour l'un des rares instants de bonheur durant lequel Charlemagne oublia où il était et ce qu'on faisait de lui.

Javertit les avait rapportés le mois passé. Ils n'avaient pas dix jours d'existence et ressemblaient à de grosses boules laineuses et brunes d'où dépassaient de petites oreilles cassées : ils étaient aveugles et sourds.

Valborge s'était étonnée. D'habitude, les louves entraient en rut de janvier à février et louvetaient de mai à juin. Javertit avait haussé les épaules.

– C'est rapport à l'hiver qu'a été si rude et l' printemps si tardif. J'ai remembrance d'en avoir déniché des pas plus vieux l'année où le Dourdou a gelé.

Valborge leur avait donné du lait de chèvre en utilisant le biberon en bois ayant servi à Janot et à Rose.

Gorgés de lait, les louveteaux avaient poussé quelques petits couinements de satisfaction qui avaient eu pour effet de rendre folle de rage la belette encagée. Comme par jeu, ils s'étaient couchés sur le dos en se tortillant et en jappant de plus belle. Puis ils s'étaient relevés pour faire quelques pas maladroits, et s'étaient recouchés sur le dos en gémissant, sur un mode douloureux cette fois. Valborge fronça les sourcils. N'entendant rien à un tel comportement, elle avait envoyé Rose prévenir son père qui supervisait le perçage d'un nouveau puits à l'extrémité sud de la clairière.

Maintenant qu'il disposait d'un esclave à plein temps, Javertit comptait persévérer aussi profond qu'il faudrait, sauf s'il butait encore sur de la roche comme l'autre fois.

A défaut de pioche, le garçon perçait la terre avec un épieu de chêne qui, au début, avait couvert ses paumes d'ampoules de la taille d'un écu. Bien que durcie au feu, la pointe s'émoussait rapidement sur les pierres et rendait le creusage difficultueux.

– C'est la mère qui vous veut. Y a les loupiots qui supportent mal le lait de bique, avait dit Rose en mangeant une pêche.

Elle s'était penchée pour regarder Charlemagne. Faute de pelle, il remplissait à la main le seau en cuir servant à évacuer la terre et les cailloux.

– Foutaises, y a point meilleur lait ! dit Javertit.

Levant la tête, il avait lu l'heure dans le ciel.

– Tire encore trois seaux et va t'occuper des cochons.

Sitôt qu'il vit Javertit disparaître à l'intérieur de la Loubière, Charlemagne remonta de la fosse par la méchante échelle faite de branches tordues et récupéra le noyau de pêche jeté par Rose. Otant la terre collée après, il grignota avec la minutie d'un écureuil les chairs échappées aux dents de la gloutonne. Brisant le noyau entre deux pierres, il mangea le cœur blanc et amer.

Les griffons prirent une posture agressive et grondèrent comme pour lui signifier de reprendre son labeur. Il les ignora. Il s'en défiait bien sûr, mais il n'en avait point peur et les griffons le savaient par toutes leurs narines.

Des cris de désapprobation retentirent en provenance de la chaumine, mêlés aux gémissements aigus des louveteaux.

Ramassant l'épieu et le seau vide, il trottina vers l'écurie, Sergent devant, Ravaude derrière. Il entendit le garde récriminer contre le mauvais sort qui lui faisait perdre près de cent livres.

Il entra dans la salle, le cœur palpitant à la perspective d'être bastonné pour avoir quitté le puits sans autorisation. Les louveteaux étaient devant la cheminée. Trois d'entre eux se tortillaient sur le dos, le quatrième, une loupiote, était sur le ventre et geignait faiblement, comme à l'agonie.

Accroupi devant, Janot s'amusait à lui introduire un brin de paille dans l'oreille. Sa sœur le regardait en mangeant un bout de saucisse à l'ail. Valborge avait passé ses doigts entre les barreaux de la cage de Mabelle et calmait sa nervosité en la grattant. Assis sur le rebord de la table, Javertit assistait au trépas des louveteaux sans comprendre.

— Si encore y en avait qu'un seul de malade, j'entendrais mieux.

Il vit Charlemagne approcher et fronça les sourcils. Il allait sévir quand celui-ci arracha la paille des doigts de Janot, retourna la loupiote sur le dos et caressa doucement la peau si tendue de son ventre ballonné. Ses gémissements se modifièrent sensiblement.

— Laisse-le, ordonna Javertit à son fils qui allait cogner.

Si la moitié de ce qu'il avait ouï dire sur les relations de son esclave avec les bêtes était vraie, autant le laisser faire.

Martial le concierge allait jusqu'à lui prêter le pouvoir de commander aux rats et aux corbeaux. Ce « félon à sa race », comme il disait, leur aurait enseigné à désamorcer les pièges.

Pressentant que son massage était insuffisant, Charlemagne cracha sur le ventre de l'animal, étala la salive avec sa paume et se pencha pour le lécher d'un mouvement ascendant semblable à celui d'une chienne toilettant son chiot. Le résultat ne se fit pas attendre. Un jet d'urine jaillit d'entre les cuisses de la loupiote qui se vida avec un soulagement évident.

— Qu'est-ce que t'attends pour faire pareil aux autres ?

Charlemagne recommença et obtint un résultat identique sur les trois autres. Il les aligna au chaud près de l'âtre et les regarda s'endormir les uns sur les autres.

— Comment qu' tu savais qu'il fallait leur lécher l' ventre ? C'est-y l'Onrazac qui fait ainsi avec ses hybrides ?

Charlemagne baissa la tête. Il n'avait pratiquement pas dessaqué un mot depuis le jour de sa capture. Il ne parlait qu'aux bêtes et n'avait aucune intention de répondre à celui qu'il considérait comme son pire ennemi.

Javertit le frappa d'un revers de main, fendant sa lèvre supérieure.

– Va-t'en, bon à rien, va t'occuper des cochons avant que j' t'abasourdisse !

Cette nuit-là, Charlemagne avait été réveillé par les aboiements indignés des griffons. Il avait tendu l'oreille et distingué les aboiements des piaillements aigus des louveteaux réclamant leur lait. Quelques instants plus tard, la porte de la grotte s'était ouverte sur Janot et Rose. Le premier portait à deux mains un panier contenant les loupiots qu'il avait vidé brutalement du plus haut qu'il avait pu. L'un d'eux se ramassa mal et glapit de douleur. Charlemagne le prit dans ses mains pour le calmer.

– Le père dit que c'est toi qui t'en occupes maintenant, dit Rose.

Elle posa par terre la jarre de lait de chèvre et le biberon.

– Y dit que t'es aussi mauvais qu'eux, et qu'un jour y te donnera en appât aux écrevisses, ajouta Janot avant de refermer la porte et replacer la barre de bois.

Plus tard, des loups avaient hurlé dans le lointain et d'autres leur avaient répondu. Charlemagne avait songé aux parents des loupiots qui devaient être saufs puisque le garde n'avait ramené aucune dépouille.

Au matin, il avait baptisé les mâles Clodomir et Pépin, les femelles Dagoberte et Clotilde.

Lorsqu'ils ouvrirent les yeux, au surlendemain de leur capture, c'est Charlemagne souriant de toutes ses dents malgré sa lèvre fendue qu'ils découvrirent et qu'ils confondirent à jamais avec leur mère.

– Douzement, douzement, ze zont mes doigts, point de la viande.

Il les nourrissait à la main depuis leur sevrage, et trichait un peu en faveur de Dagoberte, la plus fragile des quatre, celle qui s'endormait toujours en lui tétant les doigts.

Ils avaient fait leurs incisives et leurs canines, et leurs oreilles s'étaient redressées : sauf celles de Dagoberte qui restaient cassées comme celles d'un chiot. L'épaisse bouillie de châtaignes à l'oignon leur convenait mal et ralentissait leur croissance. On voyait leurs côtelettes saillir sous leur peau flasque. Leur pelage laineux, qui se parait depuis peu de touffes de poils gris et noir, était morne de ne jamais voir le soleil. Mais les laisser sortir de la grotte aurait été les livrer aux crocs des griffons ou aux becs des rapaces que l'odeur du poulailler attirait de fort loin.

La dernière poignée de bouillie distribuée, Charlemagne racla le fond de la gamelle et se lécha les doigts. Il emplit d'eau la bûche creusée qui leur servait d'abreuvoir et les regarda boire. Les deux mâles vinrent réclamer plus de nourriture en le mordillant aux mollets.

– *Finito davarac*, leur dit-il d'une voix navrée.

Il montra la gamelle récurée pour prouver qu'il disait vrai et les quitta à regret : comme ils n'étaient pas encore des loups, ils pleurèrent tels des enfançons qu'on abandonne.

Charlemagne reprit ses corvées d'eau. Il remplit d'abord le bac des poules (un seau), puis celui des cochons (six seaux), des chèvres (deux seaux) et l'abreuvoir des griffons (un seau).

Les ombres se raccourcissaient à vue d'œil. Il faisait déjà chaud. Troquant le seau de bois pour une outre de cuir percée de petits trous, il arrosa le potager assoiffé. L'épouvantail chargé d'inquiéter les oiseaux portait sa veste et le tricorne de Dagobert aux couleurs délavées par le soleil et les pluies.

La terre but l'eau avec une avidité d'éponge. Quinze seaux furent nécessaires. Il conclut par le carré réservé aux pommes d'amour presque mûres et se borna à loucher dessus en salivant. Le mois dernier, il s'était fait fouetter comme un chien mordeur pour avoir croqué un radis.

Il transvasait le contenu du dernier baril dans le tonneau de la cuisine quand Sergent donna de la voix sur un ton signifiant qu'un étranger approchait.

Valborge apparut aussitôt sur le pas de la porte et lui intima de se hâter. Lâchant son seau, Charlemagne trottina vers la chambre-aux-loups. Janot apparut à son tour, gourdin dans une main, bâillon et garcettes dans l'autre.

– Dépêche-toi, mollasson ! cria-t-il en le rejoignant devant la grotte.

Il lui lia les mains dans le dos et serra trop fort comme à l'accoutumée. Puis Charlemagne dut ouvrir la bouche et mordre dans une bourre en laine de mouton qui puait la fiente de poule avant d'être bâillonné avec un morceau de vieux sac. Il avait déjà eu droit au bâillon maculé au bran de cochon, à la crotte de bique, au jus de nature. Janot le poussa d'une bourrade dans la grotte, déçu qu'il n'ait pas perdu l'équilibre.

Les louveteaux l'entourèrent joyeusement, débordant d'affection, intrigués par l'odeur du bâillon. Clodomir et Pépin grondèrent en reconnaissant le sentiment du fils Javertit.

Il se traîna jusqu'à la porte et tenta de voir qui venait aujourd'hui. Ce n'était pas la première fois qu'on l'escamotait ainsi. La plupart du temps, le visiteur venait du bourg et était en quête de remèdes lupins.

Le battant en rondins portait de nombreuses traces de morsures et de griffures. Les plus récentes dataient de la fin mai et étaient le fait d'une jeune-louve happée dans le bosc Cantagrel par un grippe-loup qui lui avait rompu la patte arrière. Javertit s'était rendu sans délai à Racleterre prévenir monsieur de Bompaing l'exacteur, que la préparation de son spécifique antigoutte pouvait enfin avoir lieu. Alix de Bompaing, son fils, avait tenu à l'accompagner à la Loubière afin de s'assurer qu'il n'allait point solder cent livres pour une bête morte.

Charlemagne avait été ficelé, bâillonné et escamoté dans la grotte. Il avait vu Valborge et Rose construire un feu exclusivement fait de fagots de chêne vert coupés à la bonne lune. Janot avait disposé trois grosses pierres et il avait aidé sa mère à transporter dessus une lourde et profonde chaudière de fonte. Javertit avait extrait la jeune-louve de la cage et l'avait tirée par sa queue touffue. Son fin museau allongé était muselé par une forte lanière de cuir.

– En voilà une laideur ! La gale lui a rongé le poil ! Arrêtez tout, je ne veux point d'une telle saleté pour mon père, s'était exclamé l'exacteur en découvrant l'aspect miteux de la malebête qui pelait aux flancs et aux cuisses.

Le garde protesta d'une voix patiente qui ne lui était pas coutumière :

– C'est parc' qu'elle est dans sa livrée d'été, monsieur

l'exacteur. C'est dans la nature des malebêtes de muer de Pâques à la Saint-Michel, chacun sait ça.

Janot lui lia les pattes et réussit à la faire gémir en tordant celle fracassée par le piège : il était à peine conscient du bonheur qu'il prenait à la faire souffrir.

Charlemagne les avait vus avec chagrin jeter l'animal dans la chaudière. Valborge et sa fille avaient versé dedans quatre seaux pleins d'eau de rivière puisée une nuit sans lune par une vierge confirmée, Rose en l'occurrence. Ne pouvant s'appuyer sur ses pattes ligotées, la louve avait raidi son cou afin de maintenir sa truffe hors de l'eau. Valborge avait mis le feu sous la chaudière.

Le chêne vert avait flambé franc et net. L'animal avait commencé à gémir à partir du troisième fagot, tentant de s'éjecter du récipient par de violents coups de reins qui n'eurent d'autres effets que de renverser quelques pintes d'eau et de faire rire Janot.

Charlemagne cessa de regarder et se recroquevilla au fond de la grotte, déplorant de ne pas pouvoir se boucher les oreilles pour ne plus entendre les hurlements de la jeune-louve.

Alix de Bompaing était rentré chez lui après que les chairs bouillies se furent détachées seules de leurs os, signe qu'on pouvait lever la chaudière du feu et amorcer l'étape suivante dans la préparation du remède. Ce qui fut fait.

L'écurie lui barrant la vue, Charlemagne ne put voir le visiteur qui venait de déboucher dans la clairière. Le vent étant contraire, il capta essentiellement des bruits de roues de charrette et des bribes de phrases incompréhensibles. Au bout d'un moment, il entendit le véhicule s'éloigner et vit Janot revenir vers la grotte.

– Fini de faire le lézard, y a plein de labeur.

Charlemagne se pressa d'obéir pour ne pas qu'il soit tenté de s'en prendre aux louveteaux qui grondaient à son odeur.

Le mulet n'avait pas touché à l'herbe et paraissait à bout de force. Charlemagne reprit la corvée d'eau et remplit le seau qu'il porta dans la chaumière. Son ventre gargouilla à la vue et surtout à l'odeur des victuailles qui pendaient du plafond. Mabelle siffla. Il lui répondit sur le même ton tout en vidant le seau dans la futaille où Valborge puisait l'eau des repas : il ressortit sans quitter la belette de l'œil.

Il portait le dernier seau quand Ravaude apparut, bientôt suivie de Javertit sur Clémentin. Janot courut à sa rencontre pour le débarrasser de son arbalète et du sac à gibier. Le garde démonta en apostrophant Charlemagne :

– Y a longtemps que tu d'vrais en avoir fini avec l'eau.

Comme il ne répondait pas, Javertit l'empoigna par les cheveux et le tira brutalement à lui. Charlemagne tomba, le seau versa, inondant les demi-bottes du garde qui jura en le giflant d'un revers de main.

– *Estron de can !* Trouver plus vilain turlupin, faut en faire du ch'min.

Le nez du garçon saigna. Janot sourit. Son père le semonça.

– Mordiou de bon à rien ! C'est toi qui dois l'empêcher de traînasser quand j' suis pas là. Y devrait être creusant le puits.

– Y a le commis de maître Eustachette qu'est venu chercher du cajoleur de poitrine. J'ai dû l'enfermer pendant ce temps.

Charlemagne se releva. Le garde lui désigna le seau renversé.

– Va l' remplir avant d'aller creuser. Et vas-y point pour un seul baril, refais le plein des autres.

Il ajouta à l'intention de son fils :

– Tu l'accompagnes et t'en profites pour relever les écrevisses.

Charlemagne reprit le sentier de la rivière. Le soleil était à son zénith. Des fourmis ailées volaient malhabilement dans l'air chaud en tentant de s'accoupler. Il était inquiet à l'idée que Parpaillot puisse penser qu'il avait menti quand il lui avait promis le repos jusqu'au soir. Le mulet boitait de la patte droite en respirant avec un bruit rauque qui ne présageait rien de bon. Chaque fois qu'il faisait mine de ralentir, Janot lui tricotait l'échine. Charlemagne serrait les dents à se les briser pour ne pas protester. C'était comme si on frappait un grand-père malade.

Le niveau de la Dourdounette avait baissé depuis l'aube. Des roches, invisibles auparavant, affleuraient. Janot enleva ses sabots et les déposa sur la grande pierre plate où aimait se poster Sergent.

– Quand je reviens, tu dois avoir fini, lança-t-il sur le même ton qu'affectionnait son père.

Il suivit la berge et disparut derrière le premier coude de la rivière.

Charlemagne guida Parpaillot jusqu'à l'eau. A bout de forces, le mulet refusa de s'y désaltérer. Tout en lui lançant des regards préoccupés, Charlemagne recommença l'épuisant remplissage des barils. Il manquait huit seaux pour terminer quand Janot revint de sa collecte. Il se déchargea de son panier à demi rempli d'écrevisses et s'accroupit sur la pierre plate pour casser dessus des noisettes cueillies en amont : il les mangea en injuriant Charlemagne pour sa lenteur.

A mi-chemin de la Loubière, Parpaillot s'immobilisa, le poitrail palpitant, le poil blanchi par la sueur, incapable de faire un pas de plus. Le fils Javertit cogna. L'animal trébucha en s'empêtrant dans les brancards.

Rompant son silence, Charlemagne s'écria :

– Maudite brute ! Tu vois bien qu'il est fini !

Il voulut déharnacher le mulet mais Janot s'interposa. Alors il ramassa une grosse pierre et la lança. Janot cria. Il avait senti le projectile frôler sa joue. Il détala en braillant :

– T'auras l' fouet !

Charlemagne déharnacha Parpaillot qui haletait en tremblant des quatre membres. Le mulet fit quelques pas hésitants avant de s'affaler sur le flanc dans l'herbe, écrasant par surprise une mante religieuse qui déjeunait de sa troisième fourmi ailée de la matinée.

Les yeux pleins de larmes, le garçon caressa son chanfrein brûlant, furieux de ne savoir que faire pour le soulager.

– Si z'avais encore une carotte, ze te la donnerais toute zette fois.

Il faisait allusion à une carotte volée dans le potager et qu'il n'avait pu s'empêcher de croquer à demi avant de la lui offrir.

Son regard embué par les larmes se fixa soudain sur le pied avant droit du mulet.

Au lieu de le referrer tous les deux mois, Javertit attendait jusqu'au dernier moment pour présenter Parpaillot à la maréchalerie. En trop poussant, la corne avait redressé les clous rivetés retenant le fer au sabot : l'un d'eux pendait, prêt à tomber. Charlemagne tira dessus. La pointe se détacha. Il cherchait une cachette quand il entendit Janot revenir accompagné de son père. Il emboucha le clou.

Javertit jura en constatant l'état désespéré du mulet.

– Cette vieille carogne aurait pu attendre la Saint-André.

La foire aux mulets de Rodez avait lieu ce jour-là.

– Apporte le seau, ordonna-t-il à Charlemagne en tirant son couteau de chasse à large lame. Et toi, ramène la brouette et dis à ta mère de v'nir avec le panier à carne.

Janot courut vers la Loubière.

Charlemagne ne bougea pas. Javertit fronça les sourcils. Charlemagne soutint son regard un court instant puis céda.

Le vieux mulet fut égorgé, son sang récupéré dans le seau. Javertit le déshabilla sur l'herbe comme il aurait fait d'un cerf braconné. Quelques corbeaux se posèrent sur les branches alentour. Tout ce que Valborge ne transformerait pas en ragoût, en boudins et en saucissons à l'ail – comme la tête et les pattes – servirait d'appâts.

– Tu vas en racheter un ? questionna-t-elle en coupant la queue au ras de la croupe.

Fixée à un manche de buis, elle deviendrait un efficace chasse-mouches pour bouvier à cinq sols.

– Pas avant la Saint-André ! répondit Javertit d'un ton buté.

Il n'était pas homme à changer d'avis. Quelles que soient les circonstances. Il nommait cela fermeté de caractère.

– Mais comment qu'on va faire pour l'eau et le reste ?

Charlemagne chargeait le seau dans la brouette en suçant son clou quand il s'aperçut qu'ils le regardaient. Janot vint agiter la queue du mulet devant son visage.

– Hue dia, hue ! C'est toi maintenant Parpaillot, p'tit foutre !

Ils l'attelèrent aux brancards, mais il ne parvint jamais à

ébranler la carriole trop lourdement chargée des cinq barils d'eau et des quartiers de mulet. Javertit prit sa place, Valborge et Janot poussèrent derrière.

Charlemagne se coltina la brouette contenant le seau plein de sang, la tête de Parpaillot aux yeux ouverts, ses quatre pattes et sa queue, le tout surmonté d'un épais nuage de mouches bourdonnantes et surexcitées.

La matinée s'était déroulée sous le signe des corvées d'eau, la relevée fut sous le signe des corvées de terre, consacrées exclusivement au perçage du puits.

Heure après heure, Charlemagne creusa, remplit le seau de cuir, le monta le long de l'échelier sur son épaule, le vida sur le tas de terre et de caillasses, redescendit au fond du trou pour creuser et le remplir de nouveau. Il vit plus tard avec inquiétude le garde récupérer les fers et les clous sur les sabots de Parpaillot. Chaque fer valait cinq sols et les clous une livre le cent. Si Javertit remarqua qu'il en manquait un, il n'en dit rien.

Enfin, le soleil gagna l'horizon et allongea l'ombre des arbres. Rose partit traire les chèvres. Les poules regagnèrent d'elles-mêmes le gallinier. La cheminée de la Loubière fuma, annonçant que Valborge réchauffait la bouillie de châtaignes à l'oignon réservée aux bêtes et à l'esclave.

Chapitre 41

Jour du Seigneur, 11 août 1777.

Comme chaque dimanche matin, Charlemagne fut ligoté, bâillonné et cadenassé à la chaîne pitonnée dans la paroi de la chambre-aux-loups.

Les Javertit partirent pour la grand-messe de Racleterre, lui monté sur Clémentin, sa femme et ses enfants marchant derrière pieds nus, sabots à la main pour ne pas les crotter. La surveillance de la clairière fut solennellement confiée à Sergent et Ravaude.

Gêné par les louveteaux qui croyaient à un jeu et le harcelaient de tous les côtés, Charlemagne se coucha sur le dos, leva le bassin, replia ses jambes jusqu'à la crampe et fit passer devant ses mains liées derrière. Il se débarrassa ensuite du morceau d'étoupe qui servait de bâillon et le recracha. Les louveteaux sautèrent dessus pour se le disputer bruyamment.

Déplaçant l'abreuvoir, il déterra avec les doigts le clou et les deux pierres – une plate et une grosse – enfouies dessous. Le clou tenu avec les dents, il inséra la pointe entre les circonvolutions des nœuds et l'agita de façon à les desserrer, puis à les dénouer.

Les mains libres, il glissa la pierre plate en guise d'enclume sous le collier encerclant sa cheville gauche et utilisa la grosse pierre comme marteau pour taper sur le clou. La manille sortit facilement, libérant sa cheville meurtrie par trois mois d'encerclement. Malgré les morceaux de culotte placés en protection, le frottement des bords en laiton avait creusé des plaies dans lesquelles le tissu s'était incrusté par endroits.

Charlemagne s'attaqua à l'autre collier, mais, pour une raison qu'il ne perça point, la manille resta obstinément en place. Il dut renoncer. Il tenta alors de détruire le cadenas métallique qui retenait son entrave à la chaîne.

Ses « han ! » brutaux, mais surtout ses gestes violents, inquiétèrent les louveteaux qui s'atapinèrent les uns sur les autres au fond de la grotte en l'observant sans comprendre.

Le cadenas se tordit, se gondola, mais, à l'instar de la manille, résista avec opiniâtreté.

Charlemagne renonça et s'allongea, victime d'un abattement semblable à celui éprouvé devant la porte du souterrain. Les louveteaux en profitèrent pour se serrer contre lui et le mordiller aux joues et aux lèvres, espérant quelque chose à manger. Comme lui, ils avaient toujours faim.

Il se redressa, renifla bruyamment, essuya ses larmes avec ses mains terreuses et songea à ses frères et à Clotilde. Son pouls s'apaisa.

Reprenant la grosse pierre, utilisant le clou comme d'un burin, il creusa et agrandit le trou autour du piton. Quand il l'estima suffisamment dégagé, il saisit la chaîne à deux mains et tira dessus. Le piton bougea. Il recommença en tirant plus sèchement. Le piton s'arracha brusquement. Il manqua tomber sur les louveteaux qui eurent très peur et retournèrent se blottir à l'autre bout de la grotte.

Restait maintenant la porte que Javertit avait construite avec huit rondins verticaux et trois horizontaux, solidement attachés entre eux par plusieurs tours de garcette de la taille d'un auriculaire. Il planta son clou dans l'une d'elles, le retira, le planta à nouveau, le retira, le planta, le retira à nouveau, tranchant à chaque fois quelques fibrilles de chanvre. Assez vite, la première garcette céda.

Dépassés par une conduite aussi inhabituelle, les louveteaux tournaient en couinant autour de lui pour qu'il s'occupe d'eux.

Le démantèlement des traverses se révéla plus long et plus pénible qu'il ne l'avait imaginé. Chaque fois qu'il tapait trop fort, le clou se tordait, et il perdait du temps à le redresser sur la pierre plate. Quand enfin il eut détaché entièrement l'un des rondins verticaux, il glissa son bras à l'extérieur et fit sauter avec sa paume la traverse de bois qui barrait la porte.

Ramassant la chaîne toujours reliée à l'entrave qu'il n'avait pu démaniller, il se glissa dehors en interdisant aux louveteaux de le suivre.

– Patienze, bientôt vous allez manzer comme des zeigneurs.

Il replaçait la traverse quand Sergent et Ravaude arrivèrent, la gueule mauvaise. Il leur montra qu'il tenait une grosse pierre dans sa main droite et se dirigea vers l'écurie, surpris à chaque pas de ne plus avoir à trottiner. Pour l'instant, il savait ne rien risquer tant qu'il se déplacerait dans le périmètre de la clairière. Mais sitôt qu'il gagnerait la lisière des arbres en compagnie des louveteaux, il lui faudrait sans doute occire les griffons.

Il entra dans l'écurie vide où Javertit entreposait ses ustensiles et consacra un long moment à déchiqueter le laiton du collier avec une paire de tenailles et un marteau pesant vingt livres. La joie d'être redevenu maître de ses mouvements libéra un flux d'adrénaline qui se manifesta par un vif et pressant désir de vengeance. Armé de la hache d'abattage du garde, il entra dans la Loubière.

Mabelle siffla avec colère en le voyant approcher, puis elle entra en fureur lorsqu'il osa soulever sa cage. Enfin, elle couina de terreur quand il l'immergea dans le baril d'eau près de l'entrée.

– Voilà pour toi, pas belle !

Charlemagne retrouva la carnassière, la lorgnette, la bible et le traité de vénerie serrés dans l'unique coffre du mobilier. Le guide routier, le couteau de vénerie, le pistolet, la poire à poudre, la bourse à plombs sur lesquels il comptait pour décourager les griffons restèrent introuvables.

Il décrocha l'arbalète suspendue au mur. Il n'avait jamais tiré avec une arbalète, mais tonton Laszlo lui en avait enseigné le maniement. Il tâtonna pour placer correctement le carreau dans sa rigole et banda sans difficulté la double corde de chanvre tressée. Incertain du résultat, il dirigea l'arbrier vers le plafond et pressa la longue détente. Le trait partit à une vitesse foudroyante s'enfoncer avec un bruit mat dans une poutre, provoquant une averse de poussière et de suie.

Satisfait, Charlemagne rechargea, puis il regroupa toute la nourriture qu'il put entrer dans la carnassière. Il brisa ensuite l'unique miroir dont Rose était si fière et glissa les morceaux au fond des bottes de son père. Il hacha les montants du lit, éventra l'édredon, déchiqueta les linceuls, perça le fond du seau et celui du chaudron, défonça les cinq barils d'eau, brisa les bras de la brouette, fendit en deux la roue pleine. Il fracassa tous les bocaux médicinaux de Valborge, il mit en pièces le coffre et le banc, réduisit en menus quartiers le gourdin qui l'avait si souvent tricoté, puis il pissa sur la paillasse de Janot après s'être approprié sa couverture.

Essoufflé, médiocrement soulagé, il libéra les chèvres et leur ouvrit la barrière du potager. Il retourna dans la Loubière passer la carnassière et le carquois en bandoulière. Faute de pouvoir s'emparer du couteau de chasse du garde qui ne quittait pas sa ceinture, Charlemagne se contenta du grand couteau de cuisine de Valborge. Il roula et ficela la couverture de Janot de façon à pouvoir la porter sur le dos. La cognée dans une main, l'arbalète armée dans l'autre, il alla ouvrir la porte aux louveteaux.

Ceux-ci s'arrêtèrent sur le seuil et se dandinèrent sur leurs pattes sans oser le franchir, regardant Charlemagne en jappant d'une voix embarrassée.

— Venez, on z'en va, leur lança-t-il avec impatience.

La hauteur du soleil et la dureté des rayons l'avertissaient qu'il ne fallait plus tarder. Les Javertit avaient pour habitude de revenir du bourg en fin de relevée, mais il était arrivé que Valborge et les enfants rentrent plus tôt.

Le premier à se décider fut Clodomir. Il s'avança, la truffe conquérante, puis vinrent Clotilde, Pépin et enfin Dagoberte. Mais au lieu de le suivre, ils s'éparpillèrent dans la cour, découvrant tout à coup l'herbe sous les pattes, les taches coloriées des fleurs, la chaleur du soleil sur la fourrure, les fourmis ailées, et, par-dessus tout, une enivrante variété d'odeurs nouvelles. Charlemagne eut beau user de la voix durement, ils n'obéissaient plus.

Soudain, les griffons surgirent en silence d'entre les

arbres et foncèrent droit sur les louveteaux. Charlemagne se porta au secours de Clotilde poursuivie par la chienne. Il déchargea dessus l'arbalète presque à bout touchant. Le trait pénétra le haut de la cuisse, traversa l'os du bassin, sépara deux vertèbres et ressortit par l'autre cuisse pour se ficher cinquante pas plus loin sur l'enceinte du poulailler.

N'ayant pas le temps de recharger, Charlemagne lâcha l'arbalète et s'élança après Sergent qui poursuivait Pépin à travers la clairière.

– HAYE ! HAYE ! hurla-t-il à l'instant où le griffon le happait par le milieu.

Le louveteau glapit.

Trop éloigné pour tenter autre chose, Charlemagne lança la hache qui tournoya dans les airs et manqua sa cible d'une toise. Quand il arriva sur Sergent, celui-ci broyait les reins du loupiot en le secouant vigoureusement entre ses mâchoires. Charlemagne lui flanqua son pied nu dans le thorax. Le chien aboya de douleur en lâchant sa proie. Bien qu'il se fût tordu les orteils contre les côtes, Charlemagne récidiva, frappant cette fois le ventre plus mou. Sergent eut un nouvel aboi rauque avant de détaler à toutes pattes vers la forêt, frôlant au passage Ravaude qui gémissait sans comprendre pourquoi ses pattes arrière refusaient de se mouvoir.

Le garçon se pencha au-dessus du corps brisé de Pépin. Celui-ci geignit en le reconnaissant. La douleur le faisait paraître infiniment malheureux. Ses geignements firent sortir son frère et ses sœurs de la grotte où ils s'étaient réfugiés.

Charlemagne récupéra la cognée et la glissa au centre de la couverture roulée. Il retendit l'arbalète en souhaitant le retour du limier pour le tuer.

– Zuivez-moi maintenant, zinon il vous arrive pareil.

Pépin jappa plaintivement quand il le souleva pour l'emporter dans le creux de son coude.

Il dut poser l'arbalète pour se libérer une main et ouvrir en grand la porte du poulailler et celle de la soue aux cochons. Il reprit son tricorne à l'épouvantail et lui abandonna la veste déchirée de toutes parts.

Pressé tout à coup de s'éloigner, il s'engagea sur le

sentier de la rivière. Passant devant la grotte où Javertit entreposait ses accessoires de braconnerie, un souvenir vengeur lui revint à l'esprit. Il entra. Une fois ses yeux accoutumés à la pénombre, il s'empara de plusieurs longueurs de chanvre et d'un traquenard aux mâchoires dentées qui s'ajouta à son chargement.

La découverte de la rivière ne fut pas une mince surprise pour les louveteaux, et il dut donner de la voix et du pied pour qu'ils cessent de s'amuser à mordre le courant.

– Zuivez-moi, cabosards, ou ze vous abandonne.

Ils ne le crurent pas.

Charlemagne opta pour remonter la Dourdounette en amont, avec l'intention de la suivre le plus haut possible, jusqu'à la source peut-être, et, de là, improviser selon le paysage et les circonstances.

Ses protégés refusant de marcher dans l'eau, il progressa en suivant la rive souvent très broussailleuse. Il se retournait fréquemment, craignant Sergent, le seul capable de coller à leurs voies et de les retrouver où qu'ils soient. Il aurait fallu qu'il pleuve, ou qu'un grand vent se lève et balaie feuilles et odeurs. Mais le ciel était azur, moucheté de modestes nuages blancs et joufflus.

L'arbalète, le traquenard, la carnassière pleine, le couteau de chasse, la hache dans la couverture, le corps de Pépin mourant et pesant près de huit livres freinaient sa fuite que l'épaisseur du sous-bois rendait déjà bien laborieuse. Le plus contraignant était de s'assurer continuellement de la présence des louveteaux.

Pépin mourut alors qu'ils traversaient une chênaie s'étendant de part et d'autre de la rivière. Le sol autour des troncs portait de nombreuses traces de boutis de sangliers. Des geais sifflaient dans les houppiers.

Un coup d'œil au soleil à travers la frondaison le persuada que les Javertit devaient être de retour et n'allaient plus tarder à se lancer à leur poursuite, si ce n'était déjà fait.

Il s'agenouilla au pied d'un chêne rouvre et creusa avec ses doigts un placeau dans l'humus. Il s'en voulait de ne pas avoir trucidé les griffons avant de libérer les louveteaux. Il regrettait aussi de ne pas avoir parachevé sa vengeance en ardant la Loubière.

Tandis que Clotilde et Dagoberte tournaient autour du cadavre de leur frère, Clodomir, plus pragmatique, reniflait avec enthousiasme la carnassière garde-manger.

Au-dessus d'eux, sur une branche maîtresse, un écureuil interrompit le grignotage d'un gland pour les observer avec inquiétude, prêt à disparaître au moindre soupçon de menace.

Charlemagne posa le traquenard sur le placeau, arma le piège en ouvrant avec effort les mâchoires à ressort, plaça le corps du louveteau dessus et le dissimula sous une fine couche de feuilles mortes.

– Z'espère que za te venzera un peu, mon Pépin.

Un peu plus tard, croyant entendre des abois dans le lointain et reconnaître la voix de Sergent, Charlemagne souleva les deux loupiotes et courut vers la rivière, carnassière, couverture et arbalète brinquebalantes dans tous les sens. Croyant à un jeu, Clodomir s'élança derrière lui en tentant de le mordre au talon, réussissant une fois sur deux.

Il n'était pas nécessaire d'être grand veneur pour deviner que traverser le cours d'eau ne suffirait pas à brouiller les voies. Le limier reniflerait facilement l'endroit de leur passage et retrouverait sans peine leurs sentiments sur l'autre berge. Comme les loupiots refusaient toujours de piétiner dans l'eau et que ses bras n'étaient pas assez grands pour les transporter tous les trois, il les attacha par le cou avec les garcettes et n'hésita pas à les étrangler un peu chaque fois qu'ils lambinaient. Ils progressèrent ainsi près d'une demi-lieue, profitant des eaux basses pour ne pas remonter sur la berge. Ils atteignirent une éclaircie causée par un éboulis ancien.

A bout de force, Charlemagne se délesta de ses fardeaux et détacha les louveteaux qui chancelaient dans les fougères en haletant de fatigue, dégueulant une langue d'un pied.

– Ze reviens, dit-il en partant explorer les environs à la recherche d'un refuge pour la nuit.

Il se hacha un passage dans un large taillis d'aubépines et s'installa au centre après avoir délogé l'énorme araignée qui l'entoilait. Il aplanit le sol, déterra quelques ronces qui l'encombraient, puis retourna dans le sous-bois s'arracher une litière.

Il regagnait le taillis chargé d'une brassée de fougères, lorsqu'il aperçut un aigle fauve au grand bec gris-bleu tracer des cercles élégants dans le ciel.

— Moi auzi z'aimerais voler, lui avoua-t-il en s'arrêtant pour l'admirer. Mais z'aimerais pas avoir des plumes, précisa-t-il après réflexion.

Soudain le rapace piqua en miaulant comme une buse qui fond sur des poussins. Comprenant enfin, Charlemagne s'élança vers la berge où s'étaient endormis les louveteaux en criant aussi fort qu'il put :

— ATTENZION ! ATTENZION !

Bien qu'il ait vu l'humain accourir en gesticulant, l'aigle poursuivit sa trajectoire. Tendant ses pattes jaunes, il planta ses serres dans le poitrail de Clodomir qui hurla de se sentir emporté.

Charlemagne plongea mains tendues sur l'oiseau et saisit à pleine main l'éventail de sa queue. Brutalement ramené en arrière, l'aigle lâcha sa proie en glatissant de déception. Charlemagne le lâcha. L'aigle s'enfuit, abandonnant quelques plumes.

Entouré de ses sœurs intriguées, Clodomir geignait en léchant les déchirures laissées sur son poitrail par les griffes du rapace. Charlemagne le palpa et s'assura qu'il n'avait rien de rompu : il lui découvrit une sangsue collée sur l'entrecuisse, et une seconde près du cou, attrapées sans doute pendant leur longue marche dans la rivière. Il inspecta les loupiotes et leur débusqua trois autres sangsues. Une pincée de sel jetée dessus les en débarrassa.

Charlemagne était plus que jamais conscient de leur vulnérabilité et de sa responsabilité dans leur survie.

— Zi ze vous abandonne, mes zamis, vous mourrez, mais zi ze rezte, z'est mon frère que z'abandonne.

Il ouvrit la carnassière et en sortit un bocal de miel sauvage, un pain d'une demi-livre, des oignons et un lardon gros comme un pied de chaise. Il tailla dedans des petits morceaux qu'il leur distribua, en commençant par Clodomir à peine remis de son émotion aérienne.

A l'exception de l'oignon qui les fit éternuer comme

poivre, cette nouvelle nourriture les enthousiasma, surtout le miel mêlé au pain. Quant au lard, il dut le leur mâcher pour qu'ils l'acceptent. Après ils eurent soif, et comme il avait oublié de se munir d'une outre ou d'un quelconque récipient, il les escorta jusqu'à la rivière sans les quitter des yeux.

La nuit était close lorsque des hurlements de loup retentirent. Abrutis de fatigue, couchés sur la litière de fougères, insensibles aux moustiques et aux poux, Charlemagne et ses louveteaux dormaient profondément et n'entendirent rien.

Chapitre 42

Retardés par une relève de collets fructueuse (quatre lièvres et trois perdrix), les Javertit manquèrent le début de la grand-messe et furent contraints de suivre l'office du fond de la nef, debout, mêlés aux pauvres que la bandoulière de garde-chasse de Javertit n'impressionnait guère. Comble d'outrecuidance, ces rustres se gaussèrent vilainement de Valborge en se bouchant le nez, en mimant l'évanouissement, en riant grassement.

Dès le *ita missa est* prononcé, Valborge et ses enfants se postèrent comme chaque dimanche sous le tympan de l'église et proposèrent leurs remèdes et autres produits provenant de loups, de bêtes noires, de goupils, de vipères. Javertit se rendit au château porter les lièvres et les perdrix au maître coq.

Ils rentrèrent en milieu de relevée.

Ils avaient dépassé la chapelle Saint-Hubert et approchaient de la Loubière quand un trio de poules traversa le sentier devant eux.

— Mais ce sont les nôtres ! s'exclama Valborge. Vite, Rose, rattrape-les ! Toi aussi, Janot, aide-la !

Javertit siffla entre ses doigts, certain d'être entendu des chiens malgré la distance. Seul Sergent répondit à l'appel et apparut, l'air marri d'un renard qu'une poule aurait pris.

— Où est Ravaude ?

Le chien ne répondit pas, mais tout dans son comportement indiquait qu'il y avait eu des événements insolites.

Inquiet, Javertit vit deux cochons qui vermillaient le sous-bois tels leurs ancêtres sangliers.

— Janot, laisse les poules et rentre plutôt les cochons ! cria-t-il en éperonnant son mulet qui bondit en avant.

Il arriva à la Loubière et laissa échapper entre ses dents un chapelet d'injures qu'il panacha d'horribles blasphèmes remettant en question la pureté de Marie, les bonnes mœurs de Joseph et même la santé mentale de leur fils Jésus.

L'état pitoyable de la chienne qui n'en finissait pas de crever le choqua presque autant que la disparition de l'arbalète ou la mise en quartiers de son lit.

– Sainte Merde de Dieu !

– Ce sans-cœur a trucidé Mabelle ! s'époumona soudain Valborge, en sortant la cage du baril d'eau.

– Et moi, il a compissé ma paillasse et y a plus ma couverture.

– Mère, mère, y m'a briconné mon beau miroir !

L'inspection de la grotte et le trou laissé par le piton arraché de la paroi rendirent Javertit perplexe. Son esprit borné refusait d'entériner l'évidence.

– Quelqu'un l'a aidé, ce p'tit foutre, c'est point Dieu-Jésus possible autrement. Mais il ira pas loin avec ses graines de malebête, et quand j' l'aurai rattrapé, j' le donnerai à manger aux cochons, et tant pis pour l' puits.

Il ordonna à sa femme de préparer un en-cas. Il prévoyait une longue poursuite.

– C'est qu'il a tout pris : le pain, le fromage, le sel, et tout c' qui restait du lard. Et pis regarde, il a même troué le chaudron. Dans quoi je vais cuisiner maintenant ?

– Y va r'gretter, oui da, y va r'gretter.

Il enfila sa botte droite d'un geste sec et poussa un cri à se mettre la gorge en sang.

– C'te maudite carne m'a traquenardé la botte !

Il retourna l'autre d'où s'échappèrent des éclats du miroir. Rose éclata en sanglots.

Incapable d'extraire son pied sans aggraver sa blessure, il n'eut d'autre issue que de découper le cuir et gâcher irrémédiablement une botte de trois écus.

Un petit éclat de verre avait fendu l'orteil du milieu, tandis qu'un morceau plus important avait pénétré loin dans le vif, sectionné une veine de l'arcade frontale et entamé l'un des muscles pédieux.

– Croqué vif par les pourceaux est ben trop paisible. Non, j' m'en vas l'attacher à la fourmilière du Rouméguet.

Plus fier qu'un soldat promu caporal, Janot partit à la poursuite de Charlemagne et des louveteaux, assisté du limier et du fusil de son père.

— Prends garde que Sergent prenne point l'change sur les loupiots au cas où y s'en serait débarrassé. C'est lui qu' j' veux, et vif, hein ? Gare à toi si tu m' l'occis. Va maint'nant !

Assis devant la Loubière, Javertit attendait le retour de Janot en remuant des pensées désagréables. Malgré l'emplâtre à la graisse lupine, son pied le faisait cruellement souffrir. Une grosse glande lui gonflait l'aine. Valborge était à l'intérieur et cuisinait, faute de mieux, une fricassée avec la viande de Ravaude.

Les grillons prenaient le relais des cigales quand Sergent apparut sur le chemin de la rivière. Sa queue basse, son dos rond, sa mine penaude firent craindre le pire. Ce pire se concrétisa avec le retour de Janot. Pâle comme lys, le visage étrangement mûri par la douleur, il tenait devant lui ses avant-bras broyés et toujours retenus à un traquenard que Javertit reconnut pour sien. Les mains mortes de son fils pendaient entre les mâchoires comme des linges mouillés.

— Vérole de moine ! Où qu'est donc le fusil ?

— Desserre-lui plutôt le piège ! Tu vois bien qu'y souffre le martyre, implora Valborge.

— J' veux qu'y m' conte d'abord c' qu'il a fait du fusil.

A une demi-lieue en amont, dans la chênaie aux bêtes noires, Sergent avait éventé le louveteau sous les feuilles. Il avait aussi flairé l'odeur métallique du traquenard ainsi que celle de Charlemagne collée après. Il s'était contenté de le signaler à Janot en se figeant la patte antérieure relevée, le museau pointé dans sa direction.

Janot n'avait pas compris. Janot avait posé le fusil contre l'arbre. Janot avait fouillé dans les feuilles. Janot avait hurlé. Et, dans sa piteuse retraite, Janot avait oublié le fusil.

Valborge, que la haute futaie effrayait, refusa obstinément d'aller le recouvrer comme Javertit le lui ordonnait.

Le lendemain matin, elle accompagna son fils chez Lacroque pour qu'elle réduise ses fractures. Valborge se rendit ensuite jusqu'au bourg pour faire restaurer son indispensable chaudron et s'approvisionner en sel, en farine et en lard.

Entre-temps, c'est à une Rose en larmes que Javertit confia la mission de récupérer son indispensable fusil. Il lui enseigna le chemin et lui décrivit les principaux points de repère.

Sergent, n'obéissant pas aux femelles de son maître, refusa de l'accompagner, et Rose ne fut pas longue à confondre sa dextre de sa senestre et à s'égarer.

Trois jours s'écoulèrent avant que des glaneuses de champignons du hameau de La Valette la découvrent. Elle errait, assoiffée autant qu'affamée, un sabot à la main (elle avait perdu l'autre), la robe déchirée en plusieurs endroits, les joues et les bras griffés par les épines.

Les glaneuses la nourrirent. Rose les dédommagea avec le récit de ses nuits perchée dans les arbres, à trembler chaque fois que les loups hurlaient.

— Boudiou, ma fille, c'est qu' t'en as fait du chemin ! Ici c'est la forêt de La Valette. Y va te falloir la matinée pour rentrer chez toi.

Elles l'accompagnèrent jusqu'au grand chemin et lui indiquèrent la bonne direction.

Rose sentit l'odeur de brûlé longtemps avant d'arriver. Quand enfin elle déboucha dans la clairière, celle-ci grouillait de monde et la Loubière n'était plus qu'un amas de décombres carbonisés.

Chapitre 43

Lundi 12 août.

Dès qu'il fit assez jour pour distinguer son chemin, Charlemagne regroupa les loupiots, les nourrit avec des bouts de lard et de pain et reprit sans plus attendre sa fuite plein nord.

Il remonta péniblement la rivière trois heures durant, ruminant de méchantes pensées ayant pour thème les Javertit (il trouvait qu'il ne s'était pas assez vengé). Croyant parfois entendre des aboiements, il s'arrêtait pour darder l'oreille en plissant les yeux comme son père. L'insouciance des louveteaux le ralentissait considérablement et l'obligeait à vérifier sans cesse leur présence. Peu à peu, les berges se rétrécirent, le courant augmenta. La rivière devint torrent.

Le soleil était au zénith quand ils se heurtèrent à un escarpement périlleux qui le contraignit à quitter la rive et à s'enfoncer dans le sous-bois ocellé de soleil. S'écarter de son unique point de repère l'inquiéta. Il appréhendait de se perdre dans un tel fouillis végétal. Aucun sentier, aucun layon, aucun faux-fuyant, pas même une tortille de braconnier n'était visible. Entre des arbres de toutes dimensions gisaient des troncs écroulés dans n'importe quel sens, la plupart pourris. Des taillis, des fourrés, des ronces, des champignons s'étaient développés autour et dessus.

Quelques centaines de pas plus loin, une large et profonde crevasse colonisée par une ronceraie impénétrable l'obligea à un nouveau détour. Puis ce fut un massif d'ajoncs épineux à fleurs jaunes qui exigea un troisième détour, vers l'ouest cette fois. La prudence lui souffla de revenir sur ses pas. Il rebroussa chemin, et découvrit qu'un paysage repéré à l'aller était fort dissemblable au retour. Ne reconnaissant plus ses repères, il se perdit.

Les louveteaux l'entourèrent en gémissant. Il faisait chaud et transpirant. Ils étaient fatigués, ils avaient faim, ils étaient surtout assoiffés. Il leur distribua le reliquat de pain et de lard et se réserva le miel qu'il termina.

— Pour boire, mes amis, va falloir attendre d'être retourné à la rivière.

Ignorant quelle direction prendre, il se délesta de son impedimenta et grimpa avec effort sur un châtaignier en fleur dans l'espoir de situer la rivière. Les louveteaux gémirent en le voyant disparaître dans le fouillis des ramures. Il s'éleva aussi haut qu'il put. Les fleurs en queues de chat dégageaient une lourde odeur farineuse un peu entêtante.

A l'exception des contreforts de l'Aubrac aisément reconnaissables à main gauche, il ne vit que du ciel bleu, quelques nuages collés dessus, et des arbres, des arbres, et encore des arbres. Il ne sut pas situer la Loubière.

L'esprit en berne, il redescendit, aussitôt fêté par les loupiots soulagés de le retrouver.

— Zi zeulement ze les avais tous tués, on aurait point à fuir comme za, et on ne zerait point perdus.

Il aurait dû éliminer d'abord les deux chiens, ensuite il se serait embusqué et aurait attendu le retour des Javertit. Il les aurait alors occis par surprise, en commençant par le garde, le plus dangereux des quatre. Il ruminait sur la méthode qu'il aurait aimé utiliser pour y parvenir, lorsque ses yeux se posèrent sur la carnassière d'où dépassait l'étui de cuir protégeant la lorgnette. Il comprit qu'il ne lui restait plus qu'à remonter en haut du châtaignier.

Tirant dur sur les bras, il se hissa à nouveau de branche en branche. A cheval sur la plus haute, il déploya la lorgnette. Séduit par cette faculté de rapprocher si près ce qui était si loin, il oublia qu'il était perdu et observa les alentours avec curiosité. Bien qu'éloigné de cinquante pas, il vit à lui toucher les ailes un petit grimpereau fouiller l'écorce d'un tronc, extraire avec son bec recourbé une araignée aux pattes gigotantes et l'avaler. Abaissant la lunette d'approche vers le sous-bois, il aperçut un cerf hardé de ses biches passer entre les arbres. Il cherchait à les retrouver quand la lorgnette accrocha un infime bout de rivière, invisible à l'œil nu.

– On est déperdus, annonça-t-il aux louveteaux d'une voix si triomphante que plusieurs oiseaux qu'il n'avait pas vus s'envolèrent des arbres environnants.

Comme ils ne répondaient pas, il s'inquiéta et descendit aussi vite qu'il put sans tomber. Ils étaient allongés autour du tronc, langue pendante, exténués, ne voulant rien savoir pour repartir. Il dut les coltiner à tour de rôle et oublier sa propre fatigue, comme ses pieds nus, enflés, écorchés en plusieurs endroits. Ils firent une halte près d'un bosquet de noisetiers sauvages qu'il ignora, trop fourbu pour le piller.

Soudain, Clodomir se mit à foncer dans un taillis, suivi de ses sœurs. Trop vanné pour leur courir après, Charlemagne se contenta de les menacer du pire :

– Zi le goupil vous trouve, il vous manze !

Avec les aigles et les lynx, les renards avaient la réputation d'aimer la chair des louveteaux. Ceci expliquant cela, les loups aimaient celle des renardeaux.

Il reprit sa marche et put mesurer la finesse de leur odorat en les retrouvant, deux cents pas plus loin, se désaltérant dans l'eau courante. Il ôta sa chemise et sa culotte visqueuses de crasse et de sueur et se jeta dans le torrent, le souffle coupé par la froideur de l'eau. On pouvait recenser chacune de ses côtes et chacune de ses vertèbres tant elles saillaient sous sa peau blanche et sale. Seuls son visage, ses mains et ses pieds étaient brunis par le soleil.

Dessoiffés, les louveteaux eurent faim et le lui signalèrent en venant le mordiller aux joues et aux lèvres, alors qu'il séchait allongé sur la berge dans la tenue d'Adam. Il remit ses haillons, vida la carnassière et revint au bosquet de noisetiers sans oublier de se retourner souvent et de marquer son passage en brisant des branches tous les dix pas. La précarité de sa situation l'obligeait à apprendre vite.

La carnassière pleine de noisettes, il alla jusqu'au torrent les casser en se servant du marteau de la cognée. Pour qu'ils acceptent d'en manger, il les mâcha, recracha la bouillie dans sa paume et la leur offrit, saupoudrée de sel. Une bouchée pour lui, trois pour eux. Au dessert, il déploya la lorgnette et étudia l'autre rive. Il finit par distinguer les fruits rouges d'un framboisier qui prospérait en lisière de forêt. Malgré les protestations du trio, il traversa le torrent peu profond et revint avec le tricorne rempli de baies juteuses, l'avant-bras enflé par le dard d'une abeille qu'il avait dérangée dans ses activités de butinage.

Rassasiés, les loupiots se vidèrent dans l'herbe, puis s'allongèrent contre celui qui était à la fois leur père et leur mère. Sans lui, ils n'auraient pas survécu une heure à leur liberté. Mais, lui, survivrait-il dans une pareille sauvagerie ? Ne pas les abandonner signifiait rester en forêt jusqu'à ce qu'ils puissent se nourrir seuls.

Fort de sa récente expérience, il grimpa sur un petit chêne tordu à la ramure mêlée à celle d'un grand orme et passa de l'un à l'autre par les basses charpentes. Il découvrit un vaste bassin ensoleillé, rempli d'une eau translucide où nageaient des poissons. Perché sur un aulne au tronc noir, un martin-pêcheur guettait. Plus haut, la Dourdounette jaillissait d'une gorge étroite formée par un chaos de gigantesques rochers moussus rappelant les fondements d'une forteresse écroulée. De nombreux passereaux trillaient dans l'exubérante végétation riveraine. Grâce à la lorgnette, il repéra des fraisiers, des groseilliers, un merisier haut de quarante pieds au moins, ainsi que plusieurs pommiers tortueux aux branches épineuses. L'endroit évoquait le Paradis de messire Adam et de dame Ève tel qu'il était représenté dans la Bible. Il remarqua aussi une faille en équerre formant niche dans les éboulis rocheux proches du torrent.

Secouant les louveteaux assoupis, il les força à reprendre la marche. Cette fois, il s'ouvrit un passage à la cognée dans la ronceraie envahissant la crevasse et qui avait provoqué son deuxième détour.

L'obscur approchait quand ils arrivèrent près de la petite plage en croissant qui bordait le bassin. Des épreintes sombres et visqueuses déposées en évidence sur les pierres et les racines signalaient le territoire d'une famille de loutres. L'eau était si transparente qu'il dut la toucher pour reconnaître sa surface. Dérangé, le martin-pêcheur quitta sa branche en poussant un long « tiiiiiiiiiiiiiiiht » suraigu. Un gardon en profita pour crever la surface et happer un moucheron qui volait trop bas. Des étoiles apparurent çà et là. Les grillons entrèrent en action. Les moustiques aussi. Dans l'herbe, une femelle ver luisant s'introduisit dans la coquille d'un escargot et le dévora. C'était l'heure où une partie de la forêt s'apprêtait à dévorer l'autre. Profitant des derniers instants de jour, Charlemagne escalada les rochers menant à la faille, une centaine de pas en amont.

Longue de huit pieds, large de cinq, haute de quatre seulement, la cavité était suffisamment spacieuse pour les accueillir. Le bloc de granit formant sa base saillait comme une terrasse au-dessus du torrent, surplombant le bassin et l'immense futaie qui s'étageait à l'infini. Partout où Charlemagne posait les yeux, la forêt était là.

Après avoir déblayé l'endroit des bois flottés et autres débris végétaux accumulés au fil des crues, il joncha le sol de fougères et déposa les louveteaux dessus. Ils reniflèrent la litière en tournant en rond plusieurs fois avant de se coucher les uns contre les autres.

Des loups hurlèrent. Charlemagne tressaillit. Ils étaient très proches. Les loupiots se relevèrent et dressèrent leurs petites oreilles pointues. D'autres hurlements retentirent venant du sud. Clodomir fut le premier à y répondre. Après quelques geignements et remuements de queue, il rejeta la tête en arrière et hurla vers le ciel, comme le loup qu'il était. Ses sœurs firent de même.

– Ahi ! Z'est qu'ils vont venir, zi vous les zonnez ainzi.

Durant ses trois mois de captivité à la Loubière, il les avait entendus presque chaque nuit, mais c'était toujours dans le lointain. Tandis que là, une meute au moins se trouvait à proximité. Une pensée troublante traversa son esprit.

– Ze zont peut-être vos parents ?

Voilà qui dénouerait la situation. Sauf bien sûr si ces malebêtes le confondaient avec le ravisseur de leur portée et voulaient se venger.

Les hurlements reprirent. Le garçon sortit de l'abri et se montra sur la dalle avec sa cognée.

– ZI ZE ZONT VOS PETITS, VOUS POUVEZ LES REPRENDRE ! déclara-t-il aussi fort qu'il put en direction du sous-bois d'où venaient les hurlements.

A l'exception du torrent, l'entière forêt parut se figer. Même les passereaux se turent. Il entendit alors des bruits de fuite dans les fourrés. Si meute il y avait, elle était partie.

Avant de se coucher, il obstrua l'entrée de la faille avec un empilement de grosses pierres.

Il dormit fort mal. Le mélange framboises-noisettes lui causa de cinglants maux d'entrailles qui essorèrent ses intestins et l'obligèrent à se vider plusieurs fois dans la nuit. De plus, la sale odeur musquée de Janot qui imprégnait la couverture ravivait sa rancœur et l'empêchait de se rendormir. Il regrettait à nouveau de ne pas avoir incendié la Loubière quand il réalisa tout à coup qu'il n'avait rien pour faire du feu. Cette mauvaise surprise le dressa sur son séant, l'esprit comme hébété. Un tel oubli vouait à l'échec tout séjour prolongé en forêt. Sans parler de l'hiver qui serait vite là. Il songea aussi à ses haillons, à ses pieds nus, aux louveteaux si fragiles et qui avaient toujours faim. En dépit des nombreux moustiques, il éprouva un extrême sentiment de déréliction.

Le jour perçait et la forêt s'éveillait bruyamment quand il admit qu'il devait retourner à la Loubière.

Chapitre 44

Mardi 13 août.

Allongé sur un rocher au-dessus de l'eau, Charlemagne perdait patience à vouloir pêcher à la main lorsque Dagoberte jappa sur un ton excité. Il se redressa et constata qu'elle venait de déranger un gros hérisson endormi sous une racine.

Retournant la boule de piquants sur le dos avec son couteau de cuisine, Charlemagne enfonça la lame dedans. L'animal cria une seule fois et mourut en s'ouvrant comme une fleur. Les louveteaux reniflèrent son sang répandu avant d'y goûter et de découvrir qu'ils aimaient ça.

Il vida et dépeça l'animal maladroitement : c'était la première fois. Le pelage était hanté par la vermine. Il jeta la peau dans l'eau et s'amusa à dénombrer les puces et les tiques qui s'enfuyaient à la nage, tels des naufragés.

Il offrit les tripailles à Dagoberte qui les méritait, mais Clodomir les lui briconna aussitôt et s'enfuit avec. Pendant qu'ils se livraient à une poursuite effrénée à travers les herbes, Charlemagne partagea les chairs en petits quartiers et les leur prémâcha. Il se réserva un filet qu'il sala et mangea cru. La viande étant fraîche, il dut la mastiquer longuement pour en venir à bout. Le goût était aimable et rappelait celui du lapin.

Il les gava ensuite de fraises et de groseilles écrasées, les laissa boire tout leur soûl, puis les ramena sur la terrasse. En prévision de la grosse chaleur à venir et faute d'abreuvoir, il détrempa les fougères de la litière avec de l'eau qu'il tira du bassin dans son chapeau. Il barricada l'entrée avec des grosses pierres qu'il empila en muret. Il ne fallait pas qu'ils puissent s'en évader, comme il ne fallait pas qu'un prédateur puisse s'introduire et les dévorer.

– Ne vous bilez point, les amis, z'en n'ai point pour longtemps, leur assura-t-il en complétant le muret par des entrecroisements de branchages épineux arrachés au pommier.

La matinée était bien avancée quand il rangea la lorgnette, le couteau et le carquois dans la carnassière. Il fixa au manche de la cognée une double garcette pour pouvoir la porter en bandoulière au cas où il aurait besoin de ses deux mains.

– Ze vais bientôt revenir, z'est tout, leur dit-il, refusant d'imaginer leur sort au cas où il ne le pourrait pas.

N'étant plus ralenti par les loupiots et confiant de ne pas se perdre tant qu'il suivrait la Dourdounette, Charlemagne se déplaça plus vite que prévu. Il en prit conscience en retrouvant le taillis d'aubépine où ils avaient passé leur première nuit et qu'il situait plus bas en aval. La très grosse araignée l'occupait à nouveau, et la poignée de rectrices abandonnées par l'aigle gisaient toujours dans l'herbe. Il choisit la plus belle et la ficha dans le ruban du tricorne.

Bientôt les rives s'élargirent, le courant s'assagit, l'eau s'attiédit. Le torrent redevint rivière. Une légère brise rafraîchit l'air.

Il s'était assis sur un tronc mort et s'efforçait d'extraire avec ses ongles une épine de ronce fichée dans la plante du pied droit lorsqu'il vit une bécasse à une dizaine de pas seulement. L'oiseau fouissait la litière de son long bec pointu en quête des lombrics que la chaleur faisait remonter de l'humus. Armant l'arbalète avec des gestes lents, il épaula, visa en ignorant le fronteau de mire et la globule de réglage, tira. Le carreau passa un pied trop haut. La bécasse s'enfuit à tire-d'aile vers la cime des arbres.

Charlemagne voulut récupérer le projectile, mais il ne put le retrouver tant la végétation était dense. Il ne restait plus que cinq carreaux dans le carquois.

Il sut être proche de la Loubière en reconnaissant la chênaie où était mort Pépin. Il revit le chêne rouvre et constata la disparition du corps et du traquenard. Le piège avait-il fonctionné ? Sergent l'avait-il éventé ? Il s'ébaudit à la vue du fusil appuyé contre le tronc. Une double colonne de fourmis noires entrait et sortait du canon. Que s'était-il passé pour que le garde oublie son précieux fusil ? Le piège avait-il donné ? Et pourquoi Javertit avait-il abandonné la poursuite ?

Charlemagne cacha l'arme sur la fourche d'un aulne et reprit sa progression en marchant dans le lit de la rivière.

A mesure qu'il approchait, ses pas ralentissaient. Une appréhension grandissante resserrait sa poitrine et raccourcissait son souffle. Il prenait peu à peu la démesure de son audace. Les Javertit étaient quatre, cinq avec Sergent, et lui bien seul.

Il s'arrêta en vue de la grosse pierre plate où aimait se poster le griffon pendant les corvées d'eau. Il n'était plus qu'à huit cents pas de la clairière, et la brise qui l'avait agréablement rafraîchi durant sa marche soufflait maintenant dans son dos. Les choses paraissaient plus simples cette nuit (Je les trucide tous par surprise, j'emporte tout ce qui me chaut, je brûle tout).

Plusieurs petites morsures successives le chassèrent de la rivière. Une fois sur la berge, il vit des écrevisses accrochées aux plaies de ses chevilles. Il s'en débarrassa et trouva ensuite une sangsue entre deux orteils. N'ayant pas emporté de sel, il attendit qu'elle se gave et se détache d'elle-même pour l'écraser avec plaisir entre deux cailloux.

Il se dissimula ensuite derrière un bosquet de tilleuls d'où il pouvait surveiller le sentier et attendit qu'une bonne idée se présente à son esprit, ou que la brise change de direction. Il pourrait alors s'approcher de la Loubière sans se faire sentir par Sergent et observer à la lorgnette ce qui s'y passait.

Après un long moment d'indécision, Charlemagne se leva et dégourdit ses jambes ankylosées. Des bruits de pas se firent entendre. Son cœur s'emballa. Ses mains se resserrèrent sur l'arbalète. La perspective d'occire quelqu'un le turlupinait moins que celle de manquer sa cible avec une arme qu'il maîtrisait mal.

Valborge apparut, l'outre en peau de bique dans une

main, le chaudron fraîchement rétamé dans l'autre. Il retint sa respiration quand elle passa devant lui et nota avec satisfaction son air abattu. Il attendit qu'elle présentât son dos pour sortir de derrière les tilleuls, bondir jusqu'à elle et décharger l'arbalète à bout portant entre les épaules, seul moyen vraiment sûr de ne pas rater sa cible.

La pointe du carreau déchira le tissu du corsage, traversa le grand dorsal, l'omoplate, le poumon droit, brisa une côte, trancha dans le grand pectoral et ressortit par le sein, perçant le mamelon, arrachant l'aréole au passage, l'emportant on ne sait où.

— AAAAAAH, cria Valborge en lâchant l'outre et le chaudron.

Projetée en avant par l'impact, elle trébucha mais ne tomba pas. Les bras écartés, les yeux agrandis par la surprise – bientôt par la douleur –, elle se retourna et vit son agresseur qui posait l'arbalète à terre et faisait glisser fébrilement la hache de son épaule.

— AAAAH, cria-t-elle à nouveau.

Elle toussa. Des bulles roses apparurent entre ses lèvres.

— Z'est bien fait, mézante femme.

Bien qu'il n'éprouvât aucune sorte de compassion à son égard, il trouva plus difficile de l'affronter de face que de dos. Au lieu de lui fendre la tête comme il en avait l'intention, il se contenta d'un coup sec sur le sternum avec le marteau de la cognée.

Valborge tomba à la renverse sur le sentier, poussant un troisième « AAAAH » qui lui fit expectorer un caillot de sang de la taille d'un œuf.

Tout en rechargeant l'arbalète, Charlemagne fut tenté de la traîner jusqu'à la rivière et de l'y noyer comme il l'avait si souvent imaginé. Il préféra ramasser l'outre et le chaudron et les déposer sur la pierre plate.

Valborge geignait en tentant de se mettre à genoux. Une tache rouge foncé s'agrandissait sur son corsage. Des mouches s'affairaient dessus.

Il se pencha vers elle, mais se redressa vite tant elle puait.

— Qui est là en ze moment ?

Il désigna la direction de la Loubière.

Comme elle ne répondait pas, il lui donna une bourrade qui la fit retomber sur le dos. Il allait la menacer du tranchant de la hache, lorsqu'il croisa son regard empreint d'une si grande détresse qu'il s'apitoya malgré lui. Les chiens mourants avaient le même. Il fit quelques pas, incertain sur ce qu'il devait faire.

Il revint près de sa victime, considéra pour la première fois ses sabots, l'en déchaussa, les essaya. Hélas, ils étaient trop petits. Il les jeta le plus loin possible dans les fourrés. Puis il eut une idée de veneur qu'il mit aussitôt en pratique. S'agenouillant près d'elle, il la déshabilla en fendant au couteau la tiretaine du corsage et de la robe. Valborge se borna à gémir en produisant de nouvelles bulles rosâtres par la bouche. Du sang coulait de sa mamelle percée, glissait en rigole sur son ventre flétri par les multiples naissances et se perdait entre les poils noir charbon d'une très abondante toison pubienne qui prenait naissance près du nombril et descendait jusque sur l'intérieur des cuisses.

Charlemagne la considéra avec curiosité. C'était le premier corps de femme qu'il lui était donné de voir. Ses lumières sur le sujet remontaient aux observations relevées sur le corps lisse de sa sœur. Jamais il n'aurait imaginé pareille pilosité. Pas plus qu'il n'aurait deviné qu'elle puisse être la source de cette épaisse senteur poissonnière.

Se drapant dans la robe comme dans une cape, il se dirigea vers la Loubière, l'arbalète braquée devant lui, la main sur la détente.

Dès qu'il distingua la chaumière entre les arbres, il prit la lorgnette et crut d'abord l'endroit désert. S'approchant pour mieux voir, il déchanta en apercevant le mulet dans l'écurie, puis le chien allongé à l'ombre de l'auvent lui servant de niche. Il s'avança avec mesure, un œil sur le griffon, l'autre sur la porte de la chaumine. Desséchée par plusieurs jours de canicule, la végétation craquait sous ses pieds malgré ses précautions.

Sergent se redressa et orienta sa truffe dans sa direction. Il l'avait éventé, mais paraissait plus perplexe qu'alarmé. Il s'approcha sans empressement, s'arrêtant même pour suivre des yeux une poule qui chassait un lézard le long du potager.

Charlemagne s'accroupit contre l'un des châtaigniers bordant le sentier, déposa son tricorne emplumé entre ses pieds, rabattit la robe sur lui, disparut entièrement dessous. Il se ménagea une fente pour les yeux, une autre pour la tête de l'arbalète et cessa de bouger, stoïque malgré la puanteur que la chaleur exhalait.

Sergent quitta la clairière et s'engagea sur le sentier. Il était à une dizaine de bonds du châtaignier lorsqu'il identifia du nez et des yeux la robe, la couleur et le fumet caractéristique de la femelle du maître. Il avança, la truffe circonspecte, hésitant à remuer la queue car d'autres odeurs émanaient de la tiretaine. Celle, entre autres, du sang, mélangée à de la peur, une senteur toujours très salivante d'un point de vue carnassier. Il s'immobilisa à trois bonds, les yeux mi-clos, intrigué par ce nouvel effluve trop déformé par le bouquet dominateur des autres pour être reconnaissable.

Jugeant le chien encore trop loin pour se risquer à tirer, Charlemagne geignit doucement sous la robe, imitant les cris d'un chiot perdu, une vieille malice de chenil qui désarmait toujours les chiens. Même les chefs de meute s'y laissaient prendre. Sergent ne fit pas exception. Il s'approcha en se dandinant et vit l'arbalète en même temps que Charlemagne pressait la détente : la double corde se relâcha, le trait jaillit de sa rigole et parcourut les trois pas le séparant du chien à la vitesse de soixante-dix mètres à la seconde, traversant le poitrail de part en part.

Sergent tournoya sur lui-même avec un long hurlement. Charlemagne se releva en rejetant la robe. Il se recoiffa du tricorne et allait pour rebander l'arme quand Javertit apparut sur le seuil de la Loubière. Pris d'une subite panique, Charlemagne lâcha l'arbalète et détala dans le sous-bois, l'entendement momentanément annihilé par la peur.

Il évita un grand buisson, écrasa un parterre de champignons, bondit par-dessus un tronc pourrissant, se reçut mal, voulut se rattraper, chuta tête première en avant, s'estourbit contre un bouleau.

Quand il reprit conscience, le crépuscule se faisait nuit. Ses oreilles sifflaient comme des grillons. Son visage était boursouflé sous l'action des piqûres de moustique. Plus bas, des fourmis rousses faisaient des va-et-vient entre les plaies de ses chevilles et leur fourmilière. Un mille-pattes, qui avait voulu se joindre au festin, était assailli par plusieurs légions de guerrières et passait un mauvais moment.

Il se redressa. Son crâne était comme plein de grosses pierres qui roulaient contre les parois dès qu'il remuait. Comme lors de son évanouissement précédent, il eut des nausées et vomit. Quand il se sentit mieux, il ramassa chapeau et cognée et rejoignit la rivière qui coulait sur sa droite. Il lava sa bouche du mauvais goût de bile qui l'habitait et songea aux loupiots qui devaient se croire abandonnés. Il était peu faraud de sa fuite panique qui le privait de l'effet de surprise.

Charlemagne redescendit la rivière jusqu'à la pierre plate. L'outre et le chaudron n'y étaient plus. Valborge avait disparu. Tenant la hache à deux mains, il marcha sur la Loubière, décidé à faire front cette fois.

Bien que la lune et les étoiles fussent levées, il faisait encore jour quand il atteignit le châtaignier d'où il avait tiré sur Sergent. Il chercha l'arbalète sans la retrouver et se sentit un peu plus mortifié par son réflexe de fuite : le même qui l'avait déjà fait tomber dans la fosse du garde.

Il arriva à proximité de la Loubière. La porte était close, la cheminée fumait, l'auvent des chiens était vide.

Les cochons le flairèrent et grommelèrent amicalement. Il les avait nourris et grattés trois mois d'affilée et ils s'en souvenaient. Longeant leur soue, il s'introduisit dans le gallinier, s'empara d'une poule perchée et la lança sur la chaumière. La volaille caqueta bruyamment en courant sur le toit. Charlemagne se posta près de la porte, la hache levée à hauteur d'épaule, avec la peur d'avoir peur à nouveau. Son intention était d'achever le premier qui ouvrirait.

La poule sauta du toit et amortit sa chute en battant frénétiquement l'air de ses courtes ailes. La porte s'ouvrit.

Javertit recula précipitamment à l'instant où Charlemagne abattait sa hache en criant « CARAMBA ! ».

411

Reculer le sauva. Il reçut la lame dans le genou au lieu du plexus. Le fer sectionna le tendon du triceps, éclata la rotule, ruina à jamais la poche séreuse et se planta rudement dans le bas du fémur. Il tomba sur le dos en braillant.

Charlemagne retira d'un coup sec la lame et entra dans la Loubière en poussant un triomphant :

– Z'est moi le maître, maintenant !

Valborge était couchée près de l'âtre où mijotait le ragoût. Ses paupières étaient baissées, sa peau brillait de sueur, elle semblait agoniser. Assis sur sa paillasse, les avant-bras ligotés à des attelles en sapin, Janot grelottait de fièvre et paraissait aussi mal en point.

– Comment tu t'es fait za ?

Sans attendre la réponse, Charlemagne rattrapa Javertit qui tentait de sortir en rampant sur les coudes.

– Z'est moi, maintenant qui fait mal, lui confia-t-il en le tirant en arrière par sa jambe blessée.

Le garde hurla en griffant le sol. Charlemagne remarqua alors les bandages emmaillotant son pied droit. Il les lui arracha et fut ravi de constater que la botte piégée avait donné. Il se trouva très rusé.

Énervées par les cris et l'odeur du sang, les chèvres bêlèrent en s'agitant dans l'enclos.

– Où est ta zeur ? Dis vite, zinon…

Il montra la hache au fer taché de sang. L'exaltation altérait sa respiration. Il se sentait comme ivre. Pour un peu, il aurait chanté. Il se confirmait qu'on pouvait se venger et y prendre un vif plaisir.

– J' sais point, sur Jésus et sur Marie. Elle est partie hier au matin et elle est toujours point retournaillée.

L'arbalète était sur la table, à côté d'un fagot de branches de noisetier, de plusieurs pointes métalliques et de fines garcettes pour les attacher. Avant d'être interrompu, Javertit se fabriquait des carreaux.

– Elle est partie où ?

Tout en posant sa question, il enfournait dans la carnassière les branches, les pointes et les garcettes.

– Chercher l' fusil à la chênaie des bêtes noires.

– Z'est moi qui l'ai trouvé, et il est mien maintenant, z'est tout.

Il rit gaiement à la vue du tourto dans la panetière, du pain de sucre sur l'étagère et de l'épais morceau de lard pendant au crochet. S'approchant du chaudron où cuisait le ragoût, il souleva le couvercle et ne reconnut pas les os.

– Z'est quoi ?

– C'est Sergent.

Il trempa un quartier de pain dans la sauce et goûta en faisant la grimace.

– Z'est pas zalé.

Il se servit dans le sac de cinq livres acheté la veille par Valborge, sala, remua, remplit une écuelle à ras bord, choisit les plus gros morceaux de viande, s'attabla et s'empiffra.

Tout en mangeant, il gardait un œil sur Javertit, fort occupé à souffrir de sa jambe hachée et saignante.

Notant par la porte ouverte que la nuit était tombée, il songea aux louveteaux qui n'avaient jamais été seuls à ce jour. Il cessa de manger et s'approcha du garde.

– Où est mon piztolet ?

– Va t' noyer, foutu fils de cocu !

Oublieux qu'il n'était guère chevaleresque de frapper un homme à terre, Charlemagne lui trancha net le pied droit au niveau de la cheville. Il dut s'arc-bouter pour déterrer la hache qui s'était enfoncée jusqu'au marteau dans la terre battue.

Javertit se pâma sans un cri. Un flot de sang jaillit de sa nouvelle blessure. Janot se tortilla sur sa paillasse, les yeux élargis par la peur. La vision de sa mère moribonde et de son père se vidant de son fluide vital le fascinait autant qu'elle brisait son cœur.

– Il est sanceux, z'avais visé la tête, dit sérieusement Charlemagne. Dis-moi, toi, où zont le couteau, le piztolet, les plombs et la poudre ?

– Il les a rendus au château.

Charlemagne regroupa son butin sur la table. Bientôt, son importance fut telle qu'il ne put le transporter en une seule fois.

– Dommaze que tu zois plus bon à rien, t'aurais été mon ezclave, dit-il en essayant les sabots du dimanche de Janot.

– Tu vas nous tuer ? finit par demander celui-ci d'une voix menue.

– En tout cas, zi ze veux, ze le peux.

– Fumée à deux lieues, cria le veilleur de la tour du levant.

Le lieutenant de service le rejoignit sur le chemin de ronde pour vérifier. Il distingua effectivement une colonne de fumée blanche qui s'élevait bien droite dans le ciel étoilé. La lune était à son zénith.

– C'est dans la forêt de Saint-Leu. Je m'en vas prévenir monsieur le consul.

Le consul, mal réveillé, tint à monter sur le chemin de ronde et à vérifier.

– Ça n'est point un feu naturel. C'est la minuit, la voûte est sans nuages, aucune foudre n'a pu l'allumer. Je dois avertir monsieur le chevalier.

Il fallut d'abord réveiller Martial le concierge, puis le houspiller pour qu'il sonne la cloche.

La nouvelle que sa forêt fumait contraria Virgile-Amédée. Quentin Onrazac se rendit aussitôt à la tour du levant localiser l'incendie.

– C'est la direction des contreforts, là où est la Loubière.

Il mouilla son doigt et le dressa dans l'air.

– Encore heureux qu'il y ait goutte de vent. Avec la canicule de ces derniers temps, c'est la futaie entière qui va arder s'il se lève. Y faut y aller de suite et l'éteindre, dit-il à l'officier du guet qui approuva.

Comme il faisait nuit, le consul leur adjoignit l'assistance de quatre archers. Ils réveillèrent maître Durif qui leur loua des chevaux.

Les trois coups des laudes sonnaient au beffroi quand ils tirèrent de leur sommeil les feignasses de l'octroi des Croisades pour qu'ils leur ouvrent la porte.

Ils atteignirent la chapelle Saint-Hubert après une heure de petit trot. Un mulet s'y trouvait. Il n'était pas sellé, il n'avait pas de licol. Le piqueur le reconnut.

– C'est la bête de Javertit. Qu'est-ce qu'il fait là ?

Ils suivirent le sentier encore deux heures avant d'arriver dans la clairière. La chaumine, l'écurie et le poulailler finissaient de brûler. La soue à cochon était intacte mais vide. L'absence de vent et l'importance de la clairière avaient empêché la propagation du feu.

Ils attendirent le jour pour fouiller les décombres avec des branches et ils découvrirent trois corps calcinés, fumants, rétrécis, méconnaissables.

– Il en manque un. Ils sont quatre dans cette famille, dit Onrazac, intrigué par l'absence de pied à l'un des cadavres.

Des chèvres aux pis gonflés sortirent du sous-bois en bêlant pour qu'on les traie. Les archers ne se firent pas prier, utilisant leur tricorne comme récipient.

Pendant que l'officier dressait un procès-verbal de la situation, le piqueur remarqua la porte démantibulée de la petite chambre-aux-loups. Il l'ouvrit et se pencha à l'intérieur. L'endroit puait la malebête. Il considéra le trou dans la paroi et celui dans le sol, où Charlemagne avait dissimulé le clou et les deux pierres. L'examen des rondins accentua sa perplexité.

– Nous ne pouvons enterrer ces malheureux sans bénédiction, déclara le lieutenant. Toi Fafeur, et toi Pichon, retournez au bourg prévenir le vicaire, et revenez-nous avec des pelles et des pioches car il n'y a rien pour creuser ici.

– Je pars avec eux, dit Onrazac en détachant sa monture. Monsieur le chevalier attend mon rapport. C'est qu'y va devoir se trouver un autre garde-chasse, maintenant.

Quand Rose apparut en début de relevée, la vingtaine de personnes qui s'affairait dans la clairière s'immobilisa et se tut en la regardant.

Le vicaire leva les yeux et les bras vers le ciel azur en signe de fatalité avant de lui enseigner l'effroyable tragédie.

– Pour des raisons qui Lui sont personnelles, Dieu a jugé bon de les rappeler tous à Lui.

Quand elle voulut les voir une dernière fois, l'officier du guet déclara les avoir déjà inhumés. Il lui indiqua l'emplacement. Rose reconnut le grand trou foré par Charlemagne. Afin de s'épargner la corvée de tombe, les archers avaient déposé les restes dedans et l'avaient rebouché.

Chapitre 45

Charlemagne marcha toute la nuit.

Les trois poules qu'il transportait attachées par les pattes au manche de la cognée protestaient en caquetant. Ayant surestimé ses forces, il dut bientôt s'alléger de la pesante arbalète et du carquois en les suspendant à la branche d'un vieux charme au tronc tordu, facilement reconnaissable. Il laissa aussi les sabots de Janot qui lui faisaient des ampoules. Plus tard, il heurta son pied contre un rocher qu'il n'avait pas vu et tomba dans la rivière peu profonde. Il sauva d'abord les poules qui se noyaient, puis récupéra le fusil et le chaudron coulés au fond. Il abandonna sur un buisson d'aubépine la couverture du mulet et le justaucorps de Javertit dégoulinant d'eau et brisa quelques branches pour signaler l'endroit.

L'aube se levait quand il atteignit enfin le bassin.

– Me voilà, mes amis, lança-t-il en montant péniblement jusqu'à la faille, les jambes chancelantes, le cœur exténué.

Le silence le préoccupa. Ils auraient dû gémir de bonheur en se tortillant. Il atteignit la terrasse et marcha sur quelque chose de mou. C'était des laissées de loup adulte. Elles ressemblaient à celles des chiens, à part qu'il en saillait des poils, des bouts de plumes et des fragments d'os.

Charlemagne enleva les branches épineuses, déplaça les pierres fermant le passage et se glissa dans la faille. Des moustiques vibrionnaient dans l'obscurité. Les loupiots gisaient sur le flanc à demi morts de soif. La litière de fougère desséchée comme de l'amadou craquait comme du biscuit.

Il les transporta jusqu'au bassin et les ramena à la vie en leur donnant à téter ses doigts trempés d'eau.

Bien que chancelant de fatigue, il trouva la force d'égorger l'une des poules au-dessus du chaudron et de leur préparer une ravigotante mouée au pain et au sang. Pendant qu'ils se rassasiaient, il confia au soleil levant la tâche de sécher le contenu de la carnassière qu'il étala sur un coin de la terrasse. Le pain de sucre s'était désagrégé et avait fondu sur le morceau de lard. Le sel, l'amadou, les mèches des briquets, la corne à poudre étaient trempés. Il essuya la lorgnette et découvrit avec chagrin que de l'eau s'était infiltrée entre les lentilles. Il vit aussi de la fumée s'élever derrière les contreforts. La Loubière flambait toujours. Il se demanda si on la voyait aussi de Racleterre. Il eut une pensée pour Janot qu'il avait ligoté par les pieds au poteau central avant d'incendier la chaumine.

– Z'est bien fait, cria-t-il d'une voix forte.

Les louveteaux dressèrent la tête et les oreilles pour le regarder en agitant leur fouet à l'unisson.

– Z'ai tout brûlé, leur expliqua-t-il avec satisfaction. Z'ai même manzé de zelui qui a tué notre pauvre Pépin.

Comme ils avaient à nouveau soif, il les accompagna au bassin. Pendant qu'ils s'y désaltéraient, il retourna à la terrasse chercher l'outre pour la remplir.

Les poules se rappelèrent à son souvenir en gloussant. Il les avait séquestrées au fond de la faille pour qu'elles ne le voient pas abolir leur sœur. Comme il aurait été imprudent de les libérer avant qu'elles s'accoutument à leur nouvel environnement, elles étaient toujours attachées aux pattes.

– Ze vous ferai picorer plus tard. Z'ai trop de bezogne pour maintenant, z'est tout.

En bas, Clodomir avait saisi un bout de bois et s'était enfui comme avec un butin, poursuivi par les autres qui tentaient de le lui prendre.

Soudain des loups surgirent de partout.

L'un d'eux en livrée gris jaunâtre – peut-être une louve, Charlemagne n'aurait su dire à cette distance – s'avança vers les louveteaux qui arrêtèrent leur jeu pour le regarder avec curiosité. Entraînés par Clodomir, ils trottinèrent à sa rencontre.

Un deuxième loup, gris foncé, se tenait en posture de

qui-vive au pied de l'aulne noir, tandis qu'un troisième et un quatrième remontaient rapidement le torrent en sautant de rocher en rocher.

Juché sur un tronc mort, un cinquième loup observait le premier qui reniflait avec circonspection les loupiots : ceux-ci se laissaient faire en se dandinant.

Aucun d'entre eux ne semblait avoir vu ou éventé sa présence sur la terrasse.

Charlemagne se faufila dans l'abri et s'arma de la cognée. Que lui voulaient donc tous ces mangeurs de chair ? Était-ce les mêmes qu'il avait entendus hurler l'autre nuit ? Empiétait-il sur leur territoire ? Était-il possible que les parents des louveteaux soient parmi eux ?

Il ressortait de la faille lorsqu'il vit un énorme loup noir remonter le layon déjà tracé par ses quelques aller et retour jusqu'au torrent. L'animal avait l'encolure d'un veau et mesurait au moins trois pieds au garrot. Malgré la pelade estivale qui mangeait ses flancs et ses cuisses, son aspect restait d'une noirceur de péché mortel. Leurs yeux se croisèrent. Le loup s'immobilisa. Sa queue pendante et touffue se dressa d'assurance, son épine dorsale ondula légèrement, ses oreilles se pointèrent dans sa direction, autant de mauvais présages.

Charlemagne allait parler quand un septième loup au pelage roux fougère apparut derrière le grand noir. Un bout en V manquait à son oreille droite.

– Bien le bonzour, mezire le loup. Ze vois avec plaizir que les griffons ne vous ont point rattrapé l'autre fois, lui dit Charlemagne courtoisement.

Tout en parlant, il tenait sa hache bien en évidence.

Sa voix forte attira l'attention des autres qui levèrent leur truffe vers la terrasse. Les poules caquetèrent dans la faille.

Charlemagne recula lentement jusqu'au chaudron où celle qui était égorgée attendait d'être plumée. Le grand loup noir sauta souplement sur la terrasse. Charlemagne entendit le bruit de ses ongles sur le granit.

Ramassant la volaille par les pattes, il la lui lança en disant :

– Manzez zi vous avez faim.

L'effet fut immédiat. La poule n'était pas retombée que déjà le grand loup noir avait disparu à très grande vitesse dans le sous-bois, imité par les autres.

– HÉ ! Z'ai du lard zi vous n'aimez point la galline, leur cria-t-il, médusé par la vivacité de la réaction.

Quand il comprit qu'ils ne reviendraient pas, il récupéra les louveteaux qui recommençaient à jouer près du bassin et remonta se claquemurer dans la faille pour enfin se coucher et dormir.

De grosses mouches bourdonnantes l'éveillèrent moins de trois heures plus tard. Sa peau ruisselait de transpiration. Une odeur de pourri flottait dans l'air surchauffé par la canicule. Il avait oublié de vider la volaille morte avant de s'endormir et c'est elle qui se corrompait dans le chaudron et attirait toutes ces mouches. Au fond de la faille, Clodomir gémissait rageusement en tentant de percer avec ses dents pointues l'outre gonflée d'eau.

Charlemagne se redressa en grimaçant. Ses pieds couverts d'écorchures avaient gonflé et supportaient mal la station debout. Une cloque de sang s'était formée sous l'ongle du gros orteil de son pied droit – celui qui avait heurté le rocher – et l'avait entièrement noirci. En revanche, les plaies aux chevilles causées par les colliers cicatrisaient bien.

Il se précipita sur Clodomir et l'arracha à l'outre.

– Arrête, malheureux, zi tu la troues ze ne zaurais point comment la ravauder.

Ses deux sœurs assoiffées haletaient en le regardant faire. Leur museau et babines tachés de sang étaient piquetés de bouts de duvet et de petites plumes. Charlemagne vit alors les deux autres poules proprement égorgées et couvertes de mouches surexcitées.

– Adieu mes bonnes omelettes !

Il leur remplit l'écuelle d'eau en admettant avoir sérieusement sous-estimé leur précocité carnassière. Puis il déplaça les grosses pierres et les branchages barricadant l'abri et sortit sur la terrasse ensoleillée où d'autres mauvaises surprises l'attendaient.

Les loups étaient revenus.

L'un d'eux avait déposé ses laissées sur la carnassière qu'il avait mise à sécher. Le cuir trop longuement exposé au soleil s'était racorni et fendillé. Même constatation pour l'étui de la lorgnette. En revanche, l'eau entre les lentilles de l'objectif s'était évaporée.

Les loups avaient déchiqueté le sac de sel pour goûter son contenu. Ils avaient broyé menu la corne à poudre, pour les mêmes raisons sans doute, et celle-ci s'était mêlée au sel. Ils avaient mangé le pain et croqué tout le sucre. Les miettes de l'un et de l'autre étaient emportées par des milliers de fourmis noires. Seules les mèches des briquets ainsi que la poche contenant l'amadou étaient intactes et bien sèches.

Fort mécontent envers lui-même, Charlemagne descendit jusqu'au bassin où il se dévêtit et entra dans l'eau transparente. Les poissons s'enfuirent. Dépité, le martin-pêcheur quitta sa branche en poussant son long « trrriiiiiiit » sur-aigu.

Après Charlemagne regroupa du bois mort, choisit trois pierres pour le foyer, disposa dessus le chaudron rempli d'eau, jeta une poignée de sel dedans, vida et pluma la poule faisandée, alluma le feu et la fit cuire un long moment au court-bouillon sous l'œil intéressé de son trio de loupiots.

Chapitre 46

Goutte après goutte, millions d'années après millions d'années, l'eau avait créé la caverne.

Des hommes la découvrirent, l'occupèrent des millénaires, puis l'abandonnèrent. Des forêts de chênes, de hêtres, de châtaigniers, de bouleaux, d'érables, de saules, de tilleuls, de houx, de ronces, de fougères crûrent autour. Plusieurs générations d'ours bruns la choisirent pour tanière d'hivernage, des choucas nidifièrent dans les crevasses rocheuses.

Beaucoup plus tard, une lapine éprise de sécurité perça une coulée à travers la ronceraie, atteignit l'une des énormes rocailles et creusa dessous une rabouillère. Quand la lapine fut pleine, elle tapissa le sol de bouts de fourrure arrachés à son ventre et se coucha dessus.

Elle mettait bas son troisième lapereau lorsqu'une hermine s'introduisit dans sa rabouillère et la saigna. Gavée, l'assassine s'endormit sur place. Au réveil, reprise par la faim, la petite carnassière s'intéressa aux oiselets choucas qui piaillaient de faim dans les fissures.

Son approche sur l'étroite corniche menant à l'un des nids fut vite décelée par la couvée de six qui l'occupait. Leurs « tsick tsick tsick » d'effroi alertèrent les parents qui chassaient les libellules près du torrent. Ceux-ci accoururent toutes plumes hérissées sur l'intrus. D'autres couples arrivèrent à la rescousse, poussant de furieux « yup yup yup ». L'hermine sauta dans le nid et saigna vivement un, deux, puis trois oiselets. Dans sa précipitation à lui échapper, l'un d'eux bascula hors du nid et chuta vingt pieds plus bas dans un buisson d'aubépine. Ce furent ses piaillements désespérés qui mirent l'eau à la bouche de

Clodomir, pourtant fort occupé à un courre au lézard en compagnie de ses sœurs près du bassin.

Charlemagne inspecta son pubis sans y trouver de nouveaux poils. La découverte des premiers remontait à quelques jours plus tôt. Levant les bras pour recenser ceux poussant sous les aisselles, il croisa l'œil du martin-pêcheur à l'affût sur sa branche habituelle. En deux semaines, l'oiseau au long bec et aux courtes pattes s'était accoutumé à sa présence et ne fuyait plus en l'apercevant. Charlemagne avait repéré son nid, creusé dans un talus près de l'eau, et il évitait poliment de s'en approcher. Il avait également localisé la catiche des loutres sous l'enchevêtrement des racines immergées de l'aulne noir. Du haut de la terrasse, il avait assisté dans sa lorgnette à leurs chasses et à leurs ébats. Quand les loutres ne pêchaient pas, elles jouaient. C'était la première fois qu'il en voyait autrement que sous l'apparence de manteau, de manchon ou de bonnet d'hiver. Elles étaient quatre : le père, la mère et deux petits nés au printemps. Charlemagne s'était ému de les voir s'amuser à lancer des pierres en l'air pour les rattraper avec la gueule. Eux aussi, autrefois, jouaient de la sorte avec des cerises, des petits pois ou des olives. Une fois Pépin y avait mêlé un caillou et Dagobert s'était fendu une dent dessus. Pépin avait été fessé.

Comme chaque fois qu'il songeait à la fratrie, il chercha les louveteaux des yeux et les vit poursuivant un lézard roussâtre qui courait entre les rochers. Depuis peu, ils couraient après tout ce qui bougeait. Ils devenaient loups chaque jour un peu plus.

Perdant du terrain, le lézard sectionna volontairement une partie de sa queue. Surpris, les louveteaux tombèrent en arrêt au-dessus du tronçon frétillant. Le lézard en profita pour disparaître dans une anfractuosité.

Là-haut dans les éboulis, les choucas se mirent à piailler outrageusement.

Occupé à choisir le bon arbre, Charlemagne ne fit pas attention aux louveteaux qui remontaient le layon.

Le crépuscule fraîchissait vite ces derniers temps et

sentait déjà l'arrière-saison, aussi avait-il décidé de se faire un pont au-dessus de la rivière afin de ne plus devoir se tremper jusqu'aux épaules quand il voulait se rendre sur l'autre rive. Il finit par choisir un jeune hêtre, suffisamment élevé pour atteindre la berge opposée une fois abattu. Il portait ses premiers coups de hache dans le tronc lorsque des abois aigus éclatèrent. Sans lâcher sa cognée, il courut dans la direction des cris qu'il situa en provenance du massif rocheux se trouvant cent cinquante pas en amont.

Il trouva les louveteaux retenus prisonniers au milieu de la ronceraie. Plus loin, un oiselet encore dans son duvet d'enfance se débattait lui aussi dans un buisson d'aubépine. Un couple de choucas tournoyait au-dessus en lançant des « tchock tchock tchock » de détresse. Les autres membres de la colonie poussaient, eux, des « yup yup yup » stridents qu'ils dirigeaient vers un nid de branchages entre les rochers.

Tout en rassurant les siens de la voix – « Me voilà, ze vais vous dépêtrer » – Charlemagne déploya la lorgnette qu'il portait accrochée à la bandoulière de Javertit (il avait décousu l'écusson aux armes des Armogaste et l'avait brûlé). Il la braqua sur le nid et vit une hermine aller et venir nerveusement sur les corps sans vie de cinq oisillons. Elle voulait apparemment quitter l'endroit mais les choucas l'en empêchaient. Dès qu'elle tentait une sortie, ils fonçaient sur elle en visant ses yeux de leur long bec pointu.

– Calmez-vous, ze viens, dit-il aux louveteaux qui, le sachant proche, l'appelaient plaintivement.

Il s'agenouilla devant l'entrée de la coulée (un lapin d'après les poils fins et doux comme du duvet accrochés sur les bords). Les trois nigaudons s'y étaient introduits et se trouvaient immobilisés à mi-chemin, ne pouvant ni avancer ni reculer. Il élargit le passage à coups de hache et dérangea toutes sortes d'insectes volants et rampants. Plusieurs ronciers portaient des baies noires, poilues et délicieuses.

Il délivra d'abord Dagoberte, puis Clotilde, et enfin Clodomir. Il sentit sous ses mains leur cœur battre follement pendant qu'il leur retirait les épines qu'ils s'étaient enfoncées en se débattant.

– Vous avez eu la venette, hein ? Que za vous zerve de lezon au moins.

Sans son intervention, ils étaient condamnés. Aucun loup adulte n'aurait pu les extraire de ce fouillis acéré, et leurs cris n'auraient fait qu'attirer la fouine, la belette ou l'hermine.

Charlemagne regarda sévèrement Clodomir qu'il jugeait responsable et lui montra la coulée trop étroite en disant sèchement :

– T'aurais dû voir que tu es devenu trop gros pour pacer, ahuri va !

Le loupiot se tortilla en prenant un air penaud. Mais comme cela ne semblait pas suffire pour apaiser Charlemagne, il se coucha humblement sur le dos et lui offrit sa gorge et son ventre. Charlemagne lui signifia son pardon en le remettant sur ses pieds.

Débroussaillant quelques ronciers de plus, Charlemagne atteignit la rabouillère que signalaient des tas de petites crottes rondes éparpillées devant. Il visita l'intérieur en enfonçant son bras jusqu'à l'épaule. Il en retira la lapine et ses lapereaux morts. Chacun portait une petite incision sanglante au cou signalant son auteur. Il vida la lapine. Il trouva dedans deux autres lapereaux encore dans leur sac : il les offrit aux siens pour qu'ils s'en amusent. Chaque fois qu'il le pouvait, il leur trouvait un animal et les laissait exercer dessus leur sanguinaire innocence.

Au-dessus d'eux, les choucas continuaient à houspiller l'hermine qui se tenait debout sur ses postérieurs et sifflait à la façon des chats.

Enfoncé dans le buisson d'aubépine, l'oiselet piaillait son désespoir. Ses parents tournoyaient au-dessus, toujours impuissants à l'en retirer.

Bien que l'envie de lui porter secours le poussât aux épaules, Charlemagne se garda d'intervenir. Les choucas se seraient mépris sur ses intentions et ils l'auraient attaqué.

Ne pouvant toutefois s'empêcher de prendre parti, Charlemagne imita les cris des choucas en colère. Conscient de la médiocrité de sa performance, il recommença en s'appliquant.

– YUP YUP YUP.

Surpris, les oiseaux s'élevèrent prudemment dans les airs. Un trio se détacha du groupe et vint tournoyer au-dessus de lui, comme pour rendre compte. Ils le virent ramasser un caillou, le lancer sur l'hermine, la manquer.

Charlemagne jeta un deuxième caillou qui frappa cette fois le rebord du nid et le souleva en disloquant ses branchages. Paniquée, l'hermine bondit sur l'étroite corniche. Les choucas foncèrent à tire-d'aile. L'hermine voulut les éviter, dérapa, glapit de désarroi et chuta dans la ronceraie. Elle réussit à atteindre le sol au prix de multiples écorchures et de touffes entières de poils.

Charlemagne la vit se faufiler dans un large renfoncement ouvert entre deux rochers grands comme des maisons et envahis d'une végétation si résolument agressive que même les feuilles étaient armées d'aiguillons crochus. Charlemagne se fraya un passage à la hache. Ce qu'il avait pris pour un cul-de-sac faisait un coude et s'ouvrait sur un hémicycle aux parois couronnées de frênes, de figuiers sauvages, de cornouillers aux rameaux bicolores et aux fruits vénéneux. Des lianes de chèvrefeuille et d'autres plantes sarmenteuses pendaient en longs festons cachant presque l'entrée d'une caverne.

Oubliant hermine et choucas, Charlemagne tailla son passage jusqu'au porche, écarta le rideau végétal et vit une large antichambre au sol descendant. Une ouverture en partie obstruée par un monticule formé de rochers détachés de la voûte se trouvait dans le fond.

Il examina le sol à la recherche de traces ou de laissées dénonçant la tanière d'un fauve et ne trouva que de fines empreintes de mulots et de campagnols. Rassuré, il entra dans un couloir obscur au sol irrégulier descendant en pente douce. Il ferma les yeux pour mieux écouter et entendit des bruits d'eau lointains, comme du linge qui s'égoutterait.

– Ze zuis Sarlemagne Tricotin, annonça-t-il fortement aux éventuels locataires avant d'avancer.

L'entrée des Enfers était souvent représentée dans les enluminures par des endroits ressemblant à celui-ci.

A défaut de soufre, il sentit une odeur d'argile humide qui évoquait la rue des Potiers. L'obscurité devenant complète, il fit demi-tour, surexcité par l'à-propos de sa découverte. L'automne approchait et bientôt il ferait froid dans le pays.

Il retourna auprès des louveteaux et les trouva affairés à tuer et retuer encore les lapereaux déjà morts. Il les reconduisit à la faille et les y emmura malgré leurs vives protestations.

– Ze ne veux pas avoir à me préoccuper de vous. Ezpérez-moi, z'est tout.

Il remplit la lanterne d'huile et s'empressa de retourner explorer ce qu'il considérait déjà comme sa future résidence d'hiver.

Passé l'endroit où il s'était arrêté, il battit le briquet et enflamma la mèche. Le couloir continuait à descendre sur une vingtaine de pas. Les bruits de clapotis s'intensifièrent. Il découvrit tout à coup une frise faite de petits chevaux à robe ocre qui galopaient sur la paroi de gauche. Ils portaient de curieuses crinières en brosse : deux d'entre eux avaient le ventre distendu qu'ont les juments pleines.

Dirigeant sa lanterne vers la droite, il vit d'étranges taureaux barbus et bossus cavalant eux aussi le long de la roche ; certains étaient lardés de flèches empennées. Il passa son doigt sur l'un d'eux et s'inquiéta de le retirer souillé de peinture fraîche. Bien que le sol autour de la paroi fût vierge de traces de pas, quelqu'un était venu récemment peindre tout ça. Il songea à une diablerie de Lacroque, la seule personne susceptible de s'aventurer dans la Sauvagerie, la seule capable de se déplacer sur un balai et de ne laisser aucune marque sur le sol.

L'extrémité du couloir s'évasait sur une impressionnante grande salle plus large et plus haute que celle du château neuf. La voûte aux formes tourmentées semblait soutenue par de nombreux piliers blanchâtres disposés n'importe comment : certains avaient la taille d'un tronc de vieux châtaignier, d'autres étaient fins comme des garcettes d'un pouce. Quelques-uns, brisés par le milieu, s'égouttaient dans des vasques circulaires remplies d'une eau aussi transparente que celle du bassin.

La lumière de la lanterne étant insuffisante pour une vue d'ensemble, Charlemagne sortit et ramena une brassée de buissons morts qu'il assembla au centre de la salle et enflamma. Le bois sec engendra de grandes flammes jaunes qui firent apparaître d'étranges éléphants velus que pourchassaient des humains bien mal dessinés. Là encore, Charlemagne passa son doigt et trouva la peinture fraîche comme si on l'avait apposée la veille.

Le feu s'épuisant vite, il rajouta des buissons. Des flammes illuminèrent à nouveau le haut plafond brillant d'humidité. Il aperçut à la droite du couloir un recoin en conque orné de groupes de mains peintes. Des phalanges et des pouces manquaient à plusieurs d'entre elles.

Il s'en approcha lorsqu'il vit les deux squelettes enchevêtrés sur le sol.

– Hé, caramba !

Il baissa sa lanterne et reconnut les ossements d'un animal de très grande taille – peut-être un ours – mêlés à ceux d'un homme de petite dimension – sans doute un braconnier – qui paraissait être resté prisonnier dessous. La mâchoire inférieure du crâne humain s'était abaissée de guingois et lui donnait un air ricaneur. Charlemagne voulut la lui redresser mais ses doigts passèrent à travers l'os comme à travers du sable.

Pareil pour les énormes crocs d'ivoire de l'animal qui se désintégrèrent en pâte humide lorsqu'il les toucha.

Promenant la lanterne au niveau des hanches, il vit poindre une tête de loup à la gueule ouverte, prête à mordre. Il la ramassa et vit une épée de chasse dans son fourreau : la tête de loup qui avait attiré son attention décorait le pommeau de la poignée et était en bronze. Des têtes de chien décoraient l'extrémité des quillons du même métal. Une telle épée excluait l'hypothèse que son propriétaire eût été un braconnier.

Charlemagne dégaina mais la lame s'effrita en poussier de fer. Notant qu'une plaque de l'armature en laiton du fourreau portait des armoiries gravées et repoussées, il l'approcha de la mèche à huile, cracha dessus, frotta avec sa manche pour nettoyer le métal noirci et lut avec autant d'émotion que de stupéfaction : *Tuons-les tous*.

Le feu mourut, faute de combustible. L'esprit en ébullition, Charlemagne sortit se réapprovisionner en buissons morts.

S'agissait-il de Sans-Chagrin, le piqueur-garde-chasse du chevalier Évariste volatilisé précisément pendant qu'il traversait la Sauvagerie ? On en parlait encore au château et les venimeux languards de la cuisine aimaient rappeler que Javertit et Quentin Onrazac devaient leur fonction à sa mystérieuse disparition.

Charlemagne dressa le bûcher à proximité des squelettes et poursuivit sa fouille en ratissant les ossements avec ses doigts écartés. Il trouva mêlée aux osselets de la main dextre une large bague en or au chaton gravé aux armes des seigneurs de Racleterre. La gravure était faite à l'envers pour apparaître à l'endroit quand on la pressait sur la cire chaude. Il avait vu la même au médium du chevalier Virgile-Amédée.

Il continua de chercher et trouva une chaîne en or dont chaque maillon avait la forme du A des Armogaste. Les montures étaient vides, le temps avait réduit en poudre les trophées qui y étaient accrochés.

Charlemagne reconnut le bijou et sentit la racine de ses cheveux le picoter désagréablement.

Sa fouille ramena encore trois petites monnaies de cuivre, une grosse en argent, ainsi que l'embouchure en bronze de ce qui avait dû être un olifant.

Un troisième squelette, celui d'un grand chien, gisait au pied de la paroi. Son collier formé de plaques articulées en laiton avait perdu son cuir et toutes ses pointes de fer, mais le *J'appartiens au Très Noble et Très Puissant Chevalier Walter Armogaste* était toujours gravé et lisible.

Ainsi, ce n'était point les restes du premier piqueur Sans-Chagrin qu'il venait de découvrir, mais ceux du chevalier Walter, disparu depuis deux cent soixante-six ans, et devenu entre-temps le plus fameux fantôme de la châtellenie et de sa province.

Avec la chute des feuilles qui déshabillait les arbres, les louveteaux perdirent leur robe d'enfance. De nouveaux jarres et un épais sous- poil de bourre laineuse leur poussèrent à la vitesse des jours qui se refroidissaient.

Sans attendre l'arrivée des frimas, Charlemagne déménagea de la faille et s'installa dans la caverne. Il creusa son foyer dans l'antichambre et dormit à l'intérieur, dans la conque aux mains peintes.

Il arracha le rideau de lierre qui obscurcissait le porche, déblaya les éboulis obstruant l'entrée du couloir de façon à ce qu'un peu de jour pénètre chichement jusqu'à la grande salle. Pas assez toutefois pour pouvoir s'y déplacer sans lanterne.

A la recherche d'une éventuelle issue de secours, il avait trouvé l'entrée de deux autres couloirs prolongeant la grande salle, chacun dans une direction différente.

Le premier, long d'une trentaine de pieds, se terminait abruptement sur un effroyable à-pic sans fond dans lequel il faillit tomber. Plusieurs cailloux jetés dedans pour évaluer sa profondeur étaient restés sans écho. Il en avait interdit l'accès aux louveteaux par une barricade de pierres et des branches prises au hêtre qui faisait office de pont au-dessus de la Dourdounette.

Le second couloir, étroit et sinueux, s'étranglait après cinquante pas en un boyau praticable seulement à genoux. Des bouquetins s'affrontaient sur les parois comme à l'époque du rut, des vaches roses au ventre crémeux gambadaient jusqu'au plafond qui allait en descendant. Celui-ci s'abaissant encore, il abandonna son tricorne et rampa sur les coudes, poussant la lanterne devant lui. Bientôt ses cheveux et ses épaules frottèrent les parois. Il hésita à poursuivre. L'endroit devenait vraiment très étroit. Le passage tournait à six coudées seulement : de nombreux cerfs bruns aux ramures bizarres étaient peints dessus. Quelle singulière idée de venir barbouiller jusqu'ici ? Et à quelles fins, grand Dieu ?

Il reprit sa reptation, les épaules pliées dans les joues, les bras tendus en avant. Il sentit le boyau se rétrécir à nouveau alors qu'il n'était plus qu'à une demi-tête du virage. Des bouts de silex et une lampe de grès traînaient au pied de la paroi. La cupule contenait des vestiges noirâtres de cendres. Oublieux du danger, forçant son passage, il parvint à s'étirer jusqu'au rebord du tournant et à voir de l'autre côté. Déception, le boyau se terminait trois pieds plus loin par un gros bloc d'argile faisant bouchon.

Sur la paroi extrême se trouvait un animal inconnu, bicorne (une petite corne et une plus grande), massif, velu, court sur pattes. Il portait sa queue dressée comme une vache quand elle va faire sa bouse. Le monstre mettait bas quelque chose ressemblant à un humain à demi sorti, aux bras écartés comme pour amortir sa chute. Cette scène avait pour spectateurs sept chasseurs reconnaissables à leurs arcs et aussi mal dessinés que ceux figurant dans la grande salle.

Quand Charlemagne voulut reculer, ce fut comme si le boyau s'était insidieusement refermé sur lui. Il était coincé. Il eut très peur. Son cœur s'emballa, son front se couvrit de transpiration. La mèche à huile dégageait une mince fumerolle âcre qui rendait le peu d'air acerbe à respirer.

Charlemagne s'épuisa à se tortiller frénétiquement sans parvenir à reculer d'une ligne. Il renonça en poussant un cri d'impuissance qui résonna dans le silence. Il ne valait pas mieux que les louveteaux lorsqu'ils s'étaient coincés dans la ronceraie l'autre fois. Mais lui, il pouvait crier tout son soûl, personne ne viendrait le tirer par les pieds pour le sortir de là.

Son souffle se régularisa, son calme revint. Il voulut comprendre pourquoi il se retrouvait ainsi coincé. S'il avait pu passer à l'aller, il devait passer au retour. Il était le même, il n'avait pas enflé depuis.

Il refit une tentative qui échoua.

La peur revint. Son souffle s'accéléra à nouveau, sa poitrine se dilata et le comprima davantage contre les parois. Combien de temps allait-il agoniser avant de mourir de faim et de soif ?

Un espoir s'alluma. Peut-être qu'après un ou deux jours de jeûne forcé il aurait suffisamment maigri ? Mais la fumée qui s'accumulait dans le boyau l'aurait asphyxié avant. L'espoir disparut, puis se ralluma derechef. Il suffisait d'éteindre la mèche. Que lui importait l'obscurité après tout ? Il ne risquait pas de se perdre.

Saisissant la lanterne par son anse en ruban, il l'approcha de son visage, ouvrit la petite porte vitrée à charnières, gonfla sa poitrine et souffla la flamme jaune. Ce faisant, il comprit. Si l'air en dilatant sa poitrine la comprimait davantage contre les parois, il suffisait de faire le contraire.

Vidant autant qu'il le put ses poumons, Charlemagne parvint à replier un peu plus ses épaules et à glisser en arrière de quelques millimètres, puis de quelques centimètres. Bientôt il s'était dégagé et retournait dans la grande salle boire plusieurs gorgées d'eau.

Chapitre 47

La sonnerie de l'*Arrivée au Rendez-vous* informant la forêt et ses hôtes que ce jour d'hui était jour de chasse retentit alors que Charlemagne revenait de la relevée matinale des pièges : sur onze collets tendus la veille, trois, mal lestés sans doute, avaient disparu avec leur proie, et l'un des deux bouquins pris avait été dévoré par un renard.

Mange ou sois mangé, telle était la loi dans cette forêt. Aussi consacrait-il la majorité de son temps à rechercher et à préparer de la nourriture : il devait se procurer, pour lui et ses louveteaux, quelque quinze livres quotidiennes de viande fraîche.

Si un bouquin adulte faisait sept livres, un faisan en pesait à peine trois, une belle truite deux, et le plus gros des loirs une et demie seulement : un cerf en revanche pesait trois cents livres et plus, un quartanier autant, mais ces derniers étaient difficiles à berner et il n'en avait encore jamais pris. En fait, sa plus grosse capture remontait à un vieux tesson mâle de vingt-cinq livres qui avait autant de lard qu'un cochon gras. Il avait duré trois jours et permis de renouveler la réserve de graisse d'éclairage.

Charlemagne déshabillait le lièvre de sa peau comme on enlève un gant quand sonna le *Départ du Rendez-vous* signalant que le rapport avait pris fin et que la chasse commençait. Il reconnut le chevalier à sa façon de trembler chaque note.

Point n'était nécessaire de participer à un laisser-courre pour en suivre le déroulement, il suffisait d'écouter les fanfares. Chaque péripétie avait la sienne.

Tandis que les louveteaux bâfraient leur bouillie de châtaignes mélangée au sang et aux entrailles et que le lièvre rissolait avec des bolets dans la marmite, le *Lancé* (l'animal venait d'être levé de son gîte) se fit entendre du côté des taillis du Cabestan. La fanfare qui suivit fut sonnée par Blaise Onrazac et précisa qu'il s'agissait d'une quatrième tête.

Charlemagne avait tendu la peau du lièvre sur un châssis en branches de noisetier et grattait soigneusement les bouts de chair encore collés après quand retentit la *Vue* aussitôt suivie de la *Boiteuse*, avertissant que le cerf attaqué tirait la patte. Il sourit en imaginant la déconfiture du chevalier. Pour ce dernier, il ne s'agissait pas de prendre à n'importe quel prix mais dans le respect des règles de la Grande Vénerie. Continuer la poursuite aurait été déloyal, aussi la fanfare la *Boiteuse* signifiait-elle l'abandon de la poursuite. Le piqueur qui avait fait le rapport et qui n'avait pas remarqué le défaut dans les allures de la bête allait se faire semoncer.

Il pleuvait finement quand le *Lancé* résonna à nouveau, suivi cette fois de la fanfare du *Daguet*.

Ainsi, loin de renoncer, le chevalier était parti à la billebaude, et l'un de ses limiers venait de lui rapprocher une nouvelle voie.

Impassible malgré la fine pluie persistante, Charlemagne se jucha sur la haute ramure d'un chêne défeuillé par l'automne et attendit le crépuscule pour lui rabattre les faisans. Non seulement ces volatiles faisaient leur nuit toujours sur le même arbre, mais ils éprouvaient en se perchant le besoin irrésistible de crier à tue-tête et de signaler leur position. Charlemagne n'avait eu qu'à enduire de glu la bonne branche – reconnaissable aux amas de fientes qui abondaient dessous – et attendre. Rien n'était plus casanier qu'un animal sauvage.

Le vent d'est se leva. Les nuages bas et gris bougèrent, remplacés par d'autres nuages bas et gris.

L'écho lointain des *Taïaut* et des *Bien allé* encourageant la meute retentit. Le laisser-courre semblait entrer dans l'enceinte de la mouille. Au ton des récris, il sut les chiens fatigués et les plaignit.

Il ôta son tricorne et vida l'eau accumulée dans les retroussis quand les faisans approchèrent du chêne en criaillant. Ils étaient quatre : un beau coq roux cuivré et ses trois poules beiges.

Charlemagne prit sa tricote en cornouiller qui était coincée entre deux branches et se tint prêt. Il en avait fait une massue en fixant à son extrémité la poignée d'épée du chevalier Walter.

Après un long et bruyant harpaillage au pied du chêne, le mâle s'éleva d'un coup d'aile jusqu'à la branche basse où il se perchait chaque soir depuis trois ans. Ses pattes s'enfoncèrent dans quelque chose de poisseux qui sentait le fruit du gui corrompu. Les femelles le rejoignirent et s'engluèrent à leur tour jusqu'aux ergots. Tous battirent violemment des ailes dans une grande confusion. Charlemagne descendit rapidement de branche en branche et les occit d'un coup sur la tête. Raclant ensuite la branche avec son couteau, il récupéra autant de glu qu'il put : il en restait peu, et bien qu'il ait vu Valborge en préparer régulièrement il était incapable d'en refaire.

Sur le chemin du retour, il visita un collet posé à l'aller sur une coulée de lièvre et le trouva vide. Tendre un lacet, armer un traquenard, poser un assommoir étaient enfantins, trouver des coulées, interpréter les traces, choisir le bon emplacement ne l'étaient pas.

Là-bas près de la mouille, le chevalier sonna le *Bat l'eau* annonçant que le jeune cerf venait de sauter dans l'étang. La meute devait l'avoir suivi et tentait de le noyer.

Tout en cueillant des mousserons qui poussaient en cercle au pied d'un orme, Charlemagne eut une pensée affectueuse pour les chiens. Ils avaient couru toute la journée et l'eau de la mouille était froide. En général, les chiens étaient sensibles au refroidissement et prenaient facilement des fluxions de poitrine.

Les champignons sentaient bon la farine fraîche. Il en mangea un. Il vit près d'un chêne des cèpes noirs grouillant de limaces. Il les débarrassa de celles-ci et les ramassa. Leur chair ferme et parfumée lui rappelait les omelettes d'automne que leur cuisinait leur bonne mère Apolline. Il ignora d'autres champignons au chapeau jaune qu'il ne connaissait pas.

Charlemagne approchait de la caverne quand trois grosses

boules de poils mouillés le heurtèrent à la hanche et aux jambes, le faisant s'étaler de tout son long sur la litière.

– Ahi, maudits fourbes ! Z'aurais pu me faire mal.

Contents d'eux, les louveteaux tournicotaient autour de lui en battant l'air de leur fouet. Ils affectionnaient depuis peu les attaques par-derrière.

Ils ne prêtèrent aucune attention au redoublement des abois comme aux fanfares de la *Sortie de l'eau* qui furent suivies de l'*Hallali sur pied*, mal sonné par monsieur Anselme. La fin du vaillant daguet était proche et ses jeunes bois effilés comme des dagues allaient sous peu orner le couloir du château neuf.

A la forte odeur de pisse et aux traces de pieds dans l'antichambre de la caverne, Charlemagne sut que les loups avaient encore profité de son absence pour fouiner partout. Des griffades montraient qu'ils avaient essayé de basculer le muret fermant le couloir converti en garde-manger. Il y tenait hors de portée de ces bricons à la queue touffue ses réserves de graisse, de miel sauvage, de viande et de poisson séchés. Les sacs de châtaignes, de noisettes et de glands étaient suspendus à une corde tendue à trois pieds au-dessus du sol, à l'abri des mulots et des campagnols.

Il construisit un feu et reçut toute l'attention des louveteaux pour qui l'apparition des flammes coïncidait souvent avec l'apparition de nourriture. Tout en leur racontant comment il avait procédé pour attraper les faisans, il battit le briquet et enflamma la poudre de bois pourri qu'il utilisait comme étoupe. Le feu prit rapidement.

Il rangea les champignons avec d'autres sur une vire de la paroi qui lui servait d'étagère et se débarrassa du justaucorps du garde alourdi de pluie qu'il mit à sécher près du foyer. Il prit plaisir à voir les flammes grandir en se tortillant, en éclairant, en réchauffant. Le feu était vivant, il bougeait, il respirait, il se nourrissait, il grandissait, il mourait.

Charlemagne pluma les faisans en expliquant aux louveteaux comment il comptait poser demain un traquenard sur la coulée repérée d'un goupil. Il sauvegarda les plumes et le duvet qu'il utilisait en chaussettes dans ses sabots.

Comme presque chaque soir des hurlements retentirent

du côté des châtaigniers en aval. Les louveteaux cessèrent de se chamailler. Yeux mi-clos, oreilles rabattues dans le sens du poil, truffe pointée vers la nuit noire, ils hurlèrent eux aussi.

Ne voulant pas être en reste, Charlemagne imita la voix du grand loup noir : la voûte en entonnoir de l'antichambre l'amplifia puissamment.

Dehors, il continuait de pleuvoir et de venter.

Il ajouta des bûches sous le chaudron et remua le ragoût de faisan qui cuisait à l'intérieur. Il faisait bon dans la caverne.

Les louveteaux vinrent le lécher et le mordiller. Pendant un instant, Charlemagne se sentit aussi heureux et confortable qu'un poussin dans son œuf.

Chapitre 48

L'hiver 1779 fut si doux que les marmottes s'éveillèrent à la Saint-Martin, sortirent d'hibernation et firent le régal des loups, des lynx, des renards, et même de Charlemagne qui en piégea quelques-unes, là-haut dans le canton nord où poussaient les premiers mélèzes.

Les loupiots étaient devenus d'impressionnants louvarts de cinquante livres qui arboraient fièrement leur première livrée d'hiver. Leur museau s'était effilé, et Clodomir avait développé une superbe crinière grise qu'il faisait bouffer autour de son cou lorsqu'il était fâché. A force d'être poursuivis – et de plus en plus souvent attrapés – les lézards, les campagnols et les mulots avaient disparu de l'antichambre et de la grand-cour.

Par une belle fin de journée, que Charlemagne pensait être de février, Bien-Noir et son clan le visitèrent. Cela consistait généralement à se montrer aux abords de la caverne et à attendre un moment pour voir s'il allait leur offrir quelque chose. Les louveteaux saluèrent les loups de mille manières affectueuses auxquelles ils répondirent. Comme Charlemagne se contentait de leur souhaiter verbalement la bienvenue sans interrompre son activité (il tressait une corde en tendon pour un arc), ils repartirent aussi subitement qu'ils étaient venus. Mais cette fois les siens les suivirent. Il n'osa pas les rappeler et passa la soirée et une partie de la nuit à les attendre, assis sur une pierre près de l'entrée, à scruter l'obscurité, à tendre l'oreille en imaginant le pire (ils tombaient dans une fosse, ils marchaient sur un traquenard, ils défiaient un adulte du clan).

Le feu était éteint, et il s'était endormi dans sa couverture faite avec les peaux de sept lièvres gris argent, quatre hermines blanches immaculées, deux goupils brun-roux auxquels il avait laissé la belle queue en panache et une genette au joli pelage moucheté, quand la truffe humide de Clodomir se colla sur sa joue et l'éveilla. Ils étaient là tous les trois à lui souhaiter le bonjour, l'air satisfait d'eux. Les macules sur leurs museaux indiquaient que la meute avait chassé avec succès et que chacun avait eu sa part.

– Vous voilà de vraies malebêtes maintenant, dit-il en reniflant leurs babines tachées pour identifier l'animal qui leur avait servi de souper.

Ne reconnaissant ni l'odeur ni le goût, il opta pour du sanglier, une bête qui lui était sympathique et qu'il n'avait pas encore piégé.

– Bientôt, vous n'aurez plus bezoin de moi, et ze pourrai moi auzi retourner sez les miens.

Le surlendemain au matin, Charlemagne gorgea les louvarts de viande, de poisson et de miel mêlé à des châtaignes pilées ; il hurla avec eux, puis, profitant qu'ils tournaient en rond pour s'allonger et digérer, il descendit vers le bassin comme pour aller y pêcher. Il récupéra dans la faille la cognée et la carnassière contenant la lorgnette, de la viande de biche fumée, trois poignées de châtaignes cuites, plusieurs collets et s'en alla.

Il manquait une heure au zénith quand il fut en vue de la pierre plate et du coin de rivière où il avait puisé tant d'eau pour les Javertit. La berge portait des empreintes de bêtes noires, de cervidés, de lapins de garenne. Le sentier menant à la clairière de si mauvaise mémoire était couvert de feuilles mortes.

Il prit plaisir à revoir les ruines carbonisées de la Loubière, de l'écurie et du poulailler. Il n'était pas revenu depuis le dernier transport du butin à la faille. La palissade du potager s'était affaissée et les carrés de légumes étaient dévastés par les boutis des sangliers. D'innombrables crottes de lapin jonchaient le sol. Il marcha jusqu'à la croix de bois marquant la tombe des Javertit et se revit affamé, bastonné, enchaîné, piochant, creusant, vidant la terre.

Le souvenir de sa grande vengeance le réconfortait. Il était fier d'avoir pu l'assouvir aussi pleinement. Si cela avait été possible, il aurait volontiers assassiné une seconde fois ses exécrables tourmenteurs. Il le leur dit à mi-voix.

– Ze regrette de pas pouvoir vous retuer encore.

La croix consistait en deux branches croisées et attachées ensemble par une solide garcette de chanvre.

Manquant de lien, Charlemagne défit les nœuds avec la pointe de son couteau et serra la cordelette dans sa carnassière. Il jeta au loin les branches de la croix disloquée.

– Elle ne vous zert à rien puizque vous êtes en Enfer.

Avant de repartir, il repéra les coulées de plusieurs garennes et tendit cinq collets.

Attentif aux bruits, l'œil sans cesse aux aguets, il se déplaça avec circonspection sur le chemin forestier. Il se savait désormais en territoire dangereux. Il pouvait rencontrer des bûcherons, des fagoteurs, des cueilleurs de champignons, des braconniers, ou pire, le nouveau garde-chasse du chevalier.

Il marcha environ une heure et s'étonna d'apercevoir déjà le toit de lauzes de la chapelle Saint-Hubert qu'il situait dans sa mémoire beaucoup plus loin. Un cheval attelé à une carriole patientait au milieu de l'éclaircie : des bourdonnements de voix s'échappaient par la porte ouverte. Une brise légère agitait les lambeaux de cordes qui pendaient toujours à la branche du grand chêne. Il se souvint avec un élancement au cœur du jour où ils étaient tous venus supplier Saint-Leu de sauvegarder leur bon père du fléau. Il songea aussi à l'ex-voto peint par Clotilde et au raffut fait par leur bon père autour du panneau qui avait servi de support.

Silencieux comme de la mousse qui pousse, il s'approcha à contrevent du véhicule. Le cheval le vit, ses oreilles se rabattirent en arrière, signe de crainte. Charlemagne émit alors un long bruit mouillé avec la bouche, le même que font les chevaux lorsqu'ils sont contents de se retrouver. L'une des oreilles de l'animal resta en arrière, tandis que l'autre se raidissait vers l'avant, signe de perplexité.

L'attelage était vide. Il se rabattit sur une couverture pliée servant de coussin au siège. Il courut la dissimuler dans le sous-bois et revint s'emparer des longues rênes de cuir qui feraient d'excellentes bretelles de transport.

Le cheval pointa ses oreilles vers lui, signe d'intérêt et de curiosité. Sous-estimant la forte odeur lupine qui l'imprégnait jusque sous les ongles, Charlemagne passa devant lui pour déboucler les brides du mors. Le cheval l'éventa. Plaquant subitement ses oreilles en arrière, il hennit en secouant les brancards, signe de terreur.

Charlemagne battit précipitamment retraite derrière le tronc du grand chêne.

Il vit une femme âgée sortir de la chapelle, suivie d'une plus jeune. Elles étaient bien mises, elles avaient les yeux et le nez rouges de chagrin et elles parlaient avec l'accent de Racleterre.

– Quelle mouche le pique ?

– Il a peut-être vu une vipère ?

Elles regardèrent autour d'elles sans comprendre. La plus jeune s'écria soudain :

– Vierge Marie, ma mère ! La couverture n'est plus là.

– Elle aura glissé.

– Que nenni, voyez par vous-même, elle n'y est plus.

Charlemagne inspira à fond, tendit la nuque vers le ciel et poussa un long, long, long hurlement de loup adulte. Sans un mot, sans un cri, les deux femmes grimpèrent sur leur carriole et s'enfuirent à grande vitesse.

Il entra dans la chapelle qui sentait bon la bougie et sourit en pensant qu'on allait désormais ajouter le briconnage de couverture à la liste des méfaits commis par les loups de la forêt de Saint-Leu.

Trois cierges de dix heures chacun brûlaient au pied de la statue de saint Leu. Il les moucha avec ses doigts mouillés de salive et les rangea près de l'entrée. Il n'avait pas oublié que le saint les avait honteusement trompés en leur laissant croire que leur père était sauvé. Ils lui avaient alors offert l'ex-voto, et, quelques jours après, le fléau revenait.

– Tu ne les mérites pas, mauvais zaint ! Et zi ze veux, ze peux te réduire en petit bois, le menaça-t-il en lui montrant sa cognée.

Le panneau de chêne peint était toujours là où, sept ans

plus tôt, Clovis l'avait accroché. Les couleurs ternies par la poussière et les fumées des cierges n'empêchèrent pas Charlemagne de reconnaître avec tristesse leur bon père et leur bonne mère. Il revit aussi la fratrie réunie et Clotilde qui les dépassait tous d'une tête. Même le bon Goliath était là.

Ses yeux le piquèrent comme si on venait d'allumer un feu de bois vert. Jamais plus ils ne reverraient leurs bons parents, et jamais plus la vie ne serait comme autrefois. Ce « jamais » ne passait pas et lui étreignait la glotte.

Voulant desceller les crochets en fer qui retenaient le panneau, Charlemagne glissa la lame de son couteau de chasse entre bois et mur et pesa dessus. La lame se brisa net sous la garde. Il poussa un cri rageur. Le préjudice était grave. Il possédait encore le couteau de cuisine de Valborge dans la caverne, mais il était plus fragile et bien moins approprié. Son regard croisa alors celui de saint Leu souriant du haut de son piédestal. Il l'en fit dégringoler d'un furieux coup de hache. La crosse d'archevêque se cassa sur le dallage. Plusieurs autres coups entaillèrent le visage par le mitan, fendirent la mitre en deux, détachèrent le cou des épaules.

Il épargna le loup, forcément innocent, et le replaça seul sur le piédestal après avoir tranché au niveau du poignet la main qui le caressait. Ignorant la statue de saint Hubert qui ne lui avait rien fait, il reprit le descellement de l'ex-voto et réussit à l'arracher aux crochets en utilisant cette fois le fer de la cognée. Il ramassa la lame du couteau et la rangea dans la carnassière : elle restait suffisamment longue pour faire une pointe d'épieu. Il alla chercher la couverture, enroula l'ex-voto et les cierges dedans et cacha le tout derrière l'autel de pierre.

Une demi-lieue plus loin, Charlemagne rejoignait le grand chemin de Rodez balayé par le vent. Des corneilles qui fouillaient dans du crottin s'envolèrent en le voyant. La tannerie Camboulives n'était plus qu'à une heure.

N'osant s'y présenter de jour, il choisit un bel orme en retrait de la route, grimpa dans le houppier et s'y installa pour attendre le crépuscule. Il mangea un morceau de biche, épluche quelques châtaignes, puis observa longuement le paysage à la lorgnette. Seule la côte du Bossu l'empêchait de voir le bourg.

Deux cavaliers au galop venant de Racleterre dérangèrent à nouveau les corneilles. Puis ce fut un groupe de fagoteuses pesamment chargées qui se hâtaient de rentrer avant la sombre. Elles chantonnaient une comptine pour se donner du cœur.

> *Assèi-te sus una formiguieira,*
> *Me dirâs qu'une es aquela que t'a picat.*

(Assieds-toi sur une fourmilière, et dis-moi celle qui t'a piqué.)

Là-haut sur son arbre, Charlemagne se retint charitablement de les effrayer en faisant le loup.

Il faisait nuit quand il s'engagea sur le sentier caillouteux de la tannerie, ému à l'idée de revoir sa Clotilde et son Dagobert. Il contournait l'enclos des oies quand les trois molosses accoururent de la rive où la puanteur des cuves attirait toutes sortes de bestioles.

– Tout couais, puizque z'est moi.

Ils s'immobilisèrent et secouèrent leur mufle en signe de confusion. Ils reconnaissaient sa voix mais plus son sentiment, trop emmêlé à celui des louvarts. Ils l'escortèrent l'échine frémissante jusqu'à l'atelier de corroyage, refusant de se laisser gratter entre les oreilles.

Charlemagne monta l'escalier sans bruit et sourit en entendant des murmures. Ils ne dormaient pas encore. Il accentua son sourire en imaginant leur surprise et tapota contre le battant.

– Qui va là ? demanda une voix peu assurée.

– Devine.

La porte s'ouvrit et il cessa de sourire : Clodomir, Pépin, Dagobert et Clotilde, pâles comme craie, le regardaient, pétrifiés. Avant même de s'étonner, il vit avec satisfaction qu'il les dépassait tous d'une demi-tête.

– Hé, caramba ! Vous êtes touz là !

Son portrait était peint sur la cloison, plusieurs bougies

à la cire d'abeille l'éclairaient. Un brasero réchauffait la chambre.

Il y eut un bref silence, vite brisé par Clotilde qui l'étreignit mi-riante, mi-pleurante. Il s'étonna au contact de sa poitrine considérablement développée et se moqua à voix basse.

– Te voilà bien grazouillette, ma Clotilde. Bientôt on va te traire.

Elle le repoussa en rosissant et en s'exclamant :

– Je savais bien que tu ne pouvais point être mort ! Je l'aurais senti.

Les autres se précipitèrent pour l'embrasser en poussant toutes sortes d'exclamations.

– C'est qu'on te croyait trépassé depuis au moins dix lunes !

– Sauf moi, je l'aurais senti ! insista Clotilde.

– T'aurais pu nous prévenir plus tôt !

– Za n'a point été pozible. Z'ai eu des cataztrophes, dit-il modestement. Et puis z'ignorais qu'on me disait mort.

Ils lui tripotèrent les bras, les mains, les mollets, ils caressèrent son dos, ses joues, tirèrent sur les cadenettes qu'il s'était tressées et furent unanimes pour trouver qu'il avait grandi, qu'il était maigre et qu'il puait fort. Son dernier bain datait du jour où, poursuivant une grenouille, il avait glissé sur un rocher et était tombé dans le bassin.

Il désigna son portrait au mur. Clotilde l'avait peint bras croisés sur la poitrine, l'air malandrin.

– C'était pour que tu sois quand même avec nous. J'en ai fait un autre où tu ris mais il est à la maréchalerie.

– Quand je pense qu'on a donné une messe à Saint-Benoît pour le repos de ton âme ! dit Clodomir en secouant la tête.

– Et qu'on a béni la rive où on disait que tu t'étais noyé.

– Grand-père Louis-Charlemagne y a même fait poser une croix.

– Qui a dit que ze m'étais noyé ?

– On l'a su par tonton Laszlo. Il était au château quand le garde-chasse est venu toucher les vingt livres de récompense. Il a rapporté au chevalier ce que tu lui avais briconné.

Charlemagne apprécia d'un hochement du menton.

443

– Vingt livres ! Z'est beaucoup.

– Tonton Laszlo a dit qu'il y avait un pistolet, un couteau et un livre comme celui que tu nous avais montré. C'est pour ça qu'on y a cru, précisa Dagobert.

– Le garde a raconté qu'il t'avait assommé au moment où tu voulais le pistolériser.

– Et que t'étais tombé dans la rivière.

– Et que t'avais coulé à pic.

– Chaque fois que grand-père Louis-Charlemagne croisait le garde, il crachait par terre.

– L'oncle Caribert voulait l'appeler en duel mais il l'a jamais fait.

Ils recommencèrent à le malaxer bruyamment. S'inquiétant du bruit, il voulut les modérer.

– L'oncle Félix va nous ouïr.

Ils le rassurèrent.

– Tu sais bien qu'aujourd'hui on peut veiller à notre guise.

– Auzourd'hui ? Et pourquoi auzourd'hui ?

– Mais c'est notre jour, c'est la Saint-Benjamin ! Tu l'ignorais ?

Charlemagne resta muet, plus désobligé par l'erreur de ses évaluations (il se croyait en février) qu'épaté par un phénomène de syntonie somme toute banal en ce qui les concernait.

Ils s'assirent épaule contre épaule autour du brasero. Clotilde remarqua les plumes de toutes sortes dépassant de ses sabots.

– Za remplace les bas. Z'est saud et bien doux, mais y faut les sanzer zouvent.

Pépin s'intéressa à sa cognée. Il passa l'index sur le fer.

– Il est mal aiguisé.

Charlemagne lui montra la lorgnette.

– Z'ai auzi une arbalète et un fuzil, mais ze ne les ai pas pris parze qu'ils zont lourds et que z'habite loin.

– Et c'est où « loin » ?

– Z'est là-haut dans la Zauvazerie.

– Dans la Sauvagerie ! Mais personne ne vit là-bas, mon Charlemagne !

– Moi, z'y vis. Z'ai trouvé une caverne où il fait doux tout le temps.

— Tu vis dans une caverne ?

— Comme les bêtes sauvages ?

— Et les loups ? On dit qu'y sont des mille et des cents.

— Y en a, mais pas autant. Z'ai compté trois meutes qui ze partazent les cantons et la rivière.

— Et comment ça se compte des meutes de loups, Charlemagne ? ironisa l'aîné.

— C'est quand les miens font la hurlée et que les autres leur répondent. Comme pas un n'a la même voix, à la longue ze les reconnais.

— Les tiens quoi ? Que veux-tu nous faire accroire ?

— Z'ai trois loups à moi. Au début ils étaient quatre, mais l'un z'est fait tuer.

Leur effarement l'amusa.

— Ze les ai nommés Clodomir, Pépin, Dagoberte et Clotilde.

Dagobert fit la grimace. Il lui expliqua :

— Il a bien fallu puizqu'il y a deux femelles.

— C'est le mien le plus fort, j'espère, dit Pépin.

Charlemagne secoua la tête, l'air navré.

— Le tien est mort le zour où ze me zuis évadé.

Soudain intarissable, il leur conta sa chute dans la fosse et son tête-à-tête avec Mezire, l'arrivée des Javertit, la mise en esclavage. Dénudant ses chevilles, il montra les cicatrices laissées par les colliers et leur narra les corvées d'eau, le creusage du puits, les coups de tricote, Valborge la nauséabonde, le clou de Parpaillot, l'évasion avec les loupiots, la dentée fatale de Pépin, la marche épuisante jusqu'à la Sauvagerie, l'installation dans la faille.

— Dieu t'a vengé depuis, ils sont tous morts dans un incendie.

— Dieu y est pour des figues.

Sans rien leur celer, il décrivit son retour à la Loubière et sa grande vengeance à coups de hache et d'incendie.

— Ahi Ahi ! J'aurais voulu être là, moi aussi ! s'écria Pépin en agitant ses poings serrés.

— Moi auzi z'aurais aimé que vous zoyez là, parze qu'après z'ai dû faire pluzieurs voyazes pour tout transporter zusque là-haut.

Il y eut un nouveau silence, puis il dit :

– Z'ai faim et za fait bien longtemps que ze n'ai plus manzé de pain.

Clotilde se leva et partit pour la cuisine.

– Moi aussi je me suis enfui, dit Clodomir. C'était jour de marché et on allait à la messe en rang quand on est passés devant la porte de l'Embergue. Je me suis mis à courir et y m'ont jamais rattrapé. J'ai marché trois jours pour revenir ici.

Dagobert sourit en se souvenant.

– Un soir, il a gratté à la porte comme toi, et quand il a su que tu t'étais enfui, il a voulu qu'on parte tous à ta recherche. Mais comme on savait point par où commencer, on a fait pouic.

– Et qu'a dit grand-père Baptiste ?

– Il voulait me ramener à Rodez enchaîné. Mais le recteur lui a fait savoir qu'on ne voulait plus de moi au pensionnat. Depuis, je suis ici et c'est lui qui m'enseigne le négoce.

Leur sœur revint chargée d'un tourto et d'une marmite à demi pleine de soupe à l'ail qu'elle réchauffa sur le brasero. Charlemagne croqua dans le pain comme dans un gâteau.

– Z'est bon.

Ils rirent à l'unisson, comme au temps où ils étaient une famille.

– Comment va grand-père Louis-Charlemagne ?

– Depuis qu'il peut plus maréchaler à cause de son bras, il est devenu grognon, dit Pépin. Il agace même les mouches à toupiller entre la maison, la maréchalerie et le potager.

Suite aux innombrables coups de marteau répétitifs infligés quarante ans durant à son bras droit, les ligaments du maréchal-ferrant s'étaient détériorés jusqu'à provoquer une périarthrite, plus paralysante qu'une crise de goutte et une sciatique réunies. Il avait cédé la maréchalerie à Caribert.

– Il parle souvent de toi, y dit qu'il fallait être un sacré goupil pour sortir du château.

– Zortir du sâteau, z'était aisé. Z'aurais même pu pazer par la poterne puizque z'avais la clé. Z'est zortir du bourg qu'était ardu. Le guet m'aurait arrêté aux portes. Zi z'avais pas trouvé le zouterrain, z'y zerais encore.

446

Il trempa le pain dans la soupe et mangea en les écoutant lui faire la chronique familiale et racleterroise des dix derniers mois.

L'oncle Caribert se présentait à l'élection de quartenier et grand-père Baptiste aussi. Ils s'étaient fortement querellés et le second avait retiré au premier le ferrage des chevaux et mulets de ses entreprises.

Mère-grand Jeanne se plaignait de sa vue qui baissait au point de ne plus voir le chas d'une aiguille.

Tante Immaculée était devenue aussi grosse qu'un fût de vin et le cousin Mérovée venait de fêter ses quinze ans.

– Je ferre bien mieux que lui, dit Pépin, et c'est pas difficile vu qu'il a peur du feu.

Tonton Laszlo se désolait de perdre ses cheveux et de devoir désormais mettre le pied à l'étrier pour monter en selle. Ses vieilles blessures le tourmentaient chaque hiver un peu plus.

Le chevalier Virgile-Amédée avait été victime d'un refroidissement survenu lors d'un bat-l'eau et ne quittait plus sa chambre. Il n'avait pu se déplacer pour enterrer sa sœur, la vicomtesse de Montenbasset, décédée, selon le médecin Izarn, « par défaut de chaleur naturelle ».

Quant à dame Jacinthe, elle avait le teint jaune et était revenue de son voyage annuel à Bordeaux avec un singe habillé en marin anglais qu'elle appelait Monsieur Robert.

Monsieur Anselme était enfin lieutenant de louveterie et paradait dans son bel uniforme vert.

Presque aveugle, Quentin Onrazac n'était plus maître des chenils depuis un an. Le chevalier l'avait remplacé par Hector, le premier piqueur du baron de Salmiech. Blaise restait second piqueur et filait doux.

Martial le concierge boitait et on ignorait pourquoi.

L'abbé du Bartonnet était d'une humeur des plus aigres depuis que la goutte lui interdisait de chasser.

– Plus personne ne veut être confessé par lui. Il triple toutes les pénitences.

– Et maître Pazès-Fortin ?

– Il est en procès avec la Maison qui ne veut pas de son imprimerie.

– Que vas-tu faire maintenant que tu n'es point défunté ?

demanda soudain Clodomir en regardant Charlemagne qui raclait le fond de la marmite avec sa main.

— Partons tous enzemble, leur proposa-t-il en léchant ses doigts. On va d'abord prendre mes loupiots et puis on va à Verzailles voir le roi comme on avait dit.

Se méprenant sur leur embarras, il sourit pour les rassurer.

— Ne vous bilez point, ze leur dirai de ne pas vous croquer. Vous verrez, ze zont des bêtes moins mauvaizes qu'on le dit.

— Mais les loups sont cruels et sanguinaires depuis toujours !

Ils le virent hausser les épaules.

— Ils tuent pour manzer parze qu'ils ne connaizent point d'autres fazons. Z'est Dieu qui les a faits ainzi. A Verzailles, ze propozerai au roi une allianze avec tous les loups du royaume. Imaginez un réziment créanzé à l'ennemi et qu'on ferait apparaître en pleine bataille !

Clodomir évita son regard. Moins ils avaient de souvenirs en commun et plus ils se distinguaient.

— C'est qu'on a fait le serment sur l'âme de nos défunts de plus jamais nous enfuir. Et c'est à cette condition qu'on se retrouve ici et qu'on peut passer la nuit hors du bourg. Mais demain, on doit rentrer.

— Grand-père Baptiste a juré que si on se défilait encore il nous ferait jeter en prison.

— Et moi, demain, j'ai deux paires de bœuf à ferrer et c'est pas rien, dit Pépin.

— Même si on te suivait, c'est fichtrement loin Paris, c'est à deux cents lieues de Rodez. On se fera fatalement rattraper. Nous, on ira en prison, mais toi, tu risques le Pibrac si on sait que t'es plus mort.

Charlemagne baissa la tête, mal à l'aise pour la première fois au sein de la fratrie.

— Ze que ze veux, z'est zuste qu'on zoit enzemble, z'est tout.

Dagobert le bourra de coups de poing affectueux.

— Dans peu d'ans nous serons grands et alors qui pourra nous empêcher de nous réunir pour toujours ?

Porté par le vent, le carillon du beffroi sonna au loin. Charlemagne songea à ses loups.

– Ze vais partir, ze ne veux pas voyazer de jour sur le grand semin.

L'aîné Clodomir fut le premier à réagir en se dévêtant.

– Prends mes frusques, tu fais trop pitié dans les tiennes.

Mais pour la première fois ses vêtements étaient trop étroits et trop courts.

– Tu as forci plus vite, tu n'es plus comme nous, constata Clodomir avec une pointe d'envie.

Seul le tricorne de Dagobert était à la bonne taille.

– Qu'est devenu celui que je t'avais baillé l'autre fois ?

– Une loutre l'a emporté pendant que ze pêçais.

Il ouvrit la carnassière et montra son couteau brisé.

– Il m'en faut un autre.

Il leur conta les circonstances de la récupération de l'ex-voto (« ze le mettrai au mur de ma caverne ») et la mise en pièces de saint Leu (« z'est un incapable prouvé, il le méritait depuis longtemps »).

– Il me faut du zel, des mèces pour mon briquet, de la corde, et, zi vous zavez où l'oncle Félix la ranze, de la poudre à fuzil.

– Il la met dans le coffre à sel près du feu, dit sa sœur en faisant signe à Pépin de l'accompagner.

Ils sortirent de la chambre et disparurent dans le couloir sur la pointe des pieds.

– Et un livre peut-être ?

Il montra l'ouvrage ouvert sur le lit de Dagobert. Celui-ci n'hésita qu'un instant.

– Prends-le, même s'il n'est pas mien. Je dirai qu'il est tombé dans la rivière.

C'était une édition illustrée des *Fables choisies et mises en vers par Jean de La Fontaine*.

– Ce sont des histoires de bêtes. Du temps où elles parlaient. Ça va te plaire.

Le visage de Charlemagne s'éclaira.

– Y a des loups qui parlent ?

– Il y en a.

– Baille-moi auzi du papier et une mine pour pas oublier comment on écrit.

Clotilde et Pépin revinrent de la cuisine les bras chargés.

– On a tout briconné et ça va drôlement bougonner demain matin, dit Pépin, enchanté.

– On a laissé la porte de la cuisine ouverte. Y croiront que ce sont les rats.

En supplément à ce qu'il avait réclamé, il y avait deux livres de lard fumé, un pot de confiture de fraises, deux pots de miel, une toupine de petit salé (pour mettre dans tes soupes, Charlemagne), un roquefort d'une demi-livre enveloppé dans un linge humide et une topette d'eau-de-vie qui fit rire l'aîné.

– Jamais l'oncle Félix ne voudra croire à des rats qui maraudent son casse-poitrine.

Ils rirent à nouveau d'un seul rire, unis comme les dents de la bouche.

Pépin avait trouvé un solide couteau à dépecer ; il avait aussi emporté une pierre à aiguiser et lui enseigna rapidement comment l'utiliser en aiguisant le fer de sa cognée.

Ils l'accompagnèrent jusqu'au grand chemin et l'embrassèrent avec émotion. Le cœur gros, Charlemagne s'en alla dans la nuit finissante, chargé comme un baudet de colporteur.

L'aurore filtrait au levant quand il quitta le grand chemin et s'engagea sur le sentier de la chapelle Saint-Hubert.

Un chat-huant dégosilla. Il l'imita par jeu, tout en songeant qu'il avait complètement oublié de leur narrer sa rencontre avec le chevalier Walter.

Charlemagne piégea son premier sanglier au début de l'automne. C'était une laie de quatre ans pesant deux cents livres et qui s'était prise aux pattes dans un traquenard appâté aux glands frais. Il la servit au poignard et la découpa en demi-quartiers, conscient qu'il ne pourrait jamais tout porter. Alors, il hurla, imitant le loup. Les trois siens cessèrent aussitôt de lécher le sang qui baignait l'herbe pour lui répondre.

Ce qu'il attendait mit une vingtaine de minutes à se réaliser. Bien-Noir apparut, vite rejoint par les autres. Ils respiraient tous à plein poitrail, comme s'ils avaient couru.

Au début, les loups s'étaient contentés de le visiter irrégulièrement, se tenant toujours à distance, ne séjournant jamais très longtemps. Comme il avait fréquemment des bêtes à plumes, à poils ou à écailles à leur offrir, la fréquence de leurs visites s'était accrue. Leur alliance s'était scellée ce matin d'hiver où Charlemagne les avait trouvés dormant en confiance dans l'antichambre de la caverne, roulés en boule, le museau près de la queue.

Charlemagne essuya ses mains ensanglantées sur l'herbe, souleva les quartiers de sanglier attachés à son bâton et s'en alla, leur abandonnant plus de la moitié de la laie. Chaque fois qu'il avait voulu nourrir lui-même les loups de son choix (les plus maigres), Bien-Noir s'était interposé en s'emparant du gibier et en le dévorant ostensiblement devant lui. Charlemagne avait ainsi découvert qui était le seigneur du clan et qui étaient ses vassaux.

Avant de disparaître entre les arbres, il leur lança d'une voix affable :

— Zoyeuze bombanze, et rappelez-vous que z'est moi qui vous le donne !

Chapitre 49

Il y avait la hurlée du réveil qui précédait l'étirement, la hurlée avant le départ en chasse, la hurlée après le carnage et la hurlée fêtant le chef de meute lorsqu'on en était satisfait. Et puis, il y avait les hurlées collectives durant lesquelles les clans oubliaient leurs rivalités pour se réunir et chanter des heures durant. Un soir, Bien-Noir convia Charlemagne à l'une d'entre elles. L'événement s'était produit l'été dernier alors qu'il pavait de pierres plates l'entrée et les abords de la caverne. Il s'agissait d'éviter que la pluie et la neige fondue ne transforment comme l'an passé les lieux en bourbier.

Bien-Noir et sa meute surgirent du bois et trottinèrent vers le bassin pour y boire longuement. Les siens qui flemmardaient sur la terrasse de granit les rejoignirent pour leur souhaiter la bienvenue. Les loups étaient très courtois entre eux, voire formalistes ; l'indifférence, par exemple, n'existait pas. Quand un loup en rencontrait un autre, chacun adoptait aussitôt l'attitude correspondant à sa position hiérarchique dans le clan.

Charlemagne retourna à la faille récupérer d'autres pierres. Près du bassin, les loups se congratulaient maintenant en échangeant des coups de langue, en tortillant de la queue, en se plaquant les uns contre les autres. Il comprit qu'il se préparait quelque chose et descendit les rejoindre.

Bien-Noir vint à son devant et lui manifesta les mêmes signes de convivialité qu'aux autres, sans toutefois aller jusqu'au contact physique. Charlemagne n'avait jamais touché d'autres loups que les siens : lorsqu'il croisait un membre du clan sur l'étroit layon, celui-ci préférait faire demi-tour la queue entre les jambes plutôt que de le frôler.

452

Il répondit à leurs salutations par des gémissements et des grognements affectueux et en tout point semblables aux leurs.

Les politesses terminées, Bien-Noir le dévisagea un court instant en fouettant l'air de la queue. Puis, il hocha son museau plusieurs fois dans sa direction sur un mode inaccoutumé avant de faire demi-tour et de filer dans la forêt, suivi des autres et des siens.

Charlemagne les regarda disparaître sous les frondaisons avec un peu d'amertume. Il avait tenté plusieurs fois de les accompagner à la chasse, mais il n'avait jamais pu soutenir leur cadence de poursuite et s'était perdu en voulant s'obstiner. Mortifié, il avait dû hurler tel un louveteau égaré pour que les siens abandonnent leur quête et viennent le récupérer.

Il se dirigeait vers le potager qu'il avait ouvert au printemps dans un taillis de noisetiers, lorsque la meute réapparut du sous-bois pour faire cercle autour de lui en gémissant et en grinçant des dents, d'une tonalité amicale certes, mais tout à fait inhabituelle.

– Vous avez oublié quelque soze ?

Bien-Noir reprit ses incompréhensibles hochements de museau, puis repartit vers la forêt en entraînant les autres. Mais cette fois, avant de franchir la lisière des arbres, il se retourna et hocha encore son museau.

Charlemagne s'interrogeait sur la signification de ces mimiques quand le loup noir réapparut derechef du sous-bois et montra cette fois quelques signes d'impatience en poussant un bref aboiement. Étonné, Charlemagne s'approcha. Les loups n'aboient pratiquement jamais.

– Z'entends bien que vous voulez me dire quelque soze, mais quoi ?

Clodomir et Dagoberte quittèrent la meute pour lui distribuer quelques coups de museau sur la cuisse. Pensant qu'elles voulaient lui montrer quelque chose dans les fourrés, il les suivit.

Apparemment satisfait, Bien-Noir prit la direction du soleil faillant, mais fit halte quelques pas plus loin pour vérifier s'il les accompagnait.

– Z'espère que ze n'est point trop loin, car z'ai encore

le zardin à abreuver, moi, lui dit-il après une grande demi-heure de marche.

Il n'aimait pas s'éloigner sans armes et n'avait même pas sa tricote.

Tout alla bien tant qu'il put se situer par rapport à la rivière, mais Bien-Noir suivait une voie qui lui était propre, ponctuée de sinuosités qui finirent par l'égarer. Pour s'orienter à nouveau, il aurait fallu grimper à un arbre et retrouver ses principaux points de repère (le bassin, la Dourdounette, la ligne de crête des contreforts, la flaque miroitante de la mouille).

– Zi z'avais zu que z'était auzi loin, z'aurais manzé avant.

Juin étant le mois des quatre fruits rouges, la fraise, la myrtille, la framboise et la cerise sauvage, il découvrait au passage de nombreux « gisements » qu'il ne pourrait retrouver faute de savoir où il était.

Il s'écoula un long moment avant qu'un bruit d'eau lointain le rassure. Bientôt la meute arriva sur la berge d'une rivière large d'une vingtaine de pieds qui ne pouvait être que le Dourdou. Les loups se réunirent autour de Bien-Noir en jappant de plaisir.

– Zi z'est la rivière que vous aviez à me montrer, ze vous le dis zans fard, ze l'ai dézà vue avant, dit Charlemagne sur un ton tranchant.

Bien-Noir entra dans l'eau suivi de Grondeuse qui le saisit par la queue avec les dents tandis que Frisquette faisait de même avec celle de Grondeuse, et ainsi de suite jusqu'à former une chaîne de loups traversant la rivière en se tenant par la queue pour ne pas se perdre. Déportés par le courant, ils abordèrent une trentaine de pas en aval. Bien-Noir s'essora vigoureusement, puis remonta en amont et lui adressa une nouvelle série de hochements impératifs du museau. Charlemagne soupira en se dévêtant. Il nagea jusqu'à l'autre rive, tenant sa chemise et culotte à bout de bras sous l'œil captivé du clan et des siens disposés le long de la berge. A peine toucha-t-il terre que Bien-Noir repartait, ne lui laissant pas le temps de se sécher.

Ils traversèrent une jeune futaie semée d'aubépines et de

néfliers, longèrent au pas de course un grand champ proche d'être moissonné et pénétrèrent dans un bois entre-coupé de chemins creux. Au détour d'une butte couverte de néfliers, Charlemagne se trouva nez à truffe avec une cinquantaine de loups et de louvarts en train de s'adonner au marquage collectif d'une ancienne clairière de char-bonnier.

La stupéfaction fut équitablement partagée, même les grillons cessèrent brutalement de grillonner. Les loups les plus proches bondirent dans les fourrés et disparurent, deux ou trois poussèrent un aboiement de frayeur, mais la plupart, confortés sans doute par leur nombre, firent face, queue dressée, bien campés sur leurs pattes, oreilles rabattues et crocs dégagés. Quelques-uns, l'échine basse, amorcèrent un mouvement d'encerclement.

Comme ravi de l'effet obtenu, Bien-Noir et son clan allèrent de loup en loup en jappant joyeusement, la gueule ouverte et souriante.

Jamais encore Charlemagne n'avait vu autant de loups à la fois. Son cœur battait fort. Le spectacle ressemblait à l'un de ses rêves éveillés favoris, celui où il marchait sur Racleterre à la tête de mille loups et investissait le bourg.

Reprenant ses esprits, il fit ce qu'il aurait dû faire d'em-blée : il tomba à quatre pattes et geignit sur le mode de la bienvenue qu'utilisaient les siens quand ils accueillaient la meute.

Ceux qui devaient être des chefs de clan lui tournèrent autour en le reniflant. Les louvarts restèrent à distance.

– *Ravantopec, mézami.*

Les siens accoururent et se collèrent contre lui en l'aga-çant de coups de museau, en mordillant ses joues et son menton. Il se redressa lentement. Les autres loups recu-lèrent.

– Et maintenant ? demanda-t-il en cherchant Bien-Noir qu'il vit pissant consciencieusement sur chaque marquage de la clairière.

Charlemagne l'imita, choisissant un chêne au tronc cou-turé de vieilles frayures. Le plus dur était de se contrôler pour ne verser que quelques gouttes, trop aurait été considéré comme une grossièreté. Les chefs de clan vinrent examiner avec intérêt ce nouveau marquage avant de le recouvrir les uns après les autres.

Comme Bien-Noir, ils étaient les plus gros et les plus puissants de leur clan, et, comme lui, ils prenaient les initiatives.

Quand les quatre coins cardinaux de la clairière furent marqués, Charlemagne retourna près du chêne et s'assit sur l'une des grosses racines noueuses pour attendre la suite, si suite il y avait. Les grillons avaient repris leurs chants et le soir n'en finissait toujours pas de tomber.

Que signifiait une telle assemblée, et à quel titre y était-il convié ? N'allaient-ils pas subitement se transformer en diables cornus et l'emporter aux Enfers malgré ses protestations ?

Un choc violent heurta son dos et l'expédia dans l'herbe. Il se redressa aussi vite que possible et reconnut le vieux loup qui le regardait d'un air faraud en remuant joyeusement son fouet.

– Caramba ! Vieux-Capitaine, vous auzi vous êtes là !

Il crut distinguer au moins quatre meutes et leurs progénitures, un jeune couple en retrait avec leurs trois louvarts de l'année, plus quelques solitaires reconnaissables à leurs airs lointains de chevalier errant. L'un d'eux, un jeune mâle qui boitait bas de l'antérieur dextre, semblait sympathiser avec Dagoberte. Sa patte n'étant pas à première vue brisée, Charlemagne opta pour un dard de hérisson ou une pointe d'aubépine mal placée entre les coussinets et qu'il ne pouvait s'ôter. La patte allait s'enflammer, il ne pourrait plus courir, il ne pourrait plus chasser, il allait mourir de faim. Charlemagne aurait pu la lui extraire aisément, mais ils ne se connaissaient pas : jamais l'animal ne se laisserait approcher, et encore moins tripoter la patte.

Ceux que son apparition avait fait fuir pointèrent leur tête hors des buissons, puis le cou, puis le reste du corps, puis ils revinrent dans la clairière en lui lançant des coups d'œil par en dessous, faisant de grands détours pour l'éviter.

Non sans fierté, Charlemagne constata que ses loups étaient de loin les plus gros de la clairière. Son alliance avec Bien-Noir et son clan reposait sur sa capacité à leur trouver quotidiennement entre quatre-vingts et cent livres de viande fraîche, ce qui, après une année de collaboration, se traduisait par une meute de loups débordant de puissance et de vitalité. L'exemple le plus probant étant le Vieux-Capitaine, le plus âgé de tous, qui frétillait comme un jeune-loup pendant qu'il recevait les salutations des autres.

– Z'espère que vous leur dites que z'est grâze à moi zi vous êtes tous fiers et beaux, lui lança-t-il un peu vainement.

Tous les loups sans exception se tournèrent vers lui. Il leur sourit sans montrer trop de dents et geignit à nouveau sur le ton du salut amical. Après un temps d'hésitation, les plus proches lui répondirent par des gémissements du même ton, puis chacun reprit ses activités là où elles avaient été interrompues.

Évaluant la hauteur des arbres qui entouraient la clairière, Charlemagne choisit le plus élevé, un hêtre, et s'en approcha à quatre pattes pour ne pas provoquer une nouvelle alerte. La position debout les indisposait.

Des louvarts osèrent l'escorter en gambadant autour de lui, s'enhardissant vite. L'un d'eux, le plus gros, essaya de le renverser avec ses antérieurs, tandis qu'un autre saisit un pan de sa chemise dans ses mâchoires et essaya de partir avec.

Arrivé devant le hêtre, il se redressa sans brusquerie et bondit pour agripper la première branche sur laquelle il se hissa lestement. Les siens accoururent dessous.

– Ne vous bilez point. Ze me repère avant la tombée de la nuit, z'est tout.

Il s'éleva jusqu'à la plus haute branche capable de supporter son poids et inspecta la mer de verdure qui s'étalait à perte de vue. Il reconnut à l'horizon les contreforts et se rassura.

Il était à environ trois heures de marche de chez lui.

Tout là-bas, à main gauche, il aperçut Racleterre et ses hautes murailles, comme enluminées par les derniers rayons du soleil faillant. Il ne voyait pas la tannerie Camboulives, mais il la devinait, cachée derrière la ligne de peupliers. Lorsque, à la fin de l'hiver, il avait voulu visiter ses frères et sœur, trois mastifs inconnus lui avaient interdit l'approche de la tannerie. Comme il puait trop le loup pour qu'il puisse les amadouer et qu'il ne pouvait se résigner à les tuer, il avait rebroussé chemin.

En bas, une louve grinça des dents en insistant pour signifier son intention de hurler. Charlemagne se pencha sur la branche et vit que les loups s'étaient divisés en groupes plus ou moins importants. Il descendit de l'arbre et toucha terre à l'instant où la louve enchaînait de longs hurlements d'une grande pureté de son, qui durèrent une bonne minute et la laissèrent à bout de souffle, la langue pendante.

A peine s'était-elle tue, que le groupe où se trouvaient Dagoberte et le jeune solitaire à la patte blessée enchaîna en poussant graduellement leur cri jusqu'à l'aigu, le brisant net pour respirer, puis repartir en s'efforçant de monter plus haut et de tenir plus longtemps. Avant qu'ils ne terminent, un groupe d'un registre différent se joignit à eux, puis un autre aux hurlements plus graves. Bientôt, près de cinquante loups hurlèrent à gorge déployée dans la clairière, chantant chacun à sa façon leur bonheur d'être ensemble.

Charlemagne se sentit plus seul que jamais, exclu, perdu dans la vie comme dans une forêt inconnue. Il baissa la tête et ferma les yeux, le dos et les bras picotés de chair de poule. Une truffe humide fouilla dans ses cheveux. Il rouvrit les yeux et vit Clotilde qui grinça des dents avant de lever la tête vers le ciel mauve pour hurler. Il ébaucha un sourire, racla sa gorge et lui répondit en imitant son ton flûté. Puis, y prenant plaisir, il imita le registre plus grave de Bien-Noir, montant d'un cran la puissance de ses hurlements, s'enhardissant jusqu'à copier ceux des autres chefs de clan.

Il fut assez vite à bout de souffle, et sa tête tourna agréablement, comme s'il avait bu du vin. Il songea de nouveau à la fratrie qui lui manquait fort et qui ne faisait plus rien pour le contacter. Il descendait souvent jusqu'à la chapelle Saint-Hubert et trouvait toujours vide la cachette convenue pour les messages. Pourtant les siens étaient relevés.

Il avait tant d'histoires à leur narrer. Il aurait aussi aimé leur présenter ses loups et leur montrer comment il était devenu l'un des plus redoutables prédateurs des quatre cercles de la forêt en leur faisant visiter ses collets, ses trappes, ses assommoirs et ses traquenards aux dents bien aiguisées.

La viande fraîche était l'unique devise qui avait cours ici, au même titre que la livre à douze sols l'était à Racle-terre. Être heureux, c'était manger tous les jours à sa faim, être riche, c'était posséder plus qu'on ne pouvait avaler, être puissant, c'était assurer ces deux conditions, pour soi et pour les autres.

Faute de pouvoir courir suffisamment vite et longtemps pour attraper sa nourriture, Charlemagne avait compensé la médiocrité de son odorat et de son ouïe par son talent à reconnaître les coulées de gibier et par son ingéniosité à tendre des pièges.

Il reprit ses hurlements en improvisant selon son humeur. Depuis qu'il avait trouvé la façon d'incurver la langue contre le palais, il pouvait soutenir une note plus haute et plus longue que les autres. Songeant à la fratrie, il poussa un long cri empreint d'une telle tristesse que les loups s'interrompirent pour l'écouter avec un intérêt renouvelé. Ils attendirent qu'il ait repris son souffle pour venir le saluer en se frottant contre lui avec familiarité, en le mor-dillant aux cheveux, aux mollets, aux épaules, en geignant gaiement. Puis un grand loup au pelage fauve mêlé de noir sur le dos recommença à hurler, et le concert lupin reprit de plus belle.

A chaque pleine lune, Charlemagne descendait jusqu'à la chapelle Saint-Hubert s'approvisionner en bouts de chandelle et vérifier la cachette aux messages. Cette fois, plusieurs petits morceaux de papier dispersés sur le sol lui signalèrent qu'un billet avait bien été glissé dans l'interstice sous l'autel, mais que des rats l'avaient retiré et presque entièrement dévoré. Il comprit tout d'un coup le silence de la fratrie et la disparition de ses messages.

De retour chez lui, il se lava de fond en comble dans la

rivière, enfila des vêtements propres ne sentant pas le loup et se rendit à la tannerie Camboulives afin de renouer le contact rompu et de décider d'une nouvelle cachette à l'abri des rongeurs.

Chapitre 50

Octobre 1780.

C'était le mois des vents qui faisaient chuter les feuilles et celui des pluies qui les faisaient pourrir au pied des arbres. C'était aussi le mois de la foire à la volaille de Bellerocaille.

Les Tabardel et les Lenfant, volailleurs et gaveurs roumégoussiens, s'en retournaient chez eux le cœur léger et la bourse ronde, escortés par deux massips à l'humeur taciturne. Le père Tabardel, son épouse et leur gendre voyageaient dans une guimbarde bâchée tirée par un roussin ; les gaveurs, Lenfant et son fils, montaient des mulets de Catalogne ; les massips chevauchaient des haridelles aux côtes aussi saillantes que les leurs.

Les volailleurs voyageaient à petites étapes, s'arrêtant fréquemment pour ripailler et soiffer quelques bouteilles.

> *Amour sacré de la bombance*
> *Viens élargir notre estomac*
> *Et arrondir notre belle panse.*

Leur aimable nature et bruyante bonne humeur n'étaient pas du goût de leurs protecteurs. Le plus vétéran des deux, au visage couturé comme une vieille basane, montra le soleil déclinant dans le ciel.

– Sans jactance, mes bons compères, hâtez-vous sinon les portes de Racleterre seront forcloses et y vous faudra payer la bienvenue pour qu'on nous ouvre.

Son accent était du Morvan et il portait beau ses quarante-cinq hivers. Un bonnet de cuir camouflait des oreilles qu'il

461

n'avait plus. Déserteur dans sa jeunesse, il avait été repris, jugé, essorillé.

– Morvandiou a raison. Et pis y a encore la forêt de Saint-Leu à traverser, surenchérit son second, un mastodonte aux airs tapageurs qui s'était jardiné une grosse moustache touffue en travers du visage afin d'atténuer la mollesse de ses traits tombants.

Morvandiou l'appelait Bigos, et Bigos était comme ces chaudières qui bouillaient sans jamais rien cuire. Le vétéran l'avait choisi pour son aspect dissuasif.

– Quels éteignoirs vous faites ! se plaignit maître Tabardel. On vous a assoldayés pour nous protéger, pas pour nous assommer de fadaises.

Conscients des aléas inhérents à tout déplacement de plus d'une lieue dans la province, les volailleurs s'étaient associés aux gaveurs pour s'offrir les services d'un couple de massips, ces mercenaires civils qui faisaient métier de servir de compagnons de route aux voyageurs. Ils se louaient autour des portes, des postes aux chevaux, et sur les places les jours de foire. On les reconnaissait à leur allure martiale et à la tricote ferrée qu'ils faisaient tournoyer dans les airs.

– Que craignez-vous ? Le grand chemin par ici est large et bien entretenu. Et si nous prenons du retard, nous aurons la lune pour nous éclairer.

S'adressant aux gaveurs, il ajouta :

– J'ignorais que les massips perdaient cœur aussi aisément.

Le Morvandiou haussa les épaules et s'en retourna vers la guimbarde sous laquelle caquetait de la volaille encagée. Bigos marcha dans ses pas en marmonnant quelque chose d'où émergea nettement le mot « loup », sans doute au pluriel, et qui défrisa quelque peu la joyeuse compagnie. Malgré sa bouche pleine de cochonnaille, la femme Tabardel se signa.

C'était un fait qu'il n'y avait jamais eu autant de loups reportés depuis la peste de 1711. De nombreux consuls, ceux de Racleterre et de Roumégoux entre autres, avaient beau requêter auprès de monsieur le lieutenant de louveterie Anselme Armogaste, celui-ci continuait à préférer courir les soupers et les bals ruthénois que les bois humides, après des malebêtes généralement d'une écœurante vitalité.

– Ne vous bilez point, rassura Lenfant père, le plus chenu de tous. Vous me connaissez, je fais la foire (il disait la fouère) depuis le temps du Régent, et sur le p'tit chapeau de Jésus, je jure que j'ai jamais œillé la moindre queue d' loup sur ce trajet.

Il déboucha un flacon de Rouquin de Roumégoux et offrit aux massips de se joindre à eux. Autant demander à des aveugles s'ils voulaient voir. Les deux massips s'approchèrent.

Le soleil rentrait ses rayons derrière les contreforts de l'Aubrac lorsqu'ils arrivèrent en vue de l'immense forêt. Des grives cherchaient leur vie dans les sillons des champs en bordure et le bruit de leur bec piquant la terre résonnait dans l'air cristallin.

Morvandiou en tête, Bigos fermant la marche, la petite troupe s'engagea entre les arbres formant lisière. Les volailles sous la bâche se mirent à caqueter nerveusement, les chevaux et les mulets s'agitèrent.

L'obscur accentuant le froid, la petite troupe fit halte à la Croisille pour se vêtir chaudement. Le vaste rond-point servait de rendez-vous de chasse. Plusieurs poteaux garnis d'anneaux et de crochets de fer pour attacher les chevaux et les meutes étaient plantés autour d'une girouette métallique en forme d'oriflamme fichée en haut d'un mât peint aux couleurs des Armogaste. L'une des faces était joliment décorée d'un saint Hubert agenouillé devant le cerf qui l'avait rendu célèbre, l'autre portait le cri et les armoiries des seigneurs de Racleterre.

Malgré les sévères protestations du Morvandiou, le père Lenfant déboucha de nouvelles chopines de vin tandis que le gendre Tabardel sauta de la guimbarde et alla faire ses eaux au pied du mât.

Soudain, une pierre jaillit du sous-bois et heurta bruyamment la girouette qui se mit à couiner en toupillant sur elle-même, comme prise de folie.

– *Ques aco, macarel ?*

Une deuxième pierre heurta à nouveau la girouette, la refaisant tourner frénétiquement, mais dans l'autre sens cette fois.

Les massips qui se tenaient à l'écart coururent vers la guimbarde pour prendre leur fusil. Ils les chargeaient rapidement quand une voix forte et claire retentit :

– Pozez les fuzils !

Ils l'ignorèrent. Une pie jacassa quelque part dans un arbre.

Un carreau d'arbalète se ficha avec un bruit mat dans le caisson du véhicule, à deux pieds seulement de Morvandiou qui tressaillit jusqu'aux orteils.

Bien que d'un timbre puissant, la voix lui rappelait celle d'un jouvenceau qui la grossirait pour se vieillir. Sans lâcher le fusil, il cessa le chargement et invita du regard Bigos à faire de même.

La femme Tabardel se cacha derrière son mari en le saisissant aux hanches. Les gaveurs se précipitèrent vers leurs mulets attachés au mât. La voix se fit entendre à nouveau, venant sur la droite maintenant :

– Baillez-nous tout ze qui ze manze et partez.

– Qui va là ? Qui dégoise ? aboya Morvandiou en agitant ses larges épaules.

– Montre-toi si tu l'oses, maraud des taillis.

Qu'on n'en veuille pas à leur bourse les rassura. Ce n'était donc point une attaque de brigands trucideurs, mais juste un misérable mort-la-faim-demeurant-partout qui profitait de la situation pour tenter une esbrouferie. Bigos reprit le chargement de son fusil.

Une pierre le frappa brutalement en pleine poitrine et lui fit mal.

– Seigneur-Dieu, gémit la femme quand une silhouette apparut entre deux troncs et avança jusqu'à la lisière des ronces.

Au début, ils ne virent qu'une sorte de houppelande informe, faite de pelleteries diverses grossièrement cousues entre elles. Une paire de sabots dépassait par le bas, une tête aux trois quarts invisible sous un chapeau emplumé dépassait par le haut.

Les voyageurs se détendirent. Il s'agissait bien d'un

faminos, un jeune d'après sa voix masquée. Toutefois, il y avait cette arbalète braquée sur les massips.

– Nous voulons tout ze qui ze manze, et très vite, car ze ne vais pas pouvoir les retenir longtemps.

– Qui ça ? Tes puces ?

Les Lenfant trouvèrent le trait plaisant et rirent. Ils cessèrent aussitôt car la silhouette venait de s'avancer de quelques pas dans la clairière. La pie jacassa de nouveau non loin.

– Tu n'as qu'un carreau dans ton arbalète et nous sommes six, dit le Morvandiou en levant sa tricote et en marchant droit sur le gueux.

– *Ravantopec, mézami*, lança ce dernier d'un ton égal.

Le Morvandiou crut mourir de frayeur à la vue du trio de grands loups qui sortirent sans bruit du sous-bois. Il retraita précipitamment vers les autres, le cœur battant à coups violents.

L'un des loups se déploya sur la gauche, l'autre sur la droite, le troisième se posta à côté de son maître en agitant son long fouet touffu à la façon des chiens contents. Tel un chanteur se mettant en voix, le gueux s'éclaircit la gorge et tous le virent avec effroi rejeter sa nuque en arrière et hurler en direction de la lune, aussitôt imité par les trois malebêtes.

La femme Tabardel se signa. Bigos poussa un gémissement craintif, les autres demeurèrent comme paralysés par l'horreur, osant à peine respirer. Les chevaux et les mulets s'agitèrent. La volaille caqueta, une dinde gloussa. La truffe et les oreilles des trois loups s'orientèrent vers la guimbarde.

Une pie s'envola et vint se percher en haut de la girouette pour jacasser avec véhémence. On eût dit qu'elle donnait dans son langage son avis sur la situation. Le Morvandiou vit qu'elle n'avait qu'une patte.

La terreur atteignit son paroxysme lorsque d'autres hurlements répondirent à quelques pas seulement, signalant que la Croisille était cernée par une meute de loups.

Bigos lâcha son fusil et tomba à genoux dans l'herbe en se cachant le visage dans les mains.

– Ô mon Dieu, protégez-nous du meneur-garou.

Un meneur de loups n'était pas forcément loup-garou, mais il pouvait en être un. Pour le savoir, il aurait fallu l'écorcher et vérifier si ses poils poussaient en dedans. Bigos commença le patenôtre antiloup qu'il connaissait du temps où il était berger.

Sainte Agathe, liez-leur les pattes
Saint Grégoire, serrez-leur la mâchoire
Saint Remo, tordez-leur les boyaux.

– Donnez tout ze qui ze manze, et vite ! répéta le meneur, avec un geste de son arbalète.

Tabardel délaça un pan de la bâche de la guimbarde en criant aux autres :

– Aidez-moi !

De nouveaux hurlements, plus lointains ceux-là, retentirent au nord, à l'est, et même du sud, annonçant que d'autres meutes accouraient de tous les points cardinaux.

A l'exception de Bigos qui resta à genoux, tous s'activèrent à vider le véhicule des cages à volailles. La proximité des carnassiers agitait le roussin qui sabotait dans les brancards. Quand ils eurent fini, le meneur leur désigna le mât de la girouette.

– Ramazez-vous autour et ne bouzez plus.

Morvandiou aida son compagnon à se relever, mais comme celui-ci refusait d'ôter les mains de son visage, il le guida comme un aveugle jusqu'au mât. Bigos reprit sa litanie.

Saint Loup, rompez-leur le cou
Saint Laurent, rognez-leur les dents
Saint Preux, nouez-leur la queue.

Le meneur s'approcha de la guimbarde. L'un des loups le suivit. Le roussin hennit. La pie jacassa du haut du mât. De sa place, Morvandiou le vit calmer l'animal affolé en le flattant à l'encolure et en lui murmurant quelque chose qu'il ne put entendre. Il le vit aussi détacher le baquet servant à abreuver le cheval et récupérer son carreau planté dans le caisson. Puis il retourna à reculons jusqu'à la lisière des arbres.

– Partez maintenant, et zans vous retourner.

Les deux gaveurs détachèrent hâtivement leurs mulets, les volailleurs grimpèrent sur la guimbarde, Morvandiou ramassa le fusil de Bigos et entraîna celui-ci vers les haridelles. Ils s'en allèrent, doucement d'abord comme prescrit, puis de plus en plus vite à mesure qu'ils s'éloignaient de la Croisille.

Clotilde s'approcha de Charlemagne et lui donna en signe d'impatience des coups contre la cuisse avec son museau.

– Tu fais la faraude maintenant qu'ils zont partis.

Clodomir et Dagoberte tournicotaient autour des huit poules leghorn, dont un coq. Il y avait aussi cinq canards crêtés au bec rouge, une oie de Toulouse pesant douze livres à jeun, et un gros dindon terrorisé qui s'arrachait les plumes en tentant de sortir de sa cage.

Charlemagne s'intéressa d'abord au contenu du panier à provisions renversé dans l'herbe qu'il transféra dans sa carnassière. Il trouva des restes de pâté de lièvre au poivre, des rotaillons de fromage de bique, un morceau de saucisson sec, un pot de moutarde, un flacon de vin et un morceau de pain grand comme la main qu'il mangea en priorité.

Bien-Noir sortit des fourrés, suivi de Grondeuse, Qui-Vive, Bon-Garçon, Frisquette et Mezire, bon dernier, qui huma avec suspicion les alentours avant de rejoindre les autres et recevoir sa part. Depuis son séjour dans la fosse, Mezire était devenu un loup ombrageux et particulièrement défiant.

– Z'est tout à l'heure que z'aurais aimé vous voir, bande de frileux, se gaussa Charlemagne d'une voix prudemment amicale.

Il les savait chatouilleux, et plus sensibles à la tonalité des mots qu'à leur signification. Bien-Noir, par exemple, tolérait fort mal les railleries et savait distinguer l'ironie dans la voix ou le mépris dans un geste.

Charlemagne regroupa trois leghorns et leur coq en une seule cage. Fermant les yeux pour mieux se concentrer, il réussit à verser quelques gouttes d'urine dessus. Bien-Noir s'approcha aussitôt, renifla attentivement le marquage. Après un instant d'hésitation, il entérina l'appropriation et pissa dessus à son tour. Charlemagne lui offrit alors la plus grosse des volailles en ouvrant la cage du dindon qui gloussa en protestant.

Respecter scrupuleusement la hiérarchie était l'une des bases fondamentales de son alliance avec le clan du grand loup noir.

Il nourrit ensuite les siens et le reste de la meute en les laissant se servir, se bornant à leur ouvrir les cages.

Saisissant l'oie par le cou, il la porta jusqu'à la lisière et l'égorgea au-dessus du baquet qui s'emplit vite de deux pintes de sang.

– Z'est pour vous, Vieux-Capitaine, dit-il aux ténèbres du sous-bois en reculant de quelques pas.

Charlemagne s'accroupit pour vider l'oie de son cœur et de son énorme foie et les hacha sur l'herbe avec son couteau.

La pie quitta la girouette et vint se poser sur le rebord du baquet. Elle hocha la tête et poussa un cri bref. Charlemagne lui lança un bout de foie qu'elle attrapa au vol et avala en faisant claquer son bec.

Il l'avait trouvée encore oisillonne au pied d'une haie. Un hérisson la traînait par une patte vers un taillis pour en faire son repas. Il avait mangé le hérisson en ragoût et avait soigné la jeune pie, sans toutefois réussir à sauver sa patte broyée par les mâchoires. Il l'avait baptisée Clopante et l'avait gavée de hannetons, de carabes, de chenilles, de grillons, de sauterelles, de papillons, d'araignées, de limaces, d'escargots, de fruits selon la saison. Pour que ses loups ne la croquent pas, il l'avait aspergée de son jus de nature à plusieurs reprises.

Bien que les pies soient des oiseaux plus marcheurs que voleurs – elles capturaient le plus souvent leurs proies à terre – Clopante avait surmonté son infirmité en s'accoutumant à sautiller sur sa patte unique. Elle était depuis devenue une grosse et belle pie jacassante qui avait élargi peu à peu sa diète aux lézards, aux grenouilles, aux jeunes tortues, et même aux musaraignes qu'elle tuait d'un savant coup de bec sur la nuque. Lorsqu'il partait chasser ou relever ses traquenards, elle aimait le suivre d'arbre en arbre.

Vraisemblablement parce qu'il lui avait souvent offert des abeilles trempées dans du miel, elle se montrait particulièrement habile à dénicher les ruches sauvages et à lui signaler leur emplacement en sifflant les premières mesures de *Malbrough s'en va-t'en guerre* qu'il lui avait enseignées avec celles d'*A la claire fontaine* et de *Frère Jacques*.

Tout à coup, venant dans son dos, une grande masse sombre et poilue bouscula Charlemagne et manqua de le déséquilibrer. Il rit un peu jaune, car il avait eu peur. Comme à l'accoutumée, le vieux mâle avait surgi sans bruit de là où il ne l'attendait pas. Clopante s'envola en protestant.

Charlemagne s'habituait difficilement à ce goût prononcé des loups pour la surprise. Et puis aussi, pourquoi Dieu ne lui avait-Il pas donné des yeux derrière la tête alors qu'Il lui fournissait tant de raisons d'en avoir besoin ?

Le grand-vieux-loup s'arrêta près du baquet, se retourna vers lui et ne bougea plus en le regardant avec un air semblant dire « Tu vois, si j'avais voulu ».

Charlemagne feignit de l'ignorer et poursuivit sa mise en charpie des abats.

Rassuré sans doute par le spectacle des onze autres bâfrant en chœur éparpillés sur la clairière, le vieux mâle but en s'interrompant entre chaque gorgée, humant l'air avec le sérieux de ceux qui savent ce qu'il peut en coûter d'être imprudent en terrain découvert. Le Vieux-Capitaine avait survécu à deux laisser-courre et en conservait de fort mauvais souvenirs.

Le sang bu, il accepta la charpie de foie et de cœur. Charlemagne prit plaisir à le voir avaler une grosse bouchée qui gonfla son cou en descendant. L'âge avait fondu ses dents et il ne pouvait plus ni mâcher, ni tuer. Le Vieux-Capitaine serait mort de faim sans l'assistance du clan, et maintenant de la sienne.

Sa dernière portion d'oie de Toulouse engloutie, le vieux loup partit sans remerciement, ceux-ci n'ayant point cours dans le code lupin. Par contre, il garda la queue basse et ne lui tourna pas le dos, une double marque de respect quand on considère que les loups affichent volontiers le trou de leur fondement à ceux qu'ils méprisent ou considèrent comme fâcheux.

Des hurlements retentirent au nord. Il reconnut les voix satisfaites de Grimaud et de son clan de l'Autre-Côté annonçant qu'ils venaient de bien manger. Comme il fallait s'y attendre, Bien-Noir leur répliqua sans délai, suivi par les autres et Charlemagne.

– Nous aussi, nous avons le ventre rond, nous aussi, nous sommes heureux ! hurlaient-ils, chacun à sa façon.

Si l'on distinguait aisément les hurlements de Charlemagne de ceux des loups, ce n'était pas parce qu'ils étaient émis par une gorge humaine, mais parce qu'ils étaient plus puissamment poussés et portaient plus loin. Aucun animal de la forêt ne pouvait ignorer qu'un humain avait fait alliance avec le clan de Bien-Noir.

A la longue, Charlemagne avait identifié plusieurs modes de hurlements, chacun adapté à une situation particulière. La hurlée qu'il avait poussée tout à l'heure devant les voyageurs était celle utilisée par Bien-Noir lorsqu'il voulait affirmer son territoire. En choisissant cette tonalité, il savait que le loup ne résisterait pas à lui répliquer : pas plus que n'avaient résisté les clans de l'Autre-Côté et de Grand-Diable.

Il ramassa son arbalète, souleva la cage contenant les leghorns qui gloussèrent et quitta la Croisille suivi des siens et de la meute.

Bien-Noir le laissa courtoisement mener quelque temps, puis le dépassa et prit la tête pour ne plus la quitter.

Charlemagne en profita pour visiter les collets tendus à l'aller. Il les trouva vides. La plupart des animaux hibernaient déjà, enterrés au fond de leur terrier.

C'était parce que le gibier se faisait rare, même dans la Sauvagerie, qu'il avait décidé ce matin de descendre jusqu'à la Croisille et de s'y embusquer.

Si demain il faisait à nouveau buisson creux, il conduirait le clan jusqu'aux bergeries Brasc et trouverait un moyen de les y introduire.

Dès la fin de l'été, plusieurs signaux prédisant un hiver rigoureux (départ prématuré des hirondelles, triple pelure des oignons sauvages, livrée particulièrement épaisse de ses loups, abondance de noisettes, feuilles des hêtres humides et molles à la Toussaint) l'avaient incité à reconnaître les grandes bergeries des Armogaste près de La Valette, celles des Brasc dans la combe Bonnefons, et même celles de l'abbé du Bartonnet à une nuit de marche dans la direction de Bellerocaille.

La nuit était bien avancée quand Charlemagne, la pie et les loups arrivèrent à la caverne. Clopante se percha sur son arbre préféré pour y faire sa nuit.

Charlemagne attendit que les loups soient tous entrés pour allumer les lumignons et construire un feu entre les trois pierres du foyer. L'opération suscitait encore chez eux un mélange de crainte et de fascination pour chacun de ses gestes.

Le clan s'était invité à l'intérieur dès les premières gelées et s'était fort bien accoutumé à son confort. Un certain temps s'était toutefois écoulé avant qu'ils cessent de se précipiter vers la sortie chaque fois qu'il battait le briquet ou qu'il se mettait debout.

A force de voir les trois siens dormir impunément près du foyer, ils avaient osé, une nuit particulièrement froide, quitter le fond de la caverne et se rapprocher du feu dont la peur était pourtant scellée dans chacun de leurs gènes depuis le commencement des Temps. Seuls Bonace et Qui-Vive, échaudés par l'incendie de l'été 76 qui avait dévasté les bois de l'évêque de Rodez, demeuraient sceptiques et se tenaient prêts à s'enfuir au moindre soupçon. Quant au Vieux-Capitaine, il ne dormait pas avec la meute et ne s'était jamais montré.

Charlemagne choisit des bûches de bouleau, un bois qui flambait comme soufre et chauffait d'une flamme vive et sans problème. Seul avec les siens, il aurait volontiers ajouté un marotin de genêts qui aurait embaumé l'atmosphère emboucanée par toutes ces bêtes, mais le genêt aimait crépiter en brûlant et faisait voltiger des brandillons incandescents qui rendaient la meute trop nerveuse.

Le feu réchauffa rapidement la caverne. Bientôt, même les poules et leur coq barricadés dans l'abside caquetèrent d'aise. Charlemagne avait l'intention d'avoir des œufs tous les jours, mais aussi des poussins afin de se constituer une réserve de viande fraîche. Le problème était de les protéger des loups, pour qui pareille cohabitation stimulait extraordinairement l'appétit.

Il perça une vingtaine de châtaignes et les enfouit sous les cendres, tandis que la meute s'installait sur la grande litière selon une hiérarchie qui s'évaluait d'après la proximité avec Bien-Noir. La proximité de Charlemagne, elle, était l'exclusivité de ses trois loups qui la défendaient avec une égale fermeté. Comme à la Loubière, ou dans la faille des premiers jours, ils dormaient tous les quatre les uns sur les autres, et cela faisait peu de temps que Dagoberte avait perdu l'habitude de s'endormir sans avoir ses doigts dans sa gueule.

Bien-Noir s'assit dans la flaque de lumière des flammes et l'observa d'un air pouvant passer pour songeur.

Charlemagne choisit d'abord le pâté et les rotaillons de fromage et les mâcha lentement en buvant une gorgée de Rouquin de Roumégoux entre les bouchées. Chaque fois que le regard du grand loup et celui du garçon se croisaient, chacun détournait poliment le sien. Se fixer dans les yeux chez la gent sauvage n'était point considéré comme une marque de franchise, mais plutôt comme un défi outrageant que le très sourcilleux Bien-Noir se serait cru obligé de relever sur-le-champ.

Charlemagne termina le bout de saucisson avec ce qui restait de pain et les lava d'une rasade. Le bon vin échauffait ses sentiments. Il sortit les châtaignes du feu avec la pointe du poignard et les mangea une à une, jetant les écorces sur les braises. Il en fit rouler une devant Bien-Noir qui la renifla sans y toucher. Charlemagne reprit le fruit et le lança à Clodomir qui le happa au vol et l'engloutit sans façon. Il écorça une autre châtaigne et la fit rouler pareillement. Bien-Noir la renifla à nouveau sans y toucher. Charlemagne se penchait pour la récupérer quand le grand loup émit un léger grondement.

– Ze qui est donné est donné, hein ? traduisit Charlemagne en lui tournant le dos pour rajouter une bûche au foyer qui n'en avait pas besoin.

Quand il lui fit face à nouveau, la châtaigne avait disparu.

Après avoir mangé, il prit la bible rangée sur une saillie, approcha le lumignon et entreprit de leur lire ce qu'on disait d'eux dans la Genèse.

– Ze le déplore pour vous, mes amis, mais Dieu ne vous nomme point. Il parle zuste de « bêtes zauvazes » qu'il a créées le zizième zour, comme nous, mais plus tôt. Ze qui fait que votre raze est l'aînée de la nôtre.

Afin de ne pas les chagriner, il leur épargna la suite décourageante où le Créateur disait :

> Vous serez un objet de crainte et d'effroi pour toutes les bêtes sauvages et pour tous les oiseaux du ciel, pour tout ce qui rampe sur le sol et pour tous les poissons de la mer ; entre vos mains ils sont livrés. Tout ce qui se meut et qui vit vous servira de nourriture, de même que la verdure des plantes : JE VOUS DONNE TOUT.

Plus tard, il leur parla du déluge et de l'arche de Noé sur laquelle leurs ancêtres avaient forcément embarqué.

– Z'est la zeule époque où z'aurais voulu être un poizon, conclut-il gravement après avoir terminé le flacon de Rouquin.

En fin de matinée, Charlemagne trouva un broquart étranglé à un pied du sol après l'un de ses collets à rejet. Un couple de goupils aux yeux chinois, dressés sur leurs pattes arrière, se régalait d'une partie de ses entrailles.

Venant sous le vent, ses trois loups les surprirent et les capturèrent après une poursuite endiablée autour des arbres. Ils les croquèrent en commençant eux aussi par les entrailles.

Charlemagne démonta le collet et s'empara du broquart qui pesait seulement une quinzaine de livres. Il le transporta jusqu'à la rivière et le dépeça.

Après un long détour qui le conduisit en bordure des fromentaux de La Valette, il releva les assommoirs qu'il avait dressés près des haies. Le piège était des plus grossiers et consistait en une large pierre plate maintenue obliquement par trois bâtonnets qu'il suffisait d'effleurer pour qu'elle s'abatte sur le volatile et l'écrase de son poids. Il trouva une vieille perdrix et un merle maigriot dont la tête dépassait et qui vivait encore.

Une partie du clan flânait autour de la caverne. Il leur donna la perdrix et conserva le merle pour Bien-Noir lorsqu'il réapparaîtrait.

Dégageant les pierres qui empêchaient les loups de dévorer ses poules, il entra et construisit rapidement un feu au-dessus duquel il grilla le cuissot dextre du chevreuil. Il le badigeonna de moutarde avant de mordre dedans avec délice. Rassasié, il but de l'eau de rivière et s'interdit toute flânerie en entreprenant la construction d'un poulailler. Il s'établissait quotidiennement un emploi du temps qui accaparait son esprit et l'empêchait de trop penser à son étrange existence.

— Ah là là, mon Charlemagne, heureusement que tu t'as.

Chapitre 51

Lundi 10 novembre 1780.

Au matin de la Saint-Godefroy, il fit si froid que des arbres éclatèrent avec des bruits brefs et secs de détonation.

Charlemagne s'éveilla sous sa chaude couverture en fourrure et tendit l'oreille avec inquiétude. Ses loups s'agitaient devant l'entrée de la grotte où pendaient de longues et pointues stalactites.

Il se leva et passa rapidement sa houppelande. Quelque chose l'intriguait qu'il ne parvenait pas à identifier. Il s'enferma les pieds dans des bas en peau de lièvre retournée qu'il retint à mi-mollets avec un lacet fait dans un tendon de cerf. Il mit ensuite les sabots qu'il avait briconnés cet automne à un ramasseur de truffes. Pour se protéger la tête et les oreilles, il s'était cousu un chapeau avec la peau d'un renard, le poil en dedans ; il le nouait sous son menton par les pattes.

Il prit la cognée et se servit du marteau pour briser la glace de l'entrée. Les loups le bousculèrent aux jambes pour sortir plus vite. Clopante lui souhaita la bienvenue en jacassant.

Un autre arbre explosa non loin puis tomba avec un bruit de déchirement qui fit tressaillir les trois loups. Ils le regardèrent comme s'ils le tenaient pour responsable.

Jamais la forêt n'avait été aussi silencieuse. Le ciel était d'un bleu sans nuages et d'une grande pureté. Soudain, il comprit ce qui n'allait pas. Il n'entendait plus le torrent.

Il traversait l'hémicycle qu'il appelait sa grand-cour lorsque Clopante vint se poser sur son épaule. Ils descendirent ensemble vers le bassin qu'ils trouvèrent gelé de partout.

475

Après avoir brisé la glace en plusieurs endroits afin que le martin-pêcheur puisse pêcher, Charlemagne monta jusqu'à la cascade où il demeura émerveillé devant le flot jaillissant et entièrement gelé. Par quel sortilège cette eau en mouvement avait-elle pu se pétrifier ainsi ?

Il tressauta à son tour lorsqu'un autre arbre éclata dans le voisinage.

La levée des pièges se révéla désastreuse. Il ne trouva rien, à l'exception d'un corbeau mort de froid qui gisait sur le dos, les pattes en l'air. Le gel l'avait durci comme du caillou. Ses plumes gelées se brisèrent avec des petits bruits cristallins quand il les toucha.

Le soir même, nuit de pleine lune, Charlemagne s'en prit aux brebis de monsieur le fermier général Lucien Brasc.

Il partit en milieu de relevée, prenant la voie de l'est, carnassière en bandoulière, lorgnette dans la carnassière, armé de la hache et du couteau de chasse ayant appartenu à feu Javertit.

Il atteignit une heure plus tard les frontières du clan de Bien-Noir. Ses loups cessèrent de billebauder çà et là et vinrent se placer sous sa protection. Ils collèrent derrière lui et retinrent leur urine jusqu'au prochain terrain neutre.

L'obscur approchait et la lune était déjà haute lorsqu'ils gravirent l'un des crêts surplombant la petite vallée entaillée dans les contreforts. La combe Bonnefons tenait son toponyme de ses puits et de sa bonne exposition au midi. Ses pacages de serpolet et de bruyère ne gardaient pas la neige ni la gelée blanche et verdissaient presque tout l'an. Entourée d'un bosquet clairsemé de jeunes châtaigniers, la bergerie au toit pentu couvert de lauzes abritait près de trois centaines de Lacaune placées sous la responsabilité d'un maître berger assisté d'un beauceron et d'un couple d'apprentis pâtres de treize et neuf ans.

Depuis un lustre, le fermier général préférait vendre son entière production de lait de brebis aux maîtres fromagers de Roquefort qui n'en avaient jamais assez et se flattaient d'expédier annuellement douze mille charges de mulet

dans le royaume. L'ancien buron où l'on préparait les cabecous était désormais utilisé comme entrepôt pour le fourrage d'hivernage. Un puits et un abreuvoir relié à une
citerne de pierre collectant les eaux de pluie séparaient les
deux bâtiments.

Charlemagne fit un large détour pour se placer dans le
vent et motiver les siens en leur faisant humer à pleine
truffe des odeurs synonymes de gigots. Les trois loups prirent le vent. Dagoberte et Clotilde s'agitèrent avec enthousiasme, mais Clodomir hérissa son échine pour signaler
qu'il démêlait un sentiment de chien parmi les épais relents
de suint.

– Z'est bien, le félicita Charlemagne en descendant la
pente sinueuse qui menait aux châtaigniers.

La porte de la bergerie se divisait en deux larges vantaux
permettant une sortie en masse du troupeau. Des antérieures de loups et de renards décoraient les battants. La
cheminée fumait et des voix assourdies indiquaient qu'une
veillée était en cours. Il s'approcha jusqu'à percevoir le
bruit des châtaignes que l'on décortiquait. Le maître berger
narrait d'une voix grasseyante :

– Alors le compère lui dit : Quand je vois ce que ces
pigeons ont fait à cette statue, macarel, je remercie Dieu
de ne pas avoir donné des ailes aux vaches.

Charlemagne poussa une série de quatre hurlements
destinée à prévenir Bien-Noir qu'il avait trouvé de la
viande fraîche et qu'il était convié à la partager. Ses loups
confirmèrent la proposition en hurlant à leur tour.

Des brebis bêlèrent craintivement, des sonnailles de bélier
tintèrent, le chien aboya, des voix juvéniles s'interpellèrent
en patois.

Le froid et la nuit colportaient loin les bruits. Un clan ne
tarda pas à répondre mais d'une si grande distance que
Charlemagne ne fut pas certain de reconnaître la voix du
loup noir. Il poussa trois nouveaux hurlements en guise de
post-scriptum.

Une autre meute hurla vers l'ouest, plus proche que la
précédente. Cette fois il reconnut les vocalises de Grimaud,
le chef du clan de l'Autre-Côté.

Le chien dans la bergerie redoubla ses abois menaçants.

Charlemagne courut vers le puits d'où il lança un caillou sur le battant gauche, et un autre sur celui de droite.

– Miséricorde, maître Brot ! Y a les loups qui tapent à la porte, couina l'un des pâtres.

– Foutaises ! Les loups ne savent point tirer des pierres.

Charlemagne lança un troisième caillou, plus gros, qui ébranla le battant.

– Qui va là, mordiou ?

Il répliqua par trois hurlements brefs auxquels répondit la meute de Grimaud qui s'était rapprochée.

– Y a un damné méchant loup derrière le puits ! s'exclama le berger.

– Et plein d'autres qui arrivent à toutes pattes, lui cria Charlemagne en projetant cette fois une poignée de petits cailloux qui crépitèrent contre la porte.

La frayeur des pâtres se communiqua aux bêtes qui se bousculaient en bêlant frénétiquement. L'un d'eux se mit à prier.

> *Dieu-tout-puissant, casse-leur les dents*
> *Jésus-sur-sa-croix, mange-leur le foie*
> *Marie-bien-aimée, baille-leur la tripotée.*

– Baillez-nous plutôt quatre brebis et un agnelet de l'an, et ze leur dis de ne point venir vous tracazer, intima Charlemagne, les mains en porte-voix.

L'un des battants s'entrouvrit sur le grand beauceron qui bondit vers le puits derrière lequel il était accroupi. Son cou était protégé par un collier armé de crampons de fer pointus.

Charlemagne se redressa lorsqu'un coup de feu retentit. La balle s'écrasa contre la margelle et projeta des éclats effilés de schiste. Plusieurs se fichèrent dans sa houppelande sans la traverser. La surprise fut si mauvaise qu'il paniqua et s'enfuit droit devant lui, soucieux de disparaître avant que le tireur n'ait rechargé.

Il ne vit pas maître Brot sortir de la bergerie, ni ses loups intercepter le chien. Clotilde happa son jarret et le cisailla. Le beauceron tomba, dégageant son poitrail. Clodomir mordit dedans à pleine gueule, juste sous le collier. Dagoberte l'éventra.

Un deuxième coup de feu retentit. Clodomir poussa un bref aboi étonné. Effrayées par la détonation, les louves s'enfuirent.

– J' l'ai eu ! lança la voix grasseyante.

Se croyant à nouveau visé, Charlemagne se jeta à terre. Le cri de son loup et celui du maître berger le firent se retourner. Le chien et Clodomir étaient couchés sur le flanc, tandis qu'un peu plus loin un petit homme courtaud rechargeait un fusil avec des mouvements rapides. Charlemagne se rua dessus. Le maître berger précipita ses gestes. Charlemagne n'était plus qu'à quelques pas quand Brot tira et manqua.

– Malheur ! s'exclama-t-il en fuyant vers la bergerie.

Clotilde et Dagoberte qui revenaient avec l'intention de terminer le beauceron se lancèrent à sa poursuite. Pour un carnassier, tout ce qui fuit devant lui a peur, et tout ce qui a peur est la plupart du temps comestible.

– Ouvrez ! supplia le maître berger à l'intention des pâtres barricadés à l'intérieur, qui firent ceux qui n'avaient rien entendu.

Clotilde renversa l'homme de ses cent livres de muscles bien nourris. Brot poussa un cri tourmenté en tombant. Dagoberte chercha sa gorge alors qu'il la protégeait désespérément en rentrant son cou dans ses épaules. Les mâchoires de la louve, qui, dans certaines circonstances, exerçaient une pression de cent cinquante kilos par centimètre carré, se refermèrent sur son visage, emportant un gros morceau. Clotilde essaya de l'éventrer, gênée par le vêtement en tiretaine qu'il lui fallait déchiqueter pour atteindre la chair. Brot hurla. Charlemagne accourut.

– Tout beau, Clotilde, tout beau, Dagoberte. TOUT BEAU ! tonna-t-il soudain, excédé de ne pas être obéi.

Les louves tressaillirent en lâchant leur proie. Le berger respirait par saccades. La dentée de Clotilde lui avait emporté l'œil et la joue gauche, mettant à jour les gencives, les dents, la langue, l'os de la mâchoire. Les deux louves se rabattirent sur le chien qui gisait près de leur frère.

Des hurlements s'élevèrent venant de l'est. Reconnaissant ceux de Bien-Noir, Charlemagne réitéra son appel à la viande. Terrorisé, le maître berger rampa vers le buron, passant à trois pas des louves qui déchiquetaient le corps de son chien.

Grimaud et son clan se firent entendre, signalant qu'ils étaient derrière le crêt mais n'osaient pas encore approcher.

Charlemagne leva sa hache, hésita, rabaissa le bras, déçu de ne plus avoir envie de l'enfoncer dans le dos du maître berger. Il se contenta de lui confisquer le fusil et le baudrier contenant la poire à poudre, la poche à balles et les silex de rechange.

– Relève-toi et va-t'en vite, avant qu'ils zoient touz là !

L'homme obéit en étreignant son ventre, titubant jusqu'à la porte du buron, le dos et la nuque raidis par la peur.

Charlemagne s'agenouilla près de Clodomir foudroyé les yeux ouverts. Le plomb était entré dans le bas de l'oreille et avait pénétré dans son cerveau. Il était déjà froid.

Charlemagne enfouit ses doigts entre ses longs jarres. Son nez se boucha, des larmes mouillèrent ses joues. Le froid les glaça. Il éternua, faisant sursauter les louves, très affairées à dévorer le grand chien. Il envia leur apparente indifférence.

– Z'est ma faute. Z'aurais dû flairer que ze maudit pouvait avoir un fuzil, leur dit-il, la glotte aussi serrée qu'un nœud mouillé.

Plusieurs silhouettes de loups descendirent du crêt pour s'immobiliser avec circonspection près des châtaigniers. La lune éclairait leurs carcasses amaigries aux côtes saillantes sous la peau flasque.

Grimaud, reconnaissable à sa majestueuse encolure, fit deux pas de plus que les autres et adopta une posture d'expectative, regard et museau fixés sur Clotilde et Dagoberte qui mangeaient dans le vent et ne les avaient pas éventés.

Charlemagne marcha sur la porte du buron et cogna du poing dessus en criant très fort :

– Ouvre, méchant pâtre ! Z'ai sanzé d'avis. Ze vais te donner à manzer à mes loups.

Tout bruit cessa dans le buron. Le berger n'ouvrit pas.

Non loin, un loup solitaire osa faire connaître sa présence. Charlemagne lui répondit par un long hurlement de bienvenue, puis il marcha d'un pas déterminé vers la bergerie où les brebis s'agitaient toujours en menant un tumulte de bêlements et de sonnailles. Il cogna contre le battant :

— Ouvrez ou ze le fracaze !

Comme on ne lui obéissait pas ici non plus, il empoigna sa hache et se mit à débiter les planches autour des pentures métalliques, ponctuant chaque coup d'un rauque « HAN ! ».

Suivi de son clan, Grimaud rampa vers Clodomir, l'éventra et lui mangea la tripaille avec grand appétit, montrant les crocs à quiconque faisait mine d'approcher.

Les deux gonds démantelés, le lourd vantail bascula à l'intérieur, suscitant une onde de panique dans le troupeau. Charlemagne entra. La puissante odeur de suint picota ses narines. Il gueula très fort :

— Vous avez tué mon loup, et ze vais le venzer !

La bergerie était éclairée par une veilleuse à huile accrochée sous une statuette de saint Leu, patron des bergers et protecteur des bêtes à laine. Des râteliers à fourrage garnissaient les murs. La partie réservée au berger et à ses pâtres était séparée des bêtes par une barrière à claire-voie. Une table, un banc-coffre, un tabouret, un méchant lit de bois et deux paillasses dépliées sur des bottes de genêt autour de la cheminée résumaient le mobilier. Des houppelandes étaient suspendues à des crochets. Charlemagne ne vit personne.

Ouvrant les enclos, il chassa les brebis en poussant des cris affreux qui les précipitèrent en désordre vers la porte abattue. La bergerie se vida en un instant.

Charlemagne leva le loquet de la barrière et pénétra lentement chez les bergers, préoccupé de ne pas y trouver les deux pâtres. Les fenêtrons percés dans les murs étaient trop étroits pour s'y glisser et il n'existait pas d'autre issue que la porte. Peut-être étaient-ils sortis à quatre pattes, mêlés au troupeau ?

Sur ses gardes, il ouvrit sa carnassière et glissa dedans tout ce qu'il trouva de comestible : pain, fromages, salaisons, pâté de perdreau, oignons, gousses d'ail. Il allait pour fouiller le coin du maître berger quand des bêlements étouffés sortirent du banc-coffre. La hache levée, il souleva le couvercle du siège et découvrit l'un des pâtres acagnardé à l'intérieur, étreignant l'agneau qui l'avait trahi.

L'enfant tremblait de tous ses membres, ses joues rouges luisaient de larmes.

— Pitié, messire Garou, ne nous croquez point.

— Où est l'autre pastrou ?

L'enfant leva les yeux vers lui et les rabaissa aussitôt.

— J'en sais rien, messire Garou.

L'agnelet s'agitait dans ses bras en bêlant tristement.

— Où ton maître zerre-t-il za rézerve de poudre et de plomb ?

Le pâtre ne se fit pas prier.

— Dans le coffret sur la cheminée, messire Garou.

— Ze ne zuis pas un garou, rectifia Charlemagne en enfonçant le coffret dans la carnassière. La preuve, regarde.

L'enfant releva juste assez la tête pour le voir faire plusieurs signes de croix dans le bon sens. L'incapacité physique à accomplir ce signe était l'une des caractéristiques du lycanthrope.

Charlemagne désigna l'agneau qui entendait bêler sa mère au-dehors et poursuivait ses efforts pour se dégager :

— Z'est ton préféré ?

— Oui.

— Alors prends garde qu'il ne zorte point en ze moment.

Apercevant une paire de sabots du dimanche près du lit du berger, il les essaya mais ils s'avérèrent trop petits.

— Ils zont à ton maître ?

— Oui.

Charlemagne les jeta dans le feu et réactiva les braises avec une poignée de genêt.

— Ton mauvais maître a tué mon loup.

— C'est pour ça que vous l'avez croqué ?

— Z'est zuste le contraire. Zans moi, mes louves l'auraient manzé cru. D'ailleurs elles avaient dézà commenzé.

Il regarda la tête ronde et hirsute du pâtre qui seule émergeait du banc-coffre.

— Y a du vin ?

— Y en a dans la chèvre qu'est près du lit du maître.

Charlemagne décrocha l'outre en peau de bique, posa son épieu contre la table et but à la régalade en renversant la tête en arrière. C'est alors que son regard croisa celui du deuxième pâtre allongé sur la poutre maîtresse de la charpente. Découvert, l'enfant voulut se redresser mais la peur le rendit maladroit. Il glissa et s'écroula six pieds plus bas. L'épaisse couche de migou dut amortir sa chute car il se releva tel un chat et galopa sans se retourner vers la porte qui résonna comme un pont-levis quand il marcha dessus.

– Ne cours pas dehors ! l'avertit vainement Charlemagne en passant l'outre en bandoulière.

Le vin lui donnait l'illusion qu'il faisait moins froid. L'agneau bêla dans le banc-coffre.

– Comment on t'appelle ?

– P'tit Bicou, messire Garou.

Il reprit sa hache et vit que les genêts avaient ranimé le feu : les sabots du maître berger Brot flambaient joliment.

– Ze t'ai dézà prouvé que ze n'étais point garou. Ze zuis... ze zuis plutôt leur berzer et ze zais comment leur parler. Les loups d'izi bien zûr, car chacun a zon patois, précisa-t-il par souci d'exactitude. (Il était content de parler à quelqu'un qui n'était ni un animal ni un arbre.) Z'est moi qui les nourris et qui les protèze quand ze le peux. Quand z'ai eu les miens, ils n'avaient pas encore ouvert les yeux et ils étaient grands comme za.

Il coinça la hache sous son bras pour indiquer la taille avec ses mains. Soudain, il fronça les sourcils et ajouta rudement :

– Zi zamais tu redis ze que ze viens de te conter, ze répéterai ton nom à tous mes loups et ils me venzeront. Et ze zont point des oublieux, crois-moi. En vrai, il y a pas plus rancunier dans toute la Zauvazerie.

Cette terrible menace prononcée, Charlemagne sortit.

Dehors, le massacre du troupeau battait son plein. Il récupéra le fusil et le baudrier laissés près du puits. Il vit Grimaud happer une agnelle d'un an, la jeter sur son épaule et disparaître en quelques bonds de l'autre côté du crêt. Le cou très musclé des loups possédait des vertèbres non soudées qui les autorisaient à se saisir de proies considérables, à sauter des barrières avec et à s'enfuir très loin.

Peu surpris de retrouver Clodomir partiellement dévoré, Charlemagne le souleva et l'emporta afin que sa belle tête de loup ne finisse pas empaillée au mur des Brasc ou exposée au pilori.

Il franchissait le crêt quand Bien-Noir et son clan arrivèrent, le corps efflanqué d'avoir couru vite et longtemps.

– Bonne curée saude, leur cria-t-il alors qu'ils le dépassaient sans ralentir, suivant l'irrésistible odeur du troupeau dispersé dans le pâturage.

Charlemagne hurla à nouveau en direction des quatre points cardinaux, invitant les autres meutes à les rejoindre. Pour une fois qu'il y avait à carnager pour tous !

Le brouillard matinal n'était pas encore dispersé quand Pierre Mérican, le métayer des Brasc, vit P'tit Bicou surgir dans la cour de la ferme.

– Les loups nous ont attaqués, dit-il d'une voix hachée par les reprises de respiration. Ils ont croqué le chien et gravement avarié maître Brot.

– Beaucoup de loups ?

– Au moins cent, mon maître.

– Cent ! Ça ne se peut. Et puis tu sais même pas compter jusque-là !

Le métayer des Brasc manda l'un de ses goujats prévenir le manoir.

– Si monsieur Lucien est déjà parti pour le bourg, rattrape-le et dis-lui de nous rejoindre à la bergerie.

Il réunit les valets de charrue et les bouviers, fit atteler la grande charrette et sella lui-même son mulet.

Un nombre déconcertant de charognards, toutes espèces confondues, s'envolèrent à leur approche. Il y en avait sur les châtaigniers, sur le toit du buron, sur celui de la bergerie, sur la margelle du puits, sur l'abreuvoir. Les plus grands et les plus forts se disputaient les carcasses jonchant le pâturage.

Jamais encore Mérican n'avait vu pareil massacre. Dispersées çà et là, des brebis intactes broutaient l'herbe raidie de froid. Quelques-unes se profilaient sur les crêts, d'autres s'étaient répandues dans le fond de la combe.

– Pourquoi les bêtes ne sont pas regroupées ? Où est Jolibois ?

– J'en sais pouic, mon maître, répondit P'tit Bicou.

La porte aux gonds fracassés interloqua le métayer, l'obligeant à envisager l'affaire sous un autre angle.

– Ce n'est pas un loup qui a fait pareil ouvrage, ni même cent d'ailleurs.

Le cadavre aux deux tiers dévoré de Jolibois fut trouvé derrière le buron. Le garçonnet était pieds nus, sa cheville droite était broyée. Son ventre, sa poitrine et leurs intérieurs avaient disparu, ainsi que les organes de la génération. Des morceaux manquaient aux cuisses et aux fesses. Les corbeaux avaient gobé ses yeux et l'un d'eux avait commencé à extraire la cervelle par l'orbite vidée. Le corps fut porté dans la charrette, sa houppelande lui servit de linceul.

– Où est son collier ? demanda Mérican en montrant le beauceron éventré.

Personne ne répondit.

Maître Brot se morfondait de fièvre allongé sur des bottes de foin, dans l'ancienne fromagerie. Les chairs suintantes autour de ce qui lui restait de visage prenaient une vilaine couleur violette. Il pouvait toutefois parler mais on ne reconnaissait plus sa voix grasseyante. Des brindilles de foin étaient collées aux plaies.

– Sur ma vie que c'était un meneur-garou. Je l'ai vu, et y m'a parlé. Il a aussi parlé aux loups, et ces maudits démons lui ont obéi. Une chance, car sinon j' serais pas causant présentement. J'en ai tué un, quand même.

Monté sur un bai clair nerveux, Lucien Brasc arriva alors qu'on allongeait le blessé dans la charrette où le cadavre de Jolibois se trouvait déjà.

– Il est à craindre, ma foi, qu'il ne puisse plus jamais siffler, dit l'ancien fermier général en découvrant le visage partiellement dévoré.

Chaque Noël, pour honorer la mémoire du berger ayant guidé les Rois mages, les bergers et les pâtres du causse avaient pour coutume de siffler dans l'église après la messe de minuit. Brot était l'un des plus talentueux.

– Et plus jamais braconner la plume itou, surenchérit Mérican.

Sans autre appel que sa bouche et sa main, Brot savait siffler et attirer une compagnie de perdreaux à dix pieds de son fusil.

– Où est le pastrou qui t'a alerté ?

– Il aide mes valets à regrouper ce qui reste du troupeau.

– Combien de bêtes perdues ?

– Apparemment tous les agnelets ont disparu, et j'ai dénombré pas moins de trente carcasses aux alentours de la bergerie. J'ai envoyé des gens dans les bois pour voir si on en trouvait d'autres.

– Que dit ce pastrou sur les détrousseurs ? Il a dû voir quelque chose ?

– En vrai, peu de choses, monsieur Lucien. Il dit qu'il s'est caché dans le banc-coffre et qu'il n'en est plus sorti avant l'aube. Il raconte juste qu'il a entendu une grande quantité de loups hurler. Mais Brot, lui, dit qu'il a vu un homme et des loups ensemble, et que ces derniers lui obéissaient à la voix.

Se targuant de posséder d'honnêtes lumières, Lucien Brasc refusait de croire à ces fadaises de meneurs de loups et autres loups-garous. En revanche, il croyait à la prolifération des malebêtes comme à celle des nombreux faminos qui hantaient les campagnes durant les hivers rigoureux.

– Ce sont des demeurants-partout qui ont haché cette porte et qui ont pris tout ce qu'ils pouvaient prendre. Puis des loups, par l'odeur alléchés, ont profité de l'aubaine.

Brot et le corps de Jolibois furent transportés à Racleterre. Avant de franchir la porte des Croisades, Lucien Brasc abaissa la ridelle et déroula la houppelande servant de linceul aux restes de Jolibois afin que chacun puisse contempler la sinistre besogne des malebêtes de la forêt de Saint-Leu.

– Je ne vois pas comment la Maison aura cœur désormais de nous refuser une huée générale.

Le visage creusé de rides méditatives du juge de Puigouzon s'anima.

– Il va de soi qu'une battue s'impose, aussi j'expédie à l'instant une requête auprès de monsieur le lieutenant de louveterie qui la transmettra à monsieur l'intendant.

Lucien Brasc s'insurgea avec véhémence :

– Vous vous morguez, monsieur le consul ! L'intendant est à Montauban et ne répondra pas avant le printemps, s'il daigne seulement répondre. Il y a mort d'homme, je me permets de vous le rappeler. Sans oublier les cinquante-trois brebis et les vingt et un agnelets assassinés par ces féroces. Faut-il attendre qu'ils s'en prennent aux grandes bergeries de monsieur le chevalier, ou à celles de monsieur l'abbé, pour que vous réagissiez enfin ?

– Vous voilà bien affligeant, monsieur. J'ai des devoirs moi, point des états d'âme. Notre lieutenant de louveterie est tenu à trois battues l'an et elles ont eu lieu. Je ne vous apprends rien puisque vous en étiez. Et vous n'ignorez point qu'une battue supplémentaire ne peut s'organiser sans l'aval de monsieur l'intendant royal.

– Parlons-en de ces battues ! Buisson creux à chaque fois. Quant à celle de la Saint-Michel, nous n'étions pas cent et la moitié a préféré ramasser les champignons.

Le lieutenant du guet Rondon se permit d'intervenir :

– Sauf votre respect, monsieur le consul, mais à plusieurs reprises déjà on nous a reporté des agressions impliquant un homme et des malebêtes.

Le premier rapport remontait à la Saint-Michel. Des ramasseuses de glands s'étaient plaintes d'avoir été attaquées dans le bois Lespinasse par un jeune lupin couvert de peaux de lièvres, coiffé d'un tricorne emplumé et acoquiné à un trio d'énormes loups et d'une pie à une patte. Cet insolite leur avait briconné leurs mangeailles plus quelques vêtements, et ses malebêtes avaient étranglé puis emporté sur l'épaule leurs deux chiens truffiers.

Un autre rapport, datant du mois d'octobre, rapportait que des volaillers et des gaveurs de Roumégoux avaient été détroussés à la Croisille par une meute de loups aux ordres d'un meneur-garou dans sa prime jeunesse. Et puis il y avait cette mystérieuse profanation de la chapelle Saint-Hubert où la statue de saint Leu avait été hachée menu.

Lucien Brasc haussa les épaules. Son bon sens se refusait à l'éventualité d'une collusion homme-bête sauvage. Il se porta vers la porte :

– Puisque le bourg ne peut rien pour nous, et puisque monsieur le lieutenant de louveterie est incapable de nous protéger contre tous ces fauves, nous nous protégerons nous-mêmes. Contre les loups, mais aussi contre ces faminos.

Ce « nous » menaçant englobait l'ensemble des propriétaires terriens possédant un cheptel, à laine, à cornes ou à plumes.

Au cas où ses dentées au visage et au ventre lui auraient été infligées par des bêtes enragées, le maître berger fut décrété de quarantaine par le docteur Mathieu Izarn. La septicémie l'emporta après une agonie de deux semaines.

Les grandes bergeries de la Valette appartenant aux Armogaste furent attaquées la nuit de Noël, alors que les maîtres bergers assistaient à la messe de minuit célébrée en l'église Saint-Benoît.

Le maître berger Goulart recensa au matin la perte de soixante-dix-sept brebis, dont plus de la moitié étaient portières, et celle des trois chiens. Une hécatombe sans précédent dans la châtellenie. On releva sur la neige les traces d'un formidable piétinement de loups. Les portes des trois bergeries étaient fracassées à la hache.

Les quatre pastrous de garde furent retrouvés barricadés dans la soupente, serrés les uns contre les autres. Ils avaient eu très peur et roulaient des yeux ronds en narrant comment d'innombrables légions lupines étaient apparues de partout à la fois, commandées par un meneur-garou vêtu de sauvagine et armé d'un fusil de calibre 26.

— Y nous a dit qu'il était mandé par le chevalier Walter.

Maître Goulart les regarda avec gravité.

— Qu'est-ce que c'est que ces craques ?

— Point de craques du tout, mon maître. Y nous a laissé un reçu qu'il a marqué devant nous avec le sceau du chevalier. Œillez vous-même.

Maître Goulart partit sans plus attendre délivrer la mauvaise nouvelle au château, appréhendant d'avoir à s'adresser à monsieur Anselme. Le presque septuagénaire chevalier Virgile-Amédée se remettait mal de son flux de poitrine et déléguait de plus en plus souvent ses pouvoirs à son fils, qui, la plupart du temps, ne savait qu'en faire.

Monsieur Anselme était sans exagération l'un des plus mauvais louvetiers que la province ait eus à subir depuis fort longtemps. Quand il lui arrivait de chasser, c'était

488

toujours pour courir la bête à cornes, bien plus commode à forcer qu'un loup capable de vous promener plusieurs jours durant. Il n'y avait donc pas lieu de s'étonner si les bois et les forêts grouillaient impunément de cent mille malebêtes perpétuellement affamées.

Quand le maître berger Goulart fut introduit dans le cabinet de travail, le chevalier Virgile-Amédée était assis devant la cheminée, enroulé jusqu'aux oreilles dans une couverture en laine de mérinos. Il dictait d'une voix fatiguée à son secrétaire le dernier épisode des Chroniques familiales.

A l'annonce du désastre, Virgile-Amédée fut saisi d'une mauvaise quinte de toux qui lui brouilla les yeux et produisit des myriades de postillons. Francol, le vieil intendant-maître d'hôtel jamais bien loin, apparut à la porte.

— Va dire à monsieur Anselme qu'il nous rejoigne sans délai. Préviens également Hector.

Le chevalier se fit répéter le chiffre exact des pertes et celui approximatif des assaillants.

— Ils étaient plus de cent, votre seigneurie.

— C'est improbable. Les loups ne se rassemblent jamais en si grand nombre.

— Sauf votre respect, votre seigneurie, mais cette fois ils l'ont fait.

— Comment sont-ils entrés dans les bergeries ?

Le moment délicat approchait pour maître Goulart qui n'en menait pas large.

— On leur a démoli les portes à coups de hache.

Les yeux ronds et injectés de sang du chevalier se fixèrent sur ceux du maître berger qui les évita, ajoutant :

— Faites excuse, votre seigneurie, mais ces loups, ils ont un meneur, et ce meneur, eh bien il a conté à mes pastrous qu'il était dûment mandaté par le chevalier Walter pour venir prendre livraison d'autant de brebis qu'il lui chantait, vu qu'elles étaient siennes depuis toujours.

Goulart se hâta de présenter au chevalier proche de l'apoplexie une feuille arrachée au cahier de production de la bergerie et qui portait en son milieu un sceau aux armes des Armogaste.

– Il a laissé ce reçu cacheté, votre seigneurie.

– Cacheté !

Virgile-Amédée sortit de sa couverture pour libérer ses mains et prendre la feuille entre pouce et index.

– Sortez les Chroniques angloises ainsi que ma grande loupe ! lança-t-il à son secrétaire.

L'examen du sceau (apposé sur de la bougie en cire d'abeille fondue) et sa comparaison avec celui gravé sur le maroquin des Chroniques du temps du chevalier Walter démontrèrent son authenticité. Le mystère s'épaissit d'autant.

Monsieur Anselme se présenta. Il écouta les mauvaises nouvelles et embarrassa tous les présents en criant, grondant, brandissant son poing, répondant avant qu'on ne lui parle, menaçant épouvantablement. Il finit par obéir à son père qui le somma de se taire.

– Aussi improbable que cela puisse paraître, ce sceau est bien celui de notre ancêtre.

– Ça ne peut être qu'une imposture.

– Non. N'avez-vous point remarqué que notre cri figure en anglais sur ce sceau ?

Virgile-Amédée souligna avec l'ongle de son auriculaire le *Kill them all* inscrit en minuscules.

– Le chevalier Walter séjournait encore en Angleterre quand il est devenu chef de nom et d'armes. Et quand il a disparu en forêt, il portait son sceau au doigt.

– Fort bien. Et alors ? Vous ne pensez tout de même point que c'est son fantôme qui commande aux loups et qui a emporté nos bêtes à laine ?

– Je pense que quelqu'un s'efforce de nous le faire accroire. Quelqu'un qui aurait trouvé la bague de notre ancêtre.

– Et qui commanderait aux loups, se permit d'insister le maître berger Goulart.

Une forte odeur de chenil pénétra dans le cabinet de travail en même temps que le premier piqueur Hector. Sa taille était si courte qu'assis ou debout elle semblait la même. On oubliait vite ce fâcheux détail devant ses capacités de maître de chenil et de traqueur.

Hector était né trente-trois ans plus tôt dans les combles

du château du baron de Guibonnet de Salmiech, d'une mère marmitonne et d'un père grand valet de chenil. On disait qu'après avoir tété sa mère il allait téter les lices de la chiennerie qui le laissaient faire. A quatre ans, il montait à cru les énormes vautres de la meute-à-mort du baron et chassait à courre les poules et les dindons. A dix ans, il commandait à la voix et sans fouet la meute des griffons. A quinze ans, monsieur le baron le nommait premier piqueur de son petit chenil. A dix-sept ans, il devenait premier piqueur du grand et du petit chenil.

C'était lui qui avait persuadé le baron d'élever une meute de lévriers créancée au loup et seulement au loup, et c'était encore lui qui l'avait convaincu d'acheter ce couple de guépards et qui faisait grand carillon depuis dans le monde très exclusif des grands veneurs du royaume.

En sus de sa taille plus que médiocre, Hector était affligé d'un caractère atrabilaire qui en faisait un individu difficile à côtoyer. Pour avoir pris conscience très tôt de ses qualités exceptionnelles, il était sincèrement convaincu que s'il n'était pas né tout le monde se serait demandé pourquoi.

Le récit sur le meneur-garou à la solde du fantôme du chevalier Walter le laissa de marbre. Il ne s'anima qu'à l'énoncé de l'importance des pertes et à celui – présumé – des responsables.

– Plus de cent loups ensemble ? Voilà qui est des plus improbable, monsieur le chevalier.

Il parlait les dents serrées, ce qui donnait un caractère particulier d'entêtement à tout ce qu'il disait.

– Rendez-vous sur place, monsieur le premier piqueur, et revenez m'en rendre compte au plus vite.

Moins d'une heure plus tard, Hector arrivait aux grandes bergeries proches de la lisière sud-est de la forêt de Saint-Leu. Il montait une jument limousine et était accompagné du meilleur limier du grand chenil, Toujours-Là.

De nombreux voisins s'étaient déplacés pour vérifier la véracité de la nouvelle et tournaient autour des bergeries en argumentant avec animation sur ce qu'il fallait faire.

La vue du premier piqueur des Armogaste ramena le silence. Même si chacun lui reconnaissait des qualités peu communes, on ne goûtait guère ses airs de petit-maître et on lui regrettait monsieur Onrazac.

Hector se dressa sur ses étriers pour avoir une vue d'ensemble du piétinement lupin. Toujours-Là reniflait méthodiquement les environs en agitant son fouet.

Ce qu'il vit l'obligea à en rabattre sur sa notion du probable. Il démonta et alla interroger les traces, s'étonnant de leur diversité. Il reconnut des pieds de grands-vieux-loups, de louvardes, de loups et de grands-loups, de vieux-loups et de jeunes-louves. Tout cela était très inhabituel.

Il se dirigea vers les bergeries où l'attendaient les maîtres bergers et leurs pastrous. Il marchait le dos cambré et sur la pointe des pieds afin de ne pas perdre un demi-pouce de hauteur. On le reconnaissait de loin.

Une dizaine de brebis partiellement dévorées avaient été retrouvées aux alentours et alignées près des trois chiens éventrés. Le plus gros avait été tué par une arme à feu.

– Où sont les colliers ?

– Le meneur-garou les leur a briconnés, monsieur le premier.

Ils le virent s'agenouiller au-dessus du chien, dégainer son couteau de vénerie et fouiller l'intérieur de la plaie jusqu'à ce qu'il atteigne le plomb. Il essuya sa lame sur le museau du chien avant de la rengainer.

– C'est du 26, dit maître Goulart pendant que le piqueur empochait la petite balle sphérique.

Le calibre vingt-six signifiait que l'armurier avait tiré vingt-six balles d'une livre de plomb. Plus le chiffre du calibre était petit, plus le plomb était gros.

Hector inspecta chaque brebis et vérifia leurs blessures. Aucun doute sur leurs auteurs. Les dents du loup étaient ses armes et sa signature.

A l'instar de l'ensemble de la faune sauvage, l'animal était très casanier dans sa façon de se sustenter. Il commençait toujours par le ventre et se délectait en priorité de tous les organes gonflés de sang tels que le cœur, le foie, les poumons. Ensuite il dévorait les intestins, au contenu si nutritif.

Durant son séjour au château de Salmiech, Hector avait

élevé un couple de loups avec l'intention d'en tirer descendance et de démontrer à tous les incrédules qu'on pouvait aussi créancer le loup au loup. Mais quand le récit de son expérience était parvenu aux oreilles de monseigneur l'évêque de Rodez, celui-ci s'était déplacé en personne pour sermonner vertement le baron de Guibonnet. Sommé d'abattre son couple de malebêtes, Hector avait obéi, mais en montrant une si grande réluctance que ses relations avec son maître s'en trouvèrent gâtées à jamais.

Le piqueur interrogea les pâtres qui se décoiffèrent pour répéter leur histoire.

— Il a cacheté la feuille devant vous ?

— Oui, monsieur le premier. Il avait la bougie dans sa carnassière et il portait la grosse bague à une chaîne autour du cou.

— Qu'est-ce qui vous rend si certains qu'il était seul ?

— On n'a vu personne d'autre.

Hector monta dans la soupente vérifier l'endroit par lequel les pastrous disaient avoir assisté à l'hécatombe.

— Au début, il était avec deux loups seulement, mais les autres, y devaient déjà être atapinés tout autour, parce que quand y s'est mis à les huer, y ont pas traîné pour arriver.

— Ahi, monsieur le premier, ils en venaient de tous les côtés, c'était pure loup-garouterie !

— Comment les a-t-il hués ?

— Tout en loup, monsieur le premier. Au début, on a cru que c'était l'une des bêtes, mais non, pour de bon qu' c'était lui.

— Qu'a-t-il fait avant que les autres arrivent ?

— Il a ouvert toutes les bergeries et il a fait sortir les troupeaux dans la prairie. Il s'est gardé deux agneaux de l'an qu'il a égorgés et il les a dépecés en un rien de temps près du puits. On l'a bien vu, et j' peux vous assurer qu'il sait y faire.

— Et puis ?

— Et pis il les a salés avec notre sel et il les a serrés dans sa gibecière.

— Et puis ?

— Et pis les autres loups sont arrivés. Y sont d'abord restés à distance, comme si y pouvaient point croire à une telle aubaine. C'est lui qui les a encouragés à se servir.

– C'est un très grand loup tout noir qui a commencé. Il a sauté sur Câlinette et il l'a emportée. Après ils s'y sont tous mis de bon cœur.

Hector retourna près de sa jument et s'éleva d'une seule détente sur la selle. L'assistance apprécia en silence.

Maître Goulart suivit le piqueur des yeux pendant qu'il faisait des cercles allant en s'élargissant autour des bergeries, les yeux braqués sur la neige. Bientôt, il démonta et suivit à pied quelque chose qu'il était seul à voir. Il ressauta à cheval et sans un mot pour la compagnie prit la direction du sud-est. Toujours-Là accourut de derrière l'un des burons et le rejoignit.

Les bergers attendirent qu'ils aient disparu derrière l'horizon pour aller voir ce qui avait motivé ce départ. Ils trouvèrent des traces de sabots mêlées à celles des loups. Des sabots qui se dirigeaient vers le sud-est, là où commençait la forêt de Saint-Leu.

Hector réapparut au château le lendemain en fin de matinée. Ses vêtements comme les flancs de sa monture portaient de nombreux accrocs et écorchures.

Avant de retrouver le chevalier et de lui faire son rapport, le piqueur s'occupa de la jument et de son chien. Ce dernier était si exténué qu'il refusa de dîner et se coucha sans plus tarder dans son coin. Il dormait déjà quand Hector lui inspecta le poil et en chassa quatre tiques ramassées durant la longue traque qui les avait menés aux abords de la Sauvagerie.

– Il fallait profiter de la neige avant que le temps change et efface les voies, expliqua-t-il plus tard au chevalier qui l'écoutait attentivement.

Celui-ci semblait en meilleure santé et avait perdu son aspect égrotant.

La grande carte de la châtellenie déroulée sur la table datait du début du siècle et avait été peinte à l'occasion du dernier compoix de 1720. Chaque propriété, chaque champ, chaque bois étaient méticuleusement délimités. Les quatre cercles du chevalier Arthur divisaient toujours l'immense forêt de Saint-Leu, mais de nombreux défrichages avaient grignoté le premier et rétréci d'autant les deux autres. Seule la Sauvagerie gardait depuis toujours la même superficie. Elle était protégée par les fortes croyances dans la tourmentine, dans les loups-garous, mais aussi par la nature de son terrain accidenté à l'extrême, barré de fréquentes et profondes coupures envahies par les ronces, ponctué de fortes dénivellations et d'énormes éboulis de rochers abrupts et grands comme des montagnes. Vraiment un endroit invivable.

– Et l'homme ?

– Je suis tombé en défaut dès le sous-bois. Le sentier était étroit et trop de loups étaient passés dessus pour que je puisse reconnaître ses traces. Toujours-Là, par contre, a suivi sa voie plus longtemps, mais comme le soir approchait j'ai pris abri dans l'une des grottes de la Loubière. Un peu avant l'obscur, j'ai entendu hurler cinq meutes au moins, et ça fait vraiment beaucoup de loups, monsieur le chevalier. Comme il a neigé durant la nuit, Toujours-Là n'a plus retrouvé la voie au matin. Mais un fait est acquis, monsieur le chevalier, il réside quelque part dans la Sauvagerie et il a un fusil de calibre 26.

Il montra le plomb retiré du chien.

– Nous l'y débusquerons et nous le forcerons, promit Anselme en claquant son poing contre sa paume.

– Et comment monsieur le lieutenant compte-t-il s'y prendre ? demanda Hector en toisant l'aîné des Armogaste qui le dépassait de trois têtes.

Son ton frôlait l'ironie.

Le chevalier répondit pour son fils :

– Il faut une grande battue divisée en deux lignes marchantes. L'une partira des lisières, l'autre descendra des contreforts. La Sauvagerie sera ainsi prise dans une nasse d'où rien ne pourra s'échapper.

– Comme c'est vite et bien dit, monsieur mon père. Mais pour couvrir un tel territoire, il me faudrait une huée de cinq cents rabatteurs au minimum.

Virgile-Amédée montra sur la carte les monts Aubrac et la longue ligne délimitant l'orée de la forêt.

– Pour battre simultanément les lisières et les contreforts, il vous faut au moins mille hommes, plus si possible, dont une partie lestée de fusils.

— Sauf votre respect, monsieur mon père, mais vous rêvez debout. Ça ne s'est jamais vu par ici! Aucun croquant ne se déplacera.

Les battues obligatoires s'organisaient comme le rassemblement de la milice. On battait le tambour et le crieur criait partout qu'obligation était faite à tous de se présenter place Royale en tenue de campagne.

Ne trouvant aucun intérêt à perdre une journée de travail pour aller brosser les bois au seul bénéfice de monsieur Anselme, la plupart des Racleterrois préféraient rester chez eux et payer l'amende de soixante sols. Sans compter qu'aucun de ces villageois n'avait cœur d'affronter les malebêtes sur leur terrain. Monsieur le lieutenant de louveterie n'avait jamais pu réunir plus de deux cents hommes.

— Ils viendront si l'amende pour les défaillants est hissée à dix livres, et ils battront les bois le temps qu'il faudra si vous daignez leur abandonner vos primes.

Un lieutenant de louveterie prélevait une taxe sur chaque loup pris. Cette taxe, fixée à cinquante livres par loup, soixante-dix par louve, cent si elle était pleine, devait être acquittée par tous les feux d'habitation situés à deux lieues à la ronde de l'endroit de la prise. Racleterre étant à une lieue de la forêt de Saint-Leu, chaque habitant contribuait.

Monsieur Anselme se garda de répondre. Il prit un air maussade qui lui allait bien et le conserva le restant de la journée.

Ce fut son père qui s'occupa de dicter la demande d'autorisation de battue exceptionnelle adressée à monsieur l'intendant royal.

— Il est inutile d'attendre sa réponse pour commencer à nous préparer, car je vous la garantis positive.

La mise en place de la plus importante huée qu'ait connue le Rouergue nécessita deux mois pleins et s'organisa en étroite collaboration avec la Maison. Le consul et son assemblée ne se firent point prier pour promulguer un arrêté communal d'exception portant l'amende des défaillants à dix livres.

Le réquisitoire fut crié et placardé par le crieur public dans tous les villages et hameaux de la châtellenie, et au-delà.

– « Oyez, oyez, oyez, à l'extirpation des méchants loups qui se sont outrageusement accrus et horriblement augmentés dans notre bonne forêt de Saint-Leu. »

Les passages annonçant que deux cents livres seraient baillées pour la capture du meneur et qu'une prime forfaitaire de quarante livres était promise pour chaque male-bête détruite suscitèrent des vivats communicatifs. Des comités se formèrent et élurent leurs chefs de traque qui se placèrent aux ordres de monsieur le lieutenant de louveterie.

La collusion du meneur-garou avec le fantôme du chevalier Walter se confirma avec éclat quand les bergeries de l'abbé du Bartonnet furent attaquées dans la nuit de la Saint-Valentin. Trente-quatre brebis, dix-sept agnelets et deux chiens périrent. Là encore, le meneur avait apposé le sceau des Armogaste sur une page arrachée à une bible.

Ceux tentés par la prime de deux cents livres coulèrent des balles en argent à partir de médailles de saint Hubert ayant été trempées au préalable dans un bénitier.

Les premiers rabatteurs extérieurs à la châtellenie arrivèrent à Racleterre plusieurs jours avant le début de la battue. Certains venaient d'aussi loin que Saint-Affrique, Villefranche-de-Rouergue ou Mur-de-Barrez. Un bon nombre étaient des massips, d'autres se prétendaient éradicateurs itinérants de blaireaux, de taupes ou de rats, alors qu'ils étaient « chevaliers de la lune », comme on appelait alors les braconniers. Vinrent aussi de nombreux bûcherons, boisilleurs, charbonniers, originaires des forêts de Regimbal, des Palanges, des Ribaudins, et même du Lagast tout là-bas dans le Levezou.

Tous étaient appâtés par les primes et la grande majorité possédait des fusils ou des arbalètes. Des armes habituellement interdites mais que l'administration tolérait en certaines occasions, et celle-ci en était une.

Soucieuse de ne pas les voir faire leur nuit n'importe où dans le bourg, la Maison prit sur elle de faire ouvrir les portes du séminaire désaffecté et de les y regrouper. Cette occupation lui coûta par la suite un interminable procès avec la maison mère des Vigilants du Saint-Prépuce de Roumégoux.

La Très-Grande-Huée fut fixée pour la Saint-Aubin, le premier jour de mars, un mercredi.

Un mauvais choix, fera-t-on remarquer après coup. Judas ayant vendu et trahi Notre-Seigneur Jésus un mercredi, ce jour était depuis considéré comme un jour porte-guignon. La succession des événements à venir ne démentirent en rien cette croyance, bien au contraire.

Chapitre 52

Janvier 1781.

Tou va bien mal. Nou viendron à la chapele pour le matin de la nouvaile lune. Écri par moi Clotide, disait le billet déposé dans leur nouvelle cachette, à l'abri des rats de la chapelle Saint-Hubert.

Charlemagne arriva dès l'aurore dans la clairière balayée par une bise du nord sèche et froide. Chaque réunion avec les siens était un événement qui l'agitait au point de lui gâcher le sommeil. C'était aussi la première fois qu'ils venaient le voir « chez lui », dans la forêt.

Tout en les attendant, il brossa les alentours du sous-bois avec ses deux louves et repéra plusieurs coulées de lapins sur lesquelles il tendit des collets.

Les brebis braconnées la semaine dernière à l'abbé Harloup étaient déjà croquées et digérées. La trop grande distance séparant la Sauvagerie des bergeries interdisait plusieurs déplacements. Aussi, même avec cent brebis à sa disposition, Charlemagne ne pouvait en porter qu'une ou deux à la fois, et il en était de même pour les loups.

Clotilde et Dagobert apparurent en début de matinée. Sa sœur portait sur l'épaule un sac gonflé, son frère ne portait rien. Ils étaient essoufflés par le trajet d'une lieue qu'ils venaient de parcourir d'un bon pas depuis la tannerie. Leur respiration faisait des petits nuages blancs dans l'air froid.

— On nous croit au bourg, dit Clotilde en ouvrant le sac contenant un tourto de pain de quatre livres, une terrine de canard, deux chopines de clairet, du sel, des bougies, un fagot d'allumettes, une demi-livre de poudre à fusil, vingt plombs de calibre 26 et dix pointes de carreau d'arbalète forgées par Pépin.

Dagobert tira de la poche de son justaucorps un exemplaire du *Roman de Renart* et le lui offrit en le prévenant charitablement :

— Ça peut ne pas te plaire.

— Pourquoi ?

— Le loup perd à chaque fois.

— Hé ! Et qui gagne alors ?

— Maître Renart.

Charlemagne empocha le livre avec un sourire dubitatif. Ils le virent marcher vers un grand taillis et pousser plusieurs grognements de bête. Deux loups de grande taille au pelage fauve ne tardèrent pas à sortir lentement des buissons. Ils portaient des colliers de chien à longues pointes.

— Vive Dieu, Charlemagne, j'espère que tu les connais ! s'exclama Dagobert en se rapprochant prudemment de son frère.

Clotilde fit de même. Ils n'avaient jamais vu de loup vif avant.

Intimidées par la présence des deux inconnus, les louves restèrent à distance.

— Zelle avec le zabot bouffant, z'est Clotilde et l'autre, à côté, z'est Dagoberte. Et y a point un goupil dans toute la futaie qui peut les gagner.

S'entendant nommées les louves dressèrent leurs oreilles.

— Allons manzer à l'abri du vent, ordonna Charlemagne en se dirigeant vers la petite chapelle.

Ils s'installèrent au pied de la statue de saint Hubert (celle de saint Leu n'avait pas encore été remplacée). Les louves entrèrent les dernières, la truffe circonspecte, le regard allant et venant.

Clotilde prit dans la poche de son tablier le cahier de dessin qui ne la quittait jamais et commença à les croquer au fusain.

— Avant-hier, le crieur a crié partout qu'il va y avoir une grande huée pour le premier jour du mois de mars, dit Dagobert en regardant son homonyme louve se régaler d'une tranche de pain badigeonnée de terrine que son frère venait de lui offrir.

– Ils feront buizon creux comme à zaque fois.

Malgré son ton désinvolte, la nouvelle contrariait Charlemagne. Le moment choisi ne pouvait tomber plus mal. Le rut annuel allait commencer et les louves qui seraient alignées en février mettraient bas en avril. En mars, elles seraient pleines et gravement handicapées pour échapper à une battue. De plus, c'était l'année où Clotilde allait entrer en chaleur pour la première fois.

– Le crieur dit qu'ils seront mille cinq cents rabatteurs à venir de toute la châtellenie et même d'ailleurs.

– Il n'en viendra pas tant. Il n'en vient zamais plus de deux zents.

Il tartina une nouvelle tranche de pain pour l'autre louve qui n'aurait pas supporté d'être oubliée.

– Cette fois ils viendront, Charlemagne. Il y a une prime pour chaque loup mort. Le crieur a dit aussi qu'ils iront jusqu'à la Sauvagerie s'il le faut.

Charlemagne imagina son domaine investi et sa caverne envahie de rabatteurs brisant tout.

– Tu leur as coûté trop de brebis. Il y a aussi une prime pour toi.

Charlemagne se montra intéressé :

– De combien ?

– De deux cents livres.

C'était une belle somme. Dix fois supérieure à la précédente. Il se sentit à nouveau flatté.

– On dit que tu serais un loup-garou tombé récemment de l'Enfer et qui serait entré au service du fantôme du chevalier Walter.

Il sourit en leur expliquant les raisons l'ayant poussé à l'utilisation du sceau.

– Z'était pour faire très peur et décourazer les représailles.

– C'est bien raté, mon Charlemagne.

L'intéressé ne put qu'en convenir.

– Pourquoi ne vas-tu point t'installer dans la forêt des Palanges ? Tu reviendras ici après la battue.

– Et mes loups ?

– Tu les emmènes, pardi.

Charlemagne hocha la tête en prenant un air contrarié.

Il se heurtait là aux limites de sa capacité de communication. Contrairement aux humains qui vivaient dans le passé ou le futur, les loups vivaient dans le présent et seulement dans le présent. Comment leur faire entendre qu'un danger à venir les menaçait ?

Au fil des ans, Charlemagne avait isolé et mémorisé les cinq types de cris formant l'ensemble de leur langage « parlé » : le geignement, le grincement de dents, le grondement, l'aboiement et le hurlement. Outre leur voix, ils communiquaient entre eux par toutes sortes d'attitudes, de postures, de mimiques codifiées avec une telle précision qu'elles constituaient un authentique langage lupin. Hélas, la queue et les oreilles étant leurs principaux organes diffuseurs, Charlemagne éprouvait-il force difficultés à s'exprimer sur ce mode.

Il pouvait les huer et les faire venir à lui, il savait lire leurs changements d'humeur comme il en saisissait les motifs. Il avait décrypté la hiérarchie des clans et identifié qui était qui dans chaque meute, mais il ignorait comment leur faire comprendre qu'un danger les guettait et qu'il serait prudent de s'y préparer. Comment leur expliquer « demain », ou même « tout à l'heure » ?

— Pourquoi leur as-tu mis des colliers ? demanda Clotilde, tout en terminant le portrait de l'autre Clotilde qui suivait attentivement les mouvements de sa main courant sur le papier.

— Za garantit leur cou quand elles ze battent. Z'est un bon avantaze. Zurtout zette année où elles vont ze faire aligner pour la première fois. Il y a zouvent des dizputes dans zes moments-là.

— Dis-moi, Charlemagne, tous les autres loups, ils sont où en ce moment ? Ils font quoi ?

— Ils zont sez eux, à dormir. Ils se repozent de leur nuit. Et quand ils ze réveilleront, ils iront courir la viande jusqu'à ze qu'ils en trouvent.

Il se pencha vers sa sœur qui parachevait le croquis de Dagoberte et s'émut tant la ressemblance avec la louve était étonnante, jusqu'à l'expression à la fois curieuse et défiante qu'elle affichait encore en ce moment même.

Le talent de Clotilde s'était considérablement épanoui,

et maître Alexandre Pagès-Fortin ne s'y était pas trompé en lui commandant un portrait à l'huile de monsieur Voltaire. Clotilde l'avait peint d'après le buste se trouvant dans le salon, et le résultat final avait tant emballé l'avocat qu'il lui avait compté cinq livres de plus aux vingt convenues.

La jeune fille avait remis la somme à l'oncle Félix qui l'avait embrassée en lui avouant qu'il ne l'aurait jamais cru capable d'un tel exploit.

La matinée était avancée quand ils durent se séparer. Pour retarder cet instant, Charlemagne les accompagna jusqu'au grand chemin. Là, ils s'embrassèrent une dernière fois en décidant de se revoir dès que possible.

Avant de retourner dans la Sauvagerie, Charlemagne n'oublia pas de relever les collets tendus plus tôt. Il les trouva vides à l'exception d'un seul qui avait pris un lapin mais qui avait été relevé. Les traces sur le sol dénonçaient un renard d'au moins quatre ans. Il regarda sévèrement les deux louves.

– Vous auriez pu l'éventer tout de même. Et moi qui leur ai dit que vous étiez zi malignes.

Se sachant de mauvaise foi, il n'insista pas. Avec une bise soufflant dans le dos, aucun odorat n'aurait pu déceler qui que ce fût.

Clotilde et Dagoberte prirent la voie du goupil encore chaude. Charlemagne n'eut plus qu'à les suivre à distance, en espérant ne pas les perdre en chemin. Contrairement aux chiens, qui, par leurs abois, informaient continuellement sur leurs positions, les loups chassaient en silence.

Après une course d'une bonne demi-heure, les louves arrivèrent sur une renardière creusée profondément sous les racines d'un châtaignier mort. Le renard était au fond de son accul. Sa forte odeur musquée parfumait la gueule du terrier.

Charlemagne s'empressa de tourner autour à la recherche des gueules échappatoires. Il en trouva quatre qu'il obstrua avec des branchages. Il coupa ensuite un rejet de châtaignier, l'émonda, tailla une extrémité en pointe et s'en servit pour creuser le sol au-dessus de l'accul, repéré grâce aux ronflements de chat en colère qu'émettait son occupant.

Postées près de la gueule d'entrée, les louves le regardaient faire en agitant leur queue en signe d'impatience.

— Zans moi, vous ne l'auriez zamais ze goupil.

Maître renard, comprenant que son plafond allait s'écrouler, n'eut d'autre alternative que de tenter une sortie désespérée. Comme il l'appréhendait très justement, les louves l'attendaient et le happèrent au passage.

Charlemagne dut distribuer quelques généreux coups de pied à ses louves pour les persuader de lâcher leur proie et de ne pas abîmer la belle fourrure hivernale qu'il comptait ajouter à ses tapis de sol.

Il profita de la longue remontée vers la caverne pour se tourmenter l'esprit à évaluer les conséquences d'une battue de mille cinq cents rabatteurs et les ressources dont il disposait pour s'en défendre (Ça va être difficile de les encercler).

Chapitre 53

Mercredi 1ᵉʳ mars 1781.

Les rabatteurs étrangers à la châtellenie arrivèrent avant
matines à la Croisille. En attendant le lever du jour, ils
bâtirent quelques feux et se réchauffèrent autour en buvant
du casse-poitrine, en comparant le montant des primes à
loup qui variait selon les seigneuries, en prenant des paris
sur celui qui tuerait la première malebête. Des jeux de
cartes apparurent. On parla du meneur sans trop savoir
qu'en dire. Les deux cents livres de prime faisaient rêver
éveillé. Bien que la plupart prétendissent ne pas croire aux
loups-garous, les mêmes gardaient dans leur giberne une
ou deux balles en argent, au cas où…

Les rabatteurs des quartiers de Racleterre et leurs chefs
de traque arrivèrent plus tard. Une centaine portait fièrement la pique distribuée par la Maison, avec la consigne
impérative de la restituer sitôt la battue terminée.

L'aurore éclaircissait le ciel quand le chevalier Virgile-
Amédée, monsieur Anselme, le premier piqueur Hector,
le second piqueur Blaise Onrazac, leurs trois grands valets
de chiens, quatre limiers, deux meutes et une trentaine
d'invités, dont Henri de Hautes-Rives, capitaine au dragon
du Royal-Languedoc, arrivèrent à la Croisille déjà four-
millante de rabatteurs.

Virgile-Amédée avait convié le ban et l'arrière-ban des
veneurs de la région, ceux-là mêmes qui avaient formé
une haie d'honneur à la dépouille mortelle du chevalier
Évariste. Plusieurs étaient venus armés des très destruc-
teurs fusils à double canon pivotant de calibre 12.

Les chefs de traque s'approchèrent du lieutenant de louveterie qui faisait l'important devant une grande carte de la forêt où étaient mentionnés chaque sentier forestier, chaque chemin de coupe, chaque voie cavalière, tortille, layon, faux-fuyant, chaque cavée et rondon (le premier était un chemin creux, le second un chemin couvert). La Sauvagerie était vide de tout passage.

Monsieur Anselme indiqua avec autorité les emplacements des lignes marchantes et les lieux de jonction. Il décrivit le code des sonneries : un ton long pour le départ, deux longs pour la vue du loup, deux longs et un taïauter pour un incident, etc.

Le lieutenant de louveterie était le seul habilité à sonner les trois tons longs annonçant la fin de la battue. Tant qu'ils n'auraient pas retenti, personne ne devrait déserter sa ligne marchante ou son poste de tir, sous peine d'une amende bien salée.

— Chaque chef de traque placera un adjoint aux extrémités des ailes droite et gauche de sa ligne marchante. Je rappelle combien il est important de conserver l'alignement, de respecter les intervalles de dix pas et de ne partir qu'au signal donné.

Il signala ensuite l'emplacement des postes de tir vers lesquels les malebêtes devaient être rabattues.

— Je rappelle que seule la race lupine est visée et qu'il est interdit de chasser tout autre animal. Gare aux contrevenants.

Il conclut en délimitant la partie de la forêt que monsieur son père et ses invités se réservaient pour chasser à la billebaude durant la huée.

La première victime de ce jour néfaste fut Toujours-Là.

Non accoutumé à la familiarité des chiens de vénerie pour les chevaux, le normand pommelé du capitaine de Hautes-Rives sabota rudement le limier qui le reniflait au jarret. Le chien fut catapulté à dix pieds de là, la cage thoracique défoncée, le foie éclaté.

Les yeux brillants de larmes retenues, Hector chargea sa carabine et abrégea ses souffrances d'un plomb derrière l'oreille. Une pie s'envola en jacassant du hêtre où elle était perchée.

Monsieur Anselme sonna la mise en place des lignes marchantes.

Leur chef de traque en tête, les groupes se déployèrent vers leurs positions. Les chiens couplés frémirent d'excitation. Les fouets claquèrent.

– Serrez mes beaux, en meute, en meute.

Un soleil distant aux rayons rougeâtres dépourvus de chaleur se levait au-dessus des arbres.

Le chevalier Virgile-Amédée s'approcha de son fils pour lui glisser discrètement dans l'oreille :

– Eh bien, qu'attendez-vous pour sonner le *Départ* ?

Monsieur Anselme fit glisser la Dampierre qu'il portait en sautoir, pressa ses lèvres contre l'embouchure en argent et souffla un coup long et puissant qui empourpra son visage et lui gonfla à éclater les veines des tempes et du front. On comprenait en le voyant pourquoi les femmes ne sonnaient jamais.

Des fanfares similaires ne tardèrent pas à retentir dans le lointain, signalant que les groupes réunis dans les quinze autres points de ralliement disposés le long de la forêt se mettaient eux aussi en mouvement.

Les victimes suivantes furent le père Rondin, un bûcheronneur du canton des Beaux-Glands et le père Antoine, un charbonnier du même canton. Ils avançaient en faisant tapage sur le sentier qui filait vers la chapelle Saint-Hubert, quand le premier piétina un grippe-loup camouflé sous un mince tapis de feuilles mortes. Les mâchoires dentées lui brisèrent la jambe à la hauteur du mollet. Il cria sa douleur avec force.

Le père Antoine, son voisin de ligne, courut pour lui porter secours et hurla comme un damné lorsqu'il marcha sur un second traquenard qui se referma avec une telle violence sur sa cheville qu'elle s'en trouva sectionnée de moitié.

Il y eut un flottement dans les lignes marchantes. Les chefs de traque interpellèrent leurs adjoints.

– Que se passe-t-il ? Pourquoi ces grands cris ?

– Attention aux grippe-loups ! Y en a partout, prévint le père Rondin d'une voix qui portait.

Pâle comme un linge propre, il regardait sans y croire les mâchoires aux dents enfoncées profondément dans son mollet brisé. Ceux qui avaient des bâtons s'approchèrent des blessés en sondant le sol devant eux. Le chef de traque signala l'incident en sonnant deux coups longs et un taïauter.

Hector, monté sur sa jument, fut le premier à venir de la Croisille toute proche.

– Prenez garde, monsieur le premier, car c'est foutument traquenardé par ici.

Lentille, un boisilleur qui se disait versé dans la science du traquage, attira son attention sur les nombreuses empreintes sillonnant les alentours des pièges.

– Que le cul me pèle si c'est point le pied d'un grand-vieux-loup !

Hector suivit les traces sur le sentier jusqu'à leur disparition dans le sous-bois. Ce qu'il vit secoua son entendement. Il reconnaissait les empreintes des pieds postérieurs d'un grand mâle, mais les postérieurs seulement. Les antérieurs manquaient. Hector n'était pas encore décidé à admettre qu'un loup puisse poser des pièges et se déplacer debout sur ses pattes arrière.

Les blessés se lamentèrent quand on les libéra des mâchoires en acier.

L'examen des traquenards aggrava le malaise du premier piqueur. Chaque dent des mâchoires avait été récemment affûtée. De plus, le choix des emplacements – au milieu du sentier, là où aucune bête ne se serait risquée – et l'absence de chaîne d'attache retenant les pièges indiquaient clairement que le poseur n'était pas un braconnier et que c'était les humains qui étaient visés.

L'expression perplexe du piqueur inquiéta Lentille qui se pencha au-dessus des traces pour les interroger à nouveau.

On évacuait le bûcheron et le charbonnier vers la Croisille quand il s'exclama d'une voix défaite :

– Par ma foi ! Que le loup me croque si c'est point l' meneur-garou lui-même qui nous a traquenardés. Et j' sais ce que j' dis, macarel !

– Mais tais-toi donc. Les garous sont des fadaises de mère-grand, répliqua le premier piqueur entre ses dents serrées.

L'annonce que la forêt était piégée se répandit néanmoins parmi les rabatteurs à la vitesse d'une mèche soufrée. L'effet fut immédiat. La battue n'avait pas atteint les limites du premier cercle que déjà on déplorait des désertions, et, conséquemment, les premières brèches dans les lignes marchantes.

Chapitre 54

A trois cents pas en arrière de la Croisille, invisible parmi les plus hautes branches d'un hêtre, Charlemagne assistait aux préparatifs de la battue.

Retrouver dans sa lorgnette le chevalier Virgile-Amédée, monsieur Anselme ou Blaise Onrazac, faisait circuler son sang plus vite et avait ranimé ses désirs de vengeance. Bien que des années se fussent écoulées, son ressentiment était intact. Il n'avait rien oublié. L'aurait-il voulu qu'il ne l'aurait pu, tant ses rancœurs s'étaient pour ainsi dire tatouées dans sa mémoire.

Il reluqua avec intérêt le nouveau premier piqueur des Armogaste et le trouva bien minuscule. On eût dit un grand nain. Il évalua en connaisseur les attitudes et les mimiques des chiens et constata avec une pointe de jalousie qu'ils aimaient et respectaient leur nouveau maître. L'homme lui parut compétent et d'autant plus dangereux.

Une partie du rond-point étant cachée par les arbres, il entendit Toujours-Là se faire saboter mais ne le vit pas. Pas plus qu'il ne vit Hector l'achever. La détonation du coup de grâce le surprit désagréablement. Se croyant découvert et visé, il se plaqua contre la branche faîtière et faillit laisser échapper sa longue-vue dans sa précipitation. Apeurée pareillement, Clopante s'envola à tire-d'aile en jacassant.

Rien de fâcheux ne survenant, Charlemagne se rassura et reprit sa surveillance. Clopante fit quelques cercles au-dessus de la Croisille puis revint se percher non loin.

Monsieur Anselme sonna le *Départ*. Les chefs de traque et les rabatteurs pénétrèrent dans le sous-bois en faisant grand vacarme. La battue commençait. Anselme et deux valets d'écurie lui servant d'escorte s'en furent inspecter les autres lignes marchantes.

Le chevalier Virgile-Amédée et ses invités restaient à converser sur la Croisille en échangeant des topettes d'eau-de-vie. Rassemblés autour du poteau central, les piqueurs et les valets maintenaient la paix parmi les chiens impatients d'être découplés.

La battue commençait à peine que déjà les sonneries avertissant qu'un incident venait de se produire retentirent.

Là-haut sur son arbre, Charlemagne eut un sourire qui montra toutes ses dents. La paire de pièges tendue sur le sentier de la chapelle avait « donné ».

Il vit le petit piqueur sauter sur sa jument limousine aussi lestement que tonton Laszlo et disparaître sous les arbres.

Sur les vingt-huit traquenards en sa possession, seize venaient de la Loubière, les douze autres étaient des trouvailles faites au hasard de ses quêtes journalières. Charlemagne se les était appropriés de droit et avait semé la crainte chez leur détenteur en laissant autour des emplacements vides des empreintes qu'il traçait avec les pattes levées sur le Vieux-Capitaine, décédé de vieillesse l'hiver dernier. Une mort qui l'avait touché comme celle d'un grand-père.

Une nuit de décembre, sentant sa fin prochaine, le vieux loup s'était traîné jusque dans l'antichambre de la caverne. Il respirait encore quand, au matin, Charlemagne l'avait découvert allongé près du foyer éteint. Le moribond avait essayé de se relever pour le saluer, mais en vain, aussi s'était-il borné à remuer faiblement sa queue.

La gorge nouée par le chagrin, Charlemagne avait cassé un œuf de poule dans sa main et avait tendu ses doigts dégoulinant de jaune au vieux loup qui les avait léchés en fermant les yeux à demi. C'était son mets favori ces derniers temps. Charlemagne s'était retenu de le caresser ou de le serrer dans ses bras comme il y était enclin. Il ne savait que trop bien que les loups n'aimaient pas être tripotés et encore moins étreints.

Le Vieux-Capitaine était mort quelques instants plus

511

tard, sans un bruit ni un tressaillement, laissant sa grande langue rouge pendre sur ses crocs usés jusqu'aux gencives et ses mâchelières réduites à l'état de chicots par l'âge et l'usage.

Dagoberte et Clotilde étaient venues le renifler, puis s'en étaient retournées à leurs occupations habituelles.

Charlemagne vit avec satisfaction le bûcheron et le charbonnier aux visages grimaçants de douleur sortir de la forêt, soutenus par plusieurs rabatteurs. Le chevalier Virgile-Amédée descendit de son cheval pour les interroger pendant qu'on les aidait à monter à l'arrière d'une carriole.

Le premier piqueur montrait à son maître les traquenards en lui expliquant quelque chose que Charlemagne était trop loin pour entendre.

Les rabatteurs ayant porté les blessés argumentaient avec animation. Charlemagne braqua sa lorgnette sur eux et vit qu'ils se disputaient les places dans la carriole. Apparemment, aucun ne voulait retourner dans la forêt, et tant pis pour l'amende de dix livres !

Hector, puis le chevalier en personne, essaya de les raisonner. Bernique et merci bien. Quand la carriole s'ébranla, elle emportait cinq rabatteurs en plus des deux blessés.

– Plus que mille quatre cent quatre-vingt-quatorze… euh, non, treize, calcula avec effort Charlemagne dont le calcul n'avait jamais été la matière favorite.

Le chevalier remonta à cheval et sonna le *Départ* aux invités qui n'attendaient que ça. Blaise le doubla et ravit tout le monde en sonnant magnifiquement.

> *Loups rusés et voraces*
> *Vous n'avez qu'à trembler*
> *Car bientôt sur vos traces*
> *Armogaste va découpler.*

entonna à pleine voix l'équipage du chevalier en prenant la tête de la chasse.

Une fois la Croisille vide, Charlemagne rangea sa lorgnette et descendit de son arbre.

Il se pendait à la branche première pour se laisser tomber à terre quand deux coups longs et un taïauter retentirent en provenance de la mouille où étaient tendus d'autres traquenards.

Charlemagne avait mis à profit les deux mois de préparatifs de la battue en créant toutes sortes d'obstacles dans les trois cercles, en pratiquant des passages pour les éviter et en piégeant ces passages.

Il récupéra dans un taillis ses sabots, sa cognée, son arbalète et le carquois contenant dix carreaux. Il quitta la hêtraie avec l'intention de suivre la chasse du chevalier et de la contrarier autant que faire ce pouvait.

Partis avec les lignes marchantes du canton de Montretout, un fourbisseur du quartier de la porte Haute et son chef de traque tombèrent simultanément dans une fosse creusée sur toute la largeur d'un layon du deuxième cercle. Le trou était peu profond, mais le sol était hérissé d'os brisés et fichés en terre, de vieux bois de cerf et de branches taillées en pointes qui déchirèrent leurs chairs en plusieurs endroits.

Là encore, on releva aux abords de la fosse de multiples empreintes attestant la présence d'un grand-vieux-loup marchant debout.

Les volontaires pour aider au transport des blessés furent nombreux. Leur départ ouvrit de nouvelles trouées dans les lignes, par lesquelles purent s'enfuir les premiers retours de lagomorphes, de cervidés et de suidés.

Claquant dans ses mains, gueulant à pleine gorge sans conviction, Albert Boissonade, sabotier de la rue des Afitos, avançait dans le canton du Beaugland en surveillant constamment son alignement avec les autres rabatteurs. Tout l'ennuyait dans la nature et il était là uniquement pour échapper à l'amende. Il appréhendait de se perdre dans cet enchevêtrement végétal où tout se ressemblait. L'absence de feuilles soulignait l'aspect torturé des branches et accentuait l'hostilité du lieu.

Il remarqua l'arbre mort barrant l'étroit sentier et l'enjamba. En même temps qu'il posait son pied de l'autre côté, il vit un large nœud coulant se resserrer autour de sa cheville et le happer, le faisant basculer en arrière. Sa nuque heurta brutalement des rochers qui, géologiquement parlant, n'auraient pas dû se trouver là. Il perdit connaissance.

Ses compagnons immédiats accoururent à sa rescousse, brisant leur ligne marchante. Le chef de traque sonna l'incident.

— Vite, dépendons-le, il saigne par la tête, s'écria Rognon, un cordier du quartier de l'Arbalète.

Il approcha du grand baliveau après lequel le nœud coulant était attaché et qui retenait par un pied le sabotier à six pieds du sol. Regardant en l'air, le cordier ne put voir le grippe-loup dissimulé sous la litière et marcha dessus. Son cri tétanisa ceux qui l'entendirent.

Le nez à terre, les chiens brossaient les fourrés et les taillis avec sérieux et célérité.

Hector chevauchait en tête sur le sentier du Plagnol et les appuyait de la voix.

— Allons-y, mes beaux, là-dedans, là-dedans !

Chasser à la billebaude fournissait l'occasion aux chiens autorisés à quêter de donner le meilleur d'eux-mêmes. C'était à qui relèverait le premier une voie et entraînerait les autres derrière lui.

A la suite du premier piqueur venaient les meutes couplées aux ordres de Blaise et des valets. Derrière, à cent pas, suivaient au petit trot le chevalier Virgile-Amédée et les invités qui bavardinaient.

— Je n'ai jamais plus retrouvé pareil chien d'arrêt, disait le vicomte de la Plégnières à son voisin le capitaine de Hautes-Rives. Si vous manquiez votre coup, il s'arrêtait et se tournait vers vous pour vous dévisager vraiment de travers. Puis il reprenait sa quête et si, par guignon, vous manquiez une nouvelle fois, alors il se retournait, vous regardait au fond des yeux et venait droit vous mordre.

Un chien cria avec autorité dans l'un des taillis sur la dextre. Les fouets des chiens battirent l'air.

– C'est Laissez-Passer qui vient d'empaumer une voie, dit le chevalier tandis que les autres limiers se ralliaient au vétéran en donnant de la voix à leur tour.

On vit Laissez-Passer surgir sur le sentier caillouteux, marquer un temps d'arrêt pour renifler le terrain, puis filer devant lui en aboyant de plus belle.

Hector se pencha sur sa selle pour interroger le sol et lança à l'intention de Virgile-Amédée :

– Deux belles louves de trois ans, monsieur le chevalier, mais leur voie est du relevé.

Il voulait dire que les louves étaient passées la veille. Sans ajouter un mot, il piqua des deux pour rattraper le limier.

Comme la plupart des piégés, qu'ils soient bêtes ou humains, Hector vit trop tard la garcette tendue en travers du sentier, qui le heurta sous le nez et lui rabattit si violemment la tête en arrière que ses vertèbres cervicales s'écrasèrent les unes contre les autres. Son tricorne s'envola. Les deux jeunes arbres auxquels était nouée la corde ployèrent puis se redressèrent vivement en tressaillant de toutes leurs branches. Le corps sans vie d'Hector s'affaissa sur la jument qui continua son trot enlevé. Il tomba le long du flanc gauche et y demeura retenu par les étriers, jusqu'à ce que l'animal s'arrête de lui-même à trois cents pas de là.

– Vive Dieu ! jura le chevalier devant la soudaineté du drame.

Les valets immobilisèrent les meutes en tirant sur les traits. Blaise Onrazac dégaina sa dague de vénerie et voulut trancher la corde, mais il ne put l'atteindre. Le capitaine de Hautes-Rives, du haut de son cheval, s'en chargea d'un coup de sabre.

L'examen de la corde et la hauteur à laquelle elle était attachée signalaient clairement que seuls les cavaliers étaient visés. Si le premier piqueur avait été d'une taille normale, il aurait reçu la corde dans la poitrine et n'aurait été que désarçonné.

– Il semblerait que votre battue ait été anticipée par

votre soi-disant meneur-garou, ironisa le capitaine en direction du chevalier qui n'aimait rien de ce qu'il voyait.

Comme pour lui donner raison, deux longues sonneries et un taïauter retentirent à l'est.

– C'est du canton de Beaugland, dit Blaise.

Le chevalier Virgile-Amédée se porta auprès de son premier piqueur et le sut mort en voyant l'angle impossible que faisait sa nuque. Ses yeux étaient ouverts et le choc contre la corde avait enfoncé sa mâchoire supérieure, modifiant son air au point de le rendre méconnaissable.

Présumant de ses forces, le chevalier voulut dégager le corps des étriers. Une vive douleur traversa son dos et lui fit lâcher prise. Il gémit. C'était comme si quelque chose venait de céder au niveau des reins. Blaise et le grand valet Compère accoururent à sa rescousse.

A sa grande confusion, le chevalier dut les laisser l'aider à remonter en selle, ce qui ne lui était encore jamais arrivé.

Il retourna auprès de ses invités et, très mortifié, il prit congé d'eux en les enjoignant à poursuivre la chasse sans lui et à trucider autant de loups qu'ils le pourraient.

Il désigna Blaise pour l'escorter jusqu'à Racleterre et promut Compère premier piqueur pour le temps de la battue. Chacun de ses mots était accompagné d'une grimace de douleur. Il souffrait au moindre mouvement et appréhendait la chevauchée d'une heure qui le séparait du château et des sirops opiacés tue-douleurs du docteur Izarn.

La cognée et l'arbalète en bandoulière, Charlemagne trottinait dans le sous-bois à une cinquantaine de pas à l'arrière des derniers invités, un petit groupe de six gentilshommes à l'accent de Roumégoux. Ils trottaient en commentant avec force rires leurs bonnes fortunes féminines (Qu'est-ce qu'une femme fidèle sinon une femme qui s'acharne sur un seul homme).

Charlemagne fut très satisfait quand la chasse arriva au croisement du Grand-Chêne et s'engagea dans le sentier du Plagnol qu'il avait embûché la veille en compagnie de Dagoberte, Clotilde et Lunatique, son beau loup de trois ans. Ce dernier devait son nom à son caractère ombrageux.

Il était du clan de l'Autre-Côté et courtisait Clotilde depuis longtemps. Au début, le prenant pour un rival, le loup s'était montré hostile jusqu'à tenter une attaque. Charlemagne lui avait administré un tel coup de sabot dans les côtes qu'il devait encore en garder le souvenir.

Comme prévu, Clotilde était entrée en chaleur dès la Sainte-Agathe et s'était fait aligner par Lunatique. Leur union avait eu lieu dans la grand-cour, sous la surveillance de Dagoberte et de Charlemagne qui s'était posté discrètement dans l'antichambre, le fusil chargé au cas où les autres mâles en rut rôdant aux alentours tenteraient de s'interposer. Il savait qu'il n'assistait pas seulement à une simple copulation printanière mais à la naissance d'un futur clan.

Charlemagne écouta Laissez-Passer aboyer qu'il venait d'empaumer les voies de deux louves et qu'il les prenait. La chasse du chevalier approchait du piège.

Pour une fois, il ne se fit point de souci pour les siens. Ses louves et Lunatique étaient dans la caverne. Il les avait gavés avant de les quitter. Et puis, avec tout ce vacarme, la forêt entière était déjà avertie du danger.

Il sortit de sa carnassière une longue garcette et la tendit en travers du chemin à hauteur de cavalier. Il se replia ensuite derrière un bosquet de rejets de châtaigniers d'où il garda une vue en enfilade sur le sentier. L'arbalète tenue à deux mains, il mit un genou à terre et attendit, le cœur battant plus fort qu'il ne l'aurait souhaité. Si tout se déroulait au mieux, il allait sous peu se procurer une monture et pouvoir ainsi sévir sur une plus grande superficie. Son plan était de contourner la forêt par les lisières et d'aller ouvrir des brèches dans les postes de tir vers lesquels la huée rabattait présentement tout ce que la futaie renfermait de vivant et courant.

Au soudain brouhaha de voix, aux montures qui renâclent parce que leur cavalier est nerveux, aux cliquetis des bridons et des baudriers, Charlemagne sut que la chasse du chevalier était interrompue.

Un peu plus tard retentirent des sonneries venant du

canton du Beaugland. Là-bas aussi il avait piégé les principaux passages.

Il entendit les chevaux approcher longtemps avant de les voir. L'un était plus chargé que l'autre. Leurs fers claquaient bruyamment sur le sentier caillouteux. Ces mêmes cailloux sur lesquels Javertit l'avait autrefois traîné de la fosse-aux-loups à la Loubière.

Il se mit debout et se tint prêt.

Charlemagne s'étonna de voir le chevalier Virgile-Amédée trottant côte à côte avec Blaise Onrazac. A sa position malaisée, il crut d'abord que c'était lui qui avait donné dans son piège, puis il vit le corps en travers de la monture de Blaise et reconnut l'uniforme du premier piqueur. Il s'en attrista. Une simple jambe cassée aurait largement suffi. Le peu qu'il avait entrevu du petit homme dans sa lorgnette lui avait plu. Il s'était senti proche de lui, se fiant aux chiens qui ne se donnaient qu'à ceux qui le méritaient.

Le chevalier était tout à son douloureux tour de reins et Blaise tout à sa déception de ne pas avoir été choisi à la place de Compère lorsque la corde les faucha de leur selle. Virgile-Amédée vida ses étriers, bascula en arrière le long de la croupe, tête première et jambes en l'air, se brisant l'omoplate et le col du fémur en arrivant à terre. Il perdit connaissance.

Blaise Onrazac bascula lui aussi en arrière. Il tomba lourdement à terre, aplatit sous lui le pavillon de la Dampierre et resta accroché à son étrier par le pied gauche.

Dressée par Laszlo à s'arrêter si elle perdait son cavalier, la jument limousine s'immobilisa au lieu de le traîner sur les cailloux comme l'aurait fait un cheval ordinaire. En revanche, elle se débarrassa d'une cabrade du mort qui glissa à terre.

– Crénom de Dieu ! Qu'est-ce qui nous arrive, votre seigneurie ? gémit-il en remuant la tête avec précaution.

Sa jambe étirée et sa cheville coincée dans l'étrier faisaient très mal. Il se désola à l'idée des dégâts occasionnés sur sa trompe.

Comment se retrouvait-il ainsi sur le dos à regarder les

arbres à l'envers ? Sur quoi avait-il buté ? Le sentier n'était pourtant point piégé à l'aller. Tournant la tête, il vit le chevalier qui gisait inanimé sur le dos à quelques pas de lui. Son cheval s'était approché d'un arbuste et en rongeait l'écorce.

Blaise essayait d'extraire son pied de sa botte prisonnière, quand un rabatteur aux habits repoussant de rusticité sortit du sous-bois pour se porter à son secours. L'homme était jeune, coiffé d'un tricorne emplumé, et il tenait une arbalète de braconnier à deux mains.

– Tu arrives à point, bonhomme. Aide-moi vite à me démêler de ce foutu étrier !

Au lieu d'obéir, l'homme s'intéressa à la jument qui tressaillit de la crinière à la queue, comme si elle venait de flairer le loup. Blaise le vit saisir la bride et tirer l'animal vers un noisetier.

Traîné ainsi sur quelques pas, il protesta :

– Ouuuggggh, ma cheville, pute borgne ! Que fais-tu, corniaud ? Dégage-moi, je t'ordonne !

Apaisant la jument en lui parlant à mi-voix, Charlemagne l'attacha au tronc du noisetier, puis, se saisissant du pied botté du piqueur, il le décoinça d'un coup sec de l'étrier.

– Ouuuuuggggggh, mais fais donc attention, maraud !

Blaise se mit sur son séant pour masser sa cheville meurtrie, tandis que celui qu'il prenait pour un rabatteur s'approcha et déclara d'une voix qui lui parut étrangement familière :

– Quand on peut point mordre, on gronde point !

Blaise vit le pied chaussé d'un gros sabot terreux s'élever puis s'abattre à grande vitesse sur la partie la plus précieuse de son visage : la bouche et ses belles dents blanches. Il retomba à la renverse sur les cailloux. Le coup lui éclata les lèvres, enfonça les maxillaires à l'intérieur, déchaussa partiellement les incisives et les canines supérieures et inférieures. Sa bouche s'emplit de sang. Le pied saboté s'éleva à nouveau. Blaise ferma les yeux.

Le deuxième coup, plus fort que le premier, broya dans leur alvéole ses dents déchaussées. Un troisième et dernier coup, porté sur le côté droit, emporta toutes ses molaires, de la première petite à la troisième grosse. Les yeux toujours fermés, il voulut supplier son agresseur de ne pas l'achever, mais ses mots étaient inintelligibles : on eût dit qu'il parlait la bouche pleine de braises.

Les abois de Laissez-Passer annonçant qu'il avait perdu la voie des louves retentirent loin vers le Plagnol.

Aucun nouveau coup ne venant, Blaise rouvrit les yeux et se tourna sur le côté pour cracher du sang et des débris de dents. Il vit l'énergumène penché au-dessus du chevalier et occupé à lui retirer sa bague. C'était donc un brigand de futaie et non un rabatteur. Blaise fut saisi d'une tenaillante terreur qui lui fit oublier ses multiples souffrances buccales.

Certains de périr sur l'échafaud s'ils étaient pris, les brigands n'avaient aucun intérêt à laisser vifs des témoins de leurs méfaits, aussi les détruisaient-ils systématiquement.

A cette idée, une forte décharge d'adrénaline ravigota Blaise au point qu'il trouva subitement la force de se mettre debout et de s'enfuir en boitant dans le sous-bois.

Charlemagne le laissa partir. Il en avait fini avec lui. Jamais plus il ne sonnerait un *Débuché* ou un *Hallali*, jamais plus il ne chasserait. Il était toutefois juste un peu dépité que le piqueur ne l'ait pas remis.

Le sceau du chevalier venant mal, il cracha dessus pour qu'il glisse le long du majeur qu'il encerclait depuis vingt et quelques années. Il le glissa dans sa poche avec l'intention de l'ajouter plus tard à son collier de trophées. C'était la première fois qu'il touchait son ancien maître. Avant, quand il lui parlait, il devait se tenir à deux pas et ne jamais le regarder au visage.

Charlemagne déboucla le baudrier de cuir brillant et s'empara du beau couteau de vénerie qui y pendait. Il n'avait d'autre mauvaise disposition à l'égard du chevalier que celle de l'encolérer durablement. Lui voler son sceau et son couteau était un moyen sûr d'y parvenir. Il rangea l'arme dans sa carnassière et retourna près de la jument qu'il avait choisie de préférence à l'alezan entier du châtelain. Il dut la rassurer à nouveau tant son odeur mélangée à celle des louves lui était déplaisante. Avisant le grand fouet abandonné par Blaise, il trancha la flotte de cuir tressé en plusieurs morceaux et brisa le manche de jonc à pommeau d'argent ouvragé d'un coup sec du talon. Puis il ramassa une pierre et la lança contre l'alezan qui écorçait un arbuste. Le projectile le frappa sur la cuisse et le fit se cabrer d'indignation.

– Va-t'en ! Rentre à l'écurie et donne le bonzour à tonton Laszlo, dit-il en lui jetant une deuxième pierre.

Le cheval prit le galop et le maintint jusqu'aux environs de Racleterre ; on le retrouva en fin de relevée dans les anciens fossés, broutant les plantations expérimentales de pommes de terre de maître Floutard.

Charlemagne déchargea son arbalète avant de la repasser en bandoulière. Quand il voulut se mettre en selle, il constata que ses sabots étaient trop gros pour entrer dans les étriers. Retournant auprès du chevalier, toujours inanimé, il lui retira ses bottes, les enfila et les conserva bien qu'elles soient une demi-pointure trop étroite. Il eut le sentiment que le vieil homme avait repris ses esprits et faisait le mort. L'idée qu'il puisse l'effrayer l'enchanta.

Il coinça ses sabots dans les fontes de la jument, posa son pied gauche dans l'étrier et s'éleva en l'air. Bien calé sur la selle, il apprécia immédiatement la position dominante du cavalier sur le piéton. Puis il réalisa qu'il avait oublié de détacher la bride et dut redescendre, confus.

– Dézolé, ma fille mais ze n'ai point l'habitude, moi, lui avoua-t-il en flattant son encolure.

S'il entretenait depuis toujours d'excellentes relations avec les équidés, il n'en avait pratiquement jamais monté, à part Favorite quelquefois en croupe avec leur bon père Clovis, et il y avait de cela bien longtemps.

Il remonta en selle en sachant que la jument avait deviné son inexpérience et chercherait tôt ou tard à en profiter.

Avant de s'éloigner prudemment au pas, Charlemagne poussa plusieurs hurlements lupins auxquels s'empressèrent de répondre tous les chiens qui les entendirent.

Il s'arrêta un peu plus loin pour empêcher la cognée et l'arbalète de brinquebaler dans son dos.

Il arrivait au carrefour du Grand-Chêne quand retentirent les premières sonneries annonçant la vue par corps d'un loup. Ça venait du canton de la Croix, le territoire du clan de l'Autre-Côté. Les sonneries furent suivies d'une fusillade aussi fournie que désordonnée. Il eut une pensée aimable pour Pas-Belle, la grande-louve rousse qui avait pris par force la succession de Grimaud, deux hivers plus tôt. Le grand-vieux-loup détrôné se montrait depuis aux abords de la caverne où il savait trouver toujours quelque chose à manger.

C'était au nombre de loups solitaires, inconnus pour la plupart, qui apparaissaient à intervalles dans la grand-cour avec l'espoir de se faire nourrir que Charlemagne avait pu constater fièrement combien sa réputation nourricière avait dépassé les frontières de la forêt de Saint-Leu. Preuve supplémentaire, s'il en était encore besoin, de la bonne circulation des informations dans le monde lupin.

Prenant de l'assurance, il passa au trot par une simple pression des cuisses, ayant déjà compris combien la jument y était sensible. Il arriva rapidement à la Croisille où se regroupaient de nombreux rabatteurs déserteurs.

Les yeux fixés droit devant lui, il traversa le rond-point sans ralentir et fila sur le grand chemin. On s'écarta sur son passage en remarquant sa manière peu orthodoxe de se tenir à cheval. Certains s'étonnèrent qu'il fût armé d'une cognée et d'une arbalète. La combinaison des deux choquait.

Plus loin, il dépassa d'autres déserteurs qui s'acheminaient vers Racleterre en argumentant sur la manière d'échapper à l'amende.

Charlemagne trottait le long des champs de blé de la ferme Longviala lorsque trois cavaliers menant bon train apparurent au loin, venant dans sa direction. Il ne put s'empêcher de lever les yeux sur leur passage et croisa un instant ceux de monsieur Anselme. Regardant par-dessus son épaule, il se rassura de les voir poursuivre leur course sans se retourner. En même temps, il se sentit un peu amer de reconnaître tout le monde alors que personne ne le reconnaissait. Il est vrai qu'on le croyait mort.

Plus loin, il laissa la jument se mettre au pas pour grimper la rude côte du Bossu d'où l'on dominait le causse et son bourg. Il résista à l'envie de faire un détour par la tannerie Camboulives qu'il apercevait sur le bord du Dourdou.

Ce fut en entendant le beffroi sonner tierce que lui vint l'idée d'incendier les granges entre Racleterre et la combe de Bonnefons. Une idée hautement contestable d'un point de vue moral, mais efficace sur le plan stratégique.

Bien qu'il eût conscience qu'en détruisant les réserves de fourrage il rendait difficile, voire impossible, la jointure avec le printemps pour nourrir le cheptel, Charlemagne ne connut pas de conflit intérieur. Il avait choisi son camp une fois pour toutes, et ce n'était pas celui de ses semblables.

Bénéficiant de l'absence des hommes partis à la battue, il réussit, non sans mal, à brûler sept granges. Des fermières mécontentes lui tirèrent dessus à plusieurs reprises et il ne dut son salut qu'à leur inexpérience dans le maniement du fusil. Il perdit ainsi son tricorne qui lui fut subitement arraché, sans doute par un morceau de grenaille.

A l'apparition des premières fumées, le tocsin du feu retentit au beffroi et aux églises et les volées de cloches parvinrent jusqu'au deuxième cercle, où venaient de pénétrer les lignes marchantes. Les plus agiles des rabatteurs grimpèrent aux arbres, et, bientôt, tous ceux originaires des lieux d'où s'élevaient les fumées noires abandonnaient la battue pour rentrer au plus vite.

N'osant toujours pas essayer le galop, Charlemagne trotta un long moment avant d'arriver en vue des bergeries Brasc. Au-delà des crêts se trouvaient la lisière de la forêt et les premiers postes de tir. L'endroit lui rappelait Clodomir.

Plusieurs chevaux dessellés et entravés broutaient l'herbe naissante dans le pâturage derrière la bergerie. Les véhicules qui avaient transporté les tireurs à pied d'œuvre attendaient leur retour, alignés le long du bosquet de châtaigniers.

En raison de la battue, les pâtres avaient reçu l'ordre de ne pas sortir leurs moutons. Les vantaux fracassés l'autre nuit avaient été remplacés par des neufs qui sentaient encore le pin. L'un d'eux était entrebâillé.

Il entendit les bêtes à laine secouer leurs clochettes et bêler leur frustration de ne pas être dans les prés. Il entendit aussi des voix qu'il prit pour celles des pâtres.

Un briard hirsute et un couple de bouviers des Flandres

s'agitaient en grondant autour de la porte du buron. Ils reniflaient dessous en agitant leur queue, indiquant qu'ils voulaient entrer. Ils ne lui prêtèrent aucune attention.

Charlemagne descendit du cheval et tituba quelques pas avant de retrouver son équilibre. Son dos était comme concassé, et la dureté de la selle avait mis son fondement à vif. Il attacha la jument à la ridelle d'une carriole, fit glisser l'arbalète de son épaule et la chargea.

Mal à l'aise dans ses bottes trop étroites, il marcha jusqu'à la vingtaine de chevaux et les désentrava en leur parlant doucement en lenou :

– *Ravantopec savoda minodout zérabo.*

Il retourna vers le buron, intrigué par le manège des chiens. Il crut entendre des gémissements, mais en provenance de la bergerie.

Il y eut des sonneries annonçant de nouveaux incidents dans les lignes marchantes. Elles venaient du canton de Lespinasse où il avait creusé deux fosses.

Il s'approcha des chiens et vit des traînées de sang sur le sol et sur le dallage de pierres plates protégeant l'entrée de la boue. Il poussa la porte et entra dans l'ancienne fromagerie qui, désormais, sentait le foin. Une vingtaine de selles était rangée le long du mur, sans doute appartenaient-elles aux chevaux qu'il venait de libérer.

Les chiens se ruèrent à l'intérieur et se jetèrent sur les dépouilles d'un couple de loups étendus par terre. Charlemagne fut navré de reconnaître Farouche, une gentille louvarde d'un an, et Cornichon, son frère de la même portée, tous deux du clan de l'Autre-Côté. Ils étaient morts depuis moins d'une heure. Il écarta les chiens à coups de pied.

Marmonnant entre ses dents, il trancha les liens retenant les bottes de foin et le dispersa à pleines brassées dans le buron. Près de la porte, les chiens le regardaient faire. Il battit son briquet et mit le feu. Il l'attisa en ouvrant les fenêtrons et en créant un courant d'air.

Charlemagne sortit et marcha vers la bergerie avec l'intention de questionner les pâtres sur ceux qui avaient occis les louvarts. Il poussa le vantail entrouvert et entra. Son cœur tressauta. Il était trop tard pour faire demi-tour.

Un groupe de quatre éradicateurs itinérants était réuni dans la partie réservée aux bergers. Un cinquième, allongé sur une paillasse, semblait mal en point. Sa cheville, presque détachée du mollet, saignait abondamment et personne ne semblait se décider à lui faire un garrot.

Comme si elles le reconnaissaient, les brebis s'agitèrent quand Charlemagne passa devant leur enclos. Il vit dans le troupeau P'tit Bicou et le successeur du pâtre que les loups de Grimaud avaient croqué. Ils le regardèrent, les yeux ronds comme des écus de cinq livres. Charlemagne sourit au jeune pastrou.

Deux des rabatteurs étaient des taupiers, les autres, ainsi que le blessé, étaient des ratiers. On les distinguait à leurs houppelandes faites en pelleterie de leur spécialité. La mode actuelle chez les tueurs de rats était de laisser aux peaux leurs longues queues écaillées. Comme il fallait plus de cent vingt rongeurs pour faire le vêtement, l'effet était saisissant.

Ils argumentaient sur l'opportunité de conduire le blessé à Racleterre. Les taupiers étaient contre, objectant qu'ils perdraient trop de temps. Les ratiers pensaient de même, mais, par corporatisme, ils n'osaient le formuler ouvertement.

Ils toisèrent Charlemagne et eurent un regard désapprobateur vers l'arbalète qu'il tenait braquée devant lui. Il l'abaissa et dit d'une voix qu'il fut le seul à trouver mal assurée :

– Zalut, la compagnie !

– L'bonjour à toi, compère, répondit un taupier aux gros yeux noirs très brillants qui bâtissait un feu dans la cheminée.

Ses bras étaient si longs qu'il pouvait se toucher les genoux sans les plier.

Les autres répondirent de même. Apparemment, aucun d'entre eux n'était de la châtellenie. L'un des ratiers tentait de panser avec de la charpie la jambe du blessé. Il s'y prenait maladroitement et accentuait l'hémorragie au lieu de l'arrêter. Il avait le teint olive des Méditerranéens et une petite bouche aux lèvres gercées qu'il vernissait régulièrement de salive avec sa langue.

Charlemagne s'approcha de la barrière à claire-voie qui

délimitait le territoire du troupeau de celui des bergers. Plusieurs fusils dont un tromblon étaient appuyés contre le mur sous la niche de saint Leu. Le traquenard responsable se trouvait à côté, sur le sol. Il reconnut son grippe-loup posé hier – en doublage avec un collet à taille humaine – sur l'unique layon traversant le massif roncier du Feuillus-Tout-Plein, à une demi-lieue d'ici. Il l'aurait volontiers récupéré.

Le blessé gémit. Son visage exsangue avait une teinte grise qui n'annonçait rien de bon. Si personne n'arrêtait son hémorragie, il allait bêtement se vider de tout son fluide vital.

– J'ai froid les compaings, dit-il avec l'accent millavois.

C'était lui qui avait tué un des louvarts et c'était à lui que revenait la prime de quarante livres. Encore fallait-il qu'il survive.

– Lebrun fait du feu, répondit l'autre taupier avec agacement.

Plus court que son compagnon, il avait le visage vérolé, le regard autoritaire et une tache de vin au milieu du front qui lui dessinait comme un troisième œil. Il ne restait pas en place et paraissait impatient de retourner à la battue.

Pas un instant Charlemagne ne songea à intervenir. Pourtant il savait faire un garrot et il transportait en permanence au fond de sa carnassière toutes sortes de sachets médicinaux, dont l'un contenait de la racine de géranium pilée d'un grand effet coagulant. Il avait aussi des pétales de souci pour désinfecter et de l'écorce de saule pour faire tomber les fièvres.

Sa connaissance des plantes datait de sa première rencontre avec Lacroque, trois ans plus tôt, un jour d'été où celle-ci se réapprovisionnait dans le troisième cercle en amanites phalloïdes et en bolets de fiel. Elle était accompagnée d'un grand bouc au poil long qu'elle appelait Pierrot. C'était son odeur qui avait attiré ses loups dans cette partie de la forêt. Clodomir avait failli se faire encorner par le grand ruminant.

– Le bonzour à vous, dame zorzière.

La dernière fois qu'il l'avait vue remontait au décès de leur bonne mère : il se souvenait principalement de son âne rouquin et de l'araignée qu'elle portait en broche sur le corsage.

— Vas-tu te taire ! Je ne suis pas une sorcière !

Tout en gardant un œil sur les louvarts qui étaient en train d'opérer une manœuvre d'encerclement du bouc, Charlemagne s'étonna de l'irritation de Lacroque.

— En tout cas, tout le monde dit que vous en êtes une !

— Je suis une maîtresse guérisseuse, et ce sont les ignares qui me disent sorcière. J'ai été apprentie trois ans et compagnonne cinq, avant de passer maîtresse.

Il n'osa s'enquérir sur la sorte de chef-d'œuvre qu'elle avait dû accomplir.

— C'est comme si on te disait meneur-garou simplement parce que tu brosses les bois en leur compagnie.

Soudain Dagoberte passa à l'attaque. Le bouc se tourna vers elle. A l'instant où la louvarde faisait un brusque crochet qui révélait que sa charge n'était qu'une diversion, Clodomir et Clotilde attaquaient sur les flancs. Sans l'intervention de Charlemagne, le grand bouc aurait été sévèrement denté. Il avait été fier de ses loups ce jour-là.

Ils s'étaient revus irrégulièrement et avaient établi un accord selon lequel il lui procurait toutes sortes de produits particuliers, tels que des suites de sangliers ou des daintiers de cerfs. En contrepartie, elle le laissait l'accompagner durant ses récoltes de plantes médicinales.

— Tu arrives ou tu en reviens ? questionna le deuxième ratier, faisant allusion à la battue.

L'homme était grand et se tenait voûté. Des bonnes joues pleines aux pommettes vermillon lui donnaient un air jovial que démentait un regard chafouin. Un large couteau de boucher dans un étui en bois lui barrait la ceinture.

Charlemagne mentit avec aisance. Il n'osait pas faire demi-tour. Pourtant, dans quelques instants, l'incendie allait être découvert.

— Ze zuis au zervize de monsieur Anzelme, dit-il en imitant le ton cassant du lieutenant de louveterie.

Songeant aux deux loups morts, il ajouta :

— Ze lui fais des rapports zur les primes.

L'intérêt des rabatteurs s'éveilla. Charlemagne jeta un coup d'œil vers les pâtres. Seul P'tit Bicou savait qu'il mentait. Le garçonnet se tenait près de la barrière, le visage congestionné, comme sous le coup d'une forte émotion.

Dehors, les chiens donnèrent de la voix d'une façon telle que Charlemagne devina qu'ils en avaient après le buron en flammes.

– Ici, on a déjà droit à deux ! s'exclama le ratier, cessant de s'intéresser au blessé.

Il parlait avec un fort accent provençal qui lui faisait chanter les mots plus que les dire.

Sa houppelande était en peaux de rats noirs, avec, çà et là, des touches de couleur fauve apportées par des peaux de souris à queue courte qui vivaient dans les garrigues.

– C'est y vrai que la prime est la même pour le mâle que pour la femelle ? demanda-t-il en passant rapidement sa langue sur ses lèvres craquelées.

– Z'est vrai, se risqua Charlemagne qui n'en savait rien. Je n'aurais jamais dû entrer. C'était très imprudent. J'aurais dû partir de suite après avoir mis le feu, c'est tout, se gronda-t-il en évitant de regarder vers la porte.

Les abois excités des chiens ajoutaient à la nervosité des brebis qui bêlaient craintivement.

De la fumée noire s'infiltra par les fenêtrons. Le taupier qu'on avait appelé Lebrun renifla en fronçant les sourcils.

Charlemagne prit le même air préoccupé et se dirigea vers la porte, comme s'il allait vérifier l'origine de la fumée. Il atteignait le vantail et allait le repousser quand P'tit Bicou s'écria d'une voix que l'émotion rendait perçante :

– C'est lui le garou ! Je l' remets bien ! Sur Jésus que c'est lui !

On le crut.

Cédant à une violente bouffée de colère, Charlemagne se retourna, leva son arbalète, la braqua sur le garçonnet, tira, rata. Le carreau traversa la poitrine du pâtre voisin. Il y eut des jurons effrayants du côté des éradicateurs. Tous se précipitèrent sur leurs fusils. Aucun, dans toute son existence, n'avait été aussi proche de deux cents livres.

Charlemagne s'enfuit en maudissant son trop vif empressement qu'il tenait pour responsable du ratage. L'émotion tuait toujours la précision. Il entendit le petit Judas crier :

– C'est moi qui l'ai remis et j'en veux moi aussi d' la prime !

L'incendie du buron faisait rage. Des gerbes de flammes jaillissaient des ouvertures et de la porte. Le toit fumait entre les lauzes et la chaleur allait bientôt les faire exploser.

Tout en courant vers la jument que la vue des flammes faisait saboter, il plaça un nouveau trait dans la rigole de l'arbalète et s'arrêta le temps d'appuyer l'arbrier contre sa cuisse et de tendre à deux mains la double corde tressée.

Le premier à sortir de la bergerie fut le ratier aux lèvres gercées. La vue du buron embrasé lui tira un étrange juron :

– Par les couillons de Marie ! V'la nos loups et nos selles qui ardent.

Il avait occis la seconde malebête et c'était sa prime qui partait en fumée. Charlemagne profita de sa distraction pour ajuster son tir et viser au plus large, comme il eût fait avec un cerf, un daim ou un sanglier.

Le carreau atteignit le ratier au ventre. La distance de quarante pas empêcha qu'il traverse sa cible lui aussi.

– Oh peuchère ! s'exclama l'homme en tombant d'abord sur ses genoux puis vers l'avant.

Charlemagne courut à nouveau vers sa monture tout en rechargeant son arme avec des gestes précis que seule pouvait conférer une grande habitude. Recharger vite était d'une importance capitale à la chasse. Il suffisait de blesser une vieille laie – ou un lynx, comme cela lui était arrivé l'automne passé – pour s'en convaincre. Aussi s'était-il souvent entraîné. Il s'était également passionné pour le lancer de pierre et avait acquis à la longue une belle précision : il pouvait ainsi assommer une perdrix ou un faisan perché à vingt pas.

Les autres tardaient à sortir de la bergerie. La vue du taupier arbaleté les incitait à la prudence, aussi chargeaient-ils leur arme avant de se risquer au-dehors.

Tout en détachant hâtivement la jument de la ridelle, Charlemagne ruminait contre l'ingratitude inouï du petit pastrou.

– J'aurais pu le bailler à mes loups l'autre fois, et ils n'auraient fait que trois ou quatre bouchées de lui et de son agneau. Ah, si j'avais su !

Il était d'autant plus indigné que, dans la situation inverse, il n'aurait jamais trahi, fût-ce pour mille livres. Ou du moins le pensait-il. Il se reprochait aussi de ne pas avoir flairé la fourberie. C'était la première fois qu'une bonté se retournait contre lui et il se promit de ne jamais oublier P'tit Bicou.

Il avait un pied à l'étrier et montait en selle quand un coup de feu éclata. Un plomb de 22 frôla sa cuisse et frappa le troussequin. La puissance de l'impact déplaça la selle qui se mit de guingois. La jument hennit en bondissant en avant. Charlemagne lâcha son arbalète et se rattrapa à la crinière, parvenant *in extremis* à se maintenir tout en suppliant l'animal de ne pas galoper.

La jument fonça à travers le pâturage, entraînant à sa suite quelques-uns des chevaux désentravés.

Deux nouveaux coups de feu tirés presque simultanément retentirent.

Charlemagne sentit quelque chose de dur et brûlant le frapper violemment au flanc et entrer en profondeur dans les chairs. Il cria mais ne tomba pas. La jument prit le galop.

– Je l'ai eu ! hurla le grand ratier jovial.

– Que nenni, c'est moi ! protesta le taupier au front taché.

– C'est sur le cheval qu'il fallait tirer d'abord, dit Lebrun en rechargeant aussi vite qu'il pouvait.

Quatrième partie

Chapitre 55

Baronnie de Bellerocaille, oustal Pibrac, février 1781.

L'emploi du temps des occupants de l'oustal était aussi réglementé que sur un trois-mâts de la Royale. Chacun savait ce qu'il devait faire, où, quand et comment il devait le faire. Ceux qui l'ignoraient étaient formés selon la Tradition instituée une fois pour toutes par Justinien premier, l'ancêtre fondateur de la lignée.

En apprenant comment s'habituer à être différents, isolés, rejetés de tous, la Tradition – sorte d'*Émile* à l'usage des bourreaux – insufflait chez les bénéficiaires un état d'esprit tel que chacun avait à cœur la bonne marche de l'oustal et la prospérité de la charge.

Justinien, le troisième du nom et présent maître exécuteur des hautes et basses œuvres de la baronnie de Bellerocaille, était un produit singulièrement édifiant de cette Tradition.

Né à l'oustal le jour de la Saint-Martin 1732, ses précoces dispositions à l'ingéniosité l'avaient promu apprenti le jour de ses sept ans. A onze, il partait à Paris et devenait nourri chez les Sanson. Il était nommé valet d'échafaud en second le jour de ses quatorze ans, valet en premier le jour de ses vingt et maître à trente et un ans, après que son père Justinien le deuxième se fut retiré.

Comme la souveraine horreur qui s'attachait à l'état de bourreau rendait quasiment impossible à un exécuteur de s'unir à quelqu'un d'étranger au cénacle, le Troisième avait épousé Pauline Plagnes, la fille aînée de Basile son valet en premier, qui lui avait obligeamment mis au monde, à ce jour, trois mâles et trois garces, tous d'excellente constitution. Un septième enfant était attendu vers la Saint-Jean.

Préparé depuis la mamelle à son destin, le Troisième n'en avait jamais entrevu d'autre, aussi le vivait-il sans état d'âme ni mélancolie. Sa conscience professionnelle était telle qu'il ne se considérait non pas comme un artisan, mais comme un artiste de la démolition des corps et de la trucidation judiciaire.

Sa première grande innovation technique avait été la conception, puis la fabrication, d'un échafaud démontable, sans chevilles, sans clous, sans vis, où tout s'emboîtait, s'imbriquait, s'unissait harmonieusement. Un régal d'ingéniosité. D'autres inventions avaient suivi.

Assis le dos à la bibliothèque couvrant le mur du cabinet de travail, le Troisième travaillait comme chaque fin d'après-midi à son *Traité d'Histoire générale et particulière des Châtiments de l'Antiquité à nos jours*.

La lumière du jour diffusée par l'unique croisée était si faible qu'il avait allumé la paire de candélabres représentant Hercule brandissant deux bobèches à bout de bras.

Le propos de son traité était de démontrer – à partir d'une documentation irréprochable – qu'aucune condamnation, tourment ou supplice judiciaire n'était jamais sorti de l'imagination d'un exécuteur, mais toujours de celle d'un roi, d'un seigneur haut justicier, d'un magistrat, d'un ecclésiastique ou d'un militaire.

Sa méthode consistait, dans un premier temps, à dresser un inventaire exhaustif de chaque châtiment ainsi qu'un descriptif de ses origines. Parallèlement, il étayait son propos en regroupant autant de gravures possibles reproduisant des tableaux de maîtres ayant pour thème des exécutions ou des supplices infligés aux saints martyrs.

Il compilait pour l'instant une traduction française du *Manuel de crucifiement*, un ouvrage aussi rare que sulfureux acheté lors de son dernier séjour parisien. En dépit de son titre, c'était d'abord les Mémoires de Guerschom bar Kohen (né en 4, mort en 74), maître exécuteur en chef auprès du Sanhédrin de Jérusalem, au temps où Ponce

Pilate était procurateur de Judée. Maître Guerschom était le seul bourreau de l'histoire de l'humanité à comptabiliser un dieu dans son palmarès.

Dérobé deux siècles plus tôt dans l'enfer de la bibliothèque du Vatican par un prêtre archiviste véreux, le manuscrit original avait été vendu à des arianistes qui l'avaient traduit de l'araméen et l'avaient fait imprimer en Suisse, par une maison d'édition spécialisée dans les ouvrages antireligieux, érotiques ou séditieux.

Mis à l'*Index librorum prohibitorum* dès sa parution, tout libraire ou colporteur pris à le proposer fut condamné au bûcher en vertu des lois contre la littérature tendant à détruire la foi catholique et les mystères de la religion. Sur un tirage initial de trois mille exemplaires, une dizaine seulement avait échappé aux autodafés.

> Moi, maître Guerschom bar Kohen, ai toujours eu cœur d'entretenir érigées en permanence sur le Golgotha, six croix en T de grandeurs différentes.
> La hauteur devant être proportionnelle à la gravité de la faute, la plus petite mesure une toise et demie, la plus grande trois.
> Afin de leur assurer une bonne stabilité, moi, maître Guerschom bar Kohen, je les enfouis sur deux coudées de profondeur.
> Compte tenu du coût du bois, moi, maître Guerschom bar Kohen privilégie le cèdre pour le crux, et le chêne – moins onéreux – pour le patibulum souvent malmené durant le transport et qui doit être remplacé fréquemment. A force d'être enfoncés toujours aux mêmes endroits les clous creusent le bois et le percent.

Le Troisième interrompit sa lecture pour inscrire sur son cahier de Réflexions :

> Si un pilier de trois toises et demie en cèdre et son tasseau transversal d'une toise et demie en chêne pèsent environ deux cent vingt livres, comment Notre Sauveur Jésus, qui venait de subir vingt et un coups de chat à neuf queues et qui avait donc le dos labouré à vif, a-t-il pu porter un tel fardeau durant les huit cents pas séparant le Palais hasmonéen du Golgotha ?

Flagellant plusieurs fois l'an, il connaissait mieux que quiconque les effets de ce fouet muni de neuf lanières, et dont les extrémités garnies de plomb éclataient la peau dès le premier coup.

Dans le salon voisin, sa fille aînée Bertille répétait ses gammes sur le clavecin qu'il lui avait offert l'an passé pour ses seize ans. Malgré une bonne volonté évidente, elle produisait un son aussi mélodieux que si un chat avait couru sur les touches. Pas un des sept maîtres de musique que comptait Bellerocaille n'avait accepté d'enseigner le solfège à une fille Pibrac, même au tarif triple. La fille d'un juif aurait eu plus de chance.

Étouffé par l'épaisseur des murs, le tintement de la cloche du portail retentit, annonçant un visiteur.

> Notre loi exigeant que les condamnés fussent exécutés nus, les femmes ne peuvent en aucune façon dépasser la porte d'Éphraïm.

Plus sa lecture avançait, mieux le Troisième entendait les motifs des autorités religieuses à mettre le manuel à l'index pour l'éternité. Pas un paragraphe qui ne soit en contradiction avec l'iconographie traditionnelle.

Ainsi, à en croire l'exécuteur hébreu, Jésus n'avait porté que le *patibulum* et non la croix entière, il avait été crucifié en tenue d'Adam et jamais sa mère ni les autres femmes n'avaient été autorisées à le pleurer au pied de la croix.

Le Troisième écrivit :

> Pour avoir été le châtiment réservé au fils de Dieu, la crucifixion est la seule peine que nos lois ont toujours exclue de leurs répertoires. L'invraisemblance avec laquelle les peintres ont toujours représenté le thème de l'exécution de Notre Seigneur s'expliquerait par leur manque d'expérience visuelle.

Il reprit sa lecture.

> Moi, maître Guerschom bar Kohen, utilise toujours des clous d'un pan de long qu'il faut planter à la lisière du poignet et de la main, là où commencent les tendons.

La douleur ayant une nette propension à faire gesticuler le condamné, la tête des clous doit être aussi large qu'une pièce de 10 sicles si on ne veut pas qu'il s'en libère.

Moi, maître Guerschom bar Kohen, avertis charitablement que la plupart des crucifiés se vident dès le premier clou aussi est-il bon de prendre ses précautions, principalement les jours de khamsin.

Bien qu'il n'eût jamais crucifié, le Troisième constatait régulièrement les effets émollients de la peur et de la douleur sur les sphincters des condamnés, aussi reconnaissait-il la justesse d'une pareille mise en garde.

Le clavecin cessa de jouer. Des bruits de pas firent craquer le plancher. Il reconnut ceux de Basile Plagnes, son premier valet mais aussi son beau-père. Il allait savoir qui avait sonné au portail.

– Entre, dit-il avant que le valet d'échafaud ait frappé.

La porte du cabinet de travail s'ouvrit sur un corpulent sexagénaire en livrée rouge et noir. Les Plagnes étaient au service des Pibrac depuis trois générations.

Le récit des étonnantes circonstances durant lesquelles le premier des Pibrac avait recruté Brémond, le premier des Plagnes et père de Basile, était connu de toutes les familles d'exécuteurs du royaume et se perpétuait durant les veillées d'hiver autour de la cheminée.

Brémond était né le jour de l'Ascension de l'an 1690. Justinien premier devait brûler ce jour-là un couple de drapiers parpaillots, Brémond et Cécile Plagnes, dûment atteint et convaincu d'hérésie. La femme était enceinte et proche du terme. L'effroi et les douleurs la firent accoucher à l'instant où le Premier embrasait le bûcher. Celui-ci ramassa l'enfant qui gisait parmi les fagots et trancha le cordon ombilical avec son couteau. La foule exigea à grandes hurlées que l'enfant soit rejeté dans les flammes. Évoquant son sacro-saint droit de dépouille, le Premier refusa froidement et garda l'enfant.

Prénommé d'après son père, Brémond fut élevé à l'oustal et formé à devenir le valet d'échafaud héréditaire des Pibrac. Il avait épousé en 1718 la fille aînée du valet en premier des Sanson, et un an plus tard naissait Basile. Celui-ci avait vingt-cinq ans quand il épousa Clarisse Champion, la fille cadette de l'exécuteur de Chalon. Pauline, Honoré puis Arthur naquirent de cette union.

Deux ans plus tôt, un sort cruel avait endeuillé Basile en lui ravissant le même jour son épouse et son fils cadet.

Arthur dévalait à grande vélocité la rue Magne quand la roue du cabriolet avait heurté un pavé disjoint. Subitement éjectée de son siège, Clarisse avait été projetée tête première contre l'éventaire d'un fabricant de dés à coudre. Pareillement éjecté, Arthur s'était brisé les reins en retombant sur le bord d'un abreuvoir à chevaux. Clarisse était morte sur le coup, Arthur avait agonisé une lune durant.

Et l'an dernier, surcroît de malheur, Grison, le fils unique d'Honoré, âgé de dix-huit ans, avait tenté d'échapper à sa condition en s'enfuyant de l'oustal. On savait depuis qu'il s'était enrôlé sous un faux nom dans un régiment cantonné à Villefranche-de-Rouergue.

Basile avait décrété que son nom ne serait plus jamais prononcé et que tout ce qui lui avait appartenu devait être brûlé. Si cela avait été en son pouvoir, il aurait volontiers effacé les traces de la naissance du transfuge sur le registre paroissial de l'église Saint-Laurent.

— Un coursier vient d'apporter ceci, dit Basile en présentant une lettre cachetée du sceau de la Maison de Routaboul.

Le Troisième brisa la cire avec soin (toute correspondance était archivée depuis trois générations) et lut les deux lignes inscrites à la va-vite sur du papier bon marché.

— Routaboul nous loue pour une quadruple pendaison après-demain.

Il ne reconnaissait pas l'écriture habituellement tremblée du vieux greffier souffreteux et s'étonna de la sécheresse du ton comme de l'absence de toute formule de civilité.

La dernière exécution dans le bourg-marché remontait à la Saint-Hubert. Il y avait fustigé puis pendu deux braconniers pour le compte du consul de la Maison.

— Quand partons-nous, mon maître ?

— Demain, en fin de relevée.

538

– Je peux venir ? s'écria une voix jeune et fraîche derrière la porte.

La frimousse de Bertille apparut dans l'entrebâillement. Ses yeux verts brillaient d'expectative.

Son père prit un ton grave :

– Qui vous a autorisée à espionner aux portes ?

Elle joignit ses mains pour accentuer son air suppliant.

– Oh, mon cher papounet, je vous en prie, laissez-moi venir !

– Vous commettez une faute et vous voudriez une récompense ? Est-ce ainsi que je vous ai enseignée ?

Le regard de la jeune fille s'embua et une grande tristesse marqua ses traits fins. Elle aurait apitoyé une statue. Sa voix se fit menue :

– J'assisterai mère afin qu'elle se fatigue moins.

Depuis qu'elle avait découvert les effets de ses pleurs sur les autres, notamment sur son père, Bertille pouvait faire venir ses larmes à volonté, il lui suffisait d'évoquer quelque chose de désolant, comme la fois où elle avait déchiré sa robe neuve ou quand Papatte était morte.

– Dis-lui, grand-père, qu'il me laisse venir, fit-elle en s'adressant à Basile. En plus, je n'ai jamais été à Routaboul.

Le valet hocha la tête avec le sourire entendu de celui qui a assisté à la même scène un million de fois. Il sortit en les laissant en tête à tête, certain de l'issue.

Bertille ne faisait pas foin de son désir de succéder à son père, et cela avant même que son frère Justinien naisse. Mais s'il n'était pas rare que des exécuteurs, par manque de personnel, emploient des femmes comme valets d'échafaud, aucune à ce jour n'avait été commissionnée.

Jugeant ce sort des plus injustes, Bertille s'en était ouverte à son père. Touché aux larmes, celui-ci l'avait longuement serrée dans ses bras avant de lui répondre :

– C'est ainsi, ma douce. L'usage veut que se soit un mâle qui soit le maître et non une garce.

– Pourtant Marguerite Le Paistour a bien été provisionnée exécuteur en chef à Lyon.

– Tu es de mauvaise foi, puisque tu n'ignores point qu'elle se faisait appeler Henri et qu'elle se prétendait homme. D'ailleurs elle a été encachotée sitôt après avoir été démasquée.

— Si fait, père, mais elle a quand même officié deux années durant sans que personne n'ait eu à se plaindre de son métier. Et sans la dénonciation de sa servante, elle officierait toujours. Ce que je veux dire, c'est qu'une femme peut être aussi compétente qu'un homme.

Comme il se devait, le Troisième céda. Bertille lui sauta au cou pour le remercier, puis, rappelant toutes ses larmes, elle s'intéressa au *Manuel de crucifiement* ouvert sur le grand bureau à côté du cahier de Réflexions. Tout autour étaient étalées plusieurs gravures reproduisant l'écartèlement de saint Hippolyte, le rôtissage de saint Laurent, la lapidation de saint Étienne, la décollation de saint Jean-Baptiste, l'ébouillantage de saint Jean l'Évangéliste dans sa marmite d'huile bouillante, et plusieurs Passion du Christ.

Il la laissa se pencher et feuilleter le cahier de Réflexions aux pages couvertes de notes et de croquis retraçant sous toutes ses facettes la construction, la préparation et l'élévation d'une croix.

— Que préparez-vous présentement ?

Il le lui expliqua avec des mots simples.

Elle hocha la tête à plusieurs reprises pour montrer qu'elle comprenait, et quand il eut fini, elle l'embrassa à nouveau et dit :

— Ainsi, mon papounet, la croix de Notre Jésus n'est rien d'autre qu'un gibet ?

Ce fut au tour de son père de hocher la tête comme si l'association lui avait échappé à ce jour.

— On peut le dire.

Chapitre 56

Le lendemain matin.

La berline rouge grenat sortit du grand chemin et s'engagea sur le sentier empierré montant au gibet de Routaboul. Les fourches patibulaires à deux piliers se détachaient sur l'horizon. Des rafales de vent balançaient les restes des deux braconniers pendus l'an passé.

Malgré les nombreuses fientes d'oiseaux qui souillaient les armes du bourg-marché, on lisait :

ATTENTION, ON FAIT ICI DROITE ET BELLE JUSTICE.

Le véhicule s'immobilisa devant la croix de pierre dressée à l'extrémité du large promontoire d'où l'on apercevait Routaboul. Le bourg était bâti au centre d'un vallon enserré de collines couvertes de vignobles en gradins qui rappelaient de loin un escalier pour géant.

La goutte au nez, les membres gourds de froid, Basile et Félix Vermeille descendirent de la banquette, tandis que le Troisième ouvrait la portière et rabattait lui-même le marchepied pour sortir de la berline.

Les reins moulus par le trajet, Pauline et Bertille l'imitèrent. Pendant que la mère et la fille allaient vider leur bourdalou de voyage derrière un buisson, le vieux valet en premier et le jeune nourri dételèrent les quatre chevaux et les recouvrirent d'un plaid.

Le Troisième s'accroupit pour inspecter les suspensions du véhicule. Il vit que deux sangles de cuir sur six étaient relâchées. Le poids de la berline et les cahots du chemin mal entretenu finissaient toujours par les détendre. Les retendre exigeant le soulèvement de la caisse, il décida d'attendre l'arrivée d'Honoré et de Tixier Jeanjean qui suivaient derrière à petite vitesse sur le chariot convoyant le matériel patibulaire.

Depuis la suppression de l'impôt de havée par monsieur Turgot et l'amputation des revenus qui en avait découlé, le Troisième manquait de personnel. L'oustal, qui avait accueilli jusqu'à huit nourris, n'en recevait aujourd'hui plus que deux. Arthur Plagnes n'avait pas encore été remplacé, et la défection de Grison n'avait fait qu'aggraver la pénurie.

Les volontaires étant quasiment inexistants, renouveler le personnel d'échafaud devenait une entreprise longue et ardue. Les offres de recrutement se faisaient par le truchement de lettres postées aux familles d'exécuteurs les plus susceptibles de céder un cadet surnuméraire. Le Troisième n'avait reçu que deux postulants en trois ans, et il avait dû les renvoyer dans leur province après une décevante période d'essai. Le premier, rejeton de l'exécuteur de Manosque, s'était montré aussi adroit qu'un porc grimpant à une échelle, quant à l'autre, le cousin germain du maître d'Épinal, il était de ces gens pétris de bonnes intentions, et qui, lorsqu'on leur montrait la lune du doigt, regardait le doigt.

Le grand chariot bâché transportant l'échafaud et la potence arriva une heure plus tard. Comme sur les portières de la berline, le blason des Pibrac était peint des deux côtés de la bâche. Les rayons des roues étaient laqués en vermillon, la caisse et les timons en noir : la moindre lumière les faisait briller, le plus petit rayon de soleil les faisait miroiter.

Pauline et Bertille terminaient la préparation du déjeuner sur un feu construit à l'abri du vent au pied de l'assise en maçonnerie des fourches. Par instants, une bourrasque faisait s'entrechoquer les pendus l'un contre l'autre.

Bien qu'il fût tôt dans la matinée, chacun se sustenta de bon appétit. On savait qu'il n'y aurait pas d'autre opportunité de manger avant la fin des exécutions : aucune des treize auberges et tavernes de Routaboul n'aurait accepté de les servir. Cet ostracisme se retrouvait partout dans le royaume et existait depuis la prise de fonction du premier bourreau de l'humanité. L'autarcie tant recherchée par les familles des hautes et basses œuvres n'était pas un caprice mais une nécessité fondamentale.

Pas plus tard qu'en décembre 79, le maître de Marvejols et ses deux fils, partis exécuter un jugement dans un ressort du comté, furent surpris par la neige et le grand froid. L'exécuteur voulut s'installer dans une auberge mais on l'identifia à son habit rouge et on le contraignit à s'en aller. Après avoir subi un accueil similaire dans une ferme, il se réfugia sous une cahute à châtaignes où on le retrouva le lendemain mort de froid, ses deux fils serrés contre lui, morts itou.

Le repas terminé, chacun s'activa.

Les suspensions de la berline furent retendues. Basile et Honoré attelèrent les chevaux et suspendirent aux poitrails les bruyants colliers de grelots. Les nourris dépoussiérèrent au chiffon doux les armoiries sur les portières, Pauline et Bertille rangèrent les ustensiles de cuisine dans les malles en osier. Le Troisième se bourra une pipe de vrai Malte et pétuna en observant ses apprentis s'affairer. Il n'appréciait aucun des deux et avait hâte de les remplacer.

Tixier Jeanjean, le fils aîné du modeste bourrel de Réalmond (trois mille livres annuelles), était plus niais que sournois. Il avait dix-huit ans, un petit nez trop court et une grosse bouche avançante tapissée de dents de chien qui lui faisaient souvent mal et lui entretenaient une haleine à tuer les mouches. Mais son plus grave défaut – rédhibitoire dans l'esprit du Troisième – était qu'il avait honte de son état et ne savait pas le dissimuler.

Quant à Félix Vermeille, l'aîné du prospère exécuteur de Cambrai (neuf mille livres annuelles), il avait un an de plus que Tixier et ne lui ressemblait en rien. Il parlait avec un fort accent nordique et se laissait pousser des moustaches qui venaient mal. Satisfait de son physique trapu et de ses jambes droites comme des I majuscules, il s'estimait un excellent parti et entretenait des vues sur Bertille.

Quand tout fut prêt, on tendit une bâche entre la croix et la berline et chacun se changea derrière. Les valets et les nourris passèrent leur livrée tomate à revers noir, le Troisième mit sa perruque à bourse et s'accommoda d'un frac cadmium à col rabattu pourpre d'inspiration anglaise. Pauline revêtit une robe à la taille décousue pour accommoder son ventre gros de cinq lunes tandis que Bertille passait une robe retroussée dans les poches abricot flamboyant qui accentuait sa taille bien prise et faisait pigeonner ses seins.

Enfermé derrière une épaisse muraille de grès rouge, le bourg-marché ne comptait pas moins de sept églises pour trois cent vingt-deux feux *intra muros*. Cette profusion expliquait que les mœurs y fussent réputées d'une grande austérité. Une austérité battue en brèche par la production d'un vin si gouleyant que les natifs avouaient ne pas connaître d'autre boisson, au point d'être incapables d'affirmer si l'eau avait un goût salé ou sucré.

Le sergent de la milice bourgeoise, qui combattait le froid en arpentant le chemin de ronde, entendit la berline avant de la voir. Il alla jusqu'à la cloche et la sonna à toute volée, prévenant le bourg de l'arrivée imminente du bourrel.

Entendant eux aussi la cloche, les Pibrac et leurs valets se composèrent une physionomie dégageant de l'indifférence comme la neige dégage de la froideur. Les cours de mithridatisation leur avaient appris à offrir à volonté un visage aux traits impavides.

« A aucun instant ils doivent s'imaginer que leur haut mépris vous affecte. Vous devez agir comme s'ils n'avaient aucune existence. Et quand vos regards se croisent, ne capitulez jamais », enseignait Justinien premier dans sa Tradition, développant sur trois pages les meilleures façons de soutenir les regards, quels que soient le rang et qualité de leurs propriétaires.

Alors que la berline franchissait la voûte de l'octroi, Basile fit tournoyer son fouet avec virtuosité et le fit claquer tel un coup d'arquebuse. Dressés à cet effet, les quatre chevaux hennirent à l'unisson, suscitant l'habituel malaise fasciné que provoquait chaque apparition du bourreau.

Toutes les rues convergeant vers la place grouillaient de monde en ce jour de marché et d'exécutions combinés. Beaucoup de villageois tenaient un chien en laisse, ce qui n'était pas courant.

Les pinardiers, qui avaient licence ces jours-là de vendre leur production au détail, avaient mis leurs fûts en perce devant leurs magasins et proposaient le vin à la velte, à la pinte, à la chopine et même au gobelet.

– Arrière les cagots ! Laissez passer la vraie justice ! gueula de toute sa gorge Basile en refaisant claquer son fouet.

Les chevaux hennirent. La foule frémit en s'écartant. Des chiens aboyèrent et de nombreuses femmes se signèrent en apercevant les profils impassibles du bourrel, de sa bourrelle et de leur bourrelette.

– Arrière les boitouts ! Place au Vengeur de l'Innocence !

Au cours de son demi-siècle de pratique, Basile avait mémorisé une telle quantité d'invectives qu'il pouvait jurer plus de cent fois sans jamais se redire.

– Arrière vilains poissards ! Place à la main droite de Dieu !

La Maison communale s'élevait sur l'emplacement du château des Routaboul, rasé jusqu'à l'herbe par les papistes durant la Contre-Réforme. Averti par la cloche, le personnel était aligné sur le grand balcon de l'étage et guettait leur arrivée.

La foule rassemblée sur la place triangulaire se fendit largement pour laisser passer la berline et le chariot rouge et noir.

Basile tira sur les rennes. L'attelage s'immobilisa devant l'édifice entièrement construit avec les moellons du château. Son fouet claqua. Les chevaux hennirent. La routine.

Félix sauta de son siège pour ouvrir la portière et déplier le marchepied. Le Troisième apparut, le dos et la nuque bien droits, l'épée à la hanche, les deux chenapans entre-croisés sur son gilet à raies mauves. Il ajusta son tricorne galonné et se dirigea d'un pas assuré vers le porche décoré aux armes du bourg.

Tout ce qu'il savait sur les raisons de sa venue était qu'il

545

aurait à performer une quadruple pendaison. Il ignorait où et à quelle heure. En règle générale, l'usage voulait que le châtiment prit place sur le lieu où avait été commis le crime (« Là où le sang de l'innocence a coulé, le sang du coupable doit être répandu », disait la loi), mais il arrivait que le juge en décide autrement.

Pauline et Bertille restèrent dans la berline. Basile prit son tromblon rangé sous la banquette et le chargea en comptant chaque plomb à voix forte. A ses côtés, Félix lançait des mimiques belliqueuses à l'assistance, se tournant ensuite vers Bertille pour vérifier leur impact. La fille Pibrac était un parti flatteur, fort bien dotée de surcroît, et il avait l'intention de l'épouser.

Sur le chariot, Honoré imitait son père et jouait avec son fusil à deux canons, tandis que Tixier, qui n'arrivait toujours pas à s'accoutumer à une pareille quantité de regards haineux, avait disparu sous la bâche. Assis sur un des madriers de l'échafaud, il se pelait les peaux autour des ongles en déplorant que les exécuteurs ne portent plus des cagoules comme à Venise aux temps des Doges, des cagoules rouges ne laissant voir que les yeux et la bouche. Tixier aurait aimé une justice qui exécuterait à huis clos.

Le Troisième entra dans le vestibule de la Maison encombré d'une section de miliciens endimanchés qui se turent en le reconnaissant.

Il poussa la porte de la salle du tribunal où le consul, le juge communal, le lieutenant de la milice bourgeoise, l'huissier de justice, et un jeune greffier qu'il n'avait jamais vu, l'attendaient en commentant la grande battue se déroulant en ce moment même dans la châtellenie des Armogaste. Attirés par les primes offertes pour les loups et leur meneur, de nombreux Routabouliens avaient fait le déplacement et y participaient.

Un grand tableau poussiéreux suspendu au-dessus de l'estrade où le magistrat énonçait ses sentences décrivait le Jugement dernier dans ses détails les plus triviaux (on y voyait par exemple de nombreuses mouches voleter au-dessus des ressuscités).

– Monsieur le consul, monsieur le juge, monsieur l'exempt, me voici, déclara-t-il en les saluant d'un geste de la main qu'il fit suivre d'une légère inclination du buste.

Il ne toucha pas à son tricorne et ignora l'huissier et le greffier.

Les notables lui répondirent civilement, mais sans bouger de leur siège ni l'inviter à s'asseoir.

Main gauche appuyée sur la coquille ouvragée de son épée, main droite sur la hanche, le Troisième attendit que l'huissier lui lise l'arrêt de condamnation. Des miliciens se pressèrent autour de la porte laissée ouverte.

– « Notre droite et belle justice communale de Routaboul déclare le père, la mère, le fils Bombec et leur complice Noiraud, dûment atteints et convaincus d'avoir enlevé et fort méchamment mutilé les deux enfants Albin dans le but de les revendre à des faux mendiants de la ville de Lyon.

« Pour réparation, ce tribunal déclare inutiles au monde lesdits Bombec père, Bombec mère, Bombec fils ainsi que ledit Noiraud, et les condamne à être menés et conduits en charrette place Saint-Hilarian pour y être étranglés par le cou jusqu'à la mort extrême. Leurs dépouilles seront ensuite traînées par les pieds et conduites aux fourches patibulaires de notre droit et beau gibet afin d'y être exhibées et abandonnées jusqu'à leur entière déliquescence. »

L'huissier se tut.

Le jeune greffier prit la relève. Se composant un air dédaigneux, il resta assis pour tendre l'ordre d'exécution au maître exécuteur qui le dévisagea posément sans bouger. Quatre pas les séparaient et le Troisième n'était pas disposé à les franchir.

Les joues du scribe prirent feu. L'ordre trembla entre ses doigts.

– Vous ne voudriez tout de même pas que je vous l'apporte ?

– C'est pourtant bien ce que vous allez vous empresser de faire, greffier, sinon, cette droite et belle justice de Routaboul devra s'assoldayer un autre exécuteur.

Des rires fusèrent du côté des miliciens.

Décontenancé, le greffier chercha du regard l'arbitrage du juge. A sa grande déconfiture, il l'entendit bougonner d'une voix écorchée :

— Maître Pibrac a la prééminence, portez-lui son ordre.

Le jeune greffier se leva, fit les trois pas et tendit l'ordre en baissant les yeux.

Avant de l'accepter le Troisième dit suffisamment haut pour être entendu de tous :

— Vous vous pensez meilleur, monsieur le greffier, pourtant, souffrez d'apprendre que ce ne sont point les prononcés de monsieur le juge que les brigands et les truciders craignent, et bien moins encore votre plume d'oie qui recopie les sentences.

Il leva son bras en fermant le poing comme s'il étreignait la poignée d'une épée.

— C'est mon bras et mon épée de justice qui les font trembler, et c'est à l'ombre de ce glaive que l'innocence peut respirer paisiblement, que le guet peut régner, que le bon ordre peut subsister.

Cela dit, et bien dit, il déplia l'ordre et vérifia sa conformité. Il prit note de l'absence de *retentum*, la disposition secrète qui ordonnait à l'exécuteur d'abréger discrètement les souffrances du condamné.

— A quelle heure dois-je officier ?

— Sitôt vos apprêts terminés, dit le juge.

Le Troisième opina du menton et tourna les talons. L'exempt de milice lui emboîta le pas. Dans le vestibule, les miliciens ramassèrent leurs piques et se réunirent deux par deux dans un grand désordre, montrant plus de bonne volonté que de science martiale. Routaboul n'était pas assez argenté pour leur offrir un uniforme, aussi portaient-ils le baudrier et le briquet par-dessus leurs meilleurs vêtements. Seul l'exempt était dans un habit bleu et rouge de garde française qu'il s'était fait tailler chez un juif de Rodez.

— Nous échafaudons place Saint-Hilarian, dit le Troisième à ses gens en remontant dans la berline.

Il remarqua à nouveau le nombre inusité de chiens en laisse dans la foule.

La section de miliciens et leur officier ouvrirent la voie jusqu'à la place carrée entourée de hautes maisons qui l'assombrissaient tôt dans la relevée. Des arcades formées par les saillies des façades permettaient aux marchands et acheteurs de se mettre à couvert en cas de mauvais temps. Une estrade décorée de draperies aux couleurs du bourg s'élevait sur le parvis de l'église dédiée à saint Hilarian, un prêtre rouergat décapité par les Sarrasins alors qu'il disait la messe.

Chantant « Trois jeunes tambours s'en revenaient de guerre, et ri et ran petit patapan », les valets et les nourris débâchèrent le chariot et déchargèrent l'échafaud et la potence démontés.

Ignorant la forte curiosité qu'elles suscitaient toujours, Pauline et Bertille déroulèrent les tourtouses aux nœuds coulants gainés de cuir et entreprirent de les cirer. Tout le monde commenta l'état de grossesse de la bourrelle.

Participer à ces consciencieux préparatifs rosissait de plaisir les joues de la jeune pucelle. Après tout, c'était elle l'aînée des Pibrac, et si elle n'avait point été une garce, ce serait elle la dauphine qu'on appellerait le Quatrième, et non Justinien.

Elle avait sept ans lorsque son père l'avait autorisée à assister à sa première exécution. Il s'agissait de la décollation d'un petit gentilhomme condamné pour avoir lardé de plus de deux cents coups d'épée ses deux avocats au lendemain d'un procès perdu en appel. A la question : « Pourquoi un tel acharnement ? », l'homme avait répondu : « Je suis méticuleux, monsieur le juge. »

A l'instant où l'épée de justice tombait et tranchait son cou, l'un des valets était passé devant Bertille qui avait éclaté en sanglots : « Ahi, mon bon père ! Recommencez, je vous en prie, j'ai rien vu. »

La place Saint-Hilarian n'étant pas pavée, le Troisième dut faire usage à plusieurs reprises de son fil à plomb. Il fallut une heure pour assembler les trente-quatre éléments de l'échafaud, et la moitié d'une autre heure pour dresser dessus la potence, un portique fait de trois madriers de sept pieds d'une capacité de huit pendus adultes.

Pendant que les nourris s'occupaient des derniers préparatifs, le Troisième et ses deux valets retournèrent à la Maison communale prendre livraison des condamnés.

Le lieutenant et dix miliciens les suivirent, les autres restèrent pour protéger l'échafaud de la curiosité du public.

Les nourris dressèrent une table à tréteaux qu'ils recouvrirent d'une nappe rouge. La mère et la fille Pibrac exposèrent dessus une ribambelle de remèdes patibulaires. Elles proposaient de la graisse jaune de roué efficace pour la reconstruction des os brisés, de l'onguent noirâtre de cendre de bûcher contre les brûlures et les cloques, des racines grises bifurquées de mandragore pour rendre dur ce qui était mou et des cheveux de décapité pilés en poudre, qui, prisés, facilitaient la retrouvaille de la mémoire. Il y avait aussi des ongles ayant appartenu à la main droite d'un parricide et qui guérissaient de l'onanisme et des morceaux de corde de pendu qui, bouillis et avalés en tisane, curaient aussi bien les maux de gorge que les raideurs de cou. L'ensemble de ces ventes augmentaient d'environ mille livres le revenu annuel de l'oustal Pibrac.

Le Troisième, ses valets et le lieutenant de la milice suivirent le geôlier-tourmenteur Latreille et son aide dans l'escalier descendant à la cave creusée dans l'ancien cellier du château.

Un chien aboya hargneusement. Le Troisième s'en étonna :

– Que fait ce chien ici ?

– Il a denté trois personnes pendant son arrestation, répondit le lieutenant.

– Pourquoi n'est-il pas mentionné dans l'arrêt ?

– Il l'est. C'est lui le complice.

La condamnation à mort d'animaux était pratique commune. On jugeait le cheval qui avait tué son maître d'un coup de sabot, on exécutait la truie qui avait dévoré l'enfant tombé dans sa soue, on pendait le chien du braconnier en compagnie de son maître. Huit ans plus tôt, à Roumégoux, le Troisième avait brûlé un âne qui était entré dans l'église et avait bu dans le bénitier. L'exécution s'était faite en présence de tous les ânes de la châtellenie.

Pour les juges, l'essence du dressage était fondée sur la création, dans l'esprit de la brute, de distinctions entre ce qui était autorisé et ce qui ne l'était pas. Tout animal dressé savait lorsqu'il faisait mal. Il n'y avait qu'à croiser le regard coupable d'un chien qui vient de faire une bêtise pour s'en convaincre.

Comme il était notoire qu'aucune bête ne se déplaçait spontanément pour assister à une exécution – ratant ainsi tous les bénéfices de l'exemplarité –, le consul avait décrété « obligatoire et pertinente » la présence de l'entière population canine de Routaboul.

La porte de la prison était barrée d'un verrou au pêne si important que le geôlier dut utiliser ses deux mains pour le faire glisser de la gâche. L'huis s'ouvrit sur un cachot d'une vingtaine de pieds carrés qui puait la vieille pisse et le vin aigre : il y régnait un froid humide propice aux fluxions de poitrine.

Allongée à même un bat-flanc de terre battue dépourvu de litière, la famille Bombec gisait enchaînée à la cheville et au poignet à des anneaux de fer fixés dans le mur. Chacun était séparé de l'autre de façon qu'ils ne puissent se toucher. On ne leur avait laissé que leur chemise. Tous les trois étaient ivres.

L'abondante matière première lui coûtant peu, le geôlier Latreille abreuvait ses pensionnaires de vin en lieu du traditionnel pichet d'eau claire. En les avinant jusqu'à la stupeur il s'assurait de leur docilité et pouvait ainsi vaquer à ses occupations subsidiaires de concierge de la Maison, de carillonneur du beffroi et de crieur public.

Le Troisième ne goûtait guère cette méthode qui rendait les condamnés trop imprévisibles : certains fanfaronnaient, d'autres injuriaient l'exécuteur, se débattaient à la vue de la potence, brocardaient outrageusement l'assistance, salopaient tout en vomissant dans le chariot ou pire sur l'échafaud.

Le complice, un bâtard efflanqué au poil gris, aboya. Il était enchaîné par le cou et semblait d'humeur mordeuse. Avant que le Troisième le lui commande, Honoré avait emprunté l'une des torches et faisait demi-tour pour se munir de la tricote de capture rangée dans le chariot.

L'homme Bombec se redressa sur un coude et chantonna avec un accent de l'Albigeois :

– V'là l' bourrel lon laire, v'là l' bourrel lon la.

Le garçonnet se mit à pleurer.

– Lève-toi, lui ordonna le Troisième.

L'enfant obéit, pleurant de plus belle. Ses larmes traçaient des rigoles sur ses joues sales. Le geôlier et son aide démanillèrent ses chaînes.

Il fallut aider les Bombec à se relever. Le Troisième nota que la femme était plus grande que l'homme. Il en tiendrait compte au moment de choisir la bonne corde.

– Voulez-vous vous étreindre une dernière fois avant qu'on ne vous ligote ? s'enquit-il en ignorant le regard désapprobateur du geôlier.

Le couple accepta, l'enfant prit un air apeuré. Ses parents se ruèrent sur lui. Son père le cogna au visage tandis que sa mère lui arrachait une pleine poignée de cheveux tout en s'efforçant de lui crever les yeux avec les ongles.

Le Troisième et Basile s'interposèrent. La femme voulut mordre la barbiche chenue du vieux valet qui lui décocha un coup de son coude pointu dans la poitrine. Le souffle coupé, la femme se plia en deux et dégorgea une longue gerbe de vinasse mêlée au dernier repas – bouillie de châtaignes et pain noir – qui éclaboussa ses pieds nus mais aussi les souliers à boucles du Troisième, les bottes de l'exempt et les sabots du geôlier et de son aide. L'odeur recouvrit toutes les autres.

– Ça vaut mieux ici que dans le chariot, dit Basile en tordant les bras de la femme pour les ligoter, serrant plus qu'il n'était nécessaire.

– Qu'est-ce qu'il leur a fait ? demanda le Troisième au geôlier qui regardait ses sabots d'un air dégoûté.

– C'est de sa faute s'ils se sont fait prendre, et en plus il a parlé dès le premier coin. Il avait tellement la venette qu'il a même avoué ce qu'on lui demandait pas. C'est comme ça qu'on a su que c'étaient d'inamendables récidivistes.

Honoré revint avec la tricote de capture qui permettait la neutralisation de l'animal en muselant ses mâchoires. Dès que ce fut fait, Honoré ligota les pattes du chien, le jeta sur ses épaules et le porta jusqu'au chariot où les condamnés venaient de prendre place sur un banc fixé à l'arrière. Il aurait été plus pratique de les allonger sur le plancher, mais on devait pouvoir les voir durant le trajet jusqu'à l'échafaud.

— Fils de maudit, frère de maudit, père de maudit, faut-il que tu sois maudit toi-même ! hurlait la femme Bombec à l'exempt qui venait de lui révéler que le père-aumônier Albin ne viendrait pas les assister ni les confesser.

Trouvant ce refus peu catholique, le Troisième s'enquit des motifs.

— Ce sont ses neveux qu'ils ont enlevés, et le père Albin est un rancunier, dit le lieutenant.

— Ces cruels les ont aveuglés, ils leur ont arraché la langue et ils leur ont desséché les tendons des jambes avec des galets chauffés au rouge, ajouta Latreille. Ils escomptaient les revendre à Lyon à des faux estropiés qui les auraient contraints à mendier pour eux.

— Il avait cinq ans seulement, et l'autre moutard à peine trois, précisa l'exempt qui tenait à avoir le dernier mot sur le geôlier.

Le garçon pleurait sans interruption et le Troisième s'émerveillait qu'il puisse contenir une telle quantité de larmes.

— Je lui fouillerai le fond du ventre à ce méchant curé, et je mesurerai la longueur de sa tripe ! hurla furieusement la femme.

— Silence, foutue bagasse, sinon je t'estourbis ! gronda Basile.

La femme lui cracha dessus. Basile l'assomma d'un coup de poing sur la tempe, interrompant le déroulement de l'exécution (la loi exigeait que le condamné soit conscient durant son supplice).

— Tu aurais pu cogner moins fort, objecta le Troisième d'une voix indulgente.

Il arrivait de plus en plus souvent au vieux valet de perdre son sang-froid, signe avant-coureur prédisant que l'heure de la retraite était proche. Son fils Honoré était apte à le remplacer, mais qui remplacerait Honoré ?

Le Troisième sortit de sa sacoche médicinale un sachet de soufre. Il en enflamma une pincée sous le nez de la femme qui se dépâma rapidement et avec force grimaces.

Cette succession d'incidents l'ayant dessoûlée, elle parut

enfin réaliser ce qui se passait et surtout ce qui allait lui arriver. Il en était de même pour son mari, chez qui toute trace d'hilarité s'était estompée et qui avait pris la physionomie d'une bouteille dont on a extrait tout le jus. Leur enfant, assis entre eux, continuait de pleurer avec opiniâtreté. Par instants, il sortait sa langue rose et léchait ses larmes. Quant au chien, muselé et ligoté sur le plancher, il ne comprenait toujours pas ce qu'on lui voulait.

Afin de décevoir toute tentative de sauter du véhicule, le Troisième enchaîna leurs chevilles à des anneaux prévus à cet effet et qu'il avait soudés à l'armature métallique des ridelles.

Quand tout fut prêt, le lieutenant disposa ses miliciens de part et d'autre du chariot. L'exécuteur et ses valets s'installèrent à l'avant-train. Le véhicule s'ébranla. Des projectiles commencèrent à voler en direction des condamnés.

– A la mort la cruelle famille !

Les fouets savamment brandis par Basile et Honoré incitaient les lanceurs à ne pas se tromper de cible.

– Place à notre droite et belle justice, s'époumona l'exempt en ouvrant la voie au chariot rouge et noir.

L'arrivée des condamnés place Saint-Hilarian provoqua un début de cohue piétinante. Des chiens aboyèrent. Les injures et les projectiles se multiplièrent. Un trognon de choux effleura la joue de Basile. Son fouet claqua aussitôt. Le tricorne du responsable, un boutiquier au faciès rubicond, s'envola loin au-dessus des têtes.

Une foule disparate, mélange de bourgeois de toute bourse, de paysans, de serviteurs, d'artisans, de courtauds de boutique, de pieds poudreux, de goujats de ferme et de nombreux rien-du-tout, se pressait à étouffer autour de l'échafaud surmonté de sa potence. Au pied de cette dernière étaient rangés quatre seaux de bois à côté de l'escabeau surnommé par tous monte-à-regret. Les quelques gentilshommes du bourg occupaient les balcons de l'auberge des Trois Pochards loués cinquante livres au propriétaire. Le consul, son conseil, le juge et ses assesseurs, ainsi que le père Albin et la famille endeuillée, s'étaient répartis sur l'estrade, haute de six pieds comme l'échafaud. Les miliciens donnèrent de la pique pour forcer un passage au chariot.

Pauline et Bertille attendaient près des rouleaux de cordes rangés sous l'échafaud. Félix paonnait autour de la jeune fille, tandis que Tixier les observait par en dessous en tripotant ses mauvaises dents.

Basile et Honoré démanillèrent les chevilles des condamnés et les aidèrent à descendre du chariot : les nourris rangèrent les chaînes dans le coffre sous le siège avant.

Le Troisième soupesa l'homme Bombec en le soulevant par la taille ; il fit de même avec la femme, le garçon et le chien.

Le choix de la longueur et de la grosseur des tourtouses se décidait d'après la stature et le poids de chacun. Une erreur d'évaluation pouvait provoquer toutes sortes d'incidents fâcheux. Le moins prisé était le bris de la tourtouse, qui entraînait automatiquement la grâce du condamné ainsi que l'annulation du mémoire de frais pour faute professionnelle, soit un manque à gagner de quarante livres.

– Deux tourtouses d'un pouce, une de huit lignes et une de six, décréta le Troisième.

Les nourris sélectionnèrent les cordes et les lui remirent. Il passa le nœud coulant de la tourtouse d'un pouce au cou de la femme Bombec qui frémit.

– Je suis très innocente, bredouilla-t-elle en se laissant pousser vers l'escalier de treize marches.

Comme à l'accoutumée, l'assistance se crut obligée de frémir en la voyant apparaître sur l'échafaud. Les cris et les injures redoublèrent.

– A mort, l'exécrable guenon !
– A mort, la malveillante estropieuse !

Près de l'escalier, sous la vigilance de Basile, les autres attendaient leur tour la corde au cou.

Ne prisant plus le spectacle des exécutions qu'elle trouvait trop répétitif, Pauline s'était assise sous l'échafaud et tricotait des bas d'hiver en laine noire. Sa fille, au contraire, s'était juchée sur le marchepied de la berline pour ne rien manquer et n'avait d'yeux que pour son père qu'elle trouvait merveilleusement imposant dans l'exercice de sa fonction. Chacun de ses gestes étaient utiles, comme dans une musique sans fausse note.

Le Troisième conduisit la femme Bombec jusqu'à l'escabeau.

– Gentil bourrel, vous n'aurez cœur de m'expédier sans être confessée, implora-t-elle d'un ton humble qui ressemblait à de la sincérité comme un étui à violon ressemblait à un violon.

– Monsieur l'exempt vous a déjà avertie que le père-aumônier refusait de vous assister, lui rappela le Troisième en la poussant vers le tabouret qu'apportait Félix.

Ils l'aidèrent sans ménagement à monter sur le monte-à-regret et surtout à y demeurer.

– C'est grande vergogne que de me pendre, car je suis innocente. C'est eux qui ont tout fait, se lamenta-t-elle en désignant son compagnon et son fils en larmes auprès du chien ligoté couché sur le flanc.

Honoré lança la tourtouse par-dessus le portique, monta sur l'échelle et l'y attacha, pendant que le Troisième ficelait la robe autour des mollets afin de sauvegarder la pudeur publique comme l'exigeait la loi.

– C'est eux qui les ont estropiés, moi j'ai fait que les tenir, insista-t-elle d'une voix enrouée par le nœud coulant qui comprimait sa glotte.

On s'agitait sur l'estrade des officiels.

– Que se passe-t-il, maître Pibrac ? lança le consul.

Le Troisième s'avança au bord de l'échafaud pour répondre. Le silence se fit sur la place, aux fenêtres, aux balcons et jusqu'au faîte des toits où de nombreux spectateurs s'étaient perchés à califourchon. Un silence si grand qu'on entendit le clapotis du jet d'eau qui jaillissait de la fontaine et retombait dans la vasque de pierre.

– La condamnée proteste de son innocence et se plaint de ne pas être assistée religieusement, monsieur le consul, dit-il en regardant vers le père Albin.

– Si elle est innocente, Dieu aura soin de faire casser la corde. Sinon, qu'elle rende son âme goutte à goutte, rétorqua l'ecclésiastique avec une moue irritée.

Le Troisième retourna près de l'escabeau. Suivant la Tradition à la lettre, il tourna ostensiblement le dos aux officiels et lança à la cantonade d'une voix vibrante :

– Et n'oubliez jamais que seuls Dieu et nous pouvons !

Cela dit, il enleva l'escabeau de sous les pieds de la femme qui tomba. La tortouse se raidit, le nœud coulant bien ciré coula, serra, comprima les nombreux muscles, broya le cartilage de la pomme d'Adam, lésa la trachée. Les vertèbres cervicales résistèrent. Le chanvre de la corde crissa, le bois du portique grinça.

La pendue s'agita : ses yeux s'exorbitèrent, son visage enfla en prenant une teinte violette, ses jambes liées tressaillirent, ses orteils se convulsionnèrent. Honoré glissa un seau dessous.

Afin que chacun puisse entendre ses râles d'agonie, le silence se fit. Ceux et celles qui avaient été surpris par la rapidité de l'exécuteur et qui avaient mal vu se rattrapèrent sur la lenteur qu'elle mettait à s'étouffer.

Elle remuait encore en tirant une langue de deux pieds quand le Troisième fit signe à Basile d'emmener l'homme Bombec.

— Je ne veux pas y aller, déclara celui-ci avec conviction.

— Souffre que je me passe de ton accord, maroufle, dit Basile en lui flanquant une bourrade dans le dos.

Son arrivée sur l'échafaud remit la foule en combustion.

— Tu vas expier, maquignon d'enfant ! hurla une voix stridente sur la droite.

L'émotion et la désespérance fauchèrent les jambes de Bombec qui se laissa choir sur les genoux. Le plancher de chêne résonna sous le double choc. Il poussa un cri de douleur qui provoqua des applaudissements ainsi que plusieurs « Oh, que c'est bien fait pour toi ! » cinglants.

Le tirant chacun par une épaule, le Troisième et Basile redressèrent Bombec et le contraignirent à grimper sur le monte-à-regret. Honoré prit l'extrémité de sa tortouse et la jeta par-dessus le portique pour la tirer jusqu'à ce que l'homme se dresse sur la pointe des pieds pour ne pas être déjà étranglé.

— Détache-lui les mains, bourrel ! réclama une voix.

— Oui, les mains libres, les mains libres, les mains libres ! scanda un groupe de maraîchers avinés réunis sous les arcades.

L'idée plut, car bientôt ce fut la multitude qui rugit à l'unisson :

– Les mains libres, macarel !

Le Troisième attira l'attention de sa fille et des nourris pour leur faire la leçon :

– Observez-les bien, et souvenez-vous que ce sont ces mêmes sanguinaires hypocrites qui nous font endurer le préjugé depuis des siècles.

Comme le voulait la coutume, il accéda au vœu de la majorité et délia les poignets du condamné, retirant aussitôt après l'escabeau. L'homme tomba, mais, grâce à ses mains libres, il put saisir la corde au-dessus de sa tête et retarder son étranglement. L'assistance enthousiaste commenta avec animation ses efforts musculaires. Certains ouvrirent des paris sur le temps qu'il tiendrait avant que ses forces ne l'abandonnent et l'obligent à se laisser retomber.

Honoré plaça un seau sous ses pieds tandis que Basile allait chercher le fils Bombec surveillé par les nourris qui se gaussaient de ses larmes intarissables.

– C'est ton tour, et ça va te faire TRÈS mal, lui dit Félix tout en lançant une œillade appuyée vers Bertille dans l'espoir de s'en faire remarquer.

La jeune fille était trop captivée par la femme Bombec qui venait d'expirer et qui s'égouttait bruyamment dans le seau, les sphincters relâchés.

Bertille porta ensuite son attention sur l'homme qui semblait à bout de force et poussait des grognements rappelant un porc cherchant des truffes : ses efforts désespérés gonflaient ses veines qu'elle voyait palpiter sous la peau fine du front et des tempes.

– Tiens encore, Bombec, sinon j'en suis de cinq louis ! s'écria une voix inquiète qui secoua la foule de jovialité.

L'apparition du garçonnet sur l'échafaud déplaça l'intérêt de tous ceux qui n'avaient pas parié.

– Graine de potence, tu y es !

L'intégrale de ses aveux ayant fait l'objet d'un tirage de cinq cents exemplaires (imprimé par le frère du juge communal au prix de dix sols pièce), tout Routaboul savait que le rapt des enfants Albin n'aurait pu avoir lieu sans son intervention. C'était lui qui les avait attirés et qui les avait livrés à ses parents en échange du chien Noiraud et de l'autorisation de le garder.

– Laisse-toi aller et ça sera bref, lui conseilla paisiblement le Troisième en le poussant aux épaules vers le monte-à-regret.

A l'instar de l'opinion générale, il considérait comme dangereux que des enfants puissent croire que leur âge tendre leur offrait la possibilité de commettre des crimes en étant assurés de l'impunité. Par conséquent, et bien que mettre à mort un garçon de douze ans puisse sembler férocement impitoyable, il le fallait, car l'exemplarité d'un tel châtiment servait à prévenir d'autres enfants de devenir à leur tour criminels.

Le dos voûté, les joues inondées, le fils Bombec monta sur l'escabeau en détournant la tête au passage pour ne pas voir son père aux muscles des bras tétanisés par les crampes et qui était en train de lâcher prise sous les huées des perdants.

Son ultime vision, juste avant que le bourrel ne retire l'escabeau, fut celle de bonnes femmes élevant leurs enfants à bout de bras afin qu'ils puissent mieux le voir mourir.

Honoré glissa un seau sous ses pieds. Basile alla chercher Noiraud le complice. Le Troisième observa le garçon qui ne pleurait plus, trop occupé sans doute à gigoter au bout de sa tourtouse en poussant les râles habituels à ceux qui s'étouffent lentement.

Basile remontait sur l'échafaud avec le chien quand le consul fit signe au Troisième de surseoir à l'exécution, invitant ensuite le geôlier-carillonneur-crieur public à le rejoindre sur l'estrade. Quelques instants plus tard, Latreille enjoignit d'une voix forte les maîtres des chiens présents à se déplacer au premier rang afin que ceux-ci s'instruisent pleinement du spectacle édifiant qui allait suivre.

L'opération prit du temps, et les miliciens durent intervenir pour convaincre certains spectateurs de céder leur place bien située. Il y eut aussi quelques querelles de préséance canine qui occasionnèrent beaucoup d'abois et de grondements variés, principalement lorsqu'arrivèrent les meutes du petit gentilhomme Brémont de Lambruche.

– Haye ! Haye ! criaient les piqueurs en faisant claquer leur fouet au-dessus des têtes des chiens.

Deux des limiers donnèrent de la voix en direction du

balcon des Trois Pochards où s'était installé leur maître.

– Tout coi, Loustic ! Tout coi, Maraude ! leur commanda celui-ci avec bienveillance, fier de leur nez extraordinaire.

Brémont de Lambruche ne croyait pas à l'exemplarité du châtiment, pas plus qu'il croyait plausible la culpabilité d'un chien qui n'avait pour seule défense que celle d'agiter la queue ou de montrer tristement le blanc des yeux (autant condamner une horloge parce qu'elle est en avance ou en retard). Mais le petit gentilhomme était si vain de son chenil qu'il ne résistait jamais à l'occasion d'exhiber son vautrait de bâtards de Persac et ses limiers au flair si raffiné qu'ils avaient su distinguer et localiser son sentiment parmi tant d'autres sur la place.

Le monte-à-regret ne fut pas nécessaire pour pendre Noiraud. Il suffit au Troisième de le soutenir dans ses bras pendant qu'Honoré s'occupait de tendre la tortouse.

– Ôtez-lui d'abord sa muselière, réclama le consul, afin que les cris du condamné puissent mettre en garde ses congénères.

Le Troisième, n'ayant aucun goût pour les morsures, se garda de lui obéir et fit comme s'il n'avait rien entendu. Honoré lui faisant signe que tout était prêt, il ouvrit ses bras et le chien tomba dans le vide. Le Troisième défit alors sans risque la garcette lui servant de muselière et les liens emprisonnant ses pattes. Honoré plaça le quatrième seau dessous.

Pour la plus grande satisfaction de l'assistance et des officiels, Noiraud poussa toutes sortes de cris suraigus qui déchaînèrent ses pareils. Bientôt la place Saint-Hilarian parut crouler sous les abois de quelque deux cents chiens, s'étranglant eux aussi chaque fois qu'ils tiraient trop fort sur leur laisse. Les fouets claquèrent, les « Haye ! Haye ! » et les « Tout coi ! » reprirent, ajoutant à la confusion.

Le point final d'une pendaison étant toujours donné par le dernier souffle du pendu, le Troisième dut attendre que Noiraud ait expiré pour déclarer l'exécution terminée. Honoré et les nourris commencèrent aussitôt les préparatifs du départ.

La place se vida lentement, comme à regret.

Fouet en main, Basile demeura sur l'échafaud afin que

personne ne vienne briconner des échardes. Nombreux étaient ceux persuadés que le bois patibulaire, avalé en décoction, était bienveillant contre le haut-mal et les vertiges. Si on laissait faire ces termites humaines, il aurait fallu changer d'échafaud tous les ans.

Pendant que le Troisième s'enfermait dans la berline pour rédiger en paix son mémoire de frais, Pauline et Bertille reprenaient la vente des médecines invendues plus tôt.

Quand les apothicaires du bourg se présentèrent pour acheter le contenu des seaux, Pauline leur conseilla d'attendre que les pendus se soient égouttés jusqu'à leur dernière goutte.

Le mémoire terminé, le Troisième passa sa tête par la portière et leva la main vers Honoré. Le valet monta sur le siège du conducteur, desserra les freins et berlina son maître jusqu'à la Maison communale où s'était déjà transporté le consul. Le marchandage coutumier dura moins d'une heure et se déroula dans la discrétion de l'office du greffier-trésorier. Le montant du mémoire était de quatre cent trente livres, dix-huit deniers, onze sols.

– Cinquante livres pour le chien ! Comme vous y allez, maître Pibrac ! Ne pourriez-vous point nous en rabattre dix ? Après tout, ce n'est qu'un chien.

– Une pendaison est une pendaison, monsieur le consul. Vous auriez condamné une guêpe qu'il vous en aurait quand même coûté cinquante livres.

– Rabattez-nous trente livres et nous vous dédommageons d'un quartaut de notre gouleyant.

– Pour trente livres, ce sera une feuillette, et je garde le fût.

Une feuillette était une barrique en châtaignier d'une capacité de deux quartauts (cent trente-cinq litres). Dans la baronnie de Bellerocaille, une telle feuillette se vendait trois louis or, soit soixante-douze livres.

Le consul accompagna son accord d'un soupir résigné.

La barrique fut chargée à l'arrière de la berline. Le Troisième alluma sa pipe et retourna place Saint-Hilarian.

Sous le commandement de Basile, les nourris achevaient de désassembler la potence. Déposés sur le ventre à même la terre battue, les pendus attendaient d'être transportés au gibet pour y être rependus. Un trio de miliciens les protégeait des nombreux villageois reluctant à s'éloigner bien que l'exécution fût terminée. Il y avait aussi les chiens à qui l'on avait rendu la liberté : l'odeur de viande morte activait leurs sentiments gastronomiques.

Une demi-douzaine de jeunes gens arborant à leur tricorne le ruban des compagnons charpentiers suivait attentivement le travail des bourrels démontant l'échafaud avec un simple maillet entouré de tissu pour ne pas abîmer le bois.

Basile leur lança un regard de croque-mitaine :

– Passez votre chemin, jeunes mirlitons ! Allez vous gausser ailleurs ! leur ordonna-t-il en agitant sa barbiche pointue comme un frelon agitant son dard avant de piquer.

– Que nenni, maître bourrel, nous ne nous gaussons point. C'est tout le contraire. Mi et mes compaings venons mirer votre bel ouvrage, répondit celui qui portait un anneau d'argent à l'oreille et qui paraissait le plus âgé du groupe.

– On aurait préféré vous voir l'assembler, mais il y avait une telle presse qu'il nous a point été possible d'approcher, dit un autre, ajoutant d'une voix où perçait une pointe de culpabilité : Mon père m'avait parlé de cet échafaud sans clous ni chevilles, mais je n'y avais jamais prêté croyance.

– Soyez aimables de nous laisser étudier vos savants assemblages, maître bourrel, demanda un petit grassouillet à la voix nasillarde.

Basile se râcla la gorge, expectora par terre et leur tourna le dos. Le Troisième s'approcha en tirant sur sa pipe. Il les avait entendus et avait reconnu le ruban de leur confrérie.

Les jeunes compagnons le regardèrent comme s'ils voyaient une vipère venir sur eux.

– Que voudriez-vous savoir ?

Fier de ses ingéniosités, le Troisième prenait toujours un vif plaisir à les divulguer à qui les lui demandait. Hélas, peu osaient.

– Vos choix d'assemblage, pardi.

Ils s'étonnèrent de le voir ébaucher un sourire avenant.

– Ma foi, ils sont des plus traditionnels. A queue d'aronde pour le plancher, à tenon et mortaise pour la potence, à onglet à enfourchement pour le limon de l'escalier. Approchez si vous voulez mieux voir.

Celui qui portait un anneau à l'oreille usa de l'autorisation pour promener sa main sur l'une des planches que les nourris empilaient dans le chariot.

– Œillez ça les compaings ! C'est du vieux chêne de Provence d'au moins vingt lustres.

Les compagnons charpentiers approchèrent.

– Ces madriers font partie de l'échafaud du premier de notre lignée. Ils datent effectivement de l'autre siècle, confirma le Troisième.

– Et comment obtient-on ces aimables ornementations ?

Par endroits, le bois était décoré de zébrures et de mouchetures foncées d'un assez bel effet.

Le sourire du maître exécuteur s'élargit.

– Ce que vous prenez pour de la décoration n'est autre que d'anciennes éclaboussures de sang qui datent de mes prédécesseurs. Voyez-vous, jeunes gens, les valets d'autrefois ne ciraient point le bois autant que nous le faisons, aussi arrivait-il que du sang finisse par l'humecter en profondeur et y laisse ces taches indélébiles.

Il n'était pas conscient qu'il parlait du métier avec une bonhomie si naturelle et si froide qu'elle donnait des frissons. Le compagnon retira sa main et se garda de toucher quoi que ce soit d'autre.

Quand l'échafaud, la potence, le monte-à-regret et le reste du matériel furent entreposés dans le chariot, les nourris retendirent la bâche sur les cerceaux pendant que Basile et Honoré liaient les chevilles des condamnés et attachaient les cordes à l'arrière du véhicule. Après avoir vérifié que rien n'avait été oublié sur la place, le Troisième donna l'ordre du départ.

Basile fit claquer son fouet, les chevaux bien reposés et dispos hennirent obligeamment. La berline s'ébranla.

– Gare à toi, triple bouse ! Arrière, les suce-vin !

Le chariot mené par Honoré suivit, traînant derrière lui les quatre corps. Des enfants coururent après, riant fort chaque fois que les têtes rebondissaient sur une pierre. Des chiens se joignirent à eux, essayant de mordre les cadavres, y parvenant.

La cloche qui avait annoncé leur arrivée résonna pour signaler leur sortie du bourg.

Tandis que la famille Bombec et leur complice Noiraud étaient dûment rependus aux fourches du gibet, face aux restes des deux braconniers, Pauline et Bertille reconstruisaient leur foyer au même endroit que tantôt.

Venant d'on ne sait où des corbeaux apparurent et se perchèrent sur les arbres des alentours en louchant avec envie sur les quatre paires d'yeux à gober. L'arrivée d'une bande de pies les contraria. Ils le montrèrent en ébouriffant leurs plumes et en croassant avec hostilité dans leur direction.

Les nourris se munirent d'une hachette et allèrent collecter du bois en quantité pour dresser un grand feu qui réchauffa et égaya cette grise fin de journée hivernale.

Maîtres et valets soupèrent copieusement tout en conversant sur l'honnête déroulement de l'exécution.

La nuit était tombée quand la berline et le chariot amorcèrent leur long chemin de retour vers Bellerocaille.

Chapitre 57

Deuxième jour du mois de mars 1781.

L'aurore pointait au-dessus du bois Azémard quand la berline atteignit le carrefour rejoignant la route royale Rodez-Millau. Bien que l'oustal Pibrac ne fût plus qu'à trois lieues, Basile immobilisa l'attelage en lisière du bois. Comme lui, les chevaux étaient fatigués et avaient faim et soif. Il descendit de la banquette en étouffant des grognements. Le froid humide tourmentait ses rhumatismes et rendait chaque mouvement douloureux.

Les passagers en profitèrent pour se dégourdir. Seule Pauline, allongée sur la banquette, continua à dormir.

Un seau dans chaque main, Félix marcha vers la rivière coulant en contrebas, tandis que Bertille se faufilait entre les arbres à la recherche d'un endroit approprié pour vider sa vessie. Plusieurs oiseaux dénoncèrent son intrusion en poussant leurs cris d'alarme.

La jeune fille s'attendait si peu à sa découverte qu'elle faillit marcher dessus.

Au pied d'un chêne, un cavalier au visage ensanglanté à demi enfoui dans les feuilles mortes gisait renversé sous un cheval. Le cœur de la jeune fille s'emballa.

– Père ! Venez vite ! Il y a un mort ici, s'écria-t-elle en regardant alentour pour s'assurer qu'il n'y en avait pas d'autre.

Une pie perchée sur une branche basse du chêne jacassa, comme pour imiter ses cris.

Le Troisième, qui vérifiait les soupentes, se redressa vivement et alla prendre ses pistolets dans leur fonte. Il courut dans la direction de l'appel. Basile prit son tromblon rangé sous la banquette et le suivit, courant moins vite, maudissant ses articulations enflammées.

Bertille s'approcha du cavalier et vit qu'il respirait toujours. Sa monture aussi.

– Il est encore vif ! cria-t-elle à son père et à son grand-père qui arrivaient.

Le Troisième se pencha au-dessus du blessé et distingua, sous le sang, les cheveux, les feuilles et les brindilles collés après, le visage d'un jouvenceau encore imberbe. Palpant son crâne, il vit que l'hémorragie provenait d'une large entaille peu profonde dans le cuir chevelu. Il inspecta la bouche et ne trouva ni os ni dent brisé. Il remarqua le bout de langue manquant et l'ancienneté de la cicatrice.

– Il faut le dégager, dit-il en s'intéressant à la jument qui écrasait sa jambe droite.

Couché sur le flanc dans une flaque de sang, l'animal respirait faiblement, ses pattes antérieures brisées. Le Troisième pointa le canon de l'un des pistolets entre l'œil et l'oreille et tira. La jument mourut sans un tressaillement et tout ce qui portait des ailes dans les environs s'envola.

Félix, qui revenait de la rivière, posa les seaux pleins et courut en criant :

– Que se passe-t-il ? Où êtes-vous ?

Éveillée en sursaut par la détonation, Pauline descendit de la berline, les yeux aggravés de sommeil, une main sur son gros ventre, l'autre armée d'un chenapan au chien relevé.

Les armes à feu transportées durant les déplacements étaient chargées à l'avance et le demeuraient jusqu'au retour à l'oustal. Les risques d'agression étaient réels. En quatre décennies d'exercice, le Troisième avait repoussé neuf tentatives. Quatre cherchaient à libérer le condamné sur le chemin de l'échafaud, cinq étaient dirigées contre lui par des parents, ou des complices, animés par la vengeance.

Félix grimpa jusqu'à la banquette du conducteur et prit son fusil rangé dessous, notant l'absence du tromblon.

– Où est le maître ? Où est monsieur Basile ?

– Je l'ignore. Je dormais.

– Ohé ! Où êtes-vous passés ? s'égosilla le nourri.

– Par ici, répondit la voix proche de Basile.

– Apporte un plaid ! commanda celle du Troisième.

Le ton de leur voix rassura Pauline qui désarma le pistolet. Félix se hâta d'obéir.

Le blessé était attifé d'une redingote fort sale qui n'aurait pas déparé un épouvantail à corneilles. Il portait une vieille carnassière en bandoulière. Ses longues jambes étaient gainées d'une culotte verdâtre reprisée en plusieurs endroits et s'enfonçaient dans de belles bottes au cuir souple.

– Nous allons soulever la jument autant que nous le pourrons, et toi, tu le saisiras aux épaules et tu l'extrairas de là-dessous, dit le Troisième à Bertille, ravie d'être utile.

Le blessé gémit sans reprendre connaissance quand sa jambe glissa de sous le poids qui l'opprimait. Ce fut en délivrant son pied de l'étrier que le Troisième remarqua le gonflement signalant une fracture du tibia. Il découpa la botte avec son couteau pour la lui ôter et s'étonna de l'absence de bas. Le pied était sale et la plante était recouverte d'une corne de l'épaisseur d'une semelle de cuir. Les paumes de ses grandes mains étaient tout aussi calleuses.

Félix les rejoignit avec la couverture réclamée et les aida à déplacer le blessé dessus.

– C'est point la monture d'un demeurant-partout, ça. J'ai point le sentiment que c'est la sienne, dit Basile en récupérant les brides de la jument morte.

Le Troisième enleva la carnassière et constata une fracture directe de l'humérus droit.

Déboutonnant la redingote, il vit que deux boutons manquants avaient été remplacés par des os qu'il reconnut pour être des vertèbres d'une grosse vipère. Le fil qui les retenait au tissu était du tendon animal. Écartant les pans du vêtement, il dévoila une bandoulière de garde-chasse, un couteau de vénerie dans son étui. L'homme portait autour du cou une longue chaîne en or d'où pendaient divers trophées : un ongle et une canine de loup, deux griffes d'aigle, une dent de sanglier, une large bague à blason, un simple clou de fer à mulet tordu, une croix-de-cerf – ce cartilage croisé qui n'existait que dans le cœur des grands cervidés – et, pour finir, une pièce de monnaie en argent, qui se révéla être un souverain anglais, frappée du profil d'Henri VIII.

– Je crois que nous avons affaire à un braconnier d'envergure, dit le Troisième à Basile qui désanglait la selle.

– Peut-être bien pire, grogna le valet en découvrant le troussequin déchiré par une balle.

Le blessé portait deux camisoles enfilées l'une sur l'autre et une croûte de sang large comme une tarte aux cerises couvrait son flanc gauche.

– Voilà qui est plus fâcheux.

Il glissa sa main entre la chemise et la redingote et la retira vierge de sang.

– Ce garçon a reçu un plomb qui n'est pas ressorti.

– Maître, regardez, dit Basile en montrant le A frappé sur le pommeau de la selle.

Ils échangèrent un regard entendu. L'un comme l'autre pensait à la grande battue donnée la veille. L'embranchement où ils se trouvaient était à moins de quatre lieues de la grande forêt de Saint-Leu.

– Le cheval aussi a reçu du plomb, dit Basile. Dans la croupe et dans la pointe de la fesse, et c'est par là qu'il s'est vidé de son sang.

Ils examinèrent le terrain et retrouvèrent aisément le chemin par lequel le cavalier était passé. Herbes foulées, branches brisées, traces de sang les conduisirent en amont de la route royale.

– Il a dû sentir que son cheval n'en pouvait plus et il est entré dans le sous-bois pour échapper à ses poursuivants, supputa le Troisième à voix haute en retournant auprès du blessé.

Il vit Bertille qui examinait avec curiosité l'étrange collier de trophées.

– Vous pensez que ce sont des brigands qui l'ont réduit à cet état ?

– Tout laisse penser au contraire que c'est lui le brigand.

– Qu'allez-vous en faire, alors ?

– Le remettre à monsieur le prévôt.

Tenant chacun un coin de la couverture, ils transportèrent le blessé jusqu'à la route et l'allongèrent par terre le long de la berline. Naseaux dilatés, oreilles plaquées en arrière, les chevaux de l'attelage s'agitèrent entre leurs brancards. Une pie jacassa non loin.

– Tout biau, tout biau, mes biaux, que craignez-vous donc ? leur dit Basile d'une voix apaisante.

Félix retourna dans le sous-bois et revint avec la selle, les brides, les mors et la carnassière.

– C'est moi qui l'ai trouvé, dit Bertille à sa mère qui regardait son mari fouiller dans les poches de la redingote.

Il en retira un briquet et une bague-sceau aux armes des Armogaste qui le laissa un peu plus perplexe.

Le blessé gémit à nouveau lorsqu'on l'allongea sur le côté gauche à même le plancher de la berline.

– N'allez-vous point le curer ? s'inquiéta Bertille.

– A quoi bon. Nous serons dans un couple d'heures à Bellerocaille. Le prévôt s'en occupera et fera chercher son compère médecin qui percevra son épice.

Ses démêlés avec monsieur le médecin reçu Cressayet, qui l'accusait de « pratique très fumeuse et extrêmement illégale de la médecine », lui avaient valu trois procès perdus à Bellerocaille, gagnés en appel à Toulouse.

Il dénoua les lacets de la carnassière et fit l'inventaire du contenu. Il trouva une lorgnette dans son étui, divers collets en crin de cheval, des châtaignes cuites, des lanières de viande fumée, une édition bon marché du *Roman de Renart*, plusieurs sachets médicinaux.

Il ouvrit le livre et lut, écrit d'une belle bâtarde sur la page de garde : *Ce livre appartient à Dagobert Tricotin.*

Bertille vit les épais sourcils de son père monter progressivement à la rencontre de ses cheveux, signe d'étonnement. Elle l'entendit tout à coup ordonner d'une voix arrêtée :

– Basile, nous partons de suite. Félix, tu restes ici pour prévenir Honoré que nous n'avons pas pu l'attendre. Pauline, aide-moi à l'accommoder sur la banquette. Bertille, va chercher un autre plaid. Il ne doit pas prendre froid.

– Nous allons toujours le livrer au prévôt ? demanda Basile avant de monter sur son siège.

– Non. Nous rentrons à l'oustal à grande vitesse.

Pour répondre à son regard interrogateur, il ajouta :

– Il se pourrait qu'il ne soit pas seulement un brigand.

La banquette arrière étant occupée par le blessé, les Pibrac se serrèrent à trois sur la banquette avant.

Plus tard, le Troisième feuilleta le *Roman de Renart*, aux pages maculées de traces de doigts. Malgré les cahots, il parvint à déchiffrer les annotations qui encombraient les marges. Toutes prenaient la défense du loup Ysengrin.

> Mensonge et calomnie ! Le loup n'est pas poltron ! Il n'aime pas s'exposer inutilement. Il est sage, pas couard, c'est tout.

> Dieu n'aime pas les bêtes !

> Il est sot de dire qu'un loup est cruel. Un loup est un loup, c'est tout.

La dernière page était barrée d'un péremptoire :

> Pour un chou, un loup est un animal doux, ce n'est pas comme la chèvre.

L'écriture malhabile différait de celle figurant sur la page de garde.

Un cahot particulièrement violent secoua le blessé qui poussa un cri bref mais outrageusement fort.

– Il a du coffre, dit le Troisième en ramassant la couverture qui avait glissé.

Il vit que la tache de sang sur son flanc s'était agrandie.

Confortablement assise sur un fauteuil que Rose et Amélie s'étaient coltiné dans l'escalier étroit, les pieds au chaud sur une chaufferette aux braises renouvelées chaque demi-heure, Adeline Pibrac, la veuve du Deuxième et mère du Troisième, guettait du haut de la tour nord le retour de son fils, comme elle avait guetté autrefois celui de son époux.

Parfois elle consultait la puissante longue-vue de marine offerte par le Deuxième au lendemain de leurs noces, parfois elle piochait dans une assiette de biscuits au beurre posée entre deux merlons.

Très alerte en dépit de ses soixante-quinze ans, la reine mère, comme on la nommait dans son dos, régnait sur les femmes de l'oustal avec le zèle et la tendresse d'un comite de galère pour sa chiourme. Elle se déplaçait dans l'oustal en silence et lorsqu'elle parlait, c'était pour donner des ordres. Elle était la seule à ne jamais porter de tablier.

Les abois répétés des chiens dans la cour l'avertirent de l'approche de leur maître. La reine mère braqua sa longue-vue sur la route et n'attendit pas longtemps avant de voir la berline débouler sur le chemin. Une si grande vitesse était anormale.

Elle se leva pour secouer la cloche et vit avec satisfaction les brus bien dressées sortir de la cuisine et se hâter d'aller ouvrir le porche. Elles furent vite rejointes par le dauphin Justinien, le futur Quatrième, âgé de neuf ans et qui ne savait que faire pour se rendre utile.

La reine mère rangea la longue-vue et descendit prudemment l'escalier à vis de la tour en s'interrogeant sur les motifs d'un retour aussi précipité. Avaient-ils été attaqués une fois de plus ? Y avait-il un problème avec l'état de Pauline ?

La berline s'engouffra dans l'oustal. Rose et Amélie refermèrent les battants. Justinien courut derrière la voiture qui continuait sa course jusque dans la grand-cour et finit par s'immobiliser devant la cuisine. Les poils des chevaux en sueur fumaient dans l'air froid. Des traînées d'écume sillonnaient leur poitrail. Il s'était forcément produit quelque chose de grave pour que Basile ait ainsi poussé son attelage.

A peine sorti de la voiture, le Troisième distribua ses ordres :

— Tante Lucette, faites bouillir de l'eau. Tante Berthe, débarrassez la table de la cuisine de tout ce qui l'encombre, et hâtez-vous car nous avons un blessé à opérer dessus. Pauline, prends Marion et rends-toi à la lingerie déchirer dix pieds de charpie. Basile et Félix, aidez-moi à le transporter dans la cuisine.

— C'est moi qui l'ai trouvé pâmé sous son cheval dans le bois Azémard. Il est rompu de partout, déclara fièrement Bertille à son frère Justinien qui grimpait sur le marchepied pour voir le blessé.

Ils le déposèrent sur les tomettes de la cuisine en attendant que la longue table fût débarrassée des préparatifs du déjeuner. Mordache le molosse, Nessus et Chiron le couple de braques vinrent renifler le corps avec un grand sérieux. Comme ils grognaient en guindant leurs poils, le Troisième ordonna qu'ils soient expulsés dans la cour. Les enfants regardaient en silence.

La reine mère entra alors que le Troisième, Basile et le nourri déplaçaient la lourde table en chêne vers la cheminée. Ses yeux bleu porcelaine se posèrent sur le blessé.

– C'est moi qui l'ai trouvé, dit Bertille.

– Bonjour, mère. Faites excuse pour le désordre de votre cuisine, mais je dois opérer ce garçon sans plus tarder. Seriez-vous assez bonne pour attiser le feu pendant que je le dévêts ? Il ne doit point attraper froid.

Le blessé cria quand on l'allongea sur la table. Les chiens aboyèrent dans la cour.

Le Troisième découpa avec des ciseaux la manche de la redingote contenant le bras cassé et remonta jusqu'au col.

Trop petit pour bien voir, Justinien approcha un tabouret de la table et monta dessus.

– Basile, colloque ma trousse. Félix, occupe-toi des chevaux. Bertille, emporte les enfants et laisse-nous, je te prie.

La jeune fille obéit à contrecœur. Elle aurait aimé assister au déshabillage. Elle n'avait jamais vu d'homme nu.

Basile revint avec une sacoche au cuir fatigué.

Le Troisième découpa entièrement les deux camisoles et décolla les tissus collés sur la blessure en amollissant la croûte avec des compresses d'eau tiède. Il se pencha et inspecta soigneusement le trou dans la chair. Une auréole enflammée rosissait le contour. La chaleur de la salle exaltait les odeurs.

– Il pue comme dix putois, grogna Basile en aidant son maître à extirper le jeune homme de sa culotte.

– Plutôt comme dix loups, corrigea la reine mère qui lui nettoyait le sang du visage avec une éponge trempée dans de l'eau froide.

D'anciennes cicatrices marquaient son dos, sa poitrine et ses jambes. La peau de l'entrecuisse et du fessier était râpée à vif, comme quand on chevauche trop longtemps sans être coutumier du fait.

La jambe brisée était enflée et de larges hématomes violaçaient la peau marbrée de saleté. Il le fit gémir à nouveau en manipulant brièvement les deux fragments brisés pour savoir comment était la brisure. Elle se révéla directe et dépourvue de complication.

Réduire une fracture était une opération délicate. Il fallait rendre à l'os brisé la longueur, la forme, la direction qu'il avait avant l'accident. Afin de mieux connaître la nature exacte du corps humain, le Troisième s'était donné à maintes reprises l'occasion de disséquer des cadavres. Il savait depuis ce qui se tramait, invisible, sous la peau. L'autopsie des rompus lui avait beaucoup enseigné sur les ruptures osseuses de toutes sortes. Il savait aussi que le cœur n'en avait pas la forme.

Il se tourna vers son fils perché sur le tabouret.

– Combien d'os y a-t-il dans une jambe ?

– Un grand en haut et deux plus petits en bas.

Le dauphin compensait sa lenteur d'esprit par une bonne volonté infinie.

– Et dans le bras ?

– Itou.

– Bien. Observe maintenant comment je vais m'y prendre pour réduire ce tibia.

La Tradition exigeait – entre autres disciplines – que l'aîné des Pibrac acquît de solides connaissances en médecine et en chirurgie. La finalité de ces enseignements était d'atteindre l'autarcie la plus grande possible. Tout faire soi-même afin de ne jamais dépendre du bon vouloir d'autrui.

Charlemagne émergea lentement de sa pâmoison. Il était nu, propre, allongé sur le dos, et on le maintenait plaqué sur une table en chêne qui sentait la cire d'abeille. Mille élancements accablaient son crâne où tourbillonnaient déjà d'innombrables pensées incohérentes. L'une d'elles pourtant se précisa : « Si j'ai mal c'est que je suis encore vif. »

Un bras et une jambe le faisaient atrocement souffrir. Son flanc était en feu. Il entendit quelqu'un gémir sans comprendre que c'était lui. Il se crut prisonnier. On l'avait ramené au château. On le torturait. On se vengeait.

Soulevant ses paupières, il ne vit que le justaucorps rouge et noir de l'un de ceux qui l'immobilisaient. Il sentit des odeurs de cuisine et de bois brûlé.

– Il revient à lui, tenez-le ferme, ordonna une voix inconnue.

Quelque chose pénétra son flanc gauche et fouilla en profondeur. La douleur devint étourdissante. Il voulut se débattre mais ce fut pire, alors il reperdit connaissance.

– Je l'ai, dit le Troisième entre ses dents serrées.

La balle apparut, intacte, rouge de sang au bout des pinces, moins enfoncée qu'il ne l'avait craint.

Tiré de loin, freiné par la redingote et la double épaisseur de chemise, le projectile avait terminé sa trajectoire dans le flanc, frôlant le rognon, s'immobilisant face à l'os iliaque sans le toucher.

Le Troisième cautérisait la plaie qu'il avait dû élargir pour y introduire les pinces, lorsque sa mère s'écarta précipitamment de la table.

– N'y touchez plus ! Écartez-vous. C'est lui le meneur-garou de Saint-Leu !

– Les loups-garous n'existent point.

– Ils existent, et c'en est un. Éloigne-toi, Justinien ! dit-elle à son petit-fils qui dominait toujours la scène sur le tabouret.

Le Troisième lui fit signe de n'en rien faire.

– Qu'est-ce qui vous fait accroire une chose pareille, madame ma mère ?

Une pointe d'agacement perçait dans sa voix.

La reine mère montra la balle sur la table. Le Troisième la prit entre ses doigts, essuya le sang et découvrit avec surprise qu'elle n'était pas en plomb mais en argent.

– Ça veut dire que celui qui l'a arquebusé pensait tirer sur un loup-garou. Ça ne prouve nullement qu'il en soit un.

Comme chaque soir avant de se coucher, Bertille et Marion s'agenouillèrent devant le crucifix accroché entre leurs lits, se signèrent, joignirent leurs mains et récitèrent d'une seule voix la prière des célibataires qui ne voulaient pas le demeurer.

– Ô mon doux Seigneur qui avez formé Adam de la terre, et qui lui avez donné Ève pour sa compagne, envoyez-nous, s'il vous plaît, un bon mari pour compagnon. Non pour la volupté bien sûr, mais pour vous honorer et avoir des enfants qui vous bénissent. Ainsi soit-il.

Bertille venait de fêter ses dix-sept ans et rêvait d'une intercession divine qui briserait la fatalité du préjugé qui la condamnait à épouser au mieux un fils d'exécuteur, au pire celui d'un valet d'échafaud en premier.

Quant à Marion, sa cadette de trois ans, il n'était pas certain qu'elle puisse épouser qui que ce fût. Comme son autre sœur Séverine, qui, sans doute, resterait son entière existence au service de l'oustal.

Le devoir religieux accompli, elles brossèrent cent fois leurs longs cheveux en échangeant des commentaires animés sur cet extraordinaire événement qu'était l'irruption d'un inconnu dans l'oustal. Bertille conta longuement les circonstances de sa découverte.

Le grand-duc de l'arbre creux était parti en expédition de chasse depuis longtemps quand elles se souhaitèrent la bonne nuit et soufflèrent ensemble sur la chandelle.

Chapitre 58

Charlemagne reprit connaissance dans une petite chambre circulaire. On l'avait couché sur un lit de taille modeste, entre un poêle en faïence bleue et une chaise à bras placée près d'une archère de tour qui laissait passer un mince ruban de jour gris.

Un mal de tête élançait le haut de son crâne et frappait avec une telle force contre la paroi qu'il semblait chercher à sortir. Son corps brûlait de fièvre entre des draps qui sentaient la sueur et l'onguent médicinal. Il reconnut l'odeur de poudre de racine de géranium. Une courtepointe à losanges rouges et noirs servait de couverture.

Des voix féminines chantonnaient quelque part dans la maison. Au-dehors quelqu'un tapait sur une enclume. Des croassements de corbeaux freux lui signalèrent la présence d'une colonie toute proche.

Son bras et sa jambe droits étaient emprisonnés entre des attelles de bois liées entre elles. La main et le pied qui en dépassaient étaient gonflés et violacés. Un large pansement lui enserrait la tête, un autre entourait sa taille : la blessure en dessous irradiait de la souffrance comme une flamme de la chaleur. Voulant explorer son entrecuisse à vif, il remua sa jambe cassée et crut vomir de douleur : il s'évanouit incontinent.

La porte s'ouvrit, des pas résonnèrent sur les dalles, des voix échangèrent des mots incompréhensibles. Charlemagne sentit qu'on le manipulait. Il voulut voir ses tourmenteurs mais manqua de force pour soulever ses paupières et se contenta de gémir. Il savait depuis la Loubière que plus il résisterait à la souffrance et plus il souffrirait. Pendant que l'on défaisait le bandage autour de sa taille, quelqu'un appuya sur son nez un épais tampon de toile imprégné d'une forte odeur nauséeuse qui le replongea dans l'inconscience, le seul endroit où la douleur ne parvenait pas à le suivre.

Quand il s'éveilla à nouveau, la chambre était plongée dans la pénombre. Il resta un moment immobile à regarder les poutres du plafond vierges de toiles d'araignée.

Il avait toujours mal partout mais sa fièvre avait disparu. Il se sentit faible et vulnérable. Des souvenirs affluèrent en vrac. Il se revit s'enfuyant à toute bride. Il songea à ses louves et surtout à Clotilde qu'il savait pleine. Il s'inquiéta des capacités de son fiancé Lunatique à bien la nourrir.

Un froissement de papier lui apprit qu'il n'était pas seul. Tournant lentement la tête vers le bruit, il découvrit un gamin d'une dizaine d'années penché sur un ouvrage posé sur ses cuisses. Il était assis de profil près de l'archère. Son nez courbé semblait plonger vers ses lèvres. Il dut se sentir observé car il cessa de lire et leva la tête. Leurs regards se croisèrent. Sa physionomie dégageait quelque chose de doux et appliqué. Il posa son livre et quitta la pièce sans un mot.

Oubliant ses blessures, Charlemagne voulut se dresser sur son séant. Il eut si mal qu'il poussa un cri et resta un moment le cœur pantelant et la bouche ouverte.

Un homme de belle taille au visage avenant malgré un grand nez busqué entra. Il posa une main qui sentait l'encre et le tabac sur son front et le fixa d'un regard scrutateur. Au-dessus des yeux, les sourcils se rejoignaient et formaient une barre noire. Ses cheveux grisonnants retenus par un catogan grenat sentaient la poudre de civette, semblable à celle qu'utilisait le chevalier Virgile-Amédée.

— Il semble que votre fièvre ait fini par céder.

Rabattant drap et courtepointe, il inspecta les pansements en s'attardant sur celui recouvrant la taille.

— C'est cette plaie au flanc la responsable de votre grosse

fièvre. Un quartier de tissu était entré avec la balle et il a fallu vite l'en retirer.

Charlemagne grimaça quand il vérifia les attelles du bras droit. Bien que précautionneux, ces attouchements provoquaient des élancements pointus qui lui soulevaient le cœur.

— C'est en tombant de cheval que vous vous êtes rompu le bras et la jambe, expliqua-t-il en se penchant pour vérifier le bandage enserrant la tête. Votre monture n'a pas survécu, mais nous avons récupéré votre selle, si tant est qu'elle soit vôtre.

Charlemagne revit un instant la jument du piqueur, il se souvint aussi des hurlements des rabatteurs, des coups de feu, de la vive douleur au flanc, de la folle cavalcade à travers les bois.

— Vous vous êtes également ouvert le crâne contre une racine, et c'est miracle si l'occiput ne s'est point fendu.

Sa diction assurée dépourvue d'accent, la qualité de son linge, sa perruque, ses mains aux ongles faits rappelaient ceux d'un gentilhomme.

La porte s'ouvrit à nouveau sur le garçon accompagné d'une garce à la taille de guêpe et au teint frais porteuse d'un plateau où trônait une soupière fumante qui sentait le bouillon de poule.

Trop faible pour se nourrir seul, il fallut le servir. La garce s'en chargea. Bien qu'on fût en hiver, elle sentait bon la violette. Sa peau fine et blanche laissait transparaître le réseau des veines bleues. Il la devina émue en voyant le tissu de son corsage palpiter là où était le cœur.

Ouvrant la bouche, il la laissa enfourner la cuillère à l'intérieur. Le couvert était en argent, la soupière en porcelaine, le bouillon savoureux.

Quand l'homme et la garce s'en allèrent, le dauphin reprit sa place, rouvrit son livre et dit d'une voix affable :

— C'est Bertille, ma sœur, qui vous a découvert dans le bois Azémard.

Charlemagne qui ne connaissait aucun bois de ce nom s'étonna :

– Où est ze bois ?

Content de l'entendre parler, le garçon approcha sa chaise.

– A quatre lieues d'ici.

Il sentait le linge propre et une odeur de gros chien traînait sur ses mains.

– Et z'est où izi ?

– Pardonnez-moi ?

– Ze zuis où izi ?

– Pas loin de Bellerocaille.

– Hé, caramba !

Jamais il n'aurait imaginé avoir parcouru une telle distance. Il songea à ses louves. Il songea à Clopante, qui devait le chercher partout sans comprendre, et aux clans. Avaient-ils échappé à la battue ?

– Il y a longtemps que vous m'avez trouvé ?

– Ça fait trois jours ce matin.

– Ze veux faire mes eaux.

Le dauphin prit sous le lit un bourdalou en verre épais et le lui remit. Charlemagne soulagea maladroitement sa vessie dedans, aspergeant les draps.

– Le jour d'avant-hier, on a donné une grande huée aux loups dans la forêt de Saint-Leu. Mère-grand croit que vous êtes le meneur-garou dont parle toute la province.

Les détails de la désastreuse battue organisée par monsieur le lieutenant de louveterie Anselme Armogaste avaient atteint Bellerocaille à la vitesse de la patache Rodez-Millau. Malgré mille cinq cents participants, aucune malebête n'avait été prise. On déplorait le trépas de sept rabatteurs – dont celui du premier piqueur des Armogaste –, une trentaine de blessés, ainsi que de nombreux incendies. Le lieutenant de louveterie en personne avait donné dans un collet sournoisement tendu sur l'un des sentiers de pénétration du troisième cercle. Son larynx avait été écrasé par le nœud coulant et il se plaignait depuis des plus grandes difficultés à respirer comme à parler.

– Ze ne zuis pas un garou. Vous avez bien vu pendant vos tortures que mon poil ne pouze point à l'envers.

Cette longue tirade l'épuisa. Il ferma les yeux et ne vit pas l'air peiné du dauphin.

– Sur Dieu qu'on ne vous a point tourmenté ! C'est même l'opposé. C'est mon père qui vous a retiré la balle du flanc et c'est lui qui a recousu votre crâne et qui a réduit toutes vos brisures. Nous avons des lumières dans notre famille et nous ne croyons point aux garous. Père dit qu'ils ne sont pas dans l'ordre de la nature.

Charlemagne rêvait qu'il était revenu dans la Sauvagerie et qu'il chassait en compagnie des clans. Il rêvait qu'il mettait hallali monsieur Anselme et qu'il le servait à la hache. Il rêvait qu'il hurlait sa victoire et qu'il offrait l'Armogaste en curée chaude à ses loups. Il s'éveilla à l'instant où il se joignait au festin.

Ouvrant les yeux, il vit près du poêle deux femmes vêtues de noir qui le dévisageaient durement. L'une brandissait un tisonnier, l'autre s'était armée d'une bûche de châtaignier. La maison entière semblait en grande effervescence. Des voix s'interpellaient, des chiens – au moins trois – aboyaient en alarme, un marmot pleurait.

Des piétinements précipités claquèrent dans le couloir. La femme au tisonnier alla ouvrir la porte sans le quitter des yeux. Deux individus en livrée apparurent. Le premier, âgé et chenu, braqua un tromblon vers le lit, le second, qui lui ressemblait avec vingt ans de moins, tenait une fourche.

Charlemagne crut que des gens du chevalier avaient découvert son refuge et envahissaient la maison pour l'occire.

– Il dormait quand il s'est mis tout à coup à hurler comme un loup, dit l'une des femmes en noir.

D'autres personnes arrivaient en courant, dont le maître des lieux et son jeune fils. Puis ce fut une vieille femme au visage ridé et aux petits yeux bleus. Deux garces la suivaient. Il reconnut celle qui lui avait servi le bouillon à la cuillère. L'autre, aux traits plus enfantins, lui ressemblait et devait être sa sœur cadette.

– Aucune gorge humaine ne peut hurler ce que je viens d'ouïr, dit la vieille femme. C'est un garou et il faut s'en débarrasser au plus rapide.

– Ze zuis pas un garou, et ze le prouve ! dit-il en faisant plusieurs signes de croix d'affilée.

La reine mère s'horrifia.

– Il se signe de la main gauche !

– Z'est parze que mon bras droit est cazé, vieille zorzière !

Il était indigné par tant de mauvaise foi. Il lui aurait volontiers lancé quelque chose au visage.

Le qualificatif de sorcière encoléra la reine mère qui agita la main dans sa direction.

– Oyez-le parler comme un serpent.

– Si c'était un garou pour de vrai, mère-grand, il n'aurait pas survécu à la balle en argent, argua Justinien.

Son père approuva son raisonnement d'un hochement de menton.

Un très gros chien de la taille d'un veau les bouscula.

– Mordache, au pied ! ordonna-t-il.

Le mastif obéit mais retroussa ses babines avec mauvaise humeur.

Heureux de voir un animal, Charlemagne émit quelques grognements suivis d'un bref aboi de bienvenue. Mordache grogna et aboya à l'identique, puis il se dressa sur le bord du lit et tendit sa gueule noire vers le blessé en agitant son fouet. Charlemagne lui sourit (sans dévoiler ses dents) et le gratta de sa main valide entre les oreilles, là où le mastif ne pouvait jamais le faire lui-même. L'énorme chien se tortilla d'aise.

L'assistance contemplait la scène en silence. Basile et Honoré baissèrent leurs armes. On aurait entendu un chat marcher sur un tapis.

L'attitude du molosse étonnait considérablement le Troisième. Mordache était le contraire d'un chien liant.

– Les garous n'ont zamais exizté, z'est tout, répéta Charlemagne d'un ton buté.

Comme pour l'approuver, Mordache lui débarbouilla la joue avec son énorme langue baveuse.

– Je vous l'accorde, dit le Troisième. Mais l'existence des meneurs de loups, elle, est dûment attestée. Le dernier connu a même été localisé dans la forêt de Saint-Leu.

– Où zont mes habits ? demanda Charlemagne pour faire diversion.

– N'ayez crainte, ils vous seront restitués dès que vous pourrez à nouveau les porter.

– Et mon collier ? Hé ! Où est mon collier, caramba ?

On le lui montra, posé sur une table de chevet qu'il n'avait pas remarquée. Il y avait aussi la bandoulière, le couteau, la carnassière, la lorgnette, le *Roman de Renart*. Le Troisième l'ouvrit à la première page et montra l'inscription.

– Connaissez-vous ce Dagobert Tricotin ?

– Z'ai faim, décréta Charlemagne.

– Il reste de l'aligot, je peux aller en chercher.

Tous se tournèrent vers Bertille et la regardèrent avec étonnement. Le front, les joues et même le cou de la jeune fille s'empourprèrent. Son père la sortit de son embarras.

– Apporte plutôt de la soupe, c'est trop tôt pour lui faire ingurgiter plus consistant.

Il replaça le livre sur la carnassière et regarda Charlemagne d'un air songeur.

– Tricotin n'est point un patronyme répandu dans notre province. J'ai pourtant connaissance d'un maréchal de Racleterre portant ce nom.

Il vit le jeune homme faire des efforts pour maintenir son impassibilité.

– J'ai dit un jour à maître Tricotin que ma famille était son obligé. Bien qu'il y ait de ça une dizaine d'années, cela reste toujours vrai, pour lui comme pour sa descendance.

Charlemagne eut l'air de s'intéresser à l'archère qui montrait un ciel de neige. Il songea aux siens dans la Sauvagerie. Son impuissance à les rejoindre l'affligea.

– Si d'aventure vous étiez affilié aux Tricotin de Racleterre, vous m'épargneriez d'avoir à vous livrer à monsieur le prévôt.

– Et pourquoi feriez-vous une telle mauvaizeté ?

– Il est le seul à pouvoir légalement démêler votre identité.

– Et pourquoi voulez-vous tant la connaître ?

– Parce que tout me laisse croire que vous êtes l'assuré meneur tenu pour responsable de plusieurs trucidages comme d'innombrables atteintes à la propriété privée.

Or, si la charité chrétienne me commande d'accueillir et de curer les blessés en détresse, mon statut d'officier de justice exige que je les livre au prévôt sitôt rétablis.

« Quel guignon », se dit Charlemagne en s'interrogeant sur la sorte d'officier de justice chez qui il était tombé. La perruque et les valets armés en livrée faisaient penser à un juge.

Le Troisième prit quelque chose sur la table de chevet et le déposa sur sa poitrine. Charlemagne vit une balle en argent.

– Depuis cette désastreuse grande battue de l'autre jour, le chevalier Virgile-Amédée offre une prime de quatre cents livres pour la capture, mort ou vif, du meneur prétendu garou de la forêt de Saint-Leu.

La somme le flatta à nouveau. Quant à la balle en argent, s'il sortait de ce mauvais pas, il la suspendrait à son collier en souvenir.

– En quoi êtes-vous l'oblizé des Tricotin ?

– J'aurais plaisir à vous le narrer dès que vous m'aurez assuré que vous en êtes un.

– Za ze pourrait.

– Mais encore ?

– Ze zuis un Tricotin, z'est tout.

– Un Tricotin de Racleterre ?

Charlemagne opina de la tête. Un mouvement qui lui tira une grimace de douleur.

– Votre père serait donc le présent maréchal de la rue des Frappes-Devant ?

– Nenni, lui z'est l'oncle Caribert. Notre bon père à nous, il était zabotier rue des Afitos.

Le Troisième vint le regarder presque sous le nez.

– Celui qui est mort du fléau ? Vous seriez l'un des quintuplés ?

– Z'est moi l'aîné.

A l'exception du chien Mordache, tous ceux présents dans la chambre se souvenaient des épateurs de Racleterre. Cette naissance multiple avait fait grand carillon dans la province. Le roi lui-même en avait été informé.

Le Troisième montra le livre.

– Qui est donc ce Tricotin ?

– Z'est mon frère Dagobert.

– Et comment se nomme le père de votre père ?

– Louis-Sarlemagne. Z'est lui qui était marésal il y a dix ans.

Le Troisième approuva en souriant, convaincu d'être devant un authentique Tricotin. La dette contractée un siècle plus tôt par l'ancêtre fondateur allait enfin être acquittée.

– Comment vous nommez-vous ?

– Ze zuis Sarlemagne. Et vous ?

Le Troisième cessa de sourire. Les valets ricanèrent.

– Je me prénomme Justinien.

– Hé ! Z'est un nom de bourrel, za !

Depuis 1683, date de la première lettre de provision délivrée à Justinien le premier par le baron Raoul Boutefeux de Bellerocaille, personne dans l'entière province – les registres paroissiaux faisant foi – ne se serait risqué à choisir un tel prénom.

– Tout comme l'est Pibrac.

– Ahi ! Laizez-les où ils zont zeux-là ! s'exclama Charlemagne en faisant les cornes vers le plafond de sa main valide.

– Avant que vous n'ajoutiez ou ne fassiez quelque chose de plus désobligeant, sachez que vous n'en avez pas moins de cinq devant vous.

– Zinq quoi ?

– Cinq Pibrac.

Le Troisième les désigna de la main.

– Voici mon dauphin, Justinien Pibrac, le quatrième du nom, voici ma mère qui n'est point une sorcière, voici ma tante Berthe et ma tante Lucette, et voici Basile et Honoré, mes valets d'échafaud.

– Qu'allez-vous me faire ?

Le ton de sa voix ne trompa guère le Troisième.

– Ne vous inquiétez pas. Nous allons vous héberger jusqu'à votre guérison complète. Ensuite, nous aviserons. Personne ne sait votre présence parmi nous, aussi, n'ayez d'autre souci que celui de vous rétablir au mieux.

Une ancienne ritournelle s'imposa dans l'esprit perturbé de Charlemagne.

Entrez, entrez, petits enfants,
Y' a de la place assurément.
Ils n' étaient pas sitôt entrés
Que le Pibrac les a tués,
Les a coupés en p'tits morceaux
Et puis salés dans un tonneau.

Chapitre 59

On l'avait déménagé de la tour nord pour une chambre à l'étage de l'oustal, au-dessus de la cuisine. Les murs étaient joliment boisés et les entrevous du plafond, peint en bleu azur semé d'étoiles dorées, lui plurent d'emblée sans qu'il en devine la raison. Il occupait désormais un grand lit qu'il avait fait tirer contre la fenêtre donnant sur une cour pavée en forme de U. En se dressant sur son séant, il pouvait se distraire du va-et-vient qui l'animait de la pointe du jour au crépuscule. Un vaste parc muré dont il ne distinguait pas la fin la prolongeait. L'aurore se levait au-dessus d'un bosquet d'arbres aux houppiers occupés par une corbeautière d'une vingtaine de nids de freux.

Chaque matin, une heure avant le chant du coq, Honoré Plagnes sortait de la tour sud, traversait la cour et entrait dans l'écurie. Charlemagne l'entendait monter l'escalier de la soupente et houspiller les nourris encore endormis.

– Debout, foutues feignasses ! Allez, allez, ouste ! Les chevaux devraient déjà être étrillés, macarel !

On se réveillait aussi dans la cuisine, et, bientôt, Rose et Amélie apparaissaient dans la cour et se dirigeaient vers le puits pour en tirer de l'eau. La poulie bien huilée ne couinait jamais.

Sous la houlette de la reine mère, les femmes avaient la responsabilité de l'entretien de l'oustal, des trois repas, de la cuisson du pain, du grand potager, du verger, des ruches, des animaux de basse-cour.

Charlemagne avait identifié à la vue, à l'odeur et à l'ouïe trois vaches, cinq chèvres et leur bouc, plusieurs cochons, des lapins et une quarantaine de poules avec leurs coqs.

Les cinq chevaux et les deux mulets étaient sous le commandement des valets, les trois chiens sous celui du maître et du dauphin. Comme il leur lançait parfois des os, ces derniers levaient la tête vers sa fenêtre chaque fois qu'ils entraient dans la cour.

Chaque jour, en début de relevée, les valets et les nourris dressaient l'échafaud et la potence au centre de la cour. Ils y pendaient un mannequin de son baptisé Monsieur Turgot.

– L'expérience, jeunes gens, c'est dix mille fois la même chose répétée cent mille fois, leur serinait maître Pibrac en les surveillant.

Quand ce n'était pas une leçon de pendaison, c'était un cours sur la construction d'un bûcher, sur la manipulation de la barre à rouer et sur l'utilité de porter des gants, sur le maniement de la pesante épée de justice et sur les meilleures façons de décoller la tête en un seul coup. Le Troisième dégageait alors sa nuque et montrait avec son doigt l'endroit précis où frapper (entre la quatrième et la cinquième cervicale).

– Une bonne décollation ne peut se faire sans la coopération du condamné. C'est pour cela que nous décapitons les gentilshommes et que nous pendons les roturiers. Seuls les premiers ont le sang suffisamment froid pour ne point bouger une fois la joue posée sur le billot.

Le plus insupportable était l'obligation de rester alité. Tant d'oisiveté forcée lui provoquait des bouffées de chaleur qui le laissaient à bout de souffle.

La forêt lui manquait, et il ne se passait pas un jour sans qu'il songe à ses loups. Mangeaient-ils suffisamment ? Étaient-ils navrés par sa disparition ? Et puis, qui casserait la glace pour le martin-pêcheur si la Dourdounette gelait à nouveau ? Qui protégerait du lierre étouffeur ou du gui assassin J'y-suis-j'y-reste, le chêne qu'il avait planté trois ans plus tôt au centre de sa grand-cour ? Qu'était devenue Clopante ? Comment prévenir la fratrie qu'il avait survécu à la battue ?

Au début de son séjour, après chaque repas, Charlemagne

aimait se frotter le ventre et hurler, tel un loup après un bon carnage. Alléguant qu'on l'entendait jusqu'à la croisée du Jugement-Dernier et bien au-delà, le Troisième lui avait demandé de s'abstenir.

– Personne ne doit déceler votre présence parmi nous. D'autant plus que votre histoire est loin d'être apaisée. C'est même le contraire. Non seulement on vous sait toujours vif, mais une bergerie vient d'être attaquée par un cent de loup et on vous la crédite.

– Une berzerie de quel endroit ?

– Du canton de Chanteclerc.

– Ils zont entrés comment ?

La voix du Troisième prit une tonalité sceptique.

– Ils auraient, paraît-il, sauté à plusieurs sur le toit de chaume jusqu'à ce qu'il s'effondre sous leur poids.

Charlemagne se sentit fier. Ainsi, malgré sa disparition, les clans s'étaient unifiés et avaient chassé ensemble. Ce ne pouvait être que Bien-Noir l'instigateur. Jamais il n'avait rencontré un animal plus pragmatique. En parvenant à l'approcher et à boucler autour de son cou l'un des colliers cloutés pris sur les chiens des bergeries de La Valette, Charlemagne avait prolongé de plusieurs années sa suprématie physique sur son clan.

Son état ne nécessitant plus la présence d'un garde-malade en permanence, on lui avait confié un bâton long de quatre pieds. S'il désirait quelque chose, il tambourinait avec sur le plancher et faisait apparaître quelqu'un.

Quand il se sentait trop esseulé, il se mettait à la fenêtre et poussait quelques jacassements destinés à Clopante, convaincu que la pie unipattiste le recherchait depuis sa disparition. Il croassait aussi quelques politesses aux corbeaux, qui ne tardaient pas à lui répondre. Accompagnés parfois de leur femelle, trois ou quatre mâles venaient se poser sur l'appui. Après un nouvel échange de croasseries courtoises, ils osaient entrer dans la chambre et voler jusque sur la table où il avait exposé à leur intention les reliefs de son dernier repas. C'étaient des grands freux entièrement noirs dépassant le pied et demi de haut ; contrairement à leurs cousins de Racleterre, ils préféraient la viande à toute autre nourriture.

Parfois, l'un d'eux sautait sur le lit et venait obligeamment lui lisser les cheveux avec la pointe de son long bec.

A condition de rester parfaitement immobile sur son siège, un matin le dauphin avait pu assister au spectacle. Son admiration pour Charlemagne s'était accrue.

– Tu ne crains point qu'il te becquette un œil ? Ils adorent ça, tu sais.

Justinien s'était retenu d'ajouter qu'ils commençaient toujours par là lorsque son père suspendait un nouveau condamné aux fourches. Il fallait les voir se percher sur l'épaule, se pencher de côté, plonger leur bec dans l'orbite et gober l'œil suintant d'humeur en rejetant la tête en arrière.

– Pourquoi le ferait-il ? Nous ne zommes point ennemis. Il me lize les seveux parze qu'il croit que ze zont mes plumes. Et zi z'avais des poux, il les manzerait. Pour lui, z'est une amabilité qu'il me fait.

– Pourtant il voit bien que tu n'es pas comme lui !

– Z'est vrai. Mais pour un freux, tout ze qui parle zon patois est forzément un freux. En plus, ze zuis plus gros et plus grand que lui. Et encore en plus, ze croaze bien plus haut que lui, ou que tous les autres d'ailleurs. Et za, za les imprézionne beaucoup.

Tous les matins, le Troisième venait inspecter sa blessure au flanc. Il changeait l'emplâtre de feuilles de chou sauvage destiné à empêcher un retour de l'infection.

L'entaille au cuir chevelu se cicatrisait rapidement, les bords démangeaient déjà. Les maux de crâne avaient disparu.

– Si vous ne voulez point que votre bras ou votre jambe deviennent crochus vous devez rester quiet.

Tout en parlant, le Troisième lui remuait et étirait les doigts et les orteils en expliquant qu'il fallait prendre garde à ce que les tendons du bras comme de la jambe ne s'atrophient pas.

– Combien de temps ze vais encore languir avant de courir à nouveau ?

– Il vous faudra sans doute patienter jusqu'à Pâques.

Le maître exécuteur, son épouse et leurs six enfants venaient chaque soir boire une infusion de coquelicot en sa compagnie.

Ce fut durant l'un de ces paisibles après-souper que Charlemagne leur narra les circonstances ayant présidé à la découverte du collier et du sceau des Armogaste.

Le Troisième eut une mimique de lassitude en entendant le nom de leur propriétaire.

– Les fantômes n'ont pas plus d'existence que les meneurs-garous.

– Ze ne dis point que z'était le fantôme du sevalier Walter, ze dis que z'était les reztes du vrai sevalier, répliqua Charlemagne, de l'impatience dans la voix.

– Mais il n'a jamais existé, c'est une légende pour enfants à la mamelle.

– Bien sûr qu'il a exizté pour de bon ! Il a même deux fois son portrait au sâteau. Une fois dans la galerie des anzêtres et une autre dans le cabinet de travail. Et sur les deux il porte ze même collier et zette même bague.

Il leur conta l'événement tel qu'il l'avait reconstitué.

– En zon temps, le sevalier Walter a couru un très grand ourz, il l'a pourzuivi zusque dans za tanière, ils ze zont battus et le zevalier a tué l'ourz. Mais l'ourz, en mourant, lui est tombé dezus et l'a écrazé, z'est tout.

Les enfants buvaient ses mots sans le quitter des yeux.

Les occasions de voir une tête nouvelle étaient aussi rares que de trouver des fraises en janvier. A l'exception des nourris qui changeaient tous les deux ans et des exécuteurs de passage, personne ne séjournait à l'oustal. Quant aux amateurs de médecines patibulaires, ils se présentaient à la sombre, toujours en tapinois, et ils repartaient sitôt leurs achats soldés.

Si Louis, âgé de quatre ans, et Antoine, âgé de deux, étaient déjà sortis de l'enceinte de l'oustal, ils n'avaient jamais dépassé le dolmen et les abords immédiats des fourches, tandis que Séverine, avec ses sept ans, venait de commencer ses classes de mithridatisation au préjugé.

L'une des épreuves prônées par la Tradition consistait à la traversée à pied de la place du Trou un jour de marché. Bien que l'impôt de havée eût été aboli neuf ans plus tôt, l'aversion et la morgue de la foule étaient toujours aussi ardentes et aussi visibles à l'œil nu.

— Œillez ces tartufes se signer sur notre passage, remarquez-les nous faire la lippe, observez celui qui vient de cracher par terre, disait le Troisième d'un ton didactique à ses enfants qui marchaient en bon ordre derrière lui.

Il professait qu'il fallait parler froidement des vérités qu'on sentait avec chaleur.

— Œillez-les bien grimacer de dégoûtation, car ce sont les mêmes qui se pressent en rangs serrés chaque fois que j'officie. Et plus le châtiment est terrible, plus ils se déplacent en nombre.

Avec un geste de la main qui englobait la foule hostile et grouillante, il ajouta :

— Œillez-les détourner les yeux, mes chers enfants, et appréciez les airs hautains qu'ils nous adressent. Ce sont ces mêmes méprisants qui se plaignent que la chaleur de mes bûchers est trop intense et qu'elle les maintient trop loin pour bien voir. En vérité, je vous le dis, ils nous excluent parce qu'ils ont peur de nous aimer et d'en être honteux.

Charlemagne ne voyait jamais la reine mère et rarement les deux tantes. Lorsqu'il frappait le plancher avec le bâton, c'était l'un des nourris, Félix ou Tixier, qui montaient s'enquérir de ce qu'il voulait. Ils lui étaient tous deux hostiles et ne goûtaient guère d'avoir à se partager les corvées d'entretien de sa chambre. Les fientes de freux qui maculaient parfois l'élégant parquet à bâtons rompus les faisaient chanter pouilles contre les noirs volatiles. Quand leurs récriminations rayaient trop ses oreilles, Charlemagne les menaçait en leur désignant la corbeautière.

— Fermez votre caquet ou ze leur répète tout !

Un matin, Félix avait volontairement ébranlé le châlit avec le manche de son balai. Charlemagne avait grogné

de douleur. Le nourri s'était excusé en zozotant outrageusement.

Le même jour, profitant qu'il passait à proximité du lit,
Charlemagne lui administra un énergique coup de bâton
qui l'atteignit en travers du visage, le projeta contre le
mur, ouvrit son arcade sourcilière, replia son nez contre sa
joue, ébranla ses canines et même quelques-unes de ses
molaires.

— Il me fait mal, ze lui fais très mal, expliqua-t-il sobrement au Troisième après que Félix se fut plaint. Et zi il
recommenze, ze zera bien pis, z'est tout.

Les moments les plus agréables de la journée étaient les
trois repas quotidiens servis par Bertille et sa sœur Marion.
Pendant qu'il mangeait avec autant d'appétit que d'éclaboussures, elles l'assaillaient de questions un peu niaises
sur sa vie dans les bois, sur la famille des martins-pêcheurs,
sur celle des loutres, sur les choucas, sur ses arbres préférés, sur les loups, sur Clotilde et sa future progéniture.

Il répondait avec prudence en choisissant ses mots (ceux
qui le faisaient le moins zozoter), en prenant garde de ne
jamais localiser la caverne, de ne jamais mentionner la
Sauvagerie, la Dourdounette ou la chapelle Saint-Hubert.

— Zi tout va bien, elles louvetteront pour l'Azenzion.

— Nous aussi, nous avons eu des loups, lui confia Bertille
un jour. J'avais sept ans quand la vieille Papatte est morte.
Elle avait perdu sa patte dans un traquenard. C'est Honoré
qui l'a dénichée et qui l'a ramenée à l'oustal. Un peu
comme pour vous, ajouta-t-elle avec un sourire amusé.

Quand leurs yeux se rencontraient, ils les détournaient
en même temps.

— Moi, z'est une pie avec une zeule patte que z'ai, et
elle z'appelle Clopante.

Parfois c'était Bertille qui le divertissait en lui contant
toutes sortes d'histoires. Certaines surprenantes, comme
celle de Marguerite Le Paistour dont elle semblait faire
grand cas.

— Elle est née à Cancale, et son père était un capitaine
de vaisseau marchand qui avait des biens aux Amériques.

Un jour, sa mère expire et son père se remarie. Comme elle se harpaille sans cesse avec sa belle-mère, elle se coupe les cheveux, elle briconne les habits de son frère et elle s'enfuit très loin. Ses fausses apparences sont si convaincantes qu'elle se fait appeler Henri et qu'elle parvient à s'engager dans les armées du roi qui l'envoie en campagne pour la guerre d'Autriche.

Bertille semblait admirer autant qu'envier cette Marguerite. L'émotion faisait briller ses yeux verts et échauffait ses joues de lis.

– Elle déserte son régiment et s'engage à nouveau, mais dans les troupes de l'impératrice Marie-Thérèse cette fois. Comme elle ne s'y plaît pas non plus, elle déserte derechef et rentre au pays. Arrivée à Strasbourg avec six liards en poche, elle croise sur son chemin un homme bien mis qui lui offre un emploi. Elle l'accepte et devient valet d'échafaud.

– Pouah ! Une garze bourrelle ! s'était exclamé Charlemagne avec une grimace.

Il ne comprit pas le regard peiné qu'elle lui lança.

Un matin, ce furent Rose et Amélie qui apparurent avec la collation en place des jeunes filles.

– Où est Bertille ?

Les deux brus sourirent en le regardant par en dessous.

– Elle est partie avec le maître.

– Et où est le maître ?

– Il exécute à Séverac.

– Il z'en retourne quand ?

– Demain, sans doute.

Sa contrariété fut telle qu'il ne toucha pas au pâté de faisan. Il grignota un petit tiers de l'omelette aux vairons, piocha une seule cuisse du goûteux civet de lapin aux cèpes qui avait mariné un jour entier dans du vin de Routaboul. Il dédaigna tous les cabecous ainsi que la tranche de bleu des Causses et ignora la portion, épaisse comme un gros livre, de tarte aux noix.

Était-ce les symptômes d'une nouvelle maladie ? Ou peut-être les séquelles de sa chute sur la tête ?

– Laizer tout, ordonna-t-il alors qu'elles s'apprêtaient à rapporter la nourriture intacte à la cuisine.

Il n'osa pas leur demander pourquoi Bertille accompagnait son père ? Était-il possible qu'elle prît part à son vilain métier ?

Le plus mystérieux restait l'état fébrile dans lequel il se trouvait, et qui semblait lié à son absence.

Il poussa un long « koââ koââ koââ » en direction de la corbeautière. Quelques freux répondirent.

Rose et Amélie quittèrent la chambre en hâte. Ces dévoreurs de pendus leur répugnaient depuis toujours.

Justinien vint en fin de matinée. Il lui apportait un nouveau livre intitulé *Horribles et Épouvantables Faits et Prouesses du très renommé Pantagruel*. Charlemagne jeta un coup d'œil au titre et dit :

– Ze l'ai dézà lu.

Les œuvres complètes de Rabelais figuraient dans la bibliothèque du chevalier Virgile-Amédée. Il les avait dévorées en soixante nuits.

– Pourquoi tu n'es pas à Séverac, toi auzi ?

– Parce qu'il faut toujours un Pibrac commissionné à l'oustal.

– Z'est qui ze Pibrac ?

Le dauphin se désigna du doigt.

– C'est moi.

– Hé ! Tu es dézà bourrel ?

– Depuis le jour de ma naissance. C'est la tradition. C'est aussi pour qu'il n'y ait jamais de vacance dans la charge.

Il prit un air chagrin pour ajouter :

– Tu ne devrais pas nous appeler bourreau.

– Z'est pourtant bien ze que vous êtes ?

– Que non pas ! Un bourreau, c'est un criminel, c'est quelqu'un de cruel qui fait le mal pour son plaisir ou pour son profit. Nous, nous sommes des officiers de justice. Nous exécutons seulement les sentences des juges. L'exercice de notre charge est un acte de justice, pas un acte criminel.

Son père n'aurait pas dit mieux.

– Comment faut-il vous appeler alors ?

– Il faut dire exécuteur des hautes et basses œuvres.

– Z'est long.

– C'est comme ça.

– Pourtant, z'ai point le zouvenir d'avoir entendu quel-qu'un vous appeler ainzi ?

Justinien tenta de mimer l'indifférence pour répondre :

– Parce que personne ne nous aime.

– Za, z'est vrai, admit Charlemagne.

Croisant le regard plein de reproche du garçon, il adou-cit son commentaire :

– Z'est prezque vrai, puizque moi, maintenant que ze te connais, ze t'aime bien, que tu zois bourrel ou pas.

Justinien le scruta, comme pour vérifier sa sincérité.

– C'est vrai ?

– Oui. Z'aime bien auzi ton père, et pourtant il fait un peu peur parfois. Mais z'aime pas du tout la vieille bique qui répète que ze zuis un loup-garou.

– C'est ma mère-grand.

– Ze zais, ze n'est pas de ta faute.

– Et Bertille ?

– Bertille ? Bertille ? Ze l'aime bien Bertille.

Répéter son nom avait un curieux effet apaisant sur son malaise.

– Bertille, elle me rappelle ma zœur.

Il se mit alors à gazouiller comme un rossignol mar-quant son territoire de nidification. Justinien l'écouta avec émerveillement et aussi une pointe d'envie.

– Père se demande souvent comment tu peux siffler si bien alors qu'il te manque un bout de langue ?

Ne décelant aucune moquerie dans la question, Charle-magne lui répondit.

– Au début, za m'a bien zéné un peu, mais ze me zuis habitué à plazer la langue autrement.

– Et ça t'est arrivé comment ?

– Z'a m'est arrivé, z'est tout.

Il y eut un craquement dans le couloir.

– Quelqu'un nous espionne, dit Charlemagne en lançant son bâton qui rebondit avec bruit contre la porte.

Ils entendirent des bruits de fuite dans le couloir. Char-lemagne reconnut les pas de Marion.

Quand Justinien ouvrit, il n'y avait plus personne. Il examina le battant et passa ses doigts sur la marque laissée par le bâton. Il le ramassa et le remit à Charlemagne en disant :

– Il va falloir refaire le vernis de la porte.

Charlemagne ignora le reproche et joua à maintenir le bâton en équilibre vertical sur son index.

Embarrassé, Justinien hocha la tête. Comme le répétait son père, il n'aurait su dire si Charlemagne dédaignait les usages ou s'il les ignorait. Il ne prêta aucune attention aux crissements des lattes dans le couloir, signalant le retour de l'espion. Charlemagne entendit mais, cette fois, il se garda d'intervenir. Il cessa de jongler avec son bâton et surprit Justinien en le questionnant longuement sur sa sœur.

– Quand elle était petite, elle voulait être le dauphin, mais aujourd'hui qu'elle sait que c'est moi, elle veut juste se marier.

– Avec qui ?

– C'est ça le difficile. Pourtant, ce sont point les cajoleurs qui font défaut. Surtout avec la dot que notre père a promise. Mais aucun lui convient. Mère-grand dit qu'elle attend de rencontrer le prince charmant comme dans les contes de fées. Mère-grand dit aussi que, quand il arrive à ces princes charmants d'épouser une roturière, ils choisissent toujours une bergère et jamais une fille d'exécuteur.

Charlemagne dormait depuis peu quand la berline entra dans la cour et l'éveilla. Il se redressa et s'accouda à la fenêtre ouverte malgré le froid picotant : il huma le vent et sentit la fine odeur vaguement métallique qui annonçait la neige.

Rose et Amélie enflammaient les torchères de la cour tandis que le dauphin et Marion ouvraient les battants de l'écurie. La berline s'engouffra à l'intérieur. A leur souffle, il sut que les chevaux étaient fatigués et heureux d'être de retour.

Bertille et sa mère sortirent du bâtiment et traversèrent la cour. Il signala sa présence en imitant la sittelle, choisissant spontanément son chant d'amour doux et flûté.

La jeune garce sourit en levant la tête vers la fenêtre et le salua d'un geste de la main. Il lui répondit par quelques « houho, houho, houho, houho » saccadés de grand-duc marquant son territoire.

Le grand-duc qui nidifiait dans un arbre mort ne tarda pas à apparaître, la plume ébouriffée et prêt à en découdre. Charlemagne le connaissait et le voyait souvent chasser les trotte-menue sur le toit de l'oustal.

Il le rassura en poussant plusieurs petits cris de bienvenue, puis il se rendormit.

Dehors, la neige commença à tomber sans bruit.

Pendant que Marion ranimait le brasero qui chauffait leur chambre, Bertille se dévêtit, en commençant par sa coiffe verte en batiste.

— Je t'en supplie, Marion, ne me fais point bisquer plus longtemps.

Marion l'avait accueillie à sa descente de berline en lui glissant à l'oreille : « J'ai connaissance de nouvelles d'une très grande importance sur qui on sait. » Depuis, elle se faisait prier. Pour une fois qu'elle savait quelque chose que sa sœur aînée ignorait…

— Toi d'abord ! Raconte ce qui s'est passé !

— Père m'a autorisée à aider à la construction du bûcher, dit-elle fièrement en dénouant son devancier à mille fleurs qu'elle jeta sur le dossier de sa chaise.

Le condamné était un simplet qui avait volé la croix, le ciboire et deux chandeliers dans la chapelle des bénédictins de Séverac. Il avait aussi bu tout le vin de messe, mangé toutes les hosties et pissé dans les trois bénitiers. Il avait été condamné par l'officialité à faire amende honorable sur les lieux de son sacrilège, à avoir la main droite coupée et à être réduit en cendres par le feu en même temps que toutes les pièces du jugement. L'homme était mort en riant aux éclats et en soufflant comme un damné sur les flammes du bûcher pour les attiser.

— C'est tout ?

Bertille réfléchit un instant en regardant le plafond :

— On a vendu toute la mandragore.

Elle ôta ses souliers poussiéreux à boucle noire, délaça sa robe de voyage en étamine marron et déboutonna son corsage vert sombre fermé sur le devant par des boutons en nacre. Ses globes supérieurs apparurent, tels des offrandes aux mains des polissons. La robe et le corsage rejoignirent le tablier sur le dossier de la chaise. Marion les prit, les plia et les rangea.

En plus d'un pantalon de coton blanc fendu sur l'arrière qui s'arrêtait aux genoux, Bertille protégeait ses jambes du froid avec de longs bas de laine jaune et bleu qui montaient haut sur les cuisses, à la limite de ses globes inférieurs.

Elle frissonna en enfilant sa chemise de lit en toile écrue ornée d'un mince col blanc. Elle ôta son pantalon, se débarrassa des jarretelles mais conserva les bas. Se glissant frileusement entre les draps de lin gris recouverts d'un édredon en duvet d'oie, elle dit à Jésus cloué sur son gibet suspendu au-dessus du lit :

— Je te la promets celle-là aussi.

— Ça fait quatre, rappela impitoyablement Marion en pliant et rangeant le pantalon et les jarretelles.

Cela faisait quatre nuits que Bertille se couchait en négligeant ses devoirs religieux. Elle comptait se rattraper dimanche en récitant ses prières quatre fois d'affilée.

— A ton tour, maintenant. A-t-il seulement pris de mes nouvelles ? Je t'écoute, et ne me cèle aucun détail.

— D'abord, il a fait la figue toute la journée et il n'a presque rien mangé, pourtant c'était goûteux, finit par dire Marion. Il a offert sa collation du matin aux freux, son déjeuner aux chiens et le souper aux choucas de la tour sud. Tu aurais dû voir la tête de mère-grand pendant que tous ces oiseaux allaient et venaient entre la tour et la chambre.

— Il est peut-être souffrant ? Il a peut-être pris froid avec sa lubie de tenir sa fenêtre toujours ouverte ?

— Nenni, je l'aurais entendu tousser.

Tout en regardant Marion se dévêtir, plier et ranger chaque pièce de ses vêtements sur sa chaise, Bertille songeait à Charlemagne. Il l'attirait comme une abeille est attirée par une fleur. Elle sentait son père impressionné par sa personnalité et elle en était impressionnée à son tour.

De plus, jamais personne ne l'avait regardée ainsi. Elle se sentait quelqu'un d'autre que la « fille Pibrac » dans ses yeux.

— Justinien lui a rendu visite en début de relevée et ils ont beaucoup parlé : j'ai presque tout entendu.

— Si tu continues à me faire languir, je me lève et je te fais une bosse.

— Il a dit ton nom au moins trente fois. Il voulait tout savoir sur toi. Il a dit que tu lui rappelais sa sœur.

— Et qu'a répondu Justinien ?

— Que tu voulais te marier avec un prince charmant.

— Doux Jésus ! Il a dit ça ce benêt !

— Il l'a dit.

Chapitre 60

Un matin de printemps, Charlemagne s'approcha du bord du lit et posa son pied valide sur le plancher. Son tibia brisé était protégé par une ingénieuse gouttière en osier que le Troisième avait agrémentée de coussinets anti-frottements. Son bras était soutenu par une écharpe.

Il attendit que sa tête cesse de tournailler pour faire quelques pas et sautiller vers la porte en s'appuyant sur le dossier de la chaise comme sur une béquille. Ramollis par une immobilisation de vingt et quelques jours, les muscles de sa jambe valide avaient le plus grand mal à rester tendus et à supporter son poids. Il dut s'asseoir plusieurs fois avant d'atteindre la porte, l'ouvrir et enfin voir ce qu'il y avait derrière.

Il vit un long couloir éclairé par deux fenêtres percées à chaque extrémité, plusieurs portes fermées, un parquet brillant d'encaustique et des murs ornés de tableaux aux cadres dorés semblables à ceux de la galerie d'ancêtres du château neuf.

Il se dirigea vers la fenêtre la plus proche. Bien qu'elle ne fût qu'à une dizaine de pas, il y arriva essoufflé, le cœur battant, et avec un début de crampe dans la cuisse qui soutenait sa jambe brisée.

La fenêtre ouverte donnait sur un grand mur en grès rose hérissé de lames de pertuisanes. Entre les branches en pleine floraison d'un bosquet, il vit les fourches patibulaires (elles étaient vides) et, tout là-bas dans le lointain, le château de Bellerocaille perché sur son pic avec son bourg enroulé autour. Il respira à pleines narines le printemps qui embaumait l'air et songea à Clotilde, si proche de mettre bas. Il aurait tellement voulu être là et s'assurer que tout se déroulait au mieux. Lunatique allait-il pouvoir lui trouver toute la viande nécessaire ? Avait-elle choisi la caverne comme lovière ?

Une porte s'ouvrit dans le couloir et la voix de la reine mère claqua comme un coup de fouet :

– Que faites-vous là ? Vous n'avez rien à faire ici.

– Ze fais ze qui me plaît, répliqua-t-il d'un ton si rogue et si brusque qu'on eût dit un abois de mâtin.

La vieille femme eut un haut-le-corps indigné en découvrant les traînées laissées sur le parquet ciré par les pieds de la chaise lui servant de béquille.

Une autre porte s'ouvrit. Le Troisième apparut, l'air visiblement contrarié. Découvrir son patient hors de son lit ne fit qu'accentuer son mécontentement.

– Vos os sont encore loin d'être ressoudés, et le moindre choc peut les rebriser.

Charlemagne baissa la tête et approuva en s'asseyant sur la chaise. Il appréciait la droiture du maître exécuteur et aurait été désolé de lui déplaire.

– Ze voudrais tant pouvoir retourner sez moi avant l'Azenzion. Z'ai ma louve qui va mettre bas et comme z'est la première fois, on ne zait zamais ze qui peut arriver.

La reine mère se signa.

– Je n'entends point les raisons qui vous incitent à garder ce garou plus longtemps parmi nous. D'autant plus que la pleine lune est proche.

Le Troisième lui lança un regard apaisant. Elle insista :

– La dette du Premier est largement remboursée. Si vous ne l'aviez point recueilli dans ce bois, il serait mort à l'heure présente, ajoutez à cela que vous lui avez redressé les os, que vous l'avez pansé, nourri, hébergé, et que vous l'aaaaHHHHH… Oh mon Jésus ! NOOOOON !

Avant que le Troisième ait pu l'en empêcher, et avec la dextérité d'une langue de caméléon, Charlemagne s'était emparé du bras osseux de la vieille femme et l'avait mordu.

– Zi ze zuis un loup-garou. maintenant vous auzi.

Quelques jours avant Pâques, le Troisième lui offrit une branche de coudrier taillée en béquille et dotée d'une traverse d'appui rembourrée de laine de mouton.

– Vous pouvez poser votre pied à terre, mais vous ne pouvez pas encore vous appuyer dessus. Votre os n'y résisterait pas.

Charlemagne put se déplacer à l'étage et profiter qu'aucune pièce n'était fermée à clef pour toutes les visiter. Surpris à plusieurs reprises, il expliqua qu'il voulait savoir ce qu'il y avait derrière la porte, et quand on lui montrait l'armoire ou le coffre ouvert il souriait en disant :

– Ze voulais voir ze qu'il y avait dedans.

Un matin, il s'enhardit dans l'escalier et apparut dans la cour alors que le Troisième y donnait une leçon sur le « Comment bouillir honnêtement les faux-monnayeurs ».

Les nourris avaient sorti de la remise un grand chaudron en cuivre étamé datant du siècle précédent et l'avaient installé au centre. En dix-huit ans de pratique, le Troisième ne l'avait utilisé qu'à six reprises, aussi servait-il le plus souvent de baignoire pour le bain trimestriel des valets.

Les chiens vinrent à la rencontre de Charlemagne en agitant leur fouet, se tortillant de plaisir à le voir et à le sentir de nouveau. Il les salua en retour par de brefs abois et quelques grognements joyeux qui mirent à mal la concentration du Troisième et de ses élèves.

Charlemagne vit le blason des Pibrac et leur devise familiale gravés sur chaque côté du chaudron.

Bertille lui avait dévoilé l'origine de cette dernière en lui narrant comment l'ancêtre fondateur avait refusé d'obéir au signe du baron de Bellerocaille lors d'une décollation (celle d'un anobli qui avait assaisonné d'un vigoureux poison la soupe de sa femme pour en épouser une autre). Connu pour sa savante et sourcilleuse arrogance, le premier des Pibrac avait déclaré qu'il était le seul habilité à décider quand il fallait frapper. Obéir au signe du baron le ramenait trop à son goût au rang de pure mécanique.

– Seuls Dieu et moi pouvons donner la mort impunément, monsieur le baron, et, sauf votre respect, vous n'êtes ni l'un ni l'autre.

Dès le lendemain, le Premier faisait sculpter cette déclaration à l'emporte-pièce en devise au fronton de l'oustal.

La leçon de court-bouillon ne l'intéressant pas, Charlemagne sautilla jusqu'à l'écurie et entra se présenter aux chevaux et aux mulets qu'il ne connaissait que de sa fenêtre. Il fit de même, plus tard, avec les vaches, les chèvres et les cochons qui adoraient qu'on leur gratte le dos.

Le jour de la Sainte-Valérie, vingt-huitième du mois des œufs, le Troisième retira les gouttières et les attelles. Charlemagne s'inquiéta devant les muscles de sa jambe et de son bras fondus de moitié.

— Ils reviendront si vous leur donnez chaque jour de l'exercice.

Chaque jour donc, Charlemagne poursuivit son exploration de l'oustal, l'étendant aux tours, aux dépendances puis au grand parc qu'il visita en plusieurs fois tant il était vaste.

Dès que son service le lui permettait, le dauphin se joignait à lui, émerveillé par ses lumières sur la nature et les mœurs de ses innombrables habitants. Avec lui, un simple arbre devenait une source potentielle de nourriture, de combustible, de vêtement, d'arme, un refuge, un observatoire. Il était capable d'identifier les traces de n'importe quel animal et de remonter jusqu'à son logis.

Le Troisième lui servit de guide lorsqu'il exprima la curiosité de visiter la chapelle romane et le caveau familial creusé dessous.

La crypte voûtée contenait les restes de Justinien premier, de Guillaumette, sa femme, et de leurs trois enfants, Martin, Jules et Justinien le deuxième. Les cercueils des deux premiers étaient enchaînés l'un à l'autre. Charlemagne s'en étonna et le Troisième prit plaisir à lui expliquer comment l'ancêtre fondateur s'était éteint durant son sommeil à l'âge de quatre-vingt-douze ans.

— Il s'est endormi vivant et il s'est réveillé mort en quelque sorte.

Ses dernières volontés avaient été respectées à la lettre. Pour son voyage vers le Paradis, Justinien avait demandé qu'on lui passe ses confortables vêtements de voyage (ceux qu'il portait lorsqu'il montait à Paris), puis qu'on l'allonge dans le cercueil en chêne réputé imputrescible qu'il s'était fait construire au lendemain de sa quatre-vingt-dixième année. Toujours selon ses recommandations, on lui avait lacé son nez préféré, un grec ciselé en or de vingt-quatre carats, et on avait placé dans ses mains deux pistolets chargés, « en cas où ». Après une brève cérémonie religieuse qui avait été célébrée dans la cour de l'oustal, en présence de la famille et des valets éplorés, le cercueil du Premier fut transporté dans la crypte. L'ultime instruction testamentaire de Justinien exigeait qu'il fût enchaîné à celui de Guillaumette, son épouse tant aimée. Ce qui avait été exaucé grâce aux trente pieds de chaîne à gros maillons que le défunt avait fait forger des années plus tôt (en bronze, pour éviter la rouille).

Deux heures avant l'aurore du quatorzième jour de mai, veille de l'Ascension, Charlemagne revêtit les vêtements neufs offerts par le maître exécuteur en remplacement des siens, passa son collier de trophées au cou (la bague du chevalier et la balle en argent s'y trouvaient), mit sa car-nassière en bandoulière et quitta sa chambre, les souliers à la main.

Les chiens l'accompagnèrent en silence jusqu'au porche et le regardèrent avec intérêt mettre les souliers, ouvrir l'un des battants et disparaître derrière.

C'était la première fois que Charlemagne sortait de l'oustal. Se repérant aux fourches patibulaires, il prit la direction de Racleterre, à quinze lieues de la croisée du Jugement-Dernier. La taille du dolmen l'épata. Il parais-sait nettement plus petit vu du haut de la tour.

Quand le jour se leva sur la campagne, Charlemagne avait parcouru deux lieues et approchait de Montrozier. Pour éviter le petit bourg fortifié, il longea la forêt des Palanges au sous-bois embaumant le muguet et retrouva une lieue plus loin le grand chemin royal.

Il songea que l'oustal devait être réveillé et que l'on avait sans doute constaté sa disparition. On allait bien mal le considérer d'être parti sans préavis et sans un merci Il eut une pensée pour Bertille et fut surpris d'éprouver divers élancements au cœur, tous désagréables. Des élancements presque identiques à ceux endurés chaque fois qu'il songeait à sa louve mettant bas sans lui quelque part dans la Sauvagerie.

Le soleil approchait de son zénith quand Charlemagne gagna la berge du Dourdou et déchaussa son pied droit gonflé. Sa cheville et son mollet étaient également enflés et cuisaient au toucher. Il les refroidit en les plongeant dans l'eau courante, puis il s'assit sur une pierre plate et mangea du pain et de la cochonnaille pris la veille dans la cuisine. Il songea à Bertille et n'eut plus faim.

– Attention, attention ! Ceci est mon territoire et je crève les yeux au premier qui s'en approche ! trillait inlassablement un rouge-gorge perché sur un noisetier à proximité.

Il repartit et marcha moins vite, se reposant plus souvent. Il rencontra des colporteurs qui le saluèrent et d'autres qui l'ignorèrent. Il croisa des groupes de marchands escortés de massips qui se donnaient des airs importants.

Sa rencontre la plus intéressante fut celle d'une caravane de trois chariots bâchés transportant plusieurs familles de gitans d'Estrémadure aux habits bariolés. Ils voyageaient en compagnie d'un ours brun de six pieds qu'ils menaient par une chaînette reliée à sa truffe.

Son « Hé, caramba ! » admiratif parut les amuser au point qu'ils s'arrêtèrent et le laissèrent reluquer l'animal à son aise. C'est ainsi qu'il découvrit l'origine de ce qu'il avait toujours cru être un juron inventé par son père.

Le soir approchait, et, contrairement à ses prévisions, Charlemagne n'avait parcouru que les deux tiers de la distance le séparant de sa forêt. Il se glissa derrière la haie d'un champ appartenant au monastère de Maneval et se coucha en boule, la tête sur sa carnassière.

Après deux mois passés dans un bon lit, il dormit fort mal et se tourna et se retourna sans cesse. Un goupil vint le renifler. Un coup de pied le mit en fuite.

Dans la nuit, un vent coulis se leva et lui fit regretter de ne pas avoir emporté de couverture. Ne pouvant se rendormir, il mangea du pain et du fromage en mâchant lentement pour les faire durer, puis il retourna sur le grand chemin et se remit en marche, courbaturé de partout.

Il traversa Tras-la-Garrigue en début de matinée. Les quelques villageois qu'il croisa étaient dans leurs plus beaux vêtements et se préparaient à commémorer la montée au ciel du Christ ressuscité.

En début de relevée, il reconnut les terres à fromental de l'abbé du Bartonnet et se sut proche de la forêt de Saint-Leu. Deux heures plus tard, il atteignait la Croisille et s'engageait dans le sentier menant à la chapelle Saint-Hubert. Le cœur battant, il chercha et trouva un billet moisi et ramolli par l'humidité qui se déchira lorsqu'il le déplia. Il put lire quand même : *Si tu n'ai pas mor di lenou vite ! Fai par moi Clotide*.

N'ayant ni papier ni crayon, il roula la bague prise au châtelain dans le billet et le reglissa dans la cachette. Il récupéra tous les rogatons de cierges et s'en fut.

Il marchait sur la voie cavalière menant au Plagnol quand il reconnut l'endroit où il avait piégé le chevalier Virgile-Amédée et Blaise. Il songea avec plaisir au piqueur qui désormais ne pouvait rien mâcher de plus dur qu'une soupe. L'idée qu'il le maudissait à chaque bouchée lui tira des petits sourires.

Charlemagne arriva à la Loubière alors que le soleil entamait sa descente vers le couchant. La clairière, comme la tombe des Javertit, avaient disparu sous la végétation. Il vit de nombreux fraisiers et framboisiers aux fruits encore verts (il leur manquait une lune). Du lierre avait recouvert les ruines de la chaumine. Il repéra des coulées de lapins et plaça des collets tressés à l'oustal avec des poils de cheval pris à l'attelage des Pibrac. Il poussa jusqu'à la rivière où il but et refroidit sa jambe enflée par la longue journée de marche.

Tout en regrettant la perte de sa hache, il utilisa son couteau pour s'ouvrir un passage jusqu'à la chambre-aux-loups. Ce qui restait de la porte en rondins était pourri. De même que l'abreuvoir des loupiots creusé dans une bûche. Les parois de la petite grotte étaient envahies par une fine mousse verte. Des crottes de campagnols traînaient sur le sol. Il renonça à passer la nuit dedans après qu'il eut constaté combien il avait grandi en quatre ans.

Charlemagne termina ses provisions, retourna boire

dans la Dourdounette, essuya sa bouche mouillée contre sa manche, puis leva la tête vers le crépuscule et poussa une série de hurlements lupins annonçant à tous qu'il était de retour chez lui. Il conclut en jacassant dans plusieurs directions quelques puissants « schak-rrrak-rrrak-schak » destinés à Clopante.

Des voix lointaines lui répondirent un long moment plus tard. Trop lointaines pour qu'il puisse les identifier. Où étaient passés les clans ?

Il voulut s'installer pour la nuit dans l'ancienne grotte aux traquenards. Il allumait un feu à l'intérieur pour en chasser l'humidité quand il vit le plafond colonisé par des familles de chauves-souris que les flammes et la fumée terrorisaient. Il s'excusa et l'éteignit.

Faute de mieux, il déblaya l'entrée des cailloux et des ronces qui l'encombraient et se coucha à même le sol, roulé dans son justaucorps comme dans une couverture, la carnassière en guise d'oreiller.

Charlemagne rêvait que Bertille lui léchait les deux joues amoureusement lorsqu'une truffe froide, humide et familière le heurta plusieurs fois au front et sur la joue. Il ouvrit les yeux et vit au-dessus de lui une grande louve efflanquée de trois ans qui se mit à gémir amicalement en balayant l'air de sa queue. Charlemagne s'assit et aperçut Lunatique en train d'uriner là où il s'était vidé la veille. Ses yeux fendus et dorés brillaient à la lueur de la demi-lune. Il semblait content de lui.

— Où est Dagoberte ? lui demanda-t-il sans attendre de réponse.

Il palpa Clotilde qui se laissa faire et s'assura de la présence du collier clouté, presque invisible sous les longs jarres de son cou. Il constata en lui caressant les flancs qu'elle avait mis bas récemment. La peau de son ventre détendue pendait, et ses allaites étaient gonflées de lait. Il la sentit fatiguée et devina qu'elle venait de loin. Il fut touché qu'elle ait abandonné ses loupiots pour le rejoindre, sans doute après l'avoir entendu hurler hier.

— Zi z'avais zu, ze me zerais tu.

Clotilde montra son impatience à retourner à sa lovière en disparaissant sur le sentier de la rivière, puis en réapparaissant pour voir s'il suivait. Il suivit, mais avant il releva les collets tendus la veille, et trouva une lapine étranglée. Malgré la faim qui commençait à le tenailler, il l'offrit à la louve qui l'avala en entier, sans se soucier de Lunatique.

Ils marchèrent le restant de la nuit et atteignirent la Sauvagerie en même temps que l'aurore.

La gorge serrée par l'émotion, Charlemagne revit le vaste bassin et la faille dans les rochers moussus. Rien n'avait changé. Le martin-pêcheur sur la branche de l'aulne noir poussa son long « tiiiiiiiiht » en le voyant. Il lui répondit sur le même ton.

Aux nombreuses épreintes déposées sur le tronc du hêtre servant de pont, il sut qu'au moins deux petits avaient agrandi la famille des loutres.

Clotilde but rapidement dans le bassin puis fila vers les massifs rocheux, tandis que Lunatique s'allongeait sur la terrasse de granit et s'endormait en toute tranquillité.

Charlemagne suivit la louve sur le layon et salua au passage les choucas de quelques « tchock yup yup » auxquels ils furent sensibles.

Clotilde avait déjà disparu dans la caverne quand il entra dans la grand-cour. J'y-suis-j'y-reste, le jeune chêne, était en pleine floraison et faisait plaisir à voir.

Charlemagne s'en approcha pour écraser une chenille verte qui grimpait sur son tronc, quand Dagoberte jaillit de la caverne et fonça droit sur lui en gémissant de bonheur.

– Ah te voilà enfin !

Pour signaler leur joie de se retrouver, ils jouèrent un moment « à qui renverserait l'autre », puis Charlemagne marcha vers la caverne. Le chèvrefeuille avait repoussé et obscurcissait l'antichambre. Les pierres du foyer étaient intactes et seules des traces de loup sillonnaient le sol. Il reconnut les pieds de ses louves et ceux de Lunatique.

Allumant un morceau de cierge, il entra dans le couloir et prit plaisir à revoir les petits chevaux ocre et les taureaux bossus chevaucher le long des parois.

Clotilde avait fait sa lovière dans la conque aux mains peintes et avait mis bas sur sa belle couverture de pelleterie. Quand il entra, elle était déjà allongée sur le flanc et allaitait cinq boules de laine brune. Il fut à la fois navré d'avoir raté leur naissance et soulagé qu'elle se fût déroulée sans complication.

– Ze vois que vous vous êtes bien pazé de moi.

Il s'agenouilla et approcha le cierge allumé pour les examiner de plus près. Leurs yeux étaient encore fermés. Ils sentaient le lait et n'avaient pas cinq jours d'existence. Charlemagne connut un sentiment analogue à celui éprouvé par tout grand-père confronté à ses premiers petits-enfants.

La caverne ayant toujours été occupée par les loups, ses paniers en osier remplis de noisettes et de châtaignes et les claies soutenant les oignons, les gousses d'ail et les pommes séchées étaient restés à l'abri des rongeurs derrière leur mur en pierres sèches. Son fusil aussi était là où il l'avait suspendu la veille de la battue.

Bien que sévèrement moisie la réserve de lard et de viandes fumées restait encore comestible. Il alluma un feu et s'en fit cuire quelques longues tranches. Il perça une vingtaine de châtaignes et les glissa sous les braises.

Il était revenu à l'intérieur et prenait la poudre et le sel avec l'intention de les mettre à sécher près du foyer, quand il assista à un événement qu'il n'aurait jamais cru si on le lui avait raconté.

Il entendit d'abord Clopante prévenir de son arrivée en jacassant dans le couloir, puis il la vit apparaître dans la caverne et clopiner vers la conque en tenant un campagnol dans son long bec. La pie entra, déposa le rongeur devant Clotilde, jacassa brièvement quelque chose, puis se retira comme elle était venue, en sautillant sur sa patte unique. Alors elle vit Charlemagne. Prenant son envol, elle tourna autour de lui en fientant d'émotion et en poussant des cris stridents pouvant passer pour des reproches.

Onze jours s'écoulèrent.

A l'aube du douzième, le cœur serré mais l'esprit arrêté Charlemagne quitta la caverne, sortit de la forêt de Saint-Leu et s'engagea sur le chemin de Bellerocaille.

Alors qu'il longeait un bois proche de Laissac, le fumet

609

du cuissot de biche qu'il serrait dans sa carnassière attira plusieurs chiens sauvages qui l'attaquèrent. Il leur lança des pierres en poussant de terribles abois qui les firent détaler, la queue entre les cuisses, poursuivis par Clopante qui cherchait à leur crever les yeux.

Après une bonne nuit passée dans un grand aulne parfumé près du bac de Gages-le-Haut, Charlemagne arriva en fin de matinée en vue des tours rouges de l'oustal Pibrac. La perspective de revoir Bertille agita son cœur au point de l'essoufler comme s'il venait de courir. Il marcha jusqu'au porche et tira sur la cloche. Au même instant, et sans qu'il l'ait sollicitée, une phrase lui revint en mémoire : si la femme était bonne, mes enfants, même un tout petit peu, Dieu en aurait une.

Chapitre 61

Oustal Pibrac, samedi 28 septembre 1781.

Sur les cinquante faire-part de mariage expédiés, vingt-six maîtres exécuteurs répondirent favorablement et se déplacèrent avec leurs épouses, leurs enfants en âge de convoler et leurs valets d'échafaud. Au total, quatre-vingt-six personnes réparties dans trente-deux véhicules.

Les premiers invités arrivèrent une semaine avant la cérémonie, fixée pour la Saint-Michel-Archange à la minuit.

Les familles les plus fortunées, comme les Outredebanque d'Arras, les Mercier d'Angoulême ou les Férey de Rouen, se déplacèrent en carrosses blasonnés à six chevaux, tandis que les Verdier d'Ardèche, les Noirceur de Lozère ou les Jeanjean de Réalmond vinrent dans des chariots bâchés tirés par des haridelles de fiacre. Les maîtres célibataires voyageaient à cheval escortés par leurs valets à mulet.

Avec les Sanson de Paris, qui n'avaient pu quitter leur office faute d'obtenir le sauf-conduit royal les autorisant à se déplacer hors de leur juridiction, les Vermeille de Cambrai faisaient partie des grands absents. Au lendemain de la signature du contrat de mariage entre Bertille et Charlemagne (régime de la communauté réduite aux acquêts), Félix, fort marri d'être évincé, avait abandonné l'oustal et s'en était retourné dans son Artois natal, le cœur en berne et doutant pour la première fois de ses capacités à obtenir ce qu'il désirait dans l'existence.

Malgré ses soixante-cinq ans, Marguerite Le Paistour avait bravé les mauvaises routes en compagnie de son époux Noël Roche et de Jacquemine, leur fille unique de trente-quatre ans. Au même titre que le mouton à cinq pattes ou l'œuf carré, Marguerite était une curiosité rare dans le petit monde clos des exécuteurs.

Marguerite était la seule de l'assemblée à s'enorgueillir d'avoir fait la guerre : ceux qui l'avaient connue à Lyon en tant que *monsieur Henri* ne savaient quelle contenance adopter et cachaient mal leur embarras en riant trop fort.

La confrontation avec son héroïne de toujours avait navré Bertille qui ne s'attendait pas à rencontrer une vieille femme antipathique, courte sur pattes, aux manières hommasses et dodue comme un tonneau de bénédictin. Il était clair qu'elle était venue pour se faire admirer et aussi pour marier sa fille.

Assurer le gîte et le couvert à un si grand nombre d'invités avait posé de nombreux problèmes logistiques. Le Troisième les avait résolus en engrangeant dès la mi-août une quantité importante d'avoine et de foin. Puis il avait acquis à la foire de Rodez cinq bœufs bien gras, quinze cochons bien roses, un cent de poules, un cent de canards, six feuillettes de vin de Routaboul et autant de boisseaux de froment qu'il en fallait pour cuire mille pains d'une livre.

Un orage d'arrière-saison noircissait le ciel et ne se décidait pas à éclater. La chaleur moite agaçait les taons, les mouches et les frelons, qui, à leur tour, agaçaient les humains et les bêtes.

Le Troisième consacra une partie de la matinée et de la relevée en démarches laborieuses auprès de l'abbé de l'église Saint-Laurent, de la prévôté et de la bachellerie.

– Cette union sera célébrée à minuit.

L'abbé Colin Beaulouis cacha mal sa désapprobation. Seule la vieille noblesse ou la haute bourgeoisie se mariait à une heure pareille.

Comme à l'accoutumée, le Troisième sut le convaincre en lui comptant trente livres tournois, auxquelles il en ajouta vingt-cinq pour l'achat d'un nombre égal de cierges à une livre.

Monsieur le prévôt, lui non plus, n'apprécia guère l'heure choisie, qu'il jugea outrecuidante. En revanche, il savait qu'un mariage de bourrels nocturne limiterait les heurts toujours possibles entre la noce et la population. Vingt-cinq livres le persuadèrent d'ordonner au guet de maintenir la porte ouest ouverte au-delà de minuit.

Le Troisième se rendit ensuite au siège de la bachellerie, qui se tenait dans une salle de l'auberge du Croquembouche, et réclama une dérogation d'épousailles pour son futur gendre, étranger à la baronnie. La bachellerie représentait l'ensemble des célibataires de Bellerocaille et avait pour mission de faire respecter la coutume qui imposait aux Bellecailloussiennes de se marier au sein du bourg. Cela afin d'éviter qu'une dot ou des terres échappent à la jeunesse locale et augmentent le risque de rester célibataire.

— Qui est-il et d'où vient-il ?

— Il se nomme Charles Leloup et il est neveu du maître exécuteur de Montpellier, mentit le Troisième avec aplomb.

— Va-t-il retourner dans sa province après ?

— Non, il est désormais mon valet d'échafaud en second.

— Pourquoi ne se présente-t-il pas devant nous comme il le devrait ?

— Il est fort occupé à l'oustal. Je vous rappelle que nous recevons quatre-vingt-six invités et que nous ne sommes point nombreux.

Quarante livres et un muid de rouquin de Roumégoux scellèrent l'accord avec la bachellerie.

La relevée était bien entamée quand le Troisième retourna à son oustal qu'il trouva en pleine effervescence. Sans que rien n'eût encore justifié ses soupçons, il devina que son futur gendre devait en être le responsable.

Tout commença quand Jovial Dardillon, le fils de l'exécuteur de Grasse, lança par jeu une pierre sur Clopante qui clopinait sur le toit de la remise à la recherche d'insectes, des guêpes de préférence.

Le gamin la manqua, mais Charlemagne qui l'avait vu fondit aussitôt sur lui comme une buse sur des poussins.

Le saisissant par la nuque, il l'avait traîné vers le puits en lui criant dans les oreilles qu'il allait le jeter dedans, qu'il allait refermer le couvercle, qu'il allait le cadenasser et qu'il allait confier la clef à Clopante pour qu'elle l'emporte là où on ne la retrouverait jamais.

Terrorisé jusque sous les ongles, le jeune Dardillon s'était débattu en glapissant des « Papi ! Mami ! » déchirants. Ses parents avaient accouru, ainsi que d'autres invités. Charlemagne avait restitué l'enfant à contrecœur.

– Z'est ma pie, et ze la venze.

– C'est qu'un enfant qu'a point encore sept ans.

– Ma pie, elle n'a pas trois ans, elle.

– Mais ta pie, c'est qu'une pie !

– Z'est ma pie, z'est tout.

Rempardé derrière les jambes des siens, trépignant de rage, Jovial hurlait d'une voix pointue :

– Coupez-lui la cabêche, père, coupez-lui la cabêche !

Soudain, Charlemagne se mit à jacasser. Réfugiée sur l'une des cheminées de l'oustal, Clopante s'élança et vint se poser sur son épaule droite en agitant sa longue queue noire.

Ébaudi, Jovial oublia de pleurer et de trépigner. Il n'avait jamais vu d'oiseau vivant de si près, surtout une pie, le plus soupçonneux, avec son cousin le corbeau, de tous les volatiles.

– Quand ze l'ai trouvée elle n'était pas plus grande que mon doigt. (Il montra son auriculaire.) Elle était tombée de zon nid et un hérizon l'emportait.

Comme il ne continuait pas, le garçon oublia son ressentiment et demanda :

– Et après ?

– Z'ai tué le hérizon et ze l'ai manzé en ragoût.

L'arrivée du Troisième ramena le calme.

Un peu plus tard, alors que Charlemagne conversait avec Justinien et lui assurait que les chiens avaient, eux aussi, le sens de la propriété (« Tu ne les verras zamais aboyer pour défendre la maison du voizin »), le Troisième s'approcha et s'étonna :

– Ne trouvez-vous point qu'il est temps d'aller vous apprêter ?

– Ze ne vous entends point ?

- Je dis qu'il serait temps d'aller passer votre livrée au plus tôt car je vais donner le signal du départ.

Charlemagne le toisa d'un regard froid comme un museau de chien en bonne santé.

— Z'aurai tout le temps pour la porter votre livrée. On va ze marier auzourd'hui, point exécuter.

Le Troisième lui avait fait tailler sur mesure à Rodez une livrée tomate à parements noirs.

— Par Jésus sur sa croix ! Ne me dites pas que vous comptez vous présenter dans ce justaucorps déchiré et cette culotte tachée ?

— Ze le dis. Ils me plaizent zes habits, et ze zuis bien à mon aize dedans.

Il était dans ses sabots de tous les jours et était coiffé du grand tricorne vert paradis qu'il avait acheté récemment chez le fripier Marangus de la rue des Bons-Juifs. Il l'avait décoré d'une anthologie de plumes récoltées lors de ses escapades dans les bois circonvoisins : on y voyait une plume de pie, de freux, de faisan, de mésange bleue, de merle noir, de picvert, de grand et moyen ducs, de coucou gris, de pigeon ramier, et même une plume de queue de coq.

Charlemagne tendit la main et toucha la redingote couleur lie-de-vin que le Troisième étrennait.

— Et zi ze vous dis, moi, que votre habit est zi laid qu'il me donne envie d'éternuer, vous irez en mettre un autre ?

Le Troisième sentit une irritation inhabituelle le gagner.

— Ça n'a aucun rapport ! En outre, ma redingote est loin d'être laide ! Elle est même en pur drap de Roubaix et elle m'a coûté quarante-deux livres avec les boutons.

— Pourquoi faudrait-il que mes habits plaizent auzi aux autres ? Ils me plaisent à moi et z'est bien zuffizant !

Croire à ce point qu'on a raison tout en ayant aussi incroyablement tort dépassait l'entendement du Troisième.

Charlemagne se borna à soutenir son regard réprobateur en silence.

Comme il était vraiment trop douloureux d'imaginer à moins de huit heures de la bénédiction nuptiale qu'il ait pu autant se fourvoyer sur l'heureuse nature de son presque gendre, le Troisième préféra briser là et retourner aux mille et un détails à vérifier avant le départ du cortège pour l'église. Un magnifique régal aux torches devait conclure la cérémonie et se prolonger jusqu'aux aurores.

Bien que la célébration fût prévue pour minuit, le Troisième organisa dès les vêpres l'alignement des véhicules le long de la croisée du Jugement-Dernier et du chemin de Bellerocaille.

Des roulements de tonnerre firent dresser quelques têtes.

L'apparition de la future mariée, rayonnante dans une belle robe à cerceau rose tyrien, avertit les invités de la proximité du départ.

Tout en s'exclamant d'admiration, les femmes présentes comprirent enfin pourquoi l'épousée était restée invisible toute la journée. Il lui avait bien fallu tout ce temps pour découdre le corset, refaire la taille de la robe et réussir à dissimuler (bien mal on peut le dire) un très scandaleux embonpoint.

La dégaine du futur marié ne manqua pas non plus d'en décontenancer un grand nombre. D'aucuns s'ébahirent que maître Pibrac se fût choisi un gendre aussi hétéroclite. Pourquoi n'était-il point en livrée ? Et puis que signifiaient toutes ces plumes multicolores sur son lampion, sans parler de cette pie à une patte qui le suivait partout ?

Des roulements de tonnerre retentirent à nouveau, mais comme si l'orage s'éloignait de la baronnie.

Cet orage rappelait à Charlemagne celui qui avait éclaté la nuit de son évasion du château. C'était pour s'en protéger qu'il avait couru à l'abri sous les arbres et s'était perdu, et c'était en voulant se déperdre qu'il était tombé dans la fosse et s'était retrouvé prisonnier de Javertit. Sans cet orage, il serait arrivé à Rodez, il aurait délivré Clodomir, ils seraient retournés à Racleterre récupérer les trois autres et ils seraient partis ensemble voir le roi, c'est tout.

Bertille monta la première dans le carrosse enguirlandé, les joues rougies par l'émotion et la chaleur. Elle déploya son éventail et commença à se faire du vent. Les chevaux de l'attelage sabotaient le sol et fouettaient l'air de leurs queues. Chacun de leurs tressaillements agitait leurs colliers de grelots.

Assis sur le siège du conducteur, Basile tenait les rênes et le fouet. Malgré ses rhumatismes tourmenteurs, il avait insisté pour conduire. C'était son dernier jour. Demain, le gendre Tricotin deviendrait valet en second à la place d'Honoré qui, à son tour, serait promu valet en premier à sa place. Demain, Basile ne serait plus qu'un valet d'échafaud à la retraite.

Charlemagne s'installa à côté de Bertille. Il transpirait dans son justaucorps de drap épais. Le temps humide jouait sur ses os fraîchement ressoudés. Il ôta son tricorne et s'essuya le front. Mal tressée, une de ses cadenettes se défit.

Le Troisième, Pauline et le dauphin prirent place sur la banquette opposée.

Monté sur le hongre de son maître, tromblon en bandoulière, Honoré prit les devants. Le carrosse franchit le porche abondamment fleuri. Les invités rejoignirent leurs véhicules respectifs. Le crépuscule s'assombrissant, les valets qui avaient pour mission d'éclairer le cortège embrasèrent leurs torches mesurées pour durer une heure (il fallait vingt minutes pour parcourir la demi-lieue séparant Bellerocaille de la croisée du Jugement-Dernier, autant pour revenir).

La reine mère demeura à l'oustal afin d'assurer la préparation du banquet et de donner les biberons à Adeline, la petite dernière, née en juin. Elle était assistée de ses brus Rose et Amélie et de quelques épouses d'exécuteurs compatissantes, qui, devant l'ampleur de la tâche, avaient offert leur aide.

Le carrosse contourna le dolmen et remonta les voitures alignées sur plus de trois cents pas. Arrivé en tête du cortège, Basile immobilisa l'attelage. Le buste du Troisième apparut à la portière. Honoré s'approcha, sa torche haute. Le poitrail du hongre brillait de sueur.

— Assure-toi que tout le monde est prêt.

Le valet piqua des deux vers le carrosse rococo des Outredebanque.

Pauline s'épongea le cou et la nuque avec son mouchoir. A l'extérieur, quelqu'un siffla très fort *A la claire fontaine*. Charlemagne fut le seul à sourire. Ignorant le regard désapprobateur du Troisième, il ouvrit la portière capitonnée et sauta à terre.

Les grillons des alentours cessèrent de chanter.

Perchée sur le toit du carrosse, la pie agitait de bas en haut sa longue queue étagée en signe de contrariété. Charlemagne monta sur le siège du conducteur, prit dans sa poche une poignée de grains de blé et les lui offrit. Clopante les ignora.

— On la dirait chagrine, dit Basile.

— Z'est parze qu'elle est de mauvaize plume. D'habitude elle dort à zette heure, expliqua Charlemagne en récupérant les grains.

Il s'accordait bien avec le vieux valet. L'affection qu'ils portaient aux chevaux les rapprochait.

Du siège du conducteur, Charlemagne avait une vue dominante sur le cortège. La trentaine de véhicules étaient fleuris et avaient leurs lanternes allumées. Les valets à cheval et leurs torches éclairaient jusqu'au grand dolmen et au porche de l'oustal. De nombreux papillons de nuit tournoyaient et se brûlaient aux flammes. Charlemagne voyait même les fourches patibulaires, également fleuries, qui exhibaient un décapité suspendu par les aisselles. La tête racornie était fichée sur l'un des crochets métalliques prévus à cet effet sur le pilier central.

Les grillons avaient repris leurs stridulations.

Honoré allait de voiture en voiture.

— Êtes-vous au complet ici ?

Clopante sautilla sur le toit et vint piquer avec son bec contre la poche de Charlemagne, celle où étaient les grains de blé.

— Tu as zanzé d'avis maintenant, dit-il en lui offrant une poignée.

Une légère brise se leva et fut accueillie avec bonheur.

— Z'est l'oraze qui revient, prédit Charlemagne en retournant dans le carrosse.

Un roulement de tonnerre lui donna raison.

Quelques instants plus tard, le cortège se mit en mouvement ; Honoré, à la tête d'un quatuor de valets à torche, ouvrit le chemin. Deux portaient les couleurs des Férey de Rouen, un celles des Pradel de Rodez, le dernier était aux couleurs des Mercier d'Angoulême. Le Troisième les avait choisis pour leur luxueuse livrée.

Le cortège longeait les peupliers et les aulnes bordant la rivière quand les moustiques attaquèrent. Plusieurs s'introduisirent dans le carrosse et piquèrent Bertille, et seulement elle. Ses bras, ses joues, son front se couvrirent de rougeurs urticantes.

— Ne te gratte surtout pas, sinon ce sera bien pire! l'avertit sa mère.

Le carrosse franchit le Pont-Vieux et s'immobilisa devant la porte ouest qui était close. Basile fit claquer son fouet. Les chevaux hennirent.

— La porte, macarel! gueula-t-il aussi fort qu'il put.

Rien ne bougea.

— Pourquoi cet arrêt? demanda le Troisième par la portière.

— La porte ouest est forclose et le guet ne répond point, mon maître, dit Basile.

Voilà qui était anormal et ne présageait rien de bon.

Il descendit du carrosse et alla cogner du poing contre la poterne.

— Holà du guet! Ouverture pour maître Pibrac et sa suite.

Honoré s'approcha des hauts battants de chêne et découvrit qu'ils n'étaient que poussés. Il mit pied à terre et leur donna une bourrade en lançant:

— Par ici, mon maître, la porte n'est point barrée.

Au même instant, un baquet de lavandière rempli de cailloux lui dégringola dessus. Ses jambes flanchèrent, il lâcha sa torche et s'effondra en croyant entendre des piétinements et des rires étouffés venant du chemin de ronde au-dessus.

— Crénom de Marie! s'écria Basile en descendant de son siège aussi vite que ses vieux membres le lui permirent.

Les valets démontèrent et accoururent. Honoré grimaça en essayant de s'asseoir. Le Troisième vint lui palper savamment la boîte crânienne.

— Tu n'auras qu'une grosse badole, mais tu aurais pu avoir l'occiput enfoncé par ce baquet.

Il adossa Honoré contre le mur de l'octroi. Basile ramassa son tricorne cabossé et l'aida à se débarrasser de son tromblon, vérifiant rapidement si la chute ne l'avait pas endommagé.

– Si ı un de vous a une topette sur lui, qu'il lui en offre une lichée, lança le Troisième aux valets en désignant Honoré qui grimaçait, la tête entre les mains.

Les valets mentirent. Aucun n'osa admettre qu'il se rendait à l'église avec du casse-poitrine.

– Qu'est-ze qui lui est arrivé ? demanda Charlemagne en regardant le baquet et les cailloux.

– Tout laisse à croire que la bachellerie nous a fomenté un charivari, dit le Troisième d'une voix qui se contenait.

La bachellerie avait-elle appris que Bertille se mariait en état de péché mortel ? Ou peut-être avait-elle percé la véritable identité de son nouveau valet d'échafaud et futur gendre ?

Honoré réussit à se relever. On l'aida à remonter sur le hongre. Le Troisième lui dit :

– Rentre à l'oustal prendre dix livres de gros sel et un fagot de torches. Préviens tout le monde en passant qu'il y a menace de charivari et rejoins-nous à l'église.

Honoré obéit lentement. A mesure que sa lucidité lui revenait, sa vexation s'amplifiait. Comment avait-il pu tomber dans un piège aussi éculé ?

Le Troisième défonça le baquet contre l'un des boute-roues de pierre et jeta les morceaux dans l'officine du guet vide.

– Pourquoi ferait-on un sarivari pour mon mariaze ? demanda Charlemagne en le regardant faire avec intérêt.

La dernière fois qu'il l'avait vu aussi énervé était le jour où Bertille lui avait annoncé qu'elle était grosse.

– Ces rustres n'ont point besoin de raisons. Notre seul état leur suffit. Ils ne peuvent souffrir que nous fassions comme eux, que nous nous mariions, que nous apprenions à lire, à écrire, à jouer du piano. Certains, et ils ne sont pas les moins nombreux, jugent même outrecuidant que nous nous reproduisions.

Après s'être assurés qu'aucun autre récipient ne risquait de leur choir dessus, les valets ouvrirent les battants.

– Faites excuse, maître Pibrac, mais maintenant que votre second est parti, aucun de nous ne sait le chemin de l'église, dit le valet des Férey avec l'accent traînant des Normands.

– Je vais vous guider moi-même, assura-t-il en se hissant

auprès de Basile revenu sur le siège de conducteur. Engagez-vous pour l'heure dans cette rue à dextre.

Il leur désigna une rue montante, déserte et sombre. Les torches n'éclairaient pas au-delà des vingt pieds.

Charlemagne retourna dans le carrosse. Pauline l'interrogea :

— Qu'est-il donc arrivé à Honoré ?

— Y paraît qu'on nous a fomentés un sarivari, dit Charlemagne en s'adressant à Bertille proche des larmes.

Elle s'était grattée et les piqûres de moustique s'étaient développées en boutons moins grands que des cerises, mais tout aussi rouges.

— Si c'est un charivari, c'est la bachellerie qui l'organise, dit Pauline.

Elle eut un regard sévère sur le ventre rebondi de Bertille.

Le cortège s'ébranla à nouveau et entra dans un Bellerocaille apparemment endormi. Malgré la chaleur, les fenêtres des maisons étaient fermées.

Les roues ferrées des voitures firent un grand tintouin sur les pavés, mais aussi les cliquetis des harnais, le concert des colliers de grelots – chaque attelage avait un son distinct –, les éclats de voix des conducteurs qui en rajoutaient, le tout amplifié par l'étroitesse de la rue et la hauteur des maisons. Quelques chiens de garde donnèrent de la voix. L'orage gronda dans le lointain.

Le cortège longea le mur d'enceinte du château des Boutefeux. Tête à la portière, Charlemagne et Justinien regardaient la muraille crénelée défiler. Le dauphin montra du doigt la tour carrée qui se profilait dans la nuit.

— Mon arrière-grand-père y a été enfermé plusieurs mois. Il était conda… aïe, aïe !

Sa mère venait de lui calotter la nuque.

— C'est à ton père et non à toi de lui conter ça.

— Oui, mère. Je vous prie de m'excuser.

C'est au passage le plus pentu de la rue du Paparel qu'une nouvelle mauvaise surprise attendait la noce : les pavés étaient recouverts de suif de mouton sur une longueur de dix pieds.

Les premiers à déraper des quatre fers furent les chevaux des valets de tête. Celui des Pradel s'écroula sur la jument du valet des Mercier qui dérapa à son tour.

Les valets des Férey réussirent à sauter à terre, mais l'un d'eux glissa sur un pavé particulièrement badigeonné et retomba sur son coccyx qui se fêla.

Basile voulut freiner son attelage, mais il était trop tard et il ne put que prévenir.

– Attention ! Les pavés sont ensuifés !

Les roues du carrosse dérapèrent lentement en arrière, entraînant irrésistiblement les chevaux qui hennirent en se débattant pour conserver leur équilibre. Calinet, un navarrais doux et résistant, plia subitement des jarrets et tomba.

– Prenez garde, cria inutilement le Troisième à l'intention de la voiture du maître exécuteur d'Arras qui les suivait.

On entendit des exécrations, des cris vengeurs, des jurons en plusieurs patois. Des chevaux hennirent à nouveau, puis très vite il y eut un grand fracas de bois brisés. L'arrière du carrosse des Pibrac percuta celui des Outredebanque par le flanc, démolissant le marchepied, enfonçant la portière blasonnée (dans un écu azur, une hache plantée dans un billot semé de gouttes de sang).

Le choc projeta Charlemagne et Bertille en avant.

– Caramba !

Si Justinien évita Charlemagne en s'écartant vivement contre la portière, Pauline reçut sa fille de plein fouet et en eut le souffle déréglé.

Le cortège s'immobilisa à nouveau. Des portières s'ouvrirent.

– Potence et p'tits clous ! Que se passe-t-il encore ?

La colonne était si longue que la voiture fermant le cortège s'immobilisa sous la voûte de la porte ouest.

Aucune lampe ne s'éclaira rue du Paparel, personne n'apparut aux fenêtres pour s'inquiéter de l'origine du tapage et le guet demeura invisible. Seuls quelques chiens aboyèrent scrupuleusement.

Tandis que Basile déharnachait le navarrais blessé au canon, le Troisième examinait le valet : l'homme gémissait sans pouvoir se relever.

– Agggh, foutre Dieu, j'ai si mal au fondement !

– Transportez-le dans la voiture de son maître et, quand nous serons rendus place du Trou, ramenez-le à l'oustal.

De nombreux valets mandés par leurs maîtres remontèrent le cortège et vinrent aux nouvelles. Ceux qui ne portaient pas de torches avaient des tromblons ou des fusils de cavalerie.

De fort méchante humeur, Charlemagne aida Bertille à descendre du carrosse. Pauline et Justinien firent de même par l'autre portière.

Afin de ne pas gêner le déplacement des carrosses accidentés, Bertille et sa mère se placèrent sous l'auvent d'un épicier-droguiste. Un chien aboya à l'intérieur.

Charlemagne s'approcha en remuant la tête pour assouplir son cou endolori. Avisant sa cadenette défaite, Bertille oublia ses piqûres et la lui retressa. Charlemagne la laissa faire, subjugué par son parfum – un mélange de miel et d'anis – et par l'habileté de ses doigts fins, se souvenant de leur hardiesse durant cette nuit de pleine lune en juin.

L'épouse Outredebanque, meurtrie à l'épaule et à la hanche, les rejoignit. Le chien dans l'épicerie redoubla ses abois.

– Pour nos épousailles à nous, confia-t-elle en se massant la taille, la bachellerie avait emmuré la porte de l'église et on a dû leur compter cinquante livres pour qu'ils le démolissent.

Plusieurs maîtres quittèrent leur voiture pour contempler les pavés ensuifés, prenant soin à ne pas les piétiner.

– Cette rue est trop exiguë pour faire faire demi-tour aux attelages, il va donc falloir désuifer pour passer, décréta Doublot de Tours en se baissant pour mieux jauger l'épaisseur de la graisse jaunâtre.

Il avait fallu le contenu d'un tonneau entier pour badigeonner ainsi sur dix pieds de long.

– Voilà qui n'est point lésiner avec la facétie. Il y a ici pour vingt livres de suif.

– Il faudrait des brosses, beaucoup d'eau, et encore plus de savon.

– Nous n'avons rien de cela.

– On pourrait l'enflammer, et tant pis pour les maisons.

– Le feu ne prendra point.

– Pourtant mes chandelles sont en suif.

– C'est la mèche qui brûle, pas le suif.

Il y eut des rires.

– Il n'existe qu'une solution à cette vauriennerie, dit une voix forte sans accent qui résonna dans la Paparel.

Tous les regards se tournèrent vers le Troisième.

– J'ai compté quinze rangs de vingt pavés ensuifés, soit environ trois cents pavés. Nous allons les dépaver. Si nous commençons de suite, nous aurons conclu avant la mi-nuit.

Il fut bruyamment approuvé. Sa déclaration vola de bouche à oreille jusqu'à la dernière voiture. D'autres maîtres et valets offrirent leur assistance.

Tous les véhicules présents étaient munis des ustensiles indispensables aux longs déplacements. Dans certaines régions, la terre était si grasse qu'à la moindre pluie on s'y enfonçait jusqu'aux essieux. Dans d'autres, c'étaient les chutes d'éboulis ou les glissements de terrain qui étaient communs et exigeaient, pour continuer le voyage, des travaux de déblaiement ou de réfection.

Le Troisième disposa en ligne six valets en bras de chemise munis de barre à mine qui servaient à réduire les rochers éboulés. Dès le premier rang enlevé, le dépavage fut plus aisé et s'accéléra. Il suffisait d'enfoncer la barre et de faire levier pour déloger les lourds pavés de granit gris qui avaient coûté – pose comprise – trois livres pièce à la municipalité. D'autres valets les récupéraient et les répartissaient dans les voitures. Le Troisième fit part de son intention de paver avec les abords de sa crypte familiale. Afin de s'octroyer une marge, il fit dépaver cinq rangs supplémentaires qui n'étaient pas ensuifés. Menée rondement et dans un enthousiasme communicatif, toute l'opération dura moins d'une heure. Le temps pour Charlemagne d'éveiller le bourg dans ses moindres recoins.

C'est en entendant le chien de l'épicier-droguiste qu'il avait eu l'idée et s'était mis à hurler comme un loup qui a faim et qui annonce qu'il va se mettre en chasse dès qu'il aura terminé ses hurlements. Des provocations parfaitement insupportables pour tout chien de garde qui se respectait. Charlemagne avait conclu par le hurlement du grand-loup qui vient d'aligner sa jeune-louve. Bientôt, l'entière population canine de Bellerocaille bahulait à pleine gorge dans la nuit moite, pareille à un chenil de mille chiens affamés à qui l'on aurait sonné la mouée sans la donner.

L'efficacité de sa prestation fut appréciée par la noce.

— C'est le futur gendre Pibrac qui fait si bien la bête, commenta-t-on de voiture en voiture.

— Mazette ! J'ai bien cru qu'un maudit loup s'était glissé parmi nous, admit maître Férey en replaçant son pistolet à double canon dans son étui.

On déposait les derniers pavés quand Honoré revint de l'oustal. Une grosse bosse rouge avait poussé entre-temps sur son front.

Les yeux des maîtres brillèrent à la vue des sacs de gros sel dépassant des fontes. Les possesseurs de tromblon furent conviés à se servir sans timidité. Ce faisant, ce fut à qui évoquerait son souvenir de charivari.

— A moi, la bachellerie m'a enlevé ma promise la veille des noces et m'a extorqué une rançon de trois louis d'or pour me la rendre, raconta Pilloux, le maître exécuteur de Loudun, célèbre dans la confrérie pour avoir participé à l'écartèlement de Damiens, alors qu'il était nourri chez les Sanson.

La chance d'une vie d'assister à un spectacle unique, quand on sait qu'il s'agissait d'un supplice réservé aux régicides.

On rangea les barres à mine, les valets remirent leurs justaucorps. Des flacons d'eau-de-vie apparurent par miracle et circulèrent sans que personne n'y trouve à redire. Les chevaux blessés – la jument du valet des Mercier et Calinet le navarrais – furent reconduits à l'oustal tandis que Basile changeait l'harnachement de son attelage réduit à trois chevaux.

Les dégâts de la collision se révélèrent relativement modestes.

— Je m'engage à honorer le mémoire de frais de ton carrossier, déclara solennellement le Troisième à Outredebanque qui regardait la portière enfoncée et le marchepied brisé menu de sa luxueuse voiture.

L'Arrageois haussa les épaules, mais cela ne signifiait point qu'il refusait l'offre.

Il était minuit passé et la grande place du Trou était sombre, déserte et silencieuse. Soudain, ce fut le contraire.

Le carrosse des Pibrac s'immobilisa devant le parvis de l'église Saint-Laurent qui faisait face à l'Hôtel de la Prévôté. La place se remplit rapidement de véhicules. Les torches et les lanternes éclairèrent des façades et des balcons vides. L'absence de tout curieux était plus inquiétante que réconfortante.

Pendant que des valets allaient tirer de l'eau à la fontaine et que d'autres mesuraient une double ration de picotin pour les chevaux, les maîtres exécuteurs se regroupaient autour du Troisième. L'église datait du XIIIᵉ siècle et avait été entièrement restaurée et agrandie durant la Réforme grâce aux amendes imposées aux parpaillots.

Les dalles gravées du parvis témoignaient *pour l'éternité* du passage sur cette terre de tel seigneur ou de tel prélat de Bellerocaille. Cinq siècles de piétinements étaient venus à bout de cette éternité en usant le granit au point de rendre illisibles la plupart des dates et des inscriptions.

Le Troisième approcha une torche pour éclairer le battant sur lequel était sculpté en haut relief le martyre de saint Laurent. Comme il fallait s'y attendre, les invités s'intéressèrent principalement aux deux personnages affairés autour du Bienheureux sur son lit d'airain. L'un était agenouillé et activait avec un soufflet le feu qui brûlait dessous, l'autre maniait une fourche en croissant qui lui servait à plaquer sur le gril les parties non rôties. Rien d'étonnant à ce que les cuisiniers et les rôtisseurs aient choisi Laurent pour saint patron.

Avant d'entrer, la noce se mit en place selon la tradition. Le Troisième donna le bras à une Bertille plus émue que jamais, tandis que Pauline faisait de même avec un Charlemagne à l'air curieusement absent. Vinrent ensuite Justinien, Marion, Basile Plagnes et les tantes Berthe et Lucette. Les invités se disposèrent derrière selon des critères reconnus par tous. L'ancienneté de la lignée avait le pas sur la prospérité. Ainsi, les Bougon d'Ozoir, maîtres exécuteurs depuis 1583 et qui avouaient un revenu annuel de deux mille livres, se placèrent devant les Férey, au revenu six fois supérieur.

Quand tout le monde fut prêt, le Troisième et sa fille entrèrent dans l'église. Le spectacle les arrêta net.

Brillamment éclairée par vingt-cinq cierges en cire d'abeille, la nef en forme de croix romaine était entièrement vide à l'exception de la travée Pibrac placée à la dextre de l'autel depuis 1685. Les prie-Dieu, les chaises et même les bancs des pauvres avaient disparu.

Deux enfants de chœur jouaient à la main chaude près du reliquaire renfermant une côte du saint et un morceau du gril sur lequel il avait été supplicié.

— Vous êtes en retard, dit Lamentin le bedeau, posté près de la porte de la sacristie.

A Bellerocaille, le bedeau assurait l'ordre pendant les cérémonies, il s'occupait de l'ornementation de l'autel et de la propreté des lieux. C'est lui qui allumait les cierges et qui les éteignait. Il tenait une longue badine qui lui servait indifféremment à chasser les chiens ou à menacer les enfants chahuteurs.

— Où est monsieur l'abbé Beaulouis ?

— Toinou, Lafille, allez prévenir monsieur l'abbé qu'ils sont enfin là, lança-t-il aux enfants de chœur qui s'étaient arrêtés de jouer pour regarder tous ces hommes en rouge se déverser dans l'église en se décoiffant d'une main et en retenant leurs épées de l'autre.

Les valets demeurèrent à l'extérieur pour surveiller les voitures et les chevaux, le tromblon chargé de gros sel jusqu'à la gueule.

— Où est le mobilier ? dit le Troisième en s'approchant si près du bedeau que celui-ci sentit son souffle sur son visage et recula d'un pas.

— Je n'étais point là quand c'est arrivé, maître Pibrac. Mais monsieur l'abbé saura vous répondre pour sûr.

— Cela signifie-t-il que mes bons compères devront rester debout durant la bénédiction ?

Lamentin ne répondit pas. Il venait de reconnaître la promise et constatait la véracité de la rumeur qui la traitait de pastèque, la pastèque étant un fruit que l'on pouvait goûter avant de l'acheter.

Était-il pensable que ce curieux lourdaud à ses côtés soit le promis ? Lors de sa visite à monsieur l'abbé, Lamentin avait entendu le Troisième dire qu'il s'agissait d'un Milla-vois, neveu par alliance du bourrel de Montpellier et venu à l'oustal l'an passé comme apprenti de troisième classe.

Des cris de colère éclatèrent autour des trois bénitiers.

De l'encre avait été mélangée à l'eau bénite et une dizaine d'invités s'était fait prendre. Outredebanque était de ceux-là. Le front marqué de noir, il montrait sa chemise pure soie souillée d'une grande tache en dévoilant son prix d'une voix blanche :

– Quinze livres tournois de gâchées !

Son habit à la française rouge érythème à cent dix livres était également souillé aux épaules.

– Les frais de décrottage sont à ma charge, déclara le Troisième à la cantonade.

Il s'approcha de nouveau de Lamentin jusqu'à le toucher et lui dit très près de l'oreille :

– C'est vous qui avez le gouvernement des bénitiers.

– C'est pure vérité, maître Pibrac, répondit le bedeau en se reculant. Mais vous savez que les portes de la maison de Dieu sont ouvertes de jour comme de nuit et que n'importe qui peut entrer.

Le Troisième rejoignit ses invités encore sous le choc de la sournoise altération de l'eau bénite. Si la malice du baquet au-dessus de la porte était aussi ancienne que la création des portes, que dire de celle de l'encre dans le bénitier qui datait de l'invention du premier enfant de chœur.

– C'est leur charivari qui continue, les informa-t-il d'une voix contenue.

Il leur montra la nef et son grand vide.

– Il faudra aussi nous passer de siège. J'invite ceux qui disposent de coussins dans leur voiture à les offrir aux dames.

La porte de la sacristie s'ouvrit. L'abbé Colin Beaulouis entra. C'était un petit homme grassouillet qui transpirait sous sa chasuble.

– Vous êtes en retard, maître Pibrac.

– Sauf votre respect, monsieur l'abbé, mais vous ne me ferez point accroire que vous ignorez que nous sommes victimes d'un charivari, et cela jusque dans votre église.

Il eut un geste englobant le bénitier, la coûteuse chemise tachée de maître Outredebanque et la nef vidée de son mobilier.

– Il n'est pas dans mon pouvoir d'interdire à mes paroissiens de reprendre leurs chaises. Que voulez vous, maître Pibrac, l'idée que des bourrels puissent s'asseoir dessus leur répugnaient de trop. Il faut les comprendre et leur pardonner.

– Leur pardonner, nenni ! J'ai baillé quarante livres à la bachellerie et un muid de rouquin, et malgré ça nous allons de déboires en déboires.

Bertille et Charlemagne avancèrent.

– Je vous salue, monsieur l'abbé, dit la jeune fille en faisant une génuflexion.

Elle prit la main qu'il lui tendait et la baisa au dos

L'ecclésiastique ignora son ventre ballonné comme il feignit de ne pas voir le simple hochement de tête du promis. Il savait que la fille Pibrac avait chanté vêpres avant la messe et s'en moquait. Une seule chose lui importait : en finir avec ce mariage de bourrels et rentrer se coucher auprès de sa gouvernante qui lui servait de chaufferette.

Il dut attendre que la noce se soit alignée en rangées de huit. De nombreux coussins de voyage égayaient le dallage. Certains bourrels avaient ôté la banquette entière de leur voiture.

Le sacrement de mariage s'administrant avant la messe, l'abbé Beaulouis monta à l'autel, s'agenouilla devant et marmonna une prière à toute vitesse.

L'orage gronda au-dehors et il crut entendre une pie jacasser, mais cela ne se pouvait car ces oiseaux ne se manifestaient jamais la nuit.

L'abbé se releva et se tourna vers les futurs époux qui se tenaient par la main, debout l'un à côté de l'autre. Le fiancé semblait porter un grand intérêt à ses sabots poussiéreux, tandis que la fiancée se grattait la joue avec sa main libre. Derrière eux se tenaient les quatre témoins – Justinien, Basile et les deux tantes – et les deux parents porteurs des alliances.

L'abbé Beaulouis s'approcha des futurs époux et les

aspergea d'eau bénite en disant d'une voix mécanique ..

— Que Dieu répande sur vous la rosée de sa grâce pour la vie éternelle.

Il vit avec déplaisir le fiancé s'essuyer. Décidément, il n'aimait pas ce nouveau paroissien.

— Charles Leloup, dit-il en essayant de capter son regard, voulez-vous prendre Bertille Pibrac ici présente, pour votre légitime épouse selon le rite de notre mère la Très Sainte Église ?

Charlemagne lâcha la main de Bertille pour croiser les bras et se dandiner dans ses sabots.

Après un instant qui parut outrageusement long à plus d'un, il s'entendit dire d'une voix claire et nette :

— Non.

(à suivre)

Généalogie

Lou Tricoten
Né en 1585 (?) à ?
Décédé à La Valette, le 10 mars 1653.
Fabricant et vendeur de tricotes.
Il épouse Magdeleine Jolyette en 1604.
Trois enfants : Clodion, Radegonde, Basine.

Clodion Tricautin
Né en 1605 à La Valette.
Décédé à La Valette en 1664.
Laboureur-métayer du seigneur Armogaste de Racleterre.
Il épouse Rose Durande en 1626.
Cinq enfants : Childéric, Théodebald, Marcatrude, Haregonde
et Clotilde.

Childéric Tricotin
Né en 1628 à La Valette.
Décédé à Racleterre en 1698.
Laboureur-métayer. Il change d'état et devient maître forge-
ron à Racleterre.
Il épouse Nanette Lenfant en 1655.
Quatre enfants : Sigebert, Pharamond, Sichilde et Frede-
gonde.

Sigebert Tricotin
Né en 1656 à Racleterre.
Décédé à Racleterre en 1727.
Maître forgeron.
Il épouse Flandrine Sassiet en 1694.
Quatre enfants : Mérovée, Clovis, Flandrine et Marcatrude.

Mérovée Tricotin
Né en 1696 à Racleterre.
Maître forgeron rue des Frappes-Devant.
Il épouse Lisette Fournil en 1718.
Trois enfants dont deux mort-nés : Louis-Charlemagne.
Louis-Charlemagne Tricotin
Né en 1718 à Racleterre.
Maître forgeron et ferrant.
Il épouse Jeanne Camboulives en 1740.
Deux enfants : Caribert, Clovis.

Caribert Tricotin
Né en 1740 à Racleterre.
Maréchal ferrant.
Il épouse Immaculée Trognon en 1763.
Un fils : Mérovée, né en 1764.

Clovis Tricotin
Né en 1743 à Racleterre.
Décédé à Racleterre en 1774.
Maître sabotier.
Il épouse Apolline Floutard en 1762.
Quatre garçons et une garce, les fameux épateurs quintuplés de
Racleterre : Clodomir, Pépin, Dagobert, Clotilde, Charlemagne.

Charlemagne Tricotin
Né à Racleterre le 31 mars 1763.
Il épouse Guiletta Benvenuti à Turin.
Un fils : Carolus.

Carolus Tricotin(i)
Né à Coucoumelo.
Un enfant naturel avec Maria Anna Schicklgruber : Aloïs.
Il épouse Victoria Bruzzi.
Un fils : Marcello.

Marcello Tricotini
Né à Coucoumelo.
Il épouse Maria Castagna.
Ils ont trois fils : Aldo, Carlo, Giannello.

Glossaire

Les mâles sont :

Louveteau	de la naissance à 6 mois
Louvart	de 6 mois à 1 an
Jeune-loup	de 1 an à 2 ans
Loup	entre 2 et 4 ans
Grand-loup	de 4 à 5 ans
Vieux-loup	loup adulte de 5 à 8 ans
Grand-vieux-loup	au-delà de 8 ans

Les femelles sont :

Loupiote	de la naissance à 6 mois
Louvarde	de 6 mois à 1 an
Jeune-louve	de 1 an à 2 ans
Louve	entre 2 et 4 ans
Grande-louve	de 4 à 5 ans
Vieille-louve	de 5 à 8 ans
Grande-vieille-louve	après 8 ans

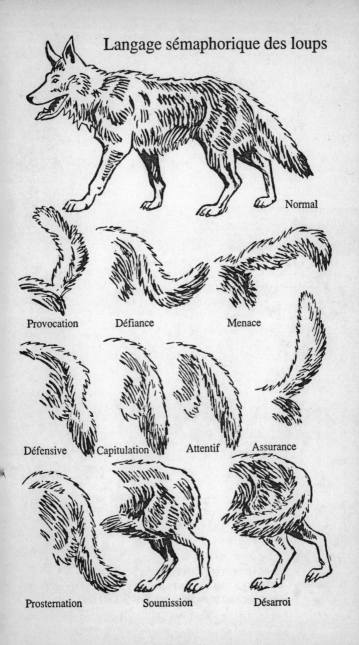

Langage sémaphorique des loups

Normal

Provocation   Défiance   Menace

Défensive   Capitulation   Attentif   Assurance

Prosternation   Soumission   Désarroi

RÉALISATION : PAO ÉDITIONS DU SEUIL
IMPRESSION : **BUSSIÈRE CAMEDAN IMPRIMERIES** À SAINT-AMAND (1-98)
DÉPÔT LÉGAL : JUIN 1996. N° 29145-3 (1/129)

Collection Points